편저자

이원명(李源命, 1807~1887년)
조선 후기 순조~철종 연간의 문신.
본관은 용인(龍仁), 초명은 원경(源庚), 자는 치명(穉明), 호는 종산(鍾山),
시호는 문정(文靖). 이조참판, 형조판서, 이조판서 등 역임.

책임감수

김현룡 : 건국대학교 국어국문학과 명예교수.
건국대 문과대학장, 교무처장, 부총장, 총장 권한대행 역임.
『한국문헌설화』(전7권), 『한국판소리정수』(전3권) 등 저술.
해천서당에서 『해동명장전』 번역 감수.

번역자 (가나다 순)

김종군 : 건국대학교 인문학연구원 교수
박현숙 : 춘천교육대학교 학술연구교수
송영림 : 건국대학교 서사와문학치료연구소 전임연구원
이원영 : 건국대학교 강사
하은하 : 서울여자대학교 국어국문학과 교수
한상효 : 한국외국어대학교 강사
황혜진 : 건국대학교 국어국문학과 교수

동야휘집

완역본 제4책

동야휘집

완역본 제4책

고전의 발견 시리즈 04
동야휘집 완역본 제4책

인쇄일 1판1쇄 | 2023년 5월 19일
발행일 1판1쇄 | 2023년 5월 31일

편저자 | 이원명
책임감수 | 김현룡
번역자 | 김종군, 박현숙, 송영림, 이원영, 하은하, 한상효, 황혜진
발행인 | 양영광

발행처 | 황금비
등록일 | 2022년 9월 8일
주　소 | 경기도 성남시 판교원로82번길30, 1307-3502
전　화 | 031-608-7701 팩 스 | 02-6008-0488
블로그 | https://blog.naver.com/goldenratio85
이메일 | goldenratio85@naver.com

ⓒ 김현룡 외 2023
ISBN 979-11-980844-9-1 94810
ISBN 979-11-980844-5-3 (세트)

＊이 책의 저작권은 황금비가 소유합니다. 저작권법에 의해 한국 내에서 보호를 받는 저작물이므로 무단전재와 무단복제를 금합니다.
＊이 책의 전부 또는 일부를 이용하려면 반드시 사전에 저작권자와 출판사 이름의 서면 동의를 받아야 합니다.
＊책값은 뒤표지에 있습니다. 잘못 만든 책은 구입한 서점에서 바꿔 드립니다.

역자 서문

『동야휘집』 완역본을 출간하며

『동야휘집』은 조선 후기 문신 이원명〈李源命; 순조7(1807)~고종24(1887)〉이 편찬한 야담집이다. 학계에서는 『계서야담』, 『청구야담』과 더불어 조선 후기 3대 야담집으로 꼽을 만큼 자료적 가치를 인정하고 있다.

편찬자는 서문에서 이 책의 필요성과 편찬 이유, 서술 형식 및 효용성까지를 명쾌하게 밝히었다. 패관(稗官) 작품과 야사(野史)의 특이한 이야기를 찾아보고 신기한 내용을 널리 고찰하면, 역사 기록에서 누락된 부분을 보충할 수 있고 소담(笑談)의 기본 자료를 얻을 수 있으므로, 문장가들이 완전히 담을 쌓아 외면하는 것은 마땅하지 않다고 그 필요성을 제시했다.

또한 이 책을 편찬하게 된 이유로 기존에 편찬된 『어우야담』과 『기문총화』를 열람하고 그 기록들의 본모습이 심하게 흩어지고, 누락된 점을 발견하여 이를 바로잡기 위함이라고 밝히고 있다. 그 방법으로 두 책에서 내용이 길고 방대한 이야기와 옛 사실을 고증할 만한 것들을 뽑아 모으고, 주변의 다른 책들 중에서 조화를 이룰 수 있는 자료들을 활용하여 다듬고 보충하였으며, 여기에 더하여 민간에 널리 전승되는 고담(古談)들을 채집해 문장으로 구성하여 함께 수록했다고 기술하였다.

서술 형식에서 각 설화 작품 머리에 제목을 붙여 표제(標題)로 삼은 것은 소설(小說) 형태를 따른 것이며, 설화의 끝에 평설(評說; 外史氏)을 붙인 것은 역사서의 기술 방식을 본받은 것이라고 밝혔다. 그리고 이 책의 효용성에 대하여 백성들 교화에 기여한다고 천명하고 있다.

현재 전하는 『동야휘집』 이본들은 다양하다. 260편의 가장 많은 편수를 담고 있는 오사카시립도서관본(大阪府立圖書館本)과 장지영본(張志映本)이 있고, 천리대본, 가람문고본, 서울대본, 규장각본, 국립중앙도서관본, 연세대본 등이 전한다. 오사카시립도서관본과 장지영본이 16권 8책이고, 여타 이본은 8권 8책, 6권 3책 등의 체제로 전하는데, 국내 소장본으로 가장 많은 편수가 수록된 장지영본은 1958년 경북대 국문학회에서 유인본(油印本)으로 출판되어 연구의 저본(底本)으로 주로 활용되어 왔다. 그러나 1992년에 고 정명기 교수가 오사카시립도서관본을 영인 출판하면서 원본에 가장 근접한 이본임을 밝혀, 이후 새로운 저본으로 활용되고 있다. 2021년 정환국 교수 연구팀이 조선 후기 야담집의 정본 정립 작업을 시도한 연구에서도 오사카시립도서관본을 저본으로 인정하였다.

고 정명기 교수는 영인 출판한 오사카시립도서관본의 해제에서, 수록 작품 260편 모두에 평설이 붙어 있는 점과 문면의 삭제 누락된 특징들을 다른 이본들과 비교 분석하여, 편찬자의 원본에 가장 근접한 이본임을 구명하였다. 학계에서는 이 의견을 대체로 수용하고 있으므로 이번 완역의 저본을 이 책으로 삼았다.

이 책은 조선 후기 다른 야담집과 달리 서문에서 편찬자의 명확한 편찬 의도와 방향을 제시하였고, 그 체제와 수록 작품의 분류 체계가 주제별로 잘 정돈되어 20세기 이전에 국내에서 이루어진 최초의 설화분류법을 제시하였다는 평가를 받고 있다. 서지(書誌) 체제를 보면, 2권을 1책으로 하여, 제1책이 101장(張), 제2책이 87장, 제3책이 104장, 제4책이 120장, 제5책이 106장, 제6책이 114장, 제7책이 111장, 제8책이 108장으로 구성되었다.

책의 내부는 22자를 1행(行)으로 하여 한 면(面)을 10행으로 균일하게 배치해 놓았고, 붓으로 유려하게 쓴 해서체의 필사본이다. 제1책 맨 앞에는 서문을 수록하였고, 그다음에 범례 8항목을 실었으며 이어 16권의 주제별

총목차를 나열해 실었다. 그 끝에 '범일백삼십규(凡一百三十弓)'라고 제시했는데, 1규(一弓)에 2편씩의 설화가 들어 있으므로 총 260편의 설화가 수록되었다. 여기에 쓰인 '규(弓)'는 보통 전적에서 음과 훈을 찾을 수 없는 벽자(僻字)로, 그 음이 '규'이며 훈은 '권질(卷帙) 수'를 의미한다. 전체 16권의 주제별 분류를 다음과 같이 제시하고 있다.

제1권 은수부(恩數部) 과환1(科宦1).
       유현부(儒賢部) 도학1, 현재2(道學1, 賢才2).
       장상부(將相部) 현상3(賢相3).
제2권 장상부(將相部) 천장1, 명장5(天將1, 名將5).
제3권 절의부(節義部) 충절3, 효행1, 정렬3, 충의1(忠節3, 孝行1, 貞烈3, 忠義1).
제4권 기예부(技藝部) 문장3, 서화2, 금기1(文章3, 書畫2, 琴棋1).
제5권 방술부(方術部) 천문1, 지리3, 의약2, 복서2(天文1, 地理3, 醫藥2, 卜筮2).
제6권 도류부(道流部) 선술2, 도인1, 방사1, 좌도1, 승도2(仙術2, 道人1, 方士1, 左道1, 僧徒2).
제7권 성행부(性行部) 은륜2, 도회2, 감식2, 재지2(隱淪2, 韜晦2, 鑑識2, 才智2).
제8권 성행부(性行部) 용력3, 기개2, 호치1, 권귀1, 풍류1, 부요1, 유개1, 구도2(勇力3, 氣槪2, 豪侈1, 權貴1, 風流1, 富饒1, 流丐1, 寇盜2).
제9권 인사부(人事部) 적선2, 시의2, 수은3, 보수2(積善2, 施義2, 酬恩3, 報讎2).
제10권 인사부(人事部) 권술4, 회해3, 감화2, 경계2(權術4, 詼諧3, 感化2, 警戒2).
제11권 부녀부(婦女部) 덕행1, 기혼2, 가연2, 이적2, 지식2(德行1, 奇婚

|제12권|부녀부(婦女部) 재혜2, 투한1, 구한1, 기우1, 지조1, 정의1, 재기1, 명창1(才慧2, 妬悍1, 仇恨1, 奇遇1, 志操1, 情義1, 才妓1, 名娼1).
|제13권|잡식부(雜識部) 창화1, 이합1, 궁통1(倡和1, 離合1, 窮通1).
|제14권|잡식부(雜識部) 유람1, 기적1, 재능1, 횡재1, 식화1, 보복1, 기의1(游覽1, 奇蹟1, 才能1, 橫財1, 殖貨1, 報復1, 氣義1).
|제15권|술이부(述異部) 영이1, 신기1, 무축1, 명우1, 사마1, 유괴1, 이배1, 물감1, 보주1, 성력1, 음덕1(靈異1, 神奇1, 巫祝1, 冥遇1, 邪魔1, 幽怪1, 異配1, 物感1, 報主1, 誠力1, 陰德1).
|제16권|습유부(拾遺部) 상업1, 직간1, 풍정1, 규풍1, 괴사1, 경오1, 선적1, 청복1, 환몽1(相業1, 直諫1, 風情1, 規諷1, 怪事1, 警悟1, 仙蹟1, 淸福1, 幻夢1).

앞 위와 같이 전체를 13부로 대분류하고, 이를 다시 84항의 주제로 소분류한 체계를 갖추고 있다. 또한 260편의 매 작품에 칠언(七言)으로 된 한문 제목을 붙였는데, 서문에서 소설 형태를 따른 것이라 명시했지만, 실질적으로 독자들에게 편의를 제공하려는 편찬자의 배려를 엿볼 수 있다.

조선 후기 많은 야담집이 편찬되었지만 『동야휘집』과 같이 서문과 범례를 통해 명확하게 편찬 의도와 방안, 서술 형식을 설명한 작품집은 찾아볼 수 없다. 기존 야담집에서 가져온 설화의 내용을 최대한 고증하고 새롭게 민간의 이야기를 채집하여 증보하였기 때문에, 한 편 속에 여러 이야기가 함께 융합되어 실려 있다. 그리고 중국 고대의 역사 사실이나 고사가 문장 속에 매우 많이 혼용되어 있으며, 고대 문헌에만 드물게 등장하는 난해한 단어들이 무수히 등장한다. 이러한 학구적인 저술 형태와 저본의 불확실성 때문에, 그 자료적 가치가 지대함에도 그동안 우리말의 완역이 이루어지지 못한 아쉬움이 있었다.

해천서당(海川書堂) 김현룡 교수는 이 『동야휘집』 완역의 필요성을 절감하던 중, 후학들의 요청으로 5년 여에 걸친 원전 강독을 마친 다음, 수강한 문하생들로 하여금 우리말 번역을 진행하게 하여 마침내 완역의 결실을 보게 되었다. 강독과 번역을 위해 우리나라와 중국의 수많은 사서와 전적을 참고하였고, 많은 사전류를 열람하셨다. 특히 출판에 임하여 원문 입력과 번역은 강독한 문하생들이 맡았지만, 최종 교열 단계에서 저본이 필사본인 까닭으로 약자와 속자, 누락된 부분 등을 바로잡는 작업에 아흔을 바라보는 고령임에도 많은 기간 오롯이 심혈을 기울이셨다. 해천선생의 학문적 열정에 머리 조아려 감사드린다.

이 번역 작업의 저본인 오사카시립도서관본(大阪府立圖書館本)을 학계에 소개하고 야담 연구에 평생을 바친 고 정명기 교수 영전에 머리 숙여 감사를 드린다. 그리고 오랜 세월 함께 강독을 하고 번역 작업에 마음을 합쳐 노력한 여러 선생들의 노고에 고마움을 표한다. 아울러 출판계의 어려운 여건 속에서 방대한 분량의 원고를 맡아 출판해 준 황금비출판사의 양영광 대표께 고마운 마음을 전하는 바이다.

2023년 5월
해천서당 문하생을 대표하여 김종군 삼가 적다

일러두기

▶ 전체 원문 16권을 번역의 편의와 분량을 감안하여 4책(제1책: 권1,2,3,4. 제2책: 권5,6,7,8. 제3책: 권9,10,11,12. 제4책: 권13,14,15,16.)으로 나누어 출판하였다.

▶ 여러 이본들을 비교하는 정본 추정 작업이나 각 설화 내용의 변천 발전 모습, 각종 기록에 실린 동일 설화 내용의 차이점 등을 밝히는 연구는 이 번역 과정에서 전혀 논급 대상으로 삼지 않았으며, 오로지 저본에 실린 내용만을 충실히 번역하는 데에 역점을 두었다.

▶ 각주는 지나치게 번다함을 피하기 위하여 주로 역사 사실에 관계된 고사(故事) 중심으로 철저히 밝혀 설명하였으며, 어려운 단어는 최대한 주석을 생략하면서 본문 속에 풀이해 설명하여 이해를 돕도록 배려하였다.

▶ 저본의 한문 원문을 옮겨 싣는 과정에서, 원문에 오자(誤字)로 표기된 글자는 옮겨 실은 한문 원문에 바르게 고친 글자를 입력 표기하고, 그 글자 뒤에 붙여 괄호[ ] 안에 해당 오자를 표시해 놓아 참고하도록 하였다. 그리고 공용 한자에서 배제된 속자(俗字)나 약자 등은 최대한 정자로 바로잡아 나타내었다.

▶ 저본의 한문 원문에 글자를 긁어 지우고 공란으로 둔 부분이 있고, 글자가 보이게 줄을 긋거나 표시만 하여 지운 부분이 있는데, 이 경우 글자가 보이게 표시해 지운 부분은 보이는 글자를 살려 한문 원문으로 함께 입력하였다. 이렇게 한 것은 긁어 지운 부분은 애초의 저본에서 지운 것으로 믿어지기 때문이며, 줄을 긋거나 점을 찍어 지운 글자는 후대 사람이 손을 본 것으로 인정하였기 때문이다. 이렇게 하여 최대한 원 저본의 모습을 갖게 하려고 노력하였다.

▶ 각 권 머리에 제시된 설화 목록과 각 설화 앞에 표시한 제목 사이에 서로 다른 글자로 된 곳이 일곱 군데 있는데, 그 서로 다른 글자의 뜻은 동일하여 해석상에는 변화가 없다. 그래서 번역문에서는 설화 앞에 표시한 제목 표기를 따르기로 하고, 각 권 머리에 제시된 목록에만 그 다르게 쓰인 글자를 〈 〉 안에 명시하여 참고가 되게 하였다.

목차

역자 서문『동야휘집』완역본을 출간하며	5
원전 서문(原典序文) 동야휘집(東野彙輯)	32
동야휘집범례(東野彙輯凡例)	35
동야휘집총목(東野彙輯總目)	37

동야휘집(東野彙輯) 완역본 제4책

○ 동야휘집 권지십삼(東野彙輯 卷之十三)

요로원(要路院)에서 경향 두 선비 밤새 문답 작시하다	41
13-1.〈201〉요로원이객문답(要路院二客問答)	
여씨(呂氏) 선비 고란사에서 꿈속에 열 명 미녀와 작시하다	120
13-2.〈202〉고란사십미수창(皐蘭寺十美酬唱)	
제주 선비 장한철(張漢哲) 스물네 명과 표류하여 열 명만 생환하다	153
13-3.〈203〉표만리십인전환(漂萬里十人全還)	
홍도(紅桃) 조선·중국·남만(南蠻) 삼국 거쳐 와 가족 만나다	172
13-4.〈204〉역삼국일가단취(歷三國一家團聚)	
역관(譯官)이 안남(安南)에 가서 인삼 팔아 크게 이윤 얻다	181
13-5.〈205〉섭남국삼상각리(涉南國蔘商榷利)	
사신 수행 포장(砲匠)이 무인도에 홀로 내려져 큰 재물 얻다	198
13-6.〈206〉낙소도포장획화(落小島砲匠獲貨)	

○ 동야휘집 권지십사(東野彙輯 卷之十四)

유씨(劉氏) 표류해 단구(丹邱) 섬에 이르러 일출 광경을 관람하다   209
    14-1.〈207〉유랑표해도단구(劉郎漂海到丹邱)

강씨(姜氏) 선비 산속으로 인도되어 선경(仙境)을 방문하다   222
    14-2.〈208〉강생유산방도원(姜生遊山訪桃源)

표류한 신희복(愼希復) 적강 선녀인 유구국 공주와 혼인하다   233
    14-3.〈209〉남국접선아모귀(南國接仙娥謀歸)

북사(北寺) 신승(神僧)의 네 선비 관상(觀相)이 모두 적중하다   250
    14-4.〈210〉북사우신승논상(北寺遇神僧論相)

감사의 호출에 재능 발휘해 오랜 악감 해소하고 관직 얻다   260
    14-5.〈211〉인막명현능석감(因幕名衒能釋憾)

농사짓는 방법을 가르쳐 가난 구제해 주고 뒤에 보답 받다   274
    14-6.〈212〉용전공휼궁획보(用田功卹窮獲報)

악호(惡虎) 처치를 도와 원수 갚게 하고 첩과 재물을 얻다   283
    14-7.〈213〉조박호복수수혜(助搏虎復讐受惠)

혼자 호랑이 잡아 굴레 씌워 재앙이 전환되어 재물 얻다   293
    14-8.〈214〉독겸표전화획재(獨鉗豹轉禍獲財)

양아들 돈 탕진해 버림받았다가 금괴 실어 와 양자 회복하다   302
    14-9.〈215〉수일석부자서륜(輸一石父子敍倫)

부부가 각기 장사하고 돈 불려 만금 이윤 얻어 부자 되다   312
    14-10.〈216〉영만금부처치부(贏萬金夫妻致富)

아내의 호백구(狐白裘) 돌아오고 옛 아내를 첩으로 들이다   323
    14-11.〈217〉환호구신구합연(還狐裘新舊合緣)

시체를 돼지와 바꿔 이불 덮어 속이고 전후 두 목숨 살리다   338
    14-12.〈218〉부체금전후활명(覆彘衾前後活命)

혼령이 무인(武人) 인도해 자기 원수 갚게 하고 보답을 하다   349
    14-13.〈219〉도사부보구화은(導射夫報仇話恩)

친분 두터운 승려를 유도해 간음 사실 밝혀 법대로 처치하다   359
    14-14.〈220〉희납우발간치법(戲衲友發奸置法)

○ 동야휘집 권지십오(東野彙輯 卷之十五)

귀매(鬼魅)에게 이끌리어 산속을 돌아다니며 함께 작시하다	369
15-1.〈221〉 산정접귀칭가구(山程接鬼稱佳句)	
박천(博川) 나루에서 소년에게 특이 형상의 사람 실체를 묻다	381
15-2.〈222〉 진로봉인문이형(津路逢人問異形)	
두창(痘瘡) 신령에게 준마(駿馬) 제공하여 두창 걸린 아이 살리다	392
15-3.〈223〉 접신증참소두아(接神贈驂甦痘兒)	
신선과 친하여 얼음 속에서 잡아 준 잉어로 아내 병 고치다	401
15-4.〈224〉 방선획린구병처(訪僊獲鱗救病妻)	
감영에서 정효성(鄭孝成)에게 무당 놀이 부탁해 곤욕 당하다	408
15-5.〈225〉 당헌청희피곤욕(棠軒請戲被困辱)	
명설루(明雪樓) 강신(降神)굿에서 혼령과 정담(情談) 나누다	416
15-6.〈226〉 설루강신서정화(雪樓降神敍情話)	
전처 혼령 악독한 후처 몸에 바뀌어 들어가 가정 잘 돌보다	424
15-7.〈227〉 반고처환혼지가(返故妻換魂持家)	
꿈에 저승에서 정혼녀(定婚女)와 동침하고 꿈 깨어 혼인하다	434
15-8.〈228〉 우신부인몽성친(遇新婦因夢成親)	
귀신이 은(銀) 빌려준 것은 정자 주춧돌 뽑아 준 보답이었다	443
15-9.〈229〉 대은요수발주초(貸銀要酬拔柱礎)	
밥 요구하던 귀신 궤 속 돈 취한다 말하고 몰래 가져가다	453
15-10.〈230〉 색반잉고취궤동(索飯仍告取櫃銅)	
요괴에게서 뺏은 구슬 소양정(昭陽亭)에서 잃고 후회하다	463
15-11.〈231〉 소양정실주이회(昭陽亭失珠貽悔)	
혼령이 영월암(映月菴) 아래 시체 수습 부탁하여 원한 씻다	470
15-12.〈232〉 영월암수해해원(映月菴收骸解寃)	
관노(官奴) 이의남(李義男) 용녀와 혼인하는 기이한 일 보이다	477
15-13.〈233〉 관동접황룡현이(官童接黃龍現異)	
시골 남자 암곰과 살다 탈출하여 곰이 모은 재물로 부요해지다	486
15-14.〈234〉 촌맹우현웅치요(村氓遇玄熊致饒)	
부친 병환에 도사의 술수로 토해 낸 벌레를 팔아 재물 얻다	493

15-15.〈235〉 토충매병겸획재(吐蟲賣病兼獲財)
함정에 빠진 호랑이가 구해 준 효부에게 묘지를 지정해 은혜 갚다 … 500
    15-16.〈236〉 방호점혈상수혜(放虎占穴相酬惠)
박미(朴瀰)의 명마(名馬)가 귀양지 와서 석방 날 소리쳐 알리다 … 506
    15-17.〈237〉 명마방주잉보희(名馬訪主仍報喜)
의구(義狗)가 주인을 위기에서 구하고 주인 원통함을 복수하다 … 513
    15-18.〈238〉 의구구인차복수(義狗救人且復讐)
후릉(厚陵) 제사에 정성 들여 신령이 떨어뜨려 준 물고기 얻다 … 519
    15-19.〈239〉 건성감신획타린(虔誠感神獲墮鱗)
물리친 요괴의 예언 글귀 감옥 안 들보 위 닭으로 증험되다 … 526
    15-20.〈240〉 허사문명험서계(斥邪問命驗棲鷄)
물고기 사서 호수에 방생(放生)하고 베푼 음덕 보답 받다 … 533
    15-21.〈241〉 일지방생시음덕(一池放生施陰德)
강줄기를 문서로 허가 받아 홍수에 물길 변해 큰 부자 되다 … 540
    15-22.〈242〉 대강입안성거부(大江立案成鉅富)

○ 동야휘집 권지십육(東野彙輯 卷之十六)

상진(尙震)의 음덕이 홍계관(洪繼灌)의 점친 수명 연장하다 … 549
    16-1.〈243〉 험복설시덕연수(驗卜說施德延壽)
유성룡(柳成龍)이 필담 종이를 불사르고 글을 올려 해결하다 … 557
    16-2.〈244〉 분필담정문진정(焚筆談呈文陳情)
박태보(朴泰輔)의 왕후 폐위 충간에 숙종 임금 대노(大怒)하다 … 568
    16-3.〈245〉 촉천노충간진절(觸天怒忠諫盡節)
영조 임금 위엄에 조중회(趙重晦) 직분 다해 직간(直諫)하다 … 586
    16-4.〈246〉 범뇌위직언거직(犯雷威直言擧職)
두 명사(名士) 명기(名妓) 선점을 내기해 승기(勝氣) 즐기다 … 593
    16-5.〈247〉 명사호승점화괴(名士好勝占花魁)
감사를 속여 거짓으로 미친 체한 기생이 언약한 곡산 관장을 따르다 … 600
    16-6.〈248〉 소기양광부방약(少妓佯狂赴芳約)

살인을 가장한 친구 방문 거절한 일로 친구 사귐 경계하다   607
       16-7.〈249〉 방우견거계결교(訪友見拒戒結交)

기녀와 동침 실험한 선비의 소담(笑談) 알려져 이름 팔리다   614
       16-8.〈250〉 심창문언소고명(尋倡聞言笑沽名)

정씨(丁氏) 선비 태(胎) 빌려주고 늙어서 세 집에서 행복 즐기다   622
       16-9.〈251〉 인차태오로삼가(因借胎娛老三家)

여자 몸에서 나온 음분(陰紛)을 사서 되팔아 큰 이익 얻다   630
       16-10.〈252〉 득음분수리천금(得陰粉售利千金)

도적 두목에 초빙되어 도적을 감화시켜 양민으로 돌려보내다   638
       16-11.〈253〉 선감화유도귀량(善感化諭盜歸良)

서울 관리로 잘못 알고 교제하여 도적을 들여놓아 재물 잃다   647
       16-12.〈254〉 오결교납적실재(誤結交納賊失財)

김상성(金尙星) 함양 위성관에서 온몸에 털 난 신선 만나다   657
       16-13.〈255〉 모선접화위성관(毛僊接話渭城館)

성현(成俔)이 만난 나귀 탄 손님이 동정호 건넌 시를 읊다   664
       16-14.〈256〉 여객과음동정시(驢客過吟洞庭詩)

영남 방문 때 만난 부자가 말단 관직에 종사하여 비웃다   671
       16-15.〈257〉 방영인조기환유(訪嶺人嘲其宦游)

친구 임배후(林配厚)를 만나 자연 속 산골 흥취를 자랑하다   678
       16-16.〈258〉 대림우과이협거(對林友誇以峽居)

백 년 세월은 선비 황일덕(黃一悳) 꿈속 쓰르라미 고을이로다   685
       16-17.〈259〉 백년광음혜고군(百年光陰蟪蛄郡)

일생 부귀란 석씨(石氏) 선비 호접향(蝴蝶鄕) 같은 꿈속이로다   696
       16-18.〈260〉 일생부귀호접향(一生富貴蝴蝶鄕)

동야휘집(東野彙輯) 완역본 제1책

○ 동야휘집 권지일(東野彙輯 卷之一)

세종 임금이 주역에 정통한 선비 직제학(直提學)에 특선하다
  1-1.⟨1⟩ 명역의탁렬청선(明易義擢列淸選)
성종 임금의 용꿈 감응(感應)에 의하여 장원 급제 점하게 되다
  1-2.⟨2⟩ 감신몽독점외과(感宸夢獨占嵬科)
선녀의 산실(産室) 지정으로 대유(大儒) 이황(李滉) 탄생하다
  1-3.⟨3⟩ 선녀정실강유현(仙女定室降儒賢)
율곡(栗谷) 사망 때 노인이 별에 수명 빌고 하늘 운수를 말하다
  1-4.⟨4⟩ 노옹양성화천수(老翁禳星話天數)
서화담(徐花潭)이 제자 보내 독경(讀經)하여 죽을 사람 살리다
  1-5.⟨5⟩ 견문생독경활인(遣門生讀經活人)
하늘 기밀 누설한 정염(鄭磏)이 별에 빌어 친구 목숨 구하다
  1-6.⟨6⟩ 설천기기성구우(洩天機祈星救友)
토정(土亭)이 그릇을 여러 번 돈과 바꾸는 기술(奇術) 시험하다
  1-7.⟨7⟩ 수기환금시기술(授器換金試奇術)
정작(鄭碏)이 아이를 궤에 넣어 불태워 뱀 요정(妖精) 제거하다
  1-8.⟨8⟩ 투궤소화제요물(投櫃燒火除妖物)
도량 넓은 황희(黃喜) 정승 노비의 아이들과 어울려 함께 놀다
  1-9.⟨9⟩ 회도량아동정희(恢度量兒僮呈戱)
정광필(鄭光弼)이 극력 충간(忠諫)하여 선비들 화(禍) 줄이다
  1-10.⟨10⟩ 극간쟁사림서화(極諫爭士林紓禍)
겸인(傔人)에게 사위 중매해 안전 지역 얻어 가정을 보전하다
  1-11.⟨11⟩ 택겸서보가길지(擇傔壻保家吉地)
이원익(李元翼) 사나운 귀졸(鬼卒)을 막아 친구 수명 연장하다
  1-12.⟨12⟩ 한귀졸연우수명(捍鬼卒延友壽命)
오성(鰲城)이 비오는 밤 궁중에서 촛불 잡고 피난길 인도하다
  1-13.⟨13⟩ 금경집촉도궁가(禁扃執燭導宮駕)

한음(漢陰)이 의주 몽진(蒙塵) 중 명나라에 가 구원병을 청하다
      1-14.〈14〉 새정질치청원사(塞程疾馳請援師)

○ 동야휘집 권지이(東野彙輯 卷之二)

검정소를 탄 노인이 중국 구원병 대장을 꾸짖어 경계하다
      2-1.〈15〉 오우노옹하천수(烏牛老翁嚇天帥)
관우(關羽) 신령이 적토마 타고 나타나 왜병(倭兵)을 소탕하다
      2-2.〈16〉 적토신장소적병(赤兎神將掃賊兵)
수군 도독 이순신(李舜臣) 왜국 선단을 격파하여 무공 떨치다
      2-3.〈17〉 수군도독양무공(水軍都督揚武功)
김응하(金應河) 장군 버드나무 아래에서 전사해 충절을 지키다
      2-4.〈18〉 유하장군장충절(柳下將軍仗忠節)
나귀 탄 노인이 권율(權慄) 장군 막사에 와서 계책을 알려 주다
      2-5.〈19〉 책려옹입막헌계(策驢翁入幕獻計)
사슴 쫓던 이완(李浣) 대장을 묶었다 풀어 주고 친구로 대하다
      2-6.〈20〉 축록객해박논교(逐鹿客解縛論交)
임경업(林慶業)이 녹림(綠林) 두목과 검술 논하고 친분 맺다
      2-7.〈21〉 대녹림논검결의(對綠林論劒結義)
김덕령(金德齡) 그림배 뒤엎고 몽둥이 휘둘러 악한들 제압하다
      2-8.〈22〉 복화가휘추제악(覆畵舸揮椎除惡)
용맹한 장군 정기룡(鄭起龍) 휘파람으로 말을 불러내 탈출하다
      2-9.〈23〉 용장소인적렵기(勇將嘯引赤鬣騎)
곽재우(郭再祐)가 의병에게 검정 박을 매달아 메게 해 속이다
      2-10.〈24〉 의병견괘칠포간(義兵肩掛漆匏竿)
정충신(鄭忠信)이 술자리에서 청 태조 여섯째 아들에게 공경 표하다
      2-11.〈25〉 주석견육자기경(酒席見六子起敬)
박엽(朴燁)이 감영에서 세 계책 듣고 탄식 하책(下策)을 택하다
      2-12.〈26〉 융영문삼책발탄(戎營聞三策發歎)

○ 동야휘집 권지삼(東野彙輯 卷之三)

사육신(死六臣) 절조(節操)를 지켜 꿋꿋하게 충절 펼치다
    3-1.⟨27⟩ 육신입절장위충(六臣立節仗危忠)
삼학사(三學士) 목숨 바쳐 인(仁)을 완성하고 큰 의리 밝히다
    3-2.⟨28⟩ 삼사성인명대의(三士成仁明大義)
김시습(金時習) 세상을 도피해 청초한 풍모로 절의를 지키다
    3-3.⟨29⟩ 도세정청풍절의(逃世情淸風節義)
김인후(金麟厚) 인종 임금 서거에 은총 못 잊어 밤새 곡읍하다
    3-4.⟨30⟩ 감은우경석곡읍(感恩遇竟夕哭泣)
이경류(李慶流) 영혼이 충성을 효도로 전환해 귤을 던져 주다
    3-5.⟨31⟩ 전충사효투금귤(轉忠思孝投金橘)
강익(姜翊)이 은총 보답으로 칼자루 휘둘러 결사적으로 싸우다
    3-6.⟨32⟩ 결사보은휘도병(決死報恩揮刀柄)
효자 오준(吳浚)이 죽었다가 환생(還生)하여 저승 이야기를 하다
    3-7.⟨33⟩ 효자환소설명부(孝子還甦說冥府)
어린아이 홍차기(洪次奇) 부친의 원통한 옥살이를 신원하다
    3-8.⟨34⟩ 유동위친신원옥(幼童爲親伸寃獄)
절개 굳은 부인 죽고자 한 목숨을 연장해 후손 이어지게 하다
    3-9.⟨35⟩ 절부연명입후사(節婦延命立後嗣)
윤중연(尹重淵)의 의로운 소실(小室) 재난당한 시가를 지키다
    3-10.⟨36⟩ 의아부난부화가(義娥赴難扶禍家)
정부 길씨(貞婦吉氏) 칼 휘둘러 관장 꾸짖고 늑혼(勒婚) 막다
    3-11.⟨37⟩ 휘도매쉬퇴늑혼(揮刀罵倅退勒婚)
신부(新婦)가 남자 옷 갈아입고 신랑 찾아내어 혼약 성취하다
    3-12.⟨38⟩ 환의심랑해숙약(換衣尋郞諧宿約)
부실(副室)이 쇄은(碎銀) 전별금을 주어 남편 출세 돕다
    3-13.⟨39⟩ 신쇄은도점사로(贐碎銀圖占仕路)
신부가 호랑이 뒷다리 껴안고 따라가 물려 가는 신랑 구하다
    3-14.⟨40⟩ 액맹수구소부명(扼猛獸救甦夫命)
유인숙(柳仁淑)의 여종 상전 원한 갚고 품었던 칼로 자결하다

3-15.⟨41⟩ 청의협망소원회(靑衣挾鋩訴寃懷)
노복(奴僕) 만석(萬石)이 대궐 징을 울려 상전의 원통함 씻다
3-16.⟨42⟩ 창두명쟁설무원(蒼頭鳴錚雪誣寃)

○ 동야휘집 권지사(東野彙輯 卷之四)

이정구(李廷龜)의 사명주문(詞命奏文)이 중국에 크게 떨쳐지다
4-1.⟨43⟩ 진주대필진화예(陳奏大筆振華譽)
기이한 문장으로 급제시킨 선비 둔수재(鈍秀才) 조롱 해명하다
4-2.⟨44⟩ 탁제기문해둔조(擢第奇文解鈍嘲)
이식(李植)의 꿈에 선녀가 연잎에 시 남기고 신이한 먹을 주다
4-3.⟨45⟩ 하엽유시증보묵(荷葉留詩贈寶墨)
장유(張維) 부인 남편에게 미인 그림을 주고 독려해 급제 돕다
4-4.⟨46⟩ 사주독과등금방(紗幮督課登金榜)
최립(崔岦)이 명나라 왕세정(王世貞)의 시문(詩文)을 감상하다
4-5.⟨47⟩ 엄주석상완문사(弇州席上玩文辭)
주지번(朱之蕃) 사신 요청에 차천로(車天輅) 밤새 백 편 시 짓다
4-6.⟨48⟩ 주사관중화시운(朱使館中和詩韻)
안평대군(安平大君) 기이한 인재를 만나 글씨 재주를 견주다
4-7.⟨49⟩ 봉이재농필완기(逢異才弄筆玩技)
김류(金瑬) 반정(反正) 전에 그림을 통해 능양군(綾陽君) 만나다
4-8.⟨50⟩ 찬대업인화탁계(贊大業因畵托契)
한석봉(韓石峯)에게 노인이 붉은색 붓을 주고 비결을 전수하다
4-9.⟨51⟩ 이동관노옹수결(貽彤管老翁授訣)
정선(鄭敾)의 비단 치마폭 그림 중국 스님 값을 다투고 불태우다
4-10.⟨52⟩ 투금상고승쟁가(投錦裳高僧爭價)
기생 홍장(紅嬙)이 선녀로 가장해 신익성(申翊聖)과 재회하다
4-11.⟨53⟩ 금아태영증숙연(琴娥詒影證宿緣)
바둑 국수(國手) 신구지(申求止) 이량(李樑)을 이겨 횡재하다
4-12.⟨54⟩ 혁수정술치횡재(奕手逞術致橫財)

동야휘집(東野彙輯) 완역본 제2책

○ 동야휘집 권지오(東野彙輯 卷之五)

남사고(南師古)와 마의(麻衣) 노인 임진왜란은 천운이라 하다
　　　　　5-1.〈55〉 마의대좌설천운(麻衣對坐說天運)
산속 노인이 별을 보고 박진훤(朴震楦) 사망 사실을 알려 주다
　　　　　5-2.〈56〉 여장영입화성상(藜杖迎入話星象)
성 거사(星居士)를 구제하여 좋은 묘지 얻고 미녀와 혼인하다
　　　　　5-3.〈57〉 득복지미아작배(得福地美娥作配)
박상의(朴尙義)의 교만을 어리석은 아이가 비술로 두렵게 하다
　　　　　5-4.〈58〉 습교객치동시술(慴驕客癡童施術)
현숙한 부인 구금된 여종을 석방하여 묘지(墓地)로 보은 받다
　　　　　5-5.〈59〉 현부방비수보은(賢婦放婢受報恩)
어리석은 여종이 스님 따라가서 발복(發福) 묘지(墓地) 얻다
　　　　　5-6.〈60〉 치혜수납득발복(痴嫛隨衲得發福)
묘지 속 옥동자(玉童子)를 손상시켜 재앙이 복으로 전환되다
　　　　　5-7.〈61〉 상옥동전재획복(傷玉童轉災獲福)
묘혈(墓穴) 속 석함(石函) 열어 길조(吉兆)를 보여 줘 의문 풀다
　　　　　5-8.〈62〉 거석함도길석의(擧石函覩吉釋疑)
한 선비가 허준(許浚)에게 신통 비결을 주고 약포에서 대화하다
　　　　　5-9.〈63〉 수신결약포대화(授神訣藥舖對話)
유상(柳鏛)이 길에서 들은 감꼭지 탕으로 임금 병환 치료하다
　　　　　5-10.〈64〉 청가어시체주공(聽街語枾蒂奏功)
마을을 떠돌며 가난한 여러 사람들에게 침술(鍼術) 시행하다
　　　　　5-11.〈65〉 주행여리시낭침(周行閭里試囊針)
해외 먼 지역 임금 질병 치료하고 술 나오는 주석(酒石) 얻다
　　　　　5-12.〈66〉 원섭해방재주석(遠涉海邦載酒石)
옛 종이 상전 칼로 위협하다 노주(奴主) 의리 말하고 굴복하다
　　　　　5-13.〈67〉 구노추검설분의(舊奴抽劍說分義)

귀한 집 아이를 호랑이 가죽 쓰고 있게 해 재액 면하게 하다
    5-14.〈68〉 귀아몽피도액운(貴兒蒙皮度厄運)
김치(金緻) 점괘대로 소를 거꾸로 타고 저승에서 귀하게 되다
    5-15.〈69〉 도기우귀명승귀(倒騎牛歸冥陞貴)
말 도둑으로 가장하여 점괘대로 재앙이 번영으로 전환되다
    5-16.〈70〉 가절마전화매영(假竊馬轉禍媒榮)

○ 동야휘집 권지육(東野彙輯 卷之六)

신선 총수(總帥) 스님이 남궁두(南宮斗)에게 신선 조회 보여 주다
    6-1.〈71〉 사인승유객조진(司印僧留客朝眞)
산속 노인이 함영구(咸永龜)를 선경(仙境)으로 유인 혼인시키다
    6-2.〈72〉 예장옹인인성친(曳杖翁引人成親)
장 도령(蔣都令)이 음관(蔭官)에게 단약(丹藥) 주어 은혜 갚다
    6-3.〈73〉 장도령수단수덕(蔣都令授丹酬德)
진 도사(陳道士)가 굴속을 지정해 주어 요절(夭折) 재앙 피하다
    6-4.〈74〉 진학구지굴피화(陳學究指窟避禍)
비석에 글 새겨 성삼문(成三問)에게 대의(大義)를 깨쳐 보이다
    6-5.〈75〉 건비서유시대의(建碑書喩示大義)
가마솥에 감을 삶아 신령스러운 처방약이라 거짓 속여 고하다
    6-6.〈76〉 자부시기고신방(煮釜柿欺告神方)
동자 시켜 줄 타고 공중으로 올라가 선도(仙桃) 따오게 하다
    6-7.〈77〉 교동반승적선도(敎童攀繩摘仙桃)
손님을 데리고 산에 올라 옛 장군들 혼령(魂靈) 불러 보여 주다
    6-8.〈78〉 휴객등악환신장(携客登嶽喚神將)
사도(邪道)의 환술에 빠졌다가 전환되어 기이한 인연을 맺다
    6-9.〈79〉 타환술전해기연(墮幻術轉諧奇緣)
아내 기지로 부인들이 악독하게 막는 문 통과해 탈출하다
    6-10.〈80〉 피위기획탈악전(避危機獲脫惡餞)
서산대사 약산(藥山) 관장의 난폭한 아들 가르쳐 출세시키다

6-11.〈81〉 선방훈서경미동(禪房訓書警迷童)
유정(惟政) 스님 왜국 총수를 제압해 가져간 탱화를 찾아오다
6-12.〈82〉 해도멱화습교추(海島覓畵慴狡酋)
왜승(倭僧)이 검술 시험 보여 주고 스승의 원수 갚은 이야기하다
6-13.〈83〉 시청평위사보구(試靑萍爲師報仇)
도승(道僧)이 병자호란 때 집 앞에 흰 포장 쳐 적병 접근 막다
6-14.〈84〉 설백장피병획안(設白帳避兵獲安)

○ 동야휘집 권지칠(東野彙輯 卷之七)

유성룡(柳成龍) 숙부 신통 감식력으로 간첩 왜승(倭僧) 꾸짖다
7-1.〈85〉 모암갈승현신감(茅菴喝僧現神鑑)
오이밭 주인이 손님에게 기이한 술수를 시행하여 과시하다
7-2.〈86〉 과전접객과기술(瓜田接客誇奇術)
등짐장수가 완악한 버릇을 깨우치고 악승(惡僧)을 꾸짖다
7-3.〈87〉 경완습점사책납(警頑習店舍責衲)
보물 흔적을 알아 기녀 집에 거금 탕진하고 값진 화로 취하다
7-4.〈88〉 식보기창루취로(識寶氣倡樓取爐)
이장곤(李長坤)이 도피하여 유기장(柳器匠) 사위되어 은신하다
7-5.〈89〉 학사췌은유기장(學士贅隱柳器匠)
암행어사 변장하고 첩의 집을 방문하여 고을 관장 처치하다
7-6.〈90〉 수의태방다모가(繡衣紿訪茶母家)
이기축(李起築)이 부인 인도로 반정(反正)에 가담해 녹훈되다
7-7.〈91〉 이기축참록운대(李起築參錄雲臺)
무식한 총각 박탁(朴鐸)이 대궐에서 임금과 대화하고 출세하다
7-8.〈92〉 박총각등대신폐(朴總角登對宸陛)
사위의 풍모에 감동하여 마음 돌려 박대한 아내와 재결합하다
7-9.〈93〉 접서모회심방실(接壻貌回心訪室)
장인을 잠 못 자게 괴롭혀 아내와의 동침 계책이 이루어지다
7-10.〈94〉 추옹침장계입방(搥翁寢將計入房)

신익성(申翊聖) 미래 감식하고 아들 위해 사위에게 술 권하다
    7-11.〈95〉현위게감음췌서(賢尉揭鑑飮贅壻)
부자 황일청(黃一淸) 재물 이치 깨달아 선비 과거 길 크게 돕다
    7-12.〈96〉부옹달리신과유(富翁達理贐科儒)
지혜로운 아이 은그릇 숨겨 스승에게 기이한 계책 꾸며 주다
    7-13.〈97〉지동장은수기계(智童藏銀授奇計)
옛 종이 해치려는 불량배를 침으로 마구 찔러 은혜 보전하다
    7-14.〈98〉구복자침보은정(舊僕刺鍼保恩情)
선비가 도적 두목 되어 세 계책으로 큰 재물 얻어 주고 탈출하다
    7-15.〈99〉삼시계확취중화(三施計攫取重貨)
선비가 도적 두목 되어 두 번 큰 재물 얻고 도적들을 감화시키다
    7-16.〈100〉재략재감화군정(再掠財感化群情)

○ 동야휘집 권지팔(東野彙輯 卷之八)

이징옥(李澄玉)이 호랑이를 잡으니 고을 관장이 놀라 사례하다
    8-1.〈101〉에백액읍쉬경사(殪白額邑倅驚謝)
홍윤성(洪允成)의 악한 종을 묶어가니 주인이 매우 환대하다
    8-2.〈102〉박창두주수흔관(縛蒼頭主帥欣款)
호랑이 쏘아 잡은 활솜씨로 활을 힘껏 당겨 악인을 제거하다
    8-3.〈103〉사호수만만제악(射虎手滿彎除惡)
열 마리의 소고기 먹은 기운으로 철추 휘둘러 악인을 제거하다
    8-4.〈104〉담우기시추면화(噉牛氣試椎免禍)
노복이 배 장수하며 돌아다녀 사윗감 이시백(李時白)을 얻다
    8-5.〈105〉신노담리득낭재(薪奴擔梨得郞材)
사나운 뱃사공 배를 돌려 선비를 속이다가 선비의 매를 맞다
    8-6.〈106〉고한회봉피객장(篙漢回篷被客杖)
거짓 울음소리를 살펴 시체 배꼽에서 대침이 솟아 나오게 하다
    8-7.〈107〉청성찰간병죽자(聽聲察奸迸竹刺)
큰 기력(氣力)을 이용해 칡잎을 물위에 띄워 타고 강을 건너다

8-8.〈108〉 승기과도추갈엽(乘氣過渡墜葛葉)
가난한 친구 집을 방문해 옛 우정을 논의하고 힘을 다해 돕다
8-9.〈109〉 시문방구우논회(柴門訪舊友論懷)
장붕익(張鵬翼)이 해치러 온 도적을 잡아 설득해 부하로 삼다
8-10.〈110〉 융곤집간적유정(戎梱執奸賊誘情)
정사룡(鄭士龍)이 박원종(朴元宗)의 부귀를 부러워해 본받다
8-11.〈111〉 호음선부귀효빈(湖陰羨富貴效顰)
한경록(韓景祿)이 정사룡(鄭士龍)을 방문 그 호사를 흠모하다
8-12.〈112〉 청원교호치망양(淸原較豪侈望洋)
아첨 방법 배우겠다는 걸인을 손님들에게 가르치라 당부하다
8-13.〈113〉 빈아학첨탁중빈(貧兒學諂托衆賓)
부자 노인 재산 증식 방법으로 오적(五賊)을 제거하라 가르치다
8-14.〈114〉 부옹교술제오적(富翁敎術除五賊)
심용(沈鏞)이 가객(歌客)들과 대동강에서 뱃놀이로 흥 돋우다
8-15.〈115〉 유패영풍류승흥(遊浿營風流乘興)
유씨(柳氏) 선비 부안 기생 매창(梅窓) 집에서 작시로 즐기다
8-16.〈116〉 방계아시령조환(訪桂娥詩令助歡)
선비 허홍(許弘)이 아내와 함께 재산 모아 삼 형제 화목 되찾다
8-17.〈117〉 사인치산낙훈지(士人治産樂壎篪)
서울 선비 낙향하여 농사와 장사로 부 이뤄 서울로 돌아오다
8-18.〈118〉 재자낙향부지경(才子落鄕富坻京)
기생 운심(雲心) 집에서 광문(廣文)이 운심의 검무(劍舞) 돕다
8-19.〈119〉 운기가광문관무(雲妓家廣文觀舞)
연융대(鍊戎臺) 마당에서 걸인 두목을 위해 기악(妓樂) 베풀다
8-20.〈120〉 연융대개수장악(鍊戎臺丐帥張樂)
단양 군수 이주경(李周卿) 피리를 잘 불어 도적 피해를 면하다
8-21.〈121〉 취학경단산탈화(吹鶴脛丹山脫禍)
도망친 종 사각(蛇角) 팔아 도적 두목 되어 공물(貢物)을 바치다
8-22.〈122〉 육사각녹림수공(鬻蛇角綠林修貢)
은혜 잊은 사람 돈 훔쳐 내고 박 조각과 사금파리로 교환하다

8-23.〈123〉 통배은투환금전(痛背恩偸換金錢)
약속 지키지 않은 가난한 선비를 깨우쳐 훈계하여 벌을 주다
8-24.〈124〉 책실신경벌포의(責失信警罰布衣)

동야휘집(東野彙輯) 완역본 제3책

○ 동야휘집 권지구(東野彙輯 卷之九)

좌수의 다섯 딸 관장 치죄(官長治罪) 놀이하여 시집가게 되다
     9-1.〈125〉 오녀가인태수희(五女嫁因太守戲)
어사 박문수(朴文秀)의 중매로 두 남매의 혼인 함께 이뤄지다
     9-2.〈126〉 양랑혼유어사매(兩郞婚由御史媒)
세 시체 안장해 주고 도와준 여인 만나 보은으로 벼슬하다
     9-3.〈127〉 휼삼장우녀등사(恤三葬遇女登仕)
네 사람 목숨 구해 준 보답으로 묘지를 허락 받아 발복하다
     9-4.〈128〉 구사명점산발복(救四命占山發福)
습득한 은 주머니 돌려주어 만년(晚年)에 보답으로 행복 누리다
     9-5.〈129〉 환은포보이만복(還銀包報以晚福)
인덕(仁德)을 베풀어 산촌에서 인삼 캐고 기이한 재물 얻다
     9-6.〈130〉 채삼전수기기화(採蔘田售其奇貨)
우애 돈독한 아우가 집을 나가 흉가에서 은을 얻어 부자 되다
     9-7.〈131〉 독우애피거획은(篤友愛避居獲銀)
호쾌한 기개로 시골 상인 속인 서울 상인을 위협해 돈을 빼앗다
     9-8.〈132〉 정호기인상략전(逞豪氣因商掠錢)
이여송(李如松)을 모신 역관 천하일색을 원하여 얻어 혼인하다
     9-9.〈133〉 원견일색득성혼(願見一色得成婚)
역관 홍순언(洪純彦)이 기녀에게 일천 금 주어 뒷날 보답 받다
     9-10.〈134〉 경연천금수보은(輕捐千金受報恩)
은혜 입은 암행어사 관장의 비리 덮어 주고 승진을 도와주다
     9-11.〈135〉 감구은묵쉬등포(感舊恩墨倅登襃)
전날 은혜 보답하여 가난한 선비를 벼슬자리 얻게 해 돕다
     9-12.〈136〉 수전혜궁유서사(酬前惠窮儒筮仕)
관장 총애 입은 겸인(傔人)이 재산 모아 은혜에 보답하다
     9-13.〈137〉 애겸축재상덕혜(愛傔蓄財償德惠)

민백상(閔百祥)이 끼쳐 준 돈을 불려 그 자손에게 은혜 갚다
     9-14.〈138〉 구막식화수은의(舊幕殖貨酬恩義)
영남루(嶺南樓) 원귀 주기(朱旂) 들고 와서 신원을 호소하다
     9-15.〈139〉 남루거주기소원(南樓擧朱旂訴寃)
북창(北窓)에서 녹의(綠衣) 원혼이 신원하여 검시를 행하다
     9-16.〈140〉 북유접록의행검(北牖接綠衣行檢)
악노(惡奴)의 화변(禍變)을 제거하여 처녀 원수를 갚아 주다
     9-17.〈141〉 제악노처변보수(除惡奴處變報讐)
요사한 계모 무당을 죽여 처녀 원수를 갚고 재앙 면해 주다
     9-18.〈142〉 에요무전구피화(殪妖巫湔仇避禍)

○ 동야휘집 권지십(東野彙輯 卷之十)

엄격한 권 진사(權進士) 기지로 질투 심한 자부를 설복시키다
     10-1.〈143〉 엄구권술습투부(嚴舅權術慴妬婦)
지혜 있는 관장이 계책으로 제주도 우황을 독점하여 가지다
     10-2.〈144〉 지쉬정계각도화(智倅逞計榷島貨)
교활한 아전 어리석은 관장을 농락해 속여 재물을 취하다
     10-3.〈145〉 농우쉬활서편재(弄愚倅猾胥騙財)
가난한 무변(武弁) 병든 재상을 겁박해 좋은 벼슬자리 얻다
     10-4.〈146〉 겁병재궁변무사(劫病宰窮弁膴仕)
몰래 은혜 갚을 계책을 세워 통제사 노후를 편안하게 하다
     10-5.〈147〉 암수혜모수귀로(暗酬惠謀帥歸老)
의리 베풀기를 실현하여 부친을 벼슬자리에 오르게 하다
     10-6.〈148〉 현시의위친서사(現施義爲親筮仕)
가난한 선비 신분을 속이고 안동 고을 아전 되어 재물 얻다
     10-7.〈149〉 궁유행리역득재(窮儒行吏役得財)
지혜로운 선비 평안 감사 비장 되어 재산 늘려 부(富) 이루다
     10-8.〈150〉 지사차막명식화(智士借幕名殖貨)
이름 글자로 손님 셋을 조롱해 내쫓고 달변으로 관직 얻다

10-9.〈151〉 조좌객빙변득관(嘲座客騁辯得官)
사헌부 포리(捕吏)를 장황한 해학으로 놀려 구금을 면하다
　　　　　　10-10.〈152〉 하금리선학면구(嚇禁吏善謔免拘)
감사가 기생에게 친구 음낭 자물쇠로 잠그게 해 희롱하다
　　　　　　10-11.〈153〉 쇄객낭도백롱우(鎖客囊道伯弄友)
부자가 관아의 조미(租米) 빚 갚아 주고 양반을 사다
　　　　　　10-12.〈154〉 상관조부민매반(償官租富民買班)
예문관원 채수(蔡壽) 건물을 우러르며 기생과의 이별 눈물 참다
　　　　　　10-13.〈155〉 내한앙옥인체루(內翰仰屋忍涕淚)
경주 경차관(敬差官)이 궤 속에서 옷을 벗고 나와 수모를 당하다
　　　　　　10-14.〈156〉 차관출궤수나정(差官出櫃羞裸裎)
죽 그릇을 물리쳐 어리석은 백성을 선도(善導)해 교화하다
　　　　　　10-15.〈157〉 퇴완죽우맹천선(退椀粥愚氓遷善)
분실한 은(銀) 주머니 돌려받은 강도가 의리에 감동하다
　　　　　　10-16.〈158〉 환탁은강도감의(還橐銀强盜感義)
용감한 무변 패악한 백성을 소매 속 철추로 겁줘 감화하다
　　　　　　10-17.〈159〉 용변수추섭패민(勇弁袖椎讋悖民)
늙은 재상 초헌(軺軒)에서 내려 옛 상전에게 엎드려 절하다
　　　　　　10-18.〈160〉 노재하초예구주(老宰下軺禮舊主)
홍우원(洪宇遠) 시골 부인 회초리 맞고 조심해 재앙을 피하다
　　　　　　10-19.〈161〉 홍상서수달피흉(洪尙書受撻避凶)
조 감사(趙監司) 독약 든 죽 물리고 수청 기생의 정부를 죽이다
　　　　　　10-20.〈162〉 조순사퇴죽에간(趙巡使退粥殪奸)
여점 꿈속에서의 칼날에 놀라 음행 보복(淫行報復) 경계 삼다
　　　　　　10-21.〈163〉 점몽경망계음보(店夢驚鋩戒淫報)
환술(幻術)로 동전 구멍에 들게 하여 재산 욕심을 깨우치다
　　　　　　10-22.〈164〉 장희규전경재욕(場戲窺錢警財慾)

○ 동야휘집 권지십일(東野彙輯 卷之十一)

이정구(李廷龜) 부인 갈포 옷으로 명부(命婦) 잔치에 참석하다

11-1.〈165〉 갈포독부명부연(葛布獨赴命婦筵)
김수항(金壽恒) 부인 붉은 명주로 관복 세 벌 미리 지어 두다
11-2.〈166〉 홍주삼재대관복(紅紬三裁大官服)
놀랍고 신이한 꿈 여러 번 꾸고 마침내 기이한 혼인 이루다
11-3.〈167〉 경이몽경성기혼(驚異夢竟成奇婚)
김우항(金宇杭)이 중매 잘하여 함께 만년(晩年) 복을 누리다
11-4.〈168〉 작양매구수만복(作良媒俱受晚福)
가마 타고 가 행랑에 앉아 대감 아들 꾸짖고 정처(正妻) 되다
11-5.〈169〉 채교거랑책귀자(綵轎據廊責貴子)
비단부채로 얼굴 가리고 칼날을 번쩍여 정처(正妻) 약속 받다
11-6.〈170〉 환선영망약정실(紈扇映鋩約正室)
옥지환을 합쳐 보아 정인(情人)과 혼인하고 유복자도 만나다
11-7.〈171〉 합옥환봉처득윤(合玉環逢妻得胤)
우하형(禹夏亨)이 돈을 사기당해 죽고자 하다가 첩과 재물 얻다
11-8.〈172〉 실청동획첩횡재(失青銅獲妾橫財)
현부인(賢婦人)의 지혜로 가마 보내 첩(妾)을 태워 오게 하다
11-9.〈173〉 현부지납채교녀(賢婦智納彩轎女)
엄부(嚴父)가 여인 부친 접대로 술 취해 아들 첩 허용하다
11-10.〈174〉 엄부취서금낭아(嚴父醉恕錦囊兒)
잘못된 인연이 행운으로 되고 비단 금령(衾領)으로 재회 증거 삼다
11-11.〈175〉 전오연홍금기신(轉誤緣紅錦寄信)
하룻밤 인연으로 죽을 위기에서 탈출하여 옥지환으로 약속을 지키다
11-12.〈176〉 탈화망옥환천약(脫禍網玉環踐約)
한 남편 섬기기로 맹세한 세 여인 노력 끝에 약속을 이루다
11-13.〈177〉 심숙맹삼부동실(尋宿盟三婦同室)
기이한 만남의 두 첩을 아내 허락으로 맞이해 행복 누리다
11-14.〈178〉 획기우이첩열옥(獲奇遇二妾列屋)
여종을 가마 속에 대신 넣어 첩 납치하는 도적 괴수 속이다
11-15.〈179〉 교중납환광적수(轎中納鬟誆賊帥)
정충신(鄭忠信) 평양성 중에 화약 묻어 중국 사신 위협하다

11-16.〈180〉 성리매약겁조사(城裏埋藥惻詔使)
과객 지시로 아들 혼인시키어 자부 지혜로 가정을 보전하다
11-17.〈181〉 보가업일청지부(保家業一聽智婦)
홀아비가 여자로 분장하여 보쌈 당하고 부요한 두 첩 동시에 얻다
11-18.〈182〉 환신장쌍점요첩(換身粧雙占饒妾)

○ 동야휘집 권지십이(東野彙輯 卷之十二)

여자아이 선물 부채 폐백(幣帛)으로 간수하고 증거 삼아 혼인하다
12-1.〈183〉 장선폐동녀증약(藏扇幣童女證約)
노부인이 후손 여자들에게 경계심을 깨우쳐 글을 남기다
12-2.〈184〉 수간서노부수계(授簡書老婦垂誡)
상주(喪主) 된 신랑의 동침 증서 받아 유복자의 증거로 삼다
12-3.〈185〉 대극서봉표입증(對棘壻捧標立證)
여종 해당(海棠)을 남편과 동침시키는 계책으로 아들 얻다
12-4.〈186〉 납당비수계구사(納棠婢授計求嗣)
질투 심한 부인 남편 애기(愛妓) 미모에 용서하고 대화하다
12-5.〈187〉 연여모사죄접화(憐女貌赦罪接話)
기녀 사랑한 남편의 수염을 깎아 벌을 주어 분풀이하다
12-6.〈188〉 삭부염시벌설분(削夫髥施罰雪憤)
칼에 찔린 정인(情人)을 보고 놀란 기녀가 한을 품고 울부짖다
12-7.〈189〉 경검혈청루음한(驚劒血靑樓飮恨)
여종이 궁수(弓手)를 유인해 와 악인을 죽이고 상전 복수하다
12-8.〈190〉 차노수차환복수(借弩手又鬟復讐)
제설(除雪) 일꾼으로 감영에 들어가 옛 정인(情人)의 얼굴을 보다
12-9.〈191〉 소설정획규고정(掃雪庭獲窺故情)
심희수(沈喜壽) 삼일유가 때 어사화 쓰고 옛 정인을 만나다
12-10.〈192〉 잠화로우해구연(簪花路遇諧舊緣)
이승 암자(尼僧庵子)에서 옛 정인 만나 급제 여부를 묻다
12-11.〈193〉 이암봉랑문등과(尼庵逢郞問登科)

강선루(降仙樓) 접대로 김창흡(金昌翕) 기녀에게 시 써 주다
        12-12.〈194〉 선루대객화증시(仙樓對客話贈詩)
어사 박문수(朴文秀) 촉석루에서 두 기녀의 직분을 바꾸다
        12-13.〈195〉 촉석루양녀출척(矗石樓兩女黜陟)
정주(定州) 납청정(納淸亭)에서 두 손님 함께 울다가 웃다
        12-14.〈196〉 납청정이객도소(納淸亭二客咷笑)
함흥(咸興) 동기(童妓) 가련(可憐)과 뒷기약을 굳게 하다
        12-15.〈197〉 함관대창아류기(咸關對唱娥留期)
암행어사 장성(長城) 시기(詩妓) 노아(盧兒) 만나 속임 당하다
        12-16.〈198〉 장성우시기견매(長城遇詩妓見賣)
기생 성산월(星山月)이 경험한 세 가지 우스운 일을 늘 말하다
        12-17.〈199〉 성월매도삼가소(星月每道三可笑)
기생 옥향(玉香)이 평생 못 잊는 좋고 나쁜 일 두 가지 이야기하다
        12-18.〈200〉 옥향위설양미망(玉香爲說兩未忘)

*〈 〉속은 수록 설화 전체 연번임.

원전 서문(原典序文)

동야휘집(東野彙輯)

　　패관(稗官) 작품과 야사(野史)는 많은 경전(經典)과 여러 학자들 저술이나 문집 대열에 들지 못하여, 진실로 문장가들이 즐겨 읽지 않았다. 하지만 그 특이한 이야기를 찾아보고 신기한 내용을 널리 펼쳐 고찰하면, 역사 기록의 누락된 부분을 보충하고 소담(笑談)의 기본 자료를 얻는 일에 도움이 되니, 역시 문장가들도 완전히 담을 쌓아 외면하는 것은 마땅하지 않다.

　　예로부터 우리나라에는 패관 작품을 창작하여 기록한 작자들이 끊이지 않았다. 그리고 각기 견문에 따라 이야기를 수집하여 책으로 엮어 온 저록들이 여기저기에 남아 전하고, 단편적인 자료를 모아 연결 구성한 이야기도 큰 물줄기처럼 이어져 왔다. 그러나 현전하는 기록들의 내용에는 유실된 부분이 많아, 사실 내용을 알아보기 어려우니 어찌 애석한 일이 아닌가?

　　내가 긴 여름 동안 병으로 요양하면서, 우연히 『어우야담(於于野談)』과 『기문총화(紀聞叢話)』를 열람해 보았는데, 눈을 부릅뜨고 볼 만한 곳이 자못 많았지만, 오직 이 기록들의 본모습이 산일(散逸)되고 누락되어, 그 개략적인 참모습의 만분의 일도 알아보기 힘들었다. 그래서 곧 이 두 책에서 그 내용이 길고 방대한 이야기와 옛 사실을 고증할 만한 것들을 뽑아 모으고, 주변의 다른 책들 중에서 함께 조화를 이룰 수 있는 자료들을 아울러 다듬고 보충하여 책으로 엮었다. 또한 나아가 민간에 널리 전승되는 고담(古談)

들을 채집해, 문장으로 구성하여 역시 함께 넣어 수록하였다. 각 설화 작품 머리에 제목 글귀를 붙여 표제(標題)로 삼은 것은 대체로 소설(小說) 형태에 의거한 것이며, 각각 설화의 끝에 평설(評說; 外史氏)을 부기(附記)한 것은 사서 기술(史書記述)의 예를 취하여 본받았다.

　나는 이야기를 꾸미고 전파하기를 즐기는 호사가(好事家)가 아니다. 오로지 넘치는 흥취로 옛사람들의 여러 저술(著述)을 비교하여 다듬어 엮었으므로, 민간 사람들이 뛰놀고 노래하며 즐기는 내용에 지나지 않아, 진실로 온 세상 도덕군자(道德君子)들로부터 웃음거리가 될 것임을 잘 알고 있다. 하지만 여기 이 책 속에 실린 바 이야기에는 민간 사람들 정서와 세상 물정들이 손바닥 위에서 짚어 가리키는 것처럼 환하게 나타나 있어서, 옛날로 거슬러 올라가 당시 사건들을 집어내어 그 습속들을 경험해 보는 것 같으니, 오늘날 세상 사람들 교화(敎化)에 크게 도움이 될 것이다. 비록 간혹 현실과 거리가 먼 허황된 사건이나 괴이한 신귀(神鬼) 이야기인, 옛 성인 공자(孔子)께서 말씀하지 않았다고 하는 괴력난신(怪力亂神) 관련 내용이라 할지라도, 이미 기록되어 전하고 하나의 전설(傳說)과 고사(故事)로 굳어진 이야기는 역시 빠짐없이 수록하였다.

　이 속에는 선행과 악행에 대한 보응(報應)의 원리가 표현되어 있어서, 사람들 감화(感化)에 도움이 될 것으로 생각된다. 그 영향으로 인하여 원리 원칙에 비추어 자신의 행동을 반성하고 경계심을 일깨우게 될 것이니, 곧 이 책이 어찌 조금이나마 민심 교화에 일조(一助)가 되지 않는다고 하겠는가? 다만 글로 써서 이야기를 구성하는 과정에서, 조화롭게 잘 다듬어지지 못하여 거칠고 조잡한 표현이 있을 것이다. 후세 열람하는 사람 중에 한(漢)나라 때 자운(子雲) 양웅(揚雄)처럼, 문장 교열(文章校閱)에 능숙한 사람이 있다면 오히려 혹시 그 잘못 표현된 정도를 보고서, 사람 성품의 어질고 어질지 못함을 알아낼지는 모를 일이다.

　　　기사〈己巳, 고종6(1869)〉해 가을, 구성(駒城) 이원명(李源命) 적다.

稗官野乘不列於墳典子集 固文章家所不耽看. 而其搜異聞博奇覽 備史乘之闕遺 資談笑之欛㭓 亦文章家之不宜束閣者也. 我東稗說作者椄武各隨聞見 蒐輯成書. 諸家之名目 袂袂鱗鱗 片辭瑣錄 滔滔一轍. 而傳記多闕 事蹟莫徵 豈不惜哉.

　余於長夏調疴 偶閱於于野談紀聞叢話 頗多開眼處. 惟是記性衰耗 無以領略萬一. 遂就兩書 撮其篇鉅話長 堪證故實者 旁及他書之可資該洽者 竝修潤載錄. 又采閭巷古談之流傳者 綴文以間之. 每篇之首 題句標識 槪依小說之規 各段之下 輒附論斷 略倣史傳之例.

　余非好事者. 聊寓漫興 較諸前修著述 不翅如笙鏞下俚 固知見笑於大方. 而第書中所載 人情物態 瞭如指掌 可以溯古撫實驗謠俗 而裨世敎. 雖或事涉神怪 聖門之所不語者 前人旣備述 而且一齊諧記故 亦歸捃拾. 間有善惡報應之理 捷如影響. 因此而柯則鑑戒 則書豈無少補云乎. 但點筆搆辭之際 未克礱淬 率多舛駁. 未知後世子雲 尙或觀過知仁否也.

　屠維大荒落 梧節 駒城李源命識.

동야휘집범례(東野彙輯凡例)

一. 이 책은 오로지 야담에서 가려 뽑아 편찬하였으므로 패사(稗史)나 소설(小說)에 실린 작품은 채록되지 않은 것이 많다. 하지만 그중에서 진실로 고담(古談)에 가까운 작품은 역시 모두 수록하였다.

一. 대대로 이어진 왕실 관련 사적(事蹟)은 감히 함께 수록하지 않았다. 다만 두 임금 관련 이야기로서, 성은(聖恩)이 아랫사람에게로 미친 사건과 관련된 이야기 두어 항목은 책의 맨 앞에 실었으니, 이는 『서경(書經)』에 '요전(堯典)' '순전(舜典)'이 첫머리에 실린 것을 본뜬 것으로, 왕실을 존중하는 의미에서이다.

一. 나라 조정의 이름난 신하들 중에는 오직 그 행적이 고담에 관계되어 꾸며진 이야기만을 수록하였다. 그러므로 이름난 어진 대신(大臣)이나 뛰어난 제왕 보필자의 사적(事蹟)은 거의 실리지 않았다. 무릇 이 책은 인물들의 실제 행적을 모아 엮은 인물 유취(人物類聚)와는 다르며, 역사 기록의 누락된 부분에 해당되지도 않는다.

一. 유명한 석학(碩學) 중에 야담으로서 이미 기록에 올라 있으면 곧 그 행실 중에 가히 기록할 만한 내용은 이야기에 따라 첨가해 실었다. 비록 그 기록들에서 상세함에 차이가 있다고 해도 가히 사실(事實)을 고증하는 데에 자료가 될 것이다.

一. 한 사람의 이야기가 비록 여러 항목으로 나뉘어져 한 편(篇) 속에 함께 실려 있거나 혹은 이야기가 나누어져 각각의 편으로 독립되어 각기 다른 고담에 실렸더라도, 이 책에서는 한데 모아 한 편으로 묶어 실었다.

一. 이 책에 실린 이야기들은 이미 종류별로 편집하여 다시 각부(各部)로 나뉘었기 때문에, 간혹 연대적인 순차 사이에 앞뒤가 바뀌어 서로 어긋나는 경우가 있기도 하지만, 그것은 전혀 고려(考慮) 대상으로 삼지 않았다.

一. 이 책이 130규(㝵)로 이루어져, 역사 기술가(歷史記述家)의 3대 장점인 재지(才智)·학문(學問)·식견(識見) 등을 다 갖춘 대가 사마천(司馬遷) 편찬의 『사기(史記)』 130편과 우연히 일치되어 있다. 이렇게 된 것은 일부러 모방하여 애써 동일하게 맞추려 한 것은 아니지만 남의 것을 훔쳐 표절했다는 혐의가 없지 않으니, 속집(續輯) 몇 편을 추가해 그 수를 늘이고자 마음먹었는데, 진실로 그렇게 할 겨를이 없었다.

一. 이 저록(著錄) 외에도 전해지는 야담 기록이 매우 많다. 하지만 민간에 떠도는 단편적이고 황당한 내용의 이야기들은 모두 수록하지 못했다. 진실로 마땅히 수록되어야 할 이야기가 실리지 못하고 누락되었다면, 곧 챙겨 두었다가 뒷날 속편으로 편찬할 계획이다.

東野彙輯凡例

一 此篇專取野談而成書 故稗史小說之所載者 多不採錄. 就其中 苟有近
於古談者 亦皆入錄.
一 列聖朝事蹟 不敢竝錄. 只以兩朝事 係恩數之逮下者數條 揭于編首 倣
二典 尊閣之義.
一 國朝名臣中 惟以事蹟之涉於古談者入錄. 故名賢碩輔 多未見錄. 蓋以
此書 異於人物類聚 而　非謂及史之闕也.
一 名碩中 以野談旣入錄 則其行蹟之可紀者 亦隨處添錄. 雖有詳略之不
齊 而可作攷實之資.
一 一人事蹟 雖累條竝錄於一篇 或有分而爲各篇者 蓋以古談之各分其類
而彙錄也.
一 此書旣以類輯而部分 故年代次序之間 或舛差 有不暇顧矣.
一 此書之爲百三十号 偶同於三長大筆百三十篇之數 此非用意模倣者 然
不無僭越之嫌 欲續輯幾篇 以衍其數 而姑未遑焉.
一 此錄外野談之流傳者甚多. 而若其俚瑣荒誕者 竝不入錄. 苟有當入而不
入者 則留俟他日續筆.

동야휘집총목(東野彙輯總目)

제1권 은수부(第一卷 恩數部) 과환1(科宦1).

　　　유현부(儒賢部) 도학1, 현재2(道學1, 賢才2).

　　　장상부(將相部) 현상3(賢相3).

제2권 장상부(第二卷 將相部) 천장1, 명장5(天將1, 名將5).

제3권 절의부(第三卷 節義部) 충절3, 효행1, 정렬3, 충의1(忠節3, 孝行1, 貞烈3, 忠義1).

제4권 기예부(第四卷 技藝部) 문장3, 서화2, 금기1(文章3, 書畵2, 琴棋1).

제5권 방술부(第五卷 方術部) 천문1, 지리3, 의약2, 복서2(天文1, 地理3, 醫藥2, 卜筮2).

제6권 도류부(第六卷 道流部) 선술2, 도인1, 방사1, 좌도1, 승도2(仙術2, 道人1, 方士1, 左道1, 僧徒2).

제7권 성행부(第七卷 性行部) 은륜2, 도회2, 감식2, 재지2(隱淪2, 韜晦2, 鑑識2, 才智2).

제8권 성행부(第八卷 性行部) 용력3, 기개2, 호기1, 권귀1, 풍류1, 부요1, 유개1, 구도2(勇力3, 氣槪2, 豪侈1, 權貴1, 風流1, 富饒1, 流丐1, 寇盜2).

제9권 인사부(第九卷 人事部) 적선2, 시의2, 수은3, 보수2(積善2, 施義2, 酬恩3, 報讎2).

제10권 인사부(第十卷 人事部) 권술4, 회해3, 감화2, 경계2(權術4, 詼諧3, 感化2, 警戒2).

제11권 부녀부(第十一卷 婦女部) 덕행1, 기혼2, 가연2, 이적2, 지식2(德行1, 奇婚2, 佳緣2, 異蹟2, 智識2).

제12권 부녀부(第十二卷 婦女部) 재혜2, 투한1, 구한1, 기우1, 지조1, 정의1, 재기1, 명창1(才慧2, 妬悍1, 仇恨1, 奇遇1, 志操1, 情義1, 才妓1, 名娼1).

제13권 잡식부(第十三卷 雜識部) 창화1, 이합1, 궁통1(倡和1, 離合1, 窮通1).

제14권 잡식부(第十四卷 雜識部) 유람1, 기적1, 재능1, 횡재1, 식화1, 보복1, 기의1(游覽1, 奇蹟1, 才能1, 橫財1, 殖貨1, 報復1, 氣義1).

제15권 술이부(第十五卷 述異部) 영이1, 신기1, 무축1, 명우1, 사마1, 유괴1, 이배1, 물감1, 보주1, 성력1, 음덕1(靈異1, 神奇1, 巫祝1, 冥遇1, 邪魔1, 幽怪1, 異配1, 物感1, 報主1, 誠力1, 陰德1).

제16권 습유부(第十六卷 拾遺部) 상업1, 직간1, 풍정1, 규풍1, 괴사1, 경오1, 선적1, 청복1, 환몽1(相業1, 直諫1, 風情1, 規諷1, 怪事1, 警悟1, 仙蹟1, 淸福1, 幻夢1).

범일백삼십규(凡一百三十류).

東野彙輯
卷之十三

잡식부 상(雜識部 上)

요로원이객문답(要路院二客問答) 창화(倡和)
고란사십미수창(皐蘭寺十美酬倡〈唱〉)
표만리십인전환(漂萬里十人全還) 이합(離合)
역삼국일가단취(歷三國一家團聚)
섭남방삼상각리(涉南邦〈國〉蔘商権利) 궁통(窮通)
낙소도포장획화(落小島砲匠獲貨)

*〈 〉속은 각 설화 머리에 제시된 제목의 글자임

요로원(要路院)에서 경향 두 선비 밤새 문답 작시하다

13-1.〈201〉요로원이객문답(要路院二客問答)

숙종(肅宗) 무오(戊午, 1678)년간 충청도 지방의 한 선비는 그 이름을 숨기었다. 서울에 왔다가 한강을 건너 고향으로 내려가는데, 병든 한 필의 말에 짐도 함께 실어 타고 가면서 말을 모는 아이 종도 너덜너덜한 옷을 입고 있어서 늘 여점에 들 때마다 수모를 당했다. 정오에 소사(素沙)를 출발하여 해 질 무렵 요로원(要路院)[1]에 도착했는데, 이렇게 늦은 것은 말이 발을 전 탓이었다. 선비는 스스로 생각하기를, 여점에는 여행객들이 이미 가득 차 있을 터인데 보잘것없는 이런 행색으로는 양반이라고 하여 주인에게 손님을 내쫓아 달라고 호령할 수 없을 것 같아, 오히려 사대부가 든 여점에 가면 거의 서로 용납이 될 것으로 믿고 한 여점을 찾아 들어갔다.

---

1) 요로원(要路院): 충청도 성환에서 아산으로 빠지는 길목에 있던 여점.

토청(土廳) 위를 보니 호화롭게 보이는 한 젊은 손님이 비스듬히 반쯤 쓰러져 누워 있었다. 이 손님은 큰 소리로 불러 말했다.
　　"너희들은 행인(行人) 들어오는 것을 금하지 않고 어디 있느냐?"
　　곧 두 하인이 대답하며 튀어나왔는데, 선비는 이미 말에서 뛰어내린 뒤였다. 한 하인이 선비의 종을 끌어당기고 그 말을 채찍질하여 나가라고 꾸짖고, 두 눈이 멀었느냐고 소리치면서 존귀한 행차(行次)가 이미 들어와 있는 것이 보이지 않느냐고 야단쳤다. 그리고 또 한 하인은 선비를 밀치며 나가 달라고 요청하기에, 선비는 나가면서 또한 이렇게 말했다.
　　"날이 이미 저녁때가 되어서 잠시 이곳에서 쉬었다가 달리 묵을 곳을 정하여 나갈 생각이 있다. 너는 양반이 저기 계신데 어찌 서로를 이처럼 막아서는 것이냐?"
　　이때 토청 위 손님은 웃으며, 멈추라는 말을 거듭하며 제지했다.
　　선비는 곧 다시 들어가 옷자락을 단정하게 여미고 토청 위로 올라가려 하는데도 손님은 태연하게 누워만 있었다. 곧 선비가 토청에 올라가 서서 인사를 할 것같이 하는데도, 손님은 여전히 뻗고 누워 움직이지 않았다. 선비는 마음속으로 생각하기를, 저 사람은 서울에서 호화롭게 사는 상류 계층 사람으로서, 겉모양 꾸미기를 좋아해 화려한 옷을 입고 좋은 말을 타고 다니며 나를 시골 사람이라고 하여 가볍게 보고 멸시하는 것이니, 그 어리석고 교만한 버릇을 가히 계책으로 꺾어 놓아야 하겠다고 작정했다.
　　선비는 곧 매우 공손하게 절을 하는데, 손님은 베개를 끌어당기면서 머리를 끄덕일 따름이었다. 그리고 천천히 어디에 살고 있느냐고 물었다. 선비는 꿇어앉아 대답했다.
　　"충청도 홍주(洪州) 금곡리(金谷里)에 살고 있습니다."
　　손님이 그 주소를 자세하게 모두 말하는 것에 대하여 웃고, 내 어찌 호적단자(戶籍單子)를 외우라 했느냐고 말했다. 이에 선비는 고개를 숙이며, 행차께서 하문하시는데 상세하게 말하지 않을 수 없었다고 공손히 말했다. 그리고 이렇게 요청하였다.

"애초에는 묵을 여점을 찾아서 옮겨 가고자 했지만, 날이 이미 저물고 여점 또한 사람이 가득 찼으니, 여기 있는 빈 공간에 앉아 새벽을 기다리게 허락해 주실 수 있겠습니까?"

"아니, 처음에는 가겠다고 말해놓고 지금은 머물겠다고 말하니 이는 한 입으로 두말을 하는 것입니다."

"그러면 행차(行次)께서는 처음에 멈추어 있으라고 말하고 지금은 나가라 하니, 이는 한 입으로 한 말만 한 것인지요?"

이에 손님은 존장(尊丈)도 양반이니 양반과 양반이 동숙하는 것이 어찌 불가하겠느냐고 말하고 허락했다. 선비는 후한 배려에 감사드린다는 사의를 표했다. 그리고 선비가 하인을 불러 마소〈마우(馬牛; 말과 소)〉를 들여서 매고 양미(糧米; 양식과 쌀)를 여점 주인에게 내주라고 말했다. 이 말에 손님은 이렇게 물었다.

"어찌 하인에게 소까지 끌어들이라 명하는지요? 그리고 쌀이라는 말을 함께 말하지 않으면, 양식이 쌀이라는 것을 하인이 알지 못하는지요?"

"예, 설명해 드리겠습니다. 행차께서는 서울 손님이십니다. 내 말은 소를 함께 끌고 오라고 말한 것이 아니며, 하인도 역시 양식이라 하면 쌀임을 알지 못하는 것이 아닙니다. 그런데 말을 할 때 반드시 소를 아울러 말하고, 양식을 말할 때 반드시 쌀과 함께 말하는 것이 시골 사람들의 늘 하는 말투입니다. 시골 사람은 이를 듣고 보통으로 생각하는데, 행차께서는 유독 웃으시니 서울 손님이 아니면 어찌 그러시겠습니까?"

손님은 그 말이 역시 훌륭하다고 말하고, 이어 무슨 일로 갔다가 여기에 이르렀느냐고 물었다. 선비는, 친척 한 사람의 군역(軍役) 면(免)하는 일을 위하여 서울에 가서 옛날 친구 집에 머물렀다가 돌아가는 길이라고 설명했다. 손님은 그 옛날 친구라는 사람이 어떤 관계인지를 묻고, 또한 주선한 일은 잘 해결되었는지도 물었다. 이에 선비는 이렇게 말했다.

"일찍이 전에 상경하였을 때에 조정 육조(六曹) 앞에 사는 김씨(金氏)

성을 가진 승(丞)²⁾ 벼슬에 있는 사람 집에 머물렀는데, 이 사람은 오래 전부터 알던 사람입니다. 주선한 일은 바쳐야 하는 보병반동(步兵半同)³⁾의 값이 부족하여 해결하지 못하고 돌아왔습니다."

"아, '그 김씨 승'이란 사람이 어떤 사람인지요?"

"예, 벼슬하는 관원(官員)입니다. 그가 스스로 말하기를, 병조(兵曹)의 '승' 직위에 있다고 했습니다. 그가 외출할 때에 먼 거리는 말을 탔고, 가까운 거리는 걸어갔으며, 또한 사모관대(紗帽冠帶)를 착용하였습니다. 그가 전날 말하기를 후일에 일이 있으면 상경하여 자기 집에 머물면 일을 맡아 주선해 주겠다고 하였습니다."

선비의 설명에 손님은 크게 한숨을 쉬면서 말했다.

"그대는 서리(書吏)에게 속았습니다. '승'은 서리를 일컬으며 관원이 아닙니다. 관원이 어찌 걸어 다니겠습니까? 그가 쓴 것도 사모가 아니고 이른바 승두(蠅頭)⁴⁾이며, 입은 것도 관대가 아니고 단령(團領)⁵⁾입니다. 그대는 그 술수에 빠져 공연한 돈만 허비하였습니다. 시골 사람들이 으레 이와 같이 당하니 애석합니다."

손님은 이로 인해 선비를 보잘것없는 사람으로 여기고, 선비를 다시는 존장이라 일컫지 않고, 곧바로 '그대〈君〉'라고 불렀다. 선비는 다시 묻기를, 서리와 관인이 진실로 이처럼 다르게 구별되는 것이냐고 의문을 표시했다. 손님은 이렇게 한탄했다.

"심하구려, 그대의 시골스러운 말이여! 그대가 사는 금곡은 고을 관장이 있는 주성(州城)과의 거리가 몇 리나 떨어졌는지요?"

---

2) 승(丞): 고려 때부터 조선 초기까지는 정부 소속 관아에서 일 보는 종5품에서 정9품에 속하는 관원이었음.
3) 보병반동(步兵半同): 옛날 남자 장정(壯丁)은 군무(軍務)에 복무해야 함. 그런데 세력 있는 사람이 교섭하여 군인들이 입는 옷감인 무명베와 삼베인 보병목(步兵木) 반동(半同; 1동이 50필이니 곧 25필)을 바치고 군무를 면제 받는 제도.
4) 승두(蠅頭): 파리머리라는 뜻이지만, 서리(胥吏)들이 쓰는 평정건(平頂巾)을 지칭함.
5) 단령(團領): 깃을 둥글게 만든 관원들의 공복(公服).

"아, 그런 건 기억하지 못합니다. 다만 새벽에 출발하면 저녁에 도착한다고 들었습니다."

"그대가 사는 곳의 궁벽함이 이와 같으니, 서리와 관원의 구별을 알지 못하는 것은 마땅한 일입니다. 그대의 고을에서 무릇 백성들이 우러러보고 존경하며 두려워하는 사람이 누구입니까?"

선비가 서원(書員)과 아전이라고 대답하니, 손님은 또한 그보다 높은 지위의 사람이 있느냐고 물어서, 별감(別監)과 좌수(座首)라고 대답했다. 손님은 또한 묻기를 이보다 더 높은 사람이 있느냐고 하니, 선비는 없다고 대답했다. 그러니까 손님은 어찌 목사(牧使)가 있는 사실을 모르냐고 물어, 선비는 이렇게 대답했다.

"목사는 고을의 왕입니다. 어찌 가히 아전 무리들과 더불어 같은 날에 이야기할 수 있는 일이겠습니까?"

"그대 말이 옳소. 그대가 이르는 목사는 곧 서울에서는 관원입니다. 그리고 여기에서 말하고 있는 서리는 곧 시골 고을의 아전이랍니다."

"아, 그러면 내가 아는 김씨 승은 역시 양반이 아니구면요."

손님은 웃으면서 다시 이렇게 설명했다.

"오늘에야 그가 양반이 아니라는 사실을 알았습니까? 그대가 양반이라 일컬어지는 사람들을 알고자 하는지요? 설명하자면 이렇답니다. 벼슬길에는 동반(東班)과 서반(西班)의 직분이 있어서, 이 동반 서반의 직을 지낸 사람을 양반이라고 합니다. 저 김씨 승은 곧 양반이 부리는 사람인데 어찌 양반이라는 이름을 외람되게 훔쳐 말할 수 있겠는지요?"

"그렇군요. 저는 시골 사람이기에, 저 승이라는 것이 이에 서리의 칭호를 일컫는 것임을 몰랐으며, 오직 승두단령을 사모관대와 같은 것으로 보아서, 양반이라고 인식하고 교제를 하였습니다."

이러면서 선비는 인하여 스스로 투덜거리며 성을 내고 탄식했다. 이를 본 손님이 어찌하여 분하게 여기고 한탄하느냐고 묻고, 어쩌면 보병포(步兵布) 반 동을 헛되이 버린 것이 아까워서 그러냐고 했다. 선비는 단호하게 말했다.

"아닙니다. 비록 반 동이 아닌 한 동을 낭비했더라도 친족의 군역을 면하기 위함이니, 다시 무엇이 아깝겠습니까? 전날에 김씨 승이 나의 자(字)를 묻기에 내 일러 주었더니, 그 후로 그는 매번 나를 자로 불렀고, 나 역시 그를 자로 불렀답니다. 지금에 이르러 생각해 보니, 그가 아전 무리로서 양반의 자를 불렀으니 참람(僭濫)된 행동이 아니겠습니까? 그러니 역시 분하고 한스럽지 않겠습니까? 오늘 행차를 만나지 않았더라면 영원히 큰 모욕을 당할 뻔 했습니다."

손님은 크게 웃으며, 이 행차의 덕이 적지 않다고 말했다. 이어 손님이, 그대 양민은 사는 고향에서 어떤 등급에 해당하느냐고 물어, 선비는 역시 상등 양반이라고 대답했다. 손님은, 상등 양반이라면 그대의 친족 일에서 어찌 군보(軍保)[6]의 일로 침해를 당했느냐고 물었다. 이에 선비가 대답하기를, 속담에 존귀한 사람도 보호해야 할 친척이 있다고 했는데, 이런 일이 어찌 자신에게 누가 될 수 있겠느냐고 말했다. 손님은 또 사는 마을 속에 다른 양반도 있느냐고 묻기에 있다고 대답하니, 누구냐고 물었다. 선비는 북리(北里)에 좌수 예씨(倪氏)가 있고, 이웃 동쪽 마을에 모씨(牟氏) 별감이 있다고 대답했다. 손님은 이들도 상등 양반이냐고 물어서 다음과 같이 설명해 말했다.

"그렇습니다. 그 양반은 나와 비슷하나 위세와 권력이 내가 감히 바라볼 바가 못 됩니다. 예전에 예 좌수가 미천할 때에는 아내가 호미로 채소를 가꾸었고 아들은 소에게 풀을 먹이러 다녔습니다. 여름에는 삽을 메고 논에 나가 양반이라 칭하며 도랑의 물을 먼저 끌어 대었고, 겨울에는 무명베를 옆에 끼고 시장으로 가서 팔면서 상놈들과 어울려 자(字)를 부르며 함께 술을 마셨습니다. 권농(勸農)이 와서 알현하면 고개를 끄덕이며 응답하고 애쓴다고 대답하였습니다. 서원(書員)이 지나면서 절을 하면 갓을 낮춰 답

---

[6] 군보(軍保): 조선 후기 군대 양병(養兵) 비용 조달을 위해 군역(軍役)을 면해 주고 대신 군포(軍布)를 바치게 한 제도. 그 이전에는 한 사람의 현역병에 대해 조정(助丁) 두 사람씩을 붙여 주어 농작을 대신해 주도록 했음.

배하며 매우 좋다고 하였습니다. 마을 생활에서는 부드럽고 조화롭게 살아가면서 자못 보통 사람과 같았습니다. 그런데 하루아침에 별감으로 추천을 받고 얼마 되지 않아 옮기어 좌수에 이르렀습니다. 관아를 나와서 곧 향청에 앉으면, 관원들이 뜰아래에 늘어서서 절을 올렸고, 관아에 들어가 관장을 대하게 되면 문밖에는 따라온 하인들이 기다려 대기하였습니다. 예전에는 맛없는 국도 싫어하지 않았는데 갑자기 맛있고 좋은 음식도 맛없다고 안 먹었으며, 예전에는 송아지도 갖추어 타지 못했는데 문득 살찐 말을 타고 다녔습니다. 기녀들이 잠자리를 모셨고 심부름하는 사람이 자리에 모시어 받들었습니다. 기분이 좋으면 환곡(還穀)을 잘 빌려주고 화가 나면 형장(刑杖)을 가합니다. 손님이 오면 술을 올리라고 하고, 갈증이 나면 차를 불러 마십니다. 평일에 어깨를 같이하던 친구들도 그를 곁눈질하여 보고, 상놈들도 손을 들어 예를 표하고 꾸부려 엎드리며 두려워하지 않는 사람이 없습니다. 소리쳐 명령하는 위풍이 온 경내에 진동하고, 뇌물과 선물 꾸러미가 사방에서 줄을 이었습니다. 이런 것이 대장부의 사업이 아니겠습니까? 하루는 예좌수가 환곡을 나누어 주는 일로 해창(海倉)7)에 가 있는데, 내가 열 말 정도의 환곡을 꾸기 위해 가서 그에게 절을 했습니다. 나에게 술 세 잔을 대접하고 나서 큰 소리로, '보잘것없는 이 사람이 공을 기쁘게 해 드리는 집강(執綱)이 되었습니다.' 하고 말했습니다."

　　손님은 크게 웃고 손뼉 치며, 이 진정 상등 양반이라고 말했다.

　　얼마 후에 하인이 저녁밥 먹기를 고하니, 선비는 관솔불을 켜 올리라고 했다. 이에 손님이, 상등 양반이 여행 짐 속에 밀초를 갖추고 있지 않느냐고 말했다. 선비는 거짓으로 여행 중 간밤에 초를 다 써 버렸다고 말했다.

　　대체로 남의 호화로움을 보고 자신의 궁핍함을 부끄럽게 여기어 없어도 있는 것처럼 과시하여 남에게 말하는 것이 진실로 시골 선비들의 태도였기에, 손님은 선비가 거짓 대답하는 것을 알아채고 비웃었다. 그런 다음 한

---

7) 해창(海倉): 지방 관아에서 거두어들인 환곡을 쌓아 두는 창고로, 바닷가에 설치되어 해창(海倉)임. 산에 설치된 창고는 산창(山倉), 마을에 설치된 창고는 사창(社倉)임.

참 지나 손님은 자신의 하인을 불러 관솔 연기가 매우니 불을 꺼버리라고 명했다. 이에 하인이 나와서 관솔불을 쳐서 꺼버렸다. 선비가 밥 먹기를 멈추고, 밤눈이 어두워 숟갈이 입을 찾기가 어렵다고 불평하니, 손님은 장님도 역시 밥을 먹는다고 말했다. 이때 선비는 이렇게 대꾸했다.

"장님은 오랫동안 습관이 되어 소반을 어루만지며 스스로 밥을 먹을 수 있지만, 나는 장님이 아닙니다. 갑자기 밝은 불이 없어지니 진실로 밥이 어디에 있는지 찾을 수 없습니다. 가령 행차께서 이런 경우를 당했을 때 능히 밝은 대낮같이 밥을 찾을 수가 있겠습니까? 올빼미에게 눈을 빌리지 않고, 박쥐와 눈동자를 바꾸어 넣지 않고서도 정말로 스스로 집어서 입에 넣을 수가 있겠습니까?"

이러고 선비는 종을 불러 다시 불을 켜라고 말했다. 곧 손님은 웃으면서 그대의 일 처리하는 대처를 보려고 장난을 쳤을 뿐이라고 말하고는, 하인에게 명하여 밀촉 심지에 불을 붙이라고 했다. 그래서 긴 촛대에 불이 환하게 밝혀지니 매우 좋았다.

선비의 반찬이 오직 먹다 남은 간장조림의 반 토막 청어 몇 덩이 뿐이어서, 찬합을 반쯤 열고 먹으며 그 찬합 속을 손님에게 보여 주고 싶지 않은 것처럼 했다. 그런데 손님이 갑자기 팔을 뻗어 뚜껑을 열고 보면서 말하기를, 상등 양반의 반찬이 좋지 않다고 했다. 이에 선비는 일부러 위축된 모습을 하면서, 오랜 나그네 생활 끝에 반찬이 다 떨어지려 한다고 말하고, 반찬에 어찌 양반의 높고 낮음이 상관있느냐고 했다.

선비는 곧 상을 물린 뒤, 손님의 담뱃대를 가져다 담배통에 담배를 재워 채우려고 했다. 손님은 급히 담뱃대를 뺏으며 화를 내고, 어른 앞에서 감히 담배를 피우지 못하거늘 하물며 내 담뱃대를 더럽히려 하느냐고 꾸짖었다. 선비는 얼굴색을 바꾸면서 예 좌수와 모 별감 앞에서도 오히려 담배를 피웠는데, 어찌 행차 앞에서 피우지 못하겠느냐고 말했다. 그리고 손님 입을 가리키며 이 입도 역시 입이라고 말하고, 자신의 입을 가리키며 내 입도 역시 입이라고 하면서, 어찌 더러움이 있겠느냐고 했다. 손님은 크게 웃으면서 담뱃대를 돌려주고 말했다.

"그대는 가히 당돌한 서시(西施)[8]라 할 만하도다. 예 좌수와 모 별감은 참으로 존귀한 사람인 것 같은데, 내 어찌 좌수와 별감도 되지 못한단 말입니까?"

"행차께서는 사는 고을에서 혹시 좌수가 될 수 있겠지만, 내가 사는 홍주의 좌수는 결코 바라볼 수 없을 것입니다."

이에 손님이 자신은 서울에 사는데 서울에 어찌 좌수가 있느냐고 말했다. 그 말에 선비는 좌수란 주(州)와 군(郡) 같은 고을에서 최고의 직책인데, 서울 안에 어찌 첫째가는 우두머리 직책이 없느냐고 물으니, 손님은 영의정이 우두머리 자리라고 하니, 곧 선비는 이렇게 말했다.

"그렇다면 행차께서는 혹시 영의정이 될 수는 있을지라도 우리 고을 좌수는 도모하기 쉽지 않을 것입니다."

손님은 머리를 흔들면서, '높고도 아름답구나, 좌수의 소임이여!'라고 감탄하고, 또한 이어 말하기를 그대 고을 좌수되기는 비록 쉽지 않더라도, 어찌 그대 고을의 목사는 될 수 없겠느냐고 했다. 이 말에 선비가 대답했다.

"목사는 서울에서도 나오는 것이니 이것은 곧 쉽습니다. 그러나 존귀한 목사도 있을 것이며 존귀하지 못한 목사도 있을 것입니다."

"앞서 목사는 한 고을의 왕이라고 해 놓고 어찌 존귀하지 않은 목사가 있다고 하는지요?"

"어느 해에 한 목사가 부임해왔는데, 그 마음이 기린(麒麟)처럼 인자하니 마을 사람들이 '기린의 아들'이라는 노래를 불렀습니다. 그 노래는 이러했습니다. '아들이여! 아들이여! 그 아비는 기린이로다. 아버지여! 아버지여! 그 아들도 기린이로다. 이런 아비가 있어서 이런 아들이 있었으니, 만 년이 봄처럼 아름답지 않으리오.' 이 경우는 가히 존귀한 목사라 하겠습니다. 그

---

8) 서시(西施): 춘추시대 말기 월(越)나라 미인. 거리낌이 없는 행동을 하기 때문에 생긴 말. 오왕(吳王) 부차(夫差)에게 바쳐져, 부차가 고소대(姑蘇臺)를 짓고 서시와 함께 방탕하게 놀아 국정을 그르쳐, 월나라의 침입을 막지 못하고 잡혀 자결했음.

런데 어느 해에 어떤 목사가 부임해왔는데, 그는 욕심이 많아 이리처럼 재물을 탐하니, 사방의 고을에서 '이리의 아들' 노래를 불렀습니다. 그 노래는 이와 같았습니다. '아들이여! 아들이여! 그 아비는 이리로다. 아버지여! 아버지여! 그 아들도 이리로다. 이런 아비가 있어서 이런 아들이 있었으니, 어찌 멸망을 재촉하지 않으리오.' 이 경우는 존귀하기에 부족한 목사입니다."

선비는 이런 예를 들어 말하고, 행차께서 마땅히 우리 고을의 목사가 된다면 능히 백성들로 하여금 이리의 노래를 부르지 않고, 기린의 노래를 부르게 할 수 있겠느냐고 물었다. 손님은 웃으면서, 자신이 그대 고을 목사가 된다면 마땅히 백성들로 하여금 자기를 부모로 여기게 하겠다고 말했다. 이에 선비는 웃으며 그것을 능히 쉽게 할 수 있겠느냐고 했다. 그리고 또 이어, 서울의 으뜸 직분을 가진 사람도 역시 가히 존귀한 사람과 존귀함에 부족한 사람이 있느냐고 묻고, 기린과 이리의 노래를 부르게 할 만한 사람이 역시 있느냐고 물으니, 손님은 이렇게 설명했다.

"어진 재상과 참된 재상, 청백한 재상이 있으니 가히 존귀함에 해당하지요. 존귀한 사람의 경우는 가히 기린의 노래를 부르게 됩니다. 어리석은 재상과 무지한 재상과 옹졸한 재상도 있으니, 존귀하기에 부족합니다. 이런 재상에게는 역시 이리의 노래를 부르게 됩니다."

이 설명에 선비가 말하기를, 자신은 글을 몰라 말씀하신 바를 자세히 알아듣지 못하겠다고 했다. 곧 손님은 이런 것들은 모두 옛날의 사실이어서 책에 기록되어 있다고 했다.

손님은 화제를 돌려, 그대는 장가를 들었느냐고 물었다. 선비가 아직 장가를 들지 못했다고 대답하니, 또 이어 나이가 몇 살이냐고 물었다. 선비가 한 살 모자라는 서른이라고 알려 주니, 손님은 이렇게 말했다.

"아직 늦지는 않았네요. 내년에 장가를 든다 해도, 오히려 '삼십에 장가 든다(三十而有室)'라고 한 『소학(小學)』의 도리를 어기는 것이 아닙니다. 그러나 그대 상등 양반으로서 어찌 지금까지 장가를 들지 못했는지요?"

손님의 물음에 선비는 탄식을 하면서 말했다.

"양반인 까닭으로 오히려 장가를 들지 못한 것입니다. 저쪽에서 하고 싶어 하면 내가 싫고, 내가 구하고자 하면 저쪽에서 뜻이 없었습니다. 시골 양반으로 나와 같은 사람이 적은데, 반드시 나와 같은 양반을 얻고자 하니, 좋은 바람이 불지 않아 마침내 지금에 이르렀습니다."

"그대는 한탄하지 마십시오. 그대는 똘똘 뭉쳐 키가 크지 않으며, 그대 턱은 반들반들하여 수염이 없습니다. 몸이 커지고 수염이 날 때를 기다리면 어찌 장가가는 날이 없겠습니까?"

"행차께서는 조롱하는 말을 하지 마십시오. 옛날 말에 불효에는 세 가지가 있는데, 그중에 자식 없는 것이 가장 크다고 하였습니다. 서른에 장가를 못 갔으니 어찌 크게 민망한 일이 아니겠습니까?"

"그렇다면 어찌하여 예 좌수와 모 별감에게서 처자(處子)를 구해 보지 않았는지요? 어쩌면 그 집안에 처자가 없어서 그렇습니까?"

"처자는 물론 있습니다. 그리고 나이도 또한 몇 살 적어 매우 서로 적합하답니다."

"그렇다면 저쪽 역시 노처자인데 노도령(老道令)으로서 노처자의 배필이 되는 것은 진정 꼭 적합한 관계인데, 어찌 서로 혼인하지 않는지요?"

선비가 그것이 쉬운 일이 아니라고 말하니, 손님은 무엇 때문에 쉽지 않으냐고 물었다. 이에 선비는, 이 진정 내가 요구하면 저쪽에서 마음이 없어서 그렇다고 대답했다. 이 말에 손님은 상등 양반으로서 저들보다 신분을 낮추어 요구하는데, 저들이 어찌 감히 그러는가 하고 의문을 나타내니, 이에 선비는 이렇게 해명했다.

"다름이 아닙니다. 나의 양반은 옛날에 용이었다가 지금 자벌레처럼 움츠려들었고, 저들 양반은 옛날에는 뱁새였다가 지금 고니처럼 일어났습니다. 시대는 마침 갔다 왔다 하는데, 왕후장상(王侯將相) 같은 세력 있는 관직이 어찌 따로 종자가 있겠습니까? 진정으로 말하여 이른바 변화하는 것이 곧 양반입니다."

이 말에 손님은, 진정 좌수와 별감은 양반이 변화된 것이냐고 말하고 웃었다. 선비는 또 이런 말을 했다.

"양반은 진실로 한 계층이 아닙니다. 향약(鄕約)의 약정(約正)이 되어 양반이라고 칭하는 사람이 있고, 향청(鄕廳)의 풍헌(風憲)이 되어 양반이라고 칭하는 사람도 있으며, 창고를 관리하는 창감관(倉監官)이 되어 양반이라고 칭하는 사람도 있습니다. 이보다 더 올라가면 별감이 되고, 그 층이 또 더 해지고 또한 올라가서 좌수가 됩니다. 그 층은 더욱 높아져서 시골에 살면서 좌수의 칭호를 얻었으니, 과연 양반으로 잘 변화한 사람이 아니겠습니까?"

"그대는 용모가 단아하고 말주변이 민첩하니 비록 시골에 살지만, 반드시 헛되이 늙지 않을 것입니다. 현명한 분이 목사로 부임해 그대를 보게 되면 곧 별감과 좌수로 추천하여 자리를 줄 것이니, 그대가 양반으로 변화하는 것도 역시 멀지 않았습니다. 내가 그대를 위하여 혼처(婚處)를 지정하여 주면 어떻겠습니까?"

선비는 농담으로 한 말이라는 것을 모르는 척하며 얼굴에 희색을 띠고 말했다.

"역시 좋은 일이 아니겠습니까? 너무나 감사합니다. 어쩌면 행차 문중에 아기씨가 있는 것입니까?"

손님은 입을 다물고 한동안 있다가 한문 글귀인 문자(文字)로, '저 어리석은 것을 어찌하리. 저 어리석은 것을 어찌하리〈無如駿何 無如駿何〉.' 하고 혼잣말을 하고는, 이에 대답하여 말했다.

"내 문중에는 없지만 처자가 있는 곳을 알고 있으니, 돌아가서 마땅히 말해 보겠어요."

"예, 그런데 비록 혼인 주선을 허락하였지만 행차의 사는 곳을 알지 못하니 어떻게 서로 소식을 들을 수 있겠습니까?"

"그대는 비록 내 사는 곳을 알지 못하나 나는 이미 그대 사는 곳을 알고 있으니, 서로 연락하는 것이 어찌 어렵겠습니까? 곧 마땅히 그 소식을 전하는 사람을 보내, 충청도 홍주 금곡의 노도령 댁으로 통보하겠습니다."

"예, 그렇다면 매우 다행이겠습니다."

이때부터 손님은 선비를 '노도령'이라고 부르며 웃음거리로 삼았다. 선비가 몇 차례 하품을 하면서 밤이 깊어졌다고 말하고는, 말 위에서 시달렸더니 잠이 온다고 했다. 이에 손님이 말했다.

"나는 호남으로부터 내포(內浦)로 들어갔다가 빙 돌아와, 말 위에서 한 달을 보냈으나 조금도 피곤하지 않습니다. 그대는 며칠 동안의 여행으로 나보다 먼저 자려고 하는 겁니까? 노인들은 여행을 하여 길 위에 있게 되면 그 기운이 쉬 피곤해져 눈이 쉽게 감기기 마련이지요. 이를 보건대 노도령인 까닭이 분명한 것 같습니다."

"예, 그렇습니다. 나는 이미 도령으로서 늙은 사람이고, 행차께서는 서방님으로서 젊은이입니다. 이미 늙은 사람은 눕고 아직 젊은 사람은 앉아 있는 것이 예법에 진실로 당연한 것입니다."

선비가 이러고 곧 갓을 벗고 누웠다. 손님은 웃으면서 노도령은 해학(諧謔)을 잘하는 사람이라고 말하고 일어나라고 재촉하여, 선비는 웃고 일어나 앉았다. 손님이 간혹 고문(古文)을 외기도 하고 또 혹은 시구를 읊기도 하니, 선비가 듣고는 읽고 있는 글이 무슨 책이냐고 물었다. 대체로 외는 것을 읽는다고 말하는 것은 역시 시골 사람들이 하는 말이었다. 손님은 웃으면서 풍월(風月)이라고 대답하고, 이어서 또 물었다.

"그대의 몸매와 손을 보니 활을 당겨 화살을 쏘는 일이나 말을 타고 칼을 쓰는 일은 반드시 못할 것 같은데, 어쩌면 유자(儒者)의 학업은 하는지요?"

"나는 비록 시골에 살지만 무사(武士)의 일을 배우는 것을 부끄럽게 여기며, 유자의 학업 닦는 일도 잘하지 못하나, 문행(文行)[9]은 거칠게나마 알고 있습니다. 그런데 열네 줄 가운데에 두 글자에 획을 더하여 변음(變音)[10]하

---

9) 문행(文行): 언문(諺文)의 본문 14행 154자로 된 틀을 말함. 한글에서 가로로 '가나다라마바사아자차카타파하' 14자를 펼치고, 세로로 '갸갸겨겨고교구규그기ㄱ' 11자에 준하여 '가'에서 '하'까지의 줄에 적용하여 154자의 틀이 이루어진 것을 말함. 이것을 '언문본문' 또는 '언문틀'이라 함.

10) 변음(變音): 한글에서 두 개의 같은 글자에 획을 더하여 음을 변화시키는 이자가획변음(二字加劃變音) 글자를 말함. 예하면, '가가' 2개 같은 글자에 획을 더해 '가갸'로 만들었을 때, 여기 획을 더해 만들어진 '갸'가 발음하기에 매우 어렵다는 말임. 남부 지방 사람들은 'ㅑㅕㅛㅠ' 앞에 모음 붙인 글자 발음을 매우 힘들어함.

는 것이 매우 이해하기가 어렵습니다. 그래서 일찍이 이것을 매우 열심히 보고 반복했지만, 입이 고정되고 혀가 굳어져 지금까지도 분명하지 못합니다."

"아, 어찌 언문(諺文)을 말합니까? 그것은 곧 반절(反切)[11]이며 진서(眞書)가 아닙니다."

"하지만 시골 사람은 반절을 아는 사람도 적은데, 하물며 진서를 말할 수 있겠습니까? 능히 진서를 이해하면 집의 가난을 어찌 걱정하겠습니까? 또한 한가롭게 떠돌며 놀 수 없음을 어찌 염려하겠습니까? 어느 마을 한 사람은 『천자문(千字文)』을 배워서 서원(書員)이 되어 부(富)를 이루니, 온 동네 사람들이 우대하고 있습니다. 아무 마을 또 다른 사람은 『사략(史略)』을 읽으시 향교(鄕校)의 교생(校生)이 되어, 군역을 면세 받으니 온 고을 사람들이 아름답게 여기고 있습니다. 그리고 역시 두세 사람은 과거 시험지 종이를 가지고 과거장(過擧場)에 드나들며 과거 공부를 일삼아서 관아에 올리는 소지(所志)와 송사 관계 글을 붓을 날려 잘 쓰니, 마을 사람들이 존경하고 이웃 사람들이 문안하며 닭이며 생선을 선물로 바쳐서, 자기 집에서 먹고 남아 친족들에게까지 미치고 있습니다. 이것은 곧 진서의 이로움이니 사람마다 누구나 가능한 일이 아닙니다. 김씨(金氏) 한 사람은 다섯 집을 통솔하는 호주(戶主)가 되었는데, 자못 글을 깨우쳐서 호주(戶主)가 된 지 십여 년에 역시 살림이 풍족해졌습니다. 남자가 되어 비록 진서는 능히 잘 못하더라도 언문을 배워 알게 되면, 토지의 세금 계산을 능숙하게 할 수 있고, 고담(古談) 책을 읽을 수 있으며 한 마을에서 우두머리가 됩니다."

손님은 선비에게 반절을 배워 역시 호주 자리에 앉고자 하느냐고 물으니, 선비는 그렇다고 대답하고는 상인(常人)이 호주가 되면 스스로 다니며 일을 하지만 양반이 호주가 되면 하인더러 시켜 행하게 하니, 호주되는 것이 무슨 장애가 있느냐고 말했다. 이 말에 손님은, 그렇다면 그대를 호주로 칭해도 되겠느냐고 물으니, 선비는 안 될 것이 무엇이냐고 했다.

---

11) 반절(反切): 한자의 두 글자로 한 음을 나타내는 방법. 앞 글자의 자음과 뒷글자의 모음을 합쳐 한 음을 나타내는 방법(예: '相'의 음을 '思將切'로 표시함).

또 손님이 사람으로서 글을 모르면 사람이라 할 수 없다고 하니, 선비는 자신이 비록 글은 모르지만 사람들이 일컫기를 사람이라 한다고 말했다. 곧 손님은 이렇게 설명했다.

"그대는 사람이 사람으로 되는 까닭을 알고 있습니까? 사람은 그 얼굴만 가진 사람이 있고 마음을 가진 사람이 있는데, 오직 능히 얼굴만 가지고 있으면서 마음을 가지지 못한 사람이라면 사람이 아닙니다. 글은 사람이 그 마음을 가지고 나타내는 것이니, 그대가 온전히 글을 알지 못하니 어떻게 사람이 될 수 있겠는지요?"

"아, 여기 얼굴로써 이야기한다면 행차도 얼굴을 가진 사람이고, 나의 경우도 얼굴을 가진 사람입니다. 마음으로써 이야기를 한다면 행차는 진서를 아니까 행차도 마음을 가진 사람이며, 나는 언문을 아니까 나도 마음을 가져 역시 사람입니다. 누가 혹시라도 사람이 아니라고 하겠습니까?"

손님은 크게 웃었다. 그리고 또다시 묻기를, 옛날 사람 중에 부자(夫子)를 아느냐고 하니, 선비는 알지 못한다고 대답했다. 이에 손님은 또, 각 고을에 모두 향교가 있는데 향교에서 주인이 되어 봄가을 석전(釋奠)[12]을 받는 사람이 누구냐고 물으니, 선비는 공자(孔子)라고 대답했다. 이에 손님은, 공자를 바로 부자라 일컫는다고 가르쳐 주었다. 이에 선비는, 시골 사람이 지식이 적어서 단지 공자만 알고 있으며, 공자의 별호에 또 부자가 있다는 것을 알지 못했다고 말했다.

손님은 이 말에 한 번 껄껄 크게 웃었다. 그리고 또 질문하기를, 그대는 도척(盜跖)[13]이란 사람이 있음을 아느냐고 물어서, 선비는 들어서 알고 있다고 대답했다. 이에 손님은, 공자와 도척은 누가 더 어진 사람이냐고 물으니까 선비는 이렇게 대답했다.

"행차께서는 나를 무시하고 있습니다. 내 비록 어리석으나 어찌 공자와

---

12) 석전(釋奠): 문묘(文廟)에서 공자(孔子)를 비롯해 4성(四聖) 10철(十哲) 72현(七十二賢)을 제사 지내는 의식.

13) 도척(盜跖): 중국 춘추시대 때 무서운 도적 이름.

무서운 도적인 도척의 옳고 그름을 모르겠습니까?"

"그렇습니다. 맑은 하늘의 밝은 태양은 하인배들도 역시 청명하다는 것을 알고, 칠흑 같은 어두운 밤은 새나 짐승들도 모두 어두움을 알고 있습니다. 공자와 도척은 사람이라는 점에 있어서는 모두 동일하지만, 성인(聖人)인 점과 광적(狂的)인 악인이라는 면에서 그 현명(賢明)함과 우매(愚昧)함이 하늘과 땅만큼 차이가 납니다. 진실로 모두 함께 아울러 사람이라 할 수 있겠습니까? 사람은 글을 알면 공자의 무리이고, 사람으로서 글을 모르면 도척의 무리입니다."

"그렇습니다. 진정 행차의 말씀대로라면 행차는 문사(文士)이니 바로 공자의 무리이며, 나도 능히 언문을 이해하니 도척의 무리에서는 크게 면하였습니다."

손님은 선비의 이 말에 웃으면서, 누가 도척이 언문을 모른다고 말했느냐고 하니, 선비는 언문이란 우리나라에서 나온 것이니, 도척이 어떻게 알았겠느냐고 대꾸했다. 손님은 다시 크게 껄껄 웃고는 이런 설명을 했다.

"그대 말이 그럴 듯합니다. 그런데 옛날 중국 황제 시대 신선인 중황자(中黃子)가 사람을 다섯 등급으로 부류하고, 그 다섯 등급 속에 각각 5부류가 있다고 했습니다. 내가 보건대 나는 마땅히 상 오등(上五等)에 해당하고, 그대는 하 오등(下五等)에 해당한다고 생각합니다. 상 등급 중에서 다섯 부류는, 진인(眞人)·신인(神人)·도인(道人)·지인(至人)·성인(聖人)이고, 차상 등급 중에서 다섯 부류는, 덕인(德人)·현인(賢人)·선인(善人)·지인(智人)·변인(辯人)입니다. 중 등급 중에서 다섯 부류는, 공인(公人)·충인(忠人)·신인(信人)·미인(美人)·예인(禮人)이고, 차중 등급 중에서 다섯 부류는, 사인(士人)·공인(工人)·우인(虞人)·농인(農人)·상인(商人)입니다. 그리고 하 등급에서 다섯 부류는, 중인(衆人)·노인(奴人)·우인(愚人)·육인(肉人)·소인(小人)이니, 상오와 하오의 차이는 사람과 마소의 차이와 같지요."

"아, 그렇군요. 행차께서는 자신을 사람에 해당되게 하고 나를 마소에 해당되게 하니 내 그저 웃음이 나올 뿐입니다. 가령 공자가 도척을 보러 갔을 때, 도척이 공자에게 이 이야기를 하면서, 도척 자신은 상등인 사람에 해당시키고 공자를 하등인 마소에 해당시켰을 때, 공자는 어찌 도척과 더불어 시끄럽게 떠들며 논쟁을 했겠습니까? 역시 반드시 한 번 웃고 말았을 것입니다."

선비의 말에 손님은 웃으며, 그 변론은 훌륭하다고 말했다. 그리고 문자로서 혼잣말로, '어리석은 아이 매우 약고 영리하다.〈小癡大黠〉' 하고 중얼거렸다. 선비는 그 문자를 이해하지 못하는 것같이 하며 시치미를 떼고, 손님이 풍월 외는 소리를 들은 것처럼 물었다.

"행차께서는 또 풍월을 읽고 있습니까? 그 뜻은 무엇인지요?"

손님은 웃으면서 응하여 대답해 이렇게 말했다.

"풍월을 읊는 것은 흥취를 일으키어 마음속의 깊은 뜻을 표현하는 것입니다. 풍월의 의미에는 그 체계가 오언(五言)과 칠언(七言)의 구별이 있지요. 청하건대 나와 풍월을 지어 화답할 수 있겠는지요?"

선비는 소리 내어 하하 크게 웃고는, 진서를 모르는 사람도 역시 풍월을 할 수 있느냐고 물었다. 곧 손님은, 풍월은 한 종류만 있는 것이 아니니 글을 아는 사람은 진서로 풍월을 짓고, 글을 모르는 사람은 육담풍월(肉談風月)14)로 하는 것이라고 말했다. 선비는 비록 육담은 잘하지만 5자와 7자를 가려 모아 짓는 것이 자신이 할 수 없는 일이라면서 사양했다. 이에 손님은 이렇게 말하면서 지어 보기를 권했다.

"대체로 그대는 말을 꾸며서 이야기하기 좋아하는 성품을 지녔으므로, 반드시 육담풍월을 잘할 터이니 시험 삼아 지어 보도록 하시오."

"성성이가 말을 잘한다 하여 시구를 짓게 하고, 몸이 작은 공공(蛩蛩)이가 짐을 잘 진다는 것을 알고 돌절구를 지게 한다면 그 가히 할 수 있는 일이겠습니까?"

---

14) 육담풍월(肉談風月): 한시의 형식을 하고 있으나 우리말과 한자가 섞여 있어 언어유희의 효과를 노리는 희작시(戱作詩). 사용된 한자는 뜻으로 풀어야 할 경우와 소리 나는 대로 우리말로 풀어야 할 경우가 있음.

이에 손님은 어렵지 않다고 말하고, 자기가 짓는 형체(形體)를 본받아 해 보라고 권하면서, 두세 번 손가락을 퉁기고는 두 구(句)[15]를 지었다.

내 시골내기를 보았는데,　　　　　　(我見鄕之賭: 아견향지도),
몸가짐이 괴상하도다.　　　　　　　(怪底形體條: 괴저형체조).
언문을 쓸 줄 모르니,　　　　　　　(不知諺文辛: 부지언문신),
마땅히 그 진서도 못 하도다.　　　　(宜其眞言沼: 의기진언소).

　선비가 무슨 뜻이냐고 물으니, 손님은 글자를 짚으며 해석했다.
　"'아(我)'는 '나〈吾〉'의 뜻, '견(見)'은 '보다〈看〉'의 뜻, '향(鄕)'은 '시골〈谷〉'의 뜻, '지(之)'는 '가다〈去〉'의 뜻이나 어조사(語助辭)이고, '도(賭)'는 해석이 '내기〈落伊〉'이지요. '괴저(怪底)'는 '괴상함〈怪〉'의 뜻이고, '형체(形體)'는 '몸〈身〉'을 뜻하며, '조(條)'는 곧 '가지〈枝〉'이니, '가짐〈持〉'을 뜻하지요."[16]
　손님의 해석에서 선비가 '가지'의 설명에 대하여 질문했다.
　"사람의 몸에도 역시 나무처럼 가지가 있는 것입니까?"
　"둔하구나, 그대의 재주여! 마땅히 시행(詩行) 중의 글자들을 넓게 변화시켜 해석하지 못하는군요. 대체로 그 글귀는 '시골 사람 몸가짐'이 괴상함을 이른 것이랍니다."
　선비는 거짓 화난 빛을 드러내며, 자신을 시골 사람이라고 기롱(譏弄)한 것이라고 말하니, 손님은 이렇게 대답했다.

---

15) 구(句): 시구(詩句), 절구(絶句)나 율시(律詩)에서는 두 행(行)이 한 의미 단위를 형성함. 그래서 뜻이 연결되는 두 행을 한 구(句)라 함. 곧 절구를 예로 들면, 첫째와 둘째 행이 '첫째 구'가 되고 셋째와 넷째 행이 '둘째 구'가 됨. 또 하나의 '시구'인 두 행에서 첫째 행을 '안짝', 둘째 행을 '바깥짝'이라 함.

16) 위 시에서 각 시행(詩行) 끝 글자들, 곧 밑줄 친 글자는 한자의 본래 뜻으로 해석하지 않고, 한자의 훈(訓; 의미)을 차용하여 그 소리를 우리말로 바꾸어 해석하는 것임. 즉 제1행의 '賭(내기할 도)'는 서로 겨룬다는 '내기하다'에서 '내기'를 사람을 얕잡아 말하는 '시골내기' '서울내기' 등의 뜻으로 멸시함 표현한 것임. 그리고 제2행의 '條(나뭇가지 조)'는 그 '가지'를 '몸가짐' '마음가짐' 등의 '가짐'으로 사용했음. 제3행의 '辛(쓸 신)'은 맛이 신 것을 뜻하는 글자이지만, 우리말에서 글씨를 '쓰다'라는 뜻으로 사용되었고, 제4행 '沼(못 소)'는 물이 고인 못을 뜻하는 글자이지만 우리말 '하지 못함'처럼 부정(否定)하는 뜻인 '못'으로 사용되었음.

"시골 사람이 어찌 오직 그대뿐이겠습니까? 나는 시골에서부터 오면서 이와 같은 사람을 많이 보았으므로 말한 것이며, 그대를 가리킨 것이 아닙니다. 그대 같은 사람은 시골의 수재로서 특별한 등급의 사람이며 쉽게 얻을 수 있는 사람이 아닙니다."

선비는 화를 거두고 약간 기뻐하는 척했다. 손님은 또한 둘째 구를 설명하여 말했다.

"'신(辛)'의 해석은 '쓰다〈寫〉'에 가깝고 '소(沼)'의 해석은 '못 하다〈不〉'에 가까우므로, '언문도 제대로 쓸 줄 모르니, 진서는 온통 알지 못할 것이라.' 하고 이른 것이랍니다."

손님은 이렇게 해석해 준 다음에, 선비를 재촉하여 화답하라고 했다. 선비가 두 번 세 번 굳게 사양하니, 손님은 말했다.

"나는 호주(戶主)를 위하여 풍월을 지었는데, 호주는 화답하는 시를 짓지 않으니 이것은 나를 업신여기는 것이로다. 어찌 내가 호주를 몰아낼 수 없다고 말하겠습니까?"

"아, 쫓아내려면 곧 쫓아낼 일이지, 어찌 화를 내어 두렵게 합니까? 시골 사람이어서 비록 글은 모른다고 하더라도 이와 같은 위협하는 말에는 전혀 두려운 마음이 없습니다."

"그대는 가히 담대한 사람입니다. 내 진실로 장난을 한 것뿐이랍니다. 비록 그러하나 신속히 화답시를 지어야지요."

선비는 머리를 긁적이면서 큰일 났다고 말하고, 화답하자니 뱃속에 든 글이 없고, 화답하지 않자니 욕을 당하겠다고 한탄했다. 이에 손님이 무슨 욕됨이 있느냐고 말하니, 선비는 밤인데 쫓겨남을 당하는 것이 욕이 아니고 무엇이겠느냐고 대꾸했다. 손님은 화답시를 짓기만 하면 곧 쫓겨남을 당하지 않는다고 말했다. 이때 선비는 손님을 자세히 쳐다보면서 이렇게 따져 말했다.

"이 집이 어찌 대대로 전해 오는 행차의 개인 집이겠습니까? 내가 스스로 여관에 들었는데 누가 감히 나를 쫓아낼 수 있겠습니까?"

이 말에 손님도 얼굴빛을 바꾸고 말하기를, 먼저 들어온 사람이 주인인데 주인이 손님을 쫓아낼 수 없느냐고 하면서, 곧 하인을 불러 이 양반을 쫓아내라고 명령했다. 그러자 선비는 시골 사나이의 망발이라고 사과하고, 화답시를 지어 속죄하기를 청하였다. 이때 손님의 두 하인이 이미 마루 아래에서 선비를 끌어내리려고 서서 대기하고 있었다. 이에 손님은 하인들에게, 시골 선비로 미련하고 용렬하니 그냥 놔두라고 명령했다. 그리고 이어 선비를 향하여 말하기를, 내쫓김을 당하지 않으려거든 곧 속히 화답시를 지으라고 독촉했다.

선비는 벌벌 떨며 곤혹스러워 위축된 모습으로 한참 동안 있다가, 겨우 글자들을 모아봤다고 말했다. 이에 손님이 지은 시를 읊어 보라고 말하니, 선비는 갑작스럽게 본받으려 하니까, 말의 연결이 잘 이루어지지 못했다면서 두 구의 시를 부르는데 다음과 같았다.

내 서울의 것을 보니,　　　　　　　(我見京之表: 아견경지표),
과연 그 행동이 되도다.　　　　　　(果然擧動戎: 과연거동융).
대체로 사람됨이 뀐 것 같으니,　　　(大抵人物貸: 대저인물대),
의관만 꾸민 것에 지나지 않도다.　　(不過衣冠夢: 불과의관몽).

손님이 무엇을 말한 것이냐고 물어서, 선비는 손님이 풀이한 것과 같이 하여 일러 주면서, '표(表)'자에 이르러 해석할 수 없는 것처럼 하고, 다만 위는 '주(主)'자 같고 아래는 '의(衣)'자 같다고 말했다. 이에 손님이 '표(表)자로구나!'라고 말하고, 어쩌면 상경하여 '동인표책(東人表冊)'[17]을 본 것이냐고 물었다. 선비는 이렇게 대답했다.

"진서를 모르는데 어떻게 '표책'을 알겠습니까? 시골 사람이 누에고치로

---

17) 동인표책(東人表冊): 정권을 잡은 동인들이 임금에게 올린 표문(表文)을 모아 엮은 책.

짠 명주를 해일(亥日)¹⁸⁾에 개장하는 시장에 내다 파는데, 사람들이 가늘게 짠 명주를 '겉감'이란 뜻으로 '표주(表紬)'¹⁹⁾라고 했습니다. 나는 이것으로 '표(表)'자가 물건〈이런 것, 저런 것〉으로 해석됨을 알았습니다. 처음에 의심하다가 나중에 믿는 것을 '과연(果然)'이라 말하고, 위엄 있는 모습과 동작을 '거동(擧動)'이라 이릅니다. 올량합(兀良哈: 오랑캐)을 '융(戎)'이라고 하는데, 또한 별도의 뜻이 있으니, 스님이 사람들에게 『천자문(千字文)』을 가르치면서 '융(戎)'자 해석을 '되〈升〉'라고 합니다. 대체로 서울 사대부의 거동이 '교만함〈되놈〉'을 가리킨 것입니다. 물건을 남에게서 빌리는 것을 '뀌다〈貸〉'라 하고, 사람의 방귀도 역시 '뀌다'라고 이릅니다. '몽(夢)'의 해석은 '꾸밈〈飾〉'입니다."²⁰⁾

이에 손님은 벌떡 일어나 앉아 선비의 손을 잡고 눈을 부릅뜨고 주시하면서 말했다.

"존장(尊丈)은 어찌 사람을 속이고 미혹되게 함이 이 지경에 이르게 하십니까? 치우(蚩尤)²¹⁾가 안개 속에 떨어지고 후예(后羿)²²⁾가 과녁 속으로 들어가 온몸이 빠져들어 스스로 헤어날 수가 없습니다."

손님은 이어 또한 스스로 한탄하면서 말하였다.

"나는 과연 객기(客氣)가 있어서 무릇 여행 중에 이러한 행동을 자주

---

18) 해(亥): 옛날 시골 시장은 '인(寅)·신(申)·사(巳)·해(亥)' 날 개장했음. '해시(亥市)'는 '해(亥)'날 개장하는 시장.

19) 표주(表紬): 명주가 곱고 가늘어 겹옷의 겉감에 알맞다고 붙인 명칭임.

20) '표(表)'는 '겉'의 뜻이지만 그 소리가 우리말 '것'과 같이 들려, 멸시하는 말로 '아랫것' '못난 것' 등의 '것'과 같은 뜻으로 쓴 것임. '융(戎)'은 전쟁과 무기를 뜻하지만, 오랑캐를 '되놈'이라 하여 교양 없고 버릇 없는 것을 뜻하는 '되'로 사용되었음. '대(貸)'는 '빌리다'는 뜻이지만 이 말은 또 '뀌어주다'라고도 사용하므로 '뀌다'로 하여 방귀 뀌는 뜻으로 옮겨, 방귀처럼 소리와 냄새만 있고 실속 없음을 뜻하는 것으로 사용되었음. 그리고 '몽(夢)'은 '꿈'이니 '꾸밈' 곧 수식하여 치장함의 뜻으로 옮겨 사용한 것임.

21) 치우(蚩尤): 고대 황제(黃帝) 헌원씨(軒轅氏) 때 반란을 일으킨 도적. 치우는 동철(銅鐵)의 얼굴을 하고, 안개를 일으켜〈能作大霧〉 방향을 분간하지 못하게 하는 재주를 지녔음. 헌원씨가 지남철이 달린 수레 지남거(指南車)를 만들어, 방향을 분간하여 탁록(涿鹿) 들판에서 싸워 그를 사로잡았음.

22) 후예(后羿): 중국 고대 하(夏)나라 말기 혼란을 틈타 유궁국(有窮國)을 세워 왕이라 칭함. 후예는 활을 잘 쏘아 백발백중이었으므로, 그가 겨눈 과녁 속 '구중(鬱中)'에 들어가면 절대로 도망칠 수 없음을 나타낸 말임.

하였는데, 일찍이 한 번도 패하여 모욕을 당한 적이 없었습니다. 그런데 지금 마침내 이런 곤란을 겪게 되었으니, 이른바 이기기를 좋아하는 사람은 반드시 그 강적을 만나게 된다고 하는 말이 맞았습니다. 하지만 존장께서는 너무 심하게 사람을 욕보이셨습니다."

"아, 서울의 사대부는 어찌 오직 존장만이겠습니까? 나는 서울로부터 오면서 이 같은 사람을 여럿 보았기에 그렇게 말한 것이며, 존장을 가리킨 것이 아닙니다. 존장 같은 분은 스스로 서울에서도 후덕하고 도량이 커서 쉽게 얻지 못할 분입니다."

이 말은 앞서 손님이 자신의 시를 해석하고 선비를 멸시할 때 한 말이었으므로, 손님은 부끄러워 머뭇게 말하였다.

"그 말은 앞서 내가 한 말입니다. 존장은 어찌하여 되돌려 줌을 그렇게도 신속히 하는지요?"

"예, 원숭이는 오만하게 굴다가 화살을 부르고, 꿩은 교만하여 그물에 목이 매달리니, 교만하고 오만한 행동을 하고도 곤란을 당하지 않는 사람을 존장은 보았는지요?"

선비가 손님을 매양 '행차(行次)'라고 칭하다가 갑자기 '존장'이라고 부르니, 손님이 웃으면서, '행차' 칭호는 어디로 갔느냐고 물었다. 이 말에 선비는 손님이 자신을 칭한 말을 들어 대답했다.

"그대〈君〉라고 낮추어 부르던 것은 어디로 가고 나를 '존장'이라 부르는지요? 나는 영토를 가진 임금의 군(君)도 아니고, 또한 존장 부친인 가군(家君)의 군도 아니니, 존장이 나를 '군'이라 부른 것은 역시 나를 경멸하여 하시(下視)한 것이 아니었겠습니까? '호주'라 칭하고, '노도령'이라고 부른 것은 내가 자초한 바입니다. 그리고 또한 혼사(婚事) 의논에 대한 일은 모름지기 노도령을 위하여 저버리거나 어기지 않아야 합니다. 이 이야기를 어기면 곧 참으로 그대는 이른바 한 입으로 두말을 하는 것이 됩니다."

"아, 혼사 이야기는 다시 꺼내지 마십시오. 농담으로 노도령을 위하여 혼사를 거론한 것인데 어찌 괴이함이 있습니까?"

이 말에 선비는 또한 웃으면서, 자신은 반드시 존장 가문의 아기씨에게 장가들고 싶다고 말하니, 손님은 선비의 손을 두드리면서 크게 웃고는, 비록 문중에 아기씨가 있다고 하더라도 예 좌수와 모 별감이 하고자 하지 않았던 사람을 어찌 원하겠느냐고 했다. 그리고 인하여 손님은 선비를 흘겨보면서, 조금 전의 대화를 회상했다.

"음흉하게 속이려는 계책을 헤아리지 못하여, 내 처음에 그대의 마우(馬牛)와 양미(糧米)의 말에 대하여 약간 업신여기게 되었습니다. 그리고 중간에 그대가 김씨 승(丞)과의 관계에서 자(字)를 부른다는 말에서 크게 경시하게 되었고, 마지막에 그대가 부자(夫子)를 공자 별호라고 한 말에 완전히 멸시하기에 이르렀습니다. 그러나 사투리를 쓰지 않으면서도 고의로 촌티를 내고, 『경서(經書)』와 『사기(史記)』를 못 본 것처럼 감추면서 거짓으로 글을 모르는 것처럼 했습니다. 이는 곧 그대에게 '사위(詐僞)' 두 글자가 붙게 됨을 면하지 못할 것입니다."

"아, 그대는 병서(兵書)를 알지 않습니까? 날랜 매가 공격을 하려고 할 때는 그 발톱을 숨기고, 맹수가 먹이를 잡으려 할 때는 그 목을 움츠립니다. 그런고로 이름난 장수가 적을 제압할 때에는 강하면서도 연약한 모습을 보이고 용감하면서도 겁먹은 모습을 보입니다. 처음에 그대에게 절을 할 때에 이미 그대가 나를 업신여기고 있는 속마음과 나에게 거만을 부리는 기세와 습관을 살피어 알았기에, 장차 그 교만한 마음을 꺾어 버리고자 했습니다. 그런 까닭에 나의 발톱을 숨기고 약한 모습을 보여 주지 않을 수 없었고, 장차 그 호기를 꺾어 버리고자 했으므로 내 목을 움츠리고 두려워하는 모습을 보여 주지 않을 수 없었으니, 이는 병법에 있는 전술입니다. 그런데 그대는 잘 살피지 못했음을 돌아보아야 함에도, 도리어 나를 가리켜 거짓과 위선, 곧 '사위'라고 하는 것이 옳은 일이겠습니까? 옛적 춘추시대 노나라 권신 양화(陽貨)가 꾀를 써서 공자를 대하니, 공자 또한 속이는 방법으로 그를 대했으며, 이지(夷之)[23]

---

23) 이지(夷之): 묵자(墨子)를 신봉한 맹자(孟子) 제자. 맹자는 방문하러 온 이지를 진실성이 없다고 병을 핑계 대고 만나 주지 않았음.

가 진실하지 못한 까닭으로 맹자(孟子)는 병이 아니었지만 병을 칭탁하고 만나지 않았으니, 이 역시 '사위'의 도(道)라고 할 수 있겠습니까?"

"내 진정 그대의 언변이 여기까지 이르리라는 것을 헤아리지 못했습니다. 그런데 그대 시에서 '뀌다〈貸〉'를 쓴 것은 상스러운 욕이니 양반의 말이 아닙니다."

"옛날 미처사(彌處士)[24]는 좌중의 사람을 꾸짖어 말하기를, 수레 앞의 말이 뀐 방귀, 곧 거전마비(車前馬糟)라는 말을 하였는데, 비(糟)는 '방귀'입니다. 내가 '비(糟)'자를 쓰지 않고 '뀔 대〈貸〉'자를 쓴 것은 역시 깨끗함을 생각한 것입니다."

손님이 말하기를, 자신이 이미 먼저 이 문제를 제기하였으니 누구를 허물하겠는가라고 말하고, 인하여 자신의 옷을 들어 선비에게 보이며 스스로 탄식하기를, 가히 부끄럽다고 했다. 이에 선비는 나그네로 떠도는 생활 끝에 옷이 낡고 해져 볼품이 없다면서, 의복을 들어 손님에게 보이며 말했다.

"이와 같은 것이 부끄러운 것입니다. 그대의 가볍고 따뜻한 옷은 역시 좋고 아름답습니다."

"그대는 그렇다면 장차 공자 제자인 중유(仲由)의 해진 도포를 부끄러워하고, 자화(子華)의 가벼운 갖옷을 부러워하는 것이라 하겠습니다. 내 농락을 당함이 이미 매우 심합니다. 그대의 진정성 없는 궤담(詭談)을 장차 그치는 것이 어떻겠습니까?"

이렇게 말한 손님은 인하여 자기가 지은 시구를 먼저 외고, 그다음에 선비의 시구를 읊고는, 내용의 의미가 자기 것보다 낫다고 말했다. 그리고 또 이렇게 말하였다.

"그대는 어찌하여 운자(韻字)를 제대로 따르지 않았는지요? '융(戎)'은 평성(平聲)이고 '몽(夢)'은 거성(去聲)입니다."

"아, 그대가 말하였지요. 그대의 체를 본받아 해 보라고 하지 않았습니

---

[24] 미처사(彌處士): 춘추시대 위(衛)나라 영공(靈公)의 총애를 입은 대부(大夫) 미자하(彌子瑕).

까? 그대의 시에서 '조(條)'는 평성이고 '소(沼)'는 거성입니다. 그대의 풍월이 진실로 정교합니다만 완전하게 아름답지는 못합니다. 어찌 같은 뜻인 '지(枝)·지(池)'로 운을 삼지 않고, 깊이 탐색하여 '조(條)·소(沼)'를 찾아 썼는지 의문입니다."

선비의 평가에 손님은 과연 그렇다고 말하고, 자신은 선비에 대하여 마땅히 한 번 양보한다고 했다. 이어 스스로 촛불의 심지 끝을 자르고 선비 얼굴을 다시 고쳐 보고는 입을 벌려 좋은 얼굴로 웃으며 말했다.

"지금까지의 이야기들을 생각해 보니, 구구절절 속임을 당하여 사람을 크게 부끄럽게 합니다. 그런데 내 처음 그대를 만났을 당시 단지 의관이 더럽고 해진 것과 시골스러움을 보았을 때, 그 속임으로 끌어들여 얽어 그물을 씌우려는 것을 깨닫지 못하여, 마침내 온몸이 빠져들고 말았습니다. 가령 환한 대낮에 이 일을 당하게 했더라면 어찌 이 지경에까지 이르렀겠습니까? 처음 그대가 한 입에 두말한다는 이야기에 대처하는 것과 도척에 관한 이야기에 답하는 것에서 자못 의심을 품기는 했지만, 끝내 번연히 깨치지를 못했습니다."

이 말에 선비는 웃으면서 이렇게 말했다.

"존장께서 혼자 하는 말로 문자(文字)를 써서, '어리석은 아이 크게 약고 영리하다.〈소치대힐(小癡大黠)〉'라고 말한 때입니까?"

"내 이제 와서 생각해 보니 진실로 여우에게 홀린 바가 되고, 물귀신에게 상처를 입은 것 같아서, 다만 눈과 귀가 혼미해질 뿐만 아니라 역시 심성이 아득해지고 흐릿해짐을 느낍니다. 사실 올빼미 무리에게 눈을 빌린다든가, 원숭이에게 시를 짓게 한다는 말, 공자가 가서 도척을 만나본다는 말 같은 것들은 글을 모르는 사람의 말이 아닌데도, 범연히 듣고 지나치면서 조금도 의심하지 않았습니다."

이에 선비는 웃으면서, 지금 올빼미 눈에 비유한 것을 거슬러 올라가 깨우치는 것은 곧 여우와 물귀신에게 홀린 것을 증명하는 것이 되니, 참으로 이른바 종루에서 뺨맞고 모래시장에서 비로소 눈 흘기는 격이라고 말했다.

손님도 이에 매우 비슷한 비유라고 말하고 웃었다.

이어 손님은, 지금 이미 서로 친해졌으니 어찌 후일의 기억을 위해 성명을 말하지 않겠느냐고 말했다. 이 제의에 선비가 그대 먼저 말해 보라고 하니, 손님은 말하려고 하다가 갑자기 멈추면서, 여점 안에서 만났는데 통성명이 무슨 쓸모가 있겠느냐고 말했다. 선비가 억지로 강요하니, 손님은 사는 집이 장흥방동(長興坊洞)에서 멀지 않은 곳이라고만 말하고, 끝내 그 성명은 말하지 않았다. 대체로 손님이 호기를 자부하다가 속임 당하게 된 것을 가려 숨기고, 소문이 날 것을 부끄럽게 여기어 도리어 그의 자취를 감추고자 한 것이었다.

또한 손님이, 술을 마시느냐고 물어서, 선비가 얼마든지 마신다고 대답했다. 조금 지나 손님은 자신이 실수로 질문했다고 말하고, 앞서 선비가 환곡 문제로 해창에 가서 세 잔 술을 받아 마셨다고 한 말을 떠올렸다. 손님은 또한 말하기를, 이와 같이 속임은 당한 것은 자신이 어리석어서 그런 것이 아니라고 하면서, 비록 지혜 있는 사람으로 하여금 이런 상황을 당하게 했더라도 속임을 당하지 않기는 어려웠을 것이라는 말을 했다. 이 말에 선비는, 지혜 있는 사람은 처음부터 그와 같은 거만한 행동을 하지 않는다고 대꾸했다.

손님이 하인을 불러 술을 가져오라 명했는데, 술병과 유기(鍮器) 찬합이 모두 사치스럽고 아름다웠다. 두 사람은 상대하여 앵무배 술잔으로 주거니 받거니 마시고, 전복 안주를 먹고는 누웠다. 손님이 말하기를, 이제 곧 진서 풍월을 화답할 수 있을 것이라고 하면서, 절구(絶句) 한 수를 읊고 스스로 글로 썼다.

촉주(蜀州)에서 한기(韓琦)[25]가 위국공(魏國公)임을 몰랐으며,
위(魏) 사신이 범수(范雎)[26]가 장녹(張祿)임을 어찌 알리오?

---

25) 한기(韓琦): 중국 송(宋)나라 때 대책(大策)을 세워 나라를 안정시키고 위국공(魏國公)에 봉해졌음. 젊었을 때 감승(監丞) 진급을 반대했던 조원호(趙元昊)가 뒤에 한기를 알아보지 못했음.
26) 범수(范雎): 전국시대 위(魏)나라 신하. 제(齊)나라에 사신 가서 국가 기밀을 누설했다고 하여 위나라

예부터 명현들도 속임 당함이 많았으니,
오늘 그대에게서 속임 당함을 비웃지 말지어다.

선비는 쌍운(雙韻)이라 말하고 차운하여 다음과 같이 읊었다.

굶주림에 미천했던 한신(韓信)²⁷⁾ 마침내는 제(齊) 지역 왕 되고,
품팔이하던 진승(陳勝)²⁸⁾ 끝내 위대한 장초(張楚)의 왕 되도다.
아름다운 옥의 죽순 가졌다고 가시덤불 숲 얕보지 말지니,
교만한 사람으로 속임 당하지 않는 이 일찍이 있지 않았도다.

선비는 이어 연구(聯句)를 짓자고 청하고 읊었다.

여점(旅店)에서 만나고 여점에서 이별하니,
친구의 마음을 친구가 알리로다.

손님이 이어서 읊었다.

후일에도 오늘 밤을 마땅히 기억하지 않으리오,
밝은 달은 분명히 비추어 이곳에 머물러 있으리라.

손님은 이어 사운시(四韻詩)를 짓자고 청하며 먼저 읊었다.

재상의 태형(笞刑)을 받고 거짓으로 죽은 체했음. 살아나 진(秦)으로 도망쳐 이름을 장록(張祿)으로 바꾸고 여러 계책을 이야기해 진나라 재상이 되었음. 위나라 사신이 와서 '장록'을 만났으나 옛날 자기 나라 '범수'임을 알지 못했음.

27) 한신(韓信): 중국 한(漢)나라 고조 유방(劉邦)의 휘하 장수로 항우(項羽)를 제압하고 한나라 건국에 큰 공을 세웠음. 뒤에 제왕(齊王)으로 봉해짐.

28) 진승(陳勝): 중국 진(秦)나라 말기 유방과 항우가 출병하기 전 초(楚)지역에서 반란을 일으켜 나라를 세우고 왕위에 올라 나라 이름을 장초(張楚)라 했음.

잠잘 곳 찾는 새 처음에 고원(古院) 가로 날아들어,
우연히 만난 길손 좋은 인연 맺었도다.
남쪽 고을 숨은 선비 보배로운 학덕을 지녀,
서울 사는 허풍이 우물 안 개구리 되었어라.
버들둥치 쪼던 꾀꼬리 봄철이 늦어 버렸으니,
쌀알 뜬 술동이를 밝은 달밤 앞에 놓고 앉았어라.
시편을 남기어서 후일 상면 약속 짓노니,
상봉을 위하여 성명을 반드시 전할 필요 없도다.

선비가 이에 화답하니 읊였나.

청풍명월 좋은 흥취 끝없이 이어지고,
이 땅에서 서로 만남은 진정 인연 있었음이라.
근심과 즐거움은 그대 모두 술에 붙여 주소서,
빈궁과 영달은 내 스스로 하늘에 맡기리라.
황금같이 우정을 허락하였으니 논교(論交)한 뒤에,
공명을 이루고 명성 얻음을 늦기 전 이루소서.
아이를 시켜 사마송(司馬誦) 급제 소식 곧장 보내지리니,
오늘 성명 전해진들 무슨 혐의 있으리오.

선비는 또 육언시(六言詩)를 짓자고 청하고 읊었다.

서울 푸른 숲 우거진 곳에 그대가 살고,
호서(湖西) 푸른 산에 내 집이 있도다.
크게 취해 미친 듯 노래하며 호탕하게 노니,
아득한 속물 인생 그 누구란 말인고.

손님이 뒤따라 읊었다.

좋은 밤 밝은 달빛 천 리 비추는데,
아름다운 경치 이룬 복사꽃 집마다 피었어라.
술독 끼고 글월 논함이 다하지 않았는데,
내일 아침 이별 생각 그를 어찌하리오.

또 선비는 삼오칠언시(三五七言詩)를 짓자 하고 먼저 읊었다.

손에 잔 잡고, 입으론 시 읊도다.
꽃이 피어 바람 앞의 눈 날려 보내고,
수양버들 비온 뒤에 실가지를 맞이하도다.
요로원에서 길 가는 손님 만나고 보니,
서울 사람으로 서울로 가는 때이구나.

손님이 뒤따라 읊었다.

그대 술잔 비우고, 내 시를 들을지어다.
오늘은 그 얼굴 옥같이 곱지마는,
내일 아침엔 귀밑털이 실낱같이 희어지리라.
홀연히 흐르는 세월은 진정 지나는 길손 같으니,
떠돌며 즐기는 일 기필코 소년 시절에 할지어다.

이에 선비가 말했다.
"아름답도다! 그대는 반드시 서울의 재주 있는 사람입니다. 소년 시객으로서 어찌 그리도 시사(詩詞)가 화려하고 재주가 민첩한지요? 나는 문장과 시부(辭賦)로써 과거에 응시하였으며 사장(詞章)은 처음부터 내 본래 영역이 아니었습니다. 비록 남이 강권(强勸)하여 화답시를 짓기는 하였으나, 놓이는 시어들이 옹졸하고 시의 내용이 무미(無味)하여, 능히 장독을 뒤엎는 것처럼 다른 사람의 시에 좋지 못한 영향을 끼칠 수 있을 것 같아 두려웠습니다. 진실로 이른바 '이 드리는 시는 가볍게 지어졌음을 두렵게 여긴다.' 라고 말한 두보(杜甫)[29)]의 심정이었습니다."

"아, 그대는 지나친 겸손의 말을 하지 말기 바랍니다. 이 시대의 문명자(文鳴者)인 서울 젊은이와 대적(對敵)이 되었으니 하물며 시골에서야 말할 것이 있겠습니까? 나는 곧 어릴 적부터 시를 배웠는데 재주와 생각이 둔하고 얕아서, 시어(詩語)가 사람을 놀라게 하지 못했습니다. 그런데 꺼리고 자제하는 마음이 직은 성격이어서, 가는 곳마다 졸렬함이 드러나는 것을 꺼리지 않고 문득 시를 읊는 사람입니다."

이에 웃으며 계속 말했다.

"시를 지음에 있어서 정교함과 정교하지 못함을 물론하고, 잘하고 잘하지 못함에 상관없이, 민첩한 것으로써 나를 이기고자 한다면, 비록 칠보시(七步詩)를 지은 자건(子建)[30)]이나, 여덟 번 팔짱을 끼는 사이에 시를 지은 온정균(溫庭筠)[31)]이라도 나를 이기지 못할 것입니다. 뛰어나고 여유 있는 재능을 가진 그대에게도 항복의 깃발을 세워 굴복하기엔 만족함이 없을 것입니다. 그대는 이에서 삼오칠언(三五七言)으로써 원진(元稹)[32)]과 백낙천(白樂天)[33)]을 누르고자 하는지요?"

---

29) 두보(杜甫): 이 '차증겁경위(此贈怯輕爲)' 글귀는 두보(杜甫)의, '송왕시어왕동천방생지조석(送王侍御往東川放生池祖席)' 시의 첫 구 바깥짝임.

30) 자건(子建): 칠보시(七步詩)를 지은 조식(曹植). 조조가 사망 후 장남 조비가 등극하여 아우 조식을 죽이려고, 일곱 걸음〈七步〉 안에 시를 지으라 하니 천천히 걸으면서 일곱 걸음 이내에 시를 완성했음.

31) 온정균(溫庭筠): 당(唐)나라 때 사장(詞章)에 능하고 특히 민첩하게 글을 잘 지어, 손을 펼쳐 여덟 번 깍지 끼는 사이에 팔운시(八韻詩)를 완성했음.

32) 원진(元稹): 중국 당(唐)나라 때 하남성(河南省) 사람으로 시인임. 현실에 존재한 사실을 솔직하게 전달하여 이 시대의 정당성과 광명성을 남겨야 함을 주장했음.

33) 백낙천(白樂天): 중국 당(唐)나라 후기 시인. 이름은 백거이(白居易). '장한가(長恨歌)'와 '비파행(琵琶行)' 등의 시로 널리 알려짐.

"그렇군요. 그대는 진실로 이른바 물을 뒤집는 것같이 쉽게 신속히 글을 짓지만, 애초에 생각을 가다듬어 짓는 사람이 아닙니다. 진서풍월(眞書風月)은 실로 나의 적수가 되지 못합니다."

손님이 속으로 생각하기를, '저 사람이 여러 시체(詩體)로 나의 재주를 제압하고자 하였으나 마침내 이기지 못했다. 내 기교를 써서 저 사람을 곤란에 빠트릴 수 있겠다.'라고 생각하고는, 약(藥) 이름으로 연구(聯句)를 짓자고 요청하였다. 이에 선비가 응낙하니 손님이 먼저 지었다.

앞서 어찌〈前胡〉[34] 어리숙하고 잘못하여 그대 속임을 당했는고?

선비가 이어서 지었다.

원대한 뜻〈遠志〉[35]을 지닌 사람이니 모름지기 천하게 볼 장부가 아니로다.

손님이 이어서 지었다.

큰 곤란 후에 따라오는 것은 지혜 더해짐〈益智〉[36]을 받음이로다.

선비가 이어서 지었다.

장차 마땅히 돌아가서〈當歸〉[37] 도교 경전(經傳)인 음부경(陰符經)를 읽으리라.

---

34) 전호(前胡) : 두통, 거담(去痰) 약임.
35) 원지(遠志) : 정기(精氣) 보충과 양기(陽氣) 보조 약임.
36) 익지(益智) : 소화·소변 누설(小便漏泄) 약임.
37) 당귀(當歸) : 보혈(補血) 약임.

이렇게 번갈아 읊고는 선비가 말하기를, 이 역시 보통의 겨루기에 지나지 않으니, 다시 연구(聯句)를 짓도록 하되, 오행(五行) 글자를 대상으로 하여 머리글자에 '목(木)'을 쓰고 꼬리글자에 '토(土)'를 쓰며, 또 머리글자에 '수(水)'를 쓰고 꼬리글자에 '화(火)'를 쓴 다음, 마지막은 위아래 글자 사이에 하나의 '금(金)'자를 넣어, 오행시(五行詩)를 짓자고 제의했다. 이 말에 손님은 먼저 지어 보라고 하면서, 자신은 붓을 놓지 않고 대기하겠다고 말했다. 이에 선비가 먼저 읊었다.

부평〈萍〉38) 같은 인생 어디서 왔는고? 〈萍(木), 至(土)〉

손님이 이어서 지었다.

꽃 속의 달빛은 텅 빈 집을 비추네. 〈花(木), 堂(土)〉

선비가 이어서 지었다.

흐르는 달그림자 고운 술독 비추네. 〈流(水), 照(火)〉

손님이 지었다.

시원하게 달빛 비친 술잔을 마시도다. 〈瀅(水), 光(火)〉
선비는 시를 이어서 짓지 않고 이렇게 말했다.
"끝 글귀는 매우 어렵습니다. 그런데 지은 글귀들의 말이 온전히 조화를 이루었으니, 그대는 진실로 쉽게 얻어 보기 어려운 인재입니다."
손님은 이에 옛날 나라 이름들을 넣어서 시를 지어 운(韻)을 밟자고 제

---

38) 부평〈萍〉: 첫 자에 오행 글자 중 목(木)을 쓰기로 했는데 '초(艹; 草)'를 썼음. 오행 글자 속의 목(木)은 모든 초목(草木)을 대표하기 때문임.

의했다. 그러고 먼저 시를 읊었다.

하는 말이 진실이 아니니 모두 다 황당하고〈唐〉,
마음을 간수해 갖지 않으니 쉽게 흩어져 어지럽도다〈梁〉.
성스러운 공적 이루려면 힘써 나가야 하는데〈晉〉,
내 도덕을 미루어 보니 조화를 못 이루도다〈參商〉.³⁹⁾

선비가 읊었다.

시를 지음에 반드시 당시(唐詩) 본받을 필요 없으니,
말이 맑고 뜻이 원대하면 가장 강력해지는〈梁〉 것이로다.
구름 가 계수나무 달그림자 은하수〈漢〉로 흐르는데,
바람 스친 대숲 소리 쓸쓸하게〈商〉 느껴지도다.

손님은 시를 듣고 이런 말을 했다.
"이 절구시를 보니 내 무릎이 굽혀지는 것 같습니다."
"예, 그런데 그대의 처음 시구에는 나를 기롱(譏弄)하는 뜻이 내포되어 있는데, 나의 끝 시구는 어떠한지요?"
"오른쪽에는 맑고 고상한 말을 썼고 왼쪽에는 원대한 뜻을 표방했으니, 옛날 당(唐) 시인 나업(羅鄴)⁴⁰⁾의 시에서, '읊을 때 나에게 찬 기운이 뼈에 스미게 하니, 이것을 지을 때 의심하건대 그대 머리 모두 희어졌을 것'이라고 한 구절이 바로 이것이라 하겠습니다."
이에 선비가 새롭게 제의하기를, 별자리 이름을 사용하여 서로 화답하

---

39) 참상(參商) : 참성(參星)과 상성(商星). 참성은 서쪽에, 상성은 동쪽에 있어, 서로 멀리 떨어져 있어 만날 수 없음을 이르는 말.
40) 나업(羅鄴): 중국 당(唐) 때 시인. 나업의 율시 '남진비권(覽陳조卷)' 중 제3구인 '음시치아한침골 득처의군백진두(吟時致我寒侵骨 得處疑君白盡頭)'를 한 글자 바꾸어 넣어 인용했음.

자고 말하고, 먼저 절구 한 편을 읊었다.

넓고 활달한 문장 가히 오직 일천 날개 펼침〈翼〉을 자부하고,
필력(筆力)은 가히 두 마리 소〈牛〉에 맞설 수 있음 같도다.
시를 보는 안목 지금에 누가 가장 높은고〈尢〉?
나는 사광(師曠)[41]이며, 그대는 이루(離婁)[42]로다.

손님은 감히 감당하지 못하겠다고 하면서 시를 지었다.

벽도 복숭아꽃 붉은 실구꽃 사이 버들가시〈柳〉 늘어섰는데,
흰 달은 은하수 밝히다가 돌아서 북두와 견우〈牛〉 비추네.
천리마 있으면 곧장 타고 가지 어찌 꼬리〈尾〉에 붙어 가리?
많은 공덕 이루는 일 진정 힘들고 고달픔이로다〈婁〉.

선비는 견줄 바가 아니라고 말하고, 다시 괘명(卦名)[43]을 취하여 같은 운자로 서로 화답해 보자고 제의했다. 그리고 먼저 읊었다.

묘한 기예 기이한 재주 뭇사람에서 빼어나니,
시인 무리 속에서는 진정 따를 사람 없도다.
구름에서 갓 나온 달 같은 맑은 흉금 그 풍채 맞아보니,
상쾌한 운치는 혼탁한 세속을 벗어났도다.
문장은 소동파와 황정견(黃庭堅)의 친구 허함에 이르고,
시는 두보와 이백이 스승 되지 못함을 부끄러워하리라.

---

41) 사광(師曠): 춘추시대 진(晋)나라 악사(樂師). 소리를 예민하게 잘 들었음.
42) 이루(離婁): 옛날 중국에서 눈이 가장 밝은 사람으로 이름났음.
43) 괘명(卦名): 64괘의 이름. 여기 인용된 운자(韻字) 4개 괘(卦)의 글자는 곧 다음과 같음. 隨: 따를 수, ☱+☳ 괘. 離: 떠날 리, ☲+☲ 괘. 師: 스승 사, ☷+☵ 괘. 頤: 턱 이, ☶+☳ 괘.

어찌하여 일찍이 한강물은 서북으로 흐르는고?
새로운 것 못 보았지만 이에 보잘것없으리로다.

손님이 뒤따라 읊었다.

어찌하여 곧 아름다운 광채에 희미한 존재 기리는고?
역시나 광명을 감추고 고의로 속이는 일 말지어다.
오랫동안 충청도 산중에 살아 산의 아취 빼어났으니,
비록 인간 세상에 살아도 속태(俗態)를 벗었도다.
책 속을 학습하고 익혀 어진 벗을 추앙하고,
책 속을 추적해 붙잡아 성인 스승 추앙하시라.
어지럽게 밭에 널린 혜초와 난초를 스스로 베어 내어,
밝은 창 정결한 책상에 두고 턱을 괴어 앉을지어다.

선비는 또 제의하기를, 간지(干支) 중의 글자를 운자로 삼되, 같은 글자를 좌우로 사용하는 것으로 시를 짓자고 말하고, 먼저 시를 읊었다.

시골 늙은이는 아들 많기를 빌고,
아침에 피는 꽃봉오리는 사계절을 따르도다.
누가 자기와 다르다고 하여 배척하리요?
큰 땅에서는 함께하지 않는 곳이 없도다.
마음을 쏟아 미루어 잘못된 곳을 밝힐지니,
정성을 다하여 거듭 자세히 밝힐지어다.
세 변두리 지역 맑고 편함이 아직 끝나지 않았으니,
사는 지역 안의 근심과 고달픔은 면하리로다.

손님은 강적이 기발한 계책을 드러내니 교만한 장수 겁이 난다고 말하고, 이어 읊었다.

매우 많이 쌓인 책들을 통달하여 궁구하고 나니,
높은 지식이 해·달·별 삼신(三辰)을 꿰뚫어 알도다.
업신여김 당하여 얼굴에 껍질 씌워 숨겼지만,
징계삼아 더욱 더 스스로 공경할 것을 생각하노라.
밤에는 시 읊어 항상 한밤중이 지나고,
아침에는 글을 읽어 매번 신시를 지나도다.
물과 좋은 음식 반드시 달라 부르짖을 필요 없으니,
징차 힘든 음식 믹이도 어떤 싫어함이 있으리오.

손님의 시를 들은 선비는, 겁이 난다고 하더니 겁나는 것이 아니라 용기를 뽐내 보인다고 말했다. 이어 손님은 특별한 규칙을 만들어 보자고 요청하면서, 자신이 운자를 부르면 선비가 압운하여 5언 시 1구인 2행을 짓고, 시구를 지은 선비가 이어서 운자를 부르면 손님 자신이 압운하여 역시 5언 시구 하나를 짓도록 하는데, 쉬지 않고 각각 10개 운자까지 불러 시구를 짓는 것으로 하면 어떻겠느냐고 말했다. 이에 선비는, 어찌 반드시 10운이냐고 말하고 20운까지도 할 수 있다고 대답했다.

곧 손님이 선비에게 어떤 운자를 부를까 하고 물으니, 선비는 그대 입에 달려 있다고 대답했다. 이에 손님이 '강(江)'자를 부르니, 선비는 웃으면서 까다로운 운자를 불러 등에 땀나게 한다고 말하고, 드디어 압운을 하여 읊었다.

기운은 구름 피어나는 산 동굴을 눌러 뚫고,
정신은 금강에서 맑게 씻었도다.

시구를 지은 선비가 이어 운자로 '함(咸)'자를 불러 주었다. 이에 손님은 '강(江)'자에 대칭이라고 말하고, 즉시 압운하여 읊었다.

세상은 모두 저속한 정위(鄭衛)⁴⁴⁾ 노래를 즐기면서,
사람들이 소함(韶咸)⁴⁵⁾ 음악을 귀하게 여기지 않도다.

곧 이렇게 번갈아 각각 한 자씩의 운자를 불렀다. 선비와 손님은 서로 부르자마자 대구하여 담배 한 대를 피울 사이에 '강(江)·함(咸)' 두 운자에 압운하듯 계속하였다. 이렇게 시구를 지어 모인 것을, 선비가 지은 시만을 뽑아 모은 것이 다음과 같다.

용이 우는 것같이 웅장한 칼 걸어 두고,
고래가 울부짖듯 큰 종을 울리도다.
문인들의 예원(藝苑)에 귀한 수레 탄 귀인들 돌아들고,
시단(詩壇)에는 아름다운 채색 깃발 세워졌도다.
지은 글 높이 쌓여 언덕과 짝할 만하고,
필력(筆力) 건장하여 정(鼎)을 들 수 있을 만큼 세도다.
흥취가 이니 이루어진 시 두루마리로 가득하고,
호기의 마음 솟으니 술이 항아리에 가득하도다.
가슴속은 큰 바닷물 머금은 듯 광활하고,
눈은 시냇물을 보고 웃어 가늘어지도다.
상서로워지니 아침에 봉의 울음을 보게 되고,
영이로우니 저녁에 삽살개 울음을 알아듣도다.
인(仁)이 몸에 가득 차니 세상에 나서는 일 경시하고,
덕(德)으로 배부르니 맛있는 음식에 관심 없도다.
담박한 음식을 먹으니 상 위에 죽순이 오르고,
향기 왕성하더니 향기풀을 차고 있도다.

---

44) 정위(鄭衛): 춘추시대 정나라와 위나라. 이들 나라 음악은 남녀상열지사가 많아 저속하고 음탕한 내용임.
45) 소함(韶咸): 고상한 음악이란 뜻. '소'는 순(舜)임금의 음악, '함'은 황제(黃帝)의 음악인 함지(咸池).

가히 능히 세속을 벗어나 있는데,

어찌하여 반드시 나랏일을 물으리오.

오늘 충청도로 가는 길에,

명랑한 밤에 여점 안 창문에 의지했도다.

대자리 속에서는 처음부터 범수(范睢)[46]가 고통당하고,

큰 나무 아래서는 마침내 방연(龐涓)[47]이 패하였도다.

갑옷을 거두어서 겨우 안정을 펼치고,

군사를 돌려 와서 문득 항복을 받도다.

대양을 보니 바다 신령 하백(河伯)이 몸을 오므리고,

신익을 쳐다보니 땅 신령 지령(地靈)이 두려워하도다.

벌주를 받으니 쌀알이 옥 술잔에 뜨고,

정성을 쏟으니 등잔에 밀초 불이 밝혀지도다.

깨끗한 마음은 지금도 둘이 있지만,

낭랑한 시운(詩韻)은 옛날에도 그 쌍이 없었도다.

보잘것없는 것은 서툰 재주를 부끄러워함이요,

조화된 아름다움은 크고 좋은 호걸을 흠모함이로다.

이야기하는 사이 큰 술잔을 기울이니,

취한 뒤에 멜대에 매달려 달려가게 되도다.

이별함에는 응당 꿈에 만날 것을 애쓸지니,

빈 허공을 달릴 때는 진정 발자국 소리[48]도 기쁘도다.

---

46) 범수(范睢): 전국시대 위(魏)나라 사람. 범수가 제(齊)나라에 사신 갔다 오니 정승 위제(魏齊)가 나라 기밀을 누설했다고 매질하니 범수는 거짓 죽은 체했음. 곧 범수를 대자리에 말아 싸서 측간에 버렸음. 범수는 일어나 탈출하여 진(秦)나라로 가서 이름을 장록(張祿)으로 바꾸고 여러 정책을 제안해 진나라 정승이 되었음.

47) 방연(龐涓): 전국시대 손빈(孫臏)과 함께 제(齊)나라 사람. 방연이 위(魏) 장수로 한(韓)을 공격하니, 손빈이 한나라에 구원병으로 가서, 나약해 보이게 하는 술책을 썼음. 방연은 얕잡아 보고 보병만 이끌고 밤에 마릉(馬陵) 협곡을 지나는데, 손빈이 미리 큰 나무에 껍질을 깎아, '방연은 이 나무 아래에서 죽는다.'라고 써 놓고 복병을 배치했음. 방연이 글을 읽으려 불을 피우니 복병이 일제히 공격해 전멸시킴. 이에 방연은 자결했음.

48) 발자국 소리: 『장자(莊子)』에 "대저 텅 빈 곳으로 도피해 사는 사람은 사람이 발자국 소리를 내고 지

좋은 바람 불어옴이 멀지 않았으니,
장차 때맞추어 배가 와서 건네게 해 주리라.

손님이 이어 지은 시구를 뽑아 모은 것은 다음과 같다.

누가 사람 사귐을 맑은 물 같다〈交如淡〉[49] 했는고?
간 맞춘 음식 같은 이익을 좋아하지 않는 사람 없도다.
황금도 모름지기 연마함을 기다려 빛이 나고,
옥도 역시 숫돌에 갈아 다듬어야 윤기가 난다네.
안목이 아둔하여 쓸모없는 재목만 거둬들이고,
마음이 거칠고 비속하여 훌륭한 재목을 버리도다.
재물을 탐하여 얻어서 기뻐하고 만족해하며,
여색을 좋아해 만나 기뻐하며 손잡고 즐기도다.
놀라는 모습은 훨훨 날다 돌아치는 범나비 같고,
간교한 모습은 껑충껑충 뛰는 토끼 같도다.
마음을 여러 번 바꾸면서도 부끄러워하지 않고,
입을 삼중으로 봉하여 조심하는 일도 온통 잊고 있도다.
속이고 헐뜯는 사람들 혼탁한 세상을 달리고자 하는데,
어찌하여 일찍이 푸른 바위에 누워 고고하게 사는고?
○○○○○[50],
낡은 여점에는 문득 의관을 갖춘 사람들 연이어 들도다.
행적을 숨기고 있는 그대는 속임을 계속하는데,
마음을 열고 있는 나는 정성을 보이고 있도다.

나가는 것같이 들리면 즐거움을 느낀다(夫逃虛空者 聞人足音跫然而喜)."라고 한 말을 인용했음.
49) 교여담(交如淡): 『장자(莊子)』에서 "군자의 교제는 물같이 맑고 소인의 교제는 달기가 단술 같다(君子之交淡若水 小人之交甘如醴)."에서 인용함. 한문 원문에 '惔'으로 되어 있는 것은 '淡'의 잘못임.
50) ○○○○○: 한문 원문에 지워져 있음.

공경하는 진정의 말 보배로워 옥돌 속에 넣었는데,
무슨 뜻으로 큰 칼을 함 속에 감추고 있는지요?
갑자기 이리〈狼〉를 우리 안에 던져 넣어 가두었더니,
이윽고 말이 재갈을 벗어 진실을 말하도다.
정신이 아득하고 몽롱하여 안개 낀 골짜기 헤쳐 버리니,
상쾌하고 명랑하게 멀리 구름 사이로 배가 드러나네.
잠시 행운을 얻어 처음에 계속 이기었더니,
뒤집어져 놀랍게도 갑자기 어긋나 잘못됨을 알리도다.
성공이 있었다가도 돌아서 실패가 있게 되나니,
누구를 뛰어나다 하고 다시 누구를 펑빔하다 하리오.
아녀자 여태후(呂太后) 한신(韓信)을 능히 사로잡으니,
남쪽 번호(番胡) 오랑캐 감히 장군 혼감(渾瑊)을 겁박하네.
허물을 사례하는 마음은 정성스럽고 간절한데,
옹졸함을 논평하는 말은 시끄럽고 요란하도다.
낭랑하게 읊으며 파도처럼 거침없이 붓을 놀리니,
이루어진 글 높게 펼쳐져 해와 달에 깃발 날리듯 하도다.
충청도 산골에 봄기운이 그윽하고 아련하여 아름다우니,
달빛에 비친 꽃 그림자 아름답게 비치고 있도다.
각각 청운의 뜻을 품고 힘쓰고 노력하여서,
함께 백목병(白木柄)[51]에 큰 보습 끼우듯 성공 알리리다.

두 사람이 각기 20운자를 불러 주어 40개 시구가 이루어지니 손님이 말하기를, 시편(詩篇)은 이미 원만하게 이뤄졌으니 한담(閑談)을 하는 것이 좋겠다고 제의해, 대화하여 논쟁이 이어졌다.

---

51) 백목병(白木柄): 당나라 시인 두보(杜甫)의 시구, "큰 보습이여 큰 보습이여, 흰 나무 자루에 끼우리다 (長鑱長鑱白木柄)"에서 따온 말로 크게 성공함을 뜻함.

선비가 말하기를,

"천 리 길을 가는 사람이 천리마면 하루에 가고, 노둔한 말이면 열흘에 갑니다. 노둔함과 민첩함이 비록 다르지만 성공을 이루기는 곧 한 가지입니다."

손님이 말하기를,

"물이 평평한 육지를 지나갈 때는 그 흐름이 넘실넘실하고 그 모습이 담담하여 천천히 더디게 가겠다는 뜻이 있고, 급히 재촉해 가려는 생각이 없습니다. 그런데 그 가파른 바위와 가로 쓰러져 누운 바위에 부딪치면, 물거품이 날리고 여울져 뿌려지면서 물결을 삼키었다가 뿜어내기도 하여, 놀란 말이 급히 달리는 것같이 할 뿐만이 아닙니다. 그대는 광운(廣韻)에 자주 콧수염을 만지며 조급해 하고, 착운(窄韻)에는 손을 멈추지 않아 능숙하니 물과 연관을 지을 수가 있겠습니다. 그렇지 않다면 이 역시 그대가 겉으로는 일부러 어려운 척하면서 속으로도 막히는 것으로, 나를 속이고 있습니다. 알지 못하는 바는 글을 짓는 것입니다. 그래서 묻겠습니다. 그대는 필시 과거에 급제했겠지요?"

선비가 말하기를,

"과거를 보는 일은 자못 괴로운 일이었습니다. 일찍이 동당시(東堂試)인 향시(鄕試)에서 한 번 장원을 했고, 감시(監試)에서 두 번 장원을 했으며, 증광시(增廣試)에서 세 번 합격했습니다마는, 매번 회시(會試)에서는 낙방을 했습니다. 나는 이로써 향시(鄕試)는 쉽고, 서울에서 보는 경시(京試)는 어려운 것이라고 생각하고 있습니다."

손님이 크게 탄식하며 말하기를,

"그대 같은 재주로 아직 과거 급제를 못했다니요?"

선비가 말하기를,

"나는 진실로 재주가 없습니다. 진실로 글을 잘한다면 어찌 과거에 한 번 급제하지 못했겠습니까?"

손님이 말하기를,

"그렇지 않습니다. 과장에서 사사로운 관계에 따르는 것이 이보다 심한 적이 없었습니다. 좋은 집안의 자손은 곧 젖내 나는 초학이라도 모두 과거에 높게 급제했습니다. 시골 유생은 호호백발의 큰 문장가도 오히려 시골에 묻혀 살고 있습니다. 그렇지 않다면 그대의 단리(短李)⁵²⁾ 이신(李紳)같은 시와 소두(小杜)⁵³⁾ 같은 문장으로써 비록 대과는 어렵더라도 힘을 써서 어찌 소과 급제는 못했겠습니까?"

선비가 말하기를,

"소과는 이미 급제를 했습니다."

손님이 말하기를,

"그렇다면 필시 정사〈丁巳, 숙종3(1677)〉년 시골 선비가 많이 급제했을 때의 일일 것입니다. 갑인〈甲寅, 숙종 즉위(1674)〉년 이래로, 지체 있는 집안 형제나 문벌이 높은 가문 자질(子姪)들이 글의 높고 낮음이나 글씨의 능함과 서투름을 막론하고, 마치 버들가지로 물고기를 꿰듯 뽑아서 어린 유학(幼學)이 씨가 말랐습니다. 정사년 과거 시험에서는 직전에 무슨 일 때문에 과거를 보지 못한 사람과 신출내기 어린 선비 약간 명을 제외하고는, 모두 형세 없는 시골 사람들이 급제를 했습니다."

선비가 말하기를,

"내 과연 그 과거에서 급제했습니다. 다른 도는 자세히 알 수 없으나 같은 충청도에서 같은 해에 급제한 동년(同年)이 근 사십 여 명이었으니, 근고에 드문 일이라고 생각했습니다. 그대는 필시 나보다 먼저 사마시(司馬試)에 급제했을 것으로 여겨집니다."

손님이 말하기를,

"나는 갑인(甲寅)⁵⁴⁾년 증광시(增廣試)에 급제했습니다만, 그대는 어떻게 내가 그대보다 먼저 급제했음을 알았는지요?"

---

52) 단리(短李): 중국 당나라 때의 시인인 이신(李紳). 체구가 작다고 하여 '단리(短李)'라고 불렸음.
53) 소두(小杜): 중국 당(唐)나라 시인(詩人) 두목(杜牧), 혹은 노두(老杜)로 불린 두보(杜甫)에 대(對)하여 이르는 말.
54) 갑인(甲寅): 현종15년(숙종 즉위년). 숙종 즉위를 기념해 실시한 증광시(增廣試).

선비가 말하기를,

"그대는 다만 빈왕(賓王)[55] 같은 뛰어난 재주와 승유(僧孺)[56] 같은 높은 기예를 가졌을 뿐만 아니라, 필시 당시 요로에 있는 귀족의 자손으로, 높은 지위에 있는 사람의 측근일 터이니, 어찌 내 앞을 차지하지 않을 수 있었겠습니까?"

손님이 말하기를,

"그대가 인용해 비유한 바에는 깊은 뜻이 있는 것 같습니다. 빈말이더라도 사람을 칭찬하고자 했다면, 시에는 이태백(李太白)이 있고, 문장에는 한유(韓愈)[57]가 있는데, 하필 빈왕을 말하며 하필 우승유를 말하는지요?"

선비가 웃으면서 말하기를,

"그대가 이미 나에게 비유해 말한 것에 대칭되게 한 것이랍니다. 그대 나를 비유해 말하면서, 시로써 일컬어지는 사람이 많은데 반드시 단리(短李)를 거론해 비유하고, 글로써 유명한 사람이 여럿인데 굳이 두목을 인용하였으니, 이는 내 키가 작고 몸이 작은 것을 기롱하려는 것이었습니다. 그런 까닭에 나도 고의로 빈왕을 거론하였으니 그의 성이 '마(馬)'인 때문이었고, 승유를 인용한 것은 그의 성이 '우(牛)'이기 때문이었습니다."

손님은 웃으면서 말하기를,

"말을 가리켜 말이라 했고 소를 가리켜 소라고 했으며, 단소함을 가리켜 단소하다고 한 것이 무슨 괴이함이 있습니까?"

선비가 또한 웃으며 말하기를,

"그대의 말이 옳습니다. 그대가 과연 단소를 가리켜 단소라 하였으니 나는 할 말이 없습니다. 나도 과연 말을 가리켜 말이라고 하고, 소를 가리켜 소

---

55) 빈왕(賓王): 당(唐) 시인 마주(馬周). 학문에 힘써 시경·서경·춘추 등에 정통했고 뒤에 상서령에 올랐음.
56) 승유(僧孺): 당(唐) 때 크게 이름을 떨친 우승유(牛僧孺). 목종(穆宗)에서 무종(武宗)에 이르는 4대에 걸쳐 조신(朝臣)으로 있으면서 이종민(李宗閔)과 함께 붕당을 만들어 '우이지당(牛李之黨)'이라는 일컬어졌음.
57) 한유(韓愈): 자가 퇴지(退之)임. 당대(唐代) 뛰어난 문장가이며 고문 운동의 창도자로, 그의 시에도 고문 도통(道統)의 특색이 있음.

라고 하였으니, 그대 또한 무슨 말을 할 수가 없을 것입니다.

　손님이 크게 웃으며 말하기를,

"나의 비유를 증명하려다가 도리어 스스로 욕됨으로 되돌려 받았습니다."

선비가 말하기를,

"나는 서울 집에서 나서 자랐습니다. 그리고 낙향해 있으면서 귀를 기울여 서울 소식을 듣고 있었는데, 근래에는 과거 시험이 자주 시행됨으로 인하여 서울에 있을 때가 많아서, 선비들 사이의 일을 대략 열에 두세 가지를 얻어 들었습니다. 무릇 과거에 나가는 유생들이 과거에 임하면서 문득 서로 이야기하기를, 이번에는 '괴속(塊束)'[58]을 얻었느냐 하고 묻는다는 것이었습니다. '괴속'은 우리말로 바꾸면 '고양이의 속' 곧 묘리(猫裏)가 되며, 묘리(猫裏)는 다시 음을 따서 다른 말로 묘리(妙理)입니다. 무릇 시관(試官) 물망에 오른 사람은 친하게 아는 과거 볼 사람들과 약속하여, 인적 사항이 적힌 사표(私標)를 받아서 모두 주머니 속에 넣으므로, 그 주머니의 배가 터질 지경이라고 합니다. 그리고 정식 시관 낙점을 받아 원(院)으로 들어가서는 그 받은 사표들을 살펴 급제자를 정한다고 합니다. 그 밖에도 또한 밀서(密書)며 암산(暗筭)이며 휼계(譎計)와 궤술(詭術) 등을 모두 다 열거할 겨를이 없으니, 이것을 '괴속'이라 한답니다. 다만 서울 선비뿐만이 아니고 길거리의 수많은 여러 부류 사람들이 시대를 쫓아 이런 교섭을 좋아합니다. 지금 그대는 기예와 학문이 용이라도 잡을 정도이고, 재주의 뛰어남이 높고 아름다우니, 비록 이와 같은 지름길이 아니더라도 역시 높은 자리에 오르기 충분합니다. 그러나 천운(天運)은 알기가 어려운 것이니, 사람의 일이 혹시 잘된다고 하더라도 온 세상이 모두 함께 취해 있는데 홀로 깨어 있기는 쉽지가 않습니다. 그대도 역시 물들어 더럽혀짐이 없지 않을 것입니다."

---

58) 괴속(塊束): 한자의 뜻과는 상관없는 취음(取音)임. '괴'는 '고양이'의 고어(古語)임. '속'은 겉의 반대인 '안(內)'을 말함. 그래서 붙이면 '고양이의 속'이 되는데, 이를 다시 한자말로 바꾸면 '묘리(猫; 고양이 묘, 裏; 속 리)'로 됨. '妙裏'를 다시 한 번 음이 같은 말로 바꾸면 '묘리(妙理)' 곧 손을 쓸 '묘한 계책'을 말함.

손님이 웃으며 말하기를,

"가령 옛날 공자의 제자들이 오늘날의 과거 시험 같은 상황을 당했을 때 안자(顔子)와 증자(曾子), 염구(冉求)와 민손(閔損) 이외에 물들어 더렵혀지지 않을 사람이 몇이나 되겠습니까? 그대 역시 서울 친구 중에 이미 현달한 사람이 있을 터이니, 여름철에 맑고 시원한 냇가를 당하여 과연 함께 목욕하지 않을 수 있겠는지요?"

선비가 말하기를,

"나도 홀로 정도(正道)를 걷는 것은 아니며, 또한 혼자 과거 욕심이 없는 것도 아닙니다. 만약에 옛날 평원군(平原君)59)을 내 앞에 오게 해 준다면, 어찌 능히 주머니 속에 넣어 주기를 청하지 않겠습니까? 다만 한스러운 것은 공자(公子)인 평원군을 알지 못하는 것일 따름입니다."

손님은 과연 그러하다고 말하고, 마음속에서 우러나온 말이라고 했다. 그리고 아들이 있느냐고 물어서, 선비가 있다고 대답하니, 손님은 학업을 닦을 수 있는 나이라면, 먼저『소학(小學)』을 가르치지 않을 수 없을 것이라고 말했다. 이에 선비는,『소학』을 마땅히 가르쳐야겠지만 방위(方位) 이름의 경우는 가르치고 싶지 않다고 했다. 손님이 왜냐고 물어서 선비는 이런 대답을 했다.

"세상이 이렇게 붕당으로 어지러운데, 아이가 동서남북 붕당을 매우 분명하게 구분지어 이해할 것이니, 나는 이 점을 두려워하는 것입니다. 아이에게 가르치지 않아도 또한 세속에 물들 터인데 하물며 그것을 가르치겠습니까?"

손님이 말하기를,

"통탄스럽군요. 붕당의 폐해를 이루 말할 수 있겠습니까? 지금 서인(西人)·남인(南人)·북인(北人) 3당파가 있는데, 어느 당이 군자이고 어느 당이

---

59) 평원군(平原君): 전국시대 조(趙) 공자(公子). 식객이 삼천 명이었음. 초(楚)에 구원병을 청하러 갈 때, 식객 중 스무 명을 뽑아 함께 가려 하니 모수(毛遂)가 자청했음. 평원군은 뛰어난 사람이면 주머니에 넣은 송곳 끝이 튀어나오는 것처럼 드러나는데 그대는 보이지 않았다고 하니, 모수는 주머니 속에 넣어 주지 않아서 그렇다고 말하여, 함께 데리고 가서 도움이 되었다는 '모수자천(毛遂自薦)' 고사. 일을 시키면 두각을 나타내겠다는 뜻.

소인이겠습니까?"

선비가 말하기를,

"지금의 당파는 옛날 중국 송(宋)나라 원우(元祐)[60]와 희풍(熙豊)[61] 때의 당파와 달라서, 사(邪)와 정(正)을 판별할 수가 없으며 동일한 당파입니다. 들으니 중국 당(唐)나라 때 이덕유(李德裕)의 당에는 군자가 많고 우승유(牛僧孺)의 당에는 소인이 많았다 하니, 그 혹시 지금 우리와 비슷한지요?"

손님이 말하기를,

"서인이다 남인이다 하는데, 누가 우승유이고 누가 이덕유이겠습니까?"

선비가 말하기를,

나는 일찍이 조정에 나아가 보지 못하여 어떤 사람이 서인이고 어떤 사람이 남인인지 분별하지 못합니다. 그러니 또 누가 이덕유이고 누가 우승유인지를 알겠습니까?"

손님이 말하기를,

"나는 곧 서인에 군자가 많고 남인에 소인이 많다고 생각합니다."

선비가 말하기를,

"그대는 필시 남론(南論)에 속하는 사람인가 봅니다."

손님이 말하기를,

"내가 남인이라면 서인에 군자가 많다고 칭하겠어요?"

선비가 말하기를,

"말을 뒤집어 반대로 말해 내 마음을 시험하려는 거지요."

손님이 크게 웃으며 말하기를,

"그대의 마음속에서 생각하는 것은 어느 쪽인지요?"

선비가 말하기를,

---

60) 원우(元祐): 송(宋)나라 철종(哲宗) 연호. 당시 사마광(司馬光)과 왕안석(王安石) 당이 심하게 다투었음.

61) 희풍(熙豊): 송나라 신종(神宗) 연호. 처음 '희영(熙寧)'이었다가 뒤에 '원풍(元豊)'으로 바꿔 함께 일컫는 말.

"내가 논의하는 것은 남맥(南陌; 남쪽 거리)·서천(西阡; 북쪽 큰길)·동치(東菑; 동쪽 묵은 밭)·북롱(北壠; 북쪽 언덕)이랍니다."

손님이 말하기를,

"좋군요. 온 조정 사람들이 주장하는 바가 모두 이와 같다면 대저 어찌 가정에 재앙을 끼치고 국가를 흉하게 하며, 사관(史官)들이 죄를 물어야 한다고 성토를 하겠습니까? 여기에서 서인·남인·소북 세 무리에 대하여 숨김없이 모두 이야기해 보시지요."

선비가 말하기를,

"그대가 먼저 말해 보십시오. 나는 마땅히 그 옳고 그름을 논하겠습니다."

손님이 말하기를,

"서인은 매우 훌륭한 나무 예장(豫樟)과 같으니, 큰 집을 지탱할 재목이 많고, 남인은 오래된 큰 나무인 교목(喬木)과 같아서 사람을 덮을 그늘이 많으며, 소북은 겨우살이인 조라(蔦蘿)와 같으니 우뚝 설 지조가 적습니다."

선비가 말하기를,

"서인은 그 형세가 장강(長江)과 같아서, 곧 매우 웅장하여 노를 부러트릴 높은 파도의 위험이 없지 않고, 남인은 그 형세가 태행산(太行山) 같으니, 곧 매우 높아서 수레바퀴 축을 부러트릴 꼬불꼬불한 험한 길의 위험이 없지 않으며, 소북은 큰 육지 같아서 비록 눈여겨 볼만한 기이한 아름다운 경치는 없으나 또한 스스로 평탄하여 좋습니다."

손님이 말하기를,

"그대는 어찌 북인을 옹호하는지요? 깎아내리는 뜻이 없고 좋게 여기는 말이 많군요. 또한 그대는 오늘날의 청남(淸南)과 탁남(濁南)의 논의에 대하여 결국 마지막 성패가 어떠하리라고 생각하는지요?"

선비가 말하기를,

"나는 알지 못합니다. 그저 그 이름의 글자를 두고 말하면, 탁자(濁字)로써 이름 지어진 것은 반드시 권세를 따르고 세태에 아부하는 사람들이고, 청자(淸字)로써 이름 지은 것은 반드시 깨끗하게 명성을 얻어 절개를 지킬 것에 힘쓰는 선비입니다. 곧 청(淸)은 물러나기가 쉽고, 탁(濁)은 떠나기가 어렵습니다. 그러니 물러나기 쉬운 사람들은 범죄의 수법이 깊지 않고, 떠나기 어려운 사람들은 머리까지 모두 잠겨서야만 그치는 것이니, 청남의 피해는 깊은 데에까지 이르지 않을 것이며, 탁남의 재앙은 장차 이루 말할 수가 없을 것입니다."

손님이 말하기를,

"이치와 형세로 보아 그러합니다. 그런데 붕당을 제거할 대책이 있겠습니까? 당(唐)나라는 중엽으로부터 하북(河北) 오랑캐에게 곤란을 당하기 시작하여 여러 세대에 걸쳐 제거할 수가 없었습니다. 그런데 문종(文宗)이 이야기하기를, 하북의 적을 없애기는 쉬우나 붕당을 없애는 것은 어렵다고 했습니다. 예부터 붕당을 없애는 어려움이 과연 이같이 심했던 것 같습니다."

선비가 말하기를,

"어려울 것 없습니다. 문종(文宗) 이후 무종(武宗) 때 이덕유(李德裕)가 재상이 되어 사당(邪黨; 간사한 당파)이 배척되었고, 무종 이후 선종(宣宗)이 영호도(令狐綯)를 재상으로 삼아서 음붕(淫朋; 음탕한 붕당)이 위축되었어요. 지금 우리 성상의 예지와 뛰어난 지도력이 무종과 선종에 비할 바가 아니니, 마땅히 크게 처분하는 바가 있을 것입니다."

손님이 말하기를,

"사실, 갑을 수용하고 을을 쫓아내고, 저 사람을 물리치며 이 사람을 등용하면, 이른바 한쪽이 나아가면 한쪽이 물러가야 하니, 그 원망이 더욱 심해지고 그 폐해가 점점 가혹해질 것이므로, 붕당 제거의 올바른 방법이 아닙니다. 반드시 공손하게 협력하여 서로 구제하고 환하게 밝아지는 모습으로 함께 돌아와 덕을 베풀어 양보하는 아름다움이 있고 원망하고 미워할 걱정이 없게 된 연후에라야, 가히 한쪽으로 쏠리거나 당파를 만들지 않게 될 수 있을 것입니다. 능히 이것을 이룰 수 있는 사람이 과연 어디에 있겠습니까?"

선비가 말하기를,

"그것은 매우 쉽지요. 성스러운 임금이 대궐에 계십니다. 순(舜) 임금이 신하 기(夔)와 용(龍)에게 경(卿) 벼슬을 내리고, 신하 직(稷)과 설(契)에게 서윤(庶尹) 벼슬을 내리니 그 시대에 크게 조화를 이루지 않았습니까? 그리고 모든 관료들이 스승으로 받들어 섬기지 않았는지요?"

손님은 말인즉 옳다고 말하고, 이에 술잔에 술을 부어 들고 슬픈 모습을 지으며 말했다.

"국가가 끝내 이제부터 편치 못할 것입니다. 그 누가 여기에서 거짓 없는 붉은 깃발을 들고 꾸짖어 깨우쳐 주겠는지요?"

선비가 말하기를,

"그대는 참으로 의기에 넘치는 지사(志士)입니다. 저 사람들은 화려하게 꾸민 집에 거처하면서, 그것이 신기루임을 알지 못하고 있습니다. 자기를 건네게 해 줄 나루라고 생각하고 달려가는 사람들도, 그것이 많은 물결 출렁이는 위험한 연못임을 알지 못합니다. 남들은 그를 천막 위에 외로이 앉은 제비 보듯 작게 여기면서, 자신은 나라 의식 때 으리으리하게 차리고 들고 나가는 깃대 꼭대기에 꽂힌 봉조(鳳鳥)로 자처합니다. 세상 사람들은 그를 가마솥 안에 놓인 물고기처럼 위태롭게 보는데, 자신은 구름 위를 오르는 용으로 과시합니다. 재앙이 조석으로 압박해 오는데도 편안히 여겨 단잠을 깨지 못하며, 위험이 지척에 있는데도, 혼몽하여 술에서 깨어나지 못하고 있습니다. 그 재앙을 행복으로 여기면서 그를 위해 힘써 염려하는 사람이 없고, 그 패망을 달게 여기면서 그를 위해 근심하고 탄식하는 사람이 없습니다. 시대를 가슴 아파하는 정성과 세상을 근심하는 말을 하는 사람을, 오직 그대에게서만 보게 됩니다."

손님이 말하기를,

"나는 평생 불평하는 마음을 가졌으니, 그 내용을 거짓 없이 내보이겠어요. 우리나라는 예의지국(禮儀之國)입니다. 예의로서 대국을 섬겨야 하며, 이웃 나라와 교제하는 데에는 바른 원칙이 있으니 북적(北狄)·남만(南蠻)·서강(西羌) 등의 지역과는 같지가 않습니다. 적(狄)자는 개 견(犬)을 따르고 만(蠻)자는 벌레 충(蟲)을 따르고, 강(羌)자는 양 양(羊)을 따르지만,

오직 우리 동이(東夷)인 이(夷)자만은 대(大)자와 궁(弓)자를 따르고 있어서, 큰 활을 당김을 말하고 있지요. 천하에서 동이(東夷)를 군자국(君子國)이라고 칭하고, 또는 소중화(小中華)라 일컫습니다. 나라로 말하면 예악문물(禮樂文物)이 찬란하게 빛나고, 사대부로 말하면 도덕예의(道德禮義)가 잘 갖춰져 있으며, 민가 풍속으로 말하면 부모에게 효도하고 형제간에 우애 있고 가족 간에 화목하게 하는 교화가 빛나고 아름답습니다. 나는 넓은 하늘 아래 바다로 둘러싸인 이 땅에서 올바른 진리가 있는 나라로는 우리나라가 최상이라고 생각합니다. 최근에 간혹 원수를 갚고 치욕을 씻고자 하는 의논과 은혜를 갚고 은덕에 보답하고자 하는 논의가 있었습니다. 원수가 있으면 갚고자 하고 치욕이 있으면 설욕하고자 하고, 은덕이 있으면 갚고자 하는 것은 진실로 의리이지요. 그런데 나라의 원수와 국가의 치욕은 한 자의 칼과 한 치의 창끝으로 갚거나 씻을 일이 아니며, 임란 때 중국 황제의 은덕은 우리나라의 작은 국토로서 능히 갚거나 보답할 수 있는 것이 아닙니다. 우리나라의 국력과 형세는 이미 저들의 털끝 하나도 손상시키거나, 저들의 한 자 반의 작은 거리도 침범할 수가 없으며, 도리어 그 원수를 심화시키고 그 수치를 더하게 되어, 장차 자기 자신을 구제하기에도 넉넉하지 못한데, 은덕을 갚는 일은 돌아볼 겨를이 없습니다. 이와 같음을 알고도 이를 말한다면 즉 이는 빈말이 됩니다. 진실로 옛날 월(越)나라 범려(范蠡)[62]가 왕에게 와신(臥薪)을 권하고, 조(趙)나라 무령왕(武靈王)[63]이 온 나라 백성들에게 호복(胡服)을 입게 한 것과 같은 무서운 결심이 있다면, 곧 혹시 해 볼 수 있을 것입니다. 그러나 역시 천운에 관계된 것이니, 그래서 제갈공명(諸葛孔明)이 하늘의 뜻을 끌어당겨 돌릴 수 없음을 알았기에 출사(出師)하여 힘이 모두 빠져 죽은 뒤에야 끝이 났으니, 다만 추억하여 보답하고자 하는 소원

---

62) 범려(范蠡): 춘추시대 월(越)나라 왕 구천(句踐)의 신하. 월나라가 오(吳)에게 항복하여 그 수치를 씻으려고 왕에게 결심을 다지기 위해 와신상담(臥薪嘗膽)을 하게 해, 마침내 오왕의 항복을 받아 설치(雪恥)했음.

63) 무령왕(武靈王): 전국시대 조(趙)나라 왕. 처음 왕이 되어 북방 오랑캐를 섬멸하기 위해 온 나라가 북방 오랑캐 족속의 복장인 호복(胡服)을 입게 하여, 그 결과 북방 오랑캐를 섬멸했음.

만을 나타낸 것일 따름이었습니다. 슬픈 일입니다. 때에 있어서는 역(逆)과 순(順)을 구분하지 못했고, 형세에 있어서는 강(强)과 약(弱)을 헤아리지 못했으며, 일에 있어서는 완성(完成)과 패배(敗北)를 논하지 못하여, 힘쓴 일이 빈말로만 되고 말았으니 어찌 가히 의리를 밝힐 수가 있었겠습니까?"

선비가 말하기를,

"나 역시 한 가지 괴이하게 여기는 일이 있으니 바로잡기를 원합니다. 적서지변(赤鼠之變)[64]인 병자호란은 임금이 적장과 동맹을 맺었으니 모욕은 큰데 갚아야 할 원수는 작으며, 흑룡지화(黑龍之禍)[65]인 임진왜란은 항복 조약을 안 맺었으니 모욕은 작고 피해가 매우 많아 갚아야 할 원수가 큽니다. 진실로 복수를 하고 수치를 씻을 만한 세력이 있다면, 왜적이 성종(成宗)과 중종(中宗) 두 능[66]을 파헤친 데 대한 복수를 먼저 생각하지 않고, 부질없이 왕이 남한산성으로 피란 간 병자호란의 치욕 설치(雪恥)를 서두르고자 하니 무슨 까닭인지요?"

손님이 말하기를,

"그건 알기 쉬운 일입니다. 땅이 좁고 백성이 적으며 형세가 단순하고 세력이 약하여, 우리나라를 지키는 데에도 펼칠 힘이 충분하지 못한데 하물며 다른 나라를 도모하겠습니까? 남쪽에 대해서나 북쪽에 대해서나 어떤 처치도 할 수 없음을 이미 알고 있기에, 다만 원수를 갚고 은덕에 보답한다는 말만을 하여, 옛날 중국 제(齊)나라 환공(桓公)[67]이 거(莒) 지역으로 피난 갔

---

64) 적서지변(赤鼠之變): 병자(丙子) 해의 변란, 곧 병자호란. 십간(十干)에서 병(丙)은 남방(南方)에 해당하며, 빨강색을 대표함. 지지(地支)에서 자(子)는 '쥐'를 나타내므로 '병자'를 '붉은 쥐' 곧 '적서'라 했음.

65) 흑룡지화(黑龍之禍): 임진(壬辰) 해의 재앙, 곧 임진왜란. 십간(十干)에서 임(壬)은 북방(北方)에 해당하며, 검정색을 대표함. 지지(地支)에서 진(辰)은 '용'을 나타내므로 '임진'을 '검은 용', 곧 '흑룡'이라 했음.

66) 이릉지수(二陵之讐): 임진왜란 때, 임진년(1592) 9월 경기도 광주에서 성종(成宗)과 중종(中宗) 두 임금의 능을 왜적들이 파헤친 사건을 말함.

67) 환공(桓公): 춘추시대 제(齊) 양공(襄公)의 포악한 행동에 아우인 공자(公子)들이 도피하여 공자 소백(小白)은 포숙(鮑叔)이 모시고 거(莒) 지역으로 피했음. 양공이 죽자 제나라 백성들이 소백을 불러들여 임금으로 삼았음. 그래서 거 지역으로 피해 있던 시절을 잊지 말자고 하여 '무망재거(毋忘在莒)' 숙어가 생겼음.

다 돌아온 일에 비기어, 반드시 중국을 존중해 받든다는 의리를 표하고자 한 것이랍니다. 만일 국가가 진정으로 이 거사(擧事)를 수행하게 했다면, 어찌 천하에 한다는 말이 길이길이 이어지지 않았겠습니까?"

손님은 또한 술 한 잔을 돌리고 화제를 돌려 이렇게 물었다.

"그대는 시골에 살면서 먹고살기에 가난한지요? 어찌 그리 옷이 해지고 말이 피곤한 모습입니까?"

선비가 말하기를,

"그렇습니다. 옛날 한(漢)나라 때 학자 양웅(揚雄)의 가난 같아 내쫓아도 가지 않고, 당(唐)나라 문장가 한유(韓愈)[68]의 빈궁 같아서 절하고 보내도 오히려 머물러 있답니다."

손님이 말하기를,

"그대는 반드시 인의(仁義)를 말하기 좋아하고 길이 빈천(貧賤)할 사람입니다. 나는 일찍이, 남자가 이 세상에 태어나 행할 수 있는 일에 세 가지 방책이 있다고 생각했습니다. 독서하고 이치를 궁구하여 세상에서 유명한 선비가 되는 것이 그 첫째의 계책입니다. 과거에 급제하여 이름을 드날려서 부모를 드러나게 하는 것이 둘째의 계책이고요. 이 두 가지 계책 중에 한 가지라도 이룰 수 없다면, 곧 집에서 힘껏 농사지어 돈과 곡식을 쌓아 놓고, 의복과 음식을 마련하여 마음대로 아름다운 삶을 누리는 것이, 오히려 옹졸함을 지키고 빈궁하게 앉아 생활을 꾸려갈 계책이 없어 위로 부모를 봉양할 수 없고 아래로 처자를 거느려 생활할 수 없는, 그것보다 낫다고 생각했지요. 옛 성인은 가정을 다스리고 도덕적인 윤리를 다한 다음, 남는 힘[69]이 있으면 학문을 연마하라는 교훈을 남겼고, 옛 현인(賢人)도 낮에는 농사짓고 밤에는 독서한다는 사실이 나타나 있으니, 학업에만 온 마음을 쏟고 가족 생계를 위한 일을 하지 않는 것은 오래 살아남는 계획이 아닙니다. 허노재

---

68) 한유(韓愈): 당(唐)나라 때 문장가의 제일인자 한퇴지(韓退之). 가난 물러가라는 '송궁문(送窮文)'을 지었음.

69) 남는 힘: 여력(餘力). 『논어(論語)』에서 인용했음. 〈行有餘力 則以學文〉.

(許魯齋)⁷⁰⁾는 '학문을 함에 있어서 마땅히 먼저 생활을 영위할 방법을 다스려야 하니, 생활할 바탕이 부족하면 학문하는 데에 방해가 된다.'라고 했으니, 이것은 사회의 공통된 의론입니다."

선비가 말하기를,

"옛글⁷¹⁾에서, '최상은 덕을 세우는 것이고 그다음은 말을 세우는 것이며 그다음은 공을 세우는 것이니, 이것을 일러 세 가지 변하지 않는 진리다.'라고 하였지요. 그대의 말은 대체로 여기에 바탕을 둔 것 같은데, 그 마지막 돌아가는 의미는 장차 사마천(司馬遷)의 부리(富利)를 앞세우는 이론이라는 것을 면하기 어렵습니다. 중국 송(宋)나라 유학자 근재지(勤裁之)의 말에, '도덕(道德)에 뜻을 두면 곧 공명(功名)이 그 마음을 더럽히지 못하고, 공명에 뜻을 두면 곧 부귀(富貴)가 그 마음을 더럽히지 못하며, 오로지 부귀에만 뜻을 두는 사람은 곧 역시 무엇이든 못할 짓이 없다.'라는 내용이 있지요. 무릇 선비 된 사람은 마땅히 이 말을 본보기로 삼고 있습니다. 또한 그대가 말하고 있는, 독서하여 이치를 궁구한다는 말은 세상에서 말하는 이학(理學), 곧 유학을 일컬음이 아닌지요?"

손님이 말하기를,

"그렇습니다. 유학을 하는 사람은 반드시 두 손 맞잡고 공손히 꿇어앉아 종일 꼿꼿이 앉아 있는데, 그 의미는 어디에 있는지요? 그렇게 하지 않으면 유학을 하는 것이 되지 못하는지요? 옛날 유학에는 공자보다 더 왕성한 사람이 없었는데, 공자가 반드시 두 손을 맞잡고 무릎을 꿇고 종일 꼿꼿이 앉아 있었다는 말은 듣지 못했습니다."

선비가 말하기를,

"공자는 사람들을 가르치면서 손의 모습은 공손해야 하고 발의 모습은 무겁게 해야 한다고 했는데, 이것이 두 손을 맞잡고 두 무릎을 꿇는 것이 아

---

70) 허노재(許魯齋): 중국 원(元)나라 사람 허형(許衡). 크게 학문을 떨친 학자.
71) 옛글: 『춘추좌전(春秋左傳)』의, "大上有立德 其次有立功 其次有立言 雖久不廢 此之謂不朽"에서 인용했음.

니겠습니까? 공자는 친구인 원양(原壤)[72]이 다리를 죽 뻗고 앉아 기다리는 것을 보고, 지팡이로 그의 정강이를 때렸다고 했으니, 이것은 평상시에 꼿꼿이 앉아 있다는 증거가 아닌지요? 꼿꼿하게 앉아 있으면 곧 의지가 온전해지고, 마음이 온전해지면 곧 정신이 흐트러지지 않게 됩니다. 송(宋)나라 유학자 정자(程子)는 조용히 앉아 있는 사람을 볼 때마다 매양 그 잘 배웠음을 찬탄하였으니, 이것은 유자(儒者)라면 반드시 꼿꼿하게 앉아야 함을 뜻하고 있습니다."

손님이 말하기를,

"몸체의 모습은 외부적인 것이며 심지(心志)는 내부적인 것이니, 비록 외부적으로 그 몸의 모습을 꾸미더라도 내부의 그 심지가 바르지 않으면, 이것은 겉은 옥이지만 속은 자갈이며, 얼굴은 향내가 나지만 뱃속은 악취가 나는 것입니다. 나는 곧 옳지 않은 일을 한 것은 한 번도 없었고, 부정한 행동을 한 적은 한 번도 없었습니다. 어두운 방에서 말한 것을 하늘에 대고서도 부끄러움이 없고, 한가로울 때의 행동을 신명에게 물어도 부끄러움이 없어요. 곧 비록 머리털을 풀어헤치고 맨발을 하고 옷을 풀어헤치고 다니며, 두 다리를 뻗고 앉으며 옷을 벗어 알몸을 드러내고 눕는다 하더라도 불가할 것이 없다고 생각합니다."

선비가 말하기를,

"이 말은 대체로 격한 감정이 있어서 이른 것입니다. 고금 학자들을 볼 때 명성과 실상이 서로 어긋나지 않으며, 말과 행동이 어긋나지 않는 사람이 능히 몇 사람이나 되겠습니까? 무리하게 은자(隱者)에 참여한 사람과 허위로 은자가 된 사람이며, 거짓으로 학자를 가탁한 사람과 헛된 이름을 도둑질할 사람들이, 집에 거처할 때에도 일찍이 혼탁한 것을 보고 충격을 가하여 맑음을 떨쳐 내지 못하고, 세상에 나가서도 일찍이 정도(正道)를 행하고 어려운 시대를 구제하지 못했습니다. 그러면서 오직 사림(士林)이 정결하

---

72) 원양(原壤): 공자(孔子) 친구. 『논어(論語)』의 다음 구절을 인용한 것임. 〈原壤夷俟 子曰 幼而不孫弟 長而無述焉 老而不死 是爲賊 以杖叩其脛〉.

지 못하다 하고, 조정 대신들이 화합을 하지 못한다고 거론(擧論)하고, 세상의 바른 도리가 손상되었다고 하며 사람과 나라가 병들었다고 합니다. 그러므로 중국 진(秦)나라 강직한 재상 상앙(商鞅)[73]은 이런 무리를 가리켜 나무 갉아 먹는 여섯 가지 갈충(蝎蟲), 곧 육갈(六蝎)이라 칭했으며, 한비자(韓非子)[74]는 다섯 가지 좀에 비유하여 오두(五蠹)라 했지요. 만약 이와 같은 부류들이 비록 공자 제자 증자(曾子)와 자사(子思)의 겉모습을 빌리고, 송(宋)나라 때 유학자인 정자(程子)와 주자(朱子)의 몸체로 옮겨 변화시켜 놓았다 하더라도, 역시 그들에게서 무엇을 취하겠습니까? 상앙이나 한비자 같은 사람도 그 하는 말에 있어서 진실로 세상일에 분개하고 세속을 증오하는 뜻과 현명한 사람을 질투하고 유능한 사람을 샘내는 마음이 없지 않습니다. 옛날 주(周)나라 주공(周公)이 무왕(武王)의 물음에 대답하면서, '사람은 그 마음을 숨기고 그 거짓을 꾸미어 그의 이름을 변조하는 사람이 많습니다. 인현(仁賢)에 대하여 숨기고, 지리(智理)에 대하여 숨기고, 문예(文藝)에 대하여 숨기고, 염용(廉勇)에 대하여 숨기고, 교우(交友)에 대하여 숨기고 있으니, 이와 같은 분류는 가히 자세히 살피지 않을 수 없습니다.'라고 말했습니다. 이른바 인현에 대하여 숨긴다는 것은, 인의의 방법과 성현의 일들에 있어서 그 속마음을 숨기어서 세상을 속이는 사람입니다. 이른바 지혜와 이치에 대하여 숨긴다는 것은, 지모(智謀)에 관한 책과 성리(性理) 학문에 대하여 그 속마음을 숨기어서 사람들을 속이는 사람이지요. 이른바 문예에 대하여 숨긴다는 것은, 글 짓는 모임과 예술의 활동에서 그 속마음을 숨기어 명성을 도둑질하는 사람이고요. 이른바 청렴과 용기에 대하여 숨긴다는 것은, 청렴결백한 행실과 용기 있고 경건(勁健)한 업적에 대하여 숨기어서 그 명성을 팔고 있는 사람이랍니다. 이른바 친구를 사귀는 일에 숨긴다는 것은, 교유(交遊)하는 사이와 친구들과 어울리는 속에서 그 속마음을

---

73) 상앙(商鞅): 진(秦)나라 재상 공손앙(公孫鞅). 상(商) 지역에 봉해져 상앙(商鞅), 상군(商君)이라고 함. 법을 엄격하게 집행하여 사람을 많이 죽여 위수 물이 붉었다 함.

74) 한비자(韓非子): 중국 춘추시대 말기의 사람으로 법가(法家)의 대표자.

숨기어서 그 칭찬하고 찬양함을 요구하는 사람입니다. 주공은 위대한 성인입니다. 그런데 그가 군부(君父)에게 고하여 아뢴 말에, 사람은 진실로 가히 그 마음을 살피지 않을 수 없는 것이라 했으니, 온전히 외모만으로 취할 수 있겠습니까? 그대의 말에는 진실로 주목할 부분이 있습니다. 근래 사대부들이 비록 은일(隱逸)을 자처하면서 조행(操行)을 잘하지 못하는 사람이 드물지 않아요. 그대의 행동 신념인 조행에 대하여 듣기를 원합니다."

손님이 말하기를,

"나의 '조행(操行)' 곧 내 행동의 신념은, '반(反)' 즉 돌이켜 반성하는 것이랍니다. 내가 일어설 때 머리를 집 천정 들보에 부딪치면 천정 들보가 낮은 것을 탓하지 않고, 머리를 나무라며 말하기를, '너 어찌 숙이지 않았느냐.'라고 합니다. 또 내가 다닐 때 길에서 미끄러지면 길이 험하게 된 것을 탓하지 않고, 또한 내 발을 탓하며 말하기를, '너는 어찌 조심하여 피하지 않았느냐.' 하고 말한답니다. 무릇 험악한 지경이나 거슬리는 상황을 만나거나, 또는 위급할 때나 곤혹스러움을 당하여도 시비를 가리려 하지 않고, 사리의 옳고 그름을 논하지 않으며, 일체 모두 내 자신이 돌이켜 생각해 자신에게 책임을 돌리는 것이 내 평소의 몸가짐입니다."

선비가 말하기를,

"몸가짐이 이와 같으니 행하는 바를 상상할 수 있겠군요. 나는 곧 그와 다르답니다. 한 번 움직이고 한 번 멈추는 것을 오직 천군(天君)인 마음의 명령을 받들어 행동합니다. 마음이 나에게 명령하기를, '너는 모름지기 의리를 중심으로 삼도록 하라. 의리는 이익을 이기는 것이니라.' 하고 명령하면, 나는 여기에서 이 명령을 받들어 오직 의리가 중심이 되니 이익이 감히 유혹하지 못하지요. 또 마음이 나에게 '너는 모름지기 공정함을 중심으로 삼도록 하라. 공정함은 사사로움을 이기는 것이니라.' 하고 명령하면, 나는 이 명령을 받들어 오직 공정이 중심이 되니, 사사로운 것이 감히 용납되지 못합니다. 또한 명령하기를, '너는 모름지기 공경을 중심으로 삼도록 하라. 공경은 게으름을 이기는 것이니라.' 하고 명령하면, 나는 그 명령을 받들어 오직 공경이 중심이 되니 나태함이 감히 나타나지 못합니다. 또 명령하기를, '너는 모름지기 너그러움이 중심이 되도록 하라. 너그러움은 울분을 이기는 것이니라.' 하고 명령하면, 나는 이 명령을 받들어 오직 너그러움이 중심이 되니 울분이 감히 제 마음대로 일어나지 못합니다. 또한 명령하기를, '사악한 생각을 제거하고 오직 올바른 마음을 으뜸으로 삼아야 한다.' 하고 명령하면, 이에 그 명령을 받들어 올바르게 실천하니 사악한 생각이 곁에 있지를 못합니다. 또 명령하기를, '교만과 오만의 기운을 제거해야 하며 오직 공손함이 으뜸이니라.' 하고 명령하면, 이에 그 명령을 받들어 공손히 행동하니 교만한 생각이 생기지 못한답니다. 그리고 또 명령하기를, '속임의 습성을 그치고자 애쓰고 오직 성실함을 근본으로 삼으라.' 하고 명령하면, 이에 그 명령을 받들어 성실로써 실천하니, 속이려는 생각이 베풀어지지 못합니다. 이것이 내가 평일에 스스로 지조로 삼고 있는 바입니다."

손님이 말하기를,

"선대의 위대한 유학자가 말하기를, '사람은 마땅히 자기의 마음으로써 엄격한 스승으로 삼아야 한다.'라고 하였는데, 그대 마음의 중심인 신조(信條)는 이 말에서 나온 것이겠습니다. 비록 그러하나 그대는 한갓 말로만 잘하고 행동으로는 실행하지 못하는 사람입니다. 앞서 나를 속일 때 오직 천군의 명령을 받들어 성실한 마음이었는지요?"

선비가 말하기를,

"그렇다면 그대의 마음가짐의 중심도 또한 허사인 것입니다. 바야흐로 나에게 거만하게 업신여기며, 나를 몰아내 쫓으려고 할 때, 어찌 자신을 반성하며 자책하는 도리가 없었는지요?"

손님은 크게 웃으며, 천하에 대답하지 못할 말이 없다고 했다.

조금 지나, 새벽닭이 우니 손님은 놀라면서 일어나 하인을 불러, 오늘 갈 길이 멀다고 하면서, 재촉하여 말에게 먹이를 주라고 했다. 그리고 인하여 선비에게 이별의 시를 짓겠다고 하니, 선비는 연구(聯句)이냐고 물었다.

이에 손님은 각자 운자를 밟되, 담배 한 대를 피우는 동안 하나의 차운을 읊기로 하자면서, 급히 먼저 시를 읊었다.

손님 중에 지나는 나그네 많은데,
사람들 중에 이런 사람 드물도다.
만나서 이야기하기는 초저녁이었는데,
글을 논하다보니 새벽에 이르렀도다.
천리마(千里馬)의 상(相)을 분별하지 못하여,
구방인(九方歅)[75]에게 심히 부끄럽도다.
오늘 밤 일을 퍼뜨려 알리지 않기 바라노니,
응당 새로운 웃음거리 이야기가 더해지리라.
선비가 이어 읊었다.

경치 아름다운 춘삼월 좋은 때에,
고상한 이야기로 밤을 온통 지새웠도다.
우연한 오늘 밤의 이 좋은 만남을,
어느 곳에서 다시 만나고 맞이할 수 있으리오?
함께 읊은 시편을 남겨 둔 채 작별하면서,
서로 술잔 주고받으며 떠나보내고 있도다.
이 만남 진정으로 웃으면서 즐겼는데,
마음만 알았을 뿐 이름은 알지 못하였도다.

선비는 이어 마음속을 드러내어 이별을 표하는 시를 짓자고 말하고 이에 시를 읊었다.

---

75) 구방인(九方歅): 춘추시대 진 목공(秦穆公) 때 명마(名馬)를 잘 알아보는 말 관상(觀相)의 일인자.

다시 걸음을 멈추고 작별하는 시를 들으니,
물위를 떠도는 부평 인생 오늘의 이 만남 기이하도다.
백 년을 기다리면서 점은 치지 말기로 하니,
남은 일일랑 쓸어버리고 스승에게 맡겨 따르리다.
사양할 만한 것을 어찌하여 하나라도 받으리까?
받아야 할 건 역시 일천 종(鍾) 무게라도 사양치 않으리.
반드시 이 시인들 한쪽만의 몰락을 인정치 못하노니,
응당 선후하여 출세할 문치(文治)를 도울 것이로다.

　손님은 선비의 시를 듣고, 그대의 스승이 되는 사람이 누구냐고 묻고, 산과 물 좋은 곳에 집을 짓고 사는 성리학자(性理學者)일 것이라고 했다. 이에 선비는 아니라고 대답하고, 자기는 옛날 성인(聖人)과 옛날 스승을 따른다고 하면서, 성리학은 곧 책 속에 있다고 말했다. 그리고 또 성리학은 자기 자신의 뱃속에 갖추어져 있으니 어찌 남에게서 구하겠느냐고 말했다. 손님은 또한 그의 시 둘째 구, 곧 삼사 행인 항연(項聯)을 외우며 말했다.
　"말하기 어려운 글이군요. 한평생 백 년을 기다리면 영욕과 생사는 묻지 않아도 알 수 있으니, 점을 치는 것은 진실로 가소로운 일이지요. 남은 일을 털어 버리고 들며나며 생활함에 오직 책만 대한다면 스승을 따름은 그 속에 있는 것이지요."
　손님은 이렇게 평하고 이어 넷째 시구인 미련(尾聯)을 읊으면서, 그 뜻이 곧 들어줄 만하다고 말하고는, 자기의 적수가 아니라고 하면서, 차운을 지어 읊었다.

떨어지는 새벽별이 날새기를 재촉하는데,
이별의 갈림길에 손을 잡아 떠나려니 다시금 생각나네.
거침없는 극담(劇談)에 밤새운 이야기들 희담(戲談)이었고,
호쾌하게 읊은 시 구름처럼 모였고 마무리가 아름답네.

빼어나고 초탈한 기상은 매양 읊은 글에 담겨 있고,
그윽한 회포를 모두 털어 술잔에 부쳐 전하도다.
이름이 누구인지 모름을 어찌 근심하리요?
후일 응당 꿈속에 다시 만난 자리에서 열어 보리라.

선비는 읊은 시편이 아름답다고 말하고, 이에 말을 꺼내 각각 타고 말머리를 마주하여 서로 이야기를 하였다. 손님이 웃으면서 말하였다.
"그대는 어찌하여 쩍 벌리고 거만하게 앉아 어른을 보는지요?"
대체로, 선비가 짐바리를 말에 싣고 함께 올라앉아 있는 것을 보고 놀리면서 말한 것이었다. 이 날에 선비도 그 말을 받아 말했다.
"서서 이야기하는 동안이라 말뜻을 온전히 다 전하지 못했습니다."
손님이 말의 등자(鐙子)에 발을 끼어 딛고 서서 이야기했기 때문에 역시 놀려 주려 한 말이었다. 이때 손님은, 말 위에서 이별의 시를 읊자고 청하고, 시를 읊었다.

문전에서 말고삐 잡고 잠깐 머물러 지체하니,
이별하려는 마음에 말없이 서로 다시 눈만 맞추도다.
걸음걸음 가는 길은 푸른 산 흐르는 물위일지니,
소리 없이 시만 읊조리다 저녁에야 각기 머리 돌리리라.

선비가 읊었다.

시로써 강적 만나 옛사람도 상대하기 어려웠으며,
오늘 작별하고 나면 몇 날이나 지나야 만나 보리까?
대과 급제 이름 올려 알려질 날 멀지 않았으니,
조정의 조회 갈 때 길에서 다시 만나 서로 기뻐하리라.

두 사람은 곧 말머리를 돌려 채찍을 쳐 각각 동쪽과 서쪽으로 향하니, 동방이 비로소 밝으려 하였다. 선비는 손님이 누구인지 알지 못했고, 손님도 역시 선비가 누구인지를 알지 못했다.

외사씨는 말한다. 옛글에 이르기를, '군자는 큰 아량을 베풀고 교만하지 않아야 한다.'라고 했으며, 『예기(禮記)』에도 '드러눕거나 다리를 뻗는 거만한 행동이 없어야 한다.'라고 하였다. 사람이 만약 교만하고 오만한 행동을 하게 되면, 그 나머지 사람됨은 살펴볼 것도 없다. 당(唐)나라 대신(大臣) 적인걸(狄仁傑)[76]은 장관보(張光輔)[77]를 거절했다가 좌천당했고, 시인 두보(杜甫)도 엄무(嚴武)[78]의 명령을 거역했다가 화를 피해 숨었다. 저 손님은 교만하고 거만한 것과는 달랐으며, 다만 겸손하지 않아서 원한을 품게 하였으니, 가히 경계하지 않겠는가? 손님은 자기 재주를 믿고, 비스듬히 드러누워 시골 선비를 능멸하다가 놀림과 모욕을 크게 당했다. 이는 자기 잘못에 의한 대가인 창랑(滄浪)[79] 노래에 해당하니, 모름지기 가소로운 일이로다.

---

76) 적인걸(狄仁傑): 당(唐) 측천무후(則天武后) 때 크게 활약한 대신(大臣).
77) 장광보(張光輔): 측천무후 때의 총신(寵臣)으로 재상 역임.
78) 엄무(嚴武): 당(唐) 때 토번군(吐蕃軍)을 격파한 장군. 정국공(鄭國公)에 봉해짐.
79) 창랑(滄浪): 결과는 자기가 하기에 달렸다는 말. "창랑의 물이 맑으면 가히 내 갓끈을 씻을 것이며, 창랑의 물이 흐리면 가히 내 발을 씻을 것이다.……스스로 자기가 취하여 오게 하는 것이다.〈滄浪之水 淸兮 可以濯吾纓 滄浪之水濁兮 可以濯吾足……自取之也(『孟子』'離婁 上』)〉"에서 온 말.

101

東野彙輯 卷之十三

○ 第百一号 雜識部 一 倡和

要路院二客問答

　　肅宗戊午年間 湖西一士人隱其姓名. 渡灞下鄉 匹馬玄黃 駄卜而騎 牽童懸鶉 每投院受侮不一. 午發素沙 初昏到要路院 緣蹇蹄也. 自度店舍行旅已滿 將此草楚行色 不可號令主人 驅斥賓旅. 寧入士夫所館 庶幾相容 遂尋入一店. 見土廳上 有一豪華年少客 頹然半臥. 高聲呼曰 若等安在 不禁行人入來. 兩蒼頭應聲突出 而士人已跳下騎. 一僕曳其奴鞭其馬 叱出曰 爾目盲者 不見行次已入耶. 一僕推士人勸之出 士人出且語曰 日已曛 姑歇此 定他舍還出爲計. 汝兩班在彼 何至相阨如此. 客笑曰 且止且止.

　　士人乃還入 將攝衣欲上土廳 而客臥自若. 遂升堂立 若將拜者 客猶偃然不動. 意彼以京華帬[帮]屐 被服鮮麗 鞍馬豪快 鄉視余而輕易之. 其駃氣驕習 可以術折之. 卽拜甚恭 客按枕點頭而已. 徐曰 尊在何所. 士人跪對曰 住忠淸道洪州金谷里中. 客笑其詳盡曰 我豈使尊誦戶籍單子乎. 士人俯首曰 行次下問 不可以不詳也. 因請曰 初欲得舍館移去 日已昏黑 店且人滿 有此空隙 肯許坐此待曙耶. 客曰 初云欲去今云欲留 是二言也. 士人曰 初云且止今曰且出 是則一言乎. 客曰 尊亦兩班也. 兩班與兩班同宿 何所不可. 士人曰 盛意可感.

　　乃呼奴曰 馬牛入繫 糧米出給. 客曰 豈牽人牛來耶. 不言米 則奴不知糧之爲米歟. 士人曰 行次京客也. 吾不是牽牛來 奴亦非不知糧之爲米 而言馬必竝擧牛 言糧必竝擧米 鄉人之恒談也. 鄉人聽之尋

常 而行次獨笑之 非京客而何. 客曰 君言亦復佳也. 因問緣何事往底處. 士人曰 爲族人欲頉丁役 留洛下知舊家回耳. 客曰 知舊爲誰 所幹得諧否. 對曰 曾前上京 主六曹前金丞家 此久識也. 所幹費步兵半同價猶不足 未諧而來矣. 客曰 金丞何許人. 曰官人也. 自云仕於兵曹 爲丞之職. 其出也遠則騎 近則步 亦着紗帽冠帶. 爲吾曰 日後有事上京主我家 我爲之幹旋云. 客太息曰 君見欺於書吏也. 丞書吏之稱 非官員也. 官員豈有徒步者乎. 所戴非紗帽 所謂蠅頭. 所着非冠帶 卽團領. 君陷渠術中空費價 惜乎鄕人例如此. 客因鄙夷士人 不復稱尊 而直以君呼之.

士人曰 書吏官人固若是殊別乎. 客曰 甚矣君之鄕音也. 君所居金谷去州城幾里. 曰不記也. 但聞曉發夕至. 客曰 君所居之在僻如此 宜乎不識書吏官員之別. 君之州 凡百姓之所仰望 而敬畏之者誰也. 曰書員衙前. 曰又有加於此者乎. 曰別監座首. 曰又有高於此者乎. 曰無. 曰獨不知有牧使乎. 曰牧使州中之王也. 豈可與衙前輩 同日語哉. 曰君言是也. 君之牧使 卽京之官員. 此之書吏 卽彼之衙前. 曰然則吾所知金丞 亦非兩班也. 客笑曰 今日乃知非兩班乎. 君欲知兩班之稱乎. 仕路有東西班職 經東西班者 謂之兩班. 彼丞卽兩班之所役使者 何可儗擬乎兩班. 士人曰 僕鄕人也. 不知丞之稱乃書吏之號 而徒見蠅頭團領 有似紗帽冠帶 認以爲兩班而納交也. 因自咄咄憤歎. 客曰 奚爲忿恨也. 豈惜半同步兵之空棄歟. 士人曰 非也. 雖費一同 爲族人頉役夫 復何惜. 前日金丞問吾字 吾語之 其後金丞每字吾 吾亦字金丞矣. 到今思之 渠以胥輩 呼兩班之字 不亦濫乎. 不亦忿且恨乎. 不遇行次 長受大辱. 客大笑曰 行次之德不少.

又問君居鄕 爲何等兩班. 曰吾亦上等兩班. 客曰 君爲上等兩班則族屬何爲見侵於軍保. 士人曰 諺云貴人亦有裸裏眷黨 此何足累余. 客曰 君里中亦有他兩班乎. 曰有之. 曰誰. 曰北里有倪座首 東鄰

有牟別監. 客曰 是亦上等兩班乎. 曰然. 其兩班伯仲於余 而威勢權力 非吾之所敢望也. 昔倪公之微賤也 妻鋤菜子牧牛 夏則荷鍤於水溝 稱兩班而先漑. 冬則挾布於場市 字常漢而共飮. 勸農之來謁 頷頤應之曰 勿勿. 書員之過拜 低冠答之曰 好好. 浮沈閭巷 頗似尋常人矣. 一朝薦爲別監 未久轉至座首. 出則坐鄕廳 官吏羅拜於庭下. 入則對官司 騶從伺候於門外. 前日未厭糝羹 而忽飫玉食 昔時不具犢駕 而遽馳肥馬. 女妓薦枕 貢生侍席. 喜給還上 怒施刑杖. 客至呼酒 口渴喚茶. 平日比肩之朋友 睍眼之. 常漢莫不拱揖以禮之 俯伏而畏之. 號令威風 振動於一境 苞苴賂遺 絡繹於四隣. 此非丈夫事業乎. 一日倪公因還上分給 出在海倉 僕欲丐斗斛之惠 往拜之. 飮我三盃酒 因噴舌曰 顆頤公之爲耽耽執綱也. 客大笑附掌曰 此眞上等兩班.

有頃奴告飯 士人曰 擧松明火上之. 客曰 君以上等兩班 行中不具燭乎. 士人謬曰 行中燭盡於去夜. 盖見人豪華 羞己困弊 無而若有 對客誇談 固鄕生之態也. 客諦其僞對哂之. 良久呼其僕曰 松明烟苦去之. 其僕出來撲滅之. 士人停食曰 眼不夜明 匙難尋口. 客曰 盲者亦食矣. 士人曰 盲人久久成習 撫盤自飱 然余不盲者也. 猝然失明實不省飯在那處. 假使行次 當次能覓食如淸晝乎. 不借眼於鴟鸇 換睛於蝙蝠 定自掬入口而已乎. 呼奴曰 更擧火. 客笑曰 欲觀君處變 故戲之耳. 乃命其僕 擧燭炷蠟. 長臺煌煌可好.

士人行饌 惟餘焦醬 數塊靑魚半尾 半開盒 適出呑之 若不欲示客. 客遽伸臂 去其盖視之曰 上等兩班飯饌不好. 士人故爲悋縮狀曰 久客之餘 將盡之. 饌何係兩班高下. 床旣撤 取客竹欲盛草. 客遽奪其竹曰 尊前不敢燒南草 況汚吾竹乎. 士人作色曰 倪座首牟別監前 猶燒此草 何有於行次眼前. 指客口曰 此口亦口 指其口曰 吾口亦口 何汚之有. 客大笑還授竹曰 君可謂唐突西施. 倪座首牟別監誠尊矣 我獨不爲座首別監乎. 士人曰 行次於所居邑 或得爲座首 洪州座首 決

不得照望矣. 客曰 吾居京中 京中豈有座首. 士人曰 座首州郡中極職 京中獨無居首之職乎. 客曰 領議政首職也. 士人曰 然則行次 或可爲領議政 吾州座首未易圖也. 客搖首曰 高矣美矣 座首之任也. 且曰 君州座首 雖未易圖 獨不可爲君州牧使乎. 士人曰 牧使出於京中 此則易也. 然牧使有可貴者 亦有不足貴者. 客曰 一州王胡不貴乎. 士人曰 某時某牧使來 其心麟仁 一洞唱麟子之歌. 歌曰 子兮子兮其父麟 父兮父兮其子麟. 有是父有是子 胡不萬春 此爲可貴者. 某年某牧使來 其慾狼貪 四隣唱狼子之歌. 歌曰 子兮子兮其父狼 父兮父兮其子狼. 有是父有是子 胡不促亡 此爲不足貴者. 行次倘爲吾州牧使 能使百姓 不歌狼而歌麟乎. 客笑曰 吾爲君州牧使 當使百姓父母我矣. 士人笑曰 其能易乎. 且曰 京中首職 亦有可貴者不足貴者乎. 亦有歌麟狼之調者乎. 客曰 有賢宰相眞宰相淸白宰相 爲可貴者. 可貴者亦可以歌麟矣. 有癡宰相盲宰相坊門宰相 爲不足貴者 亦可以歌狼矣. 士人曰 余不文 未審所謂.

客曰 此皆古實 在方冊者. 因問君入丈乎. 曰未也. 曰年幾何. 曰無一年三十. 曰未晚也. 明年入之 猶不違小學之道. 然君以上等兩班 何至今未娶. 士人歎曰 兩班之故 尙未入丈. 彼欲則吾不肯 吾求則彼無意. 鄕之兩班如我者少 必欲得如我者 而好風不吹 遂至於此. 客曰 君勿恨歎. 君之身短短未長 君之頤板板無髥. 待身之長而髥之生 則那無入丈之日也. 士人曰 行次勿嘲. 人之言曰 不孝有三 無後爲大. 三十未娶 豈非大可憫者乎. 客曰 何不求於倪座首牟別監乎. 豈其家無處子耶. 曰處子則有之 年且落數歲 甚相敵也. 客曰 然則彼亦老處子 以老都令配老處子 正所謂配合格也. 何不相婚. 曰有未易者. 曰何事未易. 曰此正我求則彼無意者. 客曰 君以上等兩班 降求於渠 渠何敢乃爾. 曰非他也. 吾兩班昔之龍 而蠖屈乎. 彼兩班古之鷃 而鴠擧乎. 時者適去適來 王侯將相寧有種乎. 眞談所謂 化是兩班也. 客笑

曰 座首別監兩班之化者乎. 曰兩班固非一層. 有爲約正 而稱兩班者. 有爲風憲 而稱兩班者. 有倉監官 而稱兩班者. 過此而爲別監 其層又加過此 而爲座首. 其層尤高 居鄕而得座首之稱 果非兩班之善化者乎. 客曰 君儀狀端雅 言辯敏給 雖在鄕曲 必不空老. 明牧使見君 則別監座首擧而畀之. 君之化兩班 亦不遠矣.

吾爲君指婚處乎. 士人若不知言之戲 而猝然喜動顏色曰 不亦好乎. 何感如之. 豈行次門中有阿只氏乎. 客合口良久 以文字獨言曰 無如駭何無如駭何. 乃曰 吾門中無有 而我自知有處 歸當言之. 士人曰 雖許婚 不知行次所居 何由相問. 客曰 君雖不知吾居 吾已知君之所居 相通何難. 卽當專人委報于忠淸道洪州金谷老都令宅. 士人曰 然則幸甚. 自是客稱士人 以老都令爲笑資. 士人欠伸數次曰 夜向闌矣. 鞍馬之勞 睡魔先導. 客曰 吾自湖南轉入內浦 馬上一朔 未或困憊. 君作數日之行 而乃欲先我宿耶. 老人在路 其氣易困 其睫易交 此莫非老都令之故也. 士人曰 然矣. 吾爲都令之已老者 行次爲書房之方少者也. 已老者臥 而方少者坐 禮固然矣. 遂脫笠而臥. 客笑曰 君善謔者 然起起. 士人笑而起坐.

客或誦古文 或吟詩句. 士人曰 行次所讀何書. 盖以誦爲讀 亦鄕語也. 客笑曰 風月也. 因問曰 觀君身手 必不能張弓架箭 馳馬試劍 豈爲儒業乎. 士人不辭讓而對曰 僕雖居鄕 恥學武事 儒業則未能 而文行則粗識. 第於十四行中 二字加畫變音者 甚難鮮. 盖嘗眷眷反復於此 而口訛舌强 至今未瑩. 客曰 豈爲諺文耶. 此乃反切 非眞書也. 士人曰 鄕曲人知反切亦鮮 況眞書乎. 能解眞書 何患乎家貧. 又何患乎不得閒游. 某里有某甲 學千字爲書員致富 一坊待之. 某村有某乙 讀史略爲校生免役 一鄕佳之. 亦有二三人 荷明紙出入科場 爲先輩業 而所志議訟 飛筆書之 里閈尊敬 隣保問遺鷄首魚尾 我猒逮族. 此則眞書之利 非人人可能也. 金戶主者頗解文 坐戶主十餘年亦饒產.

爲男子者 縱未能眞書 學知諺文 亦足以磨鍊結卜 看讀古談冊 雄於一村中耳.

客曰 君之學反切 亦欲坐戶主乎. 曰然. 常人坐戶主自行之. 兩班坐戶主 使奴行之. 戶主何妨. 客曰 然則稱君戶主可乎. 曰何所不可. 客曰 人而不文 不可謂人也. 士人曰 吾雖不文 人謂之人. 客曰 君知人之所以爲人者乎. 有人其面者 有人其心者 徒能人其面 而不能人其心 非人也. 文所以人其心者也. 君都不知文 惡得爲人. 士人曰 以面言之 行次面人也 吾之面人也. 以心言之 行次知眞書 行次心人也. 吾知諺文 吾心亦人也. 誰或曰非人也. 客大笑之. 又問古之人 有夫子者乎. 曰不知也. 曰各邑皆有鄕校 主鄕校 而享春秋釋奠者誰也. 曰孔子. 曰孔子卽夫子也. 士人曰 鄕人少知識 但知孔子 不知孔子之別號 又有夫子. 客噱噱大笑. 又問君知有盜跖乎. 曰聞之. 曰孔子盜跖孰爲賢人. 曰行次無我矣. 我雖迷劣 豈不知孔盜是非乎. 客曰然. 淸天白日 奴隷亦知淸明 漆夜昏夕 禽獸皆知暝黑. 孔子盜跖 人則一也 而聖狂賢愚 天地不侔. 固可並謂之人乎. 人而有文 孔子徒也 人而無文 盜跖徒也. 士人曰 信如行次所言 行次文士也 固是孔子之徒. 吾亦能解諺文 高免於盜跖之徒也. 客笑曰 孰謂盜跖不知諺文乎. 士人曰 諺文出於我國 盜跖安知. 客大笑曰 君言然矣. 古有中黃子者 分人五五等. 吾以爲吾當上五等 君當下五等. 上五是眞人神人道人至人聖人. 次五是德人賢人善人智人辯人. 中五有公人忠人信人美人禮人. 次五有士人工人虞人農人商人. 下五卽衆人奴人愚人肉人小人. 上五之於下五 猶人之於牛馬也. 士人曰 是行次自當人 而當余於角鬣者 吾唯一笑而已. 假令孔子往見盜跖之時 盜跖爲此談於孔子 則是跖亦自當上五之人 而當孔子於下五之牛馬. 孔子豈與跖呶呶爭辯 亦必一笑而已. 客笑曰 有是哉君之辯也. 乃以文字自言而曰 小癡大黠.

士人若不鮮文字 而謂客之誦風月 問曰 行次又讀風月耶. 其意

云何. 客笑而應曰 吟風咏月 遣興言志. 風月之義 其體則有五言七言之別. 請與我唱和風月可乎. 士人荷荷笑曰 不知眞書者 亦爲風月乎. 客曰 風月非一槪也. 知書者 爲眞書風月 不知書者 爲肉談風月. 士人曰 雖善肉談 集出五字七字 非吾事也. 客曰 君蓋有語癖者 必善肉談風月 且試作之. 士人掉頭曰 謂猩猩之能言 而俾作詩句 知蛩蛩之善負 而使荷石曰 其可得乎. 客曰 非難也 效我體爲之. 數三次彈指 乃呼兩句曰 我見鄕之賭 怔底形體條. 不知諺文辛 宜其眞言沼. 士人曰 何謂也. 客逐字釋之曰 我謂吾 見謂看 鄕謂谷 之謂去語助辭 賭之釋落伊. 怔底言怔 形體言身 條卽枝謂持也. 士人曰 人身亦有枝乎. 客曰 鈍哉君才. 宜乎不移行中字. 蓋謂鄕谷人持身怔狀也. 士人陽怒曰 行次譏我乎. 客曰 鄕人豈獨君哉. 吾自鄕來 見如此者多故言 非指君也. 如君者 自是鄕中之秀才異等 不易得者也. 士人收怒而若微喜者. 客又曰 辛之釋近於寫 沼之釋近於不. 謂諺文不能寫 眞書都不知也. 遂屬士人和之. 士人牢讓再三. 客曰 我爲戶主作風月 而戶主不和 是簡我也. 豈以我謂不能驅出戶主乎. 士人曰 逐則便逐 何至恐嚇. 鄕人縱不知書 如此之言了無怖心. 客笑曰 君可謂膽大者 吾眞戲之耳. 雖然速和之.

　　士人搔首曰 大事出矣. 欲和則腹中無文 不和則身上有辱. 客曰 何辱之有. 曰當夜遭逐 非辱而何. 客曰 和則不見黜. 士人熟視客曰 此豈行次世傳之家耶. 吾入逆旅 孰我敢斥. 客作色曰 先入者爲主 主不能斥賓乎. 卽呼奴曰 黜此兩班. 士人謝曰 村夫妄發 請和而贖罪. 客奴二人 已立堂下 欲將吾下. 客曰 鄕生迷劣且止. 因謂士人曰 欲不遭斥則速和. 士人爲惶怖困魔狀 良久曰 僅集字. 客曰 第言之. 士人曰 猝然效顰不成語. 乃呼兩句曰 我見京之表 果然擧動戎 大抵人物貸 不過衣冠夢. 客曰 何謂也. 士人如客釋之以道之. 至表字若不能釋者 但云上如主字 下如衣字. 客曰 表字耶 豈上京見東人表冊耶.

士人曰 不知眞書 安知表冊. 鄕人蠶織紬端鬻之亥市 人指織工之精者曰 表紬. 吾以此知表字之釋 爲物也. 始疑而終信之謂果然. 威儀動作之謂擧動 兀良哈之謂戎 而亦有別義. 僧之敎人千字 釋戎曰升. 蓋指京中士大夫擧動驕昻也. 以物借人之謂貸 人之放氣亦謂之貸. 夢之釋飾也.

客蹶然起坐 把士人手注目曰 尊何誑惑人至此 墮䖝尤霧裡 入后羿鷇中 沒頂上下 不能自出. 又自恨曰 果有客氣 凡於旅次 爲此擧數矣 未嘗一敗. 今卒困此 豈所謂好勝者 必遇其敵者. 然尊之辱人太甚. 士人曰 京之士夫 豈獨尊哉. 吾自京來 見如此者多故云 非指尊也. 如尊者 自是京中之厚德宏器 不易得者也. 客曰 吾言也. 尊何反之之速歟. 士人曰 狙傲速矢 雒驕取經 驕傲而不受困者 尊見之乎. 每以行次稱客 而猝然尊之. 客笑曰 行次何去. 士人曰 君何去 而稱我以尊. 吾非有土之君 亦非尊之家君. 尊之君我 不亦題外乎. 戶主之稱 老都令之號 吾所自致. 且曰 所議婚事 須爲老都令無負. 負則眞子所謂一口二言. 客曰 無爲再提. 弄擧爲老都令指婚 何悋之有. 士人又笑曰 吾必欲入丈於尊門中阿只氏. 客拍吾手大笑曰 吾門中雖有阿只氏 倪座首牟別監之所不欲者 我爲之耶. 因睨士人曰 譎計叵測 吾始於子馬牛粮米之言 而少嫚之. 中於子金丞呼字之談 而大輕之. 終於子夫子別號之說 而全侮之. 然無鄕音 而故爲野態 掩書史而謬若不文. 是則子不免詐僞二字.

士人曰 子不知兵書乎. 鷙鳥之博也 匿其爪 猛獸之攫也 縮其頸. 故名將之制敵也 強而示之以弱 勇而示之以怯. 初拜子之時 已審子有嫚我之意思 傲我之氣習. 將欲折去驕志 故不得不匿我爪而示之弱. 將欲挫去其豪氣 故不得不縮我頸 而示之怯 此在兵法. 顧子之未察 而反指余以詐僞可乎. 昔者陽貨以術 故孔子亦以詭道待之 夷之不誠 故孟子亦以非病託之 是亦可謂詐僞之道乎. 客曰 吾不料子

之辯 至於此也. 且貸是常辱 非兩班之言也. 士人曰 彌處士罵座中人
曰 車前馬糞 糞放氣也. 吾不曰糞 而曰貸 亦覺淸矣. 客曰 吾旣先下
手 尙誰尤哉. 因擧其衣示士人 而自歎曰 可愧. 士人客遊之餘 衣袍
渝弊 乃擧而示客曰 如此者可愧. 子之輕煖不亦好乎. 客曰 然則子
將恥仲由之幣布 而艷子華之輕裘也. 吾之見賣 亦已太甚矣. 子之詭
談 且止如何.

因先誦自家之句 次吟士人之句曰 辭意勝我. 又曰 子何不押韻.
戎是平聲 夢是去聲. 士人曰 子不曰效我體爲之乎. 條是平聲 沼是去
聲. 子之風月誠巧矣 然未盡善也. 何不押以枝池 深索條沼乎. 客曰
果然. 吾於子當讓一頭地. 乃自剪燭跋 改覘士人之面. 開口好笑曰 思
向來說話 節節見瞞 使人大慚. 第我初遇子 只見衣冠之汚弊 言語之
鄕音 不悟其引以誑之 籠以罔之 遂全身陷溺. 可使白日當之 豈至於
此. 始於子對二言之說 答盜跖之辭 頗疑之 而終不飜悟也. 士人笑曰
小癡大黠之時乎. 客曰 到今思之 吾誠爲狐所媚 爲蜮所傷 不但耳目
之昏迷 不覺心性之茫昧. 如借眼鵂鶹 猩猩題詩 孔子往見盜跖之辭
非無文者語 而泛然聽過 不少疑焉. 士人笑曰 子今追悟鵂鶹之喩 乃
爲狐蜮之證. 正所謂頰受批於鐘樓 眼始眴於沙坪者也. 客大笑曰 能
近比也.

因曰 今旣相親 盍語姓名 爲後日之記乎. 士人曰 子先之. 客欲言
而遽止曰 逆旅邂逅 何用通姓名乎. 士人强之. 客曰 家在長興坊洞不
遠 終不言其姓名. 盖客自負豪氣 奄受欺罔 恥於傳播 反欲秘其跡也.
客又曰 子飮酒乎. 曰飮無幾何. 客曰 吾失問也. 子往海倉 飮三盃酒
云. 又曰 詭詐如此 非吾之癡. 雖使智者當之 不見欺難矣. 士人曰 智
者初不爲如子擧措. 客呼其僕曰 進酒. 酒甁鎔楹皆侈美 伴以鸚鵡盃
一獻一酬 啗鰒而臥. 客曰 今則可和眞書風月 乃口占一絶. 自書曰 蜀
州不識韓爲魏 魏使安知范是張 自古名賢多見賣 莫咍今日受君罔. 士

人曰 雙韻也. 乃次其韻曰 由來餓隸全齊王 畢竟傭耕大楚張 休將玉笋輕林莽 未有驕人不見罔. 因請爲聯句 唱曰 逆旅相逢逆旅別 故人心事故人知. 客續成曰 他時倘憶今宵否 明月分明照在玆. 客請爲四韻 先成曰 宿鳥初飛古院邊 偶然傾盖卽佳緣. 南州遺逸珍藏璞 東洛疎庸管見天. 穿柳黃鸝春暮後 盈樽綠蟻月明前. 篇章留作他時面 不必相逢姓字傳. 士人和之曰 淸風明月興無邊 此地相逢信有緣. 憂樂君能都付酒 窮通吾自一聽天. 黃金然諾論交後 靑竹功名未老前. 直遣兒童司馬誦 何嫌今日姓名傳. 士人請爲六言 泰京緣樹君住 湖海靑山我家. 大醉狂歌浩蕩 茫茫俗物誰何. 客步曰 良宵皓月千里 美景桃花萬家. 樽酒論文未已 明朝別意如何.

　　士人請爲三五七言曰 手停卮 口詠詩 花送風前雪 柳迎雨後絲. 要路院逢要路客 洛陽人去洛陽時. 客步曰 盡君卮 聽我詩 今日顏如玉 明朝鬢若絲. 俄忽光陰眞過客 冶遊須及少年時. 士人曰 佳哉. 子必洛陽才子. 少年詩客 何詞之華才之捷耶. 吾以文賦應擧 詞章初非本色. 雖爲人所强時 作和語 辭拙意乾 堪覆醬瓿. 誠所謂此贈惻輕爲者也. 客曰 子無過謙. 當世以文鳴者京少子敵 況鄕谷乎. 吾則自少學詩 而才思鈍薄 語不驚人. 第少澁滯之病 自是到處 不嫌露拙 輒有吟咏者也. 乃笑曰 工不工間 能不能中 欲以敏捷勝我 則雖七步之子建 八乂手之温庭筠 莫有以過. 紛紛餘子無足竪降幡矣. 子乃欲以三五七言 壓倒元白耶. 士人曰 子眞所謂文如翻水成 初不用意爲者也. 眞書風月實非吾敵.

　　客自想 彼欲以各體抑吾之才 而卒不勝. 吾可以奇巧困彼 請以藥名聯句. 士人曰諾. 客曰 前胡昏謬受君誣. 士人曰 遠志殊非賤丈夫. 客曰 大困從來受益智. 士人曰 且當歸去讀陰符. 士人曰 是亦尋常 請更爲聯. 首用木尾用土 首用水尾用火 上下間一金字 爲五行詩. 客曰 子先唱 吾不閣筆. 士人曰 萍蹤何處至. 客曰 花月照虛堂. 士人曰 流

影金樽照. 客曰 瀅然飲白光. 士人曰 末句甚難. 而語意渾全 子固未易才也. 客請用國名相次 因曰 言非眞實儘荒唐 心不提撕易陸梁. 欲致聖功要孟晋 推吾道德在參商. 士人曰 不必爲詩動效唐 言淸意遠最强梁. 雲邊桂影流昭漢 風外篁音轉素商. 客曰 觀此絶屈玆膝. 士人曰 子之首句 含譏我意. 吾之末句何如. 客曰 右寫淸言 左模遠意. 古人云 吟時使我寒侵骨 得處疑君白盡頭 良有是也.

士人曰 請擧列宿名相酬 因曰 文江尚可負千翼 筆力猶堪抗兩牛. 詩眼卽今誰最亢 我爲師曠君離婁. 客曰 不敢當也. 酬曰 碧桃紅杏間楊柳 皓月明河轉斗牛. 有驥卽騎寧附尾 豊功盛德定跂婁. 士人曰 非所擬也. 請取卦名字 同一韻字相步曰 妙藝奇才出等夷 定無詩輩敢肩隨. 淸襟霽月光風迅 爽韻緇塵濁俗離. 文到蘇黃堪許友 詩憨甫白不丁師. 何曾漢水流西北 未覩新○是顆頤. 客步曰 何煩鑢彩慕希夷 亦勿韜輝故詭隨. 長在湖山山趣逸 雖居人世世氛離. 書中講習推賢友 卷裏追攀仰聖師. 畝蕙畹蘭將自刈 明窓淨几且搘頤. 士人曰 請從干支中韻字 同者左右用之曰 野老祝多子 朝英撫五辰. 有誰排異己 無處不同寅. 注意推明乙 輪誠接白申. 三邊淸晏未 域內免愁辛. 客曰 勁敵出奇 驕將生怵. 乃曰 達觀窮二酉 高識洞三辰. 受嫚顔如甲 懲尤念自寅. 夜吟恒過丙 朝讀每侵申. 不必長呼癸 何妨且喫辛. 士人曰 非生怵也 乃賈勇也.

客曰 請刱別例. 吾爲子呼韻 子押之 子爲我呼韻 我押之 爲十韻可乎. 士人曰 何必十韻 二十韻亦可也. 客曰 呼何韻. 曰在子口. 客呼江. 士人笑曰 子欲以窄韻汗我背乎. 遂押曰 氣壓穿雲岜 神淸濯錦江. 士人呼咸. 客曰 江之對也. 乃押曰 世皆嗜鄭衛 人不貴韶咸. 遂迭呼一字. 士人與客皆應口輒對 吸一竹之間 盡押江咸二韻. 士人詩曰 龍鳴雄劒掛 鯨吼巨鐘撞. 藝苑回珍駕 騷壇建彩幢. 詞高壜可嚲 筆健鼎堪扛. 逸興詩盈軸 豪情酒滿缸. 胸呑瀛海濶 眼笑澗溪淙. 瑞

覩朝鳴鳳 靈知夜吠狵. 飽仁輕翰跖 飫德薄羊腔. 食淡盤登笋 喚香佩扈茳. 猶堪支度世 何必問爲邦. 今日湖西路 淸宵院內窓. 簀中初困范 樹下竟窮龐. 卷甲纔申款 回軍却受降. 望洋河伯縮 瞻岳地靈懫. 引罰蛆浮罌 輪誠蠟炷釭. 淸襟今有二 朗韻古無雙. 碌碌慚驢技 渾渾艶駿厖. 談間傾大爵 醉後走長杠. 贈別應勞夢 逃虛定喜跫. 好風吹不遠 且涉濟時艭. 客詩曰 誰是交如淡[憽] 無非喜食醎. 金輝須待鍊 玉潤正由磏. 眼眯收樗櫟 心茅棄檜杉. 貪財欣得得 悅色好攕攕. 驚類翩翩蝶 狡同趯趯毚. 不羞腸屢換 都忘口三緘. 謾欲趁塵陌 何曾臥翠嵓. ○○○○○ 荒院邃聯衫. 掩迹君行詐 開襟我示誠. 秪言珍在璞 那意劒藏函. 倏爾狼投圈 俄然馬脫銜. 昏迷擠霧壑 爽朗抗雲帆. 乍幸初乘勝 飜驚忽鼓儳. 有成還有敗 誰楚復誰凡. 兒女能禽信 番胡敢劫瑊. 謝您情款款 題拙語喃喃. 朗咏波濤筆 高張日月縿. 湖山春藹藹 花月影雰雰. 各厲靑雲志 同辭白木鑱.

客曰 篇已圓矣 可以閒話. 士人曰 適千里者 驥以一日 駑以十日. 鈍捷雖殊 成功則一. 客曰 水之過平陸也 其流滾滾 其容淡淡 有徐遲之意 無急促之思. 而及其觸危石衡倒巖 飛沫灑湍 呑波噴浪 不啻駭奔而駛急. 子於廣韻頻撚髭 窄韻不停手 有契乎水也. 不然此亦子之陽澁陰滯 以瞞余者也. 所不知者行文也. 因問子必得科. 士人曰 擧子業頗苦. 盖嘗一魁東堂 兩魁監試 三捷增廣 而每每見屈於會試. 吾以是謂鄕試易 而漢試難. 客太息曰 以子才 尙未占科. 士人曰 吾誠不才. 眞有文辭 豈不得摘一第. 客曰 非然也. 科場循私 未有甚於此時. 閥閱子支 則黃吻初學 皆占高科. 鄕谷儒生 則皓首巨筆 尙屈荊圍. 不然子以短李之詩小杜之文 大科雖難 力致獨不得小科乎. 曰小科已爲之矣. 客曰 然則必是丁巳榜 多鄕儒之時也. 自甲寅以來 地要之兄弟 門高人之子姪 無論文之高下 筆之工拙 如柳貫魚 無備種幼學. 至丁巳榜 曾前有故 未赴擧者 及新出童儒 若干人外 餘皆無形

勢鄉人也. 士人曰 吾果其榜也. 他道未詳 而同道同年 近四十餘員人 以爲近古所罕. 子必先我司馬. 客曰 吾於甲寅增廣得之 子何以知我先於子.

士人曰 子不但有賓王之逸才 僧孺之宂藝 必是當路之華冑 得位之供支 獨不能居吾前乎. 客曰 子所引喩 有似深意. 欲以虛辭贊人 則詩有太白 文有退之 何必曰賓王 何必曰僧儒. 士人笑曰 稱子喩也. 以詩號者衆 而必舉短李 以文名者多 而必引小杜 是譏我短小也. 吾故舉賓王 爲其姓馬也. 引僧孺 取其姓牛也. 客笑曰 指馬曰馬 指牛曰牛 指短小曰短小 何恠之有. 士人又笑曰 子之言信矣. 子果指短小曰短小 吾無以辭矣. 吾果指馬曰馬 指牛曰牛 子又不得辭矣. 客大笑曰 欲證吾喩 反歸自辱. 士人曰 吾生長京第. 下鄕屬耳 近因設科稠疊. 在京時多士林間事 槪得十之二三. 凡赴擧儒生臨科 輒相謂曰 今番得塊束否. 塊束云者猫裏也 猫裏云者妙理也. 凡見擬試官望者 約所親擧子 受私標 合投囊中 囊腹欲裂. 及受點入院 驗標取之. 此外又多密書暗筭譎計詭術 未暇殫擧者 此之謂塊束也. 非但洛下士 巷倫各品趣時好者. 今子藝學屠龍 才逸綺高 雖非此蹊逕 亦足高參. 然天數難也 人事或勝 擧世同醉 獨醒未易. 子亦不無玷染者矣.

客笑曰 假令孔門弟子 當此時觀光 顔曾冉閔之外 不玷染者能幾人哉. 子亦有京中親舊之已顯者 當暑月而臨淸流 果能不同浴乎. 士人曰 吾非獨守正也 又非獨無科慾也. 可使平原君當前 安能不請處囊中. 但所恨者 不識公子勝耳. 客曰然. 中情之談也. 問子有男子乎. 曰有. 曰能受學乎 不可不先授小學. 士人曰 小學宜授 至於方名不欲敎. 曰何哉. 曰世上紛紛 兒解東西南北太分明 吾恐此. 兒不敎而且染於俗 況敎之耶. 客曰 嘻嘻朋黨之弊 可勝言哉. 今有西南北三朋 誰爲君子誰爲小人. 士人曰 今之黨異於元祐熙豐 非判別邪正 爲一朋也. 聞李德裕之黨多君子 牛僧孺之黨多小人 其或近此耶. 客曰 於

西於南 誰牛誰季. 曰余未嘗立朝 既未分何者爲西何者爲南. 又安知誰人是李 誰人是牛. 客曰 吾則以爲西人多君子 南人多小人. 士人曰 子必爲南論者也. 客曰 吾爲南論 乃稱西人多君子乎. 士人曰 反語倒言 欲試吾胸中也. 客大笑曰 子之胸中 所論何方. 士人曰 吾所論者 南陌西阡東畬北壠. 客曰 好哉. 使滿朝人所論皆如此 夫豈禍家凶國爲史筆所誅討乎. 且曰 三論疇可無諱盡言. 士人曰 子先言. 吾當論其可否矣.

客曰 西人如豫樟 多支厦之材. 南人如喬木 多庇人之蔭. 小北如蔦蘿 少特立之操. 士人曰 西如長江 其勢則壯 而不無敗楫之駭浪. 南如太行 其形則高 而不無折軸之羊腸. 小北如大陸 雖無奇勝可觀 亦自平坦可好. 客曰 子豈爲北者乎. 無貶意多與辭. 且子以爲今日淸濁之論 畢竟成敗如何. 士人曰 吾不知也. 第就字上說 以濁得名 必趨權附世之人. 以淸爲號 必砥名勵節之士. 淸者易退 濁者難去. 然易退者犯手不深 難去者滅頂乃已. 淸之害不至於深 而濁之禍將不可勝言也. 客曰 理勢然也. 抑有可以袪朋黨之策乎. 唐自中葉 受困於河北賊 累世不能去. 而文宗乃曰 去河北賊易 去朋黨難. 自昔朋黨之難去 果如此其甚耶. 士人曰 無難也. 文宗以後 武宗相李德裕 邪黨斥. 武宗以後 宣宗相令狐綯 淫朋縮. 今我聖上睿智英武 非武宣之比 宜有所大處分矣. 客曰 收甲黜乙 屛彼升此 所謂一邊進 而一邊退. 其怨益深 其害彌酷 非所以去之也. 必寅協相濟 爛熳同歸 有德讓之美 無忿疾之患 然後可以無偏無黨矣. 能致斯者 果何道耶. 士人曰 甚易也. 聖后在上矣. 公以夔龍卿 以稷契庶尹 其有不允諧乎. 百僚其有不師師者乎. 客曰 言則是也. 乃酌酒慨然曰 國家終以此不寧矣. 其誰以此警欬於丹極之下乎. 士人曰 子誠志士也. 彼處華屋者 不知其爲蜃樓也. 趨要津者 不知其爲瞿塘也. 人視以幕上之燕 而自處以儀時之鳳. 世看以釜裏之魚 而自誇以登雲之龍. 禍迫朝夕 甘眠未寤 危在

咫尺 昏醉不省. 有幸其災 而無爲之勵念者. 有甘其敗 而無爲之憂歎者. 傷時之忱 憫世之言 獨於子見之.

客曰 吾有平生不平心 願質之. 我國禮義之邦也. 事大以禮 交隣有道 非若北狄南蠻西羌之域也. 狄從犬蠻從蟲羌從羊 惟夷從大弓 謂挽大弓也. 天下稱東夷曰君子國. 又曰小中華. 以國則禮樂文物彬彬然 以士大夫 則道德禮義濟濟然. 以閭里風俗 則孝友睦婣之化熙熙然. 吾以爲普天之下 環海之際 有道之邦 吾東最也. 近或有爲復讐雪恥之議 酬恩報德之論者. 有讐欲復 有恥欲雪 有恩德欲酬報 誠義理也. 然而邦讐國恥 非尺刃寸鋒之所得復 而雪者也. 皇恩帝德 非丸區疣域之所能酬而 報者也. 吾力與勢 既不能損彼之一毛 寢彼之半武 而反深其讐益其恥 將自捄之不贍 酬恩報德 有未暇顧者也. 知其如此 而爲此言也 則是空言也. 苟有如越鴟夷之勸王臥薪 趙武靈之擧國胡服 則或可有爲. 然亦係天運 故武侯知天運之不可挽回 而出師盡瘁 死而後已 只爲追報之願也. 噫時不分逆順 勢不揣强弱 事不論成敗 務爲空言而已 則烏可以明義理云哉. 士人曰 吾亦有一悵之者 願正之. 赤鼠之變 辱大讐小 黑龍之禍 辱小讐大. 誠有復讐雪恥之勢力 則不思先復二陵之讐. 謾欲遄雪孤城之辱 何哉. 客曰 易知也. 地小民寡 形單勢弱 不敷於自守 況謀人乎. 於南於北 已知其不能有爲 故徒爲復讐報德之言 以寓不忘在莒 必欲尊周之義. 若使國家眞爲此擧 則豈不永有辭於天下耶.

又行一盃曰 子居鄕食貧否. 何衣之弊馬之困也. 士人曰 然. 子雲之貧 揮逐不去 昌黎之窮 揖送猶留. 客曰 子必好言仁義 而長貧賤者. 吾嘗爲男子墮地 可行者有三策. 讀書窮理爲世名儒 一策也. 決科揚名以顯父母 二策也. 於斯二者 未能一焉 則當家力農積穀殖貨 衣服飲食恣其美好 不猶愈於守拙坐窮 無計資身 上不能奉養父母 下不能率育妻子者乎. 先聖有餘力學問之訓 昔賢有朝耕夜讀之事 專心

於做業 而不有家人生産 非長計也. 許魯齋曰 爲學當先治生理 生理不足 爲學有妨 此通論也. 士人曰 太上立德 其次立言 其次立功 此之謂三不朽. 子之言 盖本於此. 而求其歸趣 將未免太史公先富利之機也. 靳裁之有言曰 志於道德 則功名不足以累其心 志於功名 則富貴不足以累其心 志於富貴而已者 則亦無所不至. 凡爲士者 當以此言爲法. 且子所謂讀書窮理 非世所稱理學乎. 曰然. 爲理學者 必拱手斂膝 終日危坐 其意何居. 不爾則不復爲理學乎. 古之理學 莫盛於夫子 而未聞夫子之必拱手斂膝 終日危坐也. 士人曰 夫子敎人 以手容恭足容重 非拱而斂者乎. 原壤夷俟 以杖叩其脛 非常時危坐之證乎. 危坐則意專 意專則心不放. 程子見人靜坐 每歎其善學 此儒者所以必危坐也. 客曰 體貌在外 心志在內 雖飾其體貌於外 而不正其心志於內 則是玉其表 而裏之礫也 董其容而肚之猶也. 吾則以爲無一非義之事 無一不正之擧 暗室云爲 對天日而不怍 閑居動作 質神明而無恧. 則雖亂頭跣足 昌披而行 箕踞而坐 袒裼裸裎而臥 無不可也.

　士人曰 此言盖有激而云. 觀古今學者 名實之不相左 言行之不相戾 能幾箇乎. 有充隱者假隱者 托僞學者盜虛名者 處不曾激濁而揚淸 出未嘗行道而濟時. 徒使士林不靖 朝紳不協 以傷世道以病人國. 故商君喩之六蝎 韓子比之五蠹. 若斯類者 雖借容儀於曾思 移體貌於程朱 亦何所取乎. 如鞞如非 其爲言 固不無憤世憎俗之意 妬賢媢能之思. 而周公之對武王問 亦曰 人多隱其情飾其僞 以改其名. 有隱於仁賢者 有隱於智理者 有隱於文藝者 有隱於廉勇者 有隱於交友者 如此之類 不可不察. 所謂隱於仁賢 隱其情於仁義之方 賢聖之事 以誣世者也. 所謂隱於智理 隱其情於智謀之冊 性理之學 以瞞人者也. 所謂隱於文藝 隱其情於文翰之場 藝術之苑 以盜名者也. 所謂隱於廉勇者 隱其情於廉潔之行 勇健之跡 以賣其聲者也. 所謂隱於交遊 隱其情於交遊之間 儕友之中 以要其譽者也. 周公大聖人也. 而其

所告達君父之言 人固可不察其心 全以體取之乎. 子言誠有見矣. 近
來士大夫 雖不以隱逸自處鮮有不操行者. 願聞子所操.

客曰 操一反字. 吾起而頭觸于屋 不咎屋之低 而咎吾頭曰 爾何
不俯. 吾行而足蹭于路 不尤路之險 而尤吾足曰 爾何不謹避. 凡遭惡
境逆界 危急之時 困頓之日 不分是非 不論曲直 一皆反之 躬而自責
此吾平日所操也. 士人曰 所操如此 所行可想 吾則異於是. 一動一靜
惟天君之命 奉而行之. 天君命余曰 爾須主乎義 義所以勝利也. 余於
是奉此命 惟義之主 利不敢誘焉. 又命曰 爾須主乎公 公所以勝私也.
余於是奉此命 惟公之主 私不敢容焉. 又命曰 爾須主乎敬 敬所以勝
怠也. 余於是奉此命 惟敬之主 怠不敢現焉. 又命曰 爾須主乎寬 寬
所以勝忿也. 余於是奉此命 惟寬之主 忿不敢恣焉. 又命曰 欲去邪
惡之思 惟正爲最. 於是奉其命 正以履之 邪無所廁焉. 又命曰 欲除
驕傲之氣 惟恭爲元. 於是奉其命 恭以行之 驕無所生焉. 又命曰 欲
止欺詐之習 惟誠爲本. 於是奉其命 誠以實之 欺無所施焉. 此吾平日
所自操也. 客曰 先儒以爲人當以己心 爲嚴師. 子之所操 其出於此乎.
雖然子徒能言 未能行者也. 方欺瞞我時 獨不能奉天君之命 以誠其
心乎. 士人曰 然則子所操亦虛事也. 方慢侮余 驅斥余時 獨不思反躬
自責之道乎. 客大笑曰 天下無不對也.

少焉鷄送曉唱 客警起呼僕曰 令日往遠. 促秣馬. 因謂士人曰 吾
爲子別章. 士人曰 聯句乎. 曰 各擧韻 吸烟茶一次. 遽唱曰 客中多過
客 人內少斯人. 接話初當夕 論文直到晨. 不分千里相 深愧九方歆.
莫播今宵事 應添笑語新. 士人曰 美景春三月 高談夜五更. 偶然今邂
逅 何處更逢迎. 共咏詩留別 相酬酒送行. 此會眞堪笑 知心不記名.
士人請寫志敍別 乃唱云 且留征盖聽離詞 萍水浮生此遇奇. 等待百
年休問卜 掃除餘事任從師. 可辭一介何曾受 宜受千種亦不辭. 未必
詩人偏冷落 也應先後贊文治. 客曰 子所師者誰也. 家山宅水爲性理

學者乎. 曰否. 吾從先聖先師. 性理學存黃卷中. 又自具吾腔子裏 何求乎人. 客誦項聯曰 難道辭也. 等待百年 榮辱死生 不問可知. 卜誠可笑也. 掃除餘事 出入起居 惟書是對 從師在其中也. 誦尾聯曰 志則可也. 非吾敵耳. 和曰 落落殘星欲曙天 臨岐分手更依然. 劇談河決前言戱 浩唱雲停後調姸. 逸氣每憑詞翰寫 幽懷都付酒盃傳. 何嫌不識名誰某 異日應開夢裡筵. 士人曰 佳咏也. 乃出馬各騎 交馬首相語. 客笑曰 子何倨見長者. 蓋其付擔而坐 故譏之也. 士人曰 立談之間 言不盡意. 盖客履鐙而立也. 客曰 請爲馬上別曲. 乃吟曰 門前攬轡少遲留 欲別無言更注眸. 步步青山流水上 沈吟竟夕各回頭. 士人曰 詩逢勁敵古稱難 今日分携幾日看 雁塔題名知不遠 朝班野次更相歡. 遂回騎着鞭 各向東西 東方始欲白也. 士人旣不知客之爲誰 客亦不知士人之爲某.

　　外史氏曰. 古語云 君子泰而不驕 禮無優蹇之傲. 人若驕傲 其餘無足觀. 狄仁傑拒張光輔而左遷 杜子美忤嚴武而逃禍. 彼異於驕傲 祇因不遜而見憾 可不戒乎. 客之恃才 優蹇凌侮士人 被其簸弄. 便是滄浪 殊可笑也.

여씨(呂氏) 선비 고란사에서
꿈속에 열 명 미녀와 작시하다

13-2.〈202〉 고란사십미수창(皐蘭寺十美酬唱)

문관 여씨(呂氏)는 영남 사람이다. 명경과(明經科) 과거에 급제하고, 충청 감영의 관찰사 아래 최고 벼슬자리인 아사(亞使), 곧 통판(通判)이 되었다. 하루는 기생을 데리고 뱃놀이를 하여, 배가 백마강 중류에 이르렀다. 여씨는 기생을 돌아보며, 옛날 백제 옛터의 경치가 매우 아름답다고 말했다. 이에 기생이 이런 말을 했다.

"일찍이 이곳을 유람한 여러 존귀한 분들은 모두 옛날 백제 왕궁을 회고하여 시를 읊지 않은 분이 없었습니다. 그런데 지금 공께서는 유독 한 수의 시도 읊지 않으시는지요?"

여씨는 본래 작시에 능하지 못했으나 기생에게서 모욕을 당할까 염려하여, 반나절 동안 수염을 만지면서 생각한 끝에 겨우 두 구절 시를 완성하여, 박자를 맞추면서 낭랑한 목소리로 읊었다.

옛날 백제왕이 노닐던 이곳을 생각하니,
방탕하게 놀아 나라를 망하게 하였도다.
강산의 경치가 이같이 아름다우니,
놀이에 빠진 의자왕(義慈王)에게는 죄가 없도다.

대체로 이 시의 뜻은 이러하다. 옛날 백제왕이 일찍이 노닐던 지역을 생각하니, 비록 거칠고 음탕하게 한 까닭으로 나라가 망하기는 하였으나, 강산의 경치가 이렇게 아름다우니 어찌 다니며 즐기지 않을 수 있었겠는가? 그러니 의자왕에게는 진실로 죄가 없다고 한 것이었다. 이를 들은 사람들은 배를 쥐고 웃지 않는 이가 없었다.
　당시 여씨 종제인 선비 한 사람이 자못 시 짓는 재주가 있었는데, 종형을 따라 고란사(皐蘭寺)에 왔다가, 종형의 시가 매우 졸렬함을 개탄하였다. 그래서 홀로 낙화암(落花巖)에 올라, 다음의 시 한 수를 읊었다.

백제 옛 도읍지 텅 비어 구름과 물만 아득한데,
봄 맞은 강물에는 지는 꽃잎 잠기는구나.
고란(皐蘭) 잎사귀 향기 뿜어 길을 메워 아득하고,
강물에 젖는 버들가지 옛 궁궐임을 알리도다.
돌에 뒹군 황금 비녀 낙화암임을 짐작케 하고,
모래에 날리는 패옥 소리 바람결에 황홀히 들리는 듯하다.
처량한 옛날 흔적 누구에게 물을고?
아득히 흐른 세월 하나의 꿈속이로다.

때마침 가을 강물은 하늘에까지 뻗쳐있고 달빛은 밝게 비치어, 적벽부(赤壁賦)에서 읊은 그대로, 뿌연 안개 강을 가로질러 퍼져 있고 물빛은 하늘에 닿아 있었다. 여씨 선비는 그윽한 흥취를 견디지 못하여 술잔을 연이어 들이킨 결과, 취하여 언덕 위에 누워 잠이 들었다. 꿈속에 문득 보니, 여섯 미인들이 붉은색 비단으로 둘러진 초롱을 들고 물가에서부터 나와 바위 위에 둘러앉는 것이었다.

첫째 여인이 하늘을 바라보며, 오늘 밤 달나라 광한궁(廣寒宮)이 닫힌 지 오래되지 않았는데, 달나라 선녀 항아(姮娥)는 우리들이 없는 처량함을 어떻게 지내는가 하고 탄식했다. 그러자 다른 여인들이 말했다.

"그 항아를 위하여 걱정하지 마소서. 우리들도 남자 없이 쓸쓸하게 홀로 노는 것이 저 중국 호북성 청계산(淸溪山)에 홀로 사는 여자 신선에 못지 않답니다."

여인들이 이렇게 웃고 이야기하는 동안, 첫째 여인이 촛불의 불똥을 잘라 불빛을 밝혔는데, 한 선비가 풀 사이에 누워 있는 것을 발견했다. 이를 보고 모두들 소리치며, 어느 곳에 사는 풍류에 미친 사내가 이곳에서 아름다운 여인들을 훔쳐보고 있느냐고 했다. 그리고 여인들이 무리 지어 달려와 그를 보고 웃으며 말했다.

"마침 남자가 없음을 말하고 있었는데, 갑자기 손님 있음이 전해졌으니 크게 우리를 위해 농담과 해학을 풀어 펼치소서."

이러면서 서로 맞이하여 바위 위로 와서 자리를 깔고 죽 늘어앉았다. 잠깐 사이에 진귀한 안주와 맛있는 술이 좌석 앞에 가득히 펼쳐졌다. 우두머리인 첫째 여인이 선비에게 이렇게 제안했다.

"술에 취해 괴로우면 기쁨이 적습니다. 지금 다행히 아름다운 손님을 만났으니, 어찌 시를 지어 오늘 밤을 영원한 밤으로 만들어 보지 않겠습니까?"

이 제의에 선비는 놀라고 당황하여 겸손한 말로 사양하였다. 둘째 자리의 여인은 또 이런 제안을 하는 것이었다.

"우리들 무리는 평소에 시를 짓고 노는 풍운(風韻)에 부족함이 있으니, 허난설헌(許蘭雪軒)을 맞이해 와서 시문(詩文)에 뛰어난 솜씨로 우리를 도와주게 하여, 옛날 석숭(石崇)[80]이 금곡(金谷)에서 내린 벌주(罰酒)를 우리

---

80) 석숭(石崇): 중국 진대(晋代) 부자. 하남성의 한 골짜기 금곡(金谷)에 별장 금곡원(金谷園)을 꾸미고 문객들을 불러 시를 짓고 호탕하게 놀면서, 시를 잘 못 짓는 사람에게는 벌주(罰酒) 세 잔을 마시게

들로 하여금 면하게 하는 것이 좋겠습니다."

이 제의에 셋째 여인이 나서며, 그 말은 크게 도움 되는 의견이라고 찬성하고, 나아가 부안(扶安) 기생 계생(桂生)⁸¹⁾이 역시 시를 잘 지으니 함께 맞이하는 것이 좋겠다고 제안하니, 이에 모두 좋다고 찬성했다. 또 넷째 여인이 나서서, 진주(晋州)의 논개(論介)는 정렬(貞烈)이 조선에서 제일가는 사람으로, 물에 빠져 죽었으므로 우리들과는 곧 동병상련(同病相憐)이 되니, 이 모임에 부르지 않을 수 없다고 말했다. 역시 모든 사람이 그렇다고 찬성했다. 또한 다섯째 여인은, 송도(松都) 황진이(黃眞伊) 역시 전조(前朝) 고려의 옛 수도에서 이름난 여인이니 함께 부르는 것이 어떻겠느냐고 제안하여, 모두 좋다고 했다.

조금 지나니 이들 네 미인이 차례로 회오리바람처럼 나타났다. 모두 참신하고 곱게 치장을 하였는데, 아름다운 의복을 갖추어 입어 광채가 눈이 부실 정도였다. 잘 다듬어 틀어 올린 머리에 황금 비녀를 꽂고 수줍은 듯 고개를 숙인 여인이 허난설헌이었고, 멋을 부리고 뽐내는 모습으로 아름답게 단장하고 눈동자를 반짝이며 미소 짓는 여인이 계생이었다. 그리고 그윽하여 품위 있고 연약하고 수척한 모습으로 얼굴에는 슬픈 원망의 기색이 있는 여인이 논개였으며, 회오리바람처럼 세상에 이름을 남기고 여유 있는 모습에 편안한 태도를 가진 여인이 황진이였다. 이에 열 명의 미인이 한 자리에 합석해 앉았는데, 선비는 한쪽 모서리에 움츠리고 앉아 있었다. 벌주 술잔을 계산하는 산가지가 이리저리 놓였는데, 모든 여인들이 선비에게 먼저 시를 지으라고 재촉하였다. 이에 선비가 시를 지었다.

기이한 바위 위 남은 자취 아직껏 낙화(落花)란 그 이름 전하고,

한 것을 말함.

81) 계생(桂生): 부안(夫安) 기생으로 어릴 적 이름은 이향금(李香今), 자(字)는 천향(天香). 스스로 호를 매창(梅窓)·계랑(桂娘)·계생(桂生, 癸生)이라 했으며, 시를 잘 짓고 재색을 겸비하여 크게 이름이 났음.

향기로운 분 냄새도 남아 옛날 그 물에 은은하구려.
고운 그 바탕 어찌 바람 따라 촛불처럼 꺼질 것이며,
곧은 그 마음 빗물에 떨어지는 꽃잎 따라 떨어지기 어려우리.
황금 장식 거울처럼 매달린 밝은 달은 창공(蒼空)에 잠겨 있고,
초초한 속옷에 비단 치마 위 푸른 띠가 완연하도다.
인간 세대 돌고 돌아 지나간 일들 슬픔에 잠기는데,
해지는 남쪽 포구엔 아득히 빈 배만 매였구려.

여러 여인들이 입을 모아, 가히 문단의 영웅 솜씨가 될 것이라고 칭찬했다. 이어 첫째 여인이 시를 읊었다.

봉(鳳)과 용(龍)을 새긴 놀잇배에서의 일들 이미 흔적 없고,
금은 장식 병풍 둘러친 집들 꿈속의 일이로다.
누런 갈대 우거진 허물어진 텅 빈 성루엔 지는 해만 비치고,
푸른 풀엔 써늘한 안개 일어 고궁을 감싸는구려.
길 따라 인도하던 어등(魚燈) 기름이 다하려 하고,
화장대 아름다운 거울은 상자 속에 길이 봉해졌도다.
그대에게 흥망의 일들일랑 말하지 말라고 당부하노니,
단장한 고운 옛 얼굴이 눈물 젖어 손상되리로다.

둘째 여인이, 자신은 율시(律詩)를 지을 줄 모르니 다만 단가(短歌)를 읊겠다고 말하니, 모두 좋다고 찬성하여 이렇게 읊었다.

향기로운 바람에 이끌려 신선들 세상 대라천(大羅天)에 이르니,
달나라 구름 계단에는 동선(洞仙)들이 모였어라.
모두들 인간 세상 슬픈 일들 이야기하는데,
오늘 밤이 이 어느 해인지를 알지 못하겠노라.

셋째 여인이 나서며, 자신도 단가로 노래하겠다면서 읊었다.

옛 정원 황폐한 누대에는 버들잎 새로운데,
마름 따는 부인들 청아한 노랫소리 춘정을 진정 못하노라.
지금에 이르도록 오직 비치고 있는 저 서강(西江)의 달[82]은,
일찍이 의자왕 궁중 속 궁녀들을 비추던 달이로다.

이어 넷째 여인은, 창졸간에 담비 털로 된 붓을 놀려 계속 이어 시를 짓기 어려우니, 다만 여러 글귀들을 모아 읊겠다고 말하니, 모두들 역시 좋다고 말해 이렇게 읊었다.

사물이 바뀌고 세월 흐름이 몇 해나 되었는고?
새 울고 꽃이 지는데 물만 절로 흐르는구려.
인간은 무슨 일로 슬픔만 견디어야 하는고?
귀천 없이 모두들 한 무덤 흙으로 돌아가는 것이로다.

다섯째 여인은 말하기를, 이미 술에 취하여 머릿속에 시 지을 생각이 메말라 버렸으니, 예전에 지은 시를 외어 읊겠다고 하면서, 인하여 시를 읊었다.

난초 핀 오솔길엔 임금 행차 자취 향기로 녹아 있고,
배꽃도 차마 봄날의 그 바람을 저버리지 못하도다.
녹색 창문 깊이 잠기어 보이는 사람 없는데도,
내 스스로 주사(硃砂)를 갈며 신선 되어 궁궐을 지키도다.

---

82) 서강(西江)의 달: 서강월(西江月). 한문 원문의 이 '秪今惟有西江月 曾照義慈宮裏人' 구절은, 중국 당나라 이백(李白)의 시 '소대람고(蘇臺覽古)'에서 "지금도 오직 서강에 뜨고 있는 달은, 일찍이 오왕(吳王) 궁중 사람 서시(西施)를 비추던 달(只今唯有西江月, 曾照吳王宮裏人)"이란 구절을 인용한 것임.

여섯째 여인은, 우연히 오늘 이처럼 마음속 생각을 읊고 있으니, 스스로 가슴이 아프다고 말하고 시를 읊었다.

지난 일들 처량하여 꿈속과 같은데,
꽃같이 떨어진 궁녀들 말없이 동풍만을 원망하네.
가장 아픈 마음은 옛 궁궐 비쳤던 이 서강(西江)의 달이니,
오직 바다 궁전에서 넓게 펼쳐진 텅 빈 물결만을 대하도다.

다음은 허난설헌의 차례가 되어, 허난설헌은 한참 머뭇거리다가 비로소 시를 지었다.

비단 띠 고운 옷에 눈물 자국 쌓이는데,
해마다 피는 방초(芳草) 가고 못 오는 왕손(王孫)만 원한이라.
아름다운 거문고로 남녀가 즐기는 강남곡(江南曲)을 다 마치니,
모진 비 배꽃을 내려쳐 낮인데도 문을 닫아 가리노라.

허난설헌의 시에 모든 여인들이 진실로 당시(唐詩)에 부합되니, 가히 명성에는 헛된 것이 없다고 말했다. 곧 계생이 말하기를, 미천한 사람이 비록 거칠게나마 구절을 엮어 시를 지을 줄은 알지만, 토기로 된 장군 같은 보잘것없는 것이, 우람한 소리를 내는 국가 보물 악기인 생용(笙鏞) 옆에 외람되게 놓인 격이 되어, 지극히 당돌한 중국 전국시대 미인 서시(西施) 같음을 알고 있을 따름이라고 겸손해 했다. 이 말에 여인들은, 어찌 지나친 겸손의 말을 하느냐고 말하고, 시를 지으라고 재촉하니, 곧 시를 읊었다.

멀리 트인 가을 하늘 물같이 맑고 달빛이 명랑하더니,
감나무 잎 쓸쓸하고 엉성하더니 밤에 서리가 내렸도다.
어느 곳 비단 휘장 안에서 홀로 잠자는 사람은,

아름다운 병풍에 그린 원앙새 한 쌍을 도리어 부러워하도다.

여인들은 웃으며 입을 모아, 일찍이 계생은 다음과 같은 시도 지었다고 말했다.

취객이 비단 적삼을 붙잡아, 비단 적삼이 찢어지게 되었도다.
적삼 하나 찢어진 건 아깝지 않지만, 은정 끊어질까 두렵도다.

그리고 다들 말하기를, 이 시는 '매창집(梅窓集)' 중에서 명작으로 꼽히는데, 지금 지은 시를 보니 가히 재주를 발휘하지 못해 병이 될 것 같은 사람이라고 했다. 다음은 논개의 차례가 되어, 논개는 눈물을 머금으며 이렇게 읊었다.

칼 그림자 파도 빛에 어려 함께 흘러 푸른데,
분함을 참고 거문고로 깊이 사무친 슬픔 호소하도다.
향기 짙은 이 영혼 옥 같은 이 육신 어디로 돌아갈고?
진낭(眞娘)으로 중국 명산 호구산(虎丘山)[83]에 못 묻혔도다.

논개의 시에 대하여 여인들은 탄식하기를, 처량하고 슬퍼 듣고 있을 수가 없다고 말했다.
다음으로 황진이의 차례가 되니, 그는 옷깃을 여미고 말하기를, 본디 시를 짓는 생각이 부족하니, 눈에 보이는 경물만을 나타내 보겠다면서 읊었다.

덧없는 세상 번영과 영화란 한 꿈에 그치는데,
높은 곳 올라 옛사람 노닐던 모습 생각해 보노라.

---

83) 호구산(虎丘山): 중국 강소성(江蘇省) 오현(吳縣) 서북에 있는 산. 오왕(吳王) 합려(闔閭)가 묻힌 산으로 소주(蘇州)의 명산임.

지금같이 마음껏 재주와 생각 과시하며 사는 일 생각하니,
여러 일들 지나가고 품은 정만 많아 특별히 수심에 잠기도다.

이에 여인들은 과연 실제 정서를 표현한 것이라고 말했다. 이때 첫째 여인이 화제를 돌려, 이곳에서 옛날을 회고하여 읊은 시로는 마땅히 홍춘경⟨洪春卿; 연선군3(1497)~명종3(1548)⟩의 시가 제일이라면서 읊었다.

나라가 망하여 산천도 옛 시절과 달라졌는데,
강물 비추는 달빛만 남아 차고 기울기를 얼마나 하였던고?
낙화암 언덕엔 떨어진 꽃들인 궁녀 흔적 아직도 남아 있어,
비바람이 해마다 불어도 그 흔적 모두 불어 쓸어가지 못하도다.

시를 들은 여인들은 탄식하여 칭송하기를 그치지 않았다. 또 첫째 여인이 나서서 제안하기를, 시편의 작시는 이미 한 바퀴 돌았으니, 이제 풍아(風雅)[84]를 읊어 다시 한 번 넓게 빛나도록 하면 좋지 않겠느냐고 말했다. 이 제안에 둘째 여인이 반대하면서, 어찌 감히 풍아를 함부로 드러내겠느냐고 말하고, 사서(四書) 속의 한 구절을 인용한 다음, 그 구절에 연관되는 옛사람 이름을 덧붙이는 것으로 하여, 조화를 잘 이루는 사람은 벌주를 면하고, 그렇지 못하면 벌주를 마시는 것으로 하자는 제안을 했다. 이에 모두 좋다고 승낙하여, 이어 큰 잔을 꺼내 먼저 선비에게 술을 따라 주니, 선비는 손님으로서 주인이 먼저 해야 하는 원칙을 빼앗을 수 없다고 사양했다. 그래서 첫째 여인이 잔을 가져다가 손바닥으로 술잔을 덮고는 일어나 『맹자(孟子)』의 구절을 인용했다.

"맹자가 양혜왕(梁惠王)을 만나 보다. 위징(魏徵)."[85]

---

84) 풍아(風雅): 『시경(詩經)』에 실린 국풍(國風)과 대아(大雅) 소아(小雅) 같은 품위 있는 시가들, 곧 풍속 교화와 국가 행사에서 찬양하는 뜻으로 부르는 음악.
85) 양(梁): 위(魏)나라 수도 이름임. 위징(魏徵)은 당(唐)나라 간의대부(諫議大夫)임. 『맹자』의 구절에

이에 모든 여인들이 묘한 솜씨라고 찬양하고, 병법서를 쓴 손무(孫武)의 은어나 한나라 선비들이 대책(對策) 과거 시험을 보던 것에 비교될 만하다고 말했다. 이어서 둘째 여인은 『논어(論語)』 구절을 인용해 구성했다.

"가히 그 군사를 다스리게 할 수 있다. 허유(許由)."[86]

이에 첫째 여인이 뒤에 온 사람이 윗자리를 차지하고, 큰 무당이 작은 무당을 제압하는 격이라고 칭찬했다. 셋째 여인의 차례가 되어 『맹자(孟子)』 구절을 인용하여 말했다.

"오곡(五穀)이 자라지 않는구나. 전광(田光)[87]."[88]

넷째 여인이 명령에 따라 『시경(詩經)』 구절을 인용해 말했다.

"곧 그 창과 방패 등 무기를 거둬들인다. 필전(畢戰)."[89]

이에 다섯째 여인이 흘겨보고 웃으면서, 두 큰 언니의 실력은 모두를 상대할 만하니, 가히 문단(文壇)에서 두각을 드러낼 두 우두머리라 할 수 있다면서 칭찬했다. 이때 넷째 여인은 다섯째에게 눈을 흘기고 미워했다. 곧 다섯째 여인은 머리털을 잘라 물에 적셔 장난 쳐서 그의 얼굴에 물을 뿌리고, 『맹자(孟子)』 구절을 인용해 말했다.

"진흙이나 숯 더미인 도탄(塗炭)에 앉아 있다. 흑둔(黑臀)."[90]

그러자 넷째 여인이 그의 배를 서너 번 잡아 누르면서, 못난 아이 이 배

붙여 '魏徵'을 글자대로 해석하면, "맹자가 양혜왕(梁惠王)을 만나 보았는데, 위(魏)나라가 불러서 오게 한 것이다."라는 뜻이 됨.

86) 허유(許由): 중국 고대 요(堯)임금 때 숨어 산 은사(隱士)임. 글자대로 해석하면 '그 일을 허락함'의 뜻이니, 논어 구절에 붙여 해석하면, "가히 그 군사를 다스리게 할 수 있으니, 그 일을 허락함."이라는 뜻이 됨.

87) 전광(田光): 전국시대 연(燕)나라 사람으로 학문이 깊고 책략이 뛰어났음. 태자 단(丹)에게 자객 형가(荊軻)를 추천하고 비밀 유지의 입막음을 위해 스스로 자결했음.

88) 전광(田光)을 글자대로 해석하면 '밭에 곡식이 없어 번질번질 빛이 난다.'라는 뜻임. 『맹자(孟子)』의 구절에 붙여 해석하면, "오곡(五穀)이 자라지 않으니, 밭이 텅텅 비어 번질번질 빛나구나."라는 뜻이 됨.

89) 필전(畢戰): 전국시대 등(滕)지역 사람으로 맹자에게 정전법(井田法)을 질문한 사람임. 그러나 글자대로 해석하면 '전쟁을 마침'의 뜻이 됨. 따라서 위 구절과 연결하면 곧 "그 창과 방패 등 무기를 거둬들여, 전쟁을 마침"이란 뜻이 됨.

90) 흑둔(黑臀): 춘추시대 진(晉) 성공(成公)의 이름임. 위 『맹자(孟子)』 구절에 연결하면, "진흙이나 숯 더미인 도탄(塗炭)에 앉으면, 엉덩이가 검게 됨"의 뜻이 됨.

속에 진정으로 못된 버릇이 들어 있다고 말했다. 여섯째 여인 차례가 되었는데, 이 여인은 평소 말을 더듬었으므로, 못하겠다고 거부해 말하였다. 이에 셋째 여인이, 우리들 중에 누구인들 모두 부족함이 없겠는가라고 말하고, 여섯째 여인 스스로 허다히 많은 글자를 찾아 익히는 노력이 필요하다고 타일렀다. 그런 다음 잔을 끌어당겨 벌주를 주려고 했다. 이때 첫째 여인이 나서며 소리쳤다.

"봉이여! 봉이여! 진정 이 하나의 봉인데 무슨 막힘이 있느냐?"

이 말에 여섯째 여인은 볼이 새빨갛게 변하더니 용기를 내어, 『맹자(孟子)』의 구절을 인용해 토하듯이 말했다.

"과인(寡人)은 용기를 좋아한다. 왕맹(王猛)."[91]

여섯째 여인이 이렇게 노력한 것을 본 여러 여인들은 머리를 숙이고 미소를 지었다. 이어 허난설헌의 차례가 되어, 『중용(中庸)』 구절을 인용하여 말했다.

"붕우(朋友)의 사귐이여. 제오륜(第五倫)."[92]

이를 들은 여인들은 그 신묘함을 칭찬하였다. 이어 계생의 차례가 되니, 자신에게 좋은 경서 구절의 말이 있지만, 고상하게 순화된 의미가 아니어서 거리낌이 있다고 말했다. 이에 첫째 여인이 나서며, 손님이 앉아 계시니 망령된 말은 하지 말라고 했다. 그러나 계생은 마침내 참을 수가 없어서, 『중용(中庸)』 구절을 인용하여 말했다.

"그 곧음이 화살과 같도다. 양화(陽貨)."[93]

이때 여인들이 귀를 막고 듣지 않고자 했다. 논개가 황진이를 돌아보며,

---

91) 왕맹(王猛): 진(晉)나라 사람으로, 뒤에 전진(前秦)의 재상이 되었음. 『맹자(孟子)』 구절에 연결하면, "과인(寡人)은 용기를 좋아한다고 했으니, 왕은 용맹한 사람이다."라는 뜻이 됨.
92) 제오륜(第五倫): 중국 후한 장제(章帝) 때 사공(司空)에 오른 사람. 이를 『중용(中庸)』 구절에 연결하면, "붕우(朋友)의 사귐은 오륜(五倫) 윤리 규범에서 차례가 다섯 번째에 해당한다."라고 연결이 됨.
93) 양화(陽貨): 중국 춘추시대 노(魯)나라 권신인데, 단어로 해석하면 '남자 성기인 양물(陽物)은 좋은 재화(財貨)이다.'라는 뜻이 됨. 그래서 『중용(中庸)』 구절과 연결하여 해석하면, "그 곧음이 화살과 같음이여, 남자 양물의 좋은 재화(財貨)로다."라는 해석이 되어 음담이라는 평을 받게 됨.

자기와 함께 갈고(羯鼓)⁹⁴⁾를 가지고 와서 저 어리석은 여종의 마음속 저속한 요소를 해소해 버리자고 말했다. 그리고 논개는 정색을 하고 『논어(論語)』 구절을 인용하여 말하였다.

"태백(泰伯)⁹⁵⁾은 지극한 덕을 갖추었다고 할 수 있도다. 예양(豫讓)."⁹⁶⁾

이어 황진이가 『맹자(孟子)』 구절을 인용해 말했다.

"비록 천만인이라도 내 가서 대적하리라. 양웅(揚雄)."⁹⁷⁾

이때 선비는 진정 애를 태우면서도 생각이 떠오르지 않다가, 갑자기 크게 깨닫고는 『맹자(孟子)』의 구절을 인용해 말했다.

"우산(牛山)의 나무들은 일찍이 아름답다. 석수(石秀)."⁹⁸⁾

선비는 말을 마치고 마음속으로 자못 자부했다. 이때 첫째 여인이 나서서, 재주 있고 널리 학문을 익힌 선비가 어찌하여 '수호전(水滸傳)'의 말을 빌려 구성하기에 이르렀느냐고 비판했다. 이에 대해 선비는 변명하기를, '저쪽 길에서 병을 얻었을 때 내 쪽의 길에 관계하여 그 원인을 찾는다.'라고 했으니, 목숨을 아끼지 않고 남을 구제하여 변명삼랑(拚命三郎)의 별명이 붙은 석수(石秀)를 어찌 가져와 연결하지 못하겠느냐고 항변하고 의기양양해 했다.

그러자 여인들은 서로 얼굴을 가리고 웃었다. 이때 첫째 여인이 다시 설

---

94) 갈고(羯鼓): 아악(雅樂)의 타악기 중 하나로 장구와 비슷함. 당(唐) 현종(玄宗)이 이 갈고를 올려 치게 했더니, 온갖 꽃이 일시에 피어, 분위기 일신(一新)의 뜻으로 이해되고 있어서 갈고를 치자고 한 것임.

95) 태백(泰伯): 중국 고대 주(周)나라 문왕(文王)의 백부. 태백은 그 부친 태왕(太王)의 장자로, 부친이 막내아들 계력(季歷; 문왕 부친)을 후계자로 임명하자 멀리 몸을 피하여, 오나라 시조가 되었음.

96) 예양(豫讓): 춘추시대 진(晋)나라 사람으로, 자신을 알아주던 지백(智伯)이 피살되자 원수를 갚으려고 애쓰다가 잡혀 자결했음. 그런데 그 이름을 단어로 해석하면 '사양하기를 즐겁게 여김'의 뜻이 됨. 『논어(論語)』 구절과 연결하면, "태백은 지극한 덕을 갖추었다고 말할 수 있으니, 사양하기를 즐겁게 여기었다."로 조화를 이룸. '태백'은 왕위를 사양하여 도피한 사람임.

97) 양웅(揚雄): 중국 전한(前漢) 말기 사람으로 자(字)가 '자운(子雲)'임. 한문 원문에서 '楊'으로 쓴 것은 '揚'의 오자임. '양웅'을 글자대로 해석하면 '영웅심을 떨치다.'로, 『맹자(孟子)』의 구절과 연결하면 "비록 천만인이라도 내 가서 대적하리라. 이는 영웅심을 떨친 것이로다."로 조화를 이룸.

98) 석수(石秀): '수호전(水滸傳)'에 나오는 정의감과 의협심 강한 인물로, 양산박(梁山泊)으로 들어간 사람임. 『맹자(孟子)』의 구절과 연결하면, "우산(牛山)의 나무들은 일찍이 아름다우니, 돌들도 빼어나고 아름답다."라고 해석되어 조화를 이룸.

명했다.

"선비님, 그대가 틀렸습니다. 그 말을 한 사람은 곧 『태현경(太玄經)』을 저술하여 초현정(草玄亭) 당호를 얻은 양자운(揚子雲), 곧 양웅(揚雄)입니다."

이 설명에 선비는 마음이 군색해져 말을 못했다. 곧 셋째 여인이 나서서, 많은 사람이 선비님을 지적하여 부족하고 틀렸다고 말하니, 진실로 세 잔의 벌주를 마시는 것이 옳다고 말했다. 선비는 잔을 들어 연달아 잔을 비웠다. 이를 본 둘째 여인이 웃으면서, 글공부 주머니는 비록 좁지만, 다행히 술 주머니는 자못 넓다고 말하니, 좌석의 모든 사람들이 큰 소리로 웃었다.

셋째 여인이 『시경(詩經)』의 한 글귀에 당시(唐詩) 한 구절을 연결하고, 다시 약 이름 하나를 붙여 의미가 통하게 만들어, 웃음 섞인 해학으로 이 자리를 즐겁게 하는 데에 도움을 주면 어떻겠느냐고 제의했다. 모두들 좋다고 승낙하니, 셋째 여인이 먼저 시작했다.

"산들산들 골바람이 분다. 날이 저무니 사립문을 닫도다. 방풍(防風; 바람을 막음)."[99]

여러 여인들이 묘하다고 칭찬하니, 첫째 여인이 나섰다.

"염소 가죽의 갖옷이라. 한 해가 지나고 또 한 해가 지나네. 진피(陳皮; 오래된 가죽)."[100]

다음 둘째 여인이 나서서 글귀를 불러 외쳤다.

"돌아가리로다. 돌아가리로다. 고향 집 동산이 길게 눈앞에 펼쳐지도다. 당귀(當歸; 마땅히 돌아가리라)."[101]

넷째 여인이 이어 이렇게 구성했다.

"다른 산의 돌이라. 강남의 비 처음으로 개는구나. 활석(滑石; 매끄러운 돌)."[102]

---

99) 방풍(防風): 감기·발한(發汗) 약임.
100) 진피(陳皮): 건위(健胃)·발한 약임.
101) 당귀(當歸): 보혈(補血) 약임.
102) 활석(滑石): 갈증·임질(淋疾) 약임.

이어 다섯째 여인이 다음과 같이 구성했다.

"들에는 덩굴풀이 우거지다. 먼저 시누이를 보내어 맛보게 하다. 감초(甘草; 단맛이 있는 풀)."[103]

여섯째 여인이 이어 나섰다.

"위대한 향내를 풍기는 그 향이로다. 월나라 여인은 천하에서 가장 깨끗하고 곱도다. 유향(乳香; 미인 유방의 향기)."[104]

허난설헌이 차례가 되니 나서서 다음과 같이 구성했다.

"왕골 풀의 껍질이라. 비스듬히 기대어 달을 향해 바라보다. 계지(桂枝; 달나라 계수나무 가지)."[105]

계생의 차례가 되어 나서서 외웠다.

"처자(妻子)가 잘 어울리도다. 오늘 밤중은 헤어지기 어렵네. 백합(百合; 백 번 결합함)."[106]

계생의 구성에 여인들이 입을 가리고 웃었다. 곧 논개의 차례이다.

"희미한 저 조그마한 별이여. 초국(楚國)의 하늘 멀리 한쪽 끝에 있도다. 천남성(天南星; 하늘 남쪽 끝 별)."[107]

마침내 황진이의 차례가 되어 이렇게 구성했다.

"저 아들이여. 수레를 몰아 동문으로 나가다. 차전자(車前子; 수레 앞에 있는 아들)."[108]

선비 차례가 되었는데 이미 술에 취해 혼미하여 억지로 대답했다.

"웅얼웅얼 우는 저 비둘기. 말 위에서 한식(寒食)을 맞이하네. 인삼(人

---

103) 감초(甘草): 감미재(甘味劑) 및 비장(脾臟)과 위장(胃腸) 활동 촉진 약임.
104) 유향(乳香): 복통(腹痛) 및 종기와 헌 피부에 쓰는 약임.
105) 계지(桂枝): 해열(解熱)·간절통(關節痛)·복통(腹痛) 약임.
106) 백합(百合): 보음(補陰)·허로(虛老)·해수(咳嗽) 약임.
107) 천남성(天南星): 치담(治痰)·중풍(中風) 약임.
108) 차전자(車前子): 이뇨(利尿)·눈병·설사 약임.

蔘)."[109)]

선비의 이 구성에 자리에 앉은 여인들이 허리를 굽히며 크게 웃었다. 셋째 여인이 나서서 대신해 이렇게 구성했다.

"어느 날인들 가지 않으리까? 문밖에는 임금님 수레가 지나가네. 왕불류행(王不留行; 왕은 머물지 않고 진행함)."[110)]

이에 모든 사람이 한바탕 즐거워하며 웃었다.

또한 넷째 여인이 새로운 제안을 내어 말하기를, 나에게 한 가지 좋은 의견이 있으니, 우리 각자가 재담(才談) 한 가지씩을 이야기하여, 서로 맞대응해 대답하는 것으로 정하고, 잘 대응을 못 하면 벌주를 마시는 것으로 하면 어떻겠느냐고 했다. 이 제의에 모두가 능낙 하니, 넷째 여인이 먼저 제시했다.

"해(日)와 달(月)이 몸체를 나란히 하면〈明〉, 아름답기가 천상(天上) 광명(光明)이 된다."

이에 둘째 여인이 그 말을 이어 대구를 지었다.

"여자와 남자가 어깨를 나란히 하여 합치면〈好〉, 인간의 좋은 것을 만들어 낸다."

이에 첫째 여인이 웃으며, 대구(對句)가 묘하기는 하나 어찌 아녀자가 가히 말할 수 있는 것이냐 하고, 이어서 문제를 냈다.

"오행(五行)은 수(水)·화(火)·목(木)·금(金)·토(土)이다."

이에 셋째 여인이 받아 구성했다.

"사위작위(四位爵位)는 공(公)·후(侯)·백(伯)·자(子)·남(男)이라."

이렇게 대구를 한 다음, 셋째 여인은 새롭게 달리 구성해 보였다.

"성품이 강직한 이양(李陽)은 자두나무를 가리키고는 성씨(姓氏)를 이씨(李氏)로 정했으니, 나면서부터 진리를 아는 성인(聖人)이다."

여기에 첫째 여인이 대구하였다.

---

109) 인삼(人蔘): 보혈강장(補血强壯) 약임.
110) 왕불류행(王不留行): 난산(難産)·월경불순·유종(乳腫)·임질 약임.

"학자이면서 장군인 마원(馬援)은 전쟁에서 싸우다가 죽어 말가죽으로 시신을 싸겠다고 했으니, 전투에서 죽은 뒤에라야 끝날 사람이다."

이어서 둘째 여인이 구성해 제시하였다.

"매미는 날개로 울음을 우는데, 그 입으로부터 소리를 내는 것과 같을 뿐만이 아니고 더 잘 운다."

이에 대해 넷째 여인이 대구로 이렇게 말했다.

"용은 뿔을 가지고 소리를 듣는데, 그 귀로서는 소리를 다 듣기에 부족하여 그런 것이라고 할 수 있다."

이를 들은 여인들은 가히 실력 있는 재주꾼이라고 칭찬했다. 이번에는 넷째 여인이 구성하여 제시했다.

"추(鄒)의 맹자(孟子), 노(魯)나라 소공(昭公) 부인인 오(吳)의 맹자(孟子), 『시경(詩經)』에서 읊은 환관(宦官)인 맹자(孟子)는, 남자 한 명, 여자 한 명에 한 명은 남자 같기도 하고 여자 같기도 하다."

이에 다섯째 여인이 대구를 말하였다.

"주(周)의 선왕(宣王), 제(齊)의 선왕(宣王), 삼국 시대 위(魏) 사마의(司馬懿)인 사마선왕(司馬宣王)은 한 명의 임금, 한 명의 신하에, 한 명은 임금도 아니고 신하도 아니다."

그리고 다섯째 여인이 이어 문제를 제시했다.

"조(趙)의 인상여(藺相如)와 한(漢)의 사마상여(司馬相如)는, 이름이 서로 같으나 성은 같지 않다."

여기에 여섯째 여인이 대구를 구성했다.

"전국시대 위(魏)의 위무기(魏無忌)와 당대(唐代) 장손무기(長孫無忌)는 예전에도 거리낌이 없었고, 지금도 역시 거리낌이 없도다."

또 이어 여섯째 여인이 이렇게 문제를 제시해 말했다.

"거문고와 비파처럼 높고 강한 소리를 내고 성격이 엄격한 송(宋)나라 팔대왕(八大王)은 머리와 얼굴이 보통 사람처럼 하나이다."

이에 대하여 허난설헌이 대구를 말하였다.

"이(魑)·매(魅)·망(魍)·량(魎) 네 도깨비는, 각자 따로 몸뚱이를 가지고 있다."

계속하여 허난설헌이 또한 문제를 제시해 말했다.

"한(漢) 무제(武帝) 때의 동방삭(東方朔), 전국시대 위(魏)의 서문표(西門豹), 춘추시대 공자 제자인 남궁괄(南宮适), 전국시대 용사(勇士)인 북궁유(北宮黝)는 동서남북의 사람이다."

여기에 계생이 대구를 지어 말하였다.

"풍수지리설에서 산(山)을 가리키는, 좌청룡(左靑龍), 우백호(右白虎), 전주작(前朱雀), 후현무(後玄武)는 좌우전후의 산이다."

그리고 계생은 이어 문제를 제시해 말했다.

"새로 난 대나무는 시골 할머니 같아서, 좋은 계절 만나면 간략하게 엷은 분을 발라 화장을 한다."

이에 논개가 대구를 구성하였다.

"땅에 떨어진 매화꽃은 늙은 기생 같아서, 나뭇가지 끝에서 떨어져도 오히려 남은 향기를 띠고 있다."

이렇게 대구한 논개는 또한 이어 자신의 문제를 제시해 말했다.

"술잔을 가지고 바닷물을 헤아리려고 하여, 바다에 들어가 보면 바닷물이 많음을 알게 된다."

여기에 황진이는 이런 대구로 받았다.

"우물 안에 들어가 앉아 하늘을 보고는, 하늘이 작다고 말한다."

황진이는 또한 이어 자신의 문제를 제시했다.

"얼음이 한 점 사라지더니 다시 물이 이루어지도다."

계생이 여기에 대구를 구성하였다.

"나무가 두 그루 쌍을 이루고 서 있더니 곧 숲이 만들어지도다."

이렇게 여러 여인들이 말을 주고받고 하는데, 이때 다섯째 여인이 자리에서 일어나 제의하기를, 오늘의 모임은 시 짓는 일을 먼저 하고, 또한 다음에 한담을 하였으니, 다시 옛사람의 시구를 모아, 각자 한 편의 율시(律詩)를 만들어 보는 것이 어떻겠느냐고 했다. 이 말에 첫째 여인이 웃으면서, 이 어리석은 아이 가슴속에 역시 마련된 체제가 있나 보다고 말하고, 심부름하는 아이를 시켜 등불을 자기 앞으로 옮기도록 한 다음, 먼저 붓을 들어 시를 구성했다.

    시집가 사랑하는 남편 얻어 먼 곳 유람하기 좋아했는데,
    매양 경치로 인하여 문득 수심이 일었도다.
    복숭아꽃 같은 붉은 볼은 야위어 눈물 감추기 어렵고,
    오동나무 속같이 막힌 이 마음 고독해 가을을 쉽게 느끼도다.
    신선 사는 낭원(閬苑)에 전하는 편지 많아 학(鶴)에게 부치고,
    그림 병풍 둘러진 방에 잠 없어 견우성(牽牛星)만 기다리다.
    옆에 있는 사람 이 심사를 반드시 알아주는 것은 아니니,
    또한 얇은 이불 안고 아름다운 누각으로 오르도다.

둘째 여인이 이어 시를 구성해 읊었다.

    꿈속으로 들어가 어느 곳에서 다시 구름이 될 것인고?
    술잔 잡고 집 앞에 나서니 해가 또한 저물도다.
    생각건대 응당 짝사랑 물리친 송옥(宋玉)[111]이 가여워지니,
    능히 용이하게 미인을 만나볼 수 있었기 때문이리라.
    낡은 세상 옷 벗어 던지고 난새 깃 부채를 타니,
    많은 금박의 나비 무늬 속세 치마가 슬프게 느껴지도다.
    꽃봉우리 취하려는 순간에 나른하여 돌아보니,

---

111) 송옥(宋玉): 전국시대 초(楚) 시인. 얼굴이 잘생겨 동쪽 집 처녀가 흠모하여 담장 틈으로 삼 년간 엿보면서 짝사랑했지만 끝내 만나 주지 않았다고 함. 그리고 스승인 굴원(屈原)이 모함을 입어 쫓겨나 멱라수에 빠져 자결한 것을 슬퍼해 '구변(九辯)'이란 글을 지어 깊은 슬픔을 표현했으므로 슬픔에 관련하여 많이 인용됨.

담홍색 향기 짙은 한 무리 사람들이 떼를 지어 보이도다.

이렇게 읊으니, 셋째 여인이 말하기를 두 언니의 시는 그 기교와 아름다움이 잘 얽혀 구성되어, 진실로 한(漢)나라 장군으로 흉노에 귀화한 이릉(李陵)의 '원앙사(鴛鴦辭)' 같다고 칭찬하면서, 자신은 어디에서부터 붓을 대야 할지 모르겠다고 했다. 그러고는 역시 붓에 먹을 묻혀 시를 쓰기 시작했다.

본래 은하수는 견우직녀 사랑 나누는 붉은 담장 안이요,
무산(巫山) 선녀 꿈속 잠자리는 창자를 끊는 듯 슬프도다.
내 힘써 낭군 위해 애쓰기보다는 차라리 내 자신 강해지리니,
낭군 위하다 초췌해진 몸 도리어 낭군에게 부끄럽도다.
한가로이 금박 휘장 안에서 한밤중의 저 달을 엿보며,
나른하여 봄바람 쐬면서 백옥 침상에 누웠도다.
누가 수심을 머금으며 외로이 저 달을 바라보지 않으리오.
일생 동안 남은 것이란 이 처량한 심사뿐이로다.

이렇게 써내니 둘째 여인이 칭찬하여, 신묘한 것이 가락지를 이어 놓은 것 같고, 공교로움이 옥 상자 같다고 말했다. 그리고 옛날 중국 소약란(蘇若蘭)[112]이 배반한 남편을 원망하여 회문(廻文) 시 이백여 편을 지어, 비단을 짜서 새긴 선기도(璇璣圖)도 우리 셋째 언니의 시보다는 뒤떨어진다고 했다. 다음 넷째 여인은 다음과 같이 시를 구성했다.

---

112) 소약란(蘇若蘭): 중국 전진(前秦) 사람 두도(竇滔)의 처 소혜(蘇蕙). 두도가 진주(秦州) 자사 때 조양대(趙陽臺)를 첩으로 삼으니 소혜가 질투했음. 두도는 조양대를 데리고 양양(襄陽)으로 가 소식을 끊었음. 소혜는 한탄하고 시 이백여 편을 지어 오채 무늬 비단을 짜서 새겨 남편에게 보내니, 두도는 감격해 소혜를 맞아 갔음. 비단에 새긴 시는 가로 세로 어디에서 읽어도 뜻이 통하는 회문(廻文)으로 되어 있어 이를 '선기도(璇璣圖)'라 함.

풍경은 아련하여 옛날과 다름이 없고,
단청 올린 아름다운 집들은 그 청초하기가 그지없도다.
일찍이 넓은 창해를 경험하여 물에서 살기 어렵고,
원앙(鴛鴦)처럼 짝지어 살기를 원하며 신선은 부럽지 않도다.
돌아가서도 달을 향해 되돌아올지를 어찌 알리요?
앉아 있으니 비록 가까운 것 같으나 하늘보다 더 멀도다.
어느 때에 이 황금 돈같이 값진 모임을 다시 알려 주리요.
한 번 생각에 잠기니 또 한 번 정신없이 아득해지도다.

이어 다섯째 여인은, 옛날 이태백(李太白)이 황학루(黃鶴樓)에 시를 지으려 올라갔다가, 먼저 황학루 시를 지은 최호(崔顥)보다 더 잘 지을 수가 없어서 내려와 버린 것같이, 앞의 시들을 보니 역시 손을 놀릴 수 없다고 말했다. 그러나 부득이 억지로 애써 한 수 읊어 보겠다면서 시를 구성해 읊었다.

황금 장식 궁궐 지어 아교(阿嬌)[113]를 머물게 하여,
술 향내 풍기는 붉은 옷의 미녀 밤새도록 어른거리네.
아름다운 누대는 어스름 달빛에 한 쌍의 봉(鳳) 태우고 있는데,
늦은 봄 동작대(銅雀臺)에는 이교(二喬)[114]를 감추었도다.
스스로 소문이 흘러 능히 분명한 증거 있는데,
다시는 소식이 없어 오늘 아침에까지 이르렀도다.
짝을 따라 산으로 돌아가고픈 마음뿐인데,
푸른 물만 돌아 흘러 황하 다리를 휘감아 흐르도다.

---

113) 아교(阿嬌): 한(漢)나라 무제(武帝)의 황후. 무제가 어릴 때 아교를 보고 뒤에 황금 건물 속에 감추어 두겠다고 했는데, 황제가 되어 황후로 삼았음. 총애가 지나쳐 교만하여 폐(廢)해졌음. 뒷날 미인을 지칭하는 말로 쓰임. 이태백(李太白)의 '첩박명(妾薄命)' 시 "漢帝寵阿嬌 貯之黃金屋" 시구에서 따왔음.

114) 이교(二喬): 중국 삼국 시대 교공(喬公)의 아름다운 두 딸. 각각 오나라 왕 손책(孫策)과 도독 주유(周瑜)의 부인이 되었음. 조조가 동작대(銅雀臺)를 짓고 이 동작대에 이교를 두고 노년을 즐기는 것이 소원이라 했음.

이에 첫째 여인이 웃으며, 이 아이는 원망하는 마음을 크게 가졌다고 말했다. 곧 여섯째 여인이 붓을 떨치어 바로 시를 썼다.

아름다운 연기 가볍게 가라앉는 화창한 봄날,
살결은 옥과 같은데 정신은 얼음같이 냉철하도다.
한가히 병풍에 기대 주방(周昉)의 신선도(神仙圖)[115] 보고 웃으며,
선견(仙犬)에게 유신(劉晨)을 향해 짖지 말라고 당부해 보네.
서로 생각 못 잊던 사람 만날 날 언제인지 알고 있으니,
미인이 나라와 성 기울이고 무너뜨린단 말 사람에 있지 않도다.
고개 돌리니 노래하고 춤추던 곳 가련하여 아련한데,
일고 있는 저 먼지들 옛날의 그 먼지 아니로다.

이에 대해 다섯째 여인이, 여섯째 아우는 붓으로 말을 대신함이 문득 이와 같으니, 그 재주가 매우 뛰어나고 영리하다고 칭찬했다. 다음은 허난설헌의 차례가 되어 곧 바르게 붓을 놀려 썼다.

춘풍은 호숫가 정자를 아름답게 불어 지나는데,
미인의 가는 허리 한 번 잡아당겨 속마음 알아내네.
반쯤 깨고 반쯤 취해 사흘을 즐겨 놀고,
쌍을 이뤄 잠자고 쌍을 이뤄 나는 듯이 살아 일생을 보내도다.
마음속을 알지 못해 금비녀가 떨어지고,
베갯머린 때때로 떨어진 비녀 어지러이 나뒹굴도다.
꿈 같은 시절 깨닫고 나면 눈물 흘러 소상강(瀟湘江) 물결 되어,
그 눈물 병풍을 적셔 그림을 알아보지 못하게 하도다.

---

115) 신선도(神仙圖): 중국 당(唐) 때 사람 주방(周昉)이 인물화에 뛰어나 신선도를 그렸는데, 한(漢)나라 사람 유신(劉晨)과 완조(阮肇)가 천태산에 들어가 선녀 둘을 만나 각기 반년씩 함께 살고 나오니 10세대가 지났다는 고사를 그림으로 그렸음. 이 그림에 개가 손님을 보고 짖는 모습이 있음.

첫째 여인이 나서며, 재주 있는 여인들은 입 밖으로 말이 나오면 문득 풍월(風月)을 말하는 것이 되니, 진정으로 놀라움에 미친 듯 넘어지고 죽고자 하는 마음이 생긴다고 말했다. 이어 계생이 아름다운 말로 사람을 휘어잡는 것은 역시 여인들이 가진 본래의 모습이라 말하고, 곧 한 편의 율시를 구성했다.

    한밤중에 그네에 오르니 술이 많이 취했는데,
    그림 장식 건물 서편에 계수나무 집 동쪽이도다.
    화려한 치마 위 무릎에는 여러 기록들이 많이 얹혔고,
    나는 제비 그려진 치맛자락은 절을 하느라 바람이 일었도다.
    슬픈 일은 점차 많아지는가 하면 기쁜 일은 점점 줄어드니,
    올 때에도 흔적 없고, 갈 때에도 자취가 없도다.
    지금에 이르니 홀로 스스로 마음속에 슬픔만이 일어나고,
    사람의 얼굴에는 복사꽃만 서로 붉게 비치도다.

    논개는 계생의 시에 대하여 평하기를, 술을 마주하고 노래하면서 진(晋)나라에 구금된 초수(楚囚)[116]의 울음을 자아내게 하니, 매창(梅窓)은 모든 분위기를 찢어 놓았다고 말했다. 그러고 곧 붓을 뺏어 시를 구성했다.

    항아리엔 술이 있어 또한 함께 잔을 주고받는데,
    긴 시름을 옮겨와 단가(短歌)에 붙여 노래하지 말지어다.
    밤에 아름다운 꽃 앞에 모여 노는 사람들 모두 다 취했는데,
    아름답게 화장한 미인들의 들창 아래엔 초승달만 잠기도다.
    비단 휘장을 얽어 마음 합치자는 동심대(同心帶)를 만드니,

---

116) 초수(楚囚): 전국시대 초(楚)나라 사람 종의(鍾儀)가 진(晋)나라에 구금되었는데, 감옥 안에서 초나라 관(冠)을 끝까지 벗지 않고 쓰고 있어서, 적지(敵地)에 구금되었어도 고국을 잊지 않는 사람을 '초수'라 함.

미인들 팔을 눌러 펼쳐 맺은 것이 쇠같이 튼튼하네.
누가 얼굴 잘생긴 총각 왕창(王昌)[117]에게 소식을 전할 것인가?
창문을 사이에 두고 그리는 마음은 천금으로도 사기 어렵도다.

그리고 이어서 황진이가 시를 썼다.

평생에 그리워하는 상사(相思)를 원래부터 풀지 못하였으니,
영롱하게 읊은 나의 시를 내보내지 말지어다.
술이 있으면 오직 넓고 넓은 조주(趙州) 땅에 뿌릴 것이니,
사람들에게 저 포가시(鮑家詩)[118]를 말하여 알리지 말지어다.
항상 백설(白雪) 같은 마음 가진 기생 소소(蘇小)[119]를 본받고,
방탕하게 산 두목(杜牧)[120]은 황금으로 주조(鑄造)하지 말지어다.
나는 꿈속에서 신령으로부터 채색(綵色) 붓[121]을 전해 받았기에,
널리 사람들의 질문에도 가히 서로 적절(適切)히 대처하도다.

여인들이 웃으며, 이 시는 조롱하는 뜻이 적지 않다고 말했다. 그리고 이윽고 붓을 집어 선비에게 주니, 선비는 취하여 눈이 아득하고 정신이 몽롱했다. 붓을 입에 대고 빨기를 수십 번 하면서, 황소가 헐떡거리는 것같이

---

117) 왕창(王昌): 당(唐) 때 얼굴 잘생긴 총각. 『고악부(古樂府)』의 시에, 막수(莫愁)라는 여자가 십오 세에 노씨(盧氏)에게 시집가 십육 세에 아들을 낳음. 남편이 계수나무로 집을 짓고 집 안에 울금(鬱金)과 소합(蘇合) 향을 갖다 놓아 온갖 호사를 누리게 해 주었으나, 동쪽 이웃의 '왕창'에게 시집 못 간 것이 한이라 읊은 것에서 유래됨.

118) 포가시(鮑家詩): 중국 남조(南朝) 송(宋)나라 사람 포조(鮑照)는 문재가 뛰어나 시문과 여러 전적에 통하지 않는 것이 없어서, 그 포씨(鮑氏) 집안이란 뜻으로 한 말인데, 보통 '시(詩)' 자체를 뜻하기도 함.

119) 소소(蘇小): 남북조 시대 남제(南齊)의 기생으로 재능이 뛰어나고 고상해 칭송을 받았음.

120) 두목(杜牧): 중국 당(唐) 말기 만당 시인(晚唐詩人)으로서, 시재(詩材)가 있어 시를 잘 지었고, 얼굴이 잘생겼으며 강남 지역 청루(靑樓)를 드나들어 기녀들의 환영을 받으면서 방탕하게 살았음.

121) 채색(綵色) 붓: 중국 남북조 시대 남조 양(梁)나라 사람 강엄(江淹)이 젊어서 문재(文才)가 있었는데, 만년에 꿈속에서 진(晉) 곽박(郭璞)이 '내 필(筆)을 돌려 달라.'고 말하여 주머니에서 '오색(五色) 붓'을 꺼내 준 이후로 문재가 쇠퇴해졌음. 이 이야기의 '오색(五色) 붓'을 끌어와 구성했음.

숨을 쉬는 것이었다. 여인들이 이를 보고, 술에 취해 시를 짓지 못하고 붓을 떨어뜨리는 일은 시단에서 쾌사(快事)로 여기는데, 어찌하여 이처럼 괴롭게 생각만 하느냐고 말했다. 셋째 여인이 나서며, 크고 높은 재능 연마하기를 십 년을 하고, 모든 것을 얻으려고 단련하기를 십이 년 하는 것은, 역시 문인에 속하는 사람의 상례(常例)일 따름이라고 했다. 이 말에 둘째 여인이, 곧 그대의 지금 한 말 같은 것은 역시 아름답다고 칭찬했다. 선비가 가만히 살피니, 비꼬는 말로 서로 비난하는 것 같아서, 애를 써 종이에 일곱 글자를 다음과 같이 썼다.

흔들리며 떨어지는 꽃잎은 송옥(宋玉)의 슬픔을 깊게 알도다.

그러고 다시 글귀를 얻지 못해 머릿속 생각이 더욱 위축되어, 다만 묵묵히 앉아 있을 따름이었다. 여인들이 그에게 재촉을 하니, 이에 황겁하여 이렇게 썼다.

풍류(風流)도 선비의 우아한 학덕(學德)이니 역시 내 스승이라.

여인들은 웃으면서, 시의 두 시구에서 각각 한 짝씩의 글귀만을 따서 모아 하나의 시구를 만드는 일은 옛날부터 없는 일이니, 시인으로서 진실로 망령된 일이라고 지적했다. 이에 선비가 더욱 당황하고 조급해져서 어찌할 줄을 몰라 하니, 모든 여인들이 일어나 그를 조롱하고, 시편을 완성할 것을 재촉하였다. 그래서 선비는 부득이 계속하여 썼다.

슬픔으로 천 년 세월을 회상하며 한 줄기 눈물 흘림은,
쓸쓸하고 삭막하게 세대가 달라지고 때가 같지 않음에서이다.

많은 여인들이 선비의 시구에 대해 크게 소리쳐 떠들면서, 온전한 시구

143

를 병용(竝用)한 것도 이미 크게 놀랍고 부끄러운 일인데, 지금 이에 구절마다 표절하여 베껴 쓰고 있다고 말했다. 그러나 선비는 못들은 척하면서 산비탈을 내리달리는 기세로 손을 놀려 바로 써내려갔다.

강산에 남아 있는 고택들은 텅 비어 단청무늬만 남았으니,
운우(雲雨) 즐긴 거칠어진 양대(陽臺) 어찌 꿈이라 생각하리?
가장 가슴 아픈 일은 초(楚)나라 궁궐들 모두 없어짐이니,
뱃사람들 손가락으로 가리키며 지금도 의심하고 있노라.

뇌인들이 모두 서로 바라보고 몹시 놀라며, 서 선비 손님은 진실로 미친 바람둥이라고 말했다. 그때 문득 한 사람이 나타났는데, 높은 관을 쓰고 넓은 띠를 두르고 와서는 안석에 걸터앉아 둘러본 다음 선비를 가리키며 크게 꾸짖어 말했다.

"나는 완화계(浣花溪) 습유(拾遺) 벼슬을 한 두보(杜甫)이다. 당시 궁곤(窮困)하였지만 다만 고통스럽게 전력을 쏟아 시를 지었기 때문에, 사람들로부터 시수(詩瘦)로 일컬어짐에 이르렀다. 나는 곧 시 짓는 공력을 축적하고 깊은 속마음을 토해 내기에 힘썼지만, 일생 동안 큰물이 쏟아지는 것 같은 고통을 면치 못했다. 시는 능히 사람을 궁핍하게 만들 수 있기 때문에 그와 같은 일이 있게 된다. 비록 그러하나 묵은 원고와 남겨진 시편들이 인간 세상에 떠돌아다니고 있다. 그래서 일찍이 훌륭한 업적을 남긴 사람으로 시단에 기치를 세우게 되었으며, 보잘것없는 소인 무리들과는 시단에서 더불어 나란히 이름을 날리는 활동을 하지 않았다. 하지만 보잘것없는 시편들이 곳곳에 전파되어 인구에 회자(膾炙)되고 있는 실정이다. 그렇지만 비록 한 글자와 반 구절이라도 감히 남의 글을 몰래 표절해 와서 사용하는 일은 없었다. 그런데 뜻밖에 지금 네가 이에 전편의 시를 훔쳐 사용하고 있으니, 이는 나를 모욕하는 일이다. 또한 내 그 세상의 범인(凡人)들을 보니 문장 수식하는 재주를 가진 자들이 옛사람의 글을 엉성하게 답습하고, 낡은 수법

을 이용하여 이미 있는 글들을 모방하면서 헛된 명성을 낚으려고 애를 쓴다. 그리하여 한 세상을 속이고 있으니 내 마음에 항상 원통해하고 한스럽게 여기고 있었다. 마침 이태백과 팔방(八方)을 유람하여 달을 구경하고 다녔는데, 이곳에 이르러 너의 이와 같은 놀랍고 망령스러운 행동을 보고는 마음에 화가 불같이 치미니, 어찌 가히 참고 있을 수가 있겠느냐?"

그러고는 곧 열 손가락을 들어 선비의 뺨을 강하게 때렸다.

이에 선비가 크게 놀라 잠에서 깨어나니, 몸이 바위 위에 얹혀 있었다. 그리고 다만 밝은 달빛에 별이 촘촘히 비치고 있는 것만 보일 뿐이고, 이슬 맺힌 풀잎이 온몸을 둘러 있었으며, 열 명의 여인들과 잘 차린 술상은 모두 흔적도 없었다.

이때 선비의 종형인 아사(亞使)는 그 종제가 오래도록 돌아오지 않는 것을 괴이하게 여기고, 하인에게 명하여 찾아보라고 했다. 하인들이 횃불을 들고 와서 그를 찾아, 부축하여 비틀거리며 돌아오게 되었다. 선비는 멍하여 정신을 잃었으며, 이로부터 다시는 시 짓는 자리에 나아가지 않았고, 또한 시인이라고 스스로 자처하지도 않았다.

외사씨는 말한다. 이 내용은 중국 당(唐)나라 때 『패사집(稗史集)』에 실린 우승유(牛僧孺) 편찬의 '주진행기(周秦行記)' 속 이야기인, 길에서 지난 시대의 여러 궁녀들 혼령을 만나 더불어 시를 주고받은 그 사건과 자못 유사한 데가 있다. 그런데 현실과 거리가 먼 괴상하고 기이한 내용이어서 가히 믿을 수가 없다. 여씨(呂氏) 선비가 잘못 지은 시로 인해 모욕을 당한 내용도 역시 꾸며 낸 거짓 이야기에 가깝다. 하지만 대체로 예부터 문장을 아름답게 꾸미는 옅은 재주를 지닌 사람들이, 자신이 문단의 최고인 양 뽐내며 나는 듯이 설치어 행세하다가 낭패를 당하는 일이 많았으니, 가히 삼가야 하지 않겠는가?

東野彙輯 卷之十三
○ 第百一号 雜識部 一 倡和

皐蘭寺十美酬唱

呂姓文官嶺南人. 以明經科 爲湖西亞使. 一日携妓船遊 至白馬江中流. 顧妓曰 美哉故國之勝也. 妓曰 曾見遊此諸公 無不感古咏詩. 今公獨無一詩乎. 呂本不能詩 而慮其取侮於妓 半日撚髭 僅成二句. 擊節朗吟曰 憶昔曾遊地 荒淫故國亡. 江山如此好 無罪義慈王. 盖其詩意 憶昔百濟王曾遊之地 雖因荒淫而國亡 江山之好如此 安得不流連. 義慈王固無罪云矣. 聞者莫不捧腹.

時呂之從弟某 頗有詞藻 随至皐蘭寺 慨其兄詩之太拙. 獨登落花巖 詠一詩曰 百齊舊都雲水空 春江猶蘸落花紅. 姑蘇蘭葉迷香徑 汴水楊柳認故宮. 石轉金釵疑墮地 沙鳴環佩悅搖風. 凄凉往蹟憑誰問 浩劫滄桑一夢中. 時秋河亘天 月色微露 白露橫江 水光接天. 士人不勝幽興 連擧匏樽 醉卧岸上. 瞥見六個麗姬 籠絳紗燈 自水邊來 環坐巖上. 一姬仰天嘆曰 今夜廣寒宮閉 未稔姮娥獨宿凄凉何似. 衆曰 莫爲渠擔憂 我輩獨遊無郞 亦不讓青溪小姑子也.

談笑間一姬 移燈剔煤 見士人偃卧草間. 譁曰 何處風狂兒 在此偸窺國艶. 衆趨視之 笑曰 纔說無郞 忽傳有客 大爲我輩解嘲. 相邀至巖上 鋪席排坐. 須臾珍肴旨酒 羅列滿前. 上坐一姬 謂士人曰 悶酒寡懽 今者幸逢嘉客 盍行詩令 以永今夕. 士人惶駭遜辭. 第二坐姬曰 吾儕素乏風韻 可邀許蘭雪來 佐以繡肚錦吻. 使吾儕免夫罰依金谷. 第三姬曰 此言大有意見 若然則扶安桂生 詩之工者 同邀恐好.

衆曰諾. 第四姬曰 晉州論介 貞烈東國一人 波宮幽蹤 與吾輩便是同病相憐. 此會不可不速. 衆曰然矣. 第五姬曰 松都眞伊 亦勝國遺墟之名姝 一體招致何如. 衆稱可.

少焉四美人 次第飄然而來. 皆靚粧麗服 光彩奪目. 其手撚金釵 低頭含羞者蘭雪也. 風流艷冶回眸娟笑者桂生也. 幽雅消瘦 滿面哀怨者論介也. 飄如遺世 貌閒態逸者眞伊也. 於是十美合席序坐 士人跼坐一隅. 觥籌交錯 諸姬囑士人先唱. 乃吟曰 奇巖陳跡尙留名 剩粉遺香暗古汀. 艷質寧隨風燭滅 貞心難逐雨花零. 月懸金鏡空涵碧 草襯羅裙宛帶靑. 人世幾回傷往事 夕陽南浦杳揚舲. 衆齊聲讚曰 可稱騷壇雄手. 一姬繼吟曰 鳳艦龍舟事已空 銀屛金屋夢魂中. 黃蘆晩日空殘壘 碧草寒烟鎖故宮. 隧道魚燈油欲盡 粧臺鸞鏡匣長封. 憑君莫話興亡事 淚濕臙脂損舊容. 二姬曰 吾不解律 但成短歌. 衆曰 何妨. 遂吟曰 香風引到大羅天 月地雲堦集洞仙. 盡道人間惆悵事 不知今夕是何年. 三姬曰 吾亦短歌. 因吟曰 舊苑荒臺楊柳新 菱歌淸唱不勝春. 秪今惟有西江月 曾照義慈宮裏人. 四姬曰 未可倉卒續貂 但用集句. 衆曰 亦好. 乃吟曰 物換星移度幾秋 鳥啼花落水空流. 人間何事堪惆悵 貴賤同歸土一丘. 五姬曰 已被酒惱 詩思竭矣. 可誦舊作. 仍吟曰 蘭徑香銷玉輦踪 梨花不忍負春風. 綠窓深鎖無人見 自碾硃砂養守宮. 六姬曰 偶此述懷 自底傷感. 乃咏曰 往事凄凉似夢中 落花無語怨東風. 傷心最是西江月 猶對珠宮玉鏡空.

次至蘭雪 蘭雪逡巡 始吟曰 錦帶羅衣積淚痕 一年芳草怨王孫. 瑤琴彈罷江南曲 雨打梨花晝掩門. 衆齊稱曰 儘是唐韻 可謂名下無虛. 桂生曰 賤人雖粗解綴句 猥以瓦缶厠諸笙鏞 極知唐突西施. 衆曰 何用過謙. 因促之. 乃吟曰 洞天如水月蒼蒼 柿葉蕭疏夜有霜. 何處紺簾人獨宿 玉屛還羨畵鴛鴦. 衆笑曰 曾聞醉客執羅衫 羅衫隨手裂. 不惜一羅衫 但恐恩情絶. 此卽梅窓集中名作 今見所賦 可謂技

癢. 次至論介 含淚而吟曰 劒影波光碧共流 忍將瑤瑟訴幽愁. 香魂玉骨歸何處 不及眞娘葬虎丘. 衆歎曰 悽愴不堪聽. 次至眞伊 斂衽而對曰 素乏藻思 但道卽景. 乃吟曰 浮世繁華一夢休 登臨因憶昔人遊. 如今縱擬誇才思 事往情多特地愁. 衆曰 果實際語也.

一姬曰 此地懷古之詠 當以洪春卿詩爲第一. 因誦曰 國破山河異昔時 獨留江月幾盈虧. 落花巖畔花猶在 風雨當年不盡吹. 衆嗟賞不已.

一姬曰 篇旣圓矣. 盍行風雅 令更博一粲. 二姬曰 豈敢妄攀風雅. 隨擧四書一句 下接古人名 合者免飮 否則罰觥. 衆曰諾. 引大白先酌士人 士人以賓不奪主爲辭. 一姬引盃 覆掌而起曰 孟子見梁惠王. 魏徵. 衆齊讚曰 妙哉. 武子廢辭 漢儒射策 不過如是. 至二姬曰 可使治其賦也. 許由. 一姬曰 後來居上 大巫壓小巫矣. 次至三姬曰 五穀不生. 田光. 四姬接令曰 載戢干戈. 畢戰. 五姬斜視而笑曰 二姊工力悉敵 可謂詞壇角兩雌也. 四姬白眼視之. 五姬剔髮澤戲 彈其面曰 坐於塗炭. 黑臀. 四姬扭腹三四曰 妮子此中眞有左癖. 令至六姬姬素口吃曰 寡寡寡. 三姬曰 我輩誰箇不寡 要汝道得許多字. 引盃欲罰. 一姬曰 鳳兮鳳兮 故是一鳳何礙. 六姬紅漲於頰 格格而吐曰 寡人好勇. 王猛. 衆低鬢微笑. 次至蘭雪曰 朋友之交也. 第五倫. 衆稱妙. 桂生曰 我有一令 止嫌不雅馴. 一姬曰 有客在坐 勿妄談. 桂生終不能忍曰 其直如矢. 陽貨. 衆掩耳不欲聞. 論介顧眞伊曰 我與汝取羯鼓來 爲癡婢子解穢. 乃正色而言曰 泰伯其可謂至德也已矣. 豫讓. 眞伊曰 雖千萬人吾往矣. 揚雄.

士人正焦思未就 忽大悟曰 牛山之木嘗美矣. 石秀. 言訖意頗自負. 一姬曰 才士博學 何至借水滸爲說. 士人曰 彼道得病 關索我道不得拚命三郞耶. 衆皆匿笑. 一姬曰 君誤矣. 彼所言乃草玄亭之揚子雲也. 士人意窘. 三姬曰 口衆我寡 不如姑飮三爵. 士人擧酌連罄.

二嬉笑曰 君書囊雖窄 幸酒囊頗寬也. 四座大噱. 三姬曰 更以詩一句唐詩一句 合成一藥名 以助詞筵笑謔何如. 衆曰諾. 三姬先曰 習習谷風 日暮掩柴扉. 防風. 衆曰 妙哉. 一姬曰 羔羊之皮 經歲又經年. 陳皮. 二嬉曰 曰歸曰歸 故園長在目. 當歸. 四姬曰 他山之石 江南雨初歇. 滑石. 五姬曰 野有蔓草 先遣小姑嘗. 甘草. 六姬曰 有秘其香 越女天下白. 乳香. 蘭雪曰 芃蘭之皮 倚向月中看. 桂皮. 桂生曰 妻子好合 難分此夜中. 百合. 衆掩口而笑. 論介曰 嗜彼小星 楚國天一涯. 天南星. 眞伊曰 彼己之子 驅車出東門. 車前子. 次至士人已昏醉強應曰 關關雎鳩 馬上逢寒食. 人蔘. 一座絕倒. 三姬代為之語曰 何日不行 門外度金輿. 王不留行. 一場歡笑.

　　四姬曰 吾有一令 各擧才談一段 互相屬對 否則罰飲何如. 衆曰諾. 乃曰 日月齊體 麗為天上之明. 二姬率爾對曰 女子比肩 合作人間之好. 一姬笑曰 對則妙矣. 豈兒女子所可道哉. 因曰 五行 水火金木土. 三姬曰 四位 公侯伯子男. 因曰 李陽指李樹為姓 生而知之. 一姬對曰 馬援以馬革裹尸 死而後已. 二姬曰 蟬以翼鳴 不啻若自其口出. 四姬對曰 龍將角聽 謂其不足於耳歟. 衆曰 可稱實才. 四姬曰 鄒孟子吳孟子寺人孟子 一男一女一似男似女. 五姬對曰 周宣王齊宣王司馬宣王 一君一臣一非君非臣. 因曰 藺相如司馬相如 名相如姓不相如. 六姬對曰 魏無忌長孫無忌 古無忌今亦無忌. 因曰 琴瑟琵琶八大王 一般頭面. 蘭雪對曰 魑魅魍魎四小鬼 各自腸肚. 因曰 東方朔西門豹南宮适北宮黝 東西南北之人. 桂生對曰 左青龍右白虎前朱雀後玄武 左右前後之山. 因曰 新竹如村姑 遇節略施薄粉. 論介對曰 落梅如老妓 下梢猶帶餘香. 因曰 持盃入海 知多海. 眞伊對曰 坐井觀天 曰小天. 又曰 氷消一點 還成水. 桂生對曰 木立雙株 便作林.

　　酬酢移時 五姬出座曰 今日之會 詩令為先 且置閒話. 更集古

人詩句 各成一律何如. 一姬笑曰 此憨兒胸中 亦有制度. 令雙鬟移燈 先援筆而題曰 嫁得蕭郞愛遠遊 每因風景却生愁. 桃花臉薄難藏淚 桐樹心孤易感秋. 閬苑有書多附鶴 畵屛無睡待牽牛. 傍人未必知心事 又抱輕衾上玉樓. 二姬題曰 夢來何處更爲雲 把酒堂前日又曛. 料得也應憐宋玉 肯敎容易見文君. 抛殘翠羽乘鸞扇 惆悵金泥簇蝶裙. 取次花叢懶回顧 淡紅香白一羣群. 三姬曰 二姊工麗纏綿 眞似李都尉鴛鴦辭也. 妹從何處着筆. 亦蘸墨而書曰 本來銀漢是紅墻 雲雨巫山枉斷腸. 與我周旋寧作我 爲郞憔悴却羞郞. 閒窺夜月銷金帳 倦倚春風白玉床. 誰爲含愁獨不見 一生贏得是凄凉. 二姬曰 妙似連環 巧同玉合. 蘇若蘭廻文織錦 爲三姊作後塵矣. 四姬題曰 風景依稀似昔年 畵堂金屋見嬋娟. 曾經滄海難爲水 願作鴛鴦不羨仙. 歸去豈知還向月 坐來雖近遠于天. 何時詔此金錢會 一度思量一惘然. 五姬曰 黃鶴題詩女靑蓮 亦當束手. 不得已勉强一吟 題曰 金屋粧成貯阿嬌 酒香紅被夜迢迢. 嬴臺月暗乘雙鳳 銅雀春深鎖二喬. 自有風流堪証果 更無消息到今朝. 不如逐伴歸山去 綠水回通宛轉橋. 一姬笑曰 是兒大有怨情. 六姬奮筆直書曰 瑞烟輕罩一團春 玉作肥膚永作神. 閒倚屛風笑周昉 不令仙犬吠劉晨. 想思相見知何日 傾國傾城不在人. 回首可憐歌舞地 行塵不是昔時塵. 五姬曰 六妹以筆代舌 便恁地 牙伶齒俐. 次至蘭雪 遂走筆書之曰 好去春風湖上亭 楚腰一捻掌中情. 半醒半醉遊三日 雙宿雙飛過一生. 懷裡不知金鈿落 枕邊時有墮釵橫. 覺來淚滴湘江水 着色屛風畵不成. 一姬曰 佳人出口 便談風月 眞個顚狂欲死. 桂生曰 綺語撩人 亦是女兒家本相. 爰題一律曰 夜半鞦韆酒正中 畵堂西畔桂堂東. 麗華膝上能多記 飛燕裙邊拜下風. 愁事漸多歡漸少 來時無迹去無蹤. 而今獨自成惆悵 人面桃花相映紅. 論介曰 對酒當歌 作此楚囚之泣 梅窓裂盡風景矣. 遂奪筆而題曰 壺中有酒且同斟 莫把長愁付短吟. 夜合花前人盡醉

畫眉窓下月初沈. 綰成錦帳同心帶 壓區佳人纏臂金. 誰與王昌報消息 千金難買隔窓心. 眞伊續題曰 平生原不解相思 莫遣玲瓏唱我詞. 有酒惟澆趙州土 無人會說鮑家詩. 常將白雪調蘇小 不用黃金鑄牧之. 我是夢中傳彩筆 偏從人間可相宜. 衆笑曰 這詩意調弄不少.

已而取筆授士人 士人醉眼迷離 精神朦朧. 吮毫數十次 氣如牛喘. 衆曰 興酣落筆 詩壇快事 君何苦思乃爾. 三姬曰 研京十年 鍊都一紀 亦屬文人常例耳. 二姬曰 如卿言亦復佳. 士人微察 冷語交侵 勉書七字於牋曰 搖落深知宋玉悲. 更未得句 神思益縮 但沈吟而已. 衆促之 乃惶怖書之曰 風流儒雅亦吾師. 衆笑曰 集用兩隻全句 古未有也. 詩人誠妄矣. 士人尤慌忙罔措 諸姬羣起 而嘲之 促令成篇. 不得已繼書曰 悵望千秋一灑淚 蕭條異代不同時. 衆乃大哄曰 全句竝用 已極駭慚 而今乃句句剽膽耶. 士人若不聞 因走坂之勢 信手直書曰 江山故宅空文藻 雲雨荒臺豈夢思 最是楚宮俱泯滅 舟人指點到今疑. 衆相看 愕然曰 客眞風狂也.

忽有一人 峩冠博帶而來 據案顧眄 指士人而大咤曰 吾浣花溪杜拾遺也. 當時窮困 只緣作詩之苦 至有詩瘦之稱. 吾則積費工力 嘔出心肝 而未免一生潦倒. 詩能窮人 有如許矣. 雖然宿藁殘篇 流落人間. 嘗以大方爲詩家立幟 不與豎子輩 竝列旗鼓於騷壇. 而咳唾之餘音 到處傳布 膾炙人口. 雖隻字半句 無敢有剽竊者. 不意今者 汝乃偸用全篇 是侮我也. 且吾看夫世之凡有雕蟲之技者 蹈襲古人之糟粕操腐毫 而窺陳編釣虛名. 而欺一世 心常痛恨. 適與李青蓮雲遊八垓玩月 到此見汝之做此駭妄 業火陟起 何可忍住. 遂擧十指猛批其頰. 士人大警而醒 身在巖畔. 但見月星明概 草露滿衣. 十女盃盤 竝無形跡. 亞使悀其弟之久不還 命隷覓來. 隷持炬燭來尋 扶持踉蹌而歸. 士人茫然自失 從此更不赴詩席 亦不以詩人自許云.

外史氏曰. 此與稗史所載 牛僧孺周秦行記 路遇前代諸宮姬靈魂

與之酬唱一事 頗有髣髴. 然殊涉荒唐詭異 未可信也. 呂士人之因詩遭辱 亦似謊說. 然盖自古薄有雕篆之藝者 嵬然自處以詞伯 翶翔馳逐 多所逢敗 可不愼哉.

제주 선비 장한철(張漢哲)
스물네 명과 표류하여 열 명만 생환하다

13-3.〈203〉 표만리십인전환(漂萬里十人全還)

　　　　　　　　　　　　　　　　　장한철(張漢哲)은 제주도 사람이다. 초시(初試)에 급제하고 남궁(南宮)[122]에서 주관하는 회시(會試)를 보려고 상경하는데, 친구 김씨(金氏) 선비 및 상인과 뱃사공 등 스물네 명이 한 배에 동승했다. 바람이 순하여 배의 진행이 날아가듯 빨랐는데, 문득 서편 하늘에 한 가닥 구름과 안개가 물결 사이로부터 일어나, 그 구름 그림자가 햇빛에 비쳐 보였다 안 보였다 하는 것이었다.

　이윽고 오색영롱한 구름이 이루어져 반공에 떠서 구름 사이로 어떤 물체가 우뚝 높이 솟아오르더니, 흐릿하게 변하여 아름답게 단청을 올린 여러 층 누각처럼 보였으며, 너무 멀어 분명하게 분별할 수는 없었다. 한참 만에 햇빛이 안개 속에서 은은하게 비치더니, 누각의 형상이 변하여 성곽 위의

---

122) 남궁(南宮): 조선 시대의 육조 중 예조(禮曹)를 다르게 일컫는 말.

담장인 성첩(城堞)으로 되어, 은빛 파도 위에 옆으로 뻗쳤다가는 잠시 후에 크게 활짝 열리는 것이었다. 곧 이것은 신기루(蜃氣樓)였다. 사공이 놀라며, 폭풍우가 몰아칠 조짐이니 조심하여 방심해서는 안 된다고 말했다.

그랬는데 모진 바람이 성내듯 소리치며 일어나 거센 비가 퍼붓기 시작했다. 한 척의 작은 배는 파도 속으로 들어갈 듯 말 듯하며 요동쳐 흔들렸다. 배 위 사람 중 어떤 사람은 쓰러져 인사불성이었고, 어떤 이는 엎드려 통곡하기도 하였다. 밤은 또한 깜깜하여 바로 앞을 분간할 수 없을 정도였고, 배 위에는 비가 항아리로 쏟아붓듯 세차게 내렸다. 배 바닥에 물이 새어들어 선창까지 차더니, 배 안에는 물이 허리의 반까지 차올랐다. 배에 탄 사람들이 꼼짝없이 죽었나고 생각하는데, 장한철은 사기의 판단을 니렇게 밀 하니 위로했다.

"동풍이 급하여 배가 나는 듯이 빨라 순식간에 천 리를 달렸다. 내가 지도를 보아 알기로는 유구국(琉球國)[123]이 제주도 서남쪽 해로 삼천 리 밖에 있다. 오늘 밤은 반드시 유구국에서 저녁밥을 지어 먹게 될 것이다."

이 말에 모두 기쁜 표정으로 벌떡 일어나 앉았다. 사흘 밤낮이 지나 비바람이 조금 잠잠해졌는데, 다만 보이는 것은 바다와 하늘이 맞붙어서 끝나는 곳을 알지 못하는 수평선뿐이었다. 김씨 선비와 배에 있는 여러 사람들이 모두 장한철을 향해 원망하면서, 그 부질없는 과거 욕심 때문에 무죄한 여러 사람이 함께 물고기 밥이 될 것이라고 말하고, 죽은 후에 천지신명께 이 분함을 호소하여 그 원한을 씻을 것이라고 했다.

장한철이 좋은 말로 위로한 다음, 억지로 밥을 지으라고 시키고는, 밥이 잘 지어지는지를 보아 앞일을 점쳐 보려고 했는데, 밥이 과연 잘 지어졌다. 이에 여러 사람들의 마음이 한결 누그러졌으며, 이윽고 안개가 사방으로 자욱한 속으로 배는 바람을 따라 정처 없이 흘러서, 가는 곳을 알 수 없었다. 날이 저무는데 홀연 이상한 새가 날아 울며 지나가니 사공이 보고 이렇게

---

123) 유구국(琉球國): 일본 큐슈 남단에서 대만에 이르는 중간에 위치한 많은 섬으로 된 지역. 17세기까지 독립국이었으나 뒤에 오키나와라는 이름으로 일본에 편입되었음.

말했다.

"이건 물새인데, 물새는 낮에 바다 위에서 떠다니다가 저물면 반드시 물가 섬으로 돌아가 잠을 잡니다. 지금 날이 저무는데 새가 돌아가는 것을 보니, 섬이 멀지 않은 것을 알 수 있습니다."

이 말에 모두 뛰면서 기뻐했는데, 밤이 깊어지니 안개가 걷히고 달과 별이 촘촘하게 빛났다. 쳐다보니 큰 별이 있어서 별빛이 바다를 쏘아 비치고 아름다운 채색이 공중에 가득했다. 곧 이 별은 남극노인성(南極老人星)[124]이었다. 다음 날 배가 갑자기 바람을 타고 나아가 저절로 한 작은 섬에 다다랐다. 배에 탄 사람들이 기뻐 웃으며 섬에 내렸다.

높은 곳으로 올라가 멀리 바라보니, 그 섬은 동서가 좁고 남북으로 긴데, 주위 둘레가 사오십 리 정도였고 사람은 살고 있지 않았다. 다만 섬에 가득히 수목이 무성한데 소나무와 잣나무, 두충나무 등이 많았다. 또 서까래 크기의 큰 대나무가 있었으며, 노루와 사슴이 떼를 지어 놀고 까마귀, 까치가 숲에 깃들어 있었다. 섬 중앙에 산봉우리 셋이 서로 다투듯 솟아 모두 높이가 오륙십 길 정도 되었고, 물줄기가 봉우리 사이로부터 흘러내려 굽이굽이 긴 시내를 이루었으며, 맑은 냇물은 달고 차가웠다.

냇물에 큼직한 귤 한 개가 떠내려 오는 것을 보고 시내를 따라 올라가니, 귤나무 두 그루가 섰는데, 노란 귤 덩이가 잘 익어 있어서 마구 따서 먹었다. 그리고 마른 나무들을 자르고 나무 막대를 채취해 와서 초막을 짓고 그곳에 머물러 살았다. 행장을 털어 내 살피니 겨우 쌀 한 말과 좁쌀 여섯 말뿐으로, 스물네 명이 며칠 동안 먹을 식량밖에 안 되는 것이었다. 이에 약초(藥草)를 캐와 잘게 썰고 쌀과 섞어 밥을 지어 먹으며 간신히 목숨을 연장할 계책을 마련하였다.

또한 전복을 채취해 와서 먹었는데, 한 사공이 커다란 전복 한 개를 얻게 되어 껍질을 까니, 큰 진주 한 쌍이 나왔다. 크기가 제비 알만 하고 광채

---

124) 남극노인성(南極老人星): 현재의 성좌로 '처녀자리'에 해당하는 별.

가 나서 눈을 부시게 했다. 일행 중 한 상인이 그것을 자기에게 주면, 고향으로 돌아가서 오십 냥으로 갚아 주겠다고 했다. 이에 사공과 서로 값을 다투다가 백 냥으로 약속하여 증서를 쓰고 그것을 주었다.

장한철이 사공들을 시켜 대나무를 잘라 장대를 만들게 하고 옷을 찢어 깃발을 만들어 봉우리 위에 올려 세웠다. 또 땔나무를 많이 쌓고 불을 붙여 연기를 내어 지나가는 배로 하여금 표류한 사람이 구원을 요청하고 있음을 알도록 했다. 얼마 지나니 한 점 같은 돛대 그림자가 동쪽 바다 저 멀리에서 오고 있었다. 사공들이 이에 땔나무를 더 쌓고 불을 붙여 연기를 피우고 봉우리 위에서 깃대를 흔들며 소리를 질렀다. 날이 저물자 그 배가 점차 가까이 나오는데, 배에 탄 사람들이 머리에 푸른 수건을 쓰고 검정색 윗도리를 입고 있었다. 곧 그 배는 돛을 높이 달고 섬을 그냥 냉랭하게 지나쳐 가면서 아무도 구해 줄 의향이 없었다.

섬 중의 모든 사람이 아우성을 치며 울부짖어 시끄러운 소리가 바다를 울렸다. 그러니까 문득 그 배에서 작은 배를 내놓아 저어 섬에 닿아, 십여 명의 장정이 해안으로 올라왔다. 그들은 허리에 긴 칼을 찼고 기색이 사나워 보이는데 왜인들이었다. 사람들 속으로 뛰어들어 글을 써서, 어느 지역 사람이냐고 물었다. 장한철이 역시 글을 써서 화답했다.

"조선 사람으로 여기까지 표류해 왔으니, 자비를 베풀어 우리 여러 사람의 목숨을 살려 주기 바랍니다. 감히 묻겠습니다. 공들은 어느 나라 사람이며, 지금 어디로 향하시는지요?"

"우리는 남해(南海) 나라 왕을 보좌하는 신하로 장차 서역(西域)을 향해 가는 길이다. 너희들이 보물을 우리에게 바치고 빌면 살려 주겠지만, 그렇지 않으면 죽게 될 것이다."

"우리 본국에는 보물이 나지 않습니다. 그리고 표류하여 몸뚱이만 구사일생으로 살아, 목숨 외에는 가진 것이 없으니 어떻게 하면 좋겠습니까?"

저 무리들은 서로 한참 동안 시끄럽게 지껄이더니, 조금 후 칼을 휘두르고 고함을 지르며 달려들어 장한철과 여러 사람들의 옷을 벗겨 나무에 거꾸로 매달았다. 그리고 소지품을 두루 뒤져서 진주 두 개를 빼앗고는, 의복만 두고 배에 올라가 버렸다. 여러 사람들은 스스로 서로 결박을 풀었는데, 마치 재생(再生)을 얻은 것 같았다. 그리고 산봉우리로 달려가 깃대와 불을 없애 버리고자 했다. 이에 장한철은 지나가는 배가 반드시 모두 해적선이 아니며, 남방 나라 사람들은 왜놈처럼 잔인한 것 같지 않으니 틀림없이 우리를 살려 줄 사람이 있을 것이라고, 한 번 체한 것 때문에 밥을 안 먹을 수는 없음에 비유해 말했다. 이때 한 사공이 말했다.

"저 남쪽 연기와 구름이 안개처럼 아련한 사이로 아득히 보이는 곳이 반드시 유구국임에 틀림없습니다. 불과 칠팔백 리 정도 떨어져 있는 것 같으니, 북풍만 잘 불어 주면 가히 사흘이면 갈 수 있습니다. 어찌 반드시 여기 앉아서 굶어 죽겠습니까?"

이 말에 모두 좋다고 말하고, 산에 올라가 나무를 베어 와서 노와 갑판을 보수했다. 그런데 갑자기 세 척의 큰 배가 대양에서 동쪽으로 통과하고 있는 것이 보였다. 이에 깃대를 흔들고 연기를 올리고는 아우성을 치고 살려 달라고 빌면서 합장을 하고 머리를 조아렸다.

저 선박에서 다섯 명이 작은 배를 타고 와서 정박하는데, 모두 붉은색 천으로 머리를 싸매었고 소매가 좁은 푸른 비단옷을 입고 있었다. 그중 둥근 모자를 쓰고 머리를 깎지 않고 길게 기른 사람이 글을 써서, 어느 나라 사람이냐고 물었다. 그래서 역시 글을 써서 이렇게 대답했다.

"조선 사람으로 여기까지 표류해왔습니다. 구제를 입어 고국으로 돌아가게 해 주시기를 빕니다."

둥근 모자 쓴 사람이 다시 물었다.

"너희 나라에 중국인 망명객이 얼마나 되는지 아느냐?"

이에 장한철은 이들이 명나라 유민임을 짐작하고 글을 써 대답했다. 명나라 유민으로 우리나라에 망명해 온 분이 과연 많이 있으며, 우리나라에서는 크게 우대하여 그 후손 중에 벼슬하는 사람도 셀 수 없이 많다고 했다. 그리고 어느 나라 사람이냐고 질문하니 그 사람은 이렇게 대답했다.

"나는 대명인(大明人)이지만 안남(安南)으로 이사한 지 오래다. 이번에 콩을 무역하러 일본으로 가는데, 너희 나라로 돌아가고 싶거든 우리를 따라 일본으로 가야만 한다."

이 말에 장한철은 눈물을 흘리면서 다음과 같이 심정을 토로하여 썼다.

"우리들도 역시 대명 적자(赤子)입니다. 임진란에 왜구들이 우리 조선국을 침노하여 우리나라를 어육(魚肉)으로 난도질하고 도탄에 빠뜨렸을 때, 명나라가 우리 조선을 물과 불 속에서 구하여 편안하게 살도록 보전해 주었으니, 어찌 나라를 다시 일으켜준 황명(皇明)의 은덕이 아니겠습니까? 또 가슴 아프고 통탄스러운 갑신(甲申)[125]년의 천붕지변(天崩之變)을 어찌 차마 말로 표현하겠습니까? 조선의 충신 의사들 마음으로서는 누구인들 명나라와 동일한 하늘을 이고 살아가고자 하지 않겠습니까? 하지만 부모 사망에 효자가 따라 죽을 수 없는 것은 천명이 같지 않고 살고 죽음에 차이가 있기 때문입니다. 오늘 만 리 먼 바다 위에 떠서 천행으로 상공을 만나니, 다만 사해(四海)가 형제라는 생각에 더하여 모두 같은 국가의 신하라고 하겠습니다."

모자 쓴 사람이 이 글을 읽더니, 슬퍼 흐느끼는 기색이 얼굴에 넘치면서, 붓을 들어 비점(批點)까지 찍고는, 다시 계속해 읽다가 또 비점을 찍곤 했다. 그는 친근한 모습으로 장한철의 손을 잡고, 모두를 안내하여 작은 배에 태워 가서 다시 본선으로 오르게 하였다. 그리고 향긋한 차와 백주(白酒)를 주고, 또한 미음과 죽을 먹여 준 다음, 장한철과 함께 모든 사람들을 두 방으로 나누어 배치해 주었다.

장한철이 모자 쓴 사람의 이름을 물었더니 임준(林遵)이라고 했다. 또 선상에는 머리를 기르고 관을 쓴 사람이 있고, 삭발을 하고 수건을 쓴 사람이 있는데 왜 서로 다르냐고 물었더니, 명나라 사람이 안남국으로 많이 망명했었는데, 삭발하지 않은 사람은 모두 명나라 사람이라고 했다. 더하여 배가 닿은 섬을 물어보았더니 유구국에 속한 호산도(虎山島)라고 알려 주었다.

---

125) 갑신(甲申): 인조22(1644)년. 중국 명나라 마지막 황제 의종(毅宗)의 사망한 해. 이후 명나라는 황제라는 명칭이 소멸되고 명목만 남은 영명왕(永明王)이 존속되다가 1662년에 완전히 사라짐.

장한철이 배를 두루 둘러보니 웅장한 저택 같았다. 방이 무수히 많았으며 툇마루가 연결되어 있었고, 난간이 겹겹이 교차되어 있는데, 여러 문들이 중첩되어 달려 있었다. 그릇이며 집물(什物)들, 병풍과 서화 등이 모두 하나같이 정교하여 아름다움의 극치를 이루고 있었다. 임준은 장한철을 안내하여 배 복판에 이르러 사다리를 타고 아래로 내려갔는데, 배의 폭이 칠팔십 발에 이르고 길이는 폭의 두 배나 되었다. 한쪽 옆에는 파밭과 채소밭이 설치되어 있었고, 닭과 오리들이 사람이 접근해도 놀라 달아나지 않았다. 다른 한편에는 땔감이 많이 쌓여 있고, 살림살이에 필요한 그릇과 기구들이 쌓여 있었다.

또 따로 열 섬쯤 들어갈 만한 항아리 같은 물건이 있었는데, 위는 둥글고 아래는 네모로 되어 있었다. 옆으로는 구멍이 뚫려 있어, 다듬이 방망이 크기의 붉게 칠한 나무못으로 그 구멍을 막아 놓았다. 그 나무못을 뽑으니 물줄기가 힘차게 뻗쳐 나왔다. 임준이 설명하기를 이것은 물통이라 하면서, 물통에 채워진 물은 써도 다하지 않고, 더해도 넘치지 않는다고 했다.

다시 사다리를 타고 내려가니 쌀과 비단 등 온갖 재화(財貨)들을 많이 쌓아 두었고, 한쪽을 막아서 구분하여 양의 우리가 설치되어 있었으며, 개와 돼지 등을 기르고 있었는데, 어떤 것은 다정하게 놀고 어떤 것은 무리를 지어 모여 있었다. 한 층계를 더 내려가니 배 맨 밑이었다. 이 선박은 전체 4층으로 이루어졌는데, 사람은 제일 상층에 있었으며 선실이 죽 늘어서 이어졌다. 그 아래 세 층에는 선반이 가지런하게 설치되어 있어서, 온갖 물건을 얹어 비축해 놓았고, 여러 필요한 물건들을 모두 갖추어 놓았다.

배 맨 밑바닥에는 작은 배 두 척이 비치되어 있는데, 배 바닥에 물을 담아 그 작은 배 두 척을 띄어 놓았다. 물이 담긴 곳에 널판 문이 달려 있어서 바다로 통했으며, 그 문의 반은 물속에 잠기고 반은 물위로 드러나 임의로 개폐할 수 있었으며, 작은 배 두 척이 여기를 통하여 바다로 나갔다가 들어올 수 있게 되어 있었다. 또 이 널판 문이 개폐될 때에 바닷물이 배 밑바닥으로 들어왔다가, 곧 돌아 수통(水桶)을 통하여 배 밖으로 쏟아져 나가는데, 그 모습이 쏟아지는 폭포 같았다.

그 수통 길이는 두 길이 넘고 둘레는 한아름이 넘었으며, 위는 크고 아래가 가늘어 나팔 같았고 가운데는 구멍이 뚫리고 겉 부분은 곧았다. 수통 밑에는 한 쌍의 고리가 달려 있어서, 왼쪽으로 돌았다가 오른쪽으로 돌면서 노래를 부르는 것 같은 소리를 내고 있었으며, 배 밑의 물이 수통을 통하여 쏟아져 나갈 때의 그 모습이 기이하고 교묘하여 비교할 바가 없었다. 저들은 이것을 자세히 보여 주기를 싫어했다. 사다리를 밟고 세 개 층을 올라오니 비로소 배의 상층에 닿았고, 올라가는 길과 내려가는 길의 사다리가 서로 달랐다.

이튿날 서남풍이 크게 일어 파도가 산 같았는데, 그들은 조금도 어려워하지 않고 백포(白布) 돛을 높이 달고 쏜살같이 나아가, 밤에도 항해를 계속하였다. 안남 사람 방씨(方氏)가 장한철에게, 너의 조선 사람으로서 향빙도(香俜島)에 떨어져 와서 사는 사람을 아느냐고 물어서 모른다고 대답하니, 다음과 같은 이야기를 했다.

"지난날 내가 표류하여 향빙도에 닿았는데, 그 섬에는 청려국(靑藜國)이 있었다. 섬에는 조선인 마을이 있었고 그 마을에 김태곤(金太坤)이라는 사람이 살고 있었다. 김태곤은 자기 4대조가 조선 사람으로서 포로가 되어 청나라 안휘성 청류(淸流) 지역에서 남경으로 흘러들었다가, 중국 사람들을 따라 도피해 와서 집을 짓고 아내를 얻어 자손이 번성하게 되었다는 이야기를 했다. 그리고 그곳 주민들이 늘 말하기를, 김태곤 조상이 의술에 정통하여 인심을 얻었고 살림도 풍족했는데, 높은 언덕에 대(臺)를 쌓고 멀리 고국을 바라보며 슬피 눈물을 흘려, 후인들이 그곳을 망향대(望鄕臺)라 부른다고 알려 주었다."

이 이야기를 하면서 임준은 우리 조선의 풍속·인물·의관·산천 등을 물었다. 이에 장한철은 글을 써서 이렇게 일러 주었다.

"우리 조선은 기자(箕子)의 교화(敎化)를 이어받아 유교를 숭상하고 이단(異端)을 배척하고 있다. 그래서 나라 정책으로는 예악(禮樂)과 문물(文物)로 다스리고, 백성들은 효제(孝弟)와 예의(禮義)를 실천하여, 여러 백 년 동안 사람들에게 교양을 길러온 결과, 인재들이 왕성하게 일어나 문장가와 도덕지사가 역사에 이루 다 기재할 수 없을 지경에 이르렀다. 의관 제도는 은주(殷周)의 규범을 약간 변화시켜 고치고, 대명(大明)의 여러 의식과 제도를 집성(集成)한 것이다. 우리 조선의 산천(山川)은 맑고 아름다우며 지방은 몇 천 리 되는지를 알지 못한다."

옆에 있던 저들이 돌려가며 읽고는 무어라고 시끄럽게 떠들기를 그치지 않았다. 그다음부터 저들은 우리들을 너희들이라고 부르지 않고 꼭 상공(相公)이라 일컬었다.

그다음 날 큰 산이 동북쪽의 운해(雲海) 사이에 보이는데 곧 한라산이었다. 장한철 일행은 크게 기뻐하면서 큰 소리로 울면서, 우리 부모처자들은 저 산에 올라가 우리를 기다릴 것이라고 말하고 슬퍼했다. 이에 임준이 그 까닭을 물어서 장한철이 글을 써서, 우리들 모두는 제주 사람이어서 고향의 산이 가까워져 보여 기뻐 그런다고 알려 주었다. 그리고 얼마 지나, 임준과 저들이 서로 말을 주고받더니만 이내 시끄럽게 꾸짖고는 싸우는 것 같은 상황이 벌어졌다. 안남 사람들이 한편에 둥글게 에워싸 서서, 큰 소리로 패악한 행동을 하면서 성난 눈초리로 소리쳐 외치고 장한철 일행을 구타하려고 하였다. 이에 임준이 저들을 부드러운 얼굴로 달래어 분란을 가라앉히려고 노력하는데, 이렇게 대치한 상태로 날이 이미 정오를 넘기었다. 그리고 임준은 그 까닭을 설명했다.

"옛날 탐라왕(耽羅王)[126]이 안남국 태자를 죽인 일 때문에, 저들은 여러분들이 탐라 사람임을 알고는 칼로 찌르려고 하기에, 내가 여러 가지로 힘써 달래어 간신히 마음을 돌리게 한 것입니다. 하지만 원수와는 한 배에 있을 수 없다고 고집하니, 여러분들과 여기에서 작별해야 할 것 같습니다."

이러고 임준은 급히 우리들이 타고 온 배를 내어, 장한철 일행을 분리

---

126) 탐라왕(耽羅王): 제주도 관장 목사(牧使). 곧 광해군 초 제주 목사 이기빈(李箕賓)을 말함. 제주 판관 문희현(文希賢)이 표류해 온 유구국(琉球國) 왕자를 죽이고 재물을 빼앗고는, 적선(敵船)이 침범한 것을 처치했다고 조정에 거짓 보고서를 올려 상을 받은 사실.

하여 태우고 뱃전에서 눈물을 적시며 전송했고, 각기 배를 돌려 헤어져 떠나갔다. 거의 날이 저물 무렵, 뱃길을 몰라 어린애가 부모를 잃은 것 같았고, 향해야 할 방향을 알지 못했다. 오후가 되니 바람이 급하게 불어 배가 표류하여 흘러 흑산도(黑山島) 앞 큰 바다에 이르렀는데, 이윽고 검은 구름이 뭉쳐 모여들고 사나운 비가 몰아쳐, 황혼 무렵에 노어도(鷺魚島) 서북쪽에 이르렀다. 곧 이곳은 처음 풍랑을 만나 표류했던 지점이다. 밤이 깊어지자 거센 파도가 하늘로 솟구치고 태풍이 바다를 키질하듯 뒤흔들었다. 사공이 울면서 말했다.

"여기는 가장 험악한 물길입니다. 혼란스럽게 섬들이 흩어져 있고, 위험한 암초들이 널려 있어서, 파도와 함께 배가 부딪히면 곧 파선됩니다. 비록 바람이 없는 날에도 매양 무사히 건너기 힘드는데, 하물며 지금은 성난 바람이 바다를 말아 사나운 파도가 하늘에 닿으니 기필코 살길이 없는 지경이라 하겠습니다."

여러 사람들이 모두 머리를 싸매고 통곡을 하였으며, 장한철 역시 놀라 혼비백산하여 정신을 잃고 넘어져 의식을 잃었다. 이에 곧 제주도의 옛날 친지 중 누구누구 등 몇 명이 눈앞에 아른거리는데, 이들은 모두 전에 물에 빠져 죽은 사람들이었으며, 그 밖에 기괴한 형상의 귀신들이 천 가지 백 가지 모습으로 나타났다. 또한 미인이 흰 비단옷을 입고 음식을 차려 들고 나와 올리는데, 눈을 뜨고 보니 이는 모두 꿈이었다.

두 사공이 뱃머리로 기어가 술 담는 부대를 붙잡으려 하다가, 바람에 날려 표류하여 물에 빠져 죽었다. 얼마 지나니 배의 선판(船板)이 부서져 쪼개지는 소리가 들려, 배에 탄 사람들이 모두 실성하여 슬피 소리쳐 울었다. 친구 김씨는 장한철을 끌어안고 울음을 터뜨리면서, 망망 바다 가운데 외로운 혼백이 친구인 그대를 버리고 누구에게 의지하겠는가라고 말하고, 옷자락을 끌어다 자기와 장한철을 한데 묶고는, 앉아서 배가 부서지는 것을 기다리고 있었다.

그런데 별안간 바라보니 한 산이 눈앞에 나타났고, 조금 지나니 배가 이미 산 가까이 근접해 왔다 갔다 하며 기우뚱거리는데, 다만 집채만 한 허연 큰 파도가 공중에 날리고 풍랑이 해안을 두드리는 소리가 들렸다. 밤이 깜깜하고 안개까지 겹쳐져 눈으로는 아무것도 보이지 않는 중에, 희미하게 사람들이 앞을 다투어 바다로 뛰어내리는 것이 보였다. 대체로 자신들의 잠수 실력을 믿고 그렇게 했으나, 장한철은 헤엄을 전혀 치지 못하면서 엉겁결에 뛰어내린 것이 바위섬에 걸렸다.

팔다리를 허우적거리고 오십여 보를 기어 근근이 해안에 닿았다. 그러고 보니 다른 여러 사람들이 파도 사이를 헤치고 나와서 해변에 쓰러져 있었다. 얼마 지나 그들은 제각기 일어나 앉아 바다를 바라보고 울면서 말했다.

"우리는 헤엄을 잘 쳐 살아났건만 장공이 불쌍하다. 어찌할 방법이 없구나!"

이에 장한철이 큰 소리로, 안 죽고 여기 있다고 외쳤다. 곧 만나 모두들 장한철을 끌어안고 울면서, 장공은 약골인 데다 헤엄도 못 치는데 어떻게 자기들보다 먼저 언덕에 올랐는가 하고 좋아했다. 장한철은 조금 전에 자신이 겪었던 일들을 이야기하니 모두들 서로 탄식했다. 그러고 애초에 배를 탄 사람이 스물네 명이었는데, 지금에 이르러 해안으로 올라온 사람이 겨우 열두 명이니, 물에 빠져 죽은 이가 역시 같은 숫자라고 말하고, 서로 보며 슬프게 울기를 그치지 않았다.

추위와 굶주림이 더욱 심해져 사람이 사는 곳을 애써 찾기 위해 언덕을 따라 절벽을 더듬으며 한 줄로 늘어서 나아갔다. 이때 장한철은 발이 미끄러져 깊은 구렁으로 떨어져 한참 동안 기절했다가, 간신히 정신을 수습하여 조금씩 앞으로 나아가니 문득 한 줄기 불빛이 깜박거리며 오락가락하였다. 불빛을 따라 오륙 리를 가는데 불빛이 붉어졌다가 푸른빛을 내며 멀어지듯 꺼지는 것이었다. 사방을 둘러봐도 거친 들판에 인적이라고는 아무도 없어, 비로소 귀신불이 인도하였음을 알았다.

오도 가도 못하고 헤매는데 갑자기 개 짖는 소리가 들려왔다. 그 소리를 따라가니 한 골목길에 사공 한 사람이 섬사람들을 인솔하여 횃불을 들고 나와, 장한철을 만나서 함께 마을 집으로 돌아와 옷을 말리고 죽을 먹여주었다. 여기까지 살아남은 사람은 열 명뿐이어서 벼랑에 떨어져 죽은 사람이 두 사람임을 알았다. 모두 정신을 놓고 쓰러졌다가 이튿날 아침에 비로소 섬사람들에게 물어보니, 이 섬은 신지도진(薪智島鎭)[127]에 예속되어 있고, 북쪽으로 본국이 백여 리, 서남으로 제주도는 팔백 리 떨어져 있으며, 섬의 둘레는 삼십 리 정도라고 했다.

섬사람들이 조석을 제공하여 사나흘 동안 요양을 한 다음, 물에 빠져 죽은 열네 사람의 제사를 지내고, 돌아오면서 여러 귀신을 모신 사당(祠堂)에 가서 무사히 귀향하게 해 달라고 빌었다. 이때 한 노파가 있어 장한철을 낯익혀 사랑 문산에 앉아, 소복 입은 비녀를 시켜 음식을 내오라 하는데, 아련히 앞서 풍랑 중 혼절했을 때 음식을 들고 나온 꿈속의 그 여자와 닮아 보였다. 장한철이 매우 기이하게 여기고, 돌아와 집주인에게 물으니, 이 여자는 조씨(趙氏)의 딸이며 노파는 그 어미이고, 여인 나이 금년 이십 세로 과부가 되어 살고 있다고 했다. 이에 장한철이 지난날의 기이한 꿈 이야기를 들려주니 주인은 말했다.

"내게 이름이 매월이라는 여종이 있었는데 조씨 댁으로 팔려갔으니, 만약 그 종을 시켜 중간에서 교섭을 하게 하면 곧 만나 보는 일이 성사될 수 있을 것입니다."

그리고 며칠 지나 주인이 매월을 데리고 와서 이렇게 들려주었다.

"조씨 여자가 꿈 이야기를 듣고 마음에 어떤 정감(情感)이 있는 것처럼 하고는 별로 완강하게 거절하지 않았다고 합니다. 마침 그 모친이 오늘 밤에 산속 절에 재(齋)를 지내러 가니, 손님이 그 여자와 인연을 맺을 날이 바로 오늘 밤이 되겠습니다."

이러면서 주인은 매월에게 이렇게 저렇게 하라고 계책을 지시했다. 이날 밤 장한철이 그 집에 당도하여 창 밑을 보니, 한 그루 매화꽃에 기우는 달빛

---

[127] 신지도진(薪智島鎭): 신지도는 현재 전남 완도군 신지면에 해당하며 완도 동쪽에 인접해 있음. 조선시대에는 강진군에 속해 있었으며 군인이 주둔하는 진(鎭)이 설치되어 있었음.

이 비치고 있었다. 모든 짐승들이 잠들었는데 오직 문밖의 삽살개만이 손님을 보고 짖었다. 매월이 의아해 하며 문을 열고 나와서 장한철을 방으로 안내해 들어갔다. 조 여인은 이불을 안고 침상에 누웠다가 깜짝 놀라 일어나 앉아서, 엄한 말로 거절하며 용납하지 않을 것같이 하였다. 장한철이 꿈에서 만난 이야기를 하며 좋은 말로 유도하니, 조 여인은 곧 아미를 숙이고 부끄러움을 머금고, 그렇다면 곧 하늘이 정한 인연이라고 말하고는 동침을 허락했다.

이어 여인은 거짓 성을 내며 매월이가 자기를 팔았다면서 죽이겠다고 중얼거렸다. 그리고 동침이 끝나고 나니, 여인은 옷을 바로 고치고 일어나 앉아 손으로 쪽진 머리를 정리하며 장한철에게, 매월이 밖에서 추위에 떨고 있으니 불러들여야겠다고 말했다. 이 말에 장한철은 조금 전엔 죽이겠다고 하더니만 지금은 매월이가 떨고 있는 것을 가엽게 여기느냐고 놀려 말했다. 여인은 그저 웃고 대답하지 않았다.

이윽고 물가 마을에 닭이 울었다. 장한철은 여인의 손을 잡고 작별을 하면서 후일을 기약하며 기다리라 했다. 이튿날 뱃사공이 순풍이 일어 배 뜨기 좋다고 알리니, 장한철은 배에 올라 길을 재촉하여 이틀 만에 강진(康津)에 도착했다. 곧 서울로 올라가서 과거 시험을 보았으나 낙방하고는, 오는 길에 조 여인을 거느리고 돌아와 첩으로 삼았다. 그 몇 년 뒤에 장한철은 과거에 급제하였고, 고성(高城) 군수를 역임했다.

외사씨는 말한다. 장생이 만 리 길 먼 바다를 표류하다가, 구사일생(九死一生)으로 살아남아, 고국으로 돌아올 수 있었던 것은 매우 기이한 일이다. 비록 길게 펼쳐진 갈대밭에서 배를 타고 가는 것도 위험한 일인데, 그 작은 배로 층을 이루어 밀려오는 넓은 바다 파도를 헤치고 다녔으니, 그 안위(安危)와 살고 죽음을 어찌 알 수 있었으리요? 진실로 간혹 이런 바닷길을 순조롭게 건너갔다 하더라도 곧 천행일 따름이니, 가히 조심하지 않을 수 있겠는가? '육지 길이 있으면 배를 타지 말라'는 속담은 온전히 맞는 격언이로다.

東野彙輯 卷之十三
○ 第百二号 雜識部 二 離合

漂萬里十人全還

　　張漢哲濟州人也. 以鄕貢赴南宮會圍 與友人金生及梢工商人等二十四人登船. 風順其行如飛 忽看西天 一抹烟氣起自波間 雲影日光明滅相盪. 俄而雲成五彩 平浮半空 雲下若有物 突兀而高起. 依稀若層樓畫閣 而遠不可辨. 良久日隱霞 映樓閣之形 變成萬雉城堞. 橫亘於銀波之上 逾時而廓開 此乃蜃樓也.
　　篙師警曰 是爲風雨之徵 愼勿放心也. 已而獰風怒號 急雨暴霆 孤舟出沒搖盪. 舟中人或昏倒不省 或頹臥痛哭. 夜又昏黑 咫尺莫辨. 船上雨如翻盆 舟底水多 漏入艙中. 水深已沒半腰 舟中人咸自分必死. 張乃權辭曰 東風甚急 孤蓬疾走 瞬息千里. 吾觀地圖 以知琉球國在耽羅之西南海路三千里 今夜必炊飯於琉球國矣. 衆乃大喜蹶然而起坐 度了三晝夜. 風雨稍定 但見天水相接 不側端倪. 金生及舟人皆咨張曰 以君浪生科慾 使我無罪之人 擧爲魚腹之葬. 我死後 當訴神明 以洩此憤. 張用好言慰之 强令炊飯 以飯之善否 占其吉凶. 飯果善就 諸人少慰.
　　有頃大霧四塞 船猶隨風自去 不知所屆. 日將夕 忽有異禽 飛鳴而過. 舟子曰 此水鳥也. 晝則往來海上 暮必歸宿洲渚. 今向暮而禽歸 可知洲渚之不遠也. 衆皆欣踊. 及至夜深 霧開月星明皜. 見有大星 光芒射海 瑞彩盈空 卽南極老人星也. 翌日船忽隨風 自泊於一小島. 諸人喜笑下陸 登高而望之 則地形東西狹 而南北長 幅圓可

四五十里 無居人. 只有樹木蓊蔚 多松柏杜冲. 又有如橡之竹 獐鹿成群 烏鵲繞林. 島中三峰競秀 高皆可五六十丈. 泉源出峰中 迤爲川溪 而一道清泉 味極甘冽.

有一大橘 自上流浮來. 乃沿溪而上數百步 有兩橘樹 黃實濃熟 諸人亂摘噉之. 遂伐木拾薪 作草幕以居之. 檢其行橐 只有一斗米六斗粟 不過十四人數日之粮. 採山藥細剉 和以米穀 炊作饔飧 爲苟延之計. 又採鰒而啖之 舟人得一大鰒 剖其甲 有雙珠大如燕卵 明彩眩眼. 同行商人請曰 以此物給我 還鄉當以五十金酬之. 舟人爭價 以百金爲約 成券而給之. 張使舟子 伐竹造竿 裂衣爲旗 立于高峰之上. 又積柴而燃之 要使過去舟楫 知有漂人 而來救也.

無何一點帆影 來自東溟之外. 舟子乃添薪起烟 揮旗大呼. 日將夕船漸近 而船上人戴青巾穿黑衣 舉帆過島而去 落落無來救之意. 島中諸人叫呼大哭 喧聲動海. 忽自彼船發送小舠 泊於島岸. 十餘人登陸 俱帶長劒 氣色暴戾 乃倭人也. 突入人叢中 書問爾何方人. 張答曰 朝鮮人漂流到此 乞垂慈悲 活我衆命. 敢問公是何國人 今向何處. 彼答曰 俺南海佛 將向西域. 汝以寶物禳施 或有生道 否則死. 張答曰 本國素不產寶 且漂流餘蹤 萬死一生 身外無物奈何. 彼輩相與啁啾喧噪 良久揮劒咆哮 赤脫張生諸人衣服 倒縣于樹上. 遍探其囊中 獲雙珠 因留其衣服 登船而去.

諸人自相解縛 如得再生. 欲去峰上旗竿及薪烟 張曰 往來舟楫未必盡是水賊. 南國之人不似倭奴之殘忍. 必有拯救者 何可因噎廢食. 舟子曰 彼烟雲杳靄間 莽蒼而見者 必是琉球國. 似不過七八百里之遠. 若得北風之送飃 可三飡而往 何必坐此餓死乎. 衆曰善. 因登山斫木 修戢船板.

忽見三隻大船 自大洋向東而去. 乃擧旗起烟 號哭乞憐 合掌叩頭. 彼船中五人 乘小艇來泊. 以紅布裹頭 身着翠錦狹袖. 中有一人

戴圓帽 不剪髮. 書問爾是何國人. 對以朝鮮人 漂海到此 乞蒙救援 得返故國. 着帽者復問曰 爾國有中華人流落者 可數以對否. 張生疑 是大明遺民 乃書答曰 皇朝遺民 果多東來者. 我國莫不厚遇 錄用其 子孫 不可彈記 未知相公在何國. 答曰 俺大明人 遷居安南國久矣. 今因販豆 將往日本. 爾欲還本國 可隨俺抵日本也.

張生涕泣而書之曰 吾屬亦是皇朝赤子也. 壬辰倭寇陷我朝鮮 魚肉我塗炭我. 其能拯我於水火之中 措我於衽席之上者 豈非皇朝 再造之恩乎. 痛矣甲申天崩之變 尙忍言哉. 以我東忠臣義士之心 孰 欲戴一天而生也. 然父母之亡 孝子不能殉從者 以天命不同 存亡有 異也. 今於萬里萍水 幸逢相公 非徒四海之兄弟 同是一家之臣子. 着帽者讀之 悲咽之意 溢於辭色, 援筆點之 且讀且點. 讀畢卽款款 然 携張生之手 並引諸人 共登小艇 轉上大船. 以香茶白酒饋之 又 進饘粥. 分置張生等諸人於二房.

張問着帽者姓名 曰林遵也. 問船上之人 或存髮着冠 或削頭裹 巾 何不同也. 林曰 明人逃入安南國者甚多 不剪髮者皆明人也. 問 所泊島名 卽流球國虎山島也. 張周覽船制 船如巨屋 房室無數 聯軒 交櫳 疊戶重闥. 器玩什物屛障書畫 俱極精妙. 林引張入船腹 由層 梯而降 則船廣可七八十丈 其長倍之. 一邊置葱畦蔬圃 雞鴨自近人 不驚飛. 一邊多積薪 又庤器之屬. 有一物大如十石缸 而上圓下方. 旁通一孔 以朱漆木釘之大如砧杵者 塞其孔. 拔其釘 則水出如湧. 林曰 此水器也. 盈器之水 用之不竭 添亦不溢云.

又由一層梯而下 則米穀布帛百貨俱藏. 而限其一邊 區而別之 多作羊柙羔圈 狗窩之屬 或友或羣. 又由一層梯而下 則乃船之底也. 盖船制共爲四層 人在上層 房屋羅絡 其下三層 間架井井 百物並蓄 諸用俱備. 船底藏二小艇 又貯水容泛小舢. 有板門通于海 半沒水中 半露波上 惟意開閉 小舢由是出入. 板門開閉之時 海水通入于船底

而旋自水桶中瀉出船外 如懸瀑焉. 盖水桶長二丈許 圓經一拱餘 而上巨下細 如囉叭 中通外直. 下有雙環 左旋右斡 聲如歌音. 則船底之水 自桶中潟出 奇巧無比. 彼人不許詳看 由梯而上 躡三層 始抵船之上層. 一上一下 其路不同.

　　翌日西南風大作 波濤如山 彼人輩小無難色. 高張白布帆 其往如矢 達夜而行. 安南人方姓者 問張曰 爾國人有流落于香佛島者知否. 張曰 未知. 方曰 昔余漂入此島 島在青黎國 有朝鮮村. 村中有金太坤者. 自言渠四世祖朝鮮人也. 作俘于清流 入南京 隨明人避世于此. 築室娶婦 子孫繁衍. 且居人每稱 太坤之祖精通醫技 能得人情 家計豐殖. 築臺高岡 遙望故國而悲泣 故後人名之 曰望鄉臺. 林問我國風俗人物衣冠山川. 張答曰 東國襲箕子遺化 崇儒術排異學. 國以禮樂文物爲治 人以孝悌禮義爲行. 累百年培養之餘 人材菀興 文章道德之士 史不勝書. 衣冠則損益殷周之舊制 集成皇朝之儀章. 山水明麗 地方不知爲幾千里. 彼人輪看之 喧譟不已. 自此彼之筆談稱我不曰爾們 而必稱相公.

　　翌日 見一大山 露出東北雲海間 乃漢拏山也. 諸人喜極放聲大哭曰 哀我父母妻子 陟彼岵矣. 林書問其故 張生曰 吾屬皆耽羅人也. 鄉山入望 故如是耳. 卽見林與彼人酬酢 而相與喧詰 若爭鬨之狀. 安南人環立一邊 高聲肆惡 怒目咆喝 向張生諸人 欲歐之. 林對彼有緩頰解紛之色 如是相持 日已過午. 林曰 昔耽羅王 殺安南太子. 故彼輩知相公爲耽羅人 皆欲手刃. 俺等萬方勉諭 僅回其意. 而猶以爲不可與讐人同舟 相公可自此分路矣. 林急發我人船 分載張生等 泣送潮頭 各回船去了.

　　殆若日暮迷路 嬰兒失母 莫知所向. 午後風急 漂到黑山島大洋. 已而陰雲凝合 急雨大作. 黃昏至鷺魚島之西北 乃當初遇風漂流處也. 夜深洪濤春天 颶風簸海. 舟人哭曰 此處海路最險 亂嶼危岩簇

169

列 波上船觸則碎. 雖無風之日 每難利涉. 況今狂風捲海 怒濤接天 此乃必亡之地也. 諸人皆包頭而哭 張亦驚魂飛越 昏仆不省. 即見濟州親知人 某某在前 皆前日漂歿人也. 其他奇形怪鬼 千百其態. 又有美人 縞衣進食 開眼而視 皆夢也. 二舟子匍匐舷頭 將欲救鷗 爲風所飄而落水. 俄而有船板破坼之聲 諸人皆失聲哀號. 金生抱張而泣曰 海天孤魂 捨君誰依. 遂引衣裾 同張合纏而坐 待船破.

瞥見一山立于前 俄而舟已近山 進退出沒 而只聞雪屋翻空 風濤擊岸. 夜黑霧合 目無所覩 依俙見諸人 爭先跳下. 盖自恃潛泗之術 而張則素昧泗法 倉黃跳下 胃掛於石嶼. 亂搓手足 匍匐而行五十餘步 僅到岸際. 只見諸人 從波間出來 僵臥岸邊. 良久各起坐 望海而哭曰 吾輩賴泗而生 可憐張也 無可奈何. 張大呼曰 吾在此. 衆抱張而泣曰 公以弱質 且昧泗水 安得先我登岸乎. 張備述所經. 衆咸嗟嘆曰 初登船者十四人 今登岸者十二人 可知落水者 亦此數也. 相與悲哭不已.

飢寒轉深 强覓人家 捫壁緣崖 魚貫而進. 張跌墜於深塹 昏絕移時 收拾精神 寸寸前進. 忽有夜火一把明滅 若往若來. 遂隨行五六里 火光赤而靑 倏然而滅. 四顧荒野 闃無人跡 始知爲鬼火所引也. 進退不得 忽聞犬吠聲 尋聲而行 至一巷. 有一梢工 率島中人 燃炬而出. 逢張挈歸村家 燎衣進粥. 到此者只十人 可知落岸者又二人 於是衆皆昏倒. 翌朝始問島人 則本島隸薪智島鎭 北距本國百餘里 南距濟州八百里 島之幅員三十里. 島人供其朝夕 養病三四日 祭了淹沒者十四人.

轉至叢祠 祈了善還. 有老嫗邀張 坐廡下 使素服美娥進食 怳然若風波昏夢中進食之娥也. 張甚異之 問于主人. 對曰 此趙氏女 而老軀卽其母也. 女年今二十 而寡居云. 張告以夢事 主人曰 吾有一婢名梅月 而見賣於趙家. 若使此婢居間 則事可諧矣. 後數日 主人偕

梅月來 謂曰 趙女聞夢中事 若有情感者 別無峻拒. 且其母今日修齋山寺而去 客之偸香 政在今宵. 遂教梅月 以如此如此. 是夕張至其家 見窓下有一樹梅花 斜月暎輝. 羣動已息 惟聞門前 短猺吠客. 梅月呀然啓門 而引張入室.

趙女擁衾在床 驚起而坐 嚴辭峻拒 若將不容. 張乃說夢邊事 以甘言導之. 趙女乃低眉含羞 而對曰 然則天定之緣也. 遂許同枕 而佯怒曰 梅月賣我可殺哉. 罵不絶口. 及雲雨甫畢 女攬衣起坐 手整雲鬟. 謂張曰 梅月在外寒甚 盍招入. 張曰 俄云可殺 今憐其寒乎. 女笑而不答. 少焉水村鷄喔 握手相別 留以後約. 翌日 舟子告以順風 可利涉. 張乃登舟 趲程二日 到康津. 轉入京中 戰藝飮墨而歸. 挈趙女作妾 後幾年登科 官至高城郡守.

外史氏曰. 張生之漂流萬里 十生九死 得返故國 甚奇哉. 雖一帶抗葦猶云危程 況駕一葉 涉層溟 其安危存亡 何可知也. 苟或利涉 即天幸耳 可不愼旃. 諺云 有路莫乘船 儘格言也.

홍도(紅桃) 조선·중국·남만(南蠻) 삼국 거쳐 와 가족 만나다

13-4.〈204〉 역삼국일가단취(歷三國一家團聚)

정생(鄭生)은 이름을 알지 못하며 남원(南原) 사람이다. 젊어서 피리를 잘 불었고 노래를 잘했으며, 마음속 기개가 호탕하고 거리낌이 없었지만 글공부는 게을리했다. 같은 고을 양가집 딸 홍도(紅桃)에게 혼인을 청하여, 두 집안에서 혼인을 의논하여 혼인날이 임박하였을 때, 홍도 부친은 정생이 글공부를 하지 않았다는 이유로 혼인을 거절했다. 홍도가 이 이야기를 듣고 부모에게 이르기를, 혼인이란 하늘이 정해 주는 것인데, 일이 이미 결정되어 날짜가 정해졌으니 마땅히 처음 정해진 사람에게 시집을 가야지, 중간에 배반하는 것은 옳지 않다고 말했다. 그 부친이 홍도의 말에 감동되어 정생과의 혼인을 성사시켜 주었다. 혼인한 지 2년이 지나 아들을 낳아서 이름을 몽석(夢錫)이라 했다.

만력(萬曆) 임진〈壬辰, 선조25(1592)〉년의 변란이 일어났을 때 정생은 활을 쏘는 군사로 순천에 배치되어 왜적을 막았다. 정유〈丁酉, 선조30(

1597))년 왜구가 다시 쳐들어와, 명나라 구원대장인 총병(摠兵) 양원(楊元)이 남원을 지키고 있을 때, 정생은 군관(軍官)으로서 남원성 안에 있었다. 이때 아내 홍도도 남자 복장을 하고 남편을 따라 군사들 속에 있었는데, 아무도 그가 여자인지를 아는 사람이 없었다. 그리고 아들 몽석은 조부를 따라서 지리산에 들어가 화를 피했다.

남원성이 함락됨에 이르러 정생은 양 총병을 따라 성을 빠져나왔는데, 이때 아내 홍도와 서로 헤어져 그 행방을 알지 못했다. 곧 정생이 생각하기를 아내가 중국 군인들을 따라서 중국으로 갔을 것으로 짐작했다. 그래서 중국 병사들에 섞이어 함께 중국으로 건너가, 밥을 빌어먹고 다니면서 전역을 돌며 아내를 찾았지만 만날 수가 없었다.

이러면서 배를 타고 황하와 양자강을 건너 옛날 제(齊)나라와 한(韓)나라 지경을 두루 지나 강남(江南) 지역에 이르렀다. 다시 소주(蘇州)와 항주(杭州)를 지나, 전당(錢塘)과 금릉(金陵)의 아름다운 경치를 관람하고, 돌고 돌아 복건성 지역을 지나 초(楚)나라로 들어갔다. 그곳에서 동정호(洞庭湖)·소상강(瀟湘江)·악양루(岳陽樓)·황릉묘(黃陵廟) 등을 모두 역람했다. 이렇게 떠도는 동안에 기이하고 아름다운 경치와 장엄한 여행을 경험한 것은, 옛날 중국 사마자장(司馬子長)이 중국 각지를 널리 돌아 유람한 것도, 이 정생의 관람을 능가하지 못할 정도였다. 그러나 정생은 한결같이 홍도만을 생각하면서 만나기를 기대했으며, 유람하는 것을 다행으로 여기지 않았다.

또한 남번(南藩) 상인의 배를 타고 여러 지역을 돌아 남해 지역에 이르렀다. 그 지역에는 능라(綾羅)와 금수(錦繡)며 진기한 새들과 기이한 짐승들이 많고, 오곡이 생산되었지만 쌀은 매우 귀했다. 아침저녁으로 물고기 두서너 근을 썬 것에 밀가루 떡을 한데 섞어 먹었다. 중국과 무역을 많이 하여 장삿배가 끊이지 않고 왕래했다. 그래서 정생은 다시 그 배를 타고 중국 절강(浙江) 지역으로 돌아왔다.

하루는 정생이 도교(道敎) 도사인 천관도주(天官道主)와 배를 함께 타고 서호(西湖)를 유람하면서 달밤에 통소를 불었다. 그때 옆의 배에서 어떤 사람이, 이 퉁소 소리는 전날 조선에서 듣던 곡조라고 크게 말했다. 정생이 의심하여 소리쳤다.

"아마도 이는 내 아내가 아니겠는가? 만약 나의 아내가 아니라면 어찌 이 퉁소 곡조를 알고 있단 말인가?"

이렇게 말하면서, 다시 전날 아내와 더불어 서로 주고받았던 가사를 읊었다. 그랬더니 옆 배의 그 사람도 손바닥을 치고 크게 소리쳐, 이 사람은 정말 자기 남편이라고 말했다. 이에 정생은 크게 놀라, 곧 조그마한 배를 타고 쫓아가려고 했다. 그러나 천관도주가 정생을 말리며 말했다.

"저 장삿배는 남만(南蠻)의 장삿배인데, 일본 사람들과 서로 섞여 있다. 네가 그곳에 가더라도 아무런 이로움이 없고 도리어 해만 입게 될 것이니, 날이 밝기를 기다렸다가 출발하면 내가 어떤 처치를 해 주겠다."

날이 밝자 천관도주는 은전 수십 냥을 주고, 아울러 집에서 부리는 사람 두서너 명을 함께 가게 하였다. 정생이 가서 그들을 설득하여 구제하니 과연 자신의 아내였다. 곧 서로 손을 잡고 실성통곡으로 우니, 배 안에 있는 사람들이 놀라고 기이하게 여기며, 슬픔을 머금고 모두들 탄식했다.

전날 남원이 함락되었을 때, 홍도는 왜적에게 사로잡혀 포로가 되어 일본으로 들어가게 되었는데, 남복을 하고 있어서 부녀인 것을 알지 못했다. 그래서 남자 일꾼으로 배치되었으며, 무릇 남자의 일에 있어서 어떤 일은 잘 하고 어떤 일은 잘하지 못했다. 그런데 그가 잘하는 일은 배 젓는 일을 돕는 것이었다. 일을 하면서 늘 포로로 잡혀온 사람들과 비밀리에 도망쳐 고국으로 돌아가기를 도모했다. 날마다 부지런히 일하여 몰래 은전을 모아 돌아갈 방편을 얻고자 한 것이 4,5년이 되었다.

그러던 중 여러 사람들이 모의하기를, 왜인의 조그마한 배 한 척을 훔쳐서 대마도를 거쳐 부산으로 건너갈 계책을 세웠다. 이에 홍도가 불가능한 일이라고 말하면서 설명했다.

"대마도는 일본에 소속된 섬입니다. 그래서 일본에서 명령하는 것은 크고 작은 것에 관계없이 받들어 시행합니다. 우리가 만일 대마도로 나가게 되면 대마도의 주인은 우리를 붙잡아 일본으로 돌려보낼 터이니, 사태가 더욱 위태롭게 될 것입니다. 내 생각에는 남만국 사람들이 일본과 무역을 많이 하여, 그들의 배가 계속 도착해 이어지고 있습니다. 우리가 그 장삿배를 통해 남만 사람들과 인연을 맺고, 그들의 배를 타고 남만으로 들어갔다가, 다시 중국을 통해 고국으로 돌아가는 것이 안전을 기하는 계책이 될 것입니다."

여러 사람들이 홍도의 말이 옳다고 했다. 그리하여 홍도는 드디어 남만 사람의 상선을 통해 그 나라로 들어갔다가, 돌고 돌아 절강에 이르게 된 것이었으며, 마음속으로 이곳을 통해 조선으로 돌아가고자 한 것이었다.

정생이 홍도와 절강에서 살게 되니, 절강 사람들이 모두 그를 가엾게 여겨 돈과 쌀이며 곡식을 주어 밥을 굶지 않도록 했다. 정생은 여기서 아들 몽현(夢賢)을 낳았고, 몽현 나이 열일곱 살이 되었을 때 혼처를 구하는데, 조선 사람인 까닭으로 중국 사람들이 혼인을 허락하지 않았다. 그런데 한 중국 처녀가 몽현에게 시집오기를 원했다. 처녀는 그 부친이 임진왜란 때 조선 구원병으로 나간 뒤 돌아오지 않았다고 했다. 그래서 이 사람에게 시집가서 함께 조선으로 나가 부친 사망한 곳을 찾아보고, 부친 혼백을 불러 제사를 올리기를 원한다고 했다. 그리고 만약 부친이 사망하지 않아 혹시 만에 하나라도 다시 만나게 된다면, 몽현에게 시집간 그 집에서 살 것이라고 말했다.

무오〈戊午, 광해군10(1618)〉해에 명나라 군대가 북쪽 청나라 군을 정벌하러 출정할 때, 정생은 모병에 응모하여 유정(劉綎) 장군 휘하로 출전했다. 북쪽 오랑캐를 정벌하는 과정에서 패하여 유정이 전사하니, 청나라 군사들은 명나라 병사들을 섬멸하여 거의 다 죽였다. 이때 정생은 크게 소리쳐 '중국인이 아니고 조선인'이라고 외쳤다. 이 말을 들은 청나라 군사들이 정생을 죽이지 않고 풀어 주어, 드디어 도망해 조선 땅으로 나왔다.

이어 남원으로 내려가다가 충청도 이산현(尼山縣)에 도착했을 때, 다리에 종기가 생겨 침놓는 의원을 구하여 찾아갔다. 그 의원은 곧 명나라 병사로 조선에 구원병으로 왔다가, 뒤쳐져 돌아가지 못한 사람이었다. 그의 이름과 사는 곳을 물어보니, 뜻밖에도 둘째 아들 몽현의 장인이었다. 두 사람은 지난 일들을 물으며 서로 붙들고 통곡하고는, 함께 남원으로 내려가 옛날 살던 집을 방문했다.

그곳에는 정생 부친이 아무런 병도 없이 잘 살고 있었고, 큰아들 몽석은 혼인을 하여 아들을 낳고 옛날 집에 살고 있었다. 정생은 부자가 서로 만나고, 아들 몽현의 장인까지 만나게 되었으니, 외롭고 쓸쓸함을 조금 위로받았다. 그러나 다만 아내 홍도와는 이미 만났다가 문득 다시 헤어지게 되어, 오히려 마음이 답답하고 슬퍼 즐거운 마음이 없었다.

그렇게 일 년이 지나, 절강의 홍도는 집안 가산을 모두 팔고, 조그만 배 한 척을 빌려 아들 몽현과 자부를 함께 태워, 중국옷과 일본옷, 그리고 조선옷 세 가지 종류의 옷을 만들어 준비하고는 절강을 떠나 조선으로 출발했다. 중국 사람을 만나면 중국 사람 행세를 하고 일본 사람을 만나면 일본 사람이라 하면서, 항해하여 1월 25일에 제주도 추자도 바깥 바다 무인도인 가가도(可佳島)에 닿았다. 남은 양식을 살펴보니 다만 여섯 홉뿐이었다. 홍도가 몽현에게 말하였다.

"우리들이 계속 배에 있다가는 배가 고파 죽게 될 것이니, 반드시 물고기밥이 되고 말 것이다. 무인도로 올라가 스스로 목숨을 끊는 것이 오히려 낫겠다."

이렇게 슬퍼하니 그 자부가 홍도를 말리며, 한 홉의 쌀로 죽을 끓여서, 마시면서 살면 하루를 견딜 수 있으니, 지금 여섯 홉의 양식으로 6일을 지탱할 수가 있다고 말하고는, 또한 동쪽 방향에 은은히 육지가 보이므로 배고픔을 참으며 목숨을 유지하는 것이 좋겠다고 했다. 그리고 다행히 지나가는 배를 만나게 되면, 육지로 건너가게 되어 십중팔구 살아남을 수 있을 것이라는 말도 덧붙였다.

홍도와 그 아들은 자부의 말을 따라, 밤이면 배에서 얼기설기 서로 베고 잠을 잤다. 하루는 홍도가 자다가 반지를 하나 얻는 꿈을 꾸고는, 그것이 무슨 징조인지 알지 못했다. 아들 몽현이 해몽하기를, 반지는 뱅글뱅글 도는 물건이니 어쩌면 빙 돌아 고향으로 가게 될 징조인 것 같다고 했다. 과연 대엿새가 지났을 때, 통제사(統制使)의 배가 물을 채우려고 무인도에 정박했다. 홍도는 남편과 남원에서 헤어진 사연과, 절강에서 만났다가 다시 헤어진 일이며, 북쪽 오랑캐를 치러 간 남편이 사망한 사실들을 빠짐없이 이야기했다. 그러자 배에 탄 선원들이 모두 사정을 듣고 슬퍼하면서, 홍도 가족이 타고 온 배를 통제사 배의 꼬리에 매달아 항해하여 순천 땅에 내려 주었다.

홍도는 아들과 자부를 거느리고 남원 땅을 방문했다. 그랬더니 남편과 시아버지, 그리고 몽현의 중국인 장인이 다 함께 살고 있었다. 온 집안이 모두 온전할 뿐 아니라, 아울러 혼인까지 하여 단란하게 다시 모여 살게 되었으니, 그 즐거움과 화목함이 넘쳐흘렀다. 남원 사람들은 오늘날까지도 이 사실을 이야기하고 있다.

외사씨는 말한다. 정생은 그 아내를 잃고 멀리 아내를 구하기 위하여 중국으로 갔다. 홍도는 두 번이나 그 남편을 전쟁 통에 잃어버리고는, 세 나라를 돌아다니면서 남자옷으로 바꾸어 입고 모습을 남자로 변장하여 몸을 온전하게 보전하였다. 몽현(夢賢)의 처는 다른 나라 사람과 혼인하기를 스스로 요구하여, 부친이 사망한 곳을 찾아가 보려 하였다. 이들이 마침내 한 곳에서 모두 만나게 된 것이다. 이 일곱 명의 가족들이 기약하지도 않고 만나게 되었는데, 이들은 모두 만 리 먼 바다 풍파에 휩쓸리며 타국으로 건너가 있었던 사람들이다. 이들의 만남은 비록 이치에 맞지 않는, 만에 하나 있을 만한 요행으로 이루어진 일이지만, 어찌 이른바 지극한 정성이 신령을 감동시킨 결과라고 하지 않겠는가?

東野彙輯 卷之十三
○ 第百二号 雜識部 二 離合

歷三國一家團聚

　　鄭生者失其名 南原人也. 少時善吹簫善歌詞 意氣豪宕不羈 懶於學問. 求婚於同邑良家女 名紅桃. 兩家議結親 吉日已迫 紅桃父以鄭生不學辭之. 紅桃聞而言於父母曰 婚者天定也 業已定日 當行於初定之人 中背之可乎. 其父感其言 遂與鄭結婚. 第二年 生子名夢錫.
　　萬曆壬辰之變 鄭生以射軍 防倭于順天. 丁酉倭寇再逞 楊摠兵元守南原 生名係軍官 在城中. 紅桃男服 隨夫軍中 莫之知也. 其子夢錫隨祖父 入智異山避禍. 及城陷 生隨摠兵得出 而與紅桃相失. 意謂其妻 隨天兵而去. 遂跟天兵 轉入中國 行乞遍求不得. 乃航黃河楊子江 歷齊韓之坰 而達于江南. 過蘇杭州 覽錢塘金陵之勝 轉而舔閩入楚. 如洞庭瀟湘岳陽樓黃陵廟 皆歷覽焉. 其間奇觀壯遊 雖博望子長 無以過之. 而生一念紅桃 期於獲遇 不以遊覽爲幸.
　　又隨南藩商人船 轉至南海. 其地多綾羅錦繡珍禽異獸 五穀所生 稻粱極貴. 朝夕用切魚數斤 和麪餠而食之. 與中國通貨 商船之往來不絕. 生更隨商船 而還到浙江. 一日同天官道主 泛舟西湖 月夜吹簫. 隣船有人言曰 此洞簫似是前日朝鮮所聽之調也. 生疑之曰 無乃吾妻耶. 若非吾妻 何以知此調也. 乃復吟前日與妻相和之歌詞 其人抵掌大號曰 此眞吾夫也. 生大驚 卽欲乘小船往追. 道主固止之曰 此南蠻商船 與倭相雜者也. 爾如往無益 反有害 俟明發 吾有以處之.

黎明道主給銀數十兩 并家丁數人 諭以求之 果其妻也. 相與握手 失聲號哭 舟中莫不驚異悲歎者. 蓋南原陷時 紅桃爲倭所擄 入日本 見男服 不知婦也. 充之男丁 凡男子之役 或能或不能 而所善助刺船也. 恒與被擄諸人 密圖逃還故國. 日勤傭作 私儲銀錢 欲乘其便者四五年. 諸人相與謀偸倭小船 將由對馬島 渡釜山. 紅桃曰 不可 對馬島屬日本. 日本命令無大小奉承 吾儕出對馬島 島主括而還之 事益危矣. 吾意南蠻國與倭交貨 其船之到倭 舳艫相接. 吾因商販 交結南蠻人 随其船入南蠻 達于中洲 轉還故國 萬全之策. 諸人然其言. 紅桃遂從蠻船 入其國 轉至浙江者. 意欲因之 還朝鮮也.

生與紅桃因居浙江. 浙江之人咸憐之 各與銀錢米粟 以糊口. 生子夢賢 年十七求婚 以朝鮮之人 故華人不許. 有一華人處子 求嫁夢賢曰 吾父東征 往朝鮮不還. 吾願嫁此人 往朝鮮 見父死所 招父魂而祭之. 父如不死 萬一或再逢 遂嫁夢賢居焉. 戊午北征 生募入劉綎軍 征奴賊. 劉公敗死 胡兵殱天兵殆盡. 生高聲曰 我非中國人 乃朝鮮人也. 胡釋不殺 遂逃出朝鮮地. 下南原 行到公忠道尼山縣. 脚腫求針醫 醫即天兵 而天兵撤還時 落後者也. 問其姓名居止 乃其子夢賢之妻父也. 問所由相持痛哭 偕歸南原 訪生所居. 其父尙無恙 夢錫娶妻產子 居故宅. 生既與父子遇 復遇夢賢之妻父 稍慰孤寂. 而但與紅桃 既遇而旋失 猶鬱悒無悰.

既一年 紅桃轉賣家產 賃小船 與子夢賢及其婦 作華倭鮮三色服 自浙江發船. 見華人以華人稱之 見倭人以倭人稱之 浹一月二十有五日 泊濟州之楸子島外洋可佳島. 見其粮 只餘六合. 紅桃謂夢賢曰 吾等在船飢死 則終必爲魚食 不如登島自縊而死. 其婦固止之曰 吾等一合之米煮粥 飮以療一日之飢 則足支六日. 且見東方 隱然有陸地 不如忍飢求生. 幸遇行船濟陸地 則十八九生矣. 夢賢母子如其言 夜於舟中相枕而眠. 紅桃夢得一環 覺而未鮮其兆. 夢賢解曰 環者回

旋之物也. 或者回旋故鄕之兆耶. 適五六日 統制使斜水船來泊. 紅桃俱說與其夫南原相離之故 浙江相合之事 其夫死北征之由. 其船人聞而悲之 將紅桃小船 繫之船尾 下于順天地. 紅桃挈男婦 訪南原舊址 則其夫與其父子 及夢賢之聘父華人 同居焉. 非但擧家俱全 幷與婚媾而團會 其樂融融洩洩也. 南原人至今 有道其事者.

　　外史氏曰. 鄭生失其妻 遠求之中國. 紅桃再失其夫於兵戈中 入三國 易服變容以全身. 夢賢妻自求與異國人婚 求見父死所. 卒皆相合於一處. 一家七人不期而合者 皆在於萬里風濤別境之外. 雖出於理外萬一之幸 而庸非所謂至誠感神者耶.

역관(譯官)이 안남(安南)에 가서
인삼 팔아 크게 이윤 얻다

13-5.〈205〉섭남국삼상각리(涉南國蔘商榷利)

변씨(卞氏) 역관은 중국어를 매우 잘했으며, 해마다 북경으로 가서 장사를 하여 재물을 많이 불렸다. 이후 그는 역관 일을 그만두고 의주 지역에 머물면서 재물을 불려 점점 많아졌다. 곧 그 지역에서 최고 갑부라는 소리를 들었는데, 성품이 호사를 즐기고 떠돌며 놀기를 좋아했으며, 또한 가난한 사람을 도와주려는 기풍을 가지고 있었다. 장사하는 사람 중에 잘못되어 사업을 실패한 사람이 있으면 돈을 빌려주어, 사업을 회복하게 하고 안정된 생활을 누릴 수 있도록 했다. 또한 궁곤하고 의지할 데 없는 사람들은 반드시 구제하여 가족이 흩어지는 것을 면하게 해 주었다.

이후 그를 가까이하는 사람들이 시장에 모인 사람처럼 많았고, 그에게 마음을 쏟지 않는 사람이 없었다. 이같이 하기를 몇 해 지나니 재산이 점점 줄어들어, 마침내 군색하고 가난해졌다. 이에 변씨는 한탄하면서 혼자 말했다.

"물도 가득 차면 비게 되고, 달도 둥글었다가는 이지러지니 이것이 곧 원리이다. 재물이란 모였다가 흩어짐이 무상(無常)한 것이어서, 모여드는 것도 한때고, 떠나가는 것도 한때이다. 목이 멘다고 하여 식사를 끊을 수 없는 것처럼, 어찌 이전의 사업을 다스려 일으키지 않겠는가?"

이러고 곧 평안 감영으로부터 돈 오만 냥을 빌렸다. 다시 북경으로 가서 융복사(隆福寺)[128] 근처에 집 한 채를 빌려 자리 잡고 앉아 장사를 시작하였는데, 기이하게 장사가 잘 되어 두 배의 이식(利殖)이 쌓여서 재산이 수만 냥에 이르렀다. 이때 이웃에 강남에서 온 상인 오씨(吳氏)가 있어서 일찍이 서로 친밀하게 지냈다. 그런데 오씨는 본래 큰 부자 상인이었지만, 어떤 사람에게 속임을 당하여 재산을 모두 탕진하고 빚이 산더미같이 쌓였다. 그는 강남의 땅과 집이며 노비까지 모두 가져왔으며, 북경에 의지해 살면서 돈을 빌려 조그마하게 사업을 운영했는데, 또다시 병을 얻어 집안이 온통 망하게 되었다.

장차 그 처자식을 팔아야만 할 형편이어서, 그는 울면서 변씨에게 호소했다. 변씨는 가엾게 여기고 재산을 털어 내어 오천 금을 주고는, 차용 문서도 쓰지 않고 뒷날 재산이 불어나기를 기다렸다가 돈을 갚을 수 있으면 갚고, 비록 갚지 못하더라도 탓하지 않겠다고 말했다. 변씨는 이 일로 그 명성이 온 중국에 널리 퍼졌으며, 그가 가는 곳마다 많은 사람들이 주목하면서 그를 변씨 어르신이라고 일컬었다.

변씨는 일찍이 풍류를 자랑하며 사소한 일에 얽매이지 않았다. 하루는 저자를 지나다가 한 여인을 보았는데, 엷은 비단으로 얼굴을 가리고 노새가 끄는 수레에 앉아 가고 있었다. 그 모습이 곱고 아름다워 세상에서 둘도 없는 미인이었다. 변씨는 차마 걸음을 돌리지 못하고 마침내 수레를 뒤쫓으며 가는 곳을 엿보았다. 수레는 평강리(平康里)를 지나 명가곡(鳴珂曲)에 이르

---

128) 융복사(隆福寺): 북경 동성(東城) 큰길 서북에 있는 사찰.

러 한 집으로 들어가는 것이었다. 대문 안 정원이 그리 넓지 않았으나 그 집 건물들이 엄정하고 깊숙했다. 여인이 집으로 들어가고는 대문을 닫으니, 변씨는 넋을 잃은 듯이 멍했다.

이에 집으로 돌아와, 장안을 떠돌아 잘 알고 있는 서역 상인에게 가만히 물어보니, 상인이 말하기를, 그 집은 기생 아무의 저택이라고 했다. 변씨가 그렇다면 그녀를 만나볼 수 있겠느냐고 물으니, 상인은 그 기생은 자못 넉넉하여 왕래하는 사람들이 대부분 귀족이거나 부호들이어서 얻은 재물이 많기 때문에, 일만 금이 아니고서는 그의 마음을 움직일 수 없을 것이라고 대답했다. 이 말에 변씨는, 다만 만나지 못하는 것을 근심할 따름이지, 백만 냥을 어찌 문제 삼느냐고 말했다.

그리고 다른 날, 성대한 차림을 하고 가서 그 집 대문을 두드렸다. 잠시 후에 한 시녀가 나와서 대문을 열고 그를 안으로 인도해 들어가니, 머리가 하얗고 허리가 굽은 한 노파가 나와 그를 맞이하는데, 곧 여인의 어미임을 알 수 있었다. 변씨는 앞으로 나아가, 여기에 빈집이 있다고 들어서 세를 들어 살기를 원한다고 말하니, 노파는 이렇게 말했다.

"외진 곳에 있고 좁아 부족함이 많아서 존중하신 어른을 욕되게 할까 두려우니 어찌 감히 합당하다고 하겠습니까?"

그리고 빈객 접대실로 맞이해 들어가 함께 마주해 앉았다. 노파는 자신에게 귀애(貴愛)하는 딸 하나가 있어서 손님에게 알려 드리고자 한다면서, 여인에게 나와서 절을 올리라고 시켰다. 여인은 밝은 눈동자와 하얀 팔에 거동이 요염하고 단정했다. 변씨는 곧 놀라며 일어나 예를 갖춰 인사말을 했는데, 그 자태가 아름다워 지금까지 한 번도 본 적이 없는 모습이었다. 차를 대접한 후 술상을 차려와 서로 웃고 즐기며 흡족해하는 동안, 어느새 날이 저무는 줄을 알지 못했다. 노파가 말하기를 이미 밤이 깊어짐을 알리는 북소리가 들렸으니, 통금을 범하지 않게 속히 돌아가야 한다고 말했다. 변씨는 이렇게 사정했다.

"길이 매우 머니 어쩌겠습니까? 가히 작은 자리 펼 땅을 빌려주시어 머물게 해 주실 수 있겠는지요."

이에 여인이 좁고 누추한 곳이라고 책망하지 않는다면 하룻밤 자는 것이 어찌 해가 되겠느냐고 말했다. 곧 변씨가 여러 번 노파에게 눈길을 주니 노파도 좋다고 대답했다. 변씨가 요청하기를 쌍륙(雙六) 놀이[129]를 하여 함께 밤새 노는 데 필요한 찬품(饌品)을 갖추자고 제의했다. 여인은 그 놀이는 다른 날로 미루어 두는 것이 좋겠다고 하면서 사양하고, 끝내 고사하여 허락하지 않았다.

조금 지나 서쪽 방으로 옮겨 앉았는데, 아름다운 휘장이 드리워진 침상과 발이 드리워진 자리가 밝게 빛나 눈을 현란하게 했고, 화장대와 침구들 역시 지극히 사치스럽고 화려했다. 이어 촛불을 환하게 밝히고 음식이 들어왔고, 남녀는 서로 만나게 된 정담을 나눴다. 이어 변씨는 자신의 소회를 밝혔다.

"지금 여기에 온 것은 살 집을 구하러 온 것이 아닙니다. 평생 소원을 이루기 위하여 오게 된 것입니다."

이 말이 미처 끝나기도 전에 노파가 와서 사정을 묻고는 웃으면서, 남녀 간의 욕망은 비록 부모라도 능히 억제하지 못하는 것이라고 말했다. 이 말에 변씨가 사례하면서 앞으로 몸 바쳐 스스로 종이 되어 받들겠다고 했고, 노파는 곧 변씨를 사위라고 불렀다. 그러고 술이 얼큰히 취해 잠자리에 들었다.

이튿날 아침, 변씨는 모든 짐들을 여인의 집으로 옮겨 왔으며, 날마다 여인과 함께 친압하여 즐기는 동안, 얼마 지나지 않아 가지고 온 재물이 바닥나기 시작했다. 이렇게 되니 여인은 비록 애정이 돈독했지만 노파의 마음은 완전히 변하여, 여인에게 내쫓을 한 가지 계략을 꾸며 일러 주었다.

여인은 노파의 계책에 따라, 변씨와 함께 절에 가서 자식 낳기를 빌자고 하여 갔다. 빌기를 마치고 돌아오는 길에 선무문(宣武門)[130] 밖에 이르렀을

---

129) 쌍륙(雙六) 놀이: 주사위를 던져 윷놀이처럼 말을 달려 승부를 가리는 놀이임. 쌍겸(雙縑), 쌍채(雙綵), 쌍륙(雙陸)이 모두 같은 말임.
130) 선무문(宣武門): 중국 북경 내성(內城) 성문의 하나. 순성문(順成門), 혹은 순치문(順治門)이라고

때 여인은 변씨에게, 여기에서 동쪽으로 돌아 조금 굽은 곳에 이모 댁이 있으니, 잠시 찾아뵙고 인사를 드리고 가는 것이 좋겠다고 말했다. 이에 변씨가 그렇게 하자고 하여 한 커다란 집에 이르렀는데, 한 할미가 나와 맞이하면서, 여인에게 어찌 오래도록 소식이 없었느냐고 말하고 서로 보며 웃었다. 여인은 변씨를 인도하여 할미와 서로 인사를 시키는데, 할미는 정이 깊고 매우 은근했다. 그리고 장차 이틀 밤 정도 머무르게 하려는 것처럼 하면서 타고 온 말과 수레를 모두 물러나게 했다.

이어 여인과 변씨를 데리고 서쪽 정원으로 들어갔는데, 거기에는 정자가 있고 대나무와 수목들이 이리저리 엉겨 무성했다. 변씨가 여인에게 이 집이 모두 이모의 저택이냐고 물으니, 여인은 웃으며 대답하지 않았다.

얼마 지나니 한 사람이 준마를 끌고 달려와서 말하기를, 집에 어미가 급한 병으로 매우 위독하니 마땅히 속히 돌아가야 한다고 전했다. 이에 여인은 이모에게 이렇게 당부했다.

"마음속이 매우 조급하고 혼란스러워 지금 급히 달려가야 하겠습니다. 되돌아오는 말을 기다렸다가 이모님은 편안하게 서방님과 함께 오시기 바랍니다."

이때 변씨가 여인을 따라가려고 서둘었으나, 이모와 시녀가 서로 마주하여 이야기하면서 손을 휘저으며 변씨를 문밖에 머물러 있게 하고는 말했다.

"어미는 곧 죽게 될 것입니다. 나와 함께 장례 치를 일을 의논하고 긴급한 일이 생기면 마땅히 처리해야 하는데, 어찌 급히 떠나려 하십니까?"

그래서 변씨는 거기 머물러 이모와 함께 장례 의식과 제사 비용 등을 계산하고 있었다. 하지만 날이 저물도록 온다는 말은 돌아오지 않았다. 이모는 간 사람이 돌아와 사정을 알려 주지 않으니 무슨 일이냐고 말하고, 변씨에게 먼저 가서 살펴보면 곧 뒤를 따라가겠다고 했다. 그래서 변씨가 여인이 살던 집으로 돌아갔는데, 문에는 빗장이 굳게 잠겨 있고 자물쇠는 진흙으로 발라

도 함.

봉해져 있었다. 깜짝 놀라 이웃 사람에게 물으니 이렇게 대답했다.

"그 노파는 원래 이 집을 세내어 살고 있었으며, 이미 다른 데로 이사를 갔습니다."

변씨는 그 노파가 어디로 이사 갔느냐고 물으니, 이웃 사람도 모른다고 대답했다. 변씨는 크게 화가 나서 여인의 이모 집으로 다시 달려가서 물어보고자 했으나, 날이 이미 저물어 길을 따져보니 통금 시간 안에 갈 수가 없었다. 어쩔 수 없이 잠잘 자리를 빌려 잠을 자는데 밤새 잠을 이룰 수 없었다. 새벽에 곧장 이모 집으로 달려가 대문을 두드렸으나 아무런 응답이 없다가, 서너 번을 크게 소리치니 한 문지기가 천천히 걸어 나왔다. 변씨는 급하게 이모가 있느냐고 물으니 없다고 대답했다. 변씨는 어제저녁에 있었는데 지금 어디로 갔느냐고 말하고는, 또한 이 집이 누구의 집이냐고 물었다. 그는 이런 대답을 했다.

"이 집은 원래 최상서 댁으로, 어제 어떤 사람이 집 후원을 잠시 빌렸는데 날이 저물기 전에 이미 떠났습니다."

변씨는 당황하여 어찌할 바를 몰라, 곧장 융복사 근처의 이전에 살던 집으로 돌아왔으나, 원망스럽고 답답하여 여러 날 동안 식사를 하지 못했다. 다시 그 여인의 종적을 찾아보려고 했지만, 바람을 잡는 것 같았고 그들에게 속았음을 깨달았다. 집에 있는 돈 보따리를 수습하였더니 여전히 수만 금이 남아 있었다. 그 돈으로 다시 장사를 시작하였는데, 일 년쯤 지나니 본전을 되찾을 수가 있었다.

마침내 고향으로 돌아가야겠다고 생각하고 짐을 챙겨 길을 나섰는데, 날이 저물어 향화암(香華菴) 암자로 들어갔다. 암자에는 한 선비가 있었는데, 선비는 얼굴이 맑고 건장한 모습이었지만 다 떨어진 남루한 옷을 입고 부처님 앞에 앉아, 눈물을 흘리며 울면서 슬픔을 이기지 못하고 있었다. 변씨가 그 까닭을 물어보니 그의 대답은 이러했다.

"강남에서 온 동씨(董氏) 성을 가진 청년으로서, 부친이 고향을 떠나 북경에 와서 병부랑중(兵部郎中) 벼슬에 올라 있었습니다. 그런데 갑자기 병으로 돌아가시게 되었는데, 관을 이 암자에 모셔둔 채 삼 년이 지나도록 집이 가난하여 고향으로 돌아가 장례를 치르지 못해, 이렇게 울고만 있습니다."

이 말을 들은 변씨는 곧바로 일천 금을 주고는 그 이름도 묻지 않았다. 선비는 매우 간절하게 고마워하면서 두 눈에 눈물이 가득 고였다. 그러고는 각각 흩어졌다. 이어 변씨는 길을 떠나 여양역(閭陽驛)에 이르러서 한 여점에 들어 숙박을 했다. 한밤중에 갑자기 사나운 마적 무리 수백 명이 나타나, 칼과 창을 가지고 온 마을을 위협하여 약탈하고, 돌아서 변씨가 머물고 있는 여점에까지 이르렀다. 도적 무리들은 칼을 뽑아 변씨를 겨누며 협박했다.

"목숨이 중요하냐? 재물이 중요하냐?"

이에 변씨는 슬픈 모습을 지으면서 간청해 말했다.

"나는 조선 사람으로서 연경에 와서 장사하여 보따리 속에 돈이 조금 들었으니, 마음대로 가져가고 목숨은 살려 주시오."

이렇게 애걸하니, 도적들은 돈을 모두 다 가져가 버렸다.

변씨는 딱한 처지가 되어 돌아와 의주에 도착했다. 재물을 모두 잃어버려 관아에서 빌린 은전 오만 냥을 갚을 방법이 없어서, 가만히 생각해 보니 벌을 면하기가 어려울 것 같아 매양 스스로 목숨을 끊고자 했다. 이때 압록강 주변 일대 부자들과 큰 상인들은 모두 변씨와 지난날 친하게 지내던 사람들이어서, 평소 그의 의리를 매우 소중하게 여기었다. 이 사람들이 또한 변씨의 궁색하게 된 처지를 애석하게 여기고, 각각 돈을 내어놓았는데, 많게는 일이천 냥을, 적게 낸 사람도 삼사백 금보다 적지 않게 내어, 모아서 빌려주는데 가히 삼만 금이나 되었다.

변씨는 이 돈으로 감영에 빌린 돈을 상환했지만, 남은 빚 이만 냥을 곧 다시 마련할 방도가 없어 속수무책으로 감영의 명령만 기다리고 있으니, 마침내 감영에서 그를 수감하여 엄하게 독촉했다. 변씨는 옥중에서 감사에게 상소문을 써서 올렸다.

"몸이 이미 옥중에 구금되었으니 어떤 손도 쓸 수 없는 형편이어서 오직 죽을 수밖에 없는 상태입니다. 이런 상황은 공적으로나 사적으로나 아무런 이익이 되지 않습니다. 원하옵건대 다시 이만 냥만 더 빌려주시면 삼 년을 기한하여 마땅히 사만 냥을 갚겠습니다. 저 태양이 하늘에서 보고 있으니, 결코 실오리나 털끝만한 속임도 없을 것을 맹세하옵니다."

감사가 그 형세를 생각해 보니 연약한 양을 내보내 딱딱한 거북 껍질을 쪼개게 하는 것과 같아, 도저히 처리할 방도가 없음을 알았다. 또한 변씨는 재물 불리는 일에 재주 있음을 알고 있었기에 특별히 그렇게 하라고 허락해 주었다.

변씨는 이 돈 이만 냥을 모두 가지고 인삼을 사들였다. 그리고 인삼을 싣고 다시 북경으로 들어가 예진에 빌려 실던 집을 찾아갔는데, 마침 지닐 도움을 주었던 오씨 상인을 만났다. 오씨는 그의 손을 잡고 울면서 말했다.

"전날 어르신이 아니었으면 어찌 오늘 같은 날이 있었겠습니까?"

이러면서 손을 이끌고 점포 안으로 들어가 그에게 술을 대접하면서 정답게 이야기했다.

"저는 어르신의 큰 구제를 입어 다시 장사를 시작하여 때를 잘 만나 많은 이익을 얻어서, 살아가는 형편이 옛날처럼 회복이 되었습니다. 그런데 지금 어르신 형색을 뵈니 수척하여 기운이 없어 보이고 예전과 다르오니 이는 무슨 까닭이옵니까?"

변씨는 일이 실패된 상황을 대강 이야기하고, 지금 돈을 빌려 인삼을 사와서 비싼 값으로 팔아 이익을 많이 보려 한다는 말을 해 주었다. 오씨는 탄식을 하면서 한탄하기를 그치지 않다가 말했다.

"인삼 값이 뛰어 비싸긴 하지만, 남경(南京) 사람들이 늘 다투어 인삼을 사려고 하니 그 값이 다른 곳보다 곱절이나 더 높습니다. 남자가 하는 일은 성공하면 곧 하늘로 오르고 잘못되면 곧 땅속으로 들어갈 따름입니다. 어찌 작은 일에 구애되겠습니까? 어르신께서 곧 저를 따라 강남으로 가시면 원하는 바를 얻어 완수할 수 있을 것이며, 거의 후회를 남기지 않을 것입니다."

변씨는 뛸 듯이 기뻐하면서 말했다.

"그 계책이 매우 좋습니다. 몸을 움직이며 나아가고 물러가는 모든 행동을 오직 지시하는 바에 따르겠으니 인도해 주기 바랍니다."

그리하여 오씨 상인은 배 한 척을 빌려 변씨와 함께 짐을 실은 다음, 몰래 중국 사람 옷과 관(冠)을 맞추어서 그에게 갈아입도록 했다. 곧 통주(通州)로부터 배를 출발하였더니 순풍을 만나 열흘도 미처 안 걸려 양주강(楊州江)에 도달했다. 바닷물 조수(潮水)를 따라 석두성(石頭城)에 이르러 돌아서 남경 성안으로 들어갔다.

누대에 드리워진 발과 휘장이 십 리까지 환하게 비치고, 보물을 채워 놓은 가게들이 별처럼 늘어서 있어서 물자가 산더미같이 쌓여 보였다. 오씨 상인은 변씨를 인도하여 약을 파는 한 점포로 나아가 숙소를 정하고, 주인에게 이 사람은 조선 사람으로서 진귀한 재화를 가지고 왔음을 자세히 설명하고, 몰래 팔면서 말이 새어 나가지 않게 하라고 당부했다. 그러자 주인은 크게 기뻐하고 방 하나를 깨끗하게 치우고 손님을 묵게 했다.

마침 한 지방 관장이 장차 광서(廣西) 지역으로 부임하게 되어 약을 사기 위해 점포를 지나갔다. 인삼 장사가 있음을 탐문하여 알고는, 인삼을 사고자 하면서 물건 주인 만나기를 원했다. 변씨는 그를 맞이하여 들어가면서 잠시 슬쩍 쳐다보니, 곧 지난날 암자에서 헤어졌던 동씨 선비 같았다. 정신을 차리고 의심하면서 의아해 하는 사이, 그 사람이 갑자기 변씨를 부둥켜안고는 크게 울면서 말했다.

"어르신께서는 제 은인이십니다. 지난날 저는 어르신의 도움에 힘입어 부친의 관을 받들어 모시고 고향으로 돌아와 장례를 치를 수 있었습니다. 감사하는 마음이 뼛속까지 깊이 사무쳐 함주결초(啣珠結草)[131] 격으로 은

---

131) 함주결초(啣珠結草): ①함주(啣珠): 옛날 중국 춘추시대 수후(隨侯)가 상처 입은 뱀에게 약을 발라 주고 치료해 주었더니 일 년 후 큰 구슬을 물고 와서 바쳤다는 고사. 이 구슬을 수후주(隨侯珠), 명월주(明月珠), 영사주(靈蛇珠)라 하며 보은(報恩)을 상징함. ②결초(結草): 옛날 중국 진(晉)나라 위과(魏顆)는 부친 사망 후 부친 첩을 좋은 곳으로 시집보내 주었음. 그 시집간 여인의 아버지가 죽어 영혼으로서 위과와 맞서 싸우던 적장 발을 풀어 맺어 움직이지 못하게 하여, 위과가 잡을 수 있게 도와주어 고마움에 대한 은혜를 갚은 이야기. 결초보은(結草報恩). 죽은 혼령도 보은한다는 이야기임.

혜를 갚고자 자나 깨나 마음속에 맺혀 있었지만, 소식 전할 물고기와 기러기[132]를 만나지 못해 연락을 드릴 수 없었습니다. 지금 다행히 여기에서 만나게 되었으니 이는 곧 하늘의 뜻입니다."

변씨가 지금 무슨 일을 하고 있느냐고 물으니, 동씨는 일 년 전에 과거에 급제하고 광서 지역 흥원현(興元縣) 현감으로 부임하러 가는 길이라고 했다. 그리고는 어르신은 무슨 일로 이곳에 오셨느냐고 물어, 변씨는 대략의 이야기 전말을 들려주었다. 그러자 동씨는 말했다.

"최근에 들으니 안남국(安南國) 왕자가 칠 년째 병들어 있는데, 날마다 인삼 수천 근을 먹어서 그것에 힘입어 연명하고 있지만, 인삼을 계속 조달하는 일 역시 어렵다고 했습니다. 거기 가서 인삼을 팔면 많은 이익을 얻을 수 있을 것이니, 진실로 이른바 값진 재물이 있어야 할 장소는 바로 그곳이라고 생각됩니다. 안남국은 광서에서 멀지 않으니 어르신이 저와 함께 흥원현으로 가시어, 돌아서 안남으로 가시면 일은 반만 하시고도 업적은 갑절이 될 것이오니 의향이 어떠하신지요?"

이와 같이 알려 주었다. 변씨는 오씨 상인을 돌아보고 의논하니 오씨도 그 말이 그럴 듯하다고 동의했다. 그래서 세 사람은 함께 떠나 흥원현에 이르러 며칠 유숙하고 쉬었다. 그리고 다시 변씨와 오씨는 여장을 챙겨, 때로는 바닷길로 때로는 육지로 진행하여, 수십 일이 지나 안남에 이르렀다.

안남은 매우 따뜻하여 밭 갈아 씨 뿌리는 일에 정해진 때가 없었다. 2월 사이에 처음으로 밭가는 사람도 있었고, 곡식이 막 익으려는 것도 있었으며, 또 그때 곡식을 수확하는 사람도 있었다. 뽕나무를 사시사철 밭을 일구어 심어서 누에를 길렀다. 목화 나무가 있어서 나무가 높고 컸으며 꽃이 작약 꽃 크기만 했고, 사람들이 목화 나무에 올라가서 면화를 채취해 내려왔다. 그리고 과일 중에는 감귤과 여지(荔芝)가 있을 뿐이었다. 안남은 중국과

---

132) 물고기와 기러기: 소식을 전한 물고기와 기러기 이야기. 물고기가 물에 던져 준 편지를 먹고 가서 잡혀 배를 갈랐을 때 편지가 발견되게 한 고구려 때의 '양어지(養魚池)' 설화와 중국 한(漢)나라 중낭장(中郞將) 소무(蘇武)의 편지를 기러기가 전한 이야기를 인용한 것임.

무역을 하였으며, 무역 물건으로는 고운 비단인 능라(綾羅)와 수를 놓은 비단이 많았다.

또한 불에 구워 만든 그림 새긴 도자기가 많았는데, 그 빛깔이 청초하고 깨끗하여 사람들이 모두 좋아하는 물건이었으며, 중국에서 가장 뛰어난 그림 도자기가 모두 안남국에서 생산된 것이었다. 그 도자기를 굽는 데는 사람 기름을 많이 사용했는데, 사람이 죽으면 불에 지져 기름을 뽑아서 도자기를 구웠다. 사람들은 항상 빈랑(檳榔)[133]이라는 과일을 먹었고, 갈증이 나면 사탕수수인 자초(蔗草)를 먹었다. 또한 그곳 사람들은 장수하여, 백 이십 세나 살았는데, 곧 머리털이 희어졌다가 다시 누렇게 되니, 이른바 나이 많은 늙은이를 뜻하는 말인 황구(黃耉)로 변하는 것이었다.

변씨가 안남국 수도에 도착하여, 인삼을 싣고 와서 팔기를 원한다고 알리니, 안남국 임금이 크게 기뻐하고 비싼 값에 모두 사 갔다. 변씨는 돈 십만 냥을 받았다. 그 돈으로 비단이며 진주(眞珠) 같은 보석 등 진귀(珍貴)하고 기이(奇異)한 물품들을 사서, 배 한 척에 잔뜩 싣고 홍원현으로 돌아왔다.

현감 동씨는 기쁘게 맞이하고 대접하면서, 일천 금을 축수(祝壽)의 뜻으로 받들어 드리는 것이었다. 이에 변씨는 물리치면서, 한때의 친상구제(親喪救濟)로 도와준 의리에 대하여 어찌 보상을 받겠는가라고 말했다. 동씨가 여러 번 받기를 간청했으나 끝내 받지 않았다.

이틀 밤을 머물러 자고 손을 잡고 눈물을 흘리면서 이별하고는 돌아와 남경에 도착했다. 오씨 상인 또한 은 일만 냥을 주면서 아름다운 선행에 대하여 보답하고자 하였으나, 변씨는 역시 사양하고 받지 않았다. 이에 오씨 상인은 황금과 비단 등을 가득 싣고 와서 전별의 뜻으로 변씨에게 주었다.

변씨는 북경으로 돌아와 안남국에서 싣고 온, 기이한 비단과 보배로운 패물들을 팔아서 수십만 냥을 얻었다. 드디어 의주로 돌아온 변씨는 관아로부터 빌린 사만 냥을 모두 갚고, 또 오륙만 냥으로 일찍이 자신에게 돈을 주

---

133) 빈랑(檳榔): 나무의 열매로 식용과 약재로 쓰임.

었거나 빌려주어 도운 이곳 상인들과 부자들에게 이자를 붙여 갚아 주었다. 그렇게 하고도 십만 냥의 돈이 남아서, 가지고 서울 집으로 돌아와 다시는 장사를 하지 않고도 제후에 버금가는 부자로, 한평생을 평온하게 잘 살았다.

외사씨는 말한다. 통역 임무를 맡은 역관(譯官)이 해마다 사신 따라 중국에 가면서, 만 리 먼 길을 말을 몰아 달리는 힘듦을 견디면서도 꺼리지 않는 까닭은, 공명을 위함도 아니요, 나랏일을 위해서도 아니었다. 이들이 희망하는 바는 다만 자신들의 재물을 유통시키고, 물자를 교역하여 많은 이익을 남기는 것에 있었으며, 송곳 끝이나 칼끝같이 매우 작은 이익을 보는 일도, '육중한 가마솥이나 웅장한 대려인 정려(鼎呂)'[134]같이 소중하게 생각하고 무겁게 여겼다. 그런데 변씨는 그 마음속 의기를 떨치고 신행과 의로움을 베풀어, 보통 사람이 못하는 일을 능히 행동으로 실천했다. 그 결과 마침내 보답을 받아 횡재하여 큰 부자가 된 것이다. 어찌 그를 오직 통역관 중에서 영웅이라고만 하겠는가? 역시 옛사람 중에서도 드물게 볼 수 있는 뛰어난 사람이로다.

---

134) 정려(鼎呂): 나라 제사에 쓰이는, 발이 셋 달린 크고 무거운 가마솥인 정(鼎)과, 음악에서 그윽하고 무거운 느낌을 주는 소리를 내는 대려(大呂). 곧 매우 중요하게 여기고 큰 재물로 생각한다는 뜻.

東野彙輯 卷之十三
○ 第百三号 雜識部 三 窮通

涉南國蔘商權利

　　卞姓一譯人善華語. 課歲赴燕 行商殖貨 因拋象胥之業 恒留龍灣之間 積貨滋多. 富甲一境 而性豪華放浪 且有急人之風. 商賈中失利蕩業者 輒而銀錢伙貸 使之復業以奠居. 窮困無依之類 亦必賙濟免夫吡離. 人歸如市 莫不傾心. 如是幾年 財産漸耗 遂至窘絀. 乃喟然歎曰 水有盈虛 月有圓缺 卽理也. 財者聚散無常 適來時也 適去亦時也. 何可因噎廢食 不理舊業乎.

　　遂從關西營邑 借銀五萬兩. 又作燕行 僦一屋於隆福寺傍 坐列販賣 操其奇贏 積貯賠息 財至累巨萬. 隣比有江南商人吳姓者 嘗如親密. 吳是大賈 而被人欺騙 貨利盡蕩 債簿如山. 盡輸其田園臧獲 來寓京師 貸得錢 鈔做些經紀. 又遘患敗家 將鬻其妻孥 泣而訴之於卞. 卞憐之搜囊橐 取五千金以與之. 不成契券曰 待後殖滋 可償則償 雖不償 吾不汝責. 以是名滿中國 所至人多目之 必稱卞老爺.

　　卞嘗以風流自許 不拘小節. 一日過市路 見美人以薄紗罩面 坐驢車而行. 嬌姿嬋娟 絶代未有. 卞不忍回步 遂躡車塵 而覘其所之. 車由平康里 轉鳴珂曲 而入一宅. 門庭不甚廣 而室宇嚴邃. 女入而闔扉 卞悵若有失. 乃歸密叩于商胡之慣遊長安者. 商曰 此狹邪女某氏宅也. 曰女可見乎. 商曰 某氏頗贍 往來皆貴豪 所得甚多 非萬金不能動其志也. 卞曰 但患不諧 萬金何足道哉. 他日盛服而往 叩其扉. 俄有侍兒啓扃 引至蕭墻間. 一姥出迎 垂白傴僂 知是女母. 乃前致詞

193

曰 聞玆地有隙院 願稅以居. 姥曰 懼湫隘不足以辱長者 敢言直耶. 延入賓館 與之偶坐. 因曰 某有嬌小 欲識上客. 乃命女出拜 明眸皓腕 擧止艷冶. 卞遽驚起 爲禮叙寒燠 觸類妍美 目所未覩. 茶後進酒 歡笑方洽 不覺日暮. 姥曰 鼓已動矣 速歸無犯禁. 卞曰 道里遠奈何 可假片席地相容乎. 女曰 不見責僻陋 宿何害焉. 卞數目姥 姥曰唯唯. 卞請以雙縑 備一宵之饌. 女曰 可留俟他日 固辭終不許. 俄而徙坐西堂 帷床簾榻煥然奪眼 粧奩衾枕亦極侈麗. 乃張燭進饌 男女各叙邂逅之情. 卞曰 此來非眞求居 願償平生之志耳. 言未終 姥至詢其故 笑曰 男女之慾 雖父母不能制也. 卞謝之 願以身爲厮養. 姥因呼之爲郞 飮酣而寢. 及朝盡徙其囊橐 日與女狎戲 未幾囊中漸鑠.

　　女情雖篤 而姥意已忘 乃授計于女. 偕卞詣寺祈嗣 返至宣武門外. 女謂卞曰 此東轉小曲 吾之姨宅 暫歷謁可乎. 卞如其言 抵一大家. 有嫗出迎 謂女曰 何久疎絕. 相視而笑 女引卞與嫗叙禮 嫗意甚懇懃 若將留女信宿者 而盡屛其車馬. 挈女及卞入西院中 有山亭竹樹 透迤葱蒨. 卞謂女曰 此姨之私第耶. 笑而不答. 少頃有一人控大宛 馳至曰 姥遇暴疾 勢甚殆 宜速歸. 女謂姨曰 方寸亂矣. 某先馳去 候返乘 姨便與郞偕來. 卞擬隨女而往 其姨與侍兒偶語 以手揮之 令卞止于戶外. 曰姥且沒矣 當共議喪事 以濟其急 奈何遽去. 乃止共計其凶儀齋祭之用.

　　日晚乘不至 姨曰 無復命何也. 郞先往視 某當繼至. 卞遂往至舊宅 門扃鑰甚密 以泥緘之. 卞大駭 詰於隣人 答曰 姥本稅居 纔已徙去矣. 問何徙 曰不知也. 卞恚甚 欲詣姨詰之 日暮計程不能達. 乃賃榻而寢 目不交睫. 遲明至姨所 叩扉不應. 大呼至三四 閽者徐出. 卞遽詢某姨在乎. 曰無之. 卞曰 昨暮在此 今何往 且此誰家. 曰此崔尙書宅. 昨有人暫稅此院 未暮去矣. 卞惶惑罔知攸措 因返舊邸 怨懣絕食者屢日. 雖欲更探女之蹤跡 而便如捕風 知其見騙.

乃收拾餘橐 尙餘數萬金. 更做商販 歲餘可值本錢. 遂擬還鄉 束裝登程 暮抵香華菴. 有一士人貌淸儀嶷 衣服藍縷 坐禪室 泣涕悲不自勝. 卞詢其故 對曰 俺江南人董秀才 俺父旅宦京師 官至兵部郎中 病歿停柩於此 已三年. 家計赤貧 未克返葬 是以泣耳. 卞立與之千金 不問其名. 董僕僕稱謝 感淚盈眶 遂分道而散. 卞行至閭陽驛 寄宿店舍. 夜半忽有响馬賊數百 各持鎗刀 搶掠一村 轉至卞之卧店. 捽卞而拔劍 擬之曰 爾以命爲重乎 抑以財爲重乎. 卞哀懇曰 吾朝鮮人 入燕貿販 劣有行橐 惟意取去 幸留我一縷也. 衆搜其篋 盡橐而去.

卞狼狽而歸 到龍灣 資斧蕩然 官銀五萬兩 無以償之. 揣難免禍 每欲自裁. 灣上富人大賈 皆卞之平日親熟者 素重其義. 又哀其窮途 各出銀錢 多者一二千兩 少不下三四百金. 鳩聚以貸之 可三萬金俾充官納. 餘數二萬 則更無措辦之道 束手待命 竟自巡營 牢囚嚴督. 乃自獄中上書曰 身旣繫囚 勢難容手 有死而已 公私無益. 願更貸二萬兩 限三年 當以四萬兩償納. 天日在上 不敢絲毫欺也. 巡使想其事勢 便同出殺刮龜. 且知卞之善於殖貨 特許之. 卞以二萬兩銀 盡買人蔘. 復入北京 尋至舊邸 適遇吳商. 吳握手而泣曰 曩非老爺 僕豈有今日乎. 遂携入舖中酌酒. 叙款曰 僕荷公顧恤 更做商業 時來風送 大獲利息 生涯依舊. 而今見公 形瘠氣沮 大異前日 此曷故也. 卞槪道其顚沛之狀 仍告以借銀貿蔘 要得厚直. 吳嗟歎不已 乃曰 蔘貨非不翔貴 而南京人每多爭貿 其價倍高於他處. 男兒作事 成則昇天 敗則入地 何可拘於細量乎. 公能跟我之江南 則可得遂願 庶不貽悔. 卞雀躍曰 此計好矣. 捲舒進退惟君所指 幸爲我導之. 吳商遂雇一船 偕卞載貨 潛製華人衣冠 敎卞換着. 自通州發船 得順風 未十日達楊州江. 隨溯至石頭城 轉入金陵城內. 樓臺簾幙 輝映十理 寶肆星羅 物貨山積. 商携卞就寓於一藥舖 細陳此東國人 挾重貨 可潛市勿洩.

舖翁大喜 淨掃一室 而舘客焉.

　是時一知縣 將赴任廣西 爲買藥過舖. 詗知有蔘商 而欲買之 要見貨主. 卞乃迎入 瞥見其人 似是昔日索遊董秀才也. 正疑訝間 其人忽抱卞 而大哭曰 公恩人也. 僕於曩時 賴公扶助 奉櫬返葬. 感深浹骨 含珠結草 寤寐如結 而魚沈鴈杳 未獲其便. 今幸遇於此 卽天也. 卞問做甚生業 答曰 年前登第 見做廣西興元縣知縣 方作莅官之行耳. 因問公緣何至此. 卞略道顚末. 董曰 近間安南國王子七年淹病 日餌蔘數十斤 賴以支持 蔘亦難繼云. 往賣於彼 則可售博利 眞所謂奇貨可居. 安南距廣西不遠 公偕僕到興元 轉至安南 則便是事半功倍 盛意云何. 卞顧議吳商 商亦然其言.

　三人遂同行 到興元縣 歇宿幾日. 卞與商俶裝 或水或陸 過厪朔抵安南. 其地甚煖 耕種無時. 二月間 有始耕者 有將熟者 有方穫者. 桑則四時治田 種之以飼蠶. 有木花樹高大 花大如芍藥 人上樹摘取. 果則只有柑橘荔芝. 與中國通貨 多綾羅錦繡 又多燔畫器 甚淸瑩可玩. 中原之絶勝畫器 皆出安南. 其燔之也 多用人膏. 人死則卽炙 而出其膏以燔之. 人常喫檳榔 渴則啖蔗草. 其人多壽 年至百二十. 則髮白復黃 蓋所謂黃耉也. 卞到國都 言載蔘欲賣 國王大喜 卽以重價貿取. 卞得銀十萬兩 乃換買錦綺珠貝之珍異者 滿載一船而還.

　至興元縣. 董忻迎款待 奉千金爲壽. 卞却之曰 一時匍匐之義 何可責償乎. 累懇而竟不受. 信宿幾日 灑淚分手 還到南京. 吳商以銀萬兩 欲報瓊. 卞又不受 乃多齎金緞以贐之. 卞轉至北京 鬻其所携異錦寶貝 獲銀數十萬兩. 遂還龍灣 償納官銀四萬兩. 又以五六萬兩 盡捐灣商及富人之甞所助貸者 並利息以償之. 尙餘十萬兩 乃還京第 更不做商 富擬素封 穩過平生.

　外史氏曰. 舌人之課歲赴燕 不憚驅馳於萬里 非爲功名 非爲國事. 所希只在通彼之貨 長交貿之利 視錐刀如鼎呂之重. 而卞奮其意

氣 施善行義 能人所不能. 竟受其報 橫財致富. 豈獨舌人之雄 亦古人之所罕也.

사신 수행 포장(砲匠)이 무인도에 홀로 내려져 큰 재물 얻다

13-6.〈206〉낙소도포장획화(落小島砲匠獲貨)

　　　　　　　　　　　　　　　박씨(朴氏)는 대포 쏘는 화포장(火砲匠)으로 훈련도감(訓鍊都監)에 소속된 군졸이다. 사람됨이 순박하고 신실했지만, 얼굴이 매우 못생겨 온 집안사람들이 빈궁(貧窮)의 형상이라고 놀렸다. 그는 술을 즐겼으나 가난하여 흠뻑 취하게 마실 방도가 없었다. 그래서 늘 군영에서 지급하는 급료 쌀을 받으면 곧장 술집으로 달려가 술 한 동이를 사 와서, 혼자 깊숙한 골방으로 들어가 문을 단단히 잠그고, 여러 날이 지나고서야 나왔다.

　　그의 아내가 수상히 여겨 하루는 창구멍으로 들여다보았다. 처음에는 두 손을 모으고 우뚝하게 앉아 술을 앞에 놓고 한참 동안 조용히 음미하면서 차마 마시지 못하고, 마치 마시어 없어지는 것을 애석하게 여기는 것 같았다. 그러다가 갑자기 감격하여 껄껄 웃고 풀쩍풀쩍 뛰어가서 두 손으로 술동이를 받들어 들고 단숨에 쭉 들이켜 마시고, 안주는 먹지 않았다. 흥취가 고조되어 일어나, 박자를 맞춰가며 노래를 부르면서 방을 빙빙 돌았다. 얼마 지나지 않아 그는 술동이를 향해 몸을 굽히고 줄줄이 술을 토해, 병에 물을 붓는 것같이 하여 술동이 속 술 양이 마시기 전과 같아져, 털끝만큼도 줄지 않았다. 그리고 또한 다시 마시고 토하기를 수십 번이나 반복하여 날이 저물고 밤을 지나 새벽이 되는 것이었다. 이튿날 아내가 그렇게 하는 곡절을 물었더니, 그의 대답은 이러했다.

"내가 주량이 워낙 커서 졸지에 배를 채우기가 어렵다네. 또한 한 번 꿀꺽 마셔버리면 갈증을 참기가 어려워서, 부득이 그렇게 마셨다가 토해냈다가 하여 목구멍이 촉촉하게 젖어지도록 하는 것이며, 이렇게 하면 흥취도 역시 더 깊어지게 된다네."

마침 그때 중국 천자를 알현하기 위한 사신이 바닷길로 떠나게 되었는데, 박씨가 포장(砲匠)으로 함께 가게 되었다. 전통적으로 옛날에는 사신이 바닷길로 왕래할 때에, 상사(上使)·부사(副使)·서장관(書狀官)이 각기 다른 배를 타고, 외교 문서도 한 부씩 따로 소지했는데, 배가 풍랑을 만나 불행하게 될 때를 대비하기 위함이었다. 곧 고려 때 중국으로 갔던 사신의 상사(上使) 홍사범(洪師範)이 풍랑에 희생되고, 서장관 정몽주(鄭夢周)가 홀로 문서를 전달한 일이 그 예이다.

중국으로 떠나는 사신 배는 장연(長淵)과 풍천(豐川)[135] 등지에서 출발하여, 적해(赤海)와 백해(白海), 흑해(黑海)를 건너는 그 사이 수천 리에 여러 섬들이 널려 있어서, 바람과 조수를 잘 관찰하여 항로를 정해 항해했다. 그러므로 항해 중 필요한 물건 등과 중국에 가서 무역할 재물, 또 기예(技藝)를 가진 사람들과 공장인(工匠人)에 이르기까지 모두 기구를 갖추어 함께 배에 싣고 갔었다.

사신 일행이 떠나는 날에는, 그 지역 고을 관장이 풍악을 크게 울려 전별 잔치를 열었고, 친척들도 뱃전에 매달려 소리쳐 울면서 전송했다. 오늘

---

135) 장연(長淵)·풍천(豐川): 황해도의 서부 황해에 접한 곳. 중국과 가장 가까운 곳임.

날 기악(妓樂)에 타루악(拖樓樂)·선리곡(船離曲) 등이 있으니, 이것이 곧 이때의 악곡이다. 박 포장은 우두머리 사신을 따라 같은 배에 탔는데, 동승한 수행원들은 각기 가산을 기울여 중국에서 장사하여 이윤을 남기기 위한 계책으로 물품을 구입해 실어, 모두 짐 꾸러미가 풍성했다. 그러나 박 포장은 홀로 빈한한 까닭으로, 여행 장비가 심히 적어서 동행자들이 그를 비웃었다. 사신 일행의 배가 넓은 바다로 나갔을 때 바람과 파도가 갑자기 크게 일어 위험이 닥쳐 급박해졌다. 배 운행의 책임자인 고사(篙師)가 이렇게 아뢰었다.

"일행 중에 반드시 불길한 사람이 있어서 이런 위기를 당합니다. 상하를 막론하고 각기 입은 옷 한 가시씩을 벗어 주셔야 합니다."

모두 그 말을 따라 옷을 벗어 주었다. 곧 배 운행을 맡은 초공(梢工)이 그 옷을 차례로 물속에 던지니, 박 포장의 옷만이 물속에 잠기었다. 이에 초공은 한 사람 때문에 배에 탄 사람 전부가 화액을 당할 수 있겠느냐고 말하고, 급히 그를 물속으로 던져 넣어 한 배의 모든 사람 목숨을 구해야 한다고 말했다.

우두머리 사신인 상사는 박 포장이 죄 없이 죽음으로 나아가는 것을 가엾게 여기었다. 한참 동안 묵묵히 생각하다가, 이곳 가까이에 섬이 있느냐고 물었다. 초공이 작은 섬 하나가 멀지 않은 곳에 있다고 대답하니, 뱃머리를 돌려 그 섬에 배를 대라고 명령하여 장차 박 포장을 섬에 내려놓으려고 했다. 그러다가 상사는 오히려 차마 하지 못하는 측은한 마음에, 어찌 사람을 반드시 죽을 땅에다 내려놓을 수 있겠느냐고 말하고, 풍세가 조금 잠잠해졌으니 굳이 그럴 필요가 없다면서 배를 출발시키라고 명령했다.

그런데 배가 빙빙 맴돌면서 나아가지 않았다. 배에 탄 사람들이 모두 지금 이 배 안에 반드시 물의 재앙을 당할 사람이 있으니 시험해 보아야 한다고 요청했다. 그래서 한 사람씩 차례로 섬에 내리게 하니, 여전히 배가 맴돌기만 하다가 박 포장에 이르러 문득 배가 세차게 움직여 거리낌없이 출발했다. 곧 부득이 서로 의논하여 마른 식량과 의복이며 취사 도구와 칼 등을 갖추어 주고, 그를 섬에 남겨 놓고 떠났다. 그리고 중국에서의 일을 마치고 돌아오는 길에, 반드시 들려 함께 태워 돌아가겠다고 약속하고는 서로 눈물로 헤어졌다.

박 포장은 섬에 혼자 남아 풀로 움막을 얽어 비바람과 추위와 더위에 대한 방비를 갖추었다. 그리고 조개와 소라를 줍고, 개펄에 나가 낙지 같은 연체동물을 잡아 배를 채우면서, 스스로 외로운 섬에서 백골이 될 수밖에 없겠다고 생각했다. 이러고 사는 동안 밤에 잠을 못 이루고 귀를 기울여 들으니, 매일 새벽 바람소리가 섬 속으로부터 일어나 산을 흔들고 언덕을 진동시키며 바다로 나갔다가, 해가 지면 그 소리가 바다로부터 물결을 일으키면서 산골짜기를 뒤흔들며 섬으로 들어오는 것이었다.

매우 이상하게 여기고 때를 기다려 나무숲에 몸을 숨기고 엿보았다. 곧 엄청나게 큰 이무기 한 마리가 있어서, 크기가 무지개처럼 둥근 들보와 용마루 아래의 가로지른 나무만 했으며, 길이는 몇 백 자나 되는지 알 수 없었다. 괴이하게 몸을 꿈틀거리고 불꽃같은 눈빛을 번쩍거리면서 바위굴을 따라 나와, 곰·이리·사슴·멧돼지 등을 잡아 물고는 바다로 들어갔다. 그리고 물결을 타며 떠서 번질번질한 비늘에 싸인 몸을 굽혔다 폈다 하면서, 물고 간 짐승을 먹어 치우는 것이었다. 곧 그 괴물이 다닌 길이 도랑으로 되어 배가 지나갈 정도였다.

박 포장은 칼을 예리하게 갈아 괴물이 다닌 길바닥에 날을 위로 오게 하여 꽂아 두고, 또 주변 대숲의 대를 잘라 내고 그 밑둥치를 뾰족하게 깎아 창날 끝같이 만들어 세워 놓았다. 이튿날 해가 저무니 괴물이 과연 바다로부터 나와 섬으로 들어가다가 턱에서부터 꼬리에 이르기까지 세워진 칼날에 의해 찢어지고, 또한 대 끝에 찔려 상처가 났다. 이렇게 되어 이무기의 몸에서 아름다운 구슬, 옥돌, 유리 보석 등이 쏟아져 나와 골짜기에 흩어져 있었다.

며칠 지나니 피비린내가 온 숲을 가득 채웠고 썩는 냄새가 코를 찔렀다. 가서 보니 커다란 이무기가 숲속에 죽어 있었다. 이무기의 배 속 창자를 쪼개 꺼내 보니, 한 치가 넘는 반짝이는 보물들이 쏟아져 나오는데 몇 천백 개인지 알지 못할 정도였다. 박 포장은 풀을 엮어 그 보물을 싸서 한 섬 부피로 대여섯 포장을 만들고 헌 옷가지로 덮어 놓았다.

배가 돌아오기를 기다린 지 거의 일 년 반 정도 지났을 때, 문득 큰 배가 돛을 달고 바다로부터 다가와서 크게 소리쳐, 포장은 별고 없이 잘 있었느냐고 외쳤다. 가까이 다가오기에 보니 조천(朝天) 길에 올랐던 사신 배였다. 서로 손을 잡고 위로한 다음 배에 태웠다. 동행한 사람들은 이미 중국에서 남금(南金)[136]·대패(大貝)[137]·문단(文緞)[138]·채금(彩錦)[139] 등을 사서 배에 가득 싣고 돌아왔다. 이를 본 박 포장은 이렇게 말했다.

"여러분은 모두 중국에서 값진 물화를 획득하였는데, 나는 홀로 바짝 마른 빈손뿐이니 모두 다 하늘이 정한 운수 아닌 것이 없나 봅니다. 무슨 면목으로 돌아가 처자식을 만나 보겠습니까? 섬에서 아무런 할 일이 없어 바닷가에서 둥글둥글한 돌을 주워 모았는데, 혹시 아내가 상을 고이고 베틀을 받치며, 또 길쌈하는데 도구로 쓰일 것으로 생각됩니다."

이러고 대여섯 섬의 꾸러미를 배 위로 들어 올렸다. 동행한 사람들은 속으로 웃음이 나왔으나 한편 슬퍼하고 불쌍히 여겼다. 집으로 돌아온 박 포장은 그것을 내다 팔았더니 값이 수백만 금이어서, 우리나라 갑부(甲富)가 되었다고 한다.

외사씨는 말한다. 포 쏘는 군인 박 포장은 특별히 출중하다고 일컬을 만한 재능이 없었지만, 하늘이 그에게 부여한 운수가 다른 사람보다 특이했기 때문에, 스스로 우연히 횡재를 하게 되었다. 곧 재앙이 전환하여 복이 된 것이요, 울음이 회전하여 웃음으로 된 것이라 하겠다. 이런 일은 옛날에도 있기는 하였지만, 이 일처럼 기이한 예는 일찍이 없었다. 가난함과 부유함을 결정하는 일은 오직 하늘에 달린 것이니, 어찌 사람의 힘으로 용납이 되겠

---

136) 남금(南金): 중국 남쪽 지역인 양주(揚州) 형주(荊州) 등지에서 생산되는 질 좋은 황금.
137) 대패(大貝): 커다란 산호(珊瑚) 호박(琥珀) 같은 보석.
138) 문단(文緞): 무늬 있는 비단.
139) 채금(彩錦): 색채가 아름다운 비단.

는가? 그런데 세상에서 부자가 되겠다고 억지로 애쓰며 영리(營利)를 추구하는 저 사람들은 도대체 그 무슨 마음이란 말인가?

【 第百三号 雜識部 三 窮通 13-6.〈206〉落小島砲匠獲貨 】

東野彙輯 卷之十三
○ 第百三号 雜識部 三 窮通

落小島砲匠獲貨

朴姓火砲匠隷訓局軍. 爲人淳懿 而貌甚薄 渾室以貧窮之狀嘲之. 性嗜酒而貧無以謀醉 每受軍門料米 則直向酒家 買酒一盆而歸 獨處幽室 堅閉戶闥 經數晝夜始出. 其妻恠之 一日穴窓窺之. 初則拱手塊坐 置酒於前 沈吟玩味 不忍擧而飮之 有若愛惜者然. 忽呀然一笑 雀躍而進 雙手擎盆 一吸而盡 不食按酒. 乘興而起 擊節放歌 繞壁徘徊. 不滿數刻 俯身向盆 細細吐出 如倒瓶水 依舊一盆酒 不減毫末. 已而又如是 吞吐至于幾十番 而日已暮 夜已曙矣. 翌日其妻問其曲折. 答曰 余之酒戶甚寬 猝難充腹. 且一吸而已 則不耐渴意. 不得已如是吞吐 聊以沾喉 而興亦不淺云.

時當航海朝天之際 使行將發 朴以砲匠與焉. 盖古者通中國以水路 上副使書狀官各異船 各具一本表咨文書 以備不虞. 如高麗時 上使洪師範溘死 書狀宮鄭夢周 獨達者是也. 朝天之行 發船於長淵豐川之間 渡赤海白海黑海. 其間數千里 經許多洲嶼 候風潮取路. 故其如行中所需 及中國貿販之資 以至技藝工匠之人 無不備具稠載于船. 及其發行也 守宰大張風樂以餞之 親戚攀船號哭以送之. 至今妓樂 有拖樓樂船離曲者 以此也. 砲匠隨上使船同船 從行者各傾家貲 爲彼地販利之計 囊篋俱豐. 而砲匠獨以貧賤 行資甚冷落 同行者目笑之.

行至大洋 風濤忽大作 危亡迫在呼吸. 篙師白以行中必有不利之

人 當此大厄 無論上下 各脫下一件衣也. 衆從其言 梢工乃以衣 取次投水 至砲匠之衣 獨沈焉. 梢工曰 何可因一人之故 而滿船人同被水厄乎. 願急速擠投之水中 以救一船之命. 上使憐其無罪而就死 良久默想曰 此處有近島否. 梢工曰 有一小島不遠矣. 命迴船泊小島 將下砲匠於島. 猶有不忍之心曰 何可置人於必死之地 風勢稍減 何必乃爾. 因命放船. 船自回旋不進 船中人皆曰 今此舟中 必有水厄者 請試之. 每下一人於陸 船猶回徨. 至火砲匠 船輒沛然不滯. 遂不得已相與議 其糗粮衣服釜鬲刀劒所需 落留砲匠於島中而去. 約以竣事還路 當邀汝而共歸 相泣而別.

砲匠獨居島中 結草爲幕 以備風雨寒暑. 拾蠔螺蜯蛣蛆 以充飢渴 自分爲絕島枯骨. 嘗夜不寐 側耳而聽之 每曉風聲 自島中掀山震嶺 而出于海. 又日晚有聲 自海中揚波盪壑 而入于島. 深異之 候其時 隱身山林而俟之. 有一大蟒 如虹樑巨桴 長不知幾百尺 奇恠蜿蜒 目光閃爍. 從巖穴而出 捕熊貙鹿豕 而吞入海中 趂脩鱗窮甲而食之. 其行路成一溝 可容舠. 砲匠新磨刀劒 列植于路中 皆埋柄上刃. 又斬路傍竹林 而尖其梢如槍. 翌晚其蟒果自海而入島 從頷至尾 爲劒鋩所裂 及竹梢所刺. 珠璣琅玕火齊之屬 迸瀉于地 委積谿壑. 越數日 腥風滿林 腐臭透鼻. 往見大蟒 死于林中. 刳其腸 而出之照 乘經寸之寶 不知幾千百. 遂編草而裹之 大如斛者五六包 以弊衣覆之 以俟其回船者 幾歲半矣.

忽有大艦張帆 自洋而來. 高聲而呼曰 火砲匠無恙否. 至則朝天東歸之船也. 相與把手而慰之 邀之上船. 同船之人 已得南金大貝文緞彩錦於中國 充船而回矣. 火砲匠曰 諸君皆得重貨於中國 而獨枯槁空山 莫非數也. 何面目 歸見妻子乎. 在島中無所爲 拾洲邊團石 要以充老妻鎭床支機紡績之具. 遂擧五六包上船. 同船之人竊笑 而哀憐之. 旣還鬻諸市 價至數百萬金 富爲東方之甲云.

外史氏曰. 砲匠爲人 無出衆可稱者. 只緣天賦其命 特異於衆 自致橫財 轉禍爲福 回咷爲笑. 古亦有之 而未有若此之奇者也. 執貧富在天 豈容人力. 而彼營營射利者 抑何心哉.

東野彙輯
卷之十四

잡식부 하(雜識部 下)

유랑표해도단구(劉郎漂海到丹邱)　유람(游覽)
강생유산방도원(姜生遊山訪桃源)
남국접선아모귀(南國接仙娥謀歸)　기적(奇蹟)
북사우신승논상(北寺遇神僧論相)
인막명현능석감(因幕名衒能釋憾)　재능(才能)
용전공휼궁획보(用田功鷸窮獲報)
조박호복수수혜(助搏虎復讐受恩)　횡재(橫財)
독겸표전화획재(獨鉗豹轉禍得〈獲〉財)
수일석부자서륜(輸一石父子敍倫)　식화(殖貨)
영만금부처치부(贏萬金夫妻致富)
환호구신구합연(還狐裘新舊合緣)　보복(報復)
부체금전후활명(覆彘衾前後活命)
도사부보구화은(導射夫報仇話恩)　기의(氣義)
희납우발간치법(戲衲友發奸置法)

*〈 〉속은 각 설화 머리에 제시된 제목의 글자임

유씨(劉氏) 표류해 단구(丹邱) 섬에 이르러 일출 광경을 관람하다

14-1.〈207〉 유랑표해도단구(劉郞漂海到丹邱)

                 첨지(僉知)[140] 유씨(劉氏)는 고성(高城) 사람이다. 그는 집이 삼일호(三日湖) 포구에 있어서 물고기를 잡거나 해초를 채집하는 일을 하였는데, 어릴 적에 작은 배에 올라 물고기를 잡는 동안 배가 큰 바다로 흘러 들어갔다. 갑자기 거대한 한 물체를 만났는데, 그 물체는 매우 커서 산악 같았으며, 파도 사이에 버티고 서더니 입을 벌려 공기를 빨아들였다. 그 입의 크기가 성문(城門)만 하고 빨아들이는 기운은 질풍과 같아서, 배와 함께 파도를 둘둘 말아 몰아서 입속으로 삼키는 것이었다. 유 첨지가 그 물체의 배 속으로 떨어져 들어가 살펴보니 어둡고 깜깜하여 아득하게 먼 동굴 속 같았다. 또한 비린내가 코를 찌르고 찌는 듯 더운 열기에 잠시도 견디기 어려웠다. 정신을 수습하여 사방을 더듬어 보았는데

---

140) 첨지(僉知): 첨지중추부사(僉知中樞府事)의 준말. 중추부(中樞府)의 정3품 무관 벼슬.

온통 벽으로 막혀 있었다.

곧 차고 있던 칼을 뽑아 사방의 벽을 마구 찌르고 긋고 베는 동작을 잠시도 쉬지 않았다. 이렇게 하여 한참 지나니 그 물체가 몸을 흔들고 지느러미를 움직였는데, 그 통증을 아는 것 같았다. 그러더니 갑자기 지느러미를 힘껏 떨치면서 기운을 쏟아 거품을 뿜으며 배 속의 것을 토해 냈다. 유 첨지는 그 한 번의 입김을 통하여 밖으로 뿜어져 나왔다. 바람이 휘몰아치고 번갯불이 휘젓는 것 같아서, 그 모습을 돌개바람에 비유해도 부족할 정도였다.

갑자기 알지도 못하는 사이에 몸이 모래 언덕 위에 떨어졌고, 질식하여 정신을 잃었다가 반나절 만에 겨우 깨어났다. 비로소 눈을 떠 살펴보니 곧 해변이었다. 멀리 성난 파도가 힘차게 솟아오르는 곳에 크고 긴 물고기가 있어서, 오륙십 발이나 되는 것이 물결을 치고 우렛소리를 내면서 유유히 물결을 헤치고 떠가는데, 그것이 배를 삼켰던 고래라는 사실을 알았다.

유 첨지는 겨우 기어서 집으로 돌아와 며칠 동안을 몸조리하면서 쉬었다. 그런데 살갗이 찢어지고 수염과 머리털이 누렇게 변하여 빠졌다. 대체로 고래 배 속의 열독으로 인해 몸에 탈이 난 것이었다. 친척과 이웃 마을 사람들이 다시 살아난 것을 다투어 축하해 주면서, 모두 말하기를 아직까지 겪어 본 적이 없는 일이니, 관아에 글을 올려 알려야 한다고 입을 모았다. 이에 보고를 받은 관찰사가 기이한 일이라고 하여 조정에 알리니 임금이 첨지 벼슬을 내려 주었다. 그래서 사람들이 모두 고래 때문에 얻은 첨지라고 하여, 그를 경첨지(鯨僉知)라 일컬었고, 곧 그 마을 이름을 '경첨지 마을'이라 일컫게 되었다.

유 첨지는 이후 다시는 배를 타지 않았고 항상 집에 있으면서 한가하게 지냈다. 하루는 마을 소년을 따라 미역 채취하는 구경을 하러 나갔다. 그러다 우연히 두 사람과 함께 작은 배에 올라 삼일포 연안 바다를 돌고 있었는데, 갑자기 한 줄기 모진 바람이 일어 배를 휘감아 불어 대양(大洋)으로 몰아갔다. 사공이 손을 쓸 수가 없어 배가 회오리바람에 휩쓸리는 대로 두었다. 얼마 지나니 바람과 파도가 하늘에 닿을 듯이 높았으며, 그 모습은 마치

산이 무너지는 것 같았다. 배에 탄 사람들은 두려움에 입을 벌리고 선창에 쓰러져 배가 가는 대로 맡겨 둘 뿐이었다. 바람은 더욱 거세져 배가 나는 듯이 흘러 사흘 밤낮을 달렸다.

그리고 바람이 고요해지고 물결이 잔잔해져 문득 한 섬에 정박했다. 유 첨지는 이에 정신을 가다듬고 기운을 차려 모래 위에 뛰어내렸다. 두 사람 역시 그를 따라 섬에 내렸는데, 세 사람이 모두 기력이 다하고 겸하여 배고픔과 갈증이 심해, 서로 얼기설기 베고 땅에 누워 있었다. 정신이 몽롱한 속에 멀리 흰 옷을 입은 두 동자가 보이더니, 모래사장으로부터 나는 듯이 다가와서 말했다.

"어느 곳에서 온 사람들이기에 여기에 누워 있습니까? 아마도 표류해 오신 것 같습니다."

유 첨지는 입으로 말을 못 하고 머리만 끄덕일 따름이었다. 이어서 손을 들어 목 사이를 가리키니, 동자들은 허리에 차고 있던 병을 풀어 날개깃 모양의 우상(羽觴) 술잔에 따라서 마시기를 권했다. 그리고 이어 이렇게 말했다.

"우리 스승께서는 이미 공들이 이곳에 있는 것을 알고 저희를 보내 군산(君山)의 술로써 배고픔을 구제하라고 말씀하셨습니다."

세 사람이 한 잔씩 마시니 정신이 맑아지고 기력이 정상으로 돌아왔다. 유 첨지가 너희 스승은 누구이며 지금 어디에 있느냐고 물으니, 아이는 이렇게 말했다.

"우리 스승께서 맞이해 모시라고 하셨습니다. 가시면 알게 되실 것이니 모름지기 묻지 마시기 바랍니다."

세 사람이 동자들을 뒤따라 한곳에 이르니 깨끗한 모래와 하얀 돌이 있고, 아름다운 숲과 신기한 꽃들이 빛을 내면서 무성했으며, 땅이 아득한 것이 그 형세가 사방으로 막혀 있어, 진실로 은자(隱者)들이 머무를 만한 곳이었다.

한 노옹이 움막을 지어 살고 있었으며, 몸에는 칡으로 짠 풍성한 옷을 걸치고, 얼굴은 숯처럼 검었다. 세 사람이 인사를 마치니 노옹이 말했다.

211

"그대들은 어느 마을에 살며, 무슨 까닭으로 표류하여 이곳에 이르게 되었는지요?"

"우리는 고성에 사는 사람들입니다. 미역을 채취하다가 폭풍을 만나 이곳에 오게 되었습니다."

"아, 나도 역시 고성 사람입니다. 일찍이 표류하여 이곳에 와 살게 된 지 여러 해 되었지요."

세 사람은 저 노옹도 고성 사람이라는 말을 듣고 마음속으로 심히 기뻐하면서, 타향에서 고향 사람을 만나는 것과 같은 정도를 넘어서 더욱 큰 친근감을 느꼈다. 또한 노옹에게 물었다.

"어르신께서 고성 사람이시라면, 곧 고성에서 살던 마을 이름을 들어 볼 수 있겠습니까?"

"나 고성의 어느 마을 사람이요. 나는 누구의 아비이며 누구의 할아비인데, 내가 이곳에 온 지가 오래되어 우리 집이 근래에 어떤 상황인지 알지를 못합니다."

세 사람이 그 마을 이름을 들어 보니, 곧 자기들이 사는 곳의 이웃 마을이었으며, 누구라고 말한 사람들은 모두 세 사람의 선조들이 일찍이 친구로 사귀던 사람들로, 이미 사망한 지가 백여 년이나 되었다. 계산을 해 보니, 지금 고성에 살고 있는 사람들은 이 노옹의 운손(雲孫) 잉손(仍孫)[141]에 얼추 해당되었다. 이에 그 관계를 이야기하니 노옹은 슬퍼하면서, 인간 세상 세월이 부싯돌에서 이는 불꽃같이 이렇게 빠르다고 말했다.

노옹은 곧 손님들을 거느리고 초막으로 들어가서 정성을 쏟으며 머물게 하고, 그들과 함께 옛날과 지금의 이야기들을 주고받았는데, 신이하고 기괴한 일들이 많았으며 모두 인간 세상에서 들을 수 있는 이야기가 아니었다. 그래서 세 사람은 비로소 노옹이 옛날 중국 모군(茅君) 계보(桂父)[142] 같은

---

141) 운손(雲孫)·잉손(仍孫): '운손'은 8대손, '잉손'은 9대손을 뜻함. 이 두 가지를 합쳐 '운잉(雲仍)'이라 했음.
142) 모군(茅君)·계보(桂父): 모군은 한나라 신선 모영(茅盈). 열여덟 살에 항산(恒山)에 들어가 수도하여

신선 무리임을 의심하게 되었다. 이어 세 사람이 이 섬의 이름을 물어보니, 동해의 단구(丹丘)라고 일러 주었다. 또한 세 사람은 만 리를 표류한 사람들로서 뜻밖에 이곳에 이르게 되었으니, 이 선계(仙界)를 한번 구경하기 원한다고 말했다. 노옹은 동자를 시켜 손님들을 안내하여 이곳저곳 다니면서 경치를 구경시키도록 하였다.

　이 섬은 폭과 너비가 매우 넓어서, 바닷가를 모두 볼 수가 없었으며 산봉우리도 없었고, 푸른 소나무와 청청한 대나무가 두루 사방을 빙 둘러 있었다. 또한 황금빛 모래가 평야를 이루고 있어서, 한 번 바라보니 끝이 없었다. 새와 짐승들이 모두 하얀 털을 하고 있었는데 사람들이 다가가도 놀라지 않았으며, 항상 아름다운 구름과 안개 기운이 넓은 들판에 흩어져 있었다. 곳곳에 사람이 사는 마을이 있었는데, 집들이 초가지붕에 대로 만든 사립문이었고 매우 정수하고 청초하여 속세와 특이하게 달랐다. 또 농사짓거나 누에치기를 하지 않았고, 물을 마시고 풀로 옷을 지어 입어서, 인간 세상 바깥의 신선 세상임을 알 수 있었다.

　세 사람이 이틀 밤을 자면서 며칠 묵는 동안, 매일 아침에 바다에서 해가 솟아오르는 것을 보니, 아름다운 광채가 멀리 바다에서 분리되어 떠올랐다. 이에 세 사람이 해가 떠오르는 곳이 여기에서 몇 리나 떨어져 있느냐고 물으니, 노옹은 삼만 리 정도 된다고 대답했다. 재차 묻기를 고성까지의 거리는 얼마나 되느냐고 하니, 그 또한 삼만 리쯤이라고 일러 주었다. 이에 세 사람은 고성에서 여기까지 이르는데 불과 며칠 정도였으니, 곧 해 뜨는 곳도 역시 가볼 수 있을 것 같으니까, 한번 가서 장관을 보고 돌아오기를 원한다고 요청했다. 그러나 노옹은 이 일은 매우 어려운 일이라면서 거절했다. 세 사람이 한목소리로 간절하게 간청하니, 노옹은 두 동자에게 명하여 안내해 가도록 했다.

───────────────

　신선이 되었음. 그의 두 아우도 함께 신선이 되어 삼모군(三茅君)이라 일컬었음. 계보(桂父)는 중국 옛날 신선으로 항상 계수나무 잎을 먹어 얼굴이 동안(童顔)이었다고 함.('父'가 남자의 미칭(美稱)으로 쓰이면 음이 '보'임)

동자는 새털 옷을 입고 새털 부채를 들고, 새의 하얀 깃털로 짜서 만든 한 척의 작은 배를 끌고 와서 손님을 인도하여 태웠다. 그리고 눈을 감고 누워 있으면서 다만 귓가에 파도와 바람 소리만 들으라고 주의를 시켰다. 이어 오직 깃털 모양의 술잔에 한 잔의 물을 주어 손님들 주린 배를 채우게 했는데, 물의 색은 간장 같았고 매우 탁했으며, 맛은 산뜻하고 시원하였다. 동자에게 이 물 이름이 무엇이냐고 물으니, 경장옥례(瓊漿玉醴)라고 대답했다.

며칠이 못 미쳐 배가 해안에 닿았다. 동자가 일어나 눈을 떠 보라고 하기에 손님들이 일어나 앉아 정신을 가다듬고 보니, 다만 만 이랑이나 되는 파도의 출렁거리는 소리가 진동하였고, 그 파도 속에 하얀 은산(銀山)이 만 발이나 높이 솟아 하늘에 닿아 서 있있다. 그 산꼭대기를 바라보니 태양이 바야흐로 솟아오르고 있었다. 구름과 바다가 서로 휘몰아쳐 붉은 광채가 하늘을 덮었고, 그 빼어난 광채의 기상이 아주 넓고 크게 밝히어 비치고 있어서, 보잘것없는 속세 사람의 눈으로는 그 만분의 일도 형언할 수가 없었다.

이때 두 동자가 서로 논쟁을 벌이고 있어서 그 까닭을 물었다. 한 동자는 해가 처음 뜰 때에는 인간 세상과의 거리가 가깝고, 해가 중천에 있을 때는 멀어진다고 주장하고, 다른 동자는 해가 처음 뜰 때는 인간 세상과의 거리가 멀고, 해가 중천에 올랐을 때는 사람과 가까워진다고 주장하는 것이었다. 그 이유를 설명하면서, 처음 동자는 해가 처음에 뜰 때는 수레바퀴처럼 매우 크고 중천에 떠올랐을 때는 겨우 쟁반만 하니, 이것은 가까운 것이 크게 보이고, 먼 것이 작게 보이는 것이 아니냐고 했다. 다른 동자는 해가 처음에 뜰 때는 확 트여 시원하고 중천에 떠올랐을 때는 끓는 물에 손 넣는 듯이 뜨겁게 느껴지니, 이것은 멀리 있으니 시원하고 가까우니 더운 것이 아니냐는 주장이었다. 곧 손님이 이렇게 설명했다.

"이 말은 『열자(列子)』에 실려 있는 말이다. 공자(孔子) 같은 성인도 결정지을 수가 없었는데, 아아! 너희 같은 동자들이 어찌 알겠느냐?"

아침해가 막 떠오르니 그 기운이 차고 시원하여 사람의 마음을 떨리게 하고 안정시킬 수가 없게 했다. 은산(銀山)은 수정을 깎은 것같이 높이 서 있는데, 투명하여 그 바깥까지 통하여 볼 수 있었다. 세 사람이, 저 은산 봉우리를 넘으면 곧 해가 떠오르는 근원을 볼 수 있지 않겠느냐고 물었다. 이에 동자의 대답은 이러했다.

"이 산 바깥은 우리 스승께서도 역시 가볼 수가 없는 곳이니, 망령된 생각일랑 아예 마음먹지도 마시기 바랍니다."

이렇게 하여 배를 돌려 돌아왔다. 세 사람은 노옹에게 고했다.

"다행히 어르신의 사랑하여 챙겨주심에 힘입어, 속세에서는 결코 볼 수 없었던 장관을 볼 수가 있어서, 끝없는 감사를 드립니다. 다만 한 가지 그 은산 뒤를 돌아가서 살펴볼 수 없었던 일이 한스러울 따름이옵니다."

"아, 그 은산 뒤쪽은 비록 참 신선일지라도 가히 잠깐 사이에 도착할 수 없는 곳이지요."

세 사람은 여러 날 동안 섬에 머물고 있으니, 달밤에 고향 생각을 이기지 못하여 매양 고향으로 돌아가기를 소원하니, 이에 노옹은 이렇게 설득하였다.

"그대들이 이 섬 안에 머물러 사는 것은 진실로 대단한 행운입니다. 이곳의 하루는 곧 속세의 한 세대가 바뀌는 삼십여 년의 기간이랍니다. 그대들이 표류하여 온 이후로 지금 이미 오십 년이 지났으니 비록 고향 집으로 돌아간다고 해도 가족이 모두 죽었을 터인데, 세상사에 무슨 재미가 있겠어요? 그러니 이 땅에 머물러서 남은 세월을 보내는 것이 역시 마땅하지 않겠습니까?"

세 사람은 이 말을 듣고 깨닫지 못하는 사이에 정신이 아득해지면서, 믿을 수 있기도 하고 의심스러운 것 같기도 하여, 더욱 빨리 돌아가고 싶어 슬픈 말과 고언(苦言)으로 날마다 노옹 앞에 진술하였다. 그러자 노옹은 한탄하면서 허락했다.

"끝났도다. 그대들은 속세 인연이 다하지 않았으니 어쩌겠는고?"

그리고 나서 두 동자에게 명하여, 이 사람들을 본래의 고향으로 태워 보내 주라고 했다. 세 사람은 이 말에 크게 기뻐하며 노인에게 절을 하고 감사의 말을 올렸다. 이때 노옹은 이별을 고하는 시를 다음과 같이 읊었다.

> 인생은 백 년도 채우지 못하는데,
> 슬프고 슬프도다. 즐거움이 적음이여!
> 떠도는 발자취로 날개를 떨치듯 하여,
> 신령스러운 지역인 봉래산을 경험하였도다.
> 동쪽으론 부상(扶桑)의 해 뜨는 모습 보았고,
> 지팡이를 짚고서 신선 지역 단구에 올랐도다.
> 인간 세상의 바깥 신선 세계를 거닐었으니,
> 장하기도 하구려, 이렇게 먼 곳을 유람함이여!
> 신선과 세속인이 이로부터 이별함이여,
> 아득하게 각자의 길 떠나감에 임박했도다.
> 다시 만날 후기약 어찌 가히 점칠 수 있으리?
> 푸른 바다 물결 끝없이 넓게 펼쳐졌음이로다.

또한 노옹이 지남철을 주면서, 이것을 가지면 어느 방향인지를 분별할 수가 있다고 말했다. 두 동자가 드디어 세 사람과 함께 배에 올랐으며, 병 속의 음료를 마시는 것은 역시 이전과 같았다. 유 첨지가 그 음료수 한 병을 훔쳐 바짓가랑이에 숨겼는데, 동자는 알지 못하는 것 같았다. 배가 출발하여 얼마 지나지 않아 한 지역에 정박하였는데, 살펴보니 바로 고성 땅이었다. 동자는 손님들을 배에서 내리게 하고는 이별을 고하고 떠나갔다. 눈을 돌려 보는 순간 배와 두 동자가 함께 간 곳이 없었다. 세 사람은 각기 자기 집으로 돌아가 보니 마을이 이전과는 판이하게 달라졌고, 만나는 사람들도 모두 생전 본 적이 없는 전혀 모르는 사람이었다.

드디어 그 가문의 조상 대대로 이어진 계파를 이야기해 보니, 부모는 별세한 지 이미 오래였고 아내와 자식도 모두 늙어서 죽고 없었다. 지금 집에 사는 주인을 따져보니 손자와 증손자에 해당했다. 세 사람의 집에서는 일찍이 각각 옷을 가지고 장례를 지내고, 배를 타고 나간 날을 제삿날로 삼아서 제사를 모시고 있었는데, 그 기간을 계산하니 육십 년이 경과되었다. 세 사람은 모두 장수하여 오래 살았으며, 유 첨지는 곧 훔친 경장(瓊漿)을 때때로 술잔에 부어 마시고 익힌 음식을 먹지 않고 끊어, 병 없이 건강하게 이백 세를 넘겨 살았다. 매양 고성의 관장이 새로 부임하면 반드시 유 첨지를 불러 표류 중에 있었던 일을 물어보고는 기이하다고 일컫지 않는 사람이 없었다. 고성 사람들은 오늘날까지 그 일을 이와 같이 이야기하고 있다.

외사씨는 말한다. 내 일찍이 강원도를 유람하여, 마침 고성 사람을 만나 이 일을 듣고 매우 기이하게 여겼다. 하지만 곧 이 이야기는 민간에 근거 없이 떠도는 제동야인(齊東野人)[143]의 이야기여서 내 가히 믿을 수가 없다. 『사기(史記)』에는 삼신산(三神山)이 발해(渤海) 바닷속에 있으며, 거기에는 옥과 은으로 지어진 궁궐이 있고, 여러 신선들과 불사약(不死藥)도 있다고 기술해 놓았다. 일찍이 도통한 사람인 지인(至人)의 말에, "책에 있는 그대로를 다 믿는 것은 책이 오히려 없는 것보다 못하다."라고 했다. 과연 이런 것을 두고 한 말이로다.

---

143) 제동야인(齊東野人): 중국 제(齊)나라 동부 산동반도(山東半島) 근처 사는 시골 무식한 사람들. 이 지역 사람들이 떠도는 설화 이야기를 좋아해, '민간에 떠도는 근거 없는 이야기'를 '제동야인(齊東野人) 이야기'라 함.

東野彙輯 卷之十四

○ 第百四号 雜識部 四 游覽

劉郞漂海到丹邱

　劉僉知某高城人也. 家在三日湖浦口 以漁採爲業. 少時乘舠打魚 轉入大海. 忽遇一巨物 穹如山嶽 立於波間 張口吸氣. 口大如郭門 氣如疾風 捲濤並舟驅而納諸口. 劉落在腹中 黑窣窣地 迷離須洞. 且腥臭觸鼻 熱氣熏人 不堪暫支. 收拾精神 捫察四旁 渾如室壁. 遂拔佩刀 亂刺四壁 劃之劀之 無小歇時. 良久厥物乃搖身動鬐 若知其疼者. 忽振鬣奮氣 潰沫而射之. 劉爲其一口氣所嘔出 風驅電掣 未足以喩其飆. 忽不知不覺 落身沙岸上 昏窒半晌僅甦. 始開眼視之 卽海邊也. 遠見怒濤洶湧 有巨魚長大 可五六十丈 鼓浪成雷 苒苒揚波而逝 乃知爲呑舟之鯨也. 匍匐歸家 調息幾日. 肌膚皴裂 髭髮黃墜 蓋以魚腹中熱毒所祟也. 親戚隣里爭賀再生之人 咸曰 逞牒之所未有. 道伯以其蹟奇 聞于朝 授加資僉知. 人稱以鯨僉知 遂名其村.

　劉不復乘船 常在家閒遊. 一日隨里中少年 往觀採藿. 偶與二人登小舠 沿回浦邊 忽有一陣狂風 吹篷而去 驅入大洋. 舟人未及措手 任他飄蕩. 俄而風濤接天 勢若山崩 諸人神慄口呿 頹臥篷底 任其所之. 風益急 而舟如飛 過三晝夜. 風靜浪息 忽泊一島. 劉乃聚精作氣 跳下沙場. 二人亦隨而下陸 氣力俱盡 兼以飢渴 相與枕藉而臥于地. 朦朧中 遙見二個白衣童子 自沙堤飄然而來 謂曰 何處人來臥此地 無乃漂蹤耶. 劉口不能言 點頭而已. 因擧手指喉間 童自腰間 解

佩壺 酌以羽觴 而勸飲之曰 吾師已知公等之在此 送吾們 以君山之釀 救餒耳. 三人一飲 精神頓生 氣力如常. 問汝師爲誰 方在何處. 曰吾師奉邀 往可知之 不須問也. 三人遂跟童 至一處 明沙白石 嘉林異卉 瑩朗藂茂 地幽而勢阻 眞隱者之所盤旋.

有一老翁 結草幕而居 身掛葛寛 面黧如炭. 三人施禮畢 翁曰君輩住那里 緣何漂到. 劉曰 吾僑高城人 因採藿漂風至此. 翁曰 吾亦高城人 嘗漂流住此 已有年矣. 三人聞彼亦高城人 意甚欣幸 不啻他鄉逢故人也. 又問 公高城人 則所居村名 可得聞乎. 翁曰 某村也. 吾是某也之父 某也之祖 而來此既久 不知吾家近作何狀. 三人聞其村名 即自家之隣里 而某也云者 皆三人先祖之所嘗友者 作故已過百餘年. 以今生存者計之 似是翁之雲仍也. 因語其事 翁悽然曰 人間石火之忙如是矣.

翁乃携客入幕款留 與之談古說今 多神異奇怪之事 俱非人世所聞. 三人始疑翁是茅君桂父之流. 問此島之名云何. 曰東海之丹丘. 三人曰 萬里漂蹤 意外抵此 願得一玩靈境. 翁命童導客隨處覽玩. 島之幅員甚廣 未見涯涘罔巒 周遭多蒼松翠竹. 又有金莎平野 一望無際. 禽獸多白 而近人不驚 常有靄雲彩霞之氣 散漫原野. 往往有人居 茆簷竹扉 精灑異常. 不農不桑 飲水衣草 可知爲物外仙區也. 三人信宿幾日 每見朝暾騰海 光彩迥別. 問日出處距此爲幾里. 翁曰三萬餘里. 又問高城距此爲幾何 曰亦三萬餘里. 三人曰 自高城抵此不過數日之頃 則日出處 亦可得到 願一往壯觀而歸. 翁曰 此甚難矣. 三人齊聲苦懇 翁乃命二童 指導而去.

童著羽衣把羽扇 曳以白羽織造之一小艇 携客登舟. 戒以闔眼而臥 耳邊但聞風濤之聲. 只以一勺羽觴水 飲客以療饑 水色如醬甚濁 味則淸冽. 問此何名. 童曰 瓊漿玉醴也. 不數日 船已泊岸. 童曰 可起而視之. 乃起坐定睛 但見波濤萬頃 瀰渚震蕩 中有銀山萬丈 接天

而立. 望其巔 日輪方湧上矣. 雲海相盪 紅光蔽天 其精彩氣象之照耀廣大 不可以區區俗眼 形容其萬一也. 二童相與爭辨 問其故. 一童曰 吾以日始出去人近 日中時遠也. 一童曰 我以爲日初出時遠 而日中時近也. 一童曰 日始出 大如車輪 及其中 纔如盤盂 此不爲近者大 而遠者小乎. 一童曰 日初出 蒼蒼涼涼 及其中 如探湯 此不爲遠者涼 而近者熱乎. 客曰 此語載於列子. 以孔子之聖 不能決 嗟汝童子何知. 朝暉纔昇 氣甚寒凜 令人戰慄 殆不能定. 銀山如水晶削立 可以洞觀其外. 問越彼巔 則可見日出之源乎. 童曰 此山之外 吾師亦不得往見 母萌妄念也.

　因卽回棹歸. 告老翁曰 幸蒙尊公之眷愛 得覩塵寰所未有之壯觀 感謝無已. 但恨不得轉覽山外耳. 翁曰 銀山之外 雖眞仙未可造次到矣. 三人留連多日 不勝步月之思 每願還鄕. 翁曰 君輩留住此間 固係大福分. 此處一日 卽人間一歲也. 自君之漂海 今已過五十年 雖歸家 眷屬已皆零落 有何世味. 因留此地以送餘年 不亦宜乎. 三人聞此言 不覺惝怳 將信將疑 愈欲速歸 悲辭苦語 日陳於前. 翁曰 已矣. 君輩俗緣未盡奈何. 因命二童曰 可載送此輩於本鄕也. 三人大喜 拜辭老翁. 翁吟詩以別曰. 人生不滿百 戚戚少歡娛. 浮蹤如奮翮 靈境得蓬壺. 東觀扶桑曜 杖策陟丹丘. 逍遙八紘外 壯哉此遠遊. 仙凡從此別 黯然各臨歧. 後期那可卜 碧海水無涯. 又給指南鐵曰 持此可辨某方. 二童遂偕三人登舟 所飮壺漿 亦如前. 劉竊一壺 藏于袴下 童若不知也. 行船未幾 泊于一處 視之乃高城也. 童敎客下船 告別而去. 轉晌間 船及童子俱不知去處. 三人各歸其家 村落與前判異 逢人皆生面 無一識者. 遂講其世派 父母別世已久 妻子亦皆老死. 顧今主家者 若孫若曾也. 三人之家嘗各以衣葬 祭用登船之日 計其間 經六十年. 三人皆遐壽 劉則以所偸瓊漿 時或勻飮 而節烟火之食 康健無疾 壽過二百歲. 每高城守新莅 必招見 問漂海事蹟 莫不稱

奇. 高城人至今 道其事如此.

　　外史氏曰. 余嘗東遊 適遇高城人 聞此事甚異之. 然便是齊東野人之語 吾未可信也. 史記曰 三神山在渤海中 有瓊宮銀闕 諸仙人及不死藥存焉. 盖嘗有至者云 盡信書不如無書 其是之謂歟.

강씨(姜氏) 선비 산속으로 인도되어 선경(仙境)을 방문하다

14-2.〈208〉 강생유산방도원(姜生遊山訪桃源)

                              진사(進士) 강씨(姜氏)는 속세 밖의 고결한 선비이다. 그는 북저동(北渚洞)에 살았는데, 궁핍하여 곤란을 겪으면서도 스스로 즐거워했다. 젊었을 때 성균관에 들어갔었지만 과거 공부를 그만두고 유람하기를 일삼아, 명산대천을 두루 돌아다녀 그의 발걸음이 이르지 않은 데가 없었다. 그래서 매양 스스로 중국 각지를 유람하였던,『사기(史記)』를 편찬한 사마천(司馬遷)의 풍모를 지녔다고 자부했다. 신령스러운 곳이나 알려지지 않은 깊은 지역에 이르기까지, 역시 모두 끝까지 찾아가 살피고 깊이 있게 탐구했으며 어떤 곳은 두 번이나 세 번에 이르기도 하였다.
  일찍이 춘천의 기린창(麒麟倉)[144] 지역에 갔는데, 그날은 때마침 시골 장날이어서, 길거리에는 사람들이 소란스럽게 떠들고 있었다. 이에 한 여점

---

144) 기린창(麒麟倉): 춘천(春川)에 있던 나라 곡식 창고.

에 들어가 하룻밤 쉬어갈 생각을 하였는데, 여점 주인도 역시 평소 친분이 있던 사람으로 기쁘게 맞이해 대접하여, 방 하나를 가려 그를 묵게 했다.

조금 있으니 한 손님이 황금 관자(貫子)에 붉은 띠를 허리에 두르고 약립(箬笠)을 쓰고는 누런 송아지를 타고 들어왔다. 그 손님은 심부름하는 사내아이에게 저 방 안에 앉아 있는 분이 어떤 사람이냐고 물었다. 아이가 이렇게 설명하여 말했다.

"저 분은 서울 사는 진사로, 산천을 두루 유람하여 팔도를 널리 돌아다니는데, 여기에도 역시 세 차례나 지나다 들려서, 친숙해진 지 이미 오래되었습니다."

그 손님은, 저 양반이 재주와 식견을 가졌느냐고 다시 물었고, 아이는 자못 풍수지리를 이해한다고 알려졌으나 실제로 그 재주를 나타내는 능력은 보지 못했다고 대답했다. 이에 그 손님은 다시, 혹시 자신이 저 분을 모셔 갈 수가 있겠느냐고 물었다. 이 말에 아이는 아마도 어렵지 않을 것이라고 대답했다.

잠시 후 심부름하는 아이가 강 진사에게 전했다.

"어느 마을에 사는 동지(同知)[145] 한 분이 진사 어른의 품은 재주가 많다는 이야기를 듣고, 조용히 받들어 모시고 가기를 원합니다. 의심하지 마시고 잠시 함께 가는 것이 좋겠습니다."

강 진사는 바야흐로 토방에 우뚝하게 앉아 있으면서, 진정 무료함을 느끼고 있던 터였다. 그래서 그곳까지 가는 거리가 멀지 않으면 곧 잠시 다녀오는 것이 어찌 문제가 되겠느냐고 승낙하여 대답했다. 이렇게 하여 그 동지라는 분이 찾아와서 절을 하며 말했다.

"평소에 훌륭한 명성을 듣고 다만 만나서 성명이나 알고 인사 드리기를 원하였습니다. 마땅히 어르신을 소에 태워 고삐를 잡아 모시고, 함께 누추한 저의 집에 이르러, 그윽하게 품은 회포를 한바탕 풀어 펼치도록 하겠습니다."

---

145) 동지(同知): 동지중추부사(同知中樞府事)를 줄인 말로, 존경받는 노인에게 붙여 주는 칭호로 사용됨.

곧 강 진사는 사는 곳까지의 거리가 얼마나 되느냐고 물었고, 그 동지는 삼십 리 정도 되는 곳이라고 대답하였다. 강 진사가 즉시 허락하고 송아지에 오르니, 그 동지는 고삐를 잡고 모시고 갔다. 때는 바야흐로 정오 무렵이었는데, 타고 가는 소가 빠르지도 않고 느리지도 않게 진행하여 약 오륙십 리를 갔다. 그런데도 동지는 오히려 더욱 송아지를 꾸짖고 채찍질을 하니 등성이와 골짜기를 거쳐 계속 가서 멈출 곳을 알지 못했다.

"삼십 리 거리가 어찌 이리 먼지요? 사는 마을이 과연 어디인지요?"

강 진사가 물으니 동지는 아직 삼십 리가 남았다고 대답했다. 강 진사는 이에 크게 괴이하게 여기고 말하였다.

"지금 이곳까지 근 백 리를 왔습니다. 처음에 삼십 리라고 한 것은 어찌 그리도 허황된 말이었습니까? 지금 이처럼 나를 속여 이끌고 가서 무슨 일을 하고자 하는지요?"

"그럴 만한 묘한 이치가 있습니다. 옛말에는 비록 삼십 리를 일 사(舍)라 하였지만, 우리 고향에서는 곧 구십 리를 일 사라고 하니, 제가 속인 것이 아닙니다. 헤아려 이해해 주시기 바랍니다."

이 말에 강 진사는 비록 의아하고 당혹스러웠지만 일이 이미 이러한 지경에 이르렀으니, 사정으로 보아 다시 돌아가기가 어려워 가는 대로 맡겨 두고 계속해 곧장 길을 달리게 했다. 대체로 장터로부터 지나온 길은 모두 깊은 산속의 험한 골짜기였다. 풀과 나무가 울창하게 우거진 숲속으로 외나무다리를 건너 시냇물을 지나고, 풀과 나무를 헤치며 험한 돌길을 밟아 하루 종일 어렵고 힘든 길을 오는 동안, 강 진사는 자못 힘든 고초를 겪었다고 생각하였다.

동지가 잠시 머물러 주린 배를 채우고 소에게도 풀을 먹이고 가자고 요청하였다. 이에 강 진사는 소에서 내려 계곡 주변에 앉아, 가지고 온 대바구니 밥을 먹고 표주박의 물을 마셨다. 그리고 또한 소에게 먹이풀과 콩을 먹이고는 다시 몇 리를 더 진행하니 지는 해가 서쪽으로 떨어지고 산길이 이미 어두워졌다. 그때 아득히 먼 곳에서 사람의 부르는 소리가 들리니, 동지도 역시 소리쳐 불러 응답을 하였다. 수십 명이 관솔불을 들고 고개를 넘어 왔는데 이들은 모두 두메산골 젊은이들이었다. 그리고 이들은 강 진사를 인도하여 밭두둑 길을 지나고 물굽이를 돌아드니 강 진사의 눈앞에 한 골짜기가 넓게 펼쳐졌는데, 넓은 들판이 탁 트여 환하고 집들이 즐비하여 마을 모습을 이루고 있는 것이었다.

닭 울음소리와 개 짖는 소리가 아련히 구름 속에서 시끄럽게 들리고, 다듬이 소리가 달빛 아래에서 울려 퍼지고 있었다. 곧 한 커다란 집에 도착하여 소에서 내려 문안으로 들어갔다. 건물들이 촘촘하게 둘러서 있고 방이며 난간들이 깨끗하고 치밀하게 잘 짜여 있어서, 산속에 사는 사람들이 거처하는 집 같지가 않았다. 주인이 손님을 인도하여 한 방에 머물게 하고는, 저녁밥을 차려 들여왔는데 정성껏 갖추어서 가히 먹음직하였다. 그리고 밤이 되어 편안하게 잠을 잤다.

다음 날 아침에 문을 열어 두루 살펴보니 마을 안에 집들이 삼백여 호나 되었는데, 바위에 걸치게 하고 언덕을 뚫어 굴을 만들어 건물을 세웠으며, 건물들이 연접해 서 있고 담장이 이어져 있었다. 그 앞에는 들이 넓게 펼쳐져 있어서 기름진 밭과 비옥한 토지 아닌 곳이 없었다. 그 지역은 둘레가 삼백여 리나 되었으며, 은은하여 신선이 사는 별천지였다. 또한 마을에는 학당이 있어서 모든 집안 아동들을 모아 글을 가르치고 있었다. 그 나이 어린 남자들은 낮에는 들에 나가 농사를 짓고 저녁에는 글공부를 하는데, 간혹 허리에 경서를 둘러매고 호미질을 하기도 하였다. 거기 사는 사람들은 모두 동중서(董仲舒)[146]와 아관(兒寬)[147]처럼 뛰어났고, 그 지역은 곧 무릉도원(武陵桃源)이었다.

강 진사는 일찍이 팔도를 두루 유람하면서도 신선 세계를 보지 못한 것을 한으로 여겨왔다. 그런데 이곳에 이르러 문득 한 구역의 아름다운 지경

---

146) 동중서(董仲舒): 중국 한(漢)나라 유학자. 호는 계암자(桂巖子). 춘추공양학(春秋公羊學)에 밝았음.
147) 아관(兒寬): 중국 한(漢)나라 무제(武帝) 때 사람으로 경서(經書)에 밝았음.

을 만나게 되니, 산과 내가 꾸며 놓은 것같이 아름답고 평온한 세월을 누림이 화목하고 즐거워, 진실로 이곳은 속세를 떠난 아름다운 별세계인 신선 세계임에 틀림없다고 여겼다. 이에 자신도 알지 못하는 사이에 속세의 마음이 멀리 사라지고 마음속이 시원하게 열렸다. 이에 동지에게 의문을 표시했다.

"주인께서는 신선이십니까? 귀신이십니까? 어찌 세상에 이와 같은 곳이 있는지요? 이곳의 이름은 또 무엇입니까?"

"나는 별천지 사람인 신선이 아닙니다. 윗대 할아버지 때는 고양에 거주하였었는데, 내 증조부께서 이곳에 이르게 되었습니다. 그때 마침 임진왜란을 만나 집안을 모두 거두어 이곳으로 들어왔습니다. 그리고 가까운 집안 친척 모든 가정과 외가나 처가 집안 사람들이 함께 가족을 거느리고 들이왔습니다. 또한 인척들 중에서 따라오기를 원하는 사람들도 함께 들어오게 되어 그 수가 무릇 삼십여 가구가 되었습니다. 들어올 때 다만 약간의 마른 음식과 소금, 간장, 된장, 그리고 그릇과 일용 기구며 서책 등을 가지고 왔습니다. 일단 이곳에 들어온 후에는 밖으로 나가지 않고, 세상과 서로 왕래하지 않기로 모두 함께 약속을 했습니다. 그리고 한편으로 땅을 개간하여 농사를 지으니, 그 땅 기름짐의 이득이 매우 많아서 심은 곡식 한 줄기에 아홉 개의 이삭이 달려 양식을 다 먹지 못할 정도였습니다. 남자와 여자가 혼인하는 것 역시 이 중에 있는 여러 집안과 혼인을 맺어 대대로 오이와 칡넝쿨이 엉기는 것처럼 번성하여, 옛날 중국 주진지촌(朱陳之村)[148] 같은 마을이 이루어지게 되었습니다. 백여 년 동안 자손들이 번성하여 같은 우물을 쓰는 집안이 삼백여 호나 됩니다. 살아가고 늙어가는 동안 평온하고 태평한 삶의 즐거움과 신선과 같은 청정의 행복 누림을 모두 함께하게 되니, 진실로 이른바 삼정승의 자리와 바꾸지 않을 만합니다."

이 이야기에 강 진사는 또한, 이 안에서 경작하고 길쌈한 것으로 입고 먹는 것은 구차함이 없겠습니다만, 노인은 고기가 아니면 배가 부르지 않으

---

148) 주진지촌(朱陳之村): 중국 강소성(江蘇省) 풍현(豊縣) 동남쪽에 있는 마을로, 주씨(朱氏)와 진씨(陳氏)만 외따로 모여 서로 혼인하면서 대를 이어 다정하게 살아서 생긴 이름임. 두 집안의 혼사(婚事)가 성립되는 것을 '주진지호(朱陳之好)'라고 함.

며 소금은 산골짜기에서 생산되지 않으니 어려움이 없느냐고 다시 물었다. 이에 주인이 대답했다.

"산중에는 노루, 사슴, 돼지, 양 등이 있습니다. 또한 시골 장날에 가서 때때로 소고기를 사 가지고 오며, 계곡 물에 가서 물고기를 잡아 오기 때문에, 가히 생선과 쇠고기를 먹는 데에는 조금도 부족함이 없습니다. 또 집집마다 각기 벌통 네다섯 개씩을 비치하여서 그 질 좋은 꿀을 나루터 저자에 지고 가서 팔아 소금을 사서 오므로, 한동네의 소금 사용에 있어서 일찍이 고통을 겪은 적이 없습니다. 이 밖에 살아가는 동안의 건강을 위한 보양(保養)과 죽은 사람을 장례 지내는 절차에 있어서도 고통을 겪는 어려움이 한 가지도 없습니다."

이에 강 진사는 칭찬하고 부러워할 뿐이었다. 하루는 주인이 강 진사에게, 오늘 날씨가 맑고 온화하니 객지에서 응당 무료함을 느끼고 있을 것이므로, 물고기 잡는 놀이를 보러 가자고 요청했다. 그래서 강 진사가 함께 한 저수지에 가니, 동네 사람들이 많이 모여 쌀겨와 쪽정이 가루를 물에 풀고 가라앉기를 기다리는 것이었다. 그리고 소년 무리가 막대기를 들고 헤엄을 치면서 물위를 내리치니 얼마 뒤에 한 자 가량 되는 물고기가 물위로 떠올랐다. 이때 그물로 그것들을 거두어들여 담으니, 퍼덕거리는 물고기가 항아리에 가득 찼다. 주인이 물고기 항아리를 앞에다 두고 한참 동안 구경하다가 갑자기 항아리를 들어 저수지 물에 부어 버렸다. 강 진사가 이상하게 여기고 그 까닭을 물었다. 주인은 낚시질이란 마음속 한적한 즐거움을 취하는 것이며 물고기를 잡아서 이득을 취하는 것이 아니라고 말하고, 또한 하늘이 낸 물건을 난폭하게 죽이는 것은 상서롭지 못하다고 대답했다. 이 말에 강 진사는 더욱 기이하게 여기고 속으로 그 심덕(心德)의 두터움에 감탄하면서, 많은 복을 받아 누릴 것이라고 생각했다. 하루는 주인이 말하였다.

"제가 진사 어른을 맞이한 것은 마음속에 간절히 부탁할 일이 있기 때문입니다. 저의 증조부님 이후로 산소들이 모두 이 골짜기에 있습니다. 그래서 이곳에 사는 가정에서 모두 곳곳에 서로 장지를 만들어 이 골짜기 산지에는 이미 선영(先塋)에 남은 묏자리가 없습니다. 또한 이 늙은이가 사후에 사용할 만한 땅도 없어서 항상 그 생각이 떠나지를 않습니다. 저를 위하여 한 자리를 지정해 주실 수 있겠습니까?"

이로 인해 강 진사와 함께 산에 올라 널리 돌아다녔는데, 강 진사가 서서 산세를 둘러보더니 비록 좋은 산소 자리는 아니지만, 산줄기들이 양쪽으로 싸서 안아 빙 둘러 만나고, 바람과 물을 한곳으로 모아 굽이굽이 국소(局所)를 이루니, 진실로 자손이 영원히 이어져 번성할 땅이라고 말했다. 그러고 거기 한 혈(穴)을 지정해 보여 주니 주인은 크게 기뻐하고 더욱 후하게 대접했다.

며칠 지나 강 진사가 돌아가고자 하니 주인은 이렇게 당부했다.

"이 시역은 곧 나라 힘이 비치는 구역 바깥에 있는 땅입니다. 평지를 둘러싸고 있는 것은 모두 산이며, 산 밖에는 또 산이 있습니다. 나라에서 세금을 징수하는 제도가 미치지 못하는 곳이며 사람의 인적도 닿지 않는 곳인데, 진사어른께서 여기에 오신 것 또한 인연이 있었을 따름입니다. 이 산에서 나가신 후에 다른 사람들에게 번거롭게 말씀해 알려 주지 마시기 바랍니다."

"동천(洞天)의 복된 땅을 다행히 만나볼 수 있었으니, 나도 역시 집안 식구들을 거느리고 옮겨와서 살고자 합니다."

강 진사의 이 말에 주인은 웃으면서, 그렇게 하는 것은 진실로 좋은 일이지만, 어찌 쉬운 일이겠느냐고 말하였다. 그리고 소매를 잡고 작별했다. 강 진사는 집으로 돌아온 후 매양 가족을 거느리고 다시 그곳에 가려고 했지만 속세의 굴레를 헤치고 벗어날 수가 없었다. 끝까지 도연명의 '도화원기(桃花源記)'[149]에서, 어부가 선경(仙境)을 다시 찾아갔다가 길을 잃은 것처럼, 그곳을 다시 가지 못하고 슬픔과 한탄으로 늙었다고 한다.

외사씨는 말한다. 한시(韓詩)[150]에, "신선이 있는지 없는지는 어찌 그

---

149) 도화원기(桃花源記): 중국 진(晉)나라 때 시인 도연명(陶淵明)이 지은 글로, 한 어부가 무릉도원(武陵桃源)의 신선 지경에 들어갔다가 나온 내용. 다시 그곳을 찾아갔으나 길을 찾지 못하고 돌아온 사실을 말하고 있음.

150) 한시(韓詩): 당(唐) 한유(韓愈, 韓退之)의 시. 한유의 문장체(文章體)가 독특하여 '한문(韓文)'이라 함.

리도 아득하여 명확하지 않은고? 무릉도원(武陵桃源) 이야기도 진실로 황당하다."라고 했다. 소동파도 다음과 같이 말했다. "세상에 전하는 무릉도원 이야기는, 그 이야기 속의 실상을 자세히 살피지 않고 대강 읽고 그냥 지나쳐 넘어간 것이 많다. 도연명이 쓴 내용을 자세히 고찰해 볼 때, 기록에서는 다만, "지난날 선세(先世; 옛날 조상 세대)에 진시황(秦始皇)의 난리를 피하여 여기에 왔다."라고만 언급되어 있다. 그러니 곧 어부가 만난 사람들은 아마도 옛날 진시황 때에 온 그 사람들의 후손이며, "옛날 진(秦)나라에서 온 사람들이 지금까지 죽지 않고 그대로 살아 있는 것을 만난 것은 아닌 것 같다."라고 말했다. 그러니 가히 인간 세상을 피하여 숨어 사는 일민(逸民)이지 신선(神仙)이 아님을 알 수 있다. 우리나라에는 산과 골짜기가 많아서 구석구석 기이한 지역이 있지만, 세상 사람들이 그런 곳을 알지 못하여 노는 땅으로 버려져 있으니 어찌 가히 애석한 일이 아니냐? 또한 옛날에 중국에서 한 마을이 외따로 뭉쳐 대대로 살던 '주진촌(朱陳村)'이라 일컬어지던 곳도, 근세로 오면서 나라에서 세금을 독촉하고 복잡하여 소란해졌으며, 사람들의 습속 역시 각박해졌다. 소동파의 '주진촌도(朱陳村圖)' 그림 화제(畫題)에서, "오늘날의 풍속과 문화를 어찌 모두 나타낼 수 있으리오? 현(縣)의 관리들은 한밤중에도 남의 집 문을 두드리며 세금을 독촉하는구나."라고 했는데, 바로 이 변화된 세태를 말하고 있는 것이다. 강씨는 유람을 즐기는 버릇으로 인해 별세계(別世界)를 만났는데, 그곳은 진정으로 속세를 피해 사는 도원(桃源)이었다. 그런데 거기에 들어가 살 수 없었던 것은 인간 세상에 얽힌 여러 일들을 결연히 버리고 떠나는 것이 역시 어려웠기 때문이다. 이 세상에서 아무런 근심걱정 없이 즐거움만을 누리는 청복(淸福)은 하늘의 신선이 누리는 즐거움에 해당한다. 그런데 하늘은 우리 인간에게 이 청복을 점지하기를, 부귀(富貴) 내려 주는 것보다도 더 심하게 아끼고 인색하게 한다. 진실로 사람에게는 분수가 정해져 있어서, 그 청복을 사람 힘으로 취할 수 없는 것이어서 그런 것이로다.

東野彙輯 卷之十四
○ 第百四号 雜識部 四 游覽

姜生遊山訪桃源

　　姜進士某物表高士也. 家在北渚洞 以薖軸自娛. 早年登庠 因廢舉業 以遊覽爲事, 周行八路 名山大川跡無不到. 每自許以有子長之風. 至若靈境奧區 亦皆窮搜深覓 或再至三至. 嘗到春川麒麟倉 適値場市日 路上喧囂 乃投店舍 爲歇宿計. 店主亦素親者 欣接款待 揀一房而舘之. 俄有一人 鬢金腰紅戴箬笠 騎黃犢而來. 問店小二曰 彼房中坐客何許人也. 對曰 京居姜上舍 周覽山川 跡遍八道 而此處亦三次來過 親熟久矣. 曰彼班有才識乎. 曰頗諳堪輿 而未見其衒能也. 曰或可邀去否. 曰似不難矣.

　　小焉店小二入告曰 某村某同知聞上舍有抱才 窃願奉邀 幸母疑而暫往焉. 姜方塊坐土室 政爾無聊. 遽答曰 距此不遠 則暫爲往返何妨之有. 於是某同知來拜曰 夙聞聲華 但願識荊. 當以騎牛 爲公之御 偕至鄙所 一暢幽懷. 姜曰 貴居距此幾里. 曰一舍之地. 上舍遂諾而騎犢 同知執靶而行. 時方晌午 牛行不疾不徐 約行五六十里. 猶叱犢加鞭 踰阡度峽 迄不知停. 姜曰 一舍之地 何其遠耶. 貴村果在何處. 曰尙餘三十里. 姜乃大怪之曰 此來將近百里 而初言三十里者 何其虛誑. 今玆欺我 而携去欲何爲乎. 曰自有妙理 古語雖以三十里 謂之一舍. 而吾鄕則以九十里爲一舍 吾非欺公也. 幸垂諒焉. 姜雖訝惑 而事旣到此 勢難退步. 任其所之 一直趲程.

　　盖自墟市所經 都是深山窮谷. 林樾叢薄之中 涉畧彴而過澗 披

蒙茸而躐磴 鎭日間關 頗覺辛楚. 同知暫請 療饑喂牛而去. 乃下坐溪邊 扱簞食飮瓢水. 又以菽豆飼牛 復行幾里 斜曦西墜 山路已黑. 遠遠地有人呼聲 同知亦呼而應之. 數十把松明火 越嶺而來 皆峽村年少也. 因導之 踰阡轉灣 抵一洞天 野色開朗 村容櫛比.

鷄犬喧於雲中 砧杵響於月下. 到一大屋 下犢入門. 室宇稠匝 房櫳精緻 不似峽人之攸廬. 主人導客留一室 進以夕飱 精備可噉. 入夜穩眠. 翌朝開戶周視之 洞中人家可三百餘戶 架巖鑿崖 接屋連墻. 前野平鋪 無非良田沃土. 其地周迴可三十餘里 隱然是別有天地也. 又有里塾 聚諸家兒童 以訓課. 其年少男子 亦晝耕夜讀 或帶經而鋤. 其人皆董子兒寬也 其地卽武陵桃源也. 姜周覽八域 常以未見仙源爲恨. 至此忽遇一區佳境 溪山之粧點 烟月之和樂 洵是物外勝地. 不覺塵心窅喪 襟懷爽開. 乃謂同知曰 主人仙乎鬼乎. 世豈有此地乎 此地何名. 主人曰 吾非別人也. 先世居高陽 吾之曾祖偶得此處. 適值壬辰倭燹 撤家入來. 以至堂內諸家 及外戚妻黨諸人 竝挈來. 又有姻親願從者 與之偕入 凡爲三十餘家. 只持如干餱糧鹽醬器用什物書冊而來. 共約以一入不出 勿與世相通. 一邊起墾作農 土利甚博 一莖九穗 穀不可勝食. 子女婚嫁 亦在此中諸家連姻 世爲瓜葛 便成朱陳之村. 百餘年間子孫繁盛 同井之室 殆近三百戶. 共生老太平 穩享淸福 眞所謂三公不換矣.

姜問此中耕織 衣食似無苟 而但老者非肉不飽 鹽非峽産 得無窘乎. 主人曰 山中有獐鹿猪羊 又從場市時 買牛肉而來 臨溪而漁鮮 可食魚肉未嘗乏矣. 家家各置蜂筒四五簡 以淸蜜馱往浦市 賣蜜販鹽歸 作一洞之用鹽 未嘗絶矣. 此外養生送死之節 無一艱紐者矣. 姜稱羨不已. 主人曰 今日淸和 客懷應自無聊 請往觀打魚之戱. 偕至一豬澤 洞人咸聚 解糠粃於水 待其沉下. 年少背持杖 游泳而打波 少頃銀鱗玉尺 盡浮水上. 乃擧綱而取之 潑潑滿盆. 主人置盆於前

覽玩良久 忽擧盆而投水. 姜怪問之 主人曰 取適非取魚 且暴殄天物不祥也. 姜尤奇之 暗歎其心德之厚 餉受多福也. 一日主人曰 僕之敢邀上舍 竊有所懇. 吾曾祖以後 楸壟皆在此洞. 洞中諸家處處互相入葬 故此處山地已盡 先塋餘麓又無可用. 老物身後之地 常所關念 可爲我指示一處. 因携姜登山遍踏 姜睹其山勢 雖非大地 而回抱周遭 風水聚合 曲曲成局 洵是綿遠之地. 乃占一穴以示之 主翁大喜 益加厚待. 過幾日 姜欲歸. 主翁曰 此坪卽區域之外 環坪皆山 山外有山. 王稅之所不及 人跡之所不到 公之來此 亦有緣耳. 出山後 幸勿煩人說道也. 姜曰 洞天福地幸而得見 吾亦欲率家來住也. 主翁笑曰 然則固好 而豈容易乎. 因摻袂作別. 姜還家後 每擬挈眷復往 而未能擺脫俗臼 竟如漁舟之迷津 至老悵恨云.

　　外史氏曰. 韓詩云 神仙有無何渺茫 桃源之說誠荒唐. 東坡曰 世傳桃源事多過其實. 考淵明所記 止言先世避秦來此. 則漁人所見 似是其子孫 非秦人不死者云. 可知其遯世逸民 而非仙也. 我東多山峽 往往有異境 而世莫之知 抛作閒田 豈不可惜. 但古以朱陳村稱者 近世則催科繹騷 風俗亦薄. 東坡題朱陳村圖曰 而今風物那堪盡 縣吏催租夜打門 是矣. 姜因游覽之癖 得見別界 便是桃源. 而未能往從 俗累之決然捨去 亦難矣. 盖淸福卽上界神仙之樂 天之靳惜甚於富貴. 人固有分定 未可以力取而然耶.

표류한 신희복(愼希復)
적강 선녀인 유구국 공주와 혼인하다

14-3.〈209〉남국접선아모귀(南國接仙娥謀歸)

판서(判書) 신희복(愼希復)은 명종(明宗) 때 이름난 재상이다. 처음에 호남 한 고을에 살았는데 아이 적에 생김새가 고운 구슬 같았고, 또한 봉황새를 토하는 것 같은 아름다운 문장을 잘 지었다. 부친이 그를 몹시 사랑하여 일찍이 이웃 마을 서당의 노스승에게 보내 글을 읽게 했다. 서당에는 연소한 세 선비가 그와 함께 글공부를 했는데, 그때 신희복 나이 겨우 열다섯 살이었지만 재주와 식견을 풍부하게 갖추어 의젓함이 성인(成人) 같아서, 모두들 그를 기특하게 여기면서 어른 아이 구별을 하지 않고 함께 어울려 글공부를 했다.

이때 서당 담장을 사이에 두고 한 늙은 재상이 살고 있었는데, 항상 그 집에서는 술을 빚어 괴는 향긋한 냄새가 사방으로 풍기었다. 여러 젊은이들이 한번 취해 볼 것을 모의하여, 신희복을 꾀어 한밤중에 담장을 넘어 들어가 술을 훔쳐 오게 했다. 신희복은 젊은이들의 종용을 받아서 몰래 그 집으로 들어가 독을 열고 술을 떠서 한 항아리 가득 채워 가지고 나왔고, 젊은 이들은 크게 기뻐하면서 나누어 마셨다. 이튿날 밤 젊은이들은 또다시 그에게 술을 훔쳐 오라고 하였으나 신희복은 말을 듣지 않았다.

이에 젊은이들은 깊은 밤 그를 데리고 함께 그 집으로 들어가서 술독을 기울여 흠뻑 마시어 취한 흥취가 크게 발동하였다. 곧 한 젊은이가 이렇게 제의했다.

"이미 좋은 술을 마셨으니 이런 상황에서 시가 없을 수 없으니, 연구(聯句)로 절구(絶句) 한 수를 지어서 독에다 써 놓아 흔적을 남겨 놓음이 어떻겠느냐?"

이 밀에 모두 좋다고 내납하여 한 젊은이가 먼저 한 구절을 짓고, 다른 두 젊은이가 이어서 각각 한 구절씩 지어, 다음과 같이 세 구절이 이루어졌고 마지막 구절은 신희복이 완성했다.

진대(晋代) 가장 호방한 사람은 필이부랑(畢吏部郞)[151]이며,
천 년 동안 풍류를 잘 안 사람은 우리들 무리뿐이로다.
한밤중에 술을 훔쳐 마시는데 붙잡힌 사람은 아무도 없고,
술에 취해 돌아오는데 산에는 달이 기울고자 하도다.

쓰기를 마치고 네 사람은 비틀거리며 돌아왔다. 이튿날 아침 일찍 늙은 재상집 술독을 맡은 여종이 이를 발견하고 깜짝 놀라, 밤사이에 술을 훔친 사람이 있었다는 사실과 항아리에 시를 써 놓고 간 내용을 아뢰었다. 이에 늙은 재상이 몸소 가서 살펴보니 과연 시가 있기에, 이웃 글방의 독서하는 선비들 소행임을 짐작했다. 곧 술과 안주를 장만하여 놓고 네 젊은이를 불러 술자리를 베풀었다. 젊은이들은 간밤에 한 일이 있어서 머뭇거리면서 억

---

151) 필리부랑(畢吏部郞): 중국 진(晋)나라 필탁(畢卓). 그가 이부랑(吏部郞) 벼슬에 있을 때 술을 즐겨 이웃집 술 창고에 들어가 술을 훔쳐 마시고 취해 있다가 일꾼에게 잡혀 묶여 밤을 새운 뒤, 아침에 신원이 밝혀져 풀려났음.

지로 술을 받아마셨다. 술에 얼근하게 취하니 늙은 재상은 옷매무시를 바로 하고 물었다.

"자네들은 글을 읽는 선비들일세. 그런데 어찌 밤중에 남의 집에 들어와서 술을 훔쳐 먹고는 시를 지어 써 놓고 가는 행동을 하였는가?"

이 말에 젊은이들은 황송해 하고 부끄러워하면서 허리를 굽혀 사죄하니, 늙은 재상은 시구를 지은 순서를 물었다. 그리고 부드러운 얼굴로 말했다.

"부끄러워할 것 없네. 옛날 사람들도 역시 이 같은 풍류와 운치를 보인 일이 있었으며, 이 늙은이 또한 이런 흥취가 몸에 깊이 배어 있다네. 시(詩)라는 것은 사람의 성정(性情)에서 나오는 것이니, 내 시험 삼아 지은 시구를 통하여 젊은이들 앞날을 이야기해 주겠네. '진대소광(晉代疏狂)'이라고 지은 젊은이는 음관(蔭官)으로 벼슬을 하다가 끝내는 반드시 산천에서 방랑하게 될 것이고, '풍류천재(風流千載)'라고 지은 젊은이는 이름을 날리다가 스스로 풍류를 즐기며 살아갈 것이며, '대취환산(帶醉還山)'이라고 지은 젊은이는 비록 중년 나이에는 떠돌아다니는 액운을 당하겠으나, 뒤에 마침내 영화롭게 되어 이 늙은이가 역임한 재상 지위에 오르게 될 것이네. 세 번째 구절을 지은 젊은이는 기상(氣象)이 좋지 않아, 아마도 임금으로부터 벌을 받게 되는 일을 면하기 어려울 것이니, 모름지기 말을 조심해야 하겠네."

뒷날 네 사람은 모두 그 늙은 재상의 말대로 되었다.

신희복은 나이가 들어 나주에 사는 임씨(林氏) 선비 딸과 혼사를 맺었다. 그런데 갑자기 처녀 부친이 세상을 떠나 혼례식을 연기하였다가 이제 막 삼년상을 마쳤다. 이때 왜란이 일어나 매우 위급한 상황이 되니, 신희복 부친은 아들의 혼인이 이루어지지 못한 일을 걱정하여, 아들에게 급히 가서 혼례를 치르라고 명령했다. 신희복은 예식을 마치고 화촉을 밝힌 첫날밤, 촛불 하나가 다 타기도 전에 왜적이 갑자기 마을을 덮쳐 온 마을이 사방으로 흩어져 피난 가느라 부산했다. 신부 집에서는 바다 가운데 섬으로 들어가려고 서둘면서 신랑도 함께 데리고 가고자 했다. 이에 신희복은 이렇게 아뢰고 거부했다.

"부친이 집에서 문에 의지하여 간절히 기다리고 계시니 돌아가 뵙고 반면(反面)함이 시급하온데 어떻게 집이 아닌 다른 곳으로 갈 수가 있겠습니까?"

그리고 이어 신부에게 이렇게 이별을 고하였다.

"이제 겨우 혼인을 하고는 문득 이렇게 헤어지게 되었으니, 언제 다시 만나게 될지를 알 수가 없습니다. 세월이 흘러 여러 번 해가 바뀌면 얼굴조차 익히지 못하였으니 비록 훗날에 만난다 해도 어떻게 서로 알아볼 수가 있겠습니까? 그러니 연평(延平)의 검(劍)[152] 이 다시 만나는 것 같은 기회를 위하여, 마땅히 낙창(樂昌)의 거울[153] 나눔과 같은 증표를 남기겠습니다."

이렇게 말하면서, 차고 있던 작은 주머니를 풀어내어 이름과 출생 연월일시(年月日時)를 적어 신부에게 주니, 신부도 지환(指環) 한 짝에 붉은 실을 매어 그 답으로 주었다. 그러고는 헤어져 서로 다른 길로 떠나갔다.

그런데 신희복은 왜적을 만나 포로로 잡혀가게 되었다. 왜적 우두머리는 신희복의 생김새가 매우 아름다움을 보고, 그를 지극히 총애하여 일본 대판성(大坂城)으로 데리고 가서 늘 옆에 두었다. 신희복은 벗어날 방도가 없어서, 몰래 은화를 모아 도망쳐 돌아오려고 했지만 그 방편(方便)을 얻지 못했다. 그러다가 마침 남만(南蠻)[154] 상선이 왜국 지역에 정박하고 있음을 보고는, 속으로 만약 저 배를 타면 중국에 이르게 되어 고향으로 돌아갈 길을 찾을 수 있을 것으로 생각했다. 그래서 뱃사람에게 은화를 뇌물로 주고 배에 올랐는데, 다행히 순풍을 만나 배는 나는 듯이 진행하여 며칠이 지나

---

152) 연평(延平)의 검(劍): 중국 진(晋) 뇌환(雷煥)이 용천검(龍泉劍)과 태아검(太阿劍)을 얻어 용천검은 자신이 차고 태아검은 장화(張華)에게 주었는데 소재를 몰랐음. 뇌환 아들이 용천검을 차고 연평(延平) 나루를 건너니, 갑자기 검이 풀려 물속에 빠졌음. 물속에 들어가 찾으니 칼은 없고 두 마리 용이 용트림을 하고 있다가 하늘로 올라갔음.

153) 낙창(樂昌)의 거울: 중국 진(陳) 때 서덕언(徐德言) 아내 낙창공주(樂昌公主)는 후주(後主)의 누이동생임. 진이 망할 무렵 서덕언은 거울을 반으로 쪼개 부부가 한 조각씩 가져 훗날 증표로 삼자 했음. 진이 망하고 양소(楊素)가 낙창공주를 데리고 있었음. 서덕언이 시장에서 그 조각 거울을 발견하고 시를 지어 전해 낙창공주를 다시 만난 이야기.

154) 남만(南蠻): 중국 남쪽 월남 지역.

지 않아 운남(雲南)에 이르렀다.

　운남 사람들은 그를 떠돌아다니는 외로운 사람이라고 측은히 여기어, 살아갈 수 있도록 다투어 은전을 내어 주어 도왔다. 신희복은 육로로 돌아갈 계획을 세워 갈 길을 헤아려 보니 거리가 거의 2만 리나 되고, 주머니 속 노자도 없어 실행할 방도를 알지 못했다. 이때 한 중국 사람이 귀띔해 주기를, 조선까지의 거리는 물길이 가깝고 편리한데 어찌 가까운 길을 버리고 먼 길을 택하려 하느냐고 했다. 그러면서 돌아갈 방도를 일러 주는데, 바닷길을 잘 아는 고기잡이배를 빌리라는 것이었다. 곧 신희복은 뱃사람에게 후한 값을 치르고 배를 타겠다고 요청하니 그가 허락했다.

　배는 즉시 돛을 펼치고 동쪽을 향해 떠났다. 그런데 갑자기 폭풍을 만나 표류하여 한 섬에 이르렀다. 섬에는 아름다운 성벽이 높이 솟았고 물자와 자연 풍경들이 화려하고 풍성하였는데 곧 유구국(琉球國)이었다. 그 나라 도성으로 들어가니 저자 가게들이 별무리처럼 널려 있고 누각들은 바둑 알같이 가득 차 있었다. 또 진귀한 물화들이 산처럼 쌓였는데 보배로운 기운은 눈이 부실 정도였으며, 길거리는 옥돌처럼 정결하고 빛났다. 사람들은 모두 높은 관을 쓰고 넓고 긴 겉옷을 입어, 순박하고 너그러운 풍습을 지닌 것 같았다.

　유구국 임금이 조선 사람이 표류해 왔다는 말을 듣고 화려한 궁궐로 맞아들여 만나 보고는, 신희복의 용모와 거동이 준수하고 말하는 내용이 민첩하면서 해박한 것을 기이하게 여겼다. 임금은 궁중에 숙소를 정하여 환대해 주고는, 날마다 그와 더불어 고금(古今)의 일들을 담론하는데, 지나온 여러 나라의 풍습과 인물들에 대해 이야기하는 것이 모두 명백한 안목에 의한 평가였다. 또한 임금은 그가 시를 잘 짓는다는 사실을 알고는 때때로 함께 시를 지어 주고받기도 했다.

　임금은 꽃 피는 동산에서 즐기는 봄날 잔치며, 연꽃 핀 못가에서의 밤놀이에 함께 참가하라고 명령하여, 그에 대한 임금의 총애는 날마다 깊어졌다. 신희복은 그런 생활로 세월을 보내면서 비록 나그네로서의 고생은 잊을 수 있었으나, 고향으로 돌아가고 싶은 일념만은 도도하게 흐르는 강물처럼 가슴에 넘치고 있었다. 그래서 신희복은 우연히 시 한 편을 지어 읊었다.

가을 맞은 나그네의 포한(抱恨) 산란하여 쑥밭 같은데,
저 하늘가 돌아가는 기러기와는 어찌하면 짝이 될 수 있을고?
슬픔으로 바라보는 내 고향땅 어느 곳에 있는고?
풀숲 같은 어둑한 동쪽 하늘엔 조각달만 떠오르네.

임금이 시를 보고는 고향으로 돌아가고 싶어 하는 절절한 마음을 측은하게 여기고, 곧 돌아갈 배를 마련하여 보내 주려고 하였다.

그때 왕에게는 딸 하나가 있어서 맑고 아름답기가 빙옥(氷玉) 같았다. 나이 열여섯쯤 되어 부모가 배필을 가리려고 하니 누누이 거절하였다. 그 까닭을 물으니, 삼생(三生) 연분은 하늘이 정해 주는 것으로, 마음에 드는 사람을 만나게 되면 몸을 맡기겠지만 그렇지 않으면 맹세코 다른 데로는 시집가지 않겠다고 우겨, 부모들도 끝내 어쩔 수가 없었다. 공주는 시 읊기를 좋아하고 비단 바탕에 꽃 그림 그리기를 일삼았다.

신희복의 시구가 간혹 대궐 안으로 흘러 들어가면, 공주가 보고는 문득 아름답다고 칭찬하고 흠모하여 감탄하기를 그치지 않았다. 어느 날 저녁, 신희복이 임금을 따라 후원을 거닐며 달빛 아래에서 시 한 수를 지어 낭송했다.

만 리 밖 남방지역 푸른 물결 하늘에 닿았는데,
구름과 달 아우른 속에 안개 함께 어울렸네.
미인을 배에 싣고 백저가(白紵歌)[155]를 부르고 싶구나.

---

155) 백저가(白紵歌): 중국 오(吳) 지역에서 부르던 무가(舞歌). 후대에 춤과 함께 많이 불린 노래로, 이태백(李太白)의 '동정호(洞庭湖)' 시에 '배에 가득 실린 취한 손님들 백저가를 노래하네(醉客滿船歌白紵).'라고 인용했음.

깊은 밤 강에 뜬 배에서 응당 내리는 이 있으리라.

이때 공주는 누각에 올라 달구경을 하고 있었는데, 문득 시 읊는 소리를 들으니 악기 연주하는 것 같은 고운 소리가 숲속을 넘어 들려오는 것이었다. 곧 담장 모퉁이에서 살펴보고는 그의 재주와 용모를 흠모하여, 부왕(父王)께 요청해 이 사람에게 시집가기를 원한다고 아뢰었다. 임금은 처음에 다른 나라에서 표류해 온 사람이라는 이유로 꺼렸으나, 공주가 여러 번 간청하니 마침내 혼인을 허락했다. 그리고 신희복을 불러 사위 삼으려 한다고 말했지만, 신희복은 이미 아내가 있다는 이유로 사양했다.

이에 왕은 제비의 옛 둥지는 이미 헐어졌으니 봉황의 짝을 만나 새 보금자리를 경영함이 옳다고 하면서, 핑계를 대지 말고 모름지기 좋은 혼인을 맺으라고 여러 번 강요해 권했다. 신희복이 스스로 생각하기를, 자신의 신세가 연못 안 물고기나 새장 속에 든 새 같아서, 저들이 마음대로 조종하는 상황임을 감안하여 마지못해 그 말을 따라 승낙했다.

이에 날을 잡아 혼례를 치르려고 준비하는데, 신희복을 특별히 만든 의관으로 잘 꾸며 단장시키고, 깊은 궁궐 안으로 인도하였다. 그 누각이며 전각들을 바라보니 금과 옥으로 되어 찬란하게 빛나고, 여러 그릇들과 잔치를 위한 좌석들도 지극히 화려하고 호사스러워 말로 형언할 수 없었다. 갑자기 기이한 향기가 강하게 풍기고 패옥 소리가 점점 가까워지더니, 탐스럽게 큰 머리를 올린 여인들이 한 미인을 주위에서 받들고 나타났는데, 나이 열일곱이나 열여덟 살쯤 되어 보였다. 여인은 구슬로 꾸민 관을 쓰고 봉황이 새겨진 신발을 신었으며, 코뿔소 무늬가 새겨진 띠를 두르고 망사 비단 겉옷을 입고 있었다. 흡사 그림 속에서나 볼 수 있는 궁녀의 장식 같은 모습이었으며, 옥의 색채가 밝게 비치어 달빛과 어울려 서로 빛나는 모습이, 정녕 하늘 나라 선녀와 다름없었다.

예식에서 술잔을 나누는 등의 의식을 예법대로 마치고, 술기운이 얼근하고 밤이 깊어 고요해져, 장차 잠자리에 들려고 했다. 신희복은 당황스럽고 의혹이 느껴지면서 마음을 진정하지 못하고 있으니, 여인은 부드러운 목소리로 입을 열었다.

"저는 신선이 사는 봉래산 궁전 속의 선녀입니다. 우연히 옛날 진루(秦樓)[156]에서 들리는 퉁소 소리와, 선녀 운영(雲英)이 남교(藍橋)에서 배항(裵航)[157]을 만난 일처럼 인연을 맺었으니, 이 만남으로 숙세(宿世)의 연분을 끝내어 마치고자 합니다. 모름지기 놀라거나 의심을 품지 마옵소서."

신희복은 마음을 새롭게 가다듬고 침상에 올라 비로소 공주와의 잠자리를 성사시켰다. 그리고 공주는 신랑(新郞)을 축하하는 시를 지어, 시녀(侍女)를 시켜 노래로 부르면서 술잔을 권하게 했다. 그가 지은 사(詞)는 다음과 같았다.

아름다운 버드나무 봄의 성곽을 둘러 있는데,
신령스러운 장인(匠人)을 시켜 층층 누각 짓게 하니,
층을 이룬 누각이 잠깐 사이 이루어졌도다.
맑은 물은 푸른 산을 빙 둘러 많이도 흐르고 있으니,
학이 성내고 난새가 놀라 잠을 깨어 엿보게 하는 일 말지어다.
앞날은 옛날과 다름없으니 신선 세계 생각만 하고,
다만 좋은 시기를 하늘이 정해 주지 못함을 염려할지어다.
사람이 원하는 바를 따라 만남도 많아지는 것이니,
애정이 서로 끌리는 곳에 패옥 소리도 잦아지도다.
생각 없이 머리 돌리니 봉래 영주(蓬萊瀛洲) 멀리 있네.
소옥(小玉) 불러 아름다운 잔치를 베풀게 하면,

---

156) 진루(秦樓): 중국 진(秦) 목공(穆公) 때 소사(簫史)가 퉁소를 잘 불었음. 목공 딸 농옥(弄玉)이 그를 사랑하니 부왕 목공이 혼인시켜 주었음. 그리고 누각인 진루(秦樓)를 지어 둘이 퉁소를 불며 살게 했는데, 뒤에 어느 날 부부가 함께 신선이 되어 하늘로 날아갔다는 고사.

157) 운영(雲英)·남교(藍橋)·배항(裵航): 당(唐) 때 배항(裵航)이 남교(藍橋) 아래의 여자 신선 운영(雲英)을 만난 것처럼 인연을 맺었다는 뜻. 당대 소설(唐代小說) '배항전(裵航傳)'에서, 배항이 애를 써서 옥(玉)으로 된 절구인 '옥저구(玉杵臼)'를 구해 와 바치고, 남교 다리 아래에서 선녀 운영과 혼인하고 신선 굴로 들어간 이야기.

질펀하게 향기 짙은 국을 차릴 것이로다.
진실로 이것은 신선이 먹는 경장(瓊漿)[158]이니,
한 번 마시면 온갖 정감이 함께 일어났다가는,
또한 모두 사라져 세상의 모든 인연이 다 없어지리다.
비록 그러하지만 구름 걷히고 비 흩어지듯 깨닫게 되면,
비파 연주하는 좁은 골짜기 속 같은 인간 세상이,
옛날과 다름없이 바람 불고 달 밝아 서로 비쳐 환해지리로다.
오늘 이 만남을 생각해 보면 과연 가벼운 일이 아니니라.

이때로부터 신희복은 늘 궁중 전각 안에서 공주와 시를 주고받으며 지내며 객지에서 느끼는 나그네 시름을 아득히 잊어버렸다. 공주의 시는 무척 청아하고 뛰어나 세상 사람들의 글과는 달랐다. 대략 세 편의 시를 기록해 보면 이러하다.

　　삼신산 정숙한 선녀가 선녀 비경(飛瓊)을 따라왔네.
　　짝을 맺어 지나온 길이 그 몇만 리더냐?
　　아름다운 인간 세상 공자(公子)와 더불어 만났으니,
　　선주(仙酒)를 질펀하게 서로 기울인들 무슨 상관있으랴.

　　신선 세계를 유구국의 옥성(玉城) 밑 해자 곁으로 옮기니,
　　구름이 자연스레 날아 떨치고 학이 스스로 깃들이네.
　　천 년 서로 짝이 되어 화목함이 세상살이 소원이니,
　　벽도화 나무 아래에서 함께 피리를 불지어다.
　　신선 세계 인간 세상 각기 따로 있다 말하지 마오.

---

158) 경장(瓊漿): 신선이 먹는 미음 같은 액체. 보통 사람이 먹으면 음식을 먹지 않아도 사는 지선(地仙)이 됨.

모름지기 장석(張碩)이 난향(蘭香)[159] 만남을 알지어다.
봄바람에 일찍이 인간 세상 즐거움을 연모했으니,
일마다 아무런 생각 없이 해당화만 묻노라.

어느 날 신희복은 여인에게 일러 말했다.
"내가 두터운 환대와 사랑을 받으며 살아서 더 많이 머물러 있고는 싶지만, 집을 떠나 표류한 지 세월이 오래되어 부모님에 대한 그리움이 간절하니 돌아가 부모를 만나 뵙고자 합니다."
"신선 세계는 만나기가 어려우며 좋은 기약은 잃기가 쉽습니다. 저는 낭군과 더불어 맺어진 숙연(夙緣)이 아직 다하지 않아서, 애써 인간 세상으로 신선 세계를 옮겨 오고, 신선의 모습을 평범한 사람 형상으로 바꾸었습니다. 그러니 진정으로 오랫동안 함께 사는 일을 의논해야지, 어찌 갑자기 떠나감을 청하십니까?"
신희복의 떠나겠다는 말에 여인은 슬픈 모습을 보이며 이렇게 말하여, 신희복은 그저 "예, 예" 대답할 따름이었다. 다시 일 년쯤 세월이 흘러, 신희복은 고향으로 돌아가고 싶은 마음이 더욱더 간절해졌는데, 여인은 다음과 같은 작별의 말을 하고 또 이별시 두 편을 지었다.
"저 역시 인간 세상에서의 귀양 생활 기한이 이미 만료되었습니다. 장차 신선 세계로 돌아가야 하기 때문에 기어이 반드시 한 번 이별해야 합니다만, 낭군께서 의지할 데 없는 외로운 몸으로 어떻게 층층이 쌓인 바닷물을 건너 고국으로 돌아가시겠습니까? 두루 살피니 지금 중국 황제에게 문안 올리려고 떠나는 사신 선박이 해구에서 순풍을 기다리고 있으니, 만약 이 배에 부탁하여 중국에 이른다면 거기에서 고향으로 돌아가시기가 무척 편할 것

---

159) 장석(張碩)·난향(蘭香): 후한(後漢) 때 어부가 소상강(瀟湘江) 언덕에서 한두 살 된 여자아이를 발견하고 길렀음. 아이가 열 살 때 자신은 선녀 두난향(杜蘭香)이라 말하고 하늘로 올라갔음. 6,7년 뒤 동정호 근처에 사는 장석(張碩) 집에 두난향이 나타나, 아내가 되고자 하지만 몇 가지 장애가 있다면서, 서여(薯蕷; 마) 세 개를 주며 먹으면 신선이 될 것이라고 한 다음, 다시 찾아오겠다고 말하고 하늘로 올라갔다는 이야기.

입니다. 그런데 부왕께서 낭군님을 국경 밖으로 나가지 못하게 할 것이 걱정입니다. 제가 옛날 중국 전국시대 위(魏)나라 여희(如姬)[160]가 병부(兵符)를 훔쳐 낸 것과 같은 계책을 꾸며, 부왕의 인장을 훔쳐 내 찍은 교지(敎旨)를 만들어 사신 배에 부탁하면 배에 오를 수 있을 것입니다. 그런데 배가 떠날 기일이 촉박합니다. 부왕 마구간에 매여 있는 청노새가 하루 오백 리를 달리니, 낭군을 위해 그것을 훔쳐 내어 태워 보내 드리겠습니다. 여행 장비를 급히 챙겨 두었다가 새벽닭이 울 때 곧바로 출발하셔야지, 늦으면 미치지 못하게 됩니다."

이렇게 당부하면서 작별시를 읊었다.

호수의 수양버들 가지 푸르고 푸르러 꽃들이 만발한데,
화창한 봄날에 애틋하게 슬픈 작별 고하는구려.
궁궐을 떠나가면 또한 스스로 시름 생각 더하리니,
아련한 속 저 바람을 얻게 되면 나를 알지 못하리다.

아름다운 인연 다시 만날 기약이 없어,
눈썹 위에 이는 시름 스스로 알기 어렵도다.
어이하면 다시금 하늘 궁궐에 기쁜 소식 전해질까?
애정 품은 채 봉황 타고 떠나면서 억지로 시 짓노라.

마침내 두 사람은 각기 눈물을 뿌리며 헤어졌다. 공주는 시녀를 시켜 궁궐을 벗어나도록 안내하여 떠나게 하였으며, 신희복은 청노새를 몰아 달려 사신의 배에 이르러, 사신과 함께 배를 타고 중국에 이르렀다. 중국에서 전

---

160) 여희(如姬): 위(魏)나라 왕의 총희(寵姬). 진(秦)이 조(趙)를 공격하니 조왕은 위왕(魏王)에게 구원병을 요청했음. 구원병이 출동하니 진왕이 위왕을 협박했음. 위왕은 두려워 대장 진비(晉鄙)에게 군사를 진격하지 말라 했음. 조왕은 평원군(平原君)을 시켜 그 처남 위나라 신릉군(信陵君)에게 애걸하라 했음. 신릉군은 왕의 총희 '여희'를 시켜 진비장군 병부를 훔쳐 내어, 그 병부로 왕명을 사칭해 진비 군사를 빼앗아 진(秦)을 물리쳐 조(趙)를 도운 사실.

해 들으니 공주는 아무 날에 병 없이 죽어 시해(尸解)했다고 했다. 그 죽은 날은 곧 신희복이 그곳을 떠난 다음 날이었으며, 신희복은 한참 동안 슬픈 생각 속에 잠겨 있었다.

그리고 북경으로 와서 우리나라 사신이 돌아올 때 함께 따라 고국으로 왔는데, 그가 지나온 노정은 다섯 나라를 거쳐 수륙 육만여 리나 되었고, 햇수로는 삼십 년에 여러 번 파란곡절을 겪어서 모습이 초췌해져 옛날의 용모를 찾아볼 수가 없었다. 신희복이 고향으로 돌아와 옛집을 찾아가니 쑥대만이 무성하고 인가가 드물었다. 두루 수소문을 하였으나 아는 사람이 없었다. 마침내 선조 무덤에 성묘를 하러 갔더니, 새로 생긴 무덤이 있었는데 비식에 '신비 신 아무 나라 위해 순질한 비'라고 쓰여 있있는네, 곧 자기의 이름이었다.

무덤지기에게 물으니 의복으로 장례 지낸 무덤이라고 말했다. 다시 그 집이 어디냐고 물었더니, 선비에게는 유복자가 하나 있어서 조정에서는 그의 충절을 포장(襃獎)하여 음직(蔭職)을 내려 주어, 지금은 임실 현감으로 부임해 있다고 알려 주었다. 신희복은 곧바로 임실 관아로 갔으나, 모습이 메마르고 의복도 남루하여 거의 사람 형상이 아니어서 문지기의 제지를 당했다. 그래서 관아 문을 밀치고 곧바로 들어가 동헌 마루 위에 올라가, 관장을 보고는 지금까지의 일들을 개략적으로 이야기했다.

관장은 크게 놀라고 곧바로 내아로 달려 들어갔는데, 한 부인이 엎치락뒤치락 달려 나오더니 생김새며 목소리를 살피고 지난 내력을 물었다. 신희복이 지나온 전후 사실을 말하고는 또한 붉은 실에 매인 옥지환을 증거로 내보여 주었다. 그러고는 주머니 속에 출생한 연월일시 써 준 이야기를 하니, 모든 사실이 부절(符節)처럼 온전히 부합하였다.

이에 부인은 이 진정으로 내 남편이라고 부르짖고, 서로 붙들고 한바탕 통곡을 하니, 관장도 역시 부친을 부르면서 큰 소리로 울었다. 그때 한 노인이 후당(後堂)에서 나와서는 이는 정말 내 아들이라고 소리치면서, 손을 부여잡고 슬피 울었다. 노인은 곧 신희복의 부친으로 지금까지 별고 없이 지내고 있었다. 그리하여 아버지와 아들, 남편과 아내가 예전처럼 모이게 되니, 모든 사람들이 기이한 일이라고 칭탄(稱歎)하지 않는 사람이 없었다. 뒷날 신희복은 과거에 급제하여 벼슬이 재상에 이르렀고, 느지막한 행복을 마음껏 누렸다.

　외사씨는 말한다. 유구국 공주인 선녀가 과연 신희복과 숙연(宿緣)이 있었다면, 어찌하여 우리나라에 태어나 일찍이 서로 쉽게 결합하지 못하였을까? 그리고 이에 만 리 멀리 떨어진 외국 땅에 표류하여 오는 것을 기다려 만나, 그 숙연을 증명했다는 것은 자못 가히 의심스러운 일이다. 신희복은 표류하여 다섯 나라를 거치면서 삼십 년이란 세월이 지났다. 그리고 마침내 고국으로 살아 돌아와, 부친과 아들이며 부부가 모두 만날 수 있었으니, 역시 고금에 있지 않았던 기이한 일이며 신이한 발자취이다.

東野彙輯 卷之十四
○ 第百五号 雜識部 五 奇蹟

南國接仙娥謀歸

　　愼判書希復明廟朝名卿也. 始居湖南某邑 兒時姿貌秀玉 詞藻吐鳳. 大人某奇愛之 嘗使之受學於鄰塾老師. 塾有年少三章甫肄業 愼童年纔舞象 而才識俱優 儼如成人. 諸人咸奇之 不以冠童爲別 與之同硏. 時有隔墻一老宰家常釀酒 醱醅之香恒聞四隣. 諸少年共謀一醉 誘愼童 黌夜踰垣 竊酒而來. 愼被其慫慂 潛入其家 開瓮斟滿一壺而出 諸人大喜分飮. 翌夜又令偸來 愼不應之.

　　諸人乃於深夜 相携至其家 傾瓮爛飮 醉興大發. 一人曰 旣飮好酒 此間不可無詩 以聯句成一絶 書甕留蹟何如. 皆曰諾. 一人先題曰 晉代疎狂畢史部. 又一人續曰 風流千載屬吾儕. 又一人書之曰 偸來半夜無人縛. 愼童繼書曰 帶醉還山月欲低. 題畢共踉蹌而歸. 翌朝掌酒婢驚告 以夜有偸酒者 甕間又有書字. 老宰躬往審之 果有一詩 意其隣塾章甫之所爲. 卽設酒肴 邀四人而饋之. 諸人以有夜間事 踉蹡而强飮之. 酒酣老宰整襟 而問曰 君輩讀書之士也. 胡爲乎夜入人家 作竊酒之詩也. 諸人惶愧摧謝 老宰因問其做句之次第.

　　乃怡然曰 無愧也. 古人亦有似此風韻 老夫於此 興復不淺. 詩出性情 吾試言其前程窮達矣. 晉代疎狂 可爲蔭官而終 必放浪山水也. 風流千載 當翶翔名塗 而亦以風流自許也. 帶醉還山 雖有中年流離之厄 而終當榮達 至於老夫之位. 第三句氣象不好 恐未免臺城之辱 須愼旃也. 其後四人皆如老宰之言云.

愼年及長成　將委禽於羅州林斯文某女　而遽失恃　甫過三霜. 時値倭警甚急　生之大人慮婚事之未就　命生卽往成禮. 洞房花燭　餘炧未殘　倭寇猝至　一境奔波. 婦家將避入海島　欲挈愼生而往. 生曰　家君倚閭　反面是急　何可轉而之他乎. 因謂婦曰　今纔結髮　遽此分手　未知後會當在何時. 滄桑屢改　顔面未熟　雖或重逢　何以省識. 欲合延平之劍　宜分樂昌之鏡. 乃解所佩小囊　書以名字年甲生時　以贈之. 婦人以指環一隻　繫紅絲以答之　遂分路而散.

　生遇倭被擄　倭酋覩生　容姿暎麗　極寵愛. 携入大坂城　常置左右. 生無計脫身　潛聚銀貨　每欲逃歸　而未乘其便. 適見南蠻商船　來泊于倭境者. 暗思若從彼船　達于中國　則可圖還鄕. 遂以銀貨賂船人　而登其船　幸遇順風　舟行如飛. 不幾日　到雲南國. 國人憫其流離孤蹤　爭給銀錢以糊口. 生擬以陸路返國　算程近二萬里　且囊乏資斧　罔知爲計. 一華人曰　此距東國　水路便近　君何必捨近而取遠乎. 因指授方略　賃一漁採船之慣於海路者. 定厚價要同載　舟子許之.

　乃張帆向東而來　忽値疾風　漂至一島. 玉城嵯峨　物華繁麗　卽琉球國也. 入其都　市肆星羅　樓閣碁置. 珍貨山積　寶氣射眼. 街路瑩淨如鋪玉石. 人皆峩冠廣衫　似有淳厖之風. 國王聞有朝鮮人漂到　引見于玉殿　奇其容儀雋朗　言辭敏博. 館接款待　日與之談論古今　以至所經諸國風土人物　皆有月評. 且知其詞藻　時共酬唱. 花園賞春之讌　荷塘淸夜之遊　輒命人參　寵遇日深. 生因循荏苒　雖忘客苦　而賦歸一念　如水滔滔. 偶吟詩曰　客恨逢秋似亂蓬　天邊那得伴歸鴻　悵望鄕園何處是　扶桑如薺月如弓. 王覩詩　憐其思歸之切　方擬裝送歸舟.

　時王有一公主　淸姸如氷玉　年屆二八. 父母議擇配　屢梗命. 詢其故　對曰　三生緣業　自有天定　要遇適意之人　始許委身. 不然則矢靡他　父母竟無奈. 公主喜吟咏　以錦箋花毫爲事. 生之詩句　或流入宮中　公主輒稱佳　艶歎不已. 一夕生從王遊後苑　月下朗誦一詩曰　萬里

南維水盡天 和雲和月復和烟 欲載佳人歌白紵 夜深應有下江船. 是時公主登樓翫月 忽聞詠詩聲 出金石振林樾. 由墻角窺之 憐其才貌. 請於父王 願嫁此人. 王始以異國漂蹤難之 屢懇乃許. 因謂生作東床 生辭以有妻. 王曰 燕幕之舊巢已毁 鳳稠之新棲可營 幸勿推托 須結好姻 縷縷强勸. 生自念如池魚籠鳥 任他操縱 不獲已從之. 乃卜日成禮 別製衣冠 俾生扮飾 導入深宮. 生見其樓殿 玲瓏金玉照耀 器物宴席窮極瑰麗 不可名狀. 忽有異香酷烈 珮聲漸近 左右雲鬟 捧一美人而出. 年可十七八 瑤冠鳳舃 文犀帶錦紗袍. 若世所畵宮粧之狀而玉色瑩然 與月光交映 眞天人也.

叙禮合巹並如儀 酒闌夜静 將薦枕席 生惶惑靡定. 女以婉辭謂生曰 妾蓬萊宮中人也. 偶因秦樓之聞簫 遂成藍橋之遇航 此會欲了宿世之緣 不須駭疑. 生宛轉登床 始成交會. 公主因製賀新郎一詞命侍娥歌以侑觴. 其詞曰 花柳遶春城 運神工重樓 疊宇頃刻間成. 綠水青山多宛轉 免教鶴怒鸞驚看 來無異舊神京慮 只慮佳期不定天. 從人願 邂逅多. 情相引處佩聲聲 等閒回首遠蓬瀛. 呼小玉旋開錦宴 謾薦蘭羹 須信是瓊醬. 一飲百感俱生 且休道 塵緣已盡. 縱然雲收雨散 琵琶峽裏 依舊風月交明. 念此會果非輕.

自是生長在閨閤 日與公主唱和詩句 頓忘覊愁. 公主詩多清絶非烟火語. 槩錄其詩曰 三山窈窕許飛瓊 伴作來經幾萬程 好與清華公子會 不妨玄露漫相傾. 又曰 壺天移傍玉城濠 雲自飛揚鶴自巢 千載偶諧塵世願 碧桃花下共吹簫. 又曰 莫道仙凡各一方 須知張碩遇蘭香 春風嘗戀人間樂 底事無心問海棠. 一日生謂女曰 僕承款愛 甚欲留連. 但離家漂泊 歲月旣久 戀親情切 竊願歸覲. 女愀然曰 靈境難逢 佳期易失. 妾與君夙緣未盡 故移洞府於人間 委仙姿於凡容耳. 正議久交 何遽請去. 生唯唯而已. 復歲餘 生懇歸采切. 女曰 妾亦謫限已滿 將歸仙籍終須一別. 而君以孑孑孤蹤 何能涉層溟而返故國

乎. 顧今朝天使舶 在海口候風. 若可附此舟 至中國 轉還故鄉甚便. 但恐父王 不出君於函谷關. 妾用如姬竊符之計 偷得父王印旨 付之使舶 則可得同載. 而發船之期日促迫 天閑有靑騾 日行五百里 當爲君偷出騎送. 須加裝束 鷄鳴卽發 緩則不及矣. 因吟別詩曰 湖柳靑靑花滿枝 可憐分手艷陽時 離宮謾自添愁思 瞞得封姨不我知. 又曰 陽臺後會已無期 眉上春雲不自知 那更靈官傳曉令 含情騎鳳强題詩. 遂各揮淚而別. 因命侍娥 導生出閤. 乘騾馳到使船 共載至中國. 傳聞琉球國公主 以某日無疾而殂 旋尸解云. 某日卽生登程之翌日也. 生悽愴久之.

　轉至北京 因東使回 隨還本國. 計其所經程途 歷五國 並水陸六萬餘里 星霜近三十年也. 屢經滄桑 憔悴濩落 無復舊時容也. 生尋到故鄉 訪舊居 草萊滿地 人烟稀少. 詢其家安在 皆不知也. 遂往先塋省楸 有新塚竪碑. 題曰 士人愼某殉節之碑 卽自己名也. 問諸守墓人 對以衣冠葬云. 又問其家阿那. 對曰 士人有遺腹一子 而朝廷獎其忠節 蔭子授職 方在任實縣監矣. 生卽往任實官衙 枯療襤樓 殆非人形 閽者拒之. 乃排闥直入陞堂 對官槪道其前後事狀. 官大驚 直走入告內堂. 一婦人顚倒出來 審其聲貌 詢以來歷. 生具擧顚末以對 又出玉環紅絲以證之. 因語書囊中名字年甲 如合符節. 婦人曰 此眞吾夫也. 相抱大痛 倅亦號爺而哭. 有一老翁 自後堂出曰 此吾子也. 握手悲泣 此其大人 尙無恙也. 遂爲父子夫婦如初 擧世莫不稱奇. 後生登科 位至八座 克享晩祉.

　外史氏曰. 仙娥與愼果有宿緣 則何不降生東國早晚相會. 而乃於萬里殊域 待其漂到而證緣 殊可疑也. 愼之流離 歷五國 過三紀. 而卒能生還故國 父子夫婦俱會合. 亦古今所未有之奇聞異蹟也.

북사(北寺) 신승(神僧)의
네 선비 관상(觀相)이 모두 적중하다

14-4.〈210〉 북사우신승논상(北寺遇神僧論相)

    감사(監司) 남훤(南翧)은 호가 창명(滄溟)이다. 유생 시절 인조(仁祖) 병자년 별시(別試)에 급제하고, 회시(會試)에 응시하려 했지만 조정에 일이 있어 다음해 봄으로 연기되었다. 그해 겨울 그는 초시에 급제한 사람들 가운데 본래부터 친하게 지내던 세 사람과 함께 북한산 절로 가서 함께 글공부를 했다.
    하루는 스님이 이르기를, 이 절에 한 객승(客僧)이 있는데 신이한 재주를 지니고 있어, 옛날 중국에서 관상가(觀相家)로 이름난 당거(唐擧)[161]로 일컬어지는 사람이니, 여러 선비들은 그를 불러 내년 봄 과거 시험에서의 급제를 물어보지 않겠느냐고 물었다. 곧 네 사람은 모여 앉아 객승을 불러 운수를 물으니 이렇게 말했다.

---

161) 당거(唐擧): 중국 전국시대 위(魏)나라 사람으로 관상술에 뛰어난 사람.

"소승이 관상을 볼 때 많은 사람 앞에서 드러내놓고 이야기한 적이 없습니다. 반드시 조용한 방에서 꼭 한 사람씩 마주하여 이야기를 합니다."

네 사람은 그 말에 따라 한 사람씩 선방(禪房)으로 들어가 그의 이야기를 듣고 나왔다. 그러고 서로 물어보았다. 한 사람은 천백(千百)으로 자손이 많겠다고 하였고, 한 사람은 신선이 될 것이라고 하였으며, 한 사람은 도적 두목이 될 것이라 했다. 그리고 나머지 한 사람은 과거에 급제하여 크게 출세할 것인데, 반드시 세 사람을 다시 만나게 될 것이라고 했다. 이에 네 사람은 한바탕 웃고 말았다.

그해 섣달에 청나라 군사가 갑자기 쳐들어와 네 사람은 각기 흩어져 영영 소식을 알 수 없었다. 청나라 군사가 물러간 뒤, 남훤은 별시와 회시에 급제했다. 그리고 을미(乙未; 효종6, 1655) 해에 경상 감사가 되어 부임해, 봄철 순행 때 안동부에 이르렀다. 어떤 사람이 명함을 들이기에 들어오라고 명하여, 만나 보니 평소에 모르는 사람이었다. 낡은 도포에 부서진 삿갓을 쓴, 시골스러운 가난한 선비였다. 인사말을 마치고 그 내력을 물으니, 바로 옛날 함께 글공부한 사람이었다. 세월이 많이 흘러 하나같이 서로들 각자가 도피해 죽었는지 살았는지도 모르고 있다가, 뜻밖에 부평초처럼 떠돌아 만나게 되었으니, 어찌 기이한 일이 아니냐고 소리쳤다. 그러고 기쁨과 다정함을 쏟아 이야기하다가 손님이 말했다.

"내 사는 곳이 여기에서 멀지 않은 곳에 있다네. 그대가 출세하여 행차가 이곳을 지나게 되었으니, 잠시 위대한 거행을 굽히어 내 사는 누추한 곳에 들려, 시골 사람에게 영광이 되게 해 주는 것이 곧 내 소망이네."

경상 감사는 그렇게 하겠다고 허락하고, 곧 위엄 있는 호위를 물리치고 평복 차림으로 한 필의 말을 타고 손님 뒤를 따랐다. 그러고 손님은 소를 타고 앞서가는데, 언덕을 넘고 골짜기를 지나 하루 종일 나아가는 것이었다. 감사가 피로를 견딜 수 없는 데다 또한 의심스럽고 괴이하다는 생각이 들어, 비록 말을 돌리고자 하였으나 앞으로 나아가고 뒤로 물러서지도 못하는 곤란한 지경이 되었다. 이에 손님에게 물었다.

"그대 거처가 어찌 이렇게 먼 곳인가? 이런 줄을 알았더라면 내 어찌 따라나설 생각을 했겠는가?"

"아, 이제 이미 가까이에 이르렀다네."

조금 있으니 한 무리의 사람과 마필이 줄줄이 나와 에워싸며, 길 왼쪽에 서서 맞이하는 것이었다. 손님을 뛰어난 말로 바꾸어 태우고 또한 군교들을 명하여 감사를 호위하게 했다. 곧 말머리를 나란히 하여 가는데, 큰 고개 하나를 넘으니 골짜기가 넓게 트이면서, 화려하고 큰 건물들이 꽉 채워져, 한 골짜기가 의젓한 성읍 같았다.

한 집에 이르러 마루에 올라가니, 손님은 말 갈퀴를 꽂아 장식한 붉은 갓을 쓰고, 남색 비단 철릭을 입고는 융으로 짠 붉은 띠를 두른 복장(服裝)으로 바꾸어 입었다. 붉은 표범 가죽이 씌워진 분홍색 의자가 마주해 놓여 있어서, 서로 읍(揖)을 하여 인사한 다음 자리에 앉았다. 좌우에는 곱게 단장한 여인 수십 명이 수건이며 총채를 가지고 옆에 모시고 섰다.

조금 지나니 음식상을 받들어 와서 들여놓는데, 방장(方丈)의 큰상에 진귀한 음식이 차려졌고, 찬란하고 보배로운 그릇들이 빛났다. 또한 온갖 악기들이 어울려 연주되는 가운데 연달아 술잔과 음식 담은 접시들이 들어와, 마치 고관대작의 부유함과 방불했다. 감사가 그 광경에 크게 놀라, 옛날의 한갓 가난한 선비가 지금은 무슨 벼슬을 하였기에 이처럼 존귀하게 되었는지를 물었다. 손님의 대답은 이러했다.

"형은 전날 북한산 스님이 관상 이야기하던 일을 기억하는가. 그 당시는 허황된 말이라고 모두 웃으면서 무시했었지. 하지만 일단 난리를 겪은 뒤에 집 식구들이 모두 사망하고, 나만이 홀로 목숨을 건져 도망쳐 동서로 달리면서 숨었네. 그리고 돌고 돌아 이 산에 이르러 피난민들 속에 들어갔더니, 그들이 나를 우두머리로 추대하여서, 숲속이나 갈대밭에 숨어 사는 도적 부락이 이루어진 것이네. 이후 점점 무리들을 불러 모아 재물을 약탈하여 한 골짜기를 온전히 점거하게 되니, 가만히 앉아 봉토를 받은 제후만한 큰 영화를 누리게 되었다네. 호위하는 휘하의 위엄이며 창고의 재물이 관찰사의 부귀가 부럽지 않으니, 그 스님의 관상 논의가 역시 하늘이 정해 준 운수였다고 생각되네. 형이 관할 관아를 순시하는 과정에서 이곳을 지나친다는 소문을 듣고, 옛날 우정을 나누려고 맞이하였으니, 형이 감영으로 돌아간 다음에 부디 망령되게 나를 잡아들일 생각은 하지 말고, 또한 사람들에게도 말하지 않도록 하게나. 만약에 그렇게 하지 않았다가는 오직 손해만 보고 아무런 이득이 없을 테니, 그때는 사향노루가 배꼽을 물어뜯는 서제(噬臍)¹⁶²⁾처럼 후회해도 돌이킬 수 없게 될 것이네."

경상 감사는 크게 두렵고 겁이 나서, 그렇게 하겠다고 대답하고는 돌아왔다. 그리고 거기서 길을 돌려 오른쪽으로 순행하여 안의(安義) 지경에 이르렀다.

한 선비가 방문하여 뵙기를 청하기에 맞아들이라고 명하였더니, 그 역시 옛날 함께 절에서 글공부하던 친구였다. 서로 손을 잡고 기쁘게 인사를 나누고 그동안의 적조했던 회포를 풀었다. 그리고 선비는 자기 집이 여기에서 십 리가 안되니, 잠깐 들려주면 시골 마을에 크게 생색을 내는 결과가 될 것이라고 했다.

감사는 곧 허락하고, 안동에서 있은 일을 교훈으로 삼아 으리으리하게 호위를 거느려 위엄을 갖추어 그의 집으로 갔다. 당도해 보니 대문이 높고 집들이 즐비하여, 수백 호가 빙 둘러 한 마을을 이루고 있었는데, 그들은 모두 선비를 주변에서 보호해 주는 무리였다. 선비는 감사를 인도하여 높다란 마루 위에 앉혔는데, 휘장이며 여러 기구의 성대함과 사람이며 말들, 그리고 사람을 접대하는 절차가 비록 커다란 고을 관아라고 할지라도 이를 당할 수 없을 정도였다. 감사가 놀라, 형은 시골 사는 선비로서 집안 살림이 비록 넉넉하다 할지라도 기구나 범절들이 어쩌면 이렇게 부유하고 성대하게 되었느냐고 물었다. 선비는 빙그레 웃으면서 다음과 같이 설명했다.

---

162) 서제(噬臍): 사람들이 사향노루를 잡는 목적은 그 배꼽의 사향(麝香)을 취하는 것에 있음. 사향노루가 잡힌 다음 자기의 배꼽 때문에 잡혔다고 하여 배꼽을 물어뜯어 없애려 한다는 말로, 이미 늦었음을 뜻하는 말.

"공(公)은 옛날 북한산에서 스님이 관상을 논의하던 일을 기억하는가. 나는 병자년 난리에 집을 버리고 도망쳐 경상도 땅을 떠돌아다니다가 어떤 산골에 들어가니, 곧 거기에는 온통 피난 온 여인들만이 무리를 이루어 살고 있었네. 내 한 몸만 사내로 여러 여인 속에 들어갔으니, 자연스럽게 서로 정감의 오묘함을 느끼는 것은 정한 이치로, 비유하건대 마치 칡덩굴이 나무를 감아 오르고 자석이 바늘을 끌어당기는 것과 같은 것이었지. 여자들 모두가 나를 기꺼이 맞아 가장으로 추대하면서, 온갖 일들을 내 말에 따라 행동하였다네.

난리가 평정된 다음에도 각기 집으로 돌아가지 않아 모두 거느리고 살았다네. 처음에는 가난함이 걱정이었지만 여인들이 길쌈과 바느질을 부지런히 하여, 모두가 힘을 모아 일을 하니 몇 해 지나지 않아 재물이 점점 늘어갔지. 그래서 논밭과 집을 구하고 각각 거처를 정해 주어 살아가게 하니, 내 먹는 것과 입는 것은 그들이 순번을 돌아가면서 받들어 제공해 주는데, 모두 성심을 다하는 것이었어. 그동안 낳은 아들이 거의 백 명에 가까워지고, 각기 장가를 들어 자식을 낳고 재산을 나누어 집을 잡고 살아가게 되니, 나는 옛날 중국 육가(陸賈)[163]가 거문고를 연주하고 노래 부르며 다섯 아들의 집을 돌면서 즐기던 것과 같이 되어, 만년(晩年)의 안락을 누리고 있다네. 시비(是非)하여 다투는 일을 보지 않고 영화(榮華)와 모욕에 상관되는 일이 없으니, 형처럼 관찰사로서 왕의 총애를 받는 일과 모욕을 당하는 일이 서로 교차되어 생기고, 근심과 즐거움을 교대로 느껴야 하는 그런 직책에 대하여 조금도 부러움을 갖지 않고 살고 있다네."

감사는 그 말을 듣고 정신이 아득해지고 얼이 빠져, 소매를 흔들며 작별하고 떠났다.

---

163) 육가(陸賈): 한 고조(漢高祖)를 도와 천하 안정에 힘썼음. 남월(南越)의 위타(尉佗)를 설득해 한나라로 귀속시키고, 일천 금을 받아와 말년에 아들 다섯에게 각각 이백 금씩 주었음. 그리고 수레를 타고 가인(歌人)을 대동하고 다섯 아들 집을 돌면서 열흘씩 머물며 자신이 머무는 동안의 비용으로 하라 했음.

이후 하동(河東) 지경에 이르러 지리산 근처를 지나가니, 문득 공중에서 감사의 자(字)를 부르는 소리가 들려왔다. 감사는 매우 의아하게 생각하고 가마 창문을 열고 고개 돌려 바라보니, 멀리 산마루에서 소리가 들리는 것이었다. 곧 자세히 살펴보니 어떤 사람이 절벽 위에 앉아 있었다.

감사는 가마를 세우고 누가 나를 불렀느냐고 물으니, 산 위 사람이 자기를 기억하지 못하느냐고 하면서, 아무라고 이름을 일러 주었다. 대답을 듣고 감사가 생각해 보니 그 사람도 옛날 함께 글공부하던 사람이었다. 그래서 손을 들어 그를 불러 아래로 내려오라고 하니, 그 사람은 그대가 올라오라고 말했다. 얼마 뒤 한 쌍의 푸른 옷을 입은 동자가 내려와 감사의 겨드랑이를 끼고 올라가는데, 험한 바위들을 밟는데도 평지처럼 편안했다. 두 사람은 만나 손을 맞잡고 서로 쌓인 회포를 풀어 이야기를 나눈 다음, 친구가 말했다.

"그대는 옛날 북한산에서 한 스님이 관상을 논하던 일을 기억하는가. 나더러 신선이 될 것이라고 하기에 그때는 허튼소리라고 웃었는데, 지금 생각하니 어찌 신이하지 않은가? 저 옛날 병자호란 때에 나는 목숨을 건지려고 여기에 이르렀는데, 일찍이 청학동(靑鶴洞)이 명승이라고 들었기에, 우연히 기이한 경치를 찾아보고 싶어졌지. 깊은 곳으로 들어가다 보니 여러 날을 굶어 배고픔이 심하고 입에 풀칠할 방법이 없었다네. 그래서 강줄기를 따라 올라가다가 한 풀을 보니 풍성하고 자주 빛이 번쩍거리기에, 그것을 뜯어 맛보니 냉이처럼 달콤하여 모두 따서 다 먹었지.

그때부터 배고픔도 추운 줄도 모르고 기력은 전날보다 곱절이나 왕성해졌으며, 공기만 마시고 한데서 잠을 자는데도 조금도 아픈 데가 없고, 골짜기를 뛰어넘어 다니면서 걷는 것이 마치 나는 듯이 빨라졌네. 이름난 산천을 두루 구경하는 동안 때때로 신선과 도사들을 만나 경전에 대해 이야기하고 비결도 배우게 되었지. 인간 세상 위를 거닐면서 하늘과 땅 사이를 굽어보게 되었으니, 곧 땅 위의 신선인 지선(地仙)이 된 것이라네. 나의 이 즐거움을 어찌 아독(牙纛)¹⁶⁴⁾을 세우고 부절(符節)¹⁶⁵⁾을 지닌 채, 혼탁한 세상에서 출세와 영화를 쫓아 헤매 달리는 그대에게 가히 양보할 수가 있겠는가? 내가 먹는 것은 영지(靈芝)인데 어찌 또한 감사인 그대 앞에 차려진 호화로운 방장(方丈) 밥상에 비교가 되겠나? 오늘 이렇게 만남은 회포를 나누고자 함이었고, 신선과 속세가 서로 길이 다르니 오래 머물 수가 없네. 부디 몸조심 잘하시오. 나는 이제 떠나가겠네."

그러고는 갑자기 흰 학이 산 위에서 날아오더니 눈 깜짝할 사이에 사람도 학도 간데없이 사라져 버렸다. 감사는 멍하고 아득해져 스스로 허전해 슬퍼하면서 돌아왔다. 그리고 평생에 그 스님을 다시 한 번 만나 보는 것이 소원이였시만 끝내 만나시 못했나고 한나.

외사씨는 말한다. 사람의 운명(運命)은 모두 하늘에서 정해 준 것이다. 그런데 스님이 네 선비 관상을 논의한 것이 모두 하나하나 꼭 들어맞았으니, 가히 신이하다고 말할 수 있다. 하지만 저 사람들의 행적(行蹟)들은 이치에 맞지 않아 현실에서 멀리 떨어진 황당한 내용이 많으니, 나는 그것을 믿을 수 있을지 모르겠다. 아마도 길거리에 떠도는 자잘한 이야기들이라고 생각된다.

---

164) 아독(牙纛): 대장군(大將軍)이 주둔하는 곳에 세우는 기(旗).
165) 부절(符節): 임금이 중요 책임자를 임명하면서 주는 증명 패. 대나무나 옥 따위로 만들어 가운데 글자를 새기고 둘로 쪼개 나누어 하나는 조정(朝廷)에 두고 하나는 본인(本人)이 가지고 다니면서 신표로 사용함.

東野彙輯 卷之十四

○ 第百五号 雜識部 五 奇蹟

北寺遇神僧論相

南監司翻號滄溟. 在章甫時 仁祖丙子別試發解 而會圍則以朝家有故 退定於明春. 其冬南與初試入格人中 素親者三人 偕往北漢山房 同研肄業. 一日僧告以此中有客僧抱異術 可稱唐擧. 諸公可招問明春登龍與否也. 四人會坐 呼客僧問之. 僧曰 貧道觀相 未嘗稱中顯言. 必於幽室 只對一人 而各論其相. 四人從其言 箇箇入禪室 聞其論而出. 相與問之 則一曰 當有百子千孫. 一曰 當爲神仙. 一曰 當爲賊將. 一曰 登科顯達 必逢三人云. 一場笑譁而已. 其臘清兵猝至 四人各散圖生 永阻聲息.

寇退後 設別試會試. 南登其科 乙未年間爲嶺伯. 春巡至安東府 有客通刺 命引入. 乃素昧 而蔽袍破笠之蕭然寒士也. 敍寒暄 詢其來歷 卽昔年同研人也. 一自滄桑 各自逃竄 不知存沒 意外萍逢 寧不叫奇. 遂忻瀉欵晤, 客曰 弊居距此不遠 令公行軺 旣過此地 暫屈高駕 使蓬蓽生輝 是所望也. 嶺伯曰諾. 乃除其威儀 以燕服匹馬 隨客而往. 客騎牛在前 踰阡越壑 鎭日作行. 道伯不勝困疲 且生疑怪 雖欲回馬 而進退維谷. 乃詰曰 貴居何其遠也. 早知若此 吾豈隨到乎. 客曰 今則已近到矣. 俄而一隊人馬 簇擁而來 迎于路左. 客換乘駿驄 又命軍校護道伯 遂聯鑣而往. 踰一大嶺 洞府敞寬 華搆傑屋 充溢一谷 依然如城邑. 抵一家陞堂 客換着朱騣笠藍緞帖裏紅絨帶. 對置紅椅子 被赤豹皮 相揖而陞坐. 左右粉黛數十 執盥帨塵箑而侍立. 少焉捧盤而進 方丈珍羞 璀璨寶器. 衆樂竝奏 觴豆繼進 彷彿公侯之富.

道伯大驚 問曰 昔一布衣 今做何官 若是之尊且貴乎. 答曰 兄倘記北漢僧之論相乎. 當時笑以虛誕 一自遭亂之後 家屬俱歿 獨吾逃命 東奔西竄. 轉至此山 入於避亂人叢中 衆推我爲魁 奄成綠林萑蒲之部落. 嘯聚徒黨 搶掠財物 專據一壑 坐享素封. 麾下威儀 庫中財貨 不羨方伯之富貴 僧之論相其亦前定耶. 聞兄巡部過此 奉邀叙舊. 兄之還營後 愼勿妄生追捕之念 亦勿向人說道也. 苟非然者 徒害無益 噬臍莫及也. 嶺伯大爲恐怵 唯唯而還.

自此轉作右巡 到安義. 有一士人請謁 命延入 亦曩時同硏人也. 握手欣慰 共叙阻懷. 士人曰 吾家距此未十里 幸暫枉臨 則鄕谷之生色大矣. 嶺伯諾之. 懲於安東事 大張威儀 而往到其家. 門閭高大 村落櫛比 數百戶環作一村 卽士人家附庸也. 導巡相 陞坐高堂 帷帳供具之盛 人馬接待之節 雖雄州鉅郡 不能當也. 嶺伯驚問曰 兄以鄕居措大 家計雖饒 而器具凡節 何以若是富盛也.

士人莞爾而笑曰 公記昔北漢僧之論相乎. 吾於丙子之亂 棄家逃生 流落嶺南 入一山谷 則避亂婦女 盛群而居. 吾以一陽 投入衆陰之中 一理相感之妙 譬如蔦附松而磁引針. 女皆欣幸 推我爲家長 凡百事爲一聽於吾. 及亂定 不各歸 遂竝率居. 始以貧匱爲憂 女輩勤於紡織女紅 衆人齊力 不幾年殖貨滋多. 遂求田問舍 因搆各室以居. 吾之喫着 渠輩輪回供奉 俱極效誠. 所生男子頗近百數 各自娶婦 生子析産分門. 吾則如陸賈之歌瑟過五子 安享晩福. 是非不聞 榮辱無關 少無羨於令公藩任之寵辱相半憂喜交至也. 嶺伯聞其言 憮然自失 擧袖作別.

自此至河東境 過智異山邊 忽自空中 呼嶺伯字. 嶺伯甚訝之 自轎中推窓回顧 聲自山上矣. 諦視之 有一人 坐絕壁上矣. 乃停轎 而

問誰喚我. 山上人答曰 君尙不記吾乎 吾乃某也. 嶺伯思之 亦舊日同研人也. 因舉手招之 曰下來也. 曰君可上來. 少焉下送一雙靑衣童 挾腋而上 則履巉巖如平地. 與之握手敍懷曰 北漢僧之論相 君可記得否. 以吾爲仙云 故當時笑以迂妄. 到今思之 豈不神異乎. 伊昔胡亂 吾逃命至此 曾聞靑鶴洞名勝 偶欲搜奇. 轉入深處 屢日飢困 糊口無策. 緣澗而上 有草豐腴 燁燁其紫. 摘而啖之 其甘如薺 因掇而盡食之. 自是不知饑寒 氣力倍旺 風餐露宿 少無疾恙 超嶝越壑 行步如飛. 周遊名山大川 時逢眞人道流 談經授訣. 逍遙一世之上 睥睨天壤之間 便是地上仙也. 吾之所樂 豈可讓於令公之牙纛符節馳逐紅塵也哉. 吾所食 卽靈芝也. 亦豈比於令公之食前方丈也哉. 今此邂逅 要敍舊話 仙凡異路 何必淹留. 幸自保重 吾從此逝矣. 旋有白鶴從山上飛來 轉眄之頃 人與鶴俱不知去處. 嶺伯窅然 自喪悵然而歸. 平生願一更遇其僧 而竟未諧云.

　　外史氏曰. 人之命數皆有天定. 而僧之論相 節節符合 可稱神異. 然諸人事蹟 多不近理 亦涉荒誕 吾未知其信然也. 無乃街巷俚談之流傳者耶.

감사의 호출에 재능 발휘해 오랜 악감 해소하고 관직 얻다

14-5.〈211〉 인막명현능석감(因幕名衒能釋憾)

안철(安澈) 대장은 젊었을 때 호탕하고 거리낌없이 행동했다. 무과 급제로 벼슬하여 평안도 숙천(肅川) 부사를 지낸 이후, 오랫동안 관직이 없이 한가롭게 살면서, 마음이 답답하고 즐거움을 느끼지 못했다. 정월 대보름날 밤 대문 밖으로 나가 달을 보면서 거닐다가, 문득 기생들과 즐기고 싶은 생각이 들어, 청루(靑樓)로 가고자 했다. 이에 아내가 그를 말리면서, 관직을 역임한 사람으로 청루에서 기생과 어울려 즐긴다는 것은 사람들 이목(耳目)을 놀라게 할 것이라고 말했다.

그래서 안철은 기생집을 드나드는 한량(閑良)들 모습으로 변장하고 한 기생집으로 갔다. 대문을 밀치고 들어가니, 한량들이 자리에 가득 앉아 있다가 안철의 모습을 보고는, 돌아다니면서 노는 손님이 아닌 것같이 생각되어, 눈을 크게 뜨고 쳐다보면서 의아하게 여기고 서로 곁눈질을 하여 도망을 쳤다. 안철은 홀로 기생을 상대하여 앉아 있으려니 무미건조하여 재미가 없었다. 곧 그 집을 나와 다른 기생집을 찾아갔지만 또한 앞에서와 같았다.

마침내 소매를 떨치고 집으로 돌아오는 길에, 한 재상집 대문 앞을 지나치게 되었다. 마침 한 소년이 길거리에 나와 달구경을 하고 있었다. 소년은 푸른 도포를 입고 초립을 쓰고 있었으며, 얼굴 생김새가 관옥(冠玉) 같았는데, 담뱃대를 옆으로 비스듬히 물고는 어린 종을 데리고 서 있었다. 안철이 문득 앞으로 나아가 담뱃불을 좀 붙여 달라고 요구했다. 그러자 소년은 담뱃대를 옆으로 돌리고 뒤로 돌아서면서 허락하지 않았다.

안철이 화를 내면서 꾸짖고 욕하니, 소년은 화가 치밀어 서로 다투어 점점 언쟁으로 발전하였다. 곧 그 집안 종들이 다투어 나와서 주인을 호위하며 손님을 나무라니, 시끄러운 소리가 사방으로 퍼졌다. 소년 부친인 모 재상이 대문 앞에서 웬 소란스러운 소리냐고 이유를 물어, 집안 겸인(傔人)이 그 상황을 고해 아뢰었다. 노재상은 그 아들을 불러 채찍으로 종아리를 치며 꾸짖었다. 그리고는 종에게 명령하여 그 손님을 뒤따라가 살펴 확인하게 하여, 비로소 그가 무인 안철임을 알게 되었다.

이튿날 노재상은 비변사(備邊司)에 나아가 여러 재상에게 말했다.

"한 무변이 내 아들과 말다툼을 하면서 그 욕이 부형에게까지 이르렀습니다. 근자에 저 무변 무리들이 어리석고 분수에 넘치는 행동을 거리낌없이 하고 있으니 어찌 놀랍지 않겠습니까?"

이 말에 여러 동료 재상들은 놀라면서 이렇게 성토했다.

"이 일은 비단 대감만이 모욕을 당한 것이 아닙니다. 역시 온 조정에 부끄러움을 끼친 일이라 하겠습니다. 그러니 우리들이 일제히 그 무변의 관직 진출을 막는 것이 합당합니다."

안철은 이로부터 십 년 동안 벼슬길이 완전히 끊어졌다. 그리고 재상 아들은 매양 안철에게 그 일을 복수하고자 하였으나 그 적당한 기회를 얻지 못했다. 그러다가 어린 나이에 과거에 급제하여, 얼마 후에 황해도 감사가 되었다.

곧 재상 아들은 황해도 감영에 부임하여 조정에 장계(狀啓)를 올렸다.

내용인즉슨, 본 황해도 감영에 폐단을 끼친 일이 있어서, 전 부사 안철에게 군관(軍官)을 보내어 어느 날 몇 시까지 감영에 도착하도록 소환하려고 하는데, 만약에 혹시라도 지정된 그 시점을 어기면 군법으로 다스리겠다는 것이었고, 이에 대하여 임금의 허락이 내려왔다.

안철이 하루는 한가로이 집에 앉아 있는데, 갑자기 황해도 감영의 군관 전령(傳令)이 와서 관찰사의 소환 명령서를 전했다. 내일 아침 조회 전까지 감영에 와서 알현을 청해야 한다는 매우 엄중한 내용으로서, 만약에 시간 내에 오지 못하면 마땅히 군법으로 다스리겠다는 것이었고, 장계에 대한 임금의 허락이 떨어졌다는 말도 있었다. 안철이 받아서 내용을 펼쳐 보니 과연 그와 같은 내용이어서 크게 놀라 한단했다.

"지금 이미 날이 저물었는데 어찌 하룻밤 사이에 말을 달려 삼백 리를 가겠는가? 나는 이제 죽음만 있을 뿐이로다."

이러고 곧 건을 벗고 쓰러져 누워 천정(天井)을 쳐다보며 길게 탄식을 했다. 곁에 있던 첩이 이상하게 여기고 물었다. 안철이 그 사정을 간략하게 일러 주니 첩이 말했다.

"들으니 김 상서(金尙書) 댁에 뛰어난 노새가 있는데, 하루 천 리를 간다고 합니다. 제가 가서 당신을 위해 빌려 오겠습니다."

안철은 첩의 말에, 김 상서가 그 노새 사랑하기를 매우 심하게 하여, 아름다운 비단으로 싸서 보호하고 대추며 육포를 먹인다고 하니, 그것을 남에게 빌려 주겠느냐고 의문을 나타내었다. 이에 첩은 이렇게 말했다.

"김 상서의 첩이 저의 사촌 동생입니다. 아마도 혹시 저를 위해 계책을 세워 줄 수 있을 것입니다."

이러고 김 상서 집으로 가서 그 첩을 만나 남편의 사정을 모두 이야기해 주었다. 김 상서 첩은 상서에게 급한 사람을 도와야 하는 의미를 강조해 애걸하니 상서가 허락하면서, 이 노새는 다른 종이 몰 수가 없다고 말하고, 노새를 모는 종과 함께 빌려 가라고 했다. 김 상서는 곧 김자점(金自點)이며 노새를 모는 종은 개금(介金)이었다.

첩이 노새와 마부를 함께 빌려 돌아오니, 안철은 크게 기뻐하고 저녁밥을 재촉하여 먹고는 길을 떠났는데, 때는 이미 황혼이었다. 노새는 빠르지도 않고 느리지도 않게 달려서 파주에 이르렀는데 밤이 겨우 이경(二更)이었다. 마부가 잠시 쉬어 갈 것을 청하니, 안철은 밤은 짧고 갈 길이 먼데, 어찌 조금이라도 쉬어갈 수 있겠느냐고 나무랐다. 이에 마부는 조금도 걱정하지 마시라고 하면서, 안철에게 노새를 내려 주점으로 들어가자고 하여, 탁주 한 항아리를 사서 마시었다. 그리고 땅에 자리를 펼치고 그 위에 뻗어 누워, 비록 갈 길이 바쁘기는 하지만 잠시 한 숨 자고 떠나지 않을 수 없다고 말하고는, 금방 잠들어 코 고는 소리가 우레와 같았다.

안철은 마음이 심히 조급하고 바빠서 계속 소리쳐 불러 깨웠다. 마부는 억지로 일어나 머리를 긁으며 어찌 사람을 이렇게 괴롭히느냐고 하면서, 곧 안철에게 노새에 오르라고 한 다음, 머리 동여매는 수건으로 얼굴을 싸매어 귀를 막고 두 눈을 단단히 감고 있으라고 당부했다. 안철이 그 말대로 하고 있으니 다만 공중에서 바람 스치는 소리만 들리고, 차가운 바람을 올라타고 달리는 것같이 느껴졌다. 조금 지나니 노새를 모는 마부가 소리를 크게 지르며 주점의 심부름하는 아이를 불러 말했다.

"감영 군관께서 쉬고 갈 터이니 깨끗한 방을 지정해 주기 바란다."

이 말을 듣고 안철이 이르기를, 이제 막 날이 새려고 하는데 또 쉬었다가 갈 생각이냐고 질책하니, 마부는 지금 바로 눈을 떠서 주위를 살펴보라고 했다. 안철이 눈을 떠서 쳐다보니 문득 하얗게 칠한 성곽 여장(女墻)이 눈앞에 나타나기에, 이곳이 어디냐고 물으니 마부는 해주성 밖이라고 대답했다. 그런데 밤이 겨우 오경 무렵이어서 여점에 들어가서 잠을 잤다. 새벽 성문이 열리기를 기다렸다가 곧바로 감영으로 들어가니, 여러 사람들이 그렇게 신속히 달려온 것에 대해 놀라지 않는 이가 없었고, 기한 내에 도착한 것을 다행이라고 했다.

아침에 군례를 갖추어 당헌 앞에서 알현을 하니, 관찰사는 그를 곤란하게 하기 위하여 하루의 감영 업무를 모두 그에게 맡기는 것이었다. 안철은 윗사람을 받들어 모시고 아랫사람에게 명령을 내리면서, 임기응변으로 문제를 잘 처리해 진실로 다행스럽게 하루를 무사히 보냈다. 그러고 또 감사는 급히 이만 냥의 돈을 쓸 곳이 있으니, 사흘 안에 그 돈을 마련해 들여놓아야지, 그렇게 하지 못하면 마땅히 군법으로 다스릴 것이라고 말했다. 안철은 이 일을 어떻게 해야 할지 방법을 알지 못해, 감영의 장교와 아전들을 불러 계책을 물어보았지만, 모두 말하기를 순한 양을 내몰아 딱딱한 거북 껍질을 쪼개게 하는 것처럼 불가능한 일이라고 했다. 곧 감사가 비밀히 감영의 아전이며 군관들에게 안철의 일을 돕지 못하게 지시해 놓았기 때문이었다.

안철은 심부름하는 아이에게 가만히 이 성중에서 누가 제일 큰 부자인지를 물었더니, 남대문 밖 허씨 성을 가진 징사꾼이 제일 부자라고 알려 주었다. 안철은 밤을 틈타 그 부잣집을 방문했는데, 주인인 상인이 한참 동안 자세히 쳐다보다가 공손하게 무릎을 꿇고서, 어느 해에 숙천 부사로 계신 일이 있느냐고 물었다. 안철이 그렇다고 답하고 어찌 그 사실을 아느냐고 되물었다. 그 상인은 놀라면서 절을 하고 말했다.

"지금 어르신을 알현하게 되는 것은 곧 하늘이 도운 것입니다."

이 상인의 부친이 지난날 숙천 관아 아전이었는데, 관아의 돈 수천 냥을 포흠(逋欠)하여 관장이 감영에 보고하고, 장차 율법에 따라 다스리려고 하다가 처리하지 못하고 바뀌어 떠나고, 안철이 부임하게 되었다. 그때 안철은 그 아전이 죽게 된 것을 가엾게 여겨 사비를 내어 그 돈을 갚아 주어서 죽음을 면하게 했다. 이 일로 말미암아 감사하는 마음을 잊지 못하면서 지금에까지에 이르렀다.

허씨 상인은 울면서 이렇게 소회를 밝혔다.

"소인은 곧 당시 숙천 고을 포흠한 아전의 아들입니다. 우리 집 여덟 식구가 목숨을 보전하고 오늘날까지 살게 된 것은 모두 다 어르신께서 내려주신 것입니다. 그 일이 있은 뒤 이곳으로 와 살면서 장사를 하여 재물을 불렸는데, 세 번에 천 금씩 이익을 보았습니다. 항상 어르신에게 은혜 갚기를 결초함주(結草舍珠)¹⁶⁶)와 같이 하여, 산과 바다 같은 은덕을 조금이나마 갚으려고 했지만, 하늘이 갚을 수 있는 방편을 빌려주지 않아, 세월이 흘러 오늘에까지 이르렀으니, 어찌 부끄럽고 황송함을 이기겠습니까?"

이 말을 듣고 안철은, 자신이 지금 매우 위급한 상황에 처하여 이만 냥을 빌리고자 하여 온 것이라고 이야기하니, 상인은 이렇게 대답했다.

"이만 냥이 어찌 충분하다 말할 수 있겠습니까? 비록 이보다 많은 돈이라도 손을 써서 잘 마련할 방법이 있으니, 마땅히 삼가 명령을 받들겠습니다."

안철은 매우 기뻐하고 돌아가 감사에게, 이만 냥을 이미 갖추어 대령하였노라고 고하니, 감사는 크게 놀라면서 칭찬했다.

"그대는 가히 모든 일을 잘 주선하는 능력을 지녔다 하겠구려."

그리고 또 며칠 지나, 감사가 안철에게 말했다.

"우리 감영의 한 기생이 수절을 한다고 일컬으면서 감영 잔치에 참여하지 않고, 손님을 접대하는 일을 거부하고 있다. 그대가 만일 이 기생과 하룻밤 잠자리를 하고 신물을 얻어 오면 마땅히 큰 상을 내리겠다. 그러나 닷새의 기한 안에 일을 성취해야지 그렇지 못하면 무거운 벌을 면하기 어려울 것이다."

그 기생은 앞서 임기를 마치고 떠나간 감사의 아들과 인연을 맺어 두 사람의 정이 매우 깊었었다. 그래서 다시 만날 것을 약속하여 산과 바다를 두고 맹세하고는 몸을 깨끗이 하고 있다가 따르려고 하여, 비록 감사의 위엄으로도 그의 마음을 능히 빼앗을 수 없는 상황이었다.

안철이 이 일을 가만히 생각해 보니 가히 속임수인 권술(權術)을 써야 해결할 수 있을 것 같았다. 그래서 혼자 물이 깊숙이 육지로 들어온 포구로 가서, 대삿갓을 쓰고 도롱이를 입어 어부로 가장했다. 곧 생선 몇 마리를 사

---

166) 결초함주(結草舍珠): 진(晉) 때 귀신이 적장의 발을 풀로 묶어 못 움직이게 해 은혜 갚은 위과(魏顆) 이야기와, 춘추시대 수(隨)나라 때 은혜 입은 뱀이 야광주를 물고 와 은혜 갚은 수후주(隨侯珠) 이야기처럼, '은혜를 꼭 갚음'의 뜻.

서 광주리에 담아 등에 짊어지고, 물고기 사라고 외치면서 집들을 돌아 그 기생집 대문 앞에 이르렀다. 기생집에서 늙은 할미가 나와서는 물고기를 사겠다고 하기에, 매우 싼값에 물고기를 팔았다. 이에 할미는 그 값이 싼 것을 기이하게 여기고 다른 날 다시 올 것을 당부했다.

이튿날 안철은 황혼 무렵에 큰 물고기 두서너 마리를 가지고 또한 그 기생집으로 갔다. 그러고는 일부러 가격을 가지고 흥정하며 다투다가 해가 저물었고, 때마침 비가 내리기 시작했다. 안철은 노파에게 말했다.

"날은 저물고 길이 멀어 집으로 돌아갈 수 없습니다. 청하옵건대 자리 한 장 펼칠 공간을 빌려 주시면 하룻밤 지낼까 합니다."

이렇게 간청하니, 노파는 허락하고 짚자리 하나를 내어 주었다. 그래서 곧 대문 옆에 자리를 펼치고 문지방을 베개 삼아 누웠다. 이때 기생은 원앙 금침에 외로이 싸늘한 꿈속으로 드는 것을 슬퍼하고, 거울 속에 비친 외로운 그림자가 짝이 아님을 느끼는 난새처럼, 감상에 젖어 혼자 비단 장식 창에 기대어 앉아 한가이 거문고를 퉁기고 있었다. 자신이 혼자 거문고를 퉁기다가는, 또한 무료하여 스스로 노래하면서 근심어린 괴로움을 달래는 것이었다.

안철은 평소에 퉁소를 잘 불어 항상 단소(短簫)를 몸에 지니고 다녔다. 이에 품속에서 퉁소를 꺼내어 한 곡조를 불다가는, 노래를 하여 퉁소 소리에 조화를 이루니, 그 소리가 흐느끼듯 애절하게 울려 퍼졌다. 그 소리가 황홀하여 옛날 진(秦)나라 때 소사(蕭史)와 농옥(弄玉)이 거처하던 진루(秦樓)[167]에 날아와 앉은 봉(鳳)의 울음소리 같았고, 한(漢)나라 때 사마상여(司馬相如)가 거문고로 봉구황(鳳求凰) 곡조를 연주하여 탁문군(卓文君)을 꾀어내던 그 곡조와 다름없었다.

기생은 문득 그 퉁소 소리를 듣고 마음속으로 매우 기이하게 여겨, 귀를

---

167) 진루(秦樓): 중국 진(秦) 목공(穆公) 때 소사(蕭史)가 퉁소를 잘 불었음. 목공 딸 농옥(弄玉)이 그를 사랑하니 부왕 목공이 혼인시켜 주었음. 그리고 진루(秦樓) 누각을 지어 주어 둘이 퉁소를 불며 살게 했는데, 뒤에 어느날 아침 부부 함께 신선이 되어 하늘로 날아갔다는 고사.

기울여 자세하게 들으니 곧 대문 앞에서 들리는 것이었다. 어린 여종을 불러 등불을 가져가 살피라 하니, 돌아와 고하기를 조금 전에 왔던 물고기 파는 상인이라고 했다. 기생은 그가 기이한 재주를 가졌다고 생각하여, 급히 불러 들여 상대하고 앉아서 다시 한 곡조를 연주할 것을 요청했다. 그리고 기생도 거문고를 퉁기어 퉁소 소리에 맞춰 조화를 이루니, 소리가 맑고 깨끗하여 멀리 퍼져서 음향이 구름 위 하늘까지 울렸다.

기생이 마음속으로 혼자 칭탄하고, 또한 그 풍채와 거동이 준수하고 아름다우며, 기골이 호탕하고 헌칠한 것을 보고는, 심중에 훌륭한 남자임을 직감하여 흠모와 사랑을 이기지 못했다. 이에 술과 안주를 마련하여 아름다운 술잔에 술을 부어 권주가를 부르면서 술을 권했다. 안철은 연거푸 두서너 잔을 받아 마시고, 손수 술을 따라 기생에게 건넸다. 꽃가지를 꺾어 헤아리며 술잔을 주고받으니, 복숭아같이 아름다운 볼이 반쯤 붉어졌고, 이야기가 점점 풍정(風情)으로 옮겨 가 그들의 정감을 일으키기에 이르렀다. 꾀꼬리를 맞이한 버드나무가 아름답게 흔들림을 이기지 못하고, 나비가 꽃술에 이끌려 마음대로 꿀을 채취해 가도록 내버려 두는 정경이 되었다. 처음에는 사랑하는 마음을 느껴 아름다움에 의지하였다가 마침내 운우의 정을 나누었다. 안철은 평소 풍류에 능하여 지극하게 모든 사랑의 묘미를 느끼게 해 주었다. 새벽이 되어 일어나 앉아 기생에게 말했다.

"진실로 고기를 파는 천한 몸이 문득 신선과 놀면서 아름다운 꿈을 꾸는 것 같은 시간을 보냈으니 분수에 크게 사치스러운 일입니다. 다만 사람들이 알게 되어 꽃다운 이름에 누가 될까 두려워 일찍 돌아가기를 원합니다."

이 말에 기생은 연모하는 마음이 깊어 보낼 수가 없어 안타까워하다가, 끼고 있던 금반지를 뽑아 주면서, 오로지 이것으로 간절한 애정을 표한다면서, 다른 날 반드시 다시 방문해 달라고 당부했다. 안철은 다시 이런 말을 했다.

"이미 낭자의 두터운 사랑을 입었지만 내 작은 정성도 펼쳐 드릴 것이 없어 부끄럽습니다. 원하옵건대 내 이름자를 고운 팔에 써서 두 사람의 두터운 애정을 위로하려 합니다."

곧 기생이 붉은 옷소매를 걷어 올리고 팔을 내어 주었다. 안철은 이에 기름에 절인 붓으로 크게 이름을 적어 주고, 뒷날의 기약을 남겨 둔 채 돌아갔다.

이튿날 아침 감사를 찾아가 뵙고 기생을 만난 사실을 고했다. 감사가 무슨 믿을 만한 신표가 있느냐고 물어, 안철은 주머니 속에서 황금 지환을 꺼내 보여 주니 관찰사가 말했다.

"이 물건으로는 아마도 옛날 한(漢)나라 신원평(新垣平)[168]이 사술(邪術)로 속이던 일과 같은 것이 아니겠는가?"

이에 안철은 만일 잔치를 베풀어 기생들을 불러 모으고, 그 기생도 진치에 참여하게 해 주면 마땅히 의혹을 없게 해 줄 방법이 있다고 말했다. 감사가 그 말대로 하여 잔치를 베푸니 그 기생은 병을 핑계로 불참하려다가, 감사의 엄한 명령에 수건으로 머리를 싸매고 억지로 와서 끝자리에 앉았다. 안철이 창문 뒤에서 갑자기 뛰어나와 기생을 핍박하여 소매를 걷어 올리고 글씨 쓴 곳을 노출시키며, 이것이 누구 이름이냐고 말하자, 자리에 있던 모든 사람들이 크게 웃었다. 그리고 기생은 얼굴을 붉히며 자리에서 일어나 달아나 버렸다.

감사는 이에 책상을 두드리며 그대의 재능은 기이하다고 말했다. 이로부터 오랫동안 가졌던 혐의가 얼음 녹듯 사라지고, 새로운 정이 아교처럼 밀접하여졌다. 그리고 일마다 반드시 물어서 의논해 처리했으며, 항상 그의 지식에 탄복했다. 두서너 달 뒤에 안철이 돌아감을 고하니, 감사는 만류하고자 했으나 붙잡을 수가 없어, 노잣돈으로 삼천 냥을 주었다. 안철은 받은 돈 중 일천 냥은 그 기생에게 주고, 일천 냥은 허씨 상인에게 주었으며, 나머지 일천 냥은 노새를 몰고 온 개금에게 주었다. 그리고 나는 듯이 말을 몰아 집으로 돌아왔다. 뒤에 감사가 조정으로 돌아와 안철의 재주와 지혜로움을 널

---

168) 신원평(新垣平): 한(漢)나라 무제 때 신기(神氣)를 보는 술(術)이 있다고 알려진 사람. 임용되어 상대부(上大夫)에 올랐으나, 뒤에 거짓 사술(邪術)임이 밝혀져 사형 당했음.

리 칭찬하여 알렸다. 안철은 그의 알선에 의하여 앞길이 날마다 열렸고, 마침내 대장 자리에 올랐다.

외사씨는 말한다. 안철은 씩씩하고 용감하여 나라를 지킬 만한 재능을 가졌었다. 하지만 청루(靑樓)를 드나들고 호기(豪氣) 있는 협객(俠客) 행동을 일삼아, 그 바람기를 따라 과격하게 행세하는 일이 많았다. 그로 인해 화를 당하는 타초경사(打草驚蛇)[169]의 위험에 처하기도 했으며, 마침내 무모하게 행동했다가 낭패를 당하는 탐혈득호(探穴得虎)[170]의 재난을 겪게 되었다. 그러나 그는 어려운 사람을 돕는 의기를 가지고 있어서, 숙천 상인의 돈을 얻어 곤욕을 면할 수 있었으며, 평소에 익숙했던 풍류(風流)의 남다른 능력으로 명기(名妓)를 속여 뛰어난 능력을 인정받게 되었다. 그로 인해 마침내 감사(監司)와 지난날의 오랜 악감을 해소하고 새로운 좋은 관계를 맺었으며, 그의 주선으로 이름 있는 지위에 오르게 되었다. 이러한 모든 성취는 그가 지닌 기개와 재능이며 지혜로운 술수가 보통 사람보다 뛰어남에서 연유(緣由)된 것이니, 역시 가히 지팡이를 짚고 안전하게 계단을 오르는 것 같은 출세의 원리를 볼 수 있도다.

---

169) 타초경사(打草驚蛇): 풀숲을 두드려 잠자는 뱀을 깨워 물리는 것처럼, 공연히 재상 아들에게 담뱃불 시비를 걸어 문제가 생긴 사실에 비유함.

170) 탐혈득호(探穴得虎): 일부러 굴속을 살피다가 호랑이를 만나 큰 낭패를 당하는 일.

東野彙輯 卷之十四
○ 第百六号 雜識部 六 才能

因幕名銜能釋憾

　　安大將澈少時豪俠. 及登武仕 經肅川府使久無官 閒居鬱鬱不得志. 上元夜出門步月 忽以觀獵之思 欲往娼館. 家人挽止曰 公以緋玉狎遊青樓 有駭瞻聞. 安乃換閒良打扮 到一妓家 排戶而入宅子盈座. 見安之儀貌 不似冶遊客 瞠然訝惑 爭相瞬目而逃. 安對妓獨坐 殊沒意趣. 轉之他妓家 又如是 遂拂袖還歸路 過宰相家門前. 有一少年臨街玩月 青袍草笠 美如冠玉. 方橫竹倚童而立 安邊前而要接蔫烟. 少年回竹 向後而不許. 安怒而叱辱之 少年業火陡起 轉成爭詰. 其家僕隸 争來衛其主 而誚其客 喧聲集四隣. 少年之大人某宰 問門前哄鬧何也. 傔告其狀 老宰招其子 而撻責之. 又命隸追蹤其客 始知爲某弁. 翌日老宰赴籌坐 謂諸宰曰 某弁與吾子言詰 而辱及父兄 近來彼輩之愚濫無憚 豈不可駭. 諸宰愕然曰 此非但大監之逢辱 亦同朝之貽羞 吾儕一齊停望宜矣. 安自是沈滯十餘年.

　　少年每欲雪恥於安 而未得其便. 及早歲登科 爲海西伯. 莅任後馳啓曰 本營方有釐弊事 前府使安某軍官差下 使之趁某日某時馳到. 而如或違期 施以師律何如. 即蒙允許. 一日安閒坐 忽有海營軍官傳令之來納者. 謂以明日朝仕前投刺 將令甚嚴. 若過期不來 當施以軍律之意 啓聞允下云矣. 安覽其啓草果然. 乃大驚曰 今已日之夕矣 安得一夜間 疾馳三百里程乎 吾有死而已. 遂脫巾頹卧 仰屋長吁. 傍有嬖妾 怪問其故. 安略道其由. 妾曰 聞金尚書家有名騾 一日行千里云.

妾當爲公圖借. 安曰 金尙書愛此騾 甚於護以紗幬 而喂以棗脯者 其肯爲汝借乎. 妾曰 尙書側室 即妾之從妹也 庶或爲妾籌之. 遂往尙書家 見其妾而具告情事. 妾白于尙書 乞推急人之義. 尙書許之曰 此騾非他牽夫可馭 幷牽夫借去也. 尙書卽自點也 牽夫名介金也.

妾借騾並牽而歸. 安大喜促飯登程 時已黃昏. 騾行不疾不徐 抵坡州夜纔二鼓. 牽夫要暫憩而去. 安曰 夜短路長 何可少淹. 牽夫曰 幸母憂焉. 囑安下騎入店 渠乃沽飮濁膠一盆. 鋪韉于地 橫臥其上曰 行事雖忙 不可不打一頓睡去矣. 因鼾聲如雷. 安心甚躁悶 連聲呼覺. 乃强起搔首曰 何令人苦惱也. 遂使之上騾 誠以巾帕裹頭掩耳繁閉兩眼. 安依其言 但聞空中風聲 如馭泠而行. 少焉牽夫呼唱店小二曰 營門軍官下處 可定於淨房也. 安聞其言 責之曰 夜將曉矣 又欲爲休息計耶. 對曰 今可開眼視之. 安忽覩粉堞當前 問此何處. 對曰 海州城外也. 時夜纔轉五鼓 入店歇宿. 待曉城鑰開 直入幕府 諸人莫不驚其神速 而幸其趁限也.

翌朝以軍禮 見于掌軒. 觀察思有以困之 一營事務 舉而委之. 安承上接下 應機處變 苟幸推過. 觀察曰 方有急用二萬兩錢 可於三日內辦納 否者當施軍法. 安罔知攸措 召吏校謀之 皆云出殺刮龜 莫可奈何. 盖觀察密囑營屬 毋得爲安拮据也. 安暗問陪童曰 此城中誰最富者. 對曰 南門外有許姓一商 貲最饒云矣. 安乘夜訪其居 商人注視良久 長跪而告曰 公於某年作宰肅川乎. 曰然. 汝何以知之. 其人驚拜曰 今者拜謁於此地 即天也. 盖商之父以肅川吏 逋公錢屢千. 本倅將報營擬律 而旋即逓歸. 安荏其代 憫吏之就死 捐廩以補之 吏乃免死. 由此感恩不忘至是. 泣告曰 小人即肅川逋吏某之子也. 一家八口保有今日 皆公之賜. 自其後來寓此地 做商殖貨 三致千金. 常擬結草含珠 少酬山海之恩德 而天不借便 荏苒至此 曷勝愧悚. 安曰 吾有燃眉之急 欲從汝借二萬兩錢. 商人曰 二萬兩何足道哉. 雖過此

數 優有措手之道 謹當奉敎矣. 安甚喜 歸告主帥曰 二萬兩已備待. 觀察大驚曰 君可謂有幹辦之才.

過數日 又謂安曰 某妓稱以守節 不參讌會 不接人客. 君若一宵同裯 能得信物 當有賞賚. 限以五日 否者難免重罰. 其妓者前道伯子之所眄 兩情俱殷. 約以重會 山盟海誓 潔身往從 雖觀察之威 莫能奪其志. 安默揣此事 可用權術得諧. 乃獨往結浦水邊 蒻笠蓑衣 扮作漁父. 買江魚幾尾 貯于笭箵 背負呼賣 轉至其妓門前. 有老嫗出要買以輕價予之. 嫗奇其廉 令他日復來. 明日安因黃昏時 攜大魚數尾 又到妓家. 故爭其價 拖至曛黑 天且雨. 安懇于嫗曰 日暮道遠 未可歸家. 請借一席地經宵. 嫗許之 給一藁席. 遂布席于門側 枕臬而卧.

妓於是時 悲鴛衾之冷夢 感鸞鏡之孤影 獨倚紗窓 閒弄瑤琴. 自彈自歌 聊遣愁悶. 安素工吹簫 常以短簫随身. 乃抽自懷中 吹送一曲 倚歌而和之 其聲嗚嗚然. 怳如秦樓跨鳳之音 挑出卓家求凰之操. 妓忽聞簫聲 心竊異之 側耳諦聽 則聲自門前. 呼丫鬟 提燈覘察回告以俄來魚商也. 妓揣其有異才 亟招入對坐 請更度一曲. 妓按瑤徽以和 聲瀏亮淸越 響入雲霄. 妓暗自稱歎 又覩其風儀俊美 氣骨豪邁 心知爲好男子 不勝愛慕. 乃辦酒肴 酌金甌唱歌而勸之. 安連倒數盃 且手斟以酬妓. 花籌交錯 桃臉半紅 轉話風情 惹他春懷. 迎鶯之柳 不勝裊娜 引蝶之蘂 任他恣探. 始也偎紅倚翠 終焉翻雲迷雨. 安素慣風流之事 極盡繾綣之趣.

抵曉起謂妓曰 顧此販魚賤蹤 忽做游倦好夢 於分太奢. 但恐被人知道 有玷芳名 願早歸. 妓戀戀不能捨 脫金指環與之曰 聊表情曲 他日必更訪. 安曰 旣蒙娘子厚誼 愧無伸吾菲誠 願以名字 書于玉臂 以慰兩情. 妓捲紅袖以受之. 安乃蘸筆大書之 留後期而還. 翌朝謁于觀察 告以眄妓事. 觀察曰 有何可信之標乎. 安探囊中指環 以示之. 觀察曰 此物無乃新垣平之詐乎. 安曰 若張宴集妓 使某妓參座

當有破惑之道. 觀察如其言 某妓稱病 迫於嚴令 以帕裹頭 強進席末. 安從窓後突出 逼捲妓袖 而露示曰 是誰名也. 一座皆大笑 妓䩄顏逃席. 觀察乃拍案曰 奇哉君才. 自此宿嫌氷消 新情膠密. 每事必詢議 輒歎其智識. 數月後 安告歸 欲挽而不得 以三千兩賸行. 安以一千兩贈妓 以一千兩貽許商 一千兩給介金 飄然執鞭而歸. 觀察還朝 盛稱安之才智. 安賴其吹噓 進塗日闢 至登壇.

　　外史氏曰. 安以赳赳干城之才. 有狹邪豪俠之行 順風而呼其勢激. 轉至打草驚蛇 終乃探穴得虎. 然因有急人之義 獲商錢以免辱. 素慣風流之事 給名妓以衒能. 遂致消宿嫌 而托新契 藉吹噓而猷名塗. 摠緣才氣智術之過人 而亦可見倚仗乘除之理也.

농사짓는 방법을 가르쳐
가난 구제해 주고 뒤에 보답 받다

14-6.〈212〉 용전공휼궁획보(用田功卹窮獲報)

통제사(統制使) 전동흘(全東屹)은 전주(全州) 사람이다. 풍채와 골격이 뛰어나고 위엄이 있었으며, 지혜와 책략이 깊은 데다가 또한 감식력도 있었다. 당시 재상 이상진(李尙眞)이 출세하기 전 완주 성 밖의 마을에 살고 있었는데, 매우 가난한 어린 시절을 보내고 있었다. 가을인데도 수확한 곡식이 없고, 집 안은 경석(磬石)을 매달아 둔 것처럼 텅 비어 아무것도 없었으며, 홀어머니를 봉양하며 외롭게 살았다. 섣달그믐이 가까워지니 모친이 눈물을 흘리고 있어서, 상진이 우는 까닭을 물으니, 모친은 이렇게 대답했다.

"해가 바뀌는 설날은 곧 큰 명절날인데 한 되 쌀도 마련할 수가 없으니, 그래서 울음이 나는구나."

이상진은 자신이 쌀을 동냥해 오겠다고 말하고, 어깨에 전대(纏帶)를 둘러매고 나갔다. 전주 읍내에 이르러 향청(鄕廳)에 들어갔는데, 좌수 전동

홀이 앉아 있다가 그를 보고 어느 곳에 사는 사람이냐고 물어 이렇게 대답했다.

"아무 마을에 살고 있는데, 집이 가난하고 모친이 연로하여 해가 바뀌려는 데도 조석의 끼니마저 이을 수가 없어서, 부득이 곡식을 빌러 다니다가 이곳에 이르게 되었습니다."

전동흘이 상진을 한 번 보고는 문득 훌륭한 사람이 될 기상을 지니고 있음을 알았다. 이에 창고지기를 불러 자기 급료 쌀 중에서 열 말을 가져오게 하여, 그 쌀을 싸서 이상진이 가지고 온 자루에 넣었다. 그리고 종을 시켜 대신 짊어지고 그의 집으로 보내 주도록 했다.

이상진은 그 고마움을 마음과 뼈에 새겨 두고 은혜를 두텁게 갚겠다고 마음속으로 기약하면서, 때때로 전동흘의 집을 왕래했다. 전동흘이 상진의 사람 됨됨이를 보니, 말하는 것이며 풍채가 의젓하여 눈여겨 볼 만한 면이 많았다. 또한 글공부하기를 매우 부지런히 하여 밤낮으로 쉬지 않았으므로, 장차 큰 인물이 될 것을 알게 되었다. 그리하여 정성을 다하여 사귀면서 목숨을 바칠 정도로 친하게 되어, 항상 재물과 곡식을 나누어 주고 그의 어려운 집안 사정을 두루 살펴 도왔다. 하루는 전동흘이 상진을 찾아와 말했다.

"그대는 생긴 모습이 마침내는 당연히 부자가 되고 존귀하게 될 것임을 내가 육안으로 보아도 알 수가 있네. 그런데 다만 시운이 아직 이르지 않아 집안이 이같이 곤궁하니, 위로 부모를 봉양하고 아래로 가족 거느리는 일을 어찌 감당해 내겠는가? 나에게 계책이 한 가지 있으니, 그대는 오직 내 말을 따라 행동으로 옮겨 주게나."

이러고 곧 집으로 돌아가 다섯 말의 쌀과 누룩 두서너 덩이를 가지고 와 이상진에게 주면서, 이 쌀과 누룩으로 술을 빚고 술이 잘 익으면 통지해 알려 달라고 했다. 상진이 그의 말대로 술을 빚어 전동흘에게 알려 주니, 전동흘은 이에 두루 사방 이웃을 불러 모아 말했다.

"이 선비는 지금 비록 가난하고 어렵게 살지만 곧 뒷날에는 반드시 재상이 될 인물입니다. 집에 홀어머니를 봉양하면서 조석 끼니를 거른 적이 여러 번으로, 생활을 이어나가기가 어렵습니다. 지금 농사를 지어 살아가는 방책으로 삼고자 하는데, 필요한 물건이 버드나무와 상수리나무로 된 말뚝입니다. 여러분께서 모름지기 이 술을 마시고, 모두 길이 한 자 반 정도 되는 말뚝을 각각 오십 개씩 만들어 와서 도움을 주시면 좋겠습니다."

사람들은 그의 부탁이 무슨 의미인지 알지 못했지마는, 평소 전동흘을 신뢰하고 또 이상진을 소중하게 여겼으므로, 입을 모아 함께 그러겠다고 응낙했다. 전동흘은 이에 빚은 술을 내어 이백여 명 되는 사람들에게 마시게 했다.

수일이 지나니 사람들이 각자 버드나무와 상수리나무 말뚝을 숫자에 맞게 가지고 왔는데 그 숫사가 사이 일반여 개나 뇌였다. 선농흘은 모든 말뚝을 소와 말에 짐바리로 해 싣고 이상진과 함께 전주 건지산(乾芝山) 아래 땔나무 마련하는 장소로 찾아갔다. 그리고 도끼로 소나무와 가래나무를 베고, 가시덤불로 덥힌 묵은 밭에 불을 질러 태우니, 평편한 숲이 툭 트인 광활한 토지로 되어 한 번 바라봄에 끝이 없었다. 이에 두루두루 나무 말뚝을 박되 말뚝이 땅에 두세 치쯤 들어가게 박았다. 그리고 상진에게 말하기를, 내년 봄에는 좁쌀을 심을 것이라고 했다.

이듬해 봄, 얼음이 녹고 버들잎이 피어나 땅속 영양분이 나무에 오르기 시작하니, 전동흘은 일찍 익는 조생(早生) 좁쌀 종자 몇 말을 가지고, 상진과 함께 다시 건지산 아래로 갔다. 미리 박아 두었던 말뚝은 뽑아내고 말뚝 뽑은 구멍에 예닐곱 개의 좁쌀 종자를 넣었다. 그리고 또 다른 곳에서 새 흙을 가지고 와 좁쌀 심은 구멍을 덮었다. 초여름이 되어 구멍에서 좁쌀 싹이 나왔는데 매우 크고 훌륭했다. 이에 약한 것은 뽑아내고 다만 서너 줄기만 남긴 뒤, 무성한 잡초를 제거하여 이삭이 누렇게 무성해지도록 길렀다. 가을이 되어 결실이 되는데 한 줄기에서 아홉 개나 되는 이삭이 달렸고, 그 이삭 크기가 말뚝만 하여 타작을 하니 오십여 섬이나 되었다.

이렇게 된 것은, 대체로 버드나무와 상수리나무 껍질 안의 비옥한 액즙이 땅속 한 자 정도 깊이로 들어가면, 땅의 영양 기운이 온전하게 보존되고 또한 새로워진다. 여기에 겨울을 지나면서 비와 눈의 수분이 구멍 속으로 들어가서, 말뚝이 가진 비옥한 액즙과 융합되어 땅속 깊숙이 스며들기 때문에, 좁쌀 싹이 왕성하고 이삭 역시 크고 충실해진다. 그리고 종자를 땅속 깊이 심었으므로, 곧 항상 윤택한 기운을 유지하고 또한 바깥바람에 손상을 입지 않으며 냉해의 피해도 없게 된다. 그리고 종자가 잡초 뿌리보다 밑에 들어가 있어서 잡초 뿌리로부터의 거리가 멀어, 곧 잡초가 땅의 영양 기운을 나누어 가져가지 못한다. 그런 까닭으로 열매가 크고 충실해지는 것이니, 수확을 많이 한 것은 곧 당연한 원리에 의한 것이다. 곧 전동흘은 농사에 밝은 사람이라고 할 수 있다.

이상진은 많은 곡식을 얻게 되어 모친 봉양에 걱정이 없게 되었다. 그런데 하룻밤에 문득 부엌 아궁이에서 불이 일어나 집 전체로 번졌는데, 바람이 세차게 불어 불꽃이 맹렬하여 불길을 잡지 못했다. 그래서 쌓아 둔 곡식이 모두 불타 재가 되고 하나도 남은 것이 없었다. 이상진은 탄식하며 말했다.

"나의 운명이 기구하여 하늘이 도와주지 않으니 어쩌겠는가?"

이러면서 어머니와 아들은 서로 마주하고 길게 탄식할 따름이었다. 전동흘은 이를 보고 이렇게 한탄했다.

"하늘의 원리는 아득하고 아련하여 정말로 헤아릴 수가 없다. 이상진은 바탕과 생김새가 결코 가난하거나 배고플 사람이 아니다. 그런데 지금 하늘의 재앙이 너무나 가혹하여 한 알의 곡식도 남지 않았으니 이 무슨 까닭이냐? 어쩌면 나는 눈만 있고 눈동자가 없는 것이로다."

그때 마침 나라에 경사가 있어서 경과(慶科)를 공포하였다. 전동흘은 상진에게 과거 시험을 보라고 권하면서, 마부와 말에 여행 경비까지 마련해 보내 주었다. 이상진은 서울에 도착하여 여관에서 초라하게 머물고 있었는데, 때마침 그의 친척 숙부뻘 되는 사람이 재상 자리에 올라있어서 찾아가 뵈었다. 그 재상이 상진의 인품을 아름답게 여기고 기쁘게 맞이하여 친절하게 대하면서, 그가 공부하여 쓴 문장들을 펼쳐 보았다. 그리고 크게 칭찬하여 말했다.

"체재(體裁)가 빈틈이 없고 잘 다듬어졌으며 글귀들이 능숙하고 뛰어나 가히 과거장에서 최고의 재주를 가졌다고 칭찬할 만하다. 그런데 아직 과거 급제의 금방(金榜)에 이름이 오르지 못한 것이 괴이한 일이다. 이번 과거에는 반드시 힘을 다하여 치르도록 하라."

이렇게 격려하고는 시험 기구들을 준비해 도와주었다. 이상진은 과거장에 들어가 정성을 다하여 글을 지어 일찌감치 시험지를 제출하였는데, 상등급으로 급제하였다. 그 재상은 다시 상진에게 급제자가 임금 앞에서 행하는 진퇴(進退) 절차에 필요한 여러 기구들도 마련해 주었고, 이로 인해 상진을 칭찬하는 명성이 조정에 널리 퍼졌으며, 곧 선비들의 대망(大望)인 예문관(藝文館)과 홍문관(弘文館) 벼슬에 올랐다. 그러고 차례로 여러 벼슬자리를 거치면서 명성이 널리 퍼져, 앞날의 벼슬길이 크게 열렸다.

이렇게 하여 노모를 받들고 가족을 거느려 서울로 올라와서 집을 마련하고 살게 되니, 비로소 가정의 체제가 완성되기에 이르렀다. 이때 전동흘도 또한 이미 무과에 급제하여서, 이공이 이에 그를 초치하여 바깥채에 머물게 하고 함께 생활을 했다. 그리고 전동흘에게 이렇게 선언했다.

"그대는 나의 정신적인 친구입니다. 지위와 문벌의 높고 낮음을 논하지 않을 것이니, 문관 무관의 체제적인 관례에 어찌 반드시 구애받겠습니까? 비록 사람이 많이 모인 자리에서도 예절의 순서에 따라 섬기는 일을 하지 말며, 공경하고 삼가는 예절도 없애어, 평등하게 사귀면서 피차의 간격이 없게 할 것입니다."

얼마 후에, 학자들과 관료 친구들 몇 사람이 지나다가 상진의 집에 들어왔다. 옆에 있던 전동흘이 일어나 피하려고 하니, 상진은 그의 소매를 끌어 멈추게 하고는 손님들에게 절을 하게 시키고, 이어 좌석에 참여하게 했다. 그리고 여러 관료들에게 말했다.

"이 사람은 곧 내 지기지우(知己之友)입니다. 지식과 재주며 기개가 다른 누구보다 특출하고 빼어났으니, 오늘날 세상의 인물이 아닙니다. 나라에서 반드시 그의 힘을 빌려야 할, 장차 크게 쓰일 사람입니다. 원하옵건대 공들은 보통의 평범한 무인으로 보지 말고 깊이 친분을 맺어 주기 바랍니다."

여러 사람들이 전동흘을 보니 그 생긴 모습이 용감하고 풍모가 당당하여 서로 돌아보며 칭찬하면서, 그들에게 찾아와 방문해 달라고 했다. 이에 전동흘은 두루 찾아가서 인사를 올렸으며, 웅장한 말솜씨와 위엄 있는 언론으로 사람의 귀를 기울이게 했다. 여러 사람이 다투어 서로 배후가 되어 주어 이조판서에게 부탁을 하여서 전동흘은 선전관 벼슬에서 시작해 여러 벼슬자리를 겪었다. 지방 관직을 맡아 선정을 베푼다는 소문이 널리 퍼져, 온 조정이 그를 칭찬하기에 이르렀고, 여러 고을의 무관직을 두루 맡은 다음 통제사에 오르게 되었다. 나이 여든에 이르러 자손들이 많았고, 자식들이 계속하여 무과에 급제하여, 드디어 무반 속에서 뛰어난 가문을 이루게 되었다.

외사씨는 말한다. 전동흘[171]은 시골에 묻혀있던 사람이지만, 이상진을 한번 보고서는 그가 반드시 영달할 것임을 알았다. 이상진이 가난하고 어려운 처지였기에, 전동흘은 그를 구제하여, 곧 서로를 알아주는 지기(知己)의 관계가 되었다. 곧 좋은 때가 오면 훈풍이 불어오는 것처럼, 전동흘은 이상진이 이끌어 주는 후원에 힘입어 날아오르듯 높은 지위에 올랐다. 전동흘의 재주와 식견이며 이상진의 인격과 아량은 모두 당대의 훌륭한 인물에 해당된다. 그리고 이상진이 그의 은혜를 덕으로 갚았으니, 역시 하늘의 이치가 어긋나지 않음을 볼 수 있다.

---

171) 전동흘(全東屹): 책의 한문원문에 '田'은 '全'의 오자임.

東野彙輯 卷之十四
○ 第百六号 雜識部 六 才能

用田功邮窮獲報

　　全統使東屹全州人也. 風骨秀偉 智略深沈 亦有鑑識. 時李相國尙眞居在完山外村 兒時貧窮. 秋無甔石 室如懸磬 奉偏母 惸然塊處. 歲除將近 母夫人垂泣 相國問所以泣. 母夫人曰 歲時乃大名日 而升米莫辦 是以泣耳. 相國曰 兒當乞米而歸. 遂肩囊而出 至邑內轉入鄕廳. 座首全東屹 問汝是何處人. 對以居某村 家貧親老 穀燧將改 菽水莫繼 不得已行乞到此. 東屹一見李公 便有大人氣像. 乃招庫直 覓來自己料米十斗 裹之於李所持囊中. 使隷替負 送至李家.
　　李公銘在心骨 期以厚報 時或往來全家. 東屹覩李公爲人 言論風采綽有可觀. 又勤於做工 晝夜矻矻 知其將成大器. 乃傾身納交 定爲刎頸之友 常分財穀 以周其急. 一日來謂李公曰 公之形貌 終當富貴 以吾肉眼亦有覷得. 而但時運未到 貧困如此 上奉下率何以接濟. 吾有一計 公但依吾言行之. 遂歸取五斗米 麯子數圓 授李公曰 以此釀酒熟 則即通于我. 李公如其言 釀既熟 告于東屹. 東屹乃遍召四隣 謂曰 李措大今雖貧寒 乃後日宰相也. 家奉偏親 朝夕屢空 無以爲生. 今欲從事田疇 經紀生理 而所需者柳櫟木錐也. 君輩須飮此酒 每人但取柳櫟木錐 長一尺半 各五十箇 以助之可也. 諸人莫曉其意 然素信東屹 又重李公 齊聲應諾. 東屹乃出其酒 飮二百餘人.
　　數日後 人各以柳櫟錐來 如其數 可爲萬餘介. 東屹出牛馬 盡駄之 與李公往乾芝山下柴場. 斧松檟燔蕡棘 平林淨土 一望無際. 乃

遍挿木錐 入地可尺數寸許. 因謂李公曰 明春可以種粟也. 及氷泮柳舒 土膏脉起 東屹取早粟種幾斗 挈李公復往乾芝山下. 拔其錐 因其穴 每下種七八粒, 又取新土 略入穴中以覆之. 至夏初粟苗之出穴者 甚碩秀. 乃拔去其細者 只留三四莖 芟厥豊草 培以黃茂. 及秋成結實 一莖九穗 穗大如錐 打之出五十餘石. 此盖柳櫟之汁素沃 而入地尺許 則土氣全而又新. 經冬雨雪之汁流入穴中 與錐之沃汁融合而深漬 故粟自苗盛穎秀. 種之入地深 則常帶潤氣 故旣不損風 又不怕寒. 且種入草根之底 去草根遠 則草不能分其土力 故結實碩大 即當然之理也. 東屹可謂明農者也.

李公方喜 得穀頗多 奉親無憂. 忽一夜火起竈堗 延燒室宇 風猛焰烈 未及撲滅. 積貯之粟盡入灰燼 無一留者. 李公歎曰 命之畸窮 天不見祐奈何. 母子相對 長吁而已. 東屹曰 天道渺茫 誠未可料也. 李措大器宇狀貌 決非窮餓者. 而今者天災孔酷 不遺粒米 此曷故也. 豈吾有眼 而無珠耶. 時適有慶科 東屹勸李公赴試 乃資其人馬盤纏以送之. 李公到京 旅寓棲屑. 時有一當途某宰 係李公戚叔者 公往訪之. 某宰嘉其人器 忻迎款待 覽其功令文字. 亟稱之曰 體裁精鍊 句作嫻熟 可稱場屋雄手. 而尙未題名金榜 誠是怪事 今科則必努力觀光也. 遂助給試具. 及入場 盡意製寫 趁早呈劵 果參鬼選.

其宰又助應榜之具 因延譽於朝 即入清華之望翰林玉堂. 次第歷踐 聲望藹菀 進途大闢. 乃奉老挈眷 因留京第 始成家道. 是時東屹亦已登武科 李公乃招致東屹 置之外舍 與同起居. 且謂之曰 君我神交也. 地閥高下 初非可論 文武體例 何必爲拘. 雖於稠人廣坐之中 勿事禮數 母傚恭謹 待以平交 無間彼此也. 俄而學士僚友數人來過. 東屹欲起避之 李公挽袖止之 使拜客參座. 乃謂諸僚曰 此人即吾知己之友也. 知識才氣超出儕流 非今世之人物. 國家必藉其力將大用之人也. 願公等無以尋常武夫視之 深爲結納焉. 諸人見東屹

身手赳赳 儀貌堂堂 皆相顧獎詡 使之尋訪. 東屹乃遍往拜之 雄辯偉論 令人傾聽. 諸人競相吹噓 申托銓曹. 由宣傳官 序陞屢經外任以善治聲名赫翕 舉朝稱賞. 歷典州梱 至統制使. 年過耋艾 子姓衆多 而相繼武科. 遂爲西班之顯閥.

　　外史氏曰. 全[田]以草野之人 一見李公 知其必達. 因窮途而救濟 遂成知己. 及夫時來風送 藉其吹噓 致位騰翥. 全[田]之才識 李公之德量 皆當世人物 而有是報德 亦可見天理之靡忒也.

악호(惡虎) 처치를 도와
원수 갚게 하고 첩과 재물을 얻다

14-7.〈213〉 조박호복수수혜(助搏虎復讐受惠)

이수기(李修己)는 인조 때 무인이다. 풍채와 골격이 뛰어나고 또한 기운과 힘이 넘쳤다. 일찍이 일이 있어 관동 지역을 가게 되어 양양(襄陽)을 지나고 있었다. 마침 날이 저물었는데 길을 잃게 되어, 산골짜기 사이를 지나 가파른 산길을 따라 수십 리를 갔지만 인가를 만나지 못했다. 그러다가 문득 한 점 등불 불빛이 숲속을 통하여 비치는 것을 보았다. 곧 말을 채찍질하여 나아가니 한 집이 있는데, 바위 골짜기 사이에 자리하고 있었고, 초가지붕에 나무판자를 붙여 만들어졌으며, 자못 그윽하고 깨끗하였다. 이씨가 말에서 내려 대문을 두드리니 늙은 할미가 사립문을 열고 나와 맞았다. 또 부인 한 사람이 더 있었는데, 나이는 스무살쯤 되어 보였고 하얀 옷에 옅은 화장을 하고 있었지만, 얼굴과 자태가 아름답고 뛰어났다.

집은 두 칸으로 되었는데, 중간에 벽이 있어서 두 방으로 나뉘었고, 중간 벽에 뚫린 문을 통하여 내왕하게 되어 있었으며, 할미와 부인은 위 칸에 있으면서 손님을 아래 칸에 머물게 했다. 그리고 정결한 밥과 향기 짙은 술을 차려 왔는데, 매우 정성어린 접대였다. 이씨는 마음속으로 기이하게 여기고, 집에 남자는 없느냐고 물으니, 할미는 마침 외출했는데 조금 지나면 돌아올 것이라고 대답했다.

밤이 깊어지니 한 남자가 들어왔다. 키가 팔 척이나 되고, 얼굴과 모습이 웅장하고 건장했으며, 말소리는 큰 종소리처럼 울렸다. 곧 남자가 여자들에게 깊은 밤중에 어떤 사람이 찾아와 여자들 방에서 머물고 있느냐고 물었다. 이씨가 크게 두렵게 여기고 나가 응답했다.

"먼 길 가는 길손이 깊은 밤에 길을 잃고 험한 산길을 헤매면서 겨우 여기까지 이르렀습니다. 주인은 어찌하여 가엾게 여길 줄을 모르고 도리어 책망하는 말을 합니까?"

이에 주인은 껄껄 웃으면서, 앞서 한 말은 농담이니 손님께서는 의심하거나 염려하지 마시라고 했다. 그리고 뜰 가운데 관솔불[172]을 늘어세우고, 사냥해 온 물건을 풀어놓는데 노루와 사슴, 산돼지 같은 동물이 산등성이처럼 쌓였다. 이씨는 더욱 크게 두려워했지만, 주인은 손님에게 매우 기뻐하는 표정을 보였다.

곧 산돼지와 사슴을 자르고 썰고 하여 가마솥에 집어넣고 잘 익힌 다음, 등불을 들고 방 안으로 들어와 이씨를 불러 일어나 앉게 하고는, 아름다운 술을 채운 술병과 고기를 크게 잘라 쟁반에 쌓아 놓고, 큰 주발에 술을 부어 이씨에게 연거푸 권하니, 마음속으로 심히 다정함을 느끼는 것 같았다. 이씨는 평소 주량이 많았으며 주인이 협객의 무리인 것 같아서, 마음을 열고 마음껏 받아 마시며 사양하지 않았다. 그리하여 술이 얼큰하여 마음이 편안해지니, 서로 주고받는 이야기도 여러 가지로 길어졌다.

---

172) 관솔불: 소나무 가지를 잘랐을 때 시일이 지나면 원줄기에 남아 있는 짤막한 부분에 소나무 송진이 나와 배어, 빨갛게 변하는데 이것을 '관솔'이라 함. 이 관솔을 채취하여 쪼개어 불을 붙이면 촛불처럼 천천히 타서 불이 오래감. 이 관솔을 이용한 횃불을 말함.

주인은 문득 앞으로 다가와서 이씨의 손을 잡으며 말했다.

"그대는 기골이 범상치 않으니 반드시 용기와 힘이 남보다 뛰어날 것입니다. 나에게는 지극히 원통한 일로 기필코 죽여야 할 원수가 있지마는, 의리와 용맹을 가진 사람으로서 나와 생사를 함께할 수 있는 분을 얻지 않고서는, 그 계획된 일을 함께 도모할 수가 없습니다. 그대가 능히 그 일을 허락해 줄 수 있겠습니까?"

이씨는 무슨 일인지를 물으니 주인은 눈물을 뿌리며 말했다.

"이 이야기를 어찌 차마 말로 표현할 수 있겠습니까? 우리 집은 대대로 이곳에 살았는데 집안이 넉넉하고 내실 있어 이름이 났습니다. 그런데 십 년 전에 악독한 호랑이가 나타나 근처 산에 자리 잡고 있으면서, 날마다 마을 사람들을 잡아먹은 것이 그 수를 셀 수가 없을 정도입니다. 이 때문에 마을 사람들이 모두 떠나 흩어져 한 사람도 남은 이가 없게 되었습니다. 내 부친과 형님도 모두 잡아먹혔으니 마땅히 옮겨 가야 합니다만, 급하고 짧은 순간에 피할 수 있는 곳을 얻지 못했습니다, 또한 반드시 이 짐승을 죽여 복수를 하고 난 뒤에야 여기를 떠나고자 하는 까닭으로 억지로 이곳에 머물고 있습니다. 나는 팔 힘이 약간 있어서 여러 번 호랑이를 때려잡으려고 시도했지만, 호랑이와 나는 형세와 힘이 비슷하여 승부를 짓지 못했습니다. 만약에 용맹한 한 사람을 얻어 한쪽 팔의 힘만 도와주면 곧 그 호랑이를 죽일 수 있기 때문에, 내 그런 사람을 구하려고 노력한 세월이 오래되었어도, 끝내 얻지 못하여 지극히 애통한 마음을 지니고 날마다 소리쳐 울고 있습니다. 그런데 지금 다행히 그대를 만나 보니 결코 보통 사람이 아닌 것 같아서, 이에 감히 이야기를 하는 것이니, 그대는 가엾게 여기는 마음으로 도와주실 생각이 있으신지요?."

이씨는 크게 감동하고 앞으로 나아가 주인 손을 잡고 말했다.

"정말 효자이십니다. 내가 어찌 한번 손을 움직이는 노력을 아껴 주인의 뜻을 이루지 못하게 하겠습니까? 마땅히 그대를 따라 모든 힘을 다 바치겠습니다."

주인은 넘어지듯 일어서며 절을 하고 감사를 표했다. 이씨가 의문을 표하면서, 큰 용기와 힘을 가지고 있으면서 어찌 칼로 호랑이를 찔러 죽이지 못했느냐고 물으니 주인은 이렇게 설명했다.

"이 호랑이는 나이 많은 오래된 물건이라, 칼이나 총을 지니고 있을 때는 곧 숨어 버리고 나타나지 않으며, 총 따위 무기를 갖지 않았을 때에만 반드시 나와서 싸웁니다. 이런 까닭에 대적하기가 어려우며, 몇 번 위험한 지경도 겪었습니다."

이씨는 자신이 이미 허락한 일이니 마땅히 수일 동안 기운을 길러 엎어지고 자빠지는 실패를 면하겠다고 말하고, 곧 날마다 술과 고기로 두 사람이 시도 영양 보충을 하니 십여 일이 지났다. 하루는 하늘이 환하고 공기가 맑았는데, 주인이 오늘 가는 것이 좋겠다고 말하고, 이씨에게 날카로운 칼을 주고는 함께 십여 리를 갔다. 산골짜기로 들어가 몇 개의 고개를 넘으니 물과 산이 겹겹이 겹치면서 숲이 깊고 으슥해지는 것이었다. 그런데 갑자기 골짜기가 툭 트이더니 농토가 평평하고 푸른 시내와 흰 모래가 주위를 돌고 돌아 굴곡이 심했다. 시냇가 언덕에 높은 바위가 우뚝 솟아 있고 가파른 절벽은 숲에 가려져 있었다.

주인은 이씨에게 우묵하고 무성한 숲으로 들어가 숨어 있으라고 한 뒤, 혼자 맨주먹으로 언덕 위로 올라가 길게 휘파람 불기를 오래 했다. 그 소리가 구름과 하늘까지 사무치는데, 문득 보니 먼지와 모래가 바위 위에서 일어나 골짜기를 가득 채웠고 햇빛이 어두워졌다. 바위 앞에 두 개 횃불 같은 빛이 번쩍번쩍 빛났다 사라졌다 했다. 이씨가 숲 사이로 자세히 살펴보니, 마치 하나의 검정 비단 줄기가 바위 끝에 걸려 있고, 두 개의 불빛은 땅을 비추는 것 같았다.

주인이 그것을 보고 팔을 휘두르며 큰 소리를 지르니, 어떤 물건 하나가 뛰어오르며 나는 듯이 나왔는데 빠르기가 새와 같았다. 이미 주인과 서로 껴안고 있었는데 그것은 바로 한 마리 커다란 검은 호랑이였다. 머리와 눈이 흉하고 사나워 보통 호랑이와 크게 달라서, 사람이 놀라 넘어질 지경이었으며, 똑바로 바라볼 수가 없었다. 호랑이가 사람처럼 똑바로 서니 주인은 재빠르게 머리를 굽히고 호랑이 가슴 사이로 파고 들어가 호랑이 허리를 단단히 껴안았다. 그리고 머리로 호랑이 턱을 받치고 있으니, 호랑이 머리가 똑바로 세워져 몸을 굽힐 수 없게 되었고, 앞다리로 사람의 등을 할퀴었다. 주인의 등가죽은 갑옷처럼 변해 딱딱하기가 쇠와 같아서, 날카로운 호랑이 발톱으로도 아무것도 할 수가 없었다.

주인이 다리로 호랑이 뒷다리를 감고 넘어뜨리려 애를 썼지만, 호랑이 또한 두 다리를 똑바로 세우고 넘어지지 않으려 하면서, 한 번 밀쳤다가 또 한 번 뒤로 물러나며 서로 앞으로 갔다 뒤로 물러났다 하여, 방휼지세(蚌鷸之勢)[173]같이 쌍방 모두 서로 어찌하지를 못했다. 이때 이씨가 숲 사이에서 칼을 뽑아 들고 솟구쳐 곧장 내달으니, 호랑이가 보고는 크게 한번 포효하는데, 바위와 돌이 깨질 정도였다. 호랑이는 비록 몸을 빼내려 했지만 주인이 단단히 안고 있는 상태여서, 사나운 모습으로 노여움을 이기지 못하는데, 그 눈빛은 번개가 비치는 것 같았고 오직 네 다리만이 어지럽게 발버둥칠 따름이었다. 이씨가 곧장 앞으로 나아가 칼을 들고 호랑이 허리와 옆구리를 몇 번 반복하여 찔렀다. 호랑이는 포효하더니 조금 지나 무너지듯 땅에 쓰러졌는데 피가 샘물처럼 솟았다. 주인은 칼을 받아 들고 호랑이 배를 가르고 뼈에서 살을 발라낸 뒤, 그 살을 이겨 육장(肉醬)을 만들었으며, 또한 심장과 간을 입에 넣고 다 씹어 먹어 버렸다.

모든 일이 끝나니 주인은 이씨와 함께 집으로 돌아와, 부친과 형님 영령 앞에 호랑이 머리를 놓고 제사를 모시고 한바탕 크게 통곡했다. 그리고 이씨에게 머리를 조아리며 울면서 감사를 표했다. 이씨 또한 그 모습에 감동하여 그를 위해 눈물을 머금었다.

이튿날 주인은 밖으로 나갔다가 한참 뒤에 돌아오면서, 두 마리 준마와

---

173) 방휼지세(蚌鷸之勢): 조개가 두 껍질을 벌리고 있는데 도요새가 그 살을 쪼아 물어서 조개가 껍데기를 닫아 둘이 버티고 있을 때, 어부가 와서 둘 다 잡아간 이야기로, 쌍방이 다투다가 제삼자에게 이익을 빼앗긴다는 숙어.

큰 소 다섯 마리를 끌고 왔는데, 소와 말에는 각각 종이 딸려 있었다. 소의 등에 산삼과 재물, 피물들로 된 짐바리를 가득 실었다. 또 두 개의 상자를 주었는데 모두 값진 보물 상자였다. 그리고 그 어린 부인을 가리키며 이씨에게 이렇게 말했다.

"이 여인은 내가 사랑한 사람이 아닙니다. 일찍이 많은 돈을 주고 사 온 양갓집 규수입니다. 내 여러 해 동안 재물을 모으고 또한 여자를 데리고 있었던 것은, 오직 원수 갚는 일을 도와주는 사람에게 보답하기 위한 것이었습니다. 바라옵건대 물건과 여자를 거두어 주시고 사양하지 마시기 바랍니다. 나는 다른 지역에 별장과 토지가 있어 생활을 해 나갈 수 있으니 지금 떠나갈 것입니다."

"내 비록 무인이지만 특별히 정과 의리로 서로를 구제한 것이었는데 어찌 보상을 받겠습니까? 그리고 하물며 이렇게 많은 재물과 함께 여인까지 겸하여 취하겠습니까? 결코 명령을 받들 수가 없습니다."

이씨가 이런 말로 사양하니, 주인은 여러 해 동안 이곳에서 정성을 드린 것은 오로지 오늘을 위함이니, 다시는 사양하는 말을 하지 말기 바란다고 했다. 그리고 곧바로 절을 올리고는 작별을 고했다. 그런 다음에 여자를 돌아보며 다짐했다.

"너는 이 은인을 잘 섬겨야 한다. 만일 혹시라도 다른 사람에게 시집을 가게 되면, 곧 내 비록 천 리 밖에 있더라도 당연히 알게 되어, 반드시 너의 실낱같은 목숨을 끊어 저승으로 보내 줄 것이다."

말을 마치고 나는 듯이 사라졌고, 이씨가 불러도 돌아보지 않았다. 이씨는 마침내 어쩔 수 없어 재물을 싣고 여자를 데리고 돌아왔다. 신랑감을 얻어 그 여자를 시집보내고자 했지만, 여자가 맹세코 죽어도 다른 사람에게 시집가기를 원하지 않아, 이씨는 그 여자를 첩으로 삼았다. 이수기는 한 번의 길 떠나는 거동으로 첩과 재물을 얻고, 편안하게 일평생을 잘 살았다.

외사씨는 말한다. 이수기의 용기는 두 사람의 힘을 합친 것 같은 겸인(兼人)의 용기에 지나지 않는다. 그런데도 다만 의기를 격렬하게 발휘하여 한 번 팔의 힘을 써서 도와준 것이, 다른 사람을 위해 복수를 하게 해 준 결과가 되었다. 이 덕분으로 이득을 얻게 된 것이 적지 않으니, 용기 있는 힘을 발휘하는 것은 사람에게 도움이 없지 않다고 하겠다. 유소(劉邵)의 『인물지(人物志)』에, "용감하다는 것은 의기(義氣)에 의해 결정된다. 따라서 가장 수준 높은 용감함이란 정의(正義)로운 기개를 가지는 데에 있고, 그다음이 용기를 좋아하는 것이다."라고 했다. 만약에 용기를 이용하기만 하고 의기를 포기하면, 비록 웃통을 벗고 맨손으로 호랑이를 때려잡는 용기를 가졌다고 해도, 무슨 이야기할 가치가 있겠는가?

東野彙輯 卷之十四
○ 第百七号 雜識部 七 橫財

助搏虎復讐受惠

　李修己者仁廟朝武弁也. 風骨俊偉 且饒氣力. 嘗有事 關東路出襄陽. 會日暮迷路 由山谷間 崎嶇數十里 不得人家. 忽見一點燈光 透出林子裏. 策騎赴之 有一家處嚴壑間 茅簷板屋頗幽淨. 乃下馬叩扉 有老嫗 開戶迎入. 又有一婦 年可二十餘 素服淡粧 容姿姸秀. 一屋兩間 隔壁爲戶 嫗婦處上間 而留客於下間 精飯芳醪 極其款待. 李心異之 問此家無男子乎. 嫗曰 適出少間當歸耳. 夜向深 有一丈夫入來 身長八尺 形貌雄健 聲如巨鐘. 問婦曰 深夜何人來 寓於婦女之室乎. 李大懼出應曰 遠客深夜失路 間關到此. 主人何不矜憐 而反有責言耶. 主人乃囅然而笑曰 前言戲耳 客勿疑慮也. 庭中列松明炬 羅置所獵之物 獐鹿山猪 委積如阜. 李尤大怖 然主人見客 甚有喜色. 宰割猪鹿 投釜爛烹. 携燈入室 呼客起坐 美酒盈盆 大胾堆盤 連擧大桮屬李 意甚慇懃. 李酒戶素寬 且意主人是俠流 開懷痛飮 不復辭讓. 已而酒酣氣逸 彼此談說娓娓.

　主人忽前 把李手曰 觀子氣骨異常 必勇力過人. 吾有至痛必殺之讐 若非義氣敢勇可以同死生者 不足與計事 子能許之否. 李曰 第言其本事也. 主人揮淚曰 是可忍乎. 吾家世居此地 以饒實稱. 而十年前 有惡虎來據近山 日噬村民 不知其數. 以此離散 無一留者. 吾之父與兄 皆爲所噬死. 當移居 而倉卒之際 未得可避之地. 且欲必殺此獸 以復讐然後可去 故姑留此處. 而吾劣有膂力 屢擬搏虎 而勢

均力敵 勝負未決. 若得一猛士 助以一臂之力 則可以殺之 而吾求之
世久矣. 迄莫之得 至慟在心 日事號泣. 今幸遇公 決非凡人 玆敢發
說 公能垂憐留意否. 李聞之 大感動 進把主人之手曰 嗟乎孝子也.
吾豈惜一擧手之勞 而不成主人之志 當随君盡力. 主人蹶然起拜 而
致謝.

李問以君勇力 何不持劍刺之. 主人曰 此是年久老物也. 吾若
持劍或砲 則隱避不現 若不持器械 則必出而搏之 以此難敵 而吾亦
屢經危境矣. 李曰 既許之 當養氣數日 可免顚沛. 遂日以酒肉 相對
恣食 過十餘日. 一日天朗氣淸 主人曰 可行矣. 授生一利劍 偕行十
里許. 入山谷中踰數峴 漸覺水複山重 林樾深邃. 忽見洞開 田疇平
蕪 淸溪白沙 轉灣周遭. 溪崖有高巖屴立 巉絶陰森. 主人請李 隱於
叢薄間 獨自空拳 至崖上 長嘯久之. 響入雲霄 忽見塵沙自巖上揚起
漲滿一洞 日光晦冥. 巖前有光如雙炬 閃爍明滅. 李從林間諦視之
有物如黑帛一條 掛在巖邊 雙光燭地.

主人見之 揚臂大喝一聲 那物奮躍飛來如迅鳥. 已與主人相抱
乃一大黑虎也. 頭目凶獰 大異常虎 使人驚倒 不可正視. 虎方人立
而主人遽俯首 搶入虎腦膛間 緊抱虎腰. 以首撑拄虎頷 虎頭直不能
屈 而以前脚爬人之背. 背有生皮甲 堅硬如鐵 利爪無所施. 人方以
脚 纏虎之後脚 只要踏之. 虎卓堅兩脚 只要不躓 一推一却 互相進
退 而蚌鷸之勢 無可奈何. 李乃自林間 聳劍直趨 虎見之 大吼一聲
巖石可裂. 雖欲抽出 而被人緊抱 不勝狠怒 眼光電掣 只亂搩四脚
而已. 李直前抽劍 刺其腰脅 出納數次 虎始咆哮 俄而頹然倒地 流
血泉湧. 主人取其劍 劃腹斫骨 泥作肉醬 取心肝 納口咀嚼既盡.

携李歸家 以虎頭祭其父兄 一場大慟. 仍向李叩頭泣謝不已. 李
亦感愴 爲之飲泣. 翌日主人出去 良久回來 牽二駿馬及大牛五隻 皆
具僕從. 載之以蔘貨皮物 各滿馱 又持贈二櫃[櫃] 皆兌也. 因指其

少婦曰 此女非吾所眄 曾以厚價買得者 而乃良女也. 吾多年鳩聚此財 又置此女者 只俟報仇者 酬恩耳 幸收取勿辭. 吾有庄土在於某處 亦足資生 今可去矣. 李曰 吾雖武夫 特以義氣相濟 豈可受償. 而況此厚財兼以美色乎. 決難奉承. 主人曰 積年用心於此者 只爲今日 願公勿復言. 卽拜告別. 仍顧女曰 汝可善事此恩人 若或嫁他 則吾雖在千里之外 自當知之 必斷送汝縷命. 言訖翩然而逝 李呼之不顧. 遂不得已 載貨挈女而歸. 欲擇壻以嫁之 女誓死不願 因爲李側室. 李一擧而獲妾得財 穩過平生.

　　外史氏曰. 李弁不過兼人之勇. 而只緣義氣所激 助以一臂之力 爲人復讐 因此而所獲不些. 勇力之於人 亦不爲無助矣. 劉邵人物志曰 勇敢也者義之決也. 故太上仗義 其次好勇. 若賣勇而棄義 則雖袒裼暴虎 何足道哉.

혼자 호랑이 잡아 굴레 씌워
재앙이 전환되어 재물 얻다

14-8.〈214〉 독겸표전화획재(獨鉗豹轉禍獲財)

소씨(蘇氏)는 호남 선비이다. 일찍이 부모를 여의고 형제도 없었다. 중년에 아내마저 잃고 슬하에는 또한 자식도 없었다. 본래 집안이 가난하였고, 친척 중에 도움을 입을 만한 곳이 없어 속절없이 외톨이 신세가 되었다. 온갖 어려움과 괴로움을 겪고 추위와 배고픔을 견딜 수 없어 늘 스스로 목숨을 끊고자 했지만, 역시 빨리 결정하기가 어려웠다.

이때 전라도 장성 노령(蘆嶺)에 모진 호랑이가 한 마리 있어서, 대낮에도 이곳저곳 돌아다니며 사람을 잡아먹어, 희생자가 조밀하게 서 있는 삼대같이 많았다. 소씨 선비가 그 소식을 듣고, 일찍이 살아 있는 호랑이를 한번 보고 싶었는데, 이제 소원을 이룰 수 있게 되었다고 생각했다. 그리고 호랑이에게 잡혀 먹힌다 해도 역시 거리낄 것 없다고 하면서, 드디어 노령 꼭대기에 이르렀다. 노령은 길이 삼십 리나 이어지고 암벽들은 깎아 세운 듯 높

앉으며 수목이 우거져 하늘을 덮어서, 중국 촉(蜀) 지역으로 가는 산길같이 험난했고, 양의 창자처럼 꼬불꼬불하여 험악했다.
　노령 꼭대기에 이르러 무릎을 펴고 앉아 호랑이가 나타나기를 기다렸다. 그때 갑자기 한 사람이 등에 망탁(網橐; 노끈을 엮어 만든 자루)을 짊어지고 천천히 걸어 올라왔다. 때는 곧 달이 떠올라 나무 끝에 가려져 숨는 즈음이었는데, 바람이 일면서 나뭇잎을 흔들고 있었다. 그 사람은 선비가 홀로 앉아 있는 것을 보고, 갑자기 놀라고 의심하면서 자세히 살피다가, 등에 진 망탁을 내려놓고는 절을 하고 물었다.
　"어르신은 어떤 분인데 이런 위험한 땅에 와 계시는지요?"
　"지나는 길에 다리가 아파 쉬고 있을 뿐 다른 이유는 없습니다."
　선비의 대답에 그 사람은, 혼자 있으면 죽을까 두렵지 않느냐고 다시 물으니, 선비는 무슨 두려움이 있느냐고 말하고 태연해했다. 그러자 그 사람은 앞으로 다가오더니 작은 목소리로 말했다.
　"이곳에는 아주 모진 짐승이 있어서, 사람의 목숨을 살해한 것이 이루 헤아릴 수가 없습니다. 그래서 지나는 사람이 끊어져 아무도 없게 되어, 소인이 백성들을 위해 그 호랑이를 잡아죽이려고 총과 쇠몽둥이를 가지고 한밤중에 여기로 왔으며, 잘 겨누어 총 한 방으로 저 호랑이를 죽이려 합니다. 그런데 어르신께서 마침 여기에 와 계시니 만약에 나와 함께 힘을 합해 주신다면, 곧 어떤 모진 짐승일지라도 능히 어미 잃은 병아리나 죽어 썩은 쥐같이 되지 않겠습니까? 소인이 마땅히 이렇게 저렇게 할 것이니, 어르신께서는 조그마한 힘만 도와주시길 바랍니다."
　선비가 당황하여 미처 대답을 하지 못했다. 그 사람은 곧 바위 모퉁이에 서 있는 한아름 되는 나무를 뽑아 들고 산 정상으로 뛰어 올라갔다. 곧 크게 고함을 질러 소란스럽게 휘저으며 내려오니, 그 소리가 산을 타고 골짜기에 울려 퍼져 하늘을 흔들고 땅을 진동시켰다. 선비는 마음속으로, 저 사람이 비록 함께 일을 하자고 했으나 자신은 본래 아무런 힘이 없는 사람인 데다 원래 호랑이에게 잡아먹혀 죽으려고 했던 것을 생각하니, 조금도 겁내거나 두려움 없이 앉아 동정만 살피었다.

　조금 지나니 커다란 호랑이 한 마리가 우거진 숲속 골짜기로부터 큰 소리를 내면서, 흥분하여 재빠르게 달려 나왔는데, 바람이 몰아치고 번개가 번쩍이었다. 눈 깜짝할 사이에 선비가 앉은 곳까지 이르렀는데, 그 목을 똑바로 세우고 급하게 산비탈을 달려 내려오는 힘에 의하여, 갑자기 서로 나란히 연결된 두 나무 사이에 부딪혔다. 그래서 갈비뼈 아래와 엉덩이 위 부분인 허리가 두 나무 사이에 단단히 걸려, 나아갈 수도 물러날 수도 없이 박혀 버렸다. 더구나 호랑이가 새끼를 배고 있어서 배가 불룩해, 스스로의 힘으로는 빠져나올 수가 없는 상태가 되었다.

　선비는 이에 앞으로 다가가 호랑이 머리를 쓰다듬고 수염을 만져 주며 집짐승 대하듯 하니, 호랑이도 또한 머리를 숙이고 꼬리를 흔들며 가엾게 애걸하는 것 같은 모습을 하였다. 선비는 등나무와 칡넝쿨을 주워 모아 새끼를 꼬아 서까래 크기만 한 밧줄이 되게 하여, 맺어서 굴레를 만들어 호랑이 얼굴에 씌워 묶었다. 그리고 큰 나무토막으로 재갈을 만들어 호랑이 입에 물리고는, 밧줄 끝을 나무에 단단히 묶어 놓았다. 곧 호랑이를 들어 올려 두 나무 사이에서 뽑아내니, 호랑이는 어리둥절하여 정신을 잃은 것같이 되어, 감히 움직이거나 날뛰지 못했다.

　그리고 선비가 호랑이 앞에 앉아 있으니, 포수가 산꼭대기로부터 내려왔는데, 호랑이가 나무 사이에 걸린 것은 보지 못했었다. 문득 호랑이가 굴레를 쓰고 나무에 매여 있는 것을 보고서 이에 크게 놀라고, 선비에게 절을 올리며 말했다.

　"진실로 어르신께서는 한 마리의 호랑이에게 피해를 입을 염려가 없을 것으로 생각은 했습니다. 그러나 살아 있는 호랑이 머리에 굴레를 씌우고 호랑이 입에 재갈을 물렸다는 것은, 옛글과 오늘날의 글에서도 없었던 일입니다. 소인은 조그마한 힘을 가지고 있습니다마는, 어르신의 신통스러운 힘에 비교한다면 하늘과 땅 차이뿐만이 아닙니다. 지금부터 제자가 되기를 원하옵니다."

이러고 곧 호랑이를 죽여 가죽을 벗겨서, 함께 여점으로 들어가 서로 술잔을 나누며 밤새도록 마셨다. 이튿날 아침, 서로 길을 나누어 떠나면서 포수는 호랑이 가죽을 선비에게 주었다. 선비가 완강히 거절하니 포수는 자기 집에서 열 꿰미의 돈을 꺼내어 그에게 받들어 올렸다. 선비는 어쩔 수 없이 받아 작별했는데, 포수는 슬픔을 이기지 못하고 거의 눈물을 흘리는 것이었다.

　선비는 집으로 돌아와 포수에게서 받은 돈으로 땔나무와 쌀을 사서, 그 덕으로 수개월 동안 목숨을 연장했다. 가만히 생각해 보니 호랑이에게 물려 죽으려 했던 계획도, 복 없는 사람은 달걀 속에 뼈가 들어 있었다는 계란유골(鷄卵有骨)[174] 이야기와 같은 것으로, 빈궁한 운명에 관계된 것이어서 한 번 죽는 것 역시 어렵다고 느껴졌다. 그래서 다만 지붕만 쳐다보고 길게 한탄했다.

　하루는 우연히 집에 보관되어 있는 아름다운 장식의 대나무 상자를 열어 보니, 하나의 문서가 들어 있었다. 대강 훑어보니 선대에 집안 종들이었던 무리가 전라도 영광 법성마을로 달아나 살면서, 자손이 불어 삼백여 호에 이른다는 내용이었다. 선대에도 추노(推奴)를 하여 그곳으로 가서 돈을 내고 노비신분을 사게 하려고 했지만, 저들이 너무 강성하여 두려워서 감히 결행하지 못한 상태였다.

　선비는 뛸 듯이 기뻐하면서, 이제야 죽을 곳을 얻었다고 말했다. 곧장 그 문건을 소매 속에 넣고 나는 듯이 달려가서 그곳에 이르렀다. 그 무리들이 사는 곳은 두루두루 모여 한 마을을 이루고 있었으며, 집집이 모두 넉넉하여 과연 문서 내용과 같았다. 선비는 곧바로 가장 큰 집으로 들어가서, 가지고 온 문건을 내보이며 크게 소리를 쳤다. 오천 냥을 들여놓고 노비 신분

---

174) 계란유골(鷄卵有骨): 조선 초기 서거정(徐居正)의 『태평한화(太平閑話)』 소재 설화. 임금이 가난한 강일용(姜日用) 선비를 구제해 주려고 어느 날 서울 도성 사대문에 들어오는 물자 모두를 그에게 주라고 명했음. 마침 이날 큰비가 내려 오후 늦게야 계란 몇 꾸러미만 들어와 강 선비에게 주었는데, 이 계란 속이 모두 곯아 있었다는 이야기.

을 사되, 사흘 기한 내에 거두어 바치라고 독촉했다. 그 독촉하는 행동이 매우 황급하고 호령하는 명령이 성질 급한 미치광이 같았다. 그 무리들은 비록 입으로는 그렇게 하겠다고 응낙을 했지만, 마음속으로는 몰래 비웃고 있었다.

약속한 사흘이 되어 선비가 혼자 앉아 있으니, 갑자기 문밖에서 사람 소리가 시끄럽게 들렸다. 곧 오륙십 명 되는 장정들이 각기 몽둥이 하나씩을 가지고 담장을 쌓은 것처럼 그 방을 둘러쌌다. 선비가 일의 기미를 살피니 반란을 일으키려는 형상이 이미 갖추어져 있었다. 그러나 선비는 하나같이 죽음을 구하려는 생각이 자나 깨나 마음속에 맺혀 있었으므로, 그 어떤 두려움도 없었다. 가만히 앉아 앞으로 일어날 변란을 기다리고 있는데, 한 장부가 문을 열고 들어오려고 하다가 문득 크게 놀라 뒷걸음치며 물러났다. 그리고 기쁜 모습을 보이며 절을 하고는, 어르신께서 여기 와 계시었느냐고 말했다. 선비가 누구냐고 물으니 이렇게 설명했다.

"전날 노령에서 하룻밤 함께 고생을 했었는데 어르신께서는 기억하지 못하시군요. 어르신께서는 비록 소인을 알아보지 못하셔도 소인이 어찌 어르신을 잊겠습니까?"

이어서 문밖에 빙 둘러서 있는 사람들을 향하여 말했다.

"너희 무리는 빨리 물러가 명령을 기다려라. 내 말대로 하지 아니하면 너희 무리는 반드시 한 사람도 살아남지 못할 것이다."

그리고 호랑이 잡던 이야기를 처음부터 끝까지 자세히 들려주니, 그 무리는 일시에 벌벌 떨면서 물러났다. 그 포수 사내가 앞으로 나와 선비에게 비밀스럽게 말했다.

"저들 무리는 세상 범위에서 벗어난, 먼 바닷속 섬에 사는 사람들로서, 강상(綱常)의 중요함을 알지 못하고 감히 헤아릴 수 없는 악한 모의를 하여, 백 리 밖에 사는 소인을 불렀습니다. 소인이 역시 사람들과의 관계에 얽혀 잘못 들어와서 급하게 이런 행동이 있게 되었습니다. 저들 무리가 사건을 꾸며 일을 결정하였으니, 이미 가히 말할 수 없는 사정이지만, 소인의 죄도 더욱더 용서받지 못하게 되었습니다. 그러하지만 어르신의 넓고 넓은 도량으로써, 어찌 새나 짐승 같은 무리들 일을 마음속에 품어 거리낌이 있으시겠습니까? 오천 냥은 실로 저들이 변통하기가 어렵습니다. 저 무리들이 재산을 기울여 마련한다면 곧 삼천 냥은 마련할 수가 있을 것 같습니다. 소인이 마땅히 친히 거두어 댁에까지 실어 가 들여놓겠습니다."

이렇게 말하고 곧바로 그들을 독촉하여, 며칠 지나지 않아 삼천 냥을 거두어 와서, 짐바리로 만들어 십여 필의 건장한 말에 실었다. 곧 잘 달리는 말에 선비를 타게 하고 함께 출발하였다. 포수가 직접 채찍을 쥐고 호위하여 선비 집에 도착한 다음 절을 하고 떠났다. 선비는 삼천 냥으로 집과 토시를 사서 집안을 완전하게 이루었다. 그리고 또한 아내를 얻어 필남 십녀를 낳았고, 대대로 자손이 번성하였으며, 모두 한곳에 모여 마을을 이루고 살게 되었다. 그래서 장성 허풍동에는 지금도 소씨 촌락이 이루어져 있다.

외사씨는 말한다. 사람의 빈궁함과 형통함이며 죽고 사는 것은 모두 운명에 관계되어 있다. 어찌 사람이 가히 힘으로 도모할 수 있는 일이겠는가? 강태공(姜太公)은 나이 여든 살까지 곤궁하게 살았지만 하늘을 원망하지 않았고, 도연명(陶淵明) 선생은 한 달에 식사를 아홉 번밖에 못하면서도 자기 분수를 편안하게 여겼다. 그래서 『논어(論語)』[175]에서 "천명(天命)을 모르면 군자가 될 수 없다."라고 한 것이다. 소씨 선비가 호랑이 입속으로 들어가 죽으려 했던 것은 그 정상이 매우 슬프다. 하지만 이로 인해 재앙이 복으로 전환되었는데, 만약에 두려워했더라면 죽을 수도 있었을 것이다. 대체로 불행이 극에 다다르게 되면 좋은 운이 찾아오고, 때가 되면 좋은 바람이 불어오는 것은 역시 자연의 원리이다.

---

175) 논어(論語): 『논어』 권10의 맨 마지막에 실린 구절임. 〈子曰 不知命 無以爲君子也〉

東野彙輯 卷之十四
○第百七弓 雜識部 七 橫財

獨鉗豹轉禍獲財

　　蘇生某湖南士人也. 早失怙恃 既無雁行. 中年皷盆 又無膝下. 家素貧窮 況且乏族戚中依賴 零丁仳離. 備嘗艱苦 不堪饑寒 每欲自裁 而亦難遽決. 是時長城蘆嶺 有一惡虎 白晝橫行 囓人如麻. 士人聞之 以爲嘗欲一見生虎 今可遂願. 而遭彼之囓 亦自不妨 遂抵嶺上. 嶺之長三十里 巖壁嶒峻 樹木蒙密 可謂蜀道之難 羊腸之險矣.
　　至于最高巓 舒膝而坐 待虎之來. 忽有一人 背擔網橐 緩步上來. 時則月隱林梢 風起葉戰. 彼見士人之獨坐 遽驚疑而諦視 乃卸擔而納拜曰 公是何人 在此危地乎. 士人曰 過路歇脚 無他故耳. 曰獨不畏死乎. 曰何畏之有. 彼乃進前密告曰 此處有惡獸 殺害人命 不知其數. 行路阻絕 故小人欲爲民除害 持銃丸及鐵椎 夤夜來此 準擬壹發殪彼. 而公適在此 若與幷力 則何物惡獸 能不爲孤雛腐鼠乎. 小人當如此如此 公亦當助一臂.
　　士人懍惶 未及答 彼卽拔石角上一圍木 躍上峰頂. 大喊揮打而下 山鳴谷應掀天動地. 士人心語曰 彼雖謂我同事 而我本無力 欲死於虎者也. 是以少無畏怵 坐觀動靜. 俄而一大豹 從林壑大吼奮迅而出 風馳電掣. 瞥眼間 已到士人坐近處 以其直項之急 走坂之勢 忽觸於大樹連理之間. 脅以下尻以上 牢罣於兩木之間 進不得退不得. 兼以孕雛腹滿 又不得自拔. 士人乃前往 撫其頭挽其鬚 視若愛玩之物 虎亦低頭搖尾 有若乞憐者然. 士人多拾藤葛 絢作一索 大如

橡者 結之爲勒 加之於虎首. 又以大木作鉗 繫索於樹. 遂擧虎 拔之 於兩木之間 虎圉圉若失魂 不敢動彈.

士人坐於其前 銃手始自峰巓下來 未及見虎之罥兩木間. 忽覩其 被勒而繫樹 乃大駭 而又納拜曰 固料公之無慮乎一虎. 然至於勒生 虎之頭 鉗生虎之口 可謂古文無今文無也. 小人略有膂力 而較公神 力 不啻霄壤. 從今願爲弟子. 遂殺虎剝皮 偕到店幕 呼酒對酌 終夜 酬酢. 明朝分路 以豹皮與士人. 牢拒不受 銃手自岱中 出十緡銅以奉 之. 士人强受之 因與作別 銃手不勝惆悵 幾至落淚.

士人歸家 以其錢貿柴米糊口 賴以捱延數朔. 默念投虎口之計 便是鷄卵有骨 窮命所關. 一死亦難 只仰屋長吁. 一日偶閱芸簏 得一 文券. 盖有先世婢僕 逃居於靈光法聖 生産繁殖 至三百餘戶. 自先 代 雖欲推贖 而畏彼强盛 不敢發者. 乃雀躍曰 今得死所矣. 遂袖文 記 飄然而往 至其處. 厥輩所居 環作一村 家家饒富 果如所聞. 直抵 其最大家 出示文券 大肆咆喝. 督之以五千兩納贖 而期於三日內收 納. 擧措遑忙 號令嚴急 便一劻勷狂悖之人. 厥輩口雖應諾 而心竊 笑之.

第三日 士人獨坐 忽聞戶外 人聲汹汹. 有五六十壯丁 各持一 棒 圍其室如堵墻. 覘其事機 反形已具. 然而求死一念 寤寐如結 有 何懼哉. 坐而待變 有一丈夫 開戶將入 忽喫驚退步. 欣然納拜曰 公 來此歟. 士人問汝誰也. 對曰 蘆嶺上一夜同苦 公未記有乎, 公雖不 識小人 小人豈忘公乎. 因謂其戶外環立者曰 汝輩可速待命也. 苟不 要我 汝輩必無孑遺. 仍以捉虎事 細迷首尾 厥漢輩一時戰栗而退去. 彼乃進前密告曰 厥輩以海島化外之物 不識綱常之重 敢有叵測之謀 要小人於百里之外. 小人亦以誤入人事 遽有此行. 厥輩斷案 已無可 言 而小人之罪 尤係罔赦. 然而以公恢廓大度 何足介懷於如禽獸之 流耶. 五千金實難變通. 傾渠輩之家産 則三千兩似可措辦. 小人當親

自收 捧領納於宅矣. 卽其地董飭諸漢 未幾日收得三千兩 馱於十餘匹健馬. 士人則乘之以駿駒 一時治發. 銃手執鞭護從 至士人家 拜辭而去. 士人以三千金 問舍求田 儼成家道. 又娶妻生八子三女 世世蕃盛 聚居一村. 長城虛風洞 至今有蘇氏村.

　　外史氏曰. 人之窮通死生皆命也. 豈可以力圖哉. 姜太公八十窮困 而不怨天 陶先生三旬九食 而能安分. 故曰 不知命無以爲君子也. 蘇之欲投虎口 其情慽矣. 然因此而轉禍爲福 惟恐或死. 盖否極則泰來 時至則風送 亦自然之理也.

양아들 돈 탕진해 버림받았다가 금괴 실어 와 양자 회복하다

14-9.〈215〉 수일석부자서륜(輸一石父子敍倫)

조 동지(趙同知)는 개성 사람으로 본관은 배천(白川)[176]이다. 집 재물이 누만금이었고 사람을 부려 널리 팔도로 보내 장사를 시키어, 해마다 거두어들이는 이자가 몇 십만 냥이나 되었으며, 서경(西京) 갑부로 일컬어졌다. 다만 슬하에 자녀가 없었고, 또한 대대로 외로운 가문이어서 양자를 들이려 해도 얻어 올 곳이 없었다. 그래서 늙은 부부는 늘 대를 이을 자식 문제로 근심 속에 빠져 있었다.

하루는 대문 밖에서 밥을 빌러 온 아이의 목소리가 들리는데 몹시 처량하여, 조 동지가 가엾게 여기고 부리는 사람을 불러 밥을 주라고 하였다. 그러고 그 아이를 보니 나이는 열 살쯤 되어 보이는데 남루한 옷에 배고픔과 추위로 거의 사람 꼴이 아니었다. 하지만 그 용모와 골격이 자못 탐스러운

---

176) 배천(白川): 황해도 연안(延安)에 있는 땅 이름. 음을 '배천'으로 읽어야 함.

부분이 많아 보였다. 그래서 그 성씨와 본관(本貫)을 물으니 배천 조씨(白川趙氏)라고 했다. 또한 부모가 살아 계신지를 물으니 오직 모친과 함께 도성 안에서 밥을 빌어먹고 살아간다는 대답이었다. 조 동지는 곧 아이를 집안으로 데리고 들어와 밥을 먹이고 옷을 갈아입히게 했다. 그리고 종을 보내 아이 모친을 찾아가 데리고 오게 하여, 조그마한 집을 세내어 그곳에 살게 하고 잘 보살펴 먹을 것과 입을 것을 챙겨 주었다.

점차로 아이를 관찰해 보니 영리하고 성실하여 충분히 가업을 이을 만했다. 그리하여 조 동지는 아이를 양아들로 삼고 그 어미를 형수라 부르면서 모든 필요한 것들을 계속 갖추어 조달해 주었다. 아이에게도 정을 붙여 조카를 양자로 들인 것보다 더한 정성을 쏟으니, 친자식과 다름이 없었다. 양아들이 이미 나이가 드니 갓을 쓰고 장가를 들게 되었고, 집안 재산의 출입 일체를 그의 손에 맡기니, 부지런히 주관하여 빈틈없이 두루 살펴 처리해, 모든 일이 잘 정돈되지 않음이 없었다. 조 동지는 그를 사랑하여 일마다 꼭꼭 의논하였고 그의 말이면 반드시 따랐다. 하루는 양아들이 이렇게 아뢰었다.

"소자 이미 장성하여 어른이 되었는데, 배부르게 먹고 따뜻한 옷을 입고 편안하게 살다보니 가슴속이 답답하고 무료하여 조그마한 사업을 경영해 보고 싶습니다."

조 동지는 다음 같은 말을 들려주고 밑천으로 오천 금을 주었다.

"온 천하에서 아름답고 빛나는 일은 모두 이득을 보는 것에서 오게 된다. 나는 애초에 장사를 해 이익을 얻어 가정을 일으켰으니, 너는 내가 하던 상업을 이어 경영하여 이익을 많이 내는 것이, 곧 가업을 잘 계승하는 기구지업(箕裘之業)[177]이 될 것이다. 사업을 해 보겠다는 너의 말이야말로 진실로 매우 옳은 말이다. 옛날 돈을 많이 번 사람으로 이름난 도주공(陶朱

---

177) 기구지업(箕裘之業): 활 만드는 궁장(弓匠) 아들은 부친이 억센 나무로 활 만드는 것을 보고 본받아, 부드러운 버들가지로 키를 만들며, 대장간 집인 야인(冶人) 아들은 부친이 쇠를 녹여 솥 만드는 것을 보고, 연한 가죽옷 만드는 일을 한다는 고사로, 자식이 가업(家業)을 잘 계승하는 것을 뜻함.

公)[178]은 나이 많아 늙었을 때, 자손들에게 돈 버는 방법을 들려주어, 그 자손들이 배워 사업을 이어받아 잘 운영해 이식을 많이 남겨서, 마침내 재산이 수만금에 이르렀다. 내가 너에게 기필코 바라는 것도 또한 이와 같이 하는 것이다."

양아들 조생(趙生)은 황해도와 평안도의 물자가 모두 모이는 지역에 가서 크게 장사를 하여 돈을 많이 번 다음, 여기저기를 돌아 평양성 안으로 들어갔다. 우연히 기생집을 드나드는 협사 청년을 사귀게 되어, 함께 한 기생집으로 가서 푸르게 장식한 창문이며 붉게 칠을 한 방문 안에서 악곡을 연주하는 기생의 간드러지고 아름다운 모습을 접하게 되었다. 조생은 고지식한 시골 선비였다. 이런 모습을 처음 접하니 눈이 황홀해져 하늘 나라 옥경에 올라 선녀들을 붙잡는 것 같아서, 정신을 완전히 빼앗겨 버렸다.

더구나 그 기생은 교방에서 으뜸가는 기녀로 얼굴과 재능이 기묘하고 아름다워, 평안도의 내로라하는 호걸과 협객들 사이에 소문이 나 있었는데, 그에게 걸려들어 방탕하게 놀면서 정신을 차리지 못했다. 부자 상인과 큰 장사를 하는 대상(大商)들이 미향동(迷香洞)에 빠진 것처럼, 기생집에 잘못 빠져 들어가, 쇠도 녹이는 기생의 품속에서 허우적거리다가 주머니를 다 털리고 나올 것처럼 되었다. 이로 말미암아 이 기생의 이름은 더욱 세상에 크게 알려졌다.

기생은 조생이 재물을 많이 가지고 있는 것을 알고, 술을 따르고 노래를 부르며 그를 유인했다. 조생은 기생의 유혹에 낚이어 마침내 붉게 분을 바른 기생의 그물 속에 갇히어서 넋을 잃고 마음을 빼앗겨 버렸다. 그리하여 장차 장사하여 돈을 벌겠다고 세운 계책들은 낡은 가시나무 울타리처럼 버려졌다. 그리고 돈 보따리를 모두 그 기생집으로 옮겨와 날마다 기생 무리들과 어울려 춤추고 노래하니, 이삼 년이 지나지 않아 가지고 있던 돈을 모

---

178) 도주공(陶朱公): 춘추시대 월(越)나라 왕 구천(句踐)의 재상 범려(范蠡). 범려는 왕을 도와 오(吳)나라를 침공하여 항복 받아 설치(雪恥)하고, 오왕에게 바쳤던 미인 서시(西施)를 찾아 데리고 제(齊)나라로 도망가 이름을 바꾸고, 돈을 벌어 큰 부자가 되었으며, 사람들이 도주공이라 일컬었음.

두 탕진하고 말았다.

　기생들이란 뒷문으로는 돈 떨어진 옛날 손님을 내보내고, 앞문으로 돈 많은 새 손님을 맞이해 들이는 것이 본래 지니고 있는 재주이기에, 남자의 애정이 비록 돈독하더라도 여자의 마음속은 이미 권태를 느끼고 있었다. 그래서 그가 머물러 있는 것이 괴롭게만 느껴져 간혹 심한 말로 화를 돋우기도 하였지만, 조생의 그녀에 대한 공손함과 삼가는 정성은 처음과 변함이 없었다. 조생은 비록 집으로 돌아가고자 해도 양부를 대할 면목이 없어 대동강을 건너지 못하고, 기생집에 머물면서 심부름하는 사환이 되어, 다 해진 옷을 입고 기생이 남긴 식은밥을 먹으면서 만족해했다. 기생이 다른 남자를 껴안고 따뜻한 방에서 잠을 잘 때 조생은 부엌에서 팔을 꾸부려 앉아 장작불을 때어 방구들을 데우는 일을 하고 있었다.

　개성 집에서는 조 동지가 그 소식을 듣고는, 저 아이 우리 가문을 욕되게 하니 다시는 아들로 생각하지 않겠다고 크게 화를 내어 꾸짖었다. 그리고 조생의 어미와 처를 도성 밖 토막(土幕)으로 쫓아내어, 예전처럼 밥을 빌어먹게 했다. 조생이 기생집에서 일 년 남짓 살게 된 어느 날, 기생이 마침 잔치에 가고 홀로 텅 빈 집을 지키고 있었다. 그날은 큰비가 내려 물동이를 뒤집어 붓는 것과 같았는데, 시름에 잠겨 뜰에 흐르고 있는 마당 물을 바라보고 있노라니, 누런 황금 가루가 흘러내려 퍼지는 것이 눈에 띄었다. 마음속으로 기이하게 여겨 그 근원을 살펴보니 뒤뜰에서 흘러내려 계속 이어지고 있는데, 곧 방문 앞에 놓인 섬돌에서 나오는 것임을 알았다. 그래서 흘러내리는 가루를 움켜 모으니 두세 근이나 되었다. 그 섬돌을 관찰해 보니 조그만 다듬잇돌 크기만 한데, 황금은 아니었고 돌멩이와 비슷했지만 광채가 기이하고 이상하여, 흡사 생금(生金)인 것같이 생각되었다.

　조생은 기생이 돌아오기를 기다렸다가 이렇게 말했다.

　"내가 나이가 어린 탓으로 오천 냥이 든 보따리를 하루아침에 낭비했으니 실로 머리를 들고 집으로 돌아가기 어렵습니다. 그러나 고향 집을 떠난 지가 오래되니 마음이 괴롭고 답답하여 부득불 돌아가야만 하겠습니다."

"그렇군요. 오랜 세월 주인과 손님으로 지냈는데 지금 이별을 고하니 어찌 슬프고 허전하지 않겠습니까? 또한 올 때의 모습은 빛이 훤해 길을 비추었는데, 떠나는 날에는 걸어가야 하니 진정 많이 괴롭고 힘들 것 같은데, 어찌 차마 이 모습을 보겠습니까?"

기생은 이렇게 위로하고 하인과 말을 세내어 주어 길 가는 편의를 도와주겠다고 했다. 이에 조생은 한참 동안 사례한 다음, 주인에게 한 가지 부탁할 일이 있다고 말하고, 뒷방 문 앞 섬돌을 가지고 가고 싶으니 허락해 주겠느냐고 물었다. 기생은 어째서 이런 보잘것없는 물건을 가져가려 하느냐고 말했다. 곧 조생은 이렇게 설명했다.

"나른 곳 산에 있는 한 조각 돌멩이도 오히려 나에게는 도움이 된다는 말이 있습니다. 이 돌은 맑고 깨끗하여 사람의 얼굴과 같으며, 또한 그대가 아침저녁으로 밟고 다닌 발자국이 있으니, 내 이 돌을 가지고 가서 그대 얼굴을 대하는 것같이 황홀한 생각에 잠기면, 거의 내 마음속에 위로가 될 것 같기 때문입니다."

"웃음이 나네요. 나에 대한 그대의 애정을 가히 알 수가 있군요. 내 마음도 차가운 돌멩이가 아니니 가히 변할 수가 없습니다. 그러니 어찌 한 덩이 돌멩이를 아깝게 여기겠습니까? 그대 마음대로 가지고 가시지요."

조생은 곧 그 섬돌을 짐바리에 싣고 돌아왔다. 이때는 마침 섣달그믐 무렵이어서, 개성 사람들이 장사하러 떠났다가 세모(歲暮)를 당하여 모두 집으로 돌아오고 있었다. 그래서 각 가정의 식구들이 술과 음식을 준비하여 오리정(五里程)으로 나와 맞이했다. 조 동지도 장사하러 보낸 고용인들을 기다리기 위해 나와 있었다. 조생이 다 떨어진 도포에 짚신을 신고 귀향인(歸鄕人)들 대열에 섞여 오고 있었지만, 감히 눈에 띄지 않으려고 몸을 숨겼고, 조 동지 역시 거짓으로 알지 못하는 것처럼 하였다. 그래서 조생은 몸을 움츠리고 고개 돌려 다른 모퉁이를 바라보며 어찌 할 바를 몰라 하니, 여러 사람 중에 간혹 그를 알아보는 사람은 야유를 하면서 비웃지 않는 사람이 없었다.

날이 저물었을 때 성 밖 토막을 찾아가니, 그 모친과 아내가 원망하면서 꾸짖고 매를 때리고자 했다. 그러나 조생은 한마디 말도 없이 곧장 쓰러지듯 누워 코를 골며 잠이 들었다. 이튿날 아침에 편지를 쓰고 아내를 시켜 금가루 봉지와 함께 조 동지에게 드리게 했다. 이때 조 동지는 장사하고 돌아온 여러 고용인들과 함께 장사에서 얻은 이윤을 계산하고 있어서, 조생 아내가 감히 바쁜 틈에 들어가 뵙지 못하고, 여종을 불러 대신 전해 드리게 했다.

조 동지가 봉해진 것을 열고 보니 편지에 이렇게 적혀 있었다.

"소자 장사로 얻은 이윤이 이와 같아 오천 냥 본전에 해당합니다. 그리고 또한 이보다 큰돈이 있으니, 마땅히 뒤에 실어 드리려고 하며 우선 이것으로 아뢰옵니다."

편지를 읽은 조 동지가 함께 보낸 봉해진 것을 열어 보니 그것이 모두 생금가루로서, 가히 값이 칠팔천 금 될 것 같았다. 조 동지는 이에 크게 기뻐하고 일어나 곧장 안채로 들어가 밖에 있는 자부를 불러 방으로 들어오게 하니, 그 부인이 자부를 보고 꾸짖으며 쫓아내려 했다. 조 동지는 부인에게 그러지 못할 일이 있으니 조금만 기다리라고 말하고, 자부에게 물었다.

"네 남편이 병 없이 편히 잘 돌아왔느냐? 또한 아침은 잘 먹었느냐? 너는 여기에 머물러 있도록 하여라. 내가 지금 가서 네 남편을 만나 보겠다."

그리고서 곧장 도성 밖으로 나가 양아들을 만나 보고는 먼저, 어디에서 이 적지 않은 금가루를 얻었느냐고 물었다. 아들은 이렇게 아뢰었다.

"이것을 어찌 많다고 하겠습니까? 또한 큰 덩어리가 있습니다."

그리고 여행 보따리에서 금덩이를 꺼내어 보여 주니, 조 동지가 한 번 보고는 금방 알아채고는, 눈이 휘둥그레지고 입이 쩍 벌어지며 어리둥절하여 반나절이나 정신을 잃었다. 곧 일어나 아들의 등을 어루만지며 말했다.

"관상이라는 것을 믿지 않을 수가 없구나. 내가 처음 너를 보았을 때 만 석꾼이 될 골격(骨格)을 가지고 있기에 너를 양아들로 삼았다. 지금 과연 이러한 금을 얻어 왔으니 그 값이 한이 없어, 본래 가지고 있는 우리 집 재산보다 열 배나 더 될 수 있겠다. 이것 외에 다시 너에게 무엇을 바라겠느냐? 지난 때 일시적으로 여자에게 빠져 정신을 잃은 일은, 역시 젊은 시절에 흔히 있을 수 있는 일이니, 어찌 그것을 탓하겠느냐? 모름지기 곧바로 집으로 돌아가는 것이 좋겠구나."

이러고 또 그의 생모에게 사과의 말을 했다.

"형수님, 근래에 배고픔과 추위로 고생이나 없으셨는지요? 내 지금 바로 가마를 준비하여 보내 드릴 테니 즉시 옛날 집으로 돌아와 주시기 바랍니다."

이렇게 하여 곧 가족들이 모두 예전처럼 돌아와 살도록 처리하니, 마침내 부자(父子) 관계가 처음처럼 회복되었다.

외사씨는 말한다. 어버이와 자식 관계는 하늘이 정해 준 친륜(天倫)이다. 어찌 그렇게도 쉽게 관계를 끊고, 또 어떻게 그리 쉽게 결합하는가? 재화(財貨)의 이익이 많고 적음에 따라, 떳떳한 윤리를 무너뜨렸다 세웠다 판단하는 것을, 어찌 두려워하지 않을 수 있겠는가? 저잣거리 의리 없는 무리들이 양자로 삼는 부자간(父子間)의 정의(情誼)야말로 진정 깊이 있게 책망할 것이 못된다. 하지만 즐거운 듯 평온한 마음으로 모두가 이익을 위하여 양자를 들였다 쫓아냈다 하게 되면, 곧 이익을 보고 의리(義理)를 망각하는 세상이 되어, 위대한 윤리 규범인 '부자유친(父子有親)'이 없어져 버린다. 어찌 가히 모든 사람 하나하나를 상대하여 책망할 수가 있겠는가?

東野彙輯 卷之十四
○ 第百八号 雜識部 八 殖貨

輸一石父子敍倫

  趙同知某松京之人也 姓貫白川. 家貲屢鉅萬 差人遍於八路做商販 歲收錢贏幾十萬 稱以西京甲富. 但無子女 且是孤宗 至於螟嗣無處可得. 老夫妻以是爲憂. 一日門外有丐兒聲甚凄切 趙憐之招人予飯. 見其兒 年可十歲 藍縷飢凍 殆非人形. 而容貌骨格 頗多可取. 問其姓貫 則曰 白川趙氏. 問父母有無 曰只有母在 城內乞食. 同知卽携兒入于家 食之衣之. 送奴訪其母來 僦一小屋俾居 接予以噉着之資.

  稍觀其兒 穎悟謹實 足可幹蠱. 因爲己子 稱其母爲嫂氏 凡百支調 無不繼給. 兒亦托情 盡誠於過房 無異血屬. 年旣長成 加冠娶婦 其家產出入 並付渠手 勤幹周密 靡事不濟. 同知奇愛之 每事必議 有言必從. 一日其子曰 兒已長大 飽暖逸居 鬱鬱無聊 欲做些經紀. 同知曰 天下熙熙皆爲利來. 吾本以商利起家 汝繼此營殖 便是箕裘之業 汝言良是. 昔陶朱公年老 而聽子孫 子孫修業而息之 遂至鉅萬. 吾之期望於汝者 亦如此. 乃以五千金予之.

  其子往兩西都會處 大作興販 轉至箕城. 偶交狹邪年少 偕到娼家 綠窓朱戶 絲管裊娜. 趙生以措大 眼孔悅如 登玉樓而攬仙姬. 娼是教坊翹楚 色藝俱妙絶 關西豪俠之所藉以跌宕. 而至若富商大賈 誤入迷香洞者 皆從銷金鍋而出. 由是娼名益藉. 娼知趙生之多財 酌酒唱歌以媚之. 趙被其勾引 竟墮紅粉網羅 魂迷意奪. 遂將商販之

計 拋若芭籬. 盡徙囊橐于娼家 日會倡優輩游戲 不出數年 資斧蕩然. 後門送舊 前門迎新 自是娼樓伎倆 男情雖篤 而女意已怠. 苦其留連 或以言辭挑怒 趙恭謹如初. 雖欲還歸 而無面渡江 因留娼家 爲厮役使喚 以沾其破衣餘飯. 其妓與男子 共寢燠室 而趙曲肱厨間 以燃薪煖埃爲役.

　　同知聞之 乃大咤曰 彼乃辱吾門戶 不復視以己子. 因逐其母與妻 出處于城外土幕 依前乞食. 趙在娼家歲餘 値娼之赴宴席 獨守空舍. 其日大雨翻盆 適見庭中 有金屑流布. 心異之探其源 自後塔前連續不絶 即房門下砌石 所自出也. 拾聚其屑 可爲數斤. 觀其砌石 則如小砧 而非金似石 光彩異常 似是生金也. 待妓之歸 乃言曰 吾以年少之致 五千兩囊金 一朝浪費 實難抗顏歸家. 然離闈年久 陟岵情切 不得不歸矣. 女曰 多年主客之餘 今此告別 安得不悵缺. 且來時行色 輝煌道路 去日徒步 必多苦楚 是可忍乎. 遂貰給人馬 助以盤纏. 趙稱謝良久曰 吾有所請於主人者 後房門前砌石 吾欲持去 可施之否. 女曰 奚取於此物也. 趙曰 他山一片石 猶可與語. 此石瑩澈如人面 且君之朝夕履跡者 吾持此去 怳若對面 庶可慰懷故耳. 女笑曰 公之有情於吾 可知矣. 我心匪石 不可轉也. 然何靳乎一塊石哉 任君取去. 趙即馱石而歸.

　　適當歲末 凡松人之出商者 趁此咸歸. 其家眷各備酒饌 出迎于五里程. 是時趙同知 爲候差人等 而亦出來. 趙生以弊袍藁履 亦參差人之列 而不敢出現 其父亦佯若不知. 生跼縮向隅 罔知攸措 諸人或有知者 莫不揶揄 而譏笑之. 至暮生尋到城外土幕 其母與妻怨罵 欲歐之. 生無一言 即頹臥鼾睡. 明朝裁書 與屑金同封 使妻往納于同知. 同知方與諸差人 筭計商利 其婦不敢造次入謁 呼婢轉納. 同知開緘見之 其書曰 子之所獲利 如此可當五千兩本錢. 而又有大於此者 從當輸納 先玆伏達. 同知圻見其裏 盡是生金屑 可値七八千金.

乃大喜 直起入内 招婦入室 其妻欲叱逐之. 同知曰 有不然者 少俟也. 問其婦曰 汝夫無病穩還 且得喫朝飯乎. 汝可留此 吾今往見汝夫矣. 因卽出城 見其子 先問汝從何處 得金屑不少乎. 其子曰 此何足爲多 又有一大塊. 仍搜行橐 出而示之 同知一見 圓着眼大開口 驚呆半晌. 起而撫其背曰 相術不可不信也. 吾初見汝 有萬石君骨格 故取以爲子. 今果得此 其價無限 可十倍於吾家本產. 此外復何望哉. 向來一時迷色 亦少年例事 何足云云. 須卽歸家可也. 且語其生母曰 嫂氏近日得無饑寒乎. 吾今備轎出送 卽返舊室也. 仍卽盡爲率置 遂爲父子如初.

　　外史氏曰. 父子天倫也. 胡然而分 胡然而合. 貨利之所贏絀 而彛倫之斁叙判焉 可不懼哉. 至若市井之類 螟蛉之誼 固無足深誅. 然熙熙穰穰 皆爲利來往 則見利忘義 大義滅親. 豈可盡責於人人者耶.

부부가 각기 장사하고 돈 불려 만금 이윤 얻어 부자 되다

14-10.〈216〉 영만금부처치부(贏萬金夫妻致富)

여씨(呂氏)는 남산 아래에 살고 있는 가난한 선비이다. 집은 가난해도 글 읽기를 좋아했고, 어떤 일을 경영할 재주를 가졌지만, 그 재능을 펼칠 기회가 없었다. 살던 집을 팔아 끼니를 이어가면서, 한 칸 사랑채에 남편과 아내가 함께 생활하게 되었고, 그렇게 사는 동안 굶주림과 추위를 견딜 수 없었다.

여생(呂生)이 아내에게, 외출할 일이 있는데 혹시 입을 만한 겉옷이 있느냐고 물으니, 아내는 참 딱한 말을 한다면서 우리 부부 두 사람의 옷을 팔아 음식을 사 먹은 지가 오래되었으며, 남은 옷은 지금 몸에 걸치고 있는 헌 누더기뿐이라고 대답했다. 여생은 다시 물었다.

"내 가만히 앉아서 죽기만 기다릴 수는 없는데, 그렇다면 어떻게 하면 좋겠소?"

"아, 그 새벽에 가묘 배알하러 갈 때 입는 낡은 도포 하나가 있으니, 그

것이라도 입고 갈 수가 없겠는지요?"

아내의 말에 여생은 그것이면 충분하다고 말했다. 그리고 이에 그 도포를 입고 나섰는데, 남루하고 때가 묻어 길거리 아이들이 서로 손가락질을 하며 웃었다. 걸어가서 종로 거리에 도착하니, 상인들이 길을 막고 팔 물건이 있느냐고 물었다. 여생은 팔 물건이 있다고 말하고, 상인을 따라 가게 안으로 들어가서는 상인에게 말했다.

"내 차림을 살펴보시오. 내가 어찌 사고팔 물건이 있는 사람입니까? 오늘날 세상의 민간 사람 중에 누가 가장 부자인지, 그 이름을 듣고 싶습니다."

이에 가게 주인은 다방동(多方洞) 사는 김 동지(金同知)라고 대답했다. 마침내 다방동으로 가서 김 동지 집을 방문하니, 그 집 주인은 얼굴과 생긴 모습이 풍성하고 의젓했으며 화려한 의복을 입고 있었다. 곧 여생이 물었다.

"주인께서 과연 세상에 부자로 소문난 김 동지신지요?"

김 동지가 그러하다고 대답하기에 여생은 다시 물었.

"내 한 가지 요청할 바가 있으니 주인께서는 들어주시겠습니까?"

주인이 짐작하기를 양식을 빌러 온 것이라고 생각하고, 곤란한 일이 있으면 이야기해 보라고 했다. 이에 여생은 이런 말을 했다.

"내가 지금 굶주리고 고달파 거의 죽을 지경입니다. 조그마한 사업을 경영해 보고자 하니, 주인께서는 일만 꿰미의 돈을 빌려 주실 수가 있겠는지요? 일만 꿰미에 차지 못하면 아무 쓸데가 없습니다."

주인은 여생을 오랫동안 응시하면서 반나절을 깊이 생각한 끝에 그렇게 하겠다고 응낙했다. 곧 여생은 먼저 일천 꿰미를 짐바리로 만들어 자기 집으로 보내 주면, 자신이 집으로 돌아가 그 돈을 처리한 다음, 곧장 이리로 와서 오늘 바로 출발하겠다고 했다. 그리고 곧장 집으로 돌아가 아내에게 돈 일천 꿰미를 주면서, 이 돈을 십 년 동안의 생활 밑천으로 삼아 살고 있으면, 자신은 오늘 가서 십 년 뒤에 마땅히 돌아올 것이라고 일렀다.

아내와 말을 끝내고 다시 김 동지 집으로 왔다. 김 동지가 음식을 마련하여 대접하면서, 장차 어느 방향으로 가려 하느냐고 물어서, 여생은 영남으로 갈 것이라고 대답했다. 다시 주인은 집에서 부리는 종이 하나 있는데, 부지런하고 모든 일을 잘 주선하며 세밀하고 민첩하니, 그 종을 함께 데리고 가겠느냐고 물었다. 여생이 대단히 좋은 일이라고 하면서 기뻐하니 주인은 또 이렇게 말했다.

"영남 해안가에 내가 장사하는 돈을 실어 놓은 배가 몇 척 있습니다. 내가 쓴 첩지(帖紙)를 보여 주면 곧 그 배에서 돈을 꺼내 첩지와 바꾸어 주게 되어 있습니다. 이와 같이 하게 되면 돈을 짐바리로 하여 실어 나르는 비용을 덜 수가 있습니다."

이 말에 여생은 매우 좋은 방법이라고 말했다. 동지는 의복 한 벌을 내어 주며 여생에게 바꾸어 입도록 하였는데, 여생은 역시 사양하지 않았다. 그리고 입고 왔던 해진 도포는 싸서 여행 보따리 속에 보관하였다.

곧 출발하여 하동(河東)과 곤양(昆陽) 사이에 이르렀는데, 이 지역은 영남과 호남의 물자가 모이는 곳이다. 저자 사이를 왕래하며 반드시 시세보다 더 비싼 값을 주고 물건을 사들이니, 시장 안에 있는 모든 물건이 여생에게로 들어왔다. 다음 날도 이와 같이 하고 그다음 날도 또한 이같이 하였다. 이렇게 하여 거의 구천 꿰미 돈을 다 쓰게 되었을 때, 영남과 호남에서 물자 쌓아 보관한 것들이 모두 바닥이 났고, 이후로는 물건을 가지고 오는 사람이 끊어지기에 이르렀다.

이때 여생은 사서 모아 둔 물자를 내놓아 파니, 사들인 값보다 두세 배 이익을 얻게 되었다. 여생이 재물 운용하는 방법은 별다른 술수가 있는 것이 아니었다. 물자가 많아 값이 싸면 곧 사들이고, 물자가 귀해져 값이 비싸지면 내어 파는 것이었다. 또한 돈이 점점 많아져서 그 운용하는 데 있어서도 더욱 궁색함이 없었으니, 그렇게 이삼 년을 하니까 셀 수도 없을 만큼의 돈을 벌었다.

큰길가에 부잣집이 하나 있었는데, 여생이 그 집을 빌려 살려고 했다. 부잣집의 주인이 이런 말을 들려주었다.

"우리 집은 마을에서 자못 큰 집이어서, 얼마 전까지만 하여도 크게 장사하는 부유한 상인들이 드나들지 않은 사람이 없었습니다. 그런데 이삼 년 전부터 난폭한 행동을 하는 도적놈들이 무리를 불러 모아 당을 만들어 멀지 않은 곳에 출몰하는 일이 생겼습니다. 이런 까닭으로 큰 장사를 하는 상인들이 멀리 피하여 종적을 감추어 버리고, 감히 이 마을에 와서 살려고 하지 않습니다."

여생이 그 도적은 수가 얼마나 되며 어느 곳에 살고 있느냐고 물으니, 부자는 이렇게 알려 주었다.

"그 도적들의 숫자는 가히 수백 명이나 된다고 합니다. 그리고 여기에서 서쪽으로 십 리쯤 가면 높은 산의 험악한 등성이가 있는데 숲이 매우 울창합니다. 그 산을 따라 북쪽으로 가면 입을 쩍 벌린 것 같은 골짜기가 나타나는데, 그 골짜기 속에 있는 매우 큰 토굴이 바로 도둑의 소굴입니다."

여생은 자기를 따라온 종에게 명령하여, 돈을 가지고 바닷가에 정박해 있는 배로 가서 머물도록 했다. 그리고 약속하여 말했다.

"내가 보내는 돈 첩지를 보게 되면, 그 수에 맞게 항상 신속히 실어 보내야 한다. 그리고 오로지 내 소식만을 기다리고 있어야지, 경솔하게 그 장소를 함부로 떠나서는 안 된다."

이렇게 명령하니 종은 명을 받들어 출발했다. 여생은 마침내 혼자 골짜기 속으로 들어가서, 위아래 십 리 길을 다니며 그 도적들이 머무는 곳을 추적했다. 산허리쯤에 토굴이 하나 나타났는데 굴 바깥에 돌로 된 문이 있었다. 돌문을 열고 수십 보를 들어가니 점점 평평해지고 넓어지는 느낌이 들었다. 더 걸어 들어가, 소 울음소리[179]가 두 번 들릴 수 있는 정도의 거리에 이르렀을 때 초가집 사오십 칸이 나타났고, 그 속에는 쑥대머리에 수염을 잔뜩 기른 사내들이 서로 모여 있었다. 그들은 여생을 보고 크게 놀라 모두 막대기를 쥐고 나왔다. 여생은 천천히 말했다.

"놀라지 말고 기이하게 여기지도 말라. 나는 포도청 관군이 아니다. 너

---

179) 소 울음소리: 옛날 거리를 나타내는 단위. 한 곳에서 큰 황소가 크게 울어 그 소리가 들리는 곳까지의 거리를 한 단위로 하여 일우명(一牛鳴)이라 함. 이우명(二牛鳴)은 그 두 배의 거리로 약 오백 미터 정도임.

희 무리를 잡고자 왔다면 내 어찌 단신으로 너희들 소굴로 들어왔겠는가? 만일 내 말을 믿지 못한다면 시험 삼아 돌문 밖으로 나가서 따라온 자가 있는지 살펴보아라."

여생의 말에 여러 도적이 나가 살펴보니 과연 한 사람도 없었다. 도적들은 비로소 마음을 놓고 말하기를, 잡으러 온 것이 아니라면 무엇 때문에 멀리 우리가 사는 이 토굴로 들어왔느냐고 물었다.

"말하겠다. 내가 그대 무리를 위해 할 일이 있어서 온 것이다. 내 말을 들어줄 수 있겠느냐?"

이렇게 말하니, 많은 도적들은 크게 기뻐하고 앞으로 나와서 죽 늘어서시 절을 하면서 말했다.

"우리 무리는 얼마 전에 처음으로 우두머리를 잃고, 무리를 거느려 다스릴 통수(統帥)가 없어, 장차 서로 헤어져 흩어지려 하고 있는데, 지금 어르신께서 멀리 오시었으니 우리 무리에게는 만 가지로 다행한 일입니다."

이러면서 맞이해 상좌에 앉히고 추대하여 우두머리로 삼았다. 사흘이 지나니 여러 도적들이 앞으로 나와서, 이곳 조직 안에 양식을 얻지 못한 지가 오래되었으니, 양식 얻을 방법을 지시해 주기 바란다고 했다. 여생은 즉시 이천 꿰미 돈 첩지를 만들어 사람을 보내 돈을 싣고 있는 배에 지시하니, 돈이 곧바로 도착했다. 이에 무리들은 크게 기뻐했는데, 얼마 후 돈이 이미 모두 바닥이 났다고 보고했다. 그래서 또 삼천 꿰미의 돈 첩지를 만들어 보내어 돈이 왔으며, 이와 같이 하기를 몇 차례 반복했다.

어느 날 하루는 여생이 여러 도적에게, 너희 무리 중 부모와 처자가 있는 사람이 몇 사람이나 되느냐고 물으니, 도적들은 절반이 넘는다고 했다. 여생은 다시 부모와 처자들이 어떻게 삶을 유지해 가고 있느냐고 물으니, 모두 눈물을 흘리면서 말했다.

"우리 무리는 모두 배고픔과 추위를 이기지 못해 집을 버리고 이곳으로 왔으며, 온 지가 이미 일 년이 넘었습니다. 집안 식구들이 살았는지 죽었는지 아득하여 소식을 듣지 못해, 매양 변함없이 마음속에 저절로 슬픔과 괴로움을 느끼고 있습니다."

여생은 또 일만 꿰미의 돈을 가져오게 하여, 한 사람에게 돈 일백 꿰미씩을 나누어 주고 말했다.

"이 돈을 가지고 너희 집으로 돌아가서 너희들 부모와 처자를 살 수 있게 하라. 그리고 일을 하여 얻어지는 소득에 따라서, 곡식 종자와 농기구 등을 가지고 와서 바쳐라."

모든 도적들은 감동하여 울면서 흩어졌다. 약속한 날이 되어 돌아왔는데, 기장과 벼 등 곡식 씨앗과 쟁기며 호미, 낫 등속의 농기구를 모두 잘 갖추어 왔다. 이에 많은 도적들과 함께 배를 대어 둔 곳으로 가서, 남은 돈을 모두 배에 싣고 농사지을 소 서너 마리를 사서, 배를 띄워 서남쪽 큰 바다로 나가니 하나의 섬이 있었다. 이 섬은 십여 리 넓게 펼쳐져 있고 초목이 매우 무성하게 우거져 있었다. 배를 섬에 정박시키고 섬 안에 초가집을 지어 살면서 불을 놓아 초목들을 태웠다. 그리고 여러 도적들이 힘을 합쳐서 오래 묵은 거친 땅을 갈아 경작하니, 곡식이 열 배나 넘게 생산되어 쌓아 놓은 곡식이 산과 언덕 같았다.

이와 같이 하기를 이삼 년 했는데, 관동 북부 지역에 큰 흉년이 들게 되니, 나무를 베어 배를 만들어서 곡식을 싣고 가서 팔았다. 또 이삼 년 지나 서부 지역에서 크게 흉년이 들었다는 소문을 듣고, 다시 곡식을 싣고 가서 파니, 가히 그 이득을 돈을 실은 배로 계산해야 할 정도로 많았다. 또한 소들을 들에 풀어놓아 방목(放牧)을 하니, 새끼가 번식해 무리를 이루어 가히 백 마리에 이르렀다. 이에 돈과 곡식, 소를 싣고 경기도와 충청도 사이로 와서 배를 정박했다. 여기에서 여생은 여러 도적들에게 이렇게 말했다.

"너희 무리는 모두 훌륭한 백성들이다. 어찌하여 고통스럽게 도적 생활을 하겠느냐? 오늘부터 각자의 집으로 돌아가 다시 훌륭한 백성이 되어라."

이렇게 이르고 한 사람에게 돈 오백 꿰미씩을 주고, 또 곡식 한 섬과 소 한 마리씩을 나누어 주었다. 여러 도적들은 절을 하면서 사례하고 눈물을 뿌리며 흩어졌다. 이러고 여생은 종과 함께 남은 돈을 계산해 보니 아직도

백여만 냥이 남아 있었다. 다시 배를 띄워 한강 북부 지역 나루에 와서 정박시키고, 종에게 배에 남아 지키게 했다. 그리고 여생은 보자기 속에서 해진 옛날 옷을 다시 꺼내 입고 곧장 김 동지 집으로 갔는데, 서울을 떠난 지 꼭 십 년이 되는 때였다.

김 동지가 보고 크게 놀라, 어찌하여 이러한 모양을 하고 있느냐고 물어, 여생은 이런 대답을 했다.

"나는 그동안 살면서 조그마한 이익을 남겼기에 옷 한 벌은 충분히 마련할 수가 있지만, 내 옛날의 뜻을 잊지 않으려고 떠날 때 챙겨 둔 옷을 그대로 입었을 따름입니다."

이에 주인은 음식을 풍성하게 나련하여 그를 대접하니, 여생은 십 년 동안 겪은 일들을 모두 이야기해 들려주었다. 주인은 다시 크게 놀라며 말했다.

"그대는 정말로 한 세상을 운영할 만한 선비입니다. 그런데 농사짓는 일과 장사하는 일 사이에서 조금 시험해 보았으니 애석합니다. 원하옵건대 이 돈을 나누어 그 절반을 드리고 싶습니다."

"사양하겠습니다. 내 어찌 이런 것을 위하여 하였겠습니까? 나는 역시 늙었습니다. 날마다 나에게 한 꿰미의 돈만 주시어, 내 남은 평생을 마칠 수가 있게 해 주십시오. 곧 이 정도의 돈이면 나의 의식(衣食)을 해결하기 위한 자본이 될 것으로 생각합니다."

여생의 사양하는 말에, 주인은 감히 그 명령을 따르지 않겠느냐고 하면서 수긍했다.

드디어 여생은 자기 집으로 돌아와 살펴보니, 한 칸의 행랑집은 이미 간 곳이 없고, 높은 기둥에 커다란 대문이 그 자리에 서 있었다. 대문 밖에서 가만히 들여다보니 안채 바깥채 건물들이 지극히 웅장하고 화려했다. 대문을 지키는 종이 어디에서 오신 손님이냐고 묻기에, 여생은 이 집은 누구의 저택이냐고 되물었다. 종은 어느 양반의 저택이라고 대답하기에, 여생은 그렇다면 집안에 주인이 계시냐고 다시 물었다. 이에 종은 이런 대답을 했다.

"이 집 주인은 한번 나가신 후 십 년이 지났는데도 돌아오지 않았으며,

다만 안방마님만 살고 있을 따름입니다."

종의 말에 여생은 자신이 이 집 주인이라고 말하고, 곧장 안채로 들어가서 부부가 서로 붙잡고 통곡을 했다. 그런 다음 여생이 어떻게 이런 큰 집을 일으켰느냐고 물으니, 그 아내의 대답은 이러했다.

"나는 당신이 주고 간 일천 꿰미 돈으로, 일백 꿰미로는 남녀종들을 사고, 또 오백 꿰미 돈으로 집을 지었지요. 나머지 사백 꿰미 돈은 가정에서 돈을 빌려주는 사업을 하여, 그 남는 이윤으로 먹고 살아서 지금 수십만 냥에 이르렀답니다."

여생은 아내의 말에 웃으면서 칭찬했다.

"부인은 가진 돈이 나보다 훨씬 적었는데도, 집에 앉아서 이런 부를 이루었으니, 나보다 훨씬 훌륭합니다그려."

외사씨는 말한다. 옛날 말에 이르기를, 소매가 길면 춤을 잘 추고, 돈이 많으면 장사를 잘한다고 했다. 장사를 잘하는 사람은 물자를 서로 사고팔아 바꾸는 일을 잘하는데, 물자가 적어 최고로 귀해짐에 이르면 곧 반대로 천해지고, 물자가 풍부해 값이 최하로 떨어지면 곧 반대로 귀하게 되는 원리를 잘 알았다. 그래서 물자가 귀해지면 가진 것을 거름이나 흙같이 내보내 처분하고, 물자가 많아 천해졌을 때는 주옥(珠玉)같이 여기고 사들인다. 재물의 운용에서 그 유통을 물 흐르듯이 자연스럽게 하고자 하는 것, 이것이 재물을 불리는 가장 좋은 방책이다.

여생은 능히 재물 흐름의 원리를 꿰뚫어 이해하고 있어서, 매우 많은 이윤을 남겼으니, 가히 경영하여 운용하는 데 있어서 뛰어난 인재라고 할 수 있다. 그런데 그런 재주를 세상에 나타내 펼쳐 시험해 보지 않았다는 것은 애석한 일이다. 한편, 여생 아내도 살아가는 일을 잘 다스려 부(富)를 이루었으니, 역시 옛날 진시황(秦始皇)이 마련했던 여회청대(女懷淸臺)[180]에서, 돈을 불려 살아간 정부(貞婦)들에 가까운 사람이로다.

---

180) 여회청대(女懷淸臺): 중국 진시황(秦始皇)이 절개를 지키는 부인인 정부(貞婦)들을 위해 마련한 생활 터전. 갈 곳 없는 정렬부인들을 여기에 모아 보호하면서 돈을 불려 이윤을 얻어 살아가게 했음.

東野彙輯 卷之十四
○ 第百八号 雜識部 八 殖貨

贏萬金夫妻致富

　　呂生某南山下窮儒也. 家貧好讀書 有經濟才而無所施. 賣家舍以食之 一間外廊 夫妻共處其中 不堪饑寒. 生謂其妻曰 吾欲有所出 或有上服之可着者否. 妻曰 迨哉吾內外衣服 賣食久矣 餘者是身上懸鶉而已. 生曰 吾不可坐而待死 然則奈何. 妻曰 一弊袍用之晨謁者 獨不可着乎. 生曰 是足矣.
　　乃着之而出 縕縷垢污 街童相與指笑. 行至鐘樓街上 廛人遮道問所賣之物. 生曰 有之. 隨至廛中 謂廛人曰 看吾模樣 吾豈買賣物貨者哉. 今世閭閻中 誰最富者 願聞其名. 廛人以多方洞 金同知對之. 遂往至金同知家 主人面貌豐盈 衣服華麗. 生曰 主人果是當世閭閻中 有富名金同知乎, 曰然. 曰吾有所請 主人肯從之否. 主人意其爲乞粮也. 曰有甚難事 第言之. 生曰 吾方饑困濱死 欲小施經綸 主人能貸萬緡錢乎. 不滿萬 則無所用之. 主人視生良久 沈思半晌 乃曰諾. 生曰 先以千緡駄送吾家. 吾將之家 區處此物 旋即來此 今日即發矣. 遂歸家 以千緡付妻曰 以此爲十年之資 吾將今日發行 十年後當還也.
　　語罷後 至同知家. 同知爲設饌以待之 且曰 將何向. 曰嶺南. 曰吾有任事僕一人 勤幹精敏 欲與之俱乎. 生曰 甚好. 曰嶺南沿海之地 吾有販貨錢數船 見吾一帖 則可交手付之. 如此則省駄往之費矣. 生曰 尤好. 同知出衣服一襲 使生換着 生亦不辭. 又裏弊件藏之行橐

中 行至河東昆陽之間 嶺湖物貨之所輳. 遂往來場市間 必增價以買
之 一場所有盡入於生. 明日如之 再明日又如之. 比至用九千緡 嶺湖
之貨積者既竭 後來未繼. 於是出賣之 獲數倍之利. 生用財無他術
賤則取之 貴則出之. 其錢愈多 其用愈無窮 行之數年 錢不可勝數.

　大路側有富民家 生願借居停之所. 富民曰 吾家頗巨於一村中
故從前富商大賈 莫不出入焉. 數年以來 有無賴賊 嘯聚徒黨 出没不
遠之地. 故富商大賈 斂跡遠避 不敢來住此村. 生曰 盜爲幾何 居在
那邊. 富民曰 盜可數百人云. 自此西去十里 有崇山峻嶺 林木蓊蔚.
緣山而北 有谷呀然 谷中有土窟甚大 即其盜所據之處也. 生遂命任
事僕 以錢往沿海船所留焉. 與之約曰 見吾錢帖 如數馱送久速. 惟
吾是俟 母輕離其地. 僕依命而往. 遂單身入山谷中 上下十里 跡其盜
所住. 山腰有土窟 窟外有石門 入石門數十步 漸覺夷廣. 行到二牛
鳴 有草舍四五十間 蓬頭突鬢 相聚其中. 見生大驚 皆持杖而出. 生
徐曰 無用驚怪也. 我非捕盜官軍也. 欲來捕汝輩 我豈單身 入汝輩
巢穴乎. 如我不信 試出石門外 見有從者否也. 群盜出而覘之 果無一
人. 盜始放心曰 既非捕我者 胡爲遠入土窟. 生曰 吾欲爲君輩所爲
耳 可肯相容乎. 群盜大喜 羅拜于前曰 吾輩新喪元帥 無所統攝 勢
將分散 今得老爺遠臨 吾輩萬幸. 延之上座 推爲頭領. 留三日 群盜
進曰 軍無見粮久矣 幸有以教之. 生作二千緡帖 指送船所 錢即至
矣. 群盜大喜 錢既告罄. 又作三千緡帖 以送之 如是者數矣.

　一日生謂群盜曰 爾輩有父母妻子者幾人. 曰有之者過半. 生曰
何以聊生. 皆垂淚曰 我輩皆不勝饑寒 棄家來此者 已踰年. 家間存
沒 漠然無聞 每一念之 不覺悲苦. 生又取萬緡以來 一人與之錢百緡
曰 持此往汝家 以活汝父母妻子. 各隨所得 以穀種田器來獻. 群盜
皆感泣而散. 及期而至 黍稷稻粱耒耟鋤鎌之屬 無不畢具. 乃與群
盜 會于船所 以餘錢盡載之船 買農牛三四隻 泛舟入西南大洋 有一

島. 延袤十里 草木甚茂. 泊舟島中爲草舍以居 烈火而焚之. 與群盜
並力 耕作陳荒之地 生穀十倍 積之如山皐.

又如是者數歲 關東北大饑 伐木造船 載穀往賣之. 又數歲聞西
路大饑 復載穀而往賣之 錢可以舟計. 放牛於野 孼育成群 亦可至累
百頭. 於是載錢穀牛 來泊畿湖間. 生語群盜曰 汝輩皆良民 何苦而
爲盜. 自今日各歸汝家 復爲良民. 一人各與錢五百緡 又分與之穀石
牛隻. 群盜拜謝揮淚而散. 生與其僕 數其餘錢 尙可百餘萬. 復泛舟
來泊於京江上 留僕而守之. 出橐中弊衣以衣之 徑到金同知家 離京
滿十年矣. 同知大驚問曰 何爲作此貌樣. 生曰 吾行中小小贏餘 足
辦一襲衣服 而吾以不忘舊之意 留着去時所貯耳. 主人盛饌以待之
生具言十年來所經歷事. 主人復大驚曰 子眞經綸一世之士 而小試
於農賈之間惜哉. 願分其錢之半. 生辭曰 吾安用此爲 吾亦老矣. 日
給吾一緡錢 以終吾餘年 則足爲吾衣食之資. 主人曰 敢不如命.

生遂往其家視之 一間行廊已無去處 有高柱大門 立於其址. 從
門外視之 則內外家舍 極其宏麗. 蒼頭奴問 客從何處來. 生曰 此是
誰宅. 奴曰 此是某兩班宅. 又問主人在否. 曰主人一出十年不返 只
有內眷而已. 生曰 我是此家主人也. 遂直入內舍 夫婦相握而哭. 生
曰 何以起此大家. 其妻曰 吾將千緡 百緡買婢僕 五百緡造家舍.
四百緡以爲家業 食其贏餘 今至數十萬矣. 生笑曰 夫人所持者狹 坐
致此富 於我遠矣.

外史氏曰. 古語云 長袖善舞 多錢善賈. 善賈者以物相貿易 知物
之貴上極則反賤 賤下極則反貴. 貴出如糞土 賤取如珠玉. 財幣欲其
行如流水 此殖貨之長策也. 呂生能透解物理 贏息巨萬 可稱經濟之
才 而未有展試於世惜哉. 其妻之治生致富 亦近於女懷淸臺者耶.

아내의 호백구(狐白裘) 돌아오고 옛 아내를 첩으로 들이다

14-11.〈217〉 환호구신구합연(還狐裘新舊合緣)

최씨(崔氏) 선비는 선천(宣川) 사람이다. 나이 이십여 세로 성품이 온화하여 너그러웠고 외모도 아름답고 탐스러웠으며, 그의 아내도 또한 곱고 아름다워서 부부 간 애정이 도타웠다. 남편 최씨가 호남으로 장사하러 가서 오래되었는데도 돌아오지 않았다. 최씨 집은 저자 근처의 높이 지은 다락집이었다. 그의 아내가 우연히 창문에 기대어 드리워진 발을 통해 밖을 바라보니, 문득 아름답게 생긴 남자가 눈에 띄었는데, 그 모습이 남편과 비슷하였다. 그래서 발을 걷어 올리고 곁눈질로 자세히 살펴본 뒤에야 잘못 보았음을 알고, 부끄러워 얼굴이 붉어지면서 얼른 몸을 숨겨 피했다.

그가 본 남자는 호남 사람으로 장사 일로 객지를 떠돌다가 선천에 온 지 여러 해 지났다. 누각 위에서 한 미인이 자신을 엿보는 것을 발견하고, 마음속 깊이 생각하기에 이르렀다. 그래서 저자 동편에서 구슬을 팔고 있는 노파를 찾아가, 그가 누구 집 여자인지를 탐문하여 알아내고, 노파에게 많은 뇌물을 주면서 여자와 정을 통할 계책을 세워 달라고 부탁했다. 노파는, 그 여자를 잘 알고 있는데 양가집 부인으로 절개를 굳게 지키고 있어서 범할 수 없다고 말하고, 평상시에 그의 얼굴을 보는 것조차도 드문 일인데, 어찌 손님을 위해 그런 일을 도모할 수가 있겠느냐고 하면서 거절하는 것이었다. 이에 그 상인은 간절히 애원하면서 부탁하기를 그치지 않으니, 노파는 다시 이렇게 말했다.

"당신은 내일 오후에 많은 돈과 비단을 가지고 저 여자 집 대문 맞은편 전당포에 와서, 나와 함께 거래하여 값을 흥정하며 크게 다투어, 그 소리가 건너편 여자 집 안에까지 들리게 해야 합니다. 그렇게 하여 만약에 저 여자가 이 늙은 몸을 자기 집으로 부르게 되어, 그 집 대문을 지나 들어갈 수 있게 된다면, 혹시 기회가 생길 수도 있습니다. 그러나 언제까지 만날 수 있을 것이라는 시기는 세월을 두고 기다려야 합니다."

노파의 말에 호남 상인은 알겠다고 대답하고 돌아갔다.

노파는 곧 자기 보따리 속에서 큰 구슬과 아울러, 비녀며 귀걸이 같은 진기하고 기이한 보석들을 가려내었다. 그러고 이튿날 여인 집 대문과 마주한 그 가게로 가서, 거짓으로 호남 상인과 흥정을 하면서, 값을 두고 오래도록 다투었다. 해가 하늘 가운데 떠서 구슬을 비추어 영롱하게 빛나니, 저자 사람들이 다투어 몰려와 구경하며 시끄럽게 웃고 떠들었다. 그 소리가 부인이 있는 곳까지 들렸고, 이에 부인이 과연 창문에 가까이 와서 엿보고는 마침내 심부름하는 여종을 시켜 노파를 불러오라고 시켰다. 노파는 자기의 물건을 거두어 상자 속에 챙겨 넣고 말했다.

"손님은 나와 대단히 좋은 거래를 할 수 있는 사람입니다. 만약에 손님이 값을 올려 준다면 이 늙은이는 어느 때이고 많은 물건을 팔 수 있을 것입니다."

그리고 곧 누각을 지나 들어가 부인과 인사를 나누고, 이웃에 살면서 늘 흠모해 왔다는 뜻의 말을 조금 이르고는, 상자를 열어 비녀와 귀걸이 등의 물건을 번갈아 보여 주었다. 부인이 보고 분명히 좋다는 말을 몇 마디 하니, 노파는 급한 듯 보물을 거두어들이고 말했다.

"이 늙은 몸이 마침 긴급한 일이 있어서 다른 곳에 가야 합니다. 저 상자는 모두 자물쇠로 채웠으니, 번거롭지만 부인께서는 잠깐 이것들을 방에 맡아 주시면, 얼마 후에 마땅히 와서 천천히 값을 의논하겠습니다."

이렇게 말하고는 떠났다. 부인은 가진 것 외에 또 다른 구슬을 좋아하여 사고 싶은 마음에, 오로지 노파가 돌아와 값을 이야기하기만을 기대하고 있었지만, 사나흘이 지나도 오지 않았다. 그러다가 하루는 노파가 부슬부슬 내리는 비를 무릅쓰고 찾아와서 말했다.

"이 늙은 것이 양녀에게 일이 생겨 며칠 동안 분주하게 다니느라고 약속을 어겼습니다. 오늘 비가 내려 마침 한가하니, 부인이 가지고 있는 비녀며 매듭 노리개 같은 것들을 살펴보고 싶습니다."

"예, 나도 진정 가진 것들의 값을 알고 싶었습니다."

이러고 부인은 상자를 열고 계속 꺼내 보여 주는데 종류가 다양하고 모양이 기묘했다. 노파는 손에 잡고 두 번 세 번 돌려 보면서, 칭찬하여 감탄하기를 그치지 않았다. 부인은 자기 것을 한쪽으로 밀치더니, 노파의 물품들을 손에 들고는 평가를 하면서, 돈을 치르는 방법에 융통성이 있느냐고 했다. 노파는 모든 것을 논쟁하지 않고 기쁜 낯빛으로 말했다.

"낭자가 결정한 것은 진실로 의혹이 없습니다. 앞서 호남 손님의 경우, 가격의 높고 낮음을 결정하는 데 믿음이 가지 않았고, 또한 이렇게 아름다운 것의 참된 가치를 알아주지 않았습니다."

부인은 다시 노파에게, 보석 값의 절반은 외상으로 남겨 두고 남편이 돌아옴을 기다렸다가 치르면 어떻겠느냐고 요청했다. 이에 노파는 이웃에 사는데 무엇을 의심하겠느냐고 하면서 흔쾌히 허락하니, 부인은 노파가 보물의 가격도 싸게 해 주고, 또 그 값의 절반을 외상으로 해 준 것에 대하여 기뻐했다. 이에 부인은 노파를 집에 머물게 하고 술을 대접하니, 피차 서로 너무 늦게 알게 된 것을 한스럽게 여겼다.

이튿날 노파가 술을 가지고 와서 답례의 술이라면서 권했다. 부인과 노파는 술잔을 주고받으며 지극한 즐거움을 나누었고, 이날부터 부인에게는 날마다 노파가 반드시 있어야 하는 사람으로 되었다. 노파는 부인과 점점 허물없이 가까운 사이가 되었고, 때때로 노파는 애정관계 이야기를 들려주며 부인의 마음을 흥분시켰다. 부인은 어린 나이에 홀로 살고 있어서, 마음속에 외로움의 시름과 한탄을 면하지 못하다가, 노파의 충동으로 그 속마음이 말과 얼굴에 드러나기도 했다. 간혹 노파에게 머물러 자고 가라고 했는데, 이에 노파도 역시 자기의 집은 시끄럽고 번잡한 막다른 골목에 있고 좁아서, 이곳의 깊숙하고 조용하며 넓고 시원함에 애착을 느낀다면서, 내일 저녁에 당장 침구를 준비해 오겠다고 말했다.

다음 날 부인은 손님 맞을 준비를 해 두었으며, 이후 노파는 저녁마다 오지 않는 날이 없었다. 평소에는 두 어린 여종이 침상 앞에서 엎드려 모시고 잤지만, 노파가 와 자기 시작한 이후로 그들을 내보내어, 벽을 사이에 둔 옆방으로 옮겨 가 자게 했다. 오직 부인과 노파는 침상을 마주하고 누워서, 우스운 이야기를 끝도 없이 나누며 밤중까지 잠들지 않았다. 온갖 잡스러운 이야기로 간과 쓸개에 있는 것까지를 모두 쏟아 내면서, 두 사람은 서로 거리낌없는 사이로 가까워졌다. 무릇 길거리에 떠도는 저속한 음담까지도 모두 이야기하지 않는 것이 없게 되었다. 또한 노파는 거짓으로 술에 취한 미치광이같이 굴면서, 자기가 젊은 시절 남의 집 남자 방을 엿보며 놀아나던 여러 가지 이야기를 만들어 내어, 저 부인의 춘심(春心)을 이끌어 충동시키었다. 이렇게 하여 부인의 두 뺨이 약간 붉어지는 것을 보고, 노파는 계획의 성공을 가만히 헤아려 짐작했다.

호남 상인이 몇 번이나 할미에게 그 시기를 물으면 아직 때가 이르지 못했다고 했는데, 이미 가을철이 되었다. 상인은 할미에게 불평했다.

"애초에 기약할 때는 수양버들 잎이 미처 푸르러지기 전으로 약속했었는데, 이제 수양버들이 녹음을 드리웠다가 이미 열매도 충실해졌습니다. 그리고 이때를 지나면 점점 그 잎이 떨어지고 장차 하얀 눈이 나뭇가지를 덮게 될 것입니다."

"예, 그래서 오늘 밤 이 늙은이를 따라 여자 집으로 들어갈 것이니, 모름지기 정신을 단단히 가다듬어야 합니다. 성패는 오늘 밤에 달렸으니 잘 대처하지 못하면 반년 간 공들인 세월이 헛일이 됩니다."

노파는 이렇게 말하고, 오늘 밤의 계책을 일러 주었다. 그때는 바로 칠월 칠석날이었으며 또한 부인의 생일이었다. 노파는 맛있는 술과 좋은 안주를 갖추어 가지고 가서 간소하게 축하 인사를 드렸다. 부인은 사례를 표하고 노파를 머물게 하여 함께 국수를 먹었다. 이때 노파가 다음과 같이 말하고 바람처럼 떠나가 버렸다.

"지금은 마침 일이 있어서 갔다가 어두워진 뒤에 다시 와서는, 낭자와 함께 견우와 직녀가 만나는 모습을 보려고 합니다. 그러니 이 술과 안주를 보관하였다가 오늘 밤이 영원한 밤이 되게 하기를 바랍니다."

이날은 가랑비가 내리고 있어서, 저녁때가 되니 별과 달이 모두 빛을 잃었다. 노파는 어둡고 깜깜할 때에 부인 집으로 돌아오면서 몰래 상인을 함께 데리고 들어와, 잠자는 방 밖에 숨어 있게 하였다. 노파와 부인은 방에서 술잔을 주고받으며 웃고 이야기하면서 서로 흡족해했다. 노파가 심부름하는 아이에게 억지로 술을 먹여 시아(侍兒)는 술기운을 이기지 못하고 다른 곳에 가서 잠을 잤다. 두 사람은 문을 닫아 걸고 취하도록 마셨는데, 모두 약간 취했는데, 이때 마침 나방이 등불 위를 날고 있었다. 노파는 부채로 나방을 때리면서 일부러 등불을 꺼버리고는, 불씨를 찾아서 등불을 켜겠다고 핑계를 대면서 방문을 열고 나갔다.

노파가 다시 방으로 들어와서는 거짓으로 웃으며, 초를 가지고 나가는 것을 잊었다고 말하고는 들락날락하기를 여러 번 했다. 노파가 이렇게 왔다 갔다 할 즈음에, 몰래 그 상인을 침실로 끌어들였다. 얼마 지나고 노파는 부엌의 불씨가 완전히 꺼져 버렸다고 말하고 다시 들어와 방문을 닫았다. 부인은 어둡고 깜깜한 것이 두려워 거듭 노파를 다급하게 불렀다. 이에 노파는 자신이 부인과 한자리에서 같이 자겠다고 말했다. 그러고는 상인을 부인 침상에 올라가게 했는데, 부인은 그 남자의 몸을 의심 없이 노파라고 생각했다.

그래서 부인은 옷을 헤치고 몸을 쓰다듬으면서, 연세 많은 할미의 몸체가 이렇게 부드럽고 매끌매끌하냐고 말했다. 상인은 아무 말 없이 부인의 속옷을 헤치고는, 갑자기 몸을 솟구쳐 부인 몸 위에 올라 덮쳤다. 부인은 이미 심신(心神)이 도취되어 흐트러져, 이 지경에 이르러서는 사리 분별을 살필 겨를이 없어졌고, 남자의 경박한 행위에 그대로 몸을 맡기었다. 상인은 평소 방탕한 버릇에 익숙해 있어서, 난새와 봉새가 즐기는 태도처럼 곡진하게 희롱했다.

부인은 넋이 나가 운우가 겨우 끝나서야 비로소 누군지를 물었다. 이에 노파가 먼저 시괴하고 상인이 부인을 깊이 마음에 새겨 애모하여, 계책을 꾸민 이야기 모두를 자세히 설명했다. 그리고 이어 다음과 같이 숙명임을 설명했다.

"이렇게 대담한 일을 꾸민 것은 이 늙은이를 위한 것이 아니었습니다. 첫째는 낭자가 청춘의 몸으로 혼자 외롭게 잠자는 것을 가엾게 여김이요, 또 한 가지는 저 상인의 목숨을 구제하기 위함이었습니다. 이 일은 모두 두 사람 사이의 숙세(宿世) 인연 때문이며, 이 늙은 것이 관여할 일이 아니었습니다."

부인은 전생의 업보(業報) 때문에 노파의 계책에 빠져, 마침내 떨쳐버릴 수가 없었고, 계속되는 서로의 애정이 부부보다 더했다. 밤이면 왔다가 새벽에 돌아가기를 반년 남짓 계속하니, 상인은 낭비한 돈이 일천 금을 넘었다. 하루는 상인이 부모가 병이 들었다는 소식을 듣고 장차 집으로 돌아가려고 했다. 곧 부인을 향해 눈물을 흘리면서, 헤어지고 나면 그리울 테니 한 가지 물건을 주어, 얼굴을 맞댄 것처럼 위로가 되게 해 달라고 말했다. 부인은 상자를 열고 호백구(狐白裘) 한 벌을 내어 상인에게 입혀 주며 말했다.

"가는 길에 추위로 고생이 될 터이니, 옷 안에 입고 제가 당신의 곁에 있는 것처럼 생각해 주시기 바랍니다."

그러고 다음 해 다른 곳으로 함께 떠나 평생을 함께 즐기자고 서로 약속을 한 뒤, 곧 눈물을 뿌리며 헤어졌다. 이후 상인은 부인에게서 받은 호백구를 항상 벗어 본 적이 없었으며, 가끔 만져 보면서 눈물을 짓곤 했다.

다음 해, 그 상인이 우연히 이웃 마을로 장사하러 갔다가, 때마침 부인 남편 최씨와 같은 숙소에서 머물게 되어서, 서로 즐겁게 지내는 가까운 사이가 되어 못하는 이야기가 없을 정도가 되었다. 그 상인은 자기가 겪은 일로써, 일찍이 최씨 고향에서 한 미인을 만나 이러저러한 인연을 맺게 되었다고 이야기했다. 최씨는 거짓 믿지 않는 척하며 증거가 있느냐고 물었다. 상인은 입고 있는 호백구를 들어서 보여 주었다. 그리고 슬픔을 이기지 못하면서, 최씨에게 고향으로 돌아갈 때에 편지를 전해 달라고 했다. 최씨가 그 여자가 같은 고을 절친한 친구 아내이니, 감히 죄를 지을 수 없다고 하며 거절하니, 곧 그 상인은 말을 한 실수를 후회하고 사죄했다.

최씨가 장사에 실패하고 곧 집으로 돌아와, 아내에게 편지 한 장을 주면서 말했다.

"내 오는 길에 당신 친정을 들렸었는데, 장모께서 병이 들어 당신을 급히 보고자 하여 내가 이미 문밖에 가마를 준비해 두었으니, 그 가마로 속히 가도록 하시오. 그리고 이 편지는 뒷일 처리할 방법을 적은 것이니 친정에 도착하여 장인에게 드리고 서로 의논하기 바라오. 나는 이제 막 돌아왔으니 조만간 뒤따라가겠소."

부인이 친정에 도착하여 모친을 만나니 기색이 여전하고 아무 병이 없었다. 이어서 놀라고 의아하게 여기면서 편지를 열어 보니 이혼한다는 글이었다. 온 집안이 분하고 가슴 아파했는데, 그 이유를 알지 못했다. 장인이 사위를 찾아가서 까닭을 물으니 사위가 말했다.

"만일 여우 털로 만든 호백구를 돌려주면 다시 만나겠습니다."

부인 부친이 돌아와 사위 말을 전하니 부인은 마음속으로 부끄러워 죽으려고 했다. 부모는 그 일을 자세히 알지 못하여 딸을 위로하며 마음을 풀어 주었다. 그리고 뒤에 오씨(吳氏) 성을 가진 음관(蔭官)이 우연히 평안도로 유람을 와서 첩을 구하겠다고 했다. 이에 매파가 최씨의 전 부인을 소개

하니, 오씨는 재산이 많고 의협심이 강한 사람이어서, 삼백 금을 들여놓고 첩으로 삼겠다고 했다. 부인 집에서 최씨에게 부인의 재혼을 알리니, 최씨는 여자 방에 있던 상자에서 열여섯 가지 금과 비단이며 패물들을 가려내어, 모두 부인에게 보내 주어 가져가게 했다. 이 소식을 들은 이들은 모두 놀라고 감탄하지 않는 사람이 없었다.

한편 호남 상인은 집에 돌아와 있으면서 오직 선천에서의 그 부인 생각에 빠져, 아침저녁으로 호백구만 대하고 길게 울면서 탄식을 했다. 이러니 그 아내 유씨(兪氏)가 남편이 정상에서 벗어난 이상한 행동을 하는 것을 보고 시기심이 생겨 그 호백구를 훔쳐 깊이 감추어 버렸다. 남편은 호백구를 찾으러 했지만 찾을 수 없으니, 크게 화를 내어 아내에게 추궁하여 꾸짖고 다투면서, 집 안의 기물들을 때려 부수었다. 그리고 곧 장차 관서 지방으로 그 부인을 방문하려고 떠났다. 호남 상인은 가는 도중 도적의 겁박을 당하여 가진 노자마저 모두 잃었다. 근근이 부인 집에 도착했지만 부인을 만나지 못하니, 분함이 쌓여 병이 되어 마침내 여점에서 사망했다.

일 년쯤 뒤 최씨는 다시 호남 땅으로 장사를 나가, 널리 매파를 통하여 한 부인과 재취 혼인을 하였다. 이 부인은 유씨였는데, 곧 여점에서 죽은 호남 상인의 아내였다. 최씨는 그 유씨 부인이 이전에 누구의 처였는지를 알지 못했다. 부부 금슬이 좋아 다정하게 지냈으며, 날씨가 추워지니 유씨 부인이 한 호백구를 찾아내어 남편 최씨에게 입혀 주었다. 최씨가 호백구를 자세히 살펴보니, 곧 예전 자기 집 물건이었다. 크게 놀라 그 사유를 물어 비로소 내용을 들어 알고는, 사물의 순환 원리가 있음에 대하여 더욱 감탄했다.

하루는 최씨가 저자 점포에서 우연히 이웃 노인과 더불어 물건 값을 계산하고 있었다. 그런데 노인의 말이 정직하지 못해 다툼이 일어나, 노인을 한 대 쳤더니 땅에 쓰러져서는 갑자기 죽고 말았다. 노인의 두 아들은 최씨를 관아에 고소하게 되었다. 이때 고소를 맡은 관장이 바로 음관 오씨였다. 오 관장이 밤에 촛불을 밝히고 소송 관계 서류를 열람해 보고 있는데, 이전에 최씨의 부인이었던 첩이 옆에서 모시고 있다가 옛날 자기 남편의 성명을 발견하게 되었다. 첩은 울면서 말했다.

"이 사람은 저의 외삼촌입니다. 지금 불행한 일을 당했으니 원하옵건대 살려 주시기를 빕니다."

이에 관장은, 이 사건은 이미 옥사(獄事)가 완성되어 어쩔 수 없다고 대답했다. 첩은 계속 꿇어앉아 죽기로 간청을 하니, 관장은 내일 아침 일어나 천천히 처리해 보겠다고 말했다. 다음 날 관장이 시체를 검시하러 가려는데 첩은 다시 울면서 말했다.

"일이 만일 잘 해결되지 못하면 살아 만날 생각을 하지 마십시오."

관장은 관아에 나아가 사망한 노인의 두 아들을 불러 말했다.

"사망한 너희 부친은 상처가 겉으로 보이지 않으니, 뼈를 드러내어 관찰해 봐야겠다."

이러면서 시체를 옮겨 내리쬐는 햇볕 아래에 두었다가 칼로 피부를 가를 것이라고 했다. 이 말에 두 아들은 수천 금을 가진 부자 집안으로서, 부친의 시신이 훼손당하는 것을 부끄럽게 여겼다. 곧 머리를 조아리며 아뢰기를, 부친의 사망 상황이 매우 명확하니 번거롭게 몸을 가르고 도려내는 일은 하지 말아 달라고 요청했다. 그러나 관장은 완강했다.

"상처 흔적이 발견되지 않는데 어떻게 법으로 죄를 묻겠느냐?"

이렇게 엄숙하게 말하니, 두 아들은 처음과 같은 말로 다시 간청하는 것이었다. 이에 관장은 이런 말을 했다.

"너희 부친은 연세 많은 노인이다. 죽음 또한 천명인 것이다. 내가 한마디의 말로 너희들의 슬픈 마음을 씻어 주려고 하는데, 너희가 내 말을 들어줄 수 있겠느냐?"

관장의 말에 두 아들은 함께 명령을 삼가 요청한다고 아뢰었다. 관장은 천천히 말했다.

"저 피고인에게 참최복(斬衰服)[181]을 입고 너희 부친을 아버지라 부르

---

181) 참최복(斬衰服): 부친 장례에 입는 상복을 이름. 모친 장례에 입는 상복은 재최복(齋衰服)임.

게 하고, 장례 절차 모두를 너희들과 함께 치르도록 하며, 상여 줄을 잡고 벽용(擗踊)[182]을 하면서 상주 노릇을 함께하게 한다면, 너희 마음이 흡족해지겠는가?"

두 아들은 머리를 조아리고 명령을 따르겠다고 했다. 관장은 다시 최씨에게 상주에게 이른 말과 똑같은 말로 물으니, 최씨도 죽음에서 구제된 것을 다행으로 여기고, 역시 머리를 조아리면서 명령을 따르겠다고 하였다. 일이 마무리되자 첩이 삼촌을 만나고자 하여, 남녀가 만나 서로 껴안고 통곡을 하는 모습을 보니 애정이 유달랐다. 관장이 의아하게 생각하고 사실을 물었더니 곧 옛날의 부부였다. 관장은 차마 그냥 있을 수 없어 두 사람을 함께 돌아가게 하면서, 여자가 가지고 왔던 열여섯 상자의 보물도 함께 돌려보냈다.

최씨 집안에서는 그 부인을 보호하여 고향으로 돌아왔는데, 최씨는 이미 후처와 혼인한 상태여서, 전 부인은 도리어 부실(副室)이 되었다. 그리하여 한 남편에 두 부인이 단란하게 늙도록 잘 살았다. 음관인 오 관장도 뒤에 다시 첩을 들여놓아 적자와 서자를 합하여 다섯 아들을 두어서, 아들들이 모두 과거에 급제하고 벼슬에 나아가 복록이 비할 바가 없었다. 사람들은 모두 음덕을 베푼 보답이라고 일컬었다.

외사씨는 말한다. 최씨가 아내를 다시 맞아들인 처사는 합당한 일이니, 어찌 소견이 좁고 융통성 없이 이익만을 중시하는 사람이 할 수 있는 일이겠는가? 남편은 아내를 저버리지 않았는데, 아내가 그 남편을 배반한 까닭으로 아내는 쫓겨나면서도 원망하지 않았다. 그리고 마침내는 남편을 무거운 죄에서 벗어나게 해 주어, 남편에게 보답해 준 것은 역시 지극한 아름다움이다. 또한 비록 그 지위가 떨어져 부실(副室)로 되었지만 달게 받아들였다. 한편, 남편을 구해 준 오 관장의 후덕함도 역시 아무나 쉽게 갖지 못하는 인품이라 하겠다. 여우 털로 만든 갖옷이 최씨에게로 다시 돌아온 것은 하늘의 이치가 밝게 빛남을 볼 수 있게 한다. 중국 풍성(豊城)에서 두 칼이 합

---

182) 벽용(擗踊): 부모 사망에 장남이 한쪽 어깨를 벗고 껑충껑충 뛰면서 '애고애고' 하며 곡(哭)하는 절차.

해지는 검합풍성(劒合豊城)¹⁸³⁾ 고사와, 진주(眞珠)가 합포(合浦)로 다시 돌아온 주환합포(珠還合浦)¹⁸⁴⁾ 고사와 같은 일로서, 옛날에도 역시 이렇게 다시 만나는 일이 있었다. 그러니 이와 같은 일은 곧 하늘의 원리인 천도(天道)에 가장 가까우니, 세상에 원리 원칙에 벗어나는 사람은 없을 것이다.

---

183) 검합풍성(劒合豊城): 진(晋) 뇌환(雷煥)이 강서성 풍성현 태수 때 땅속 석함(石函)에서 용천(龍泉)·태아(太阿) 두 칼을 얻었음. 태아검을 장화(張華)에게 주었는데 뒤에 뇌환 아들이 용천검을 차고 연평진(延平津) 나루를 건너니, 칼이 저절로 물속에 빠졌음. 물속에서 찾으니 칼은 없고 두 마리 용이 용틀임하고 있다가 하늘로 올라갔음.

184) 주환합포(珠還合浦): 중국 광동성 합포현(合浦縣)에는 농산물이 나지 않고 오직 물에서 좋은 진주가 생산되었음. 관장들이 사욕(私慾)을 취하려고 많이 채취해 가지니, 진주가 모두 사라졌음. 뒤에 맹상(孟嘗)이 태수로 가서 좋은 정사(政事)를 베풀고 구폐(舊弊)를 혁파하니, 진주 구슬이 다시 돌아와 생산되었다는 고사.

東野彙輯 卷之十四

○ 第百九号 雜識部 九 報復

還狐裘新舊合緣

　　崔生某宣川人也. 年二十餘 性溫茂有丰標. 妻美而艷 夫婦之愛甚篤 崔商于湖南久不歸. 其家近市樓居 婦偶當窓 垂簾望外 忽見美男子 貌類其夫. 乃啓簾流眄 旣覺其誤 赧然而避. 男子湖南人 做商客遊宣川有年矣. 見樓上美人眄己 深以爲念. 探其誰家于市東鬻珠老媼 因遺重賄 要求計通之. 媼曰 吾知之矣. 此良家婦 堅貞不可犯也. 尋常罕覩其面 安能爲客謀耶. 客哀懇不已. 媼曰 君於明日午後 可多携錢帛 到彼對門典舖中 與某交易爭較之際 聲聞于內. 若蒙見召老身 得跨足其門 或有機耳. 然期在得諧 勿計歲月. 客唯唯去.

　　媼因選囊中大珠 竝簪珥之珍異者. 明日至肆中 佯與湖南客交易爭價良久. 日中照弄珠色 市人競觀喧笑 聲徹婦所. 婦果臨窓來窺 卽命丫鬟招媼. 媼收貨入笥曰 客好纏人 如爾價 老婦賣多時矣. 便過樓 與婦作禮 略道隣居景仰之意 開箱出簪珥幾件遞與. 婦看商確數語 悤悤收拾曰 老身適有緊急事往他. 這箱子幷鎖 暫煩娘子簡置 少間當來徐議. 旣去 婦愛他珠璣要買 專等老媼還來酬價 連三四日不至. 一日媼冒雨而來曰 老身所嬌有事 數日奔走負期. 今日雨中適閒 請觀娘子釵鈿纓絡之類. 婦人曰 我正要識價. 乃開箱籠 陸續搬出種種奇妙. 媼把玩再三 讚歎不已. 婦挨置一邊 取媼貨品評價 錢酬之有方. 媼都不爭論 喜色面曰 如娘子所衡 固無惑, 向者湖南客 高下不情 徒負此丰標耳. 婦復請遲價之半 以俟夫歸. 媼曰 隣居復相疑耶. 婦喜其價輕 又幸半賒. 留媼饋酒 彼此惟恨相知之晚.

明日媼携酌而至 爲酬答禮. 傾倒極歡 自此婦日不能無媼矣. 媼與婦漸狎昵 時進情話挑之. 婦年少獨居 未免愁歎之意 形于辭色. 或留媼宿 媼亦言家中喧雜湫窄 愛此處幽淨敞爽 明夕當携寢具來. 次日婦爲之下榻 媼靡夕不至. 兩個丫鬟曾在床前伏侍 自媼來宿 揮送他們 在間壁房裏去睡. 惟婦與媼 對床而臥 笑語娓娓 中夜無睡. 做出閒話 吐盡肝膽 兩不相忌. 凡街坊穢褻之談 無所不至. 媼又佯裝醉狂 說起自家年少時 規墻穿穴之許多事情 勾動他婦人春心. 輒見婦人雙臉微紅 媼有暗揣者. 客數問媼期 輒曰未及. 至秋節已屆 謂媼曰 初期柳葉未綠約 及垂陰 子已成實. 過此漸禿 行將白雪侵枝矣. 媼曰 今夕第随老身入 須著精神. 成敗係此 不然虛廢半年也. 因授之計.

時值七月七夕 卽婦生日. 媼具旨酒佳肴而來 做些人事. 婦稱謝留與喫麵. 媼曰 今適有幹 昏後更來 陪娘子 看牛女做親. 幸留此酒肴 以永今夕也. 仍飄然而去. 是日微雨 到晚却無星月光. 媼趁昏黑到婦家 陰與客同入 而伏之寢門之外. 媼婦對酌于房 談笑甚洽 兩情加殷. 媼强侍兒酒 侍兒不勝醉 臥他所去. 兩人閉門酣飲 俱已微醺 適有飛蛾 旋轉燈上. 媼故以扇撲之燈滅 詐稱覓火點燈 因啓戶而出. 復入佯笑曰 忘携燭去 出入數回. 折旋之際 已暗導其人于臥內矣. 頃之稱以廚下火熄 復閉戶而入. 婦畏暗黑 數數呼媼. 媼曰 老身當同榻作伴耳. 乃引其人登婦床 婦猶以爲媼也. 啓被撫其身曰 姥體柔滑如是. 其人不言 鑽進被裏 驀地騰身而上. 婦已心醉神蕩 到此不暇致詳 任他輕薄. 其人素慣宕子手段 顚鸞倒鳳 曲盡其趣弄得. 婦人魂不附體 雲雨甫畢 始問爲何人. 媼乃前謝罪 細述客人愛慕央他. 用計前後顚末一遍曰 不是老身大膽. 一則可憐娘子青春獨宿 一則要救彼客性命. 都是兩個宿世姻緣 非干老身之事. 婦業墮術中 遂

不能捨 相愛逾于夫婦. 夜來明去 半年有餘 客之費用已過千金. 一日客聞親病之報 將歸家 流涕謂婦曰 別後相思 乞一物以當會面. 婦開籠 取狐白裘一件 爲客着之曰 道路苦寒 幸爲君裏着 如妾得近體也. 因相約 明年共載往他 歡會平生 遂揮淚而別. 客自得狐裘 未嘗去體 顧之輒泣.

明年偶商于隣邑 適與崔同館 相得頗歡 無言不到. 客自言 曾于君鄕 見一美人 如此如此. 崔佯若不信曰 亦有證乎. 客擧所著狐裘以示之. 因不勝悲悵曰 憑君歸時 要付書緘. 崔曰 此係同鄕切友之妻 不敢得罪. 客亦悔失言而謝之. 崔以商業失利 卽還家 謂婦曰 來經汝家 母病亟欲見汝 我已覓轎門前 便可速去. 又授簡書曰 此料理後事語也. 汝至家 與汝爺相聞. 我今歸不久 便當追到. 婦至母家 視母氣色初無恙. 因驚訝發函視之 則離婚書也. 闔門憤痛 莫知其故. 婦人之父 至壻家請故 壻曰 第還狐裘 則復相見. 父歸述壻語 婦人內慚欲死. 父母不詳其事 姑慰解之. 無何吳姓一蔭官 偶遊浿西求妾. 媒以婦對 吳多財挾義 以三百金致之. 婦人家告前壻 壻簡婦房箱籠十六件 皆金帛珠佩幷畀婦去 聞者莫不驚嗟. 湖南商人旣歸家 一念想著婦人 朝暮對狐裘 長吁短歎. 其妻兪氏 猜得蹺蹊 竊裘深藏. 商人尋裘不得 火症大發 對妻爭嚷 打碎器物. 遂發向關西 將訪其婦. 中路遭盜劫 幷失資斧. 及至不見婦 忿恨成疾 竟殞於旅店.

歲餘崔復商于湖南 廣求媒婆 更娶一婦. 卽兪氏 而崔實不知其本某妻也. 琴瑟諧好 適値日寒 婦搜出一裘以着夫. 崔審視之 乃自家舊件. 大驚詢其故 始知委折 益歎物理之有循環. 崔於市舖 偶與隣翁 算貨計價. 語不直 競撞翁仆地 翁暴死. 二子訟之官 守卽吳蔭官也. 夜深張燭簡狀 妾侍側 見前夫姓名. 泣曰 是妾舅氏 今遭不幸 願丐傅生. 守曰 獄將成矣. 妾長跪請死 守曰 起徐當處分. 明日將出檢 妾復泣曰 事若不諧 生勿得見. 守乃語二子曰 若父傷未形 須刷骨一

驗. 欲移屍置烈陽下 以刀刮膚. 二子家累千金 恥虧父體. 叩頭言父死狀甚明 無煩剔剜. 守曰 不見傷痕 何以律罪. 二子懇請如前. 守曰 若父老矣. 死其分也. 我有一言 足雪若憾 若能聽否. 二子咸請惟命. 倅曰 令被告人 服斬衰呼若父爲父 葬祭悉令經紀 執紼擗踊 一隨若行 若心快否. 二子叩頭曰 如命. 舉問崔 崔幸于拯死 亦頓首如命. 事訖妾求與舅氏相見 男女相抱痛哭踰情. 守疑之因叩其實 則故夫婦也. 守不忍 乃使還歸 出前所携十六籠並還. 崔家且護之出境 崔已繼娶矣. 前婦歸反爲副室. 一夫二婦團圓到老. 吳蔭官後更卜妾 嫡庶五子 登科筮仕 福祿無比. 人謂陰德之報云.

　　外史氏曰. 崔之處事妥當 豈碌碌重利者 所可爲哉. 夫不負婦 而婦負夫 故婦雖出而不怨. 然卒能脫其重罪 所以酬夫者 亦至矣. 雖降爲副室 所甘心焉. 吳守之厚德 亦不易得之人也. 狐裘重會 可見天理孔昭. 劍合豐城 珠還合浦 古亦有是. 而若此 則天道太近 世無非理人矣.

시체를 돼지와 바꿔 이불 덮어 속이고 전후 두 목숨 살리다

14-12.〈218〉 부체금전후활명(覆簋衾前後活命)

　　　　　　　　　　　　　　　　　유씨(柳氏) 선비는 호서(湖西) 사람이다. 일찍이 한강을 건너 유람 다니다가 빙 돌아 개성에 이르러, 옛 고려의 유적을 구경하였다. 만월대에 이르렀을 때에 소나기를 만나 길갓집 대문 앞에 서서 비를 피했다. 날은 이미 저물어 가는데 비 또한 그치지 않아, 진정 애를 태우며 걱정하고 있었다. 이때 한 여종이 나오더니, 어떤 손님인지 알지 못하지만 비 내리는 형세가 이같이 심하니, 집 안으로 들어와 머물러 쉬어 가기를 요청하는 것이었다. 유씨 선비가 이 집은 누구의 집인데 왜 남자가 없느냐고 물었더니, 여종이 주인어른은 장사하러 타지에 나가 계신다고 대답했다. 이에 유씨는 다시, 그렇다면 어찌 모르는 길손이 안으로 들어가겠느냐고 말하니, 여종은 이렇게 대답했다.
　　"안방마님께서 맞아들이라 하셨으니 염려하실 필요 없습니다."
　　그래서 유씨는 억지로 여종을 따라 들어가니, 한 미녀가 있는데 나이는 스물 남짓 되었으며, 얼굴은 푸근하고 넉넉해 보였다. 유씨를 맞이하여 방으로 들어오게 하고 말했다.

"손님께서 오랫동안 대문 밖에 서 계시어 마음이 매우 편하지 않아 감히 이렇게 맞이하였습니다."

"초면이라 서로 알지도 못하는데, 이렇게 관대하게 맞아 주시니 진실로 감사합니다."

유씨는 이와 같이 사례하며 겸손하게 고마움을 표했다.

얼마 있으니 여인은 등불을 밝히고 저녁밥을 내 와서는 상대하여 웃으면서 이야기를 나누었다. 그러는 동안 서로의 정감이 열려 어깨를 가까이하고 무릎을 맞대고는, 거리낌없이 농담을 하다가 마침내 베개를 나란히 하고 누워 잠자리를 했다. 다음 날 유씨가 동쪽으로 떠나려했지만, 남녀가 서로 정이 들어 차마 두고 떠나가지 못했다. 십여 일 동안을 머물러 있게 되니 자못 불미스러운 소문이 새어 나가게 되었다.

앞서 여인 남편이 장삿길을 떠날 때 이웃에 사는 친한 친구에게 자기 집 일을 좀 살펴봐 달라고 부탁했었다. 남편 친구는 때때로 찾아와 안부를 묻곤 했는데, 유씨가 오래 머물게 되니 그들의 형적이 자연히 드러나고 말았다. 그 친구가 살피어 은밀한 행위를 눈치채고는, 장사 떠난 여인 남편에게 사람을 시켜 통지해 연락을 했다.

여인 남편이 급히 말을 달려 돌아와서 집에 도착하니 밤이 이미 한밤중이 되었다. 곧 담장을 넘어 들어가 창문 구멍으로 방 안을 엿보니, 자기 아내가 한 소년과 마주보고 앉아 농담을 하며 웃으면서 의젓하게 행동했다. 남편이 갑자기 문을 밀치고 들어가려 하니, 유씨는 황겁하여 어찌할 줄을 몰라 했다. 여인은 급히 유씨를 인도하여 다락 안에 피하여 숨어 있도록 했다.

남편이 방 안으로 들어와, 여종들은 어디로 가고 혼자 잠을 자느냐고 물었다. 여인은 머뭇거리다가, 여종들이 다듬이질과 곡식 찧는 일을 하고는 잠시 다른 방에서 쉬고 있다고 대답했다. 그리고 묻기를, 무슨 급한 일이 있어서 이렇게 깊은 밤에 돌아오셨느냐고 의문을 표했다. 남편은 이렇게 말했다.

"마침 급히 주선할 일이 있어서 밤을 무릅쓰고 말을 달려왔소. 장부에 적어 둔 것을 살펴야 할 것이 있는데, 다락 위 궤짝에 그 장부가 들어 있소. 지금 다락에 올라가서 찾아 펼쳐 보고자 하오."

"아, 지금 막 달려오시어 피곤하실 텐데 어찌 몸소 다락에 올라가려 하십니까? 제가 당장 올라가 찾아내 오겠습니다."

여인이 이렇게 말렸지만, 남편은 자신이 직접 올라가 뒤져보지 않으면 찾을 수 없을 것이라고 말하고, 등불을 들고 다락으로 올라갔는데 한 사람이 궤짝 뒤에 숨어 있는 것을 발견했다. 이에 도적이 들었다고 크게 소리치고는 종을 불러 결박하여 아래로 끌어내리게 한 다음, 관아로 끌고 가서 죄를 물으려 했다.

유씨는 놀란 마음을 진정시키고 한참 있다가 말했다.

"나는 도적이 아닙니다. 본시 과거 공부를 하는 선비로 과거에 낙방하고 돌아가던 길에 유람을 하다가 여기에 이르렀습니다. 마침 날은 저물고 갈 길이 어긋나 하룻밤 묵어가기를 요청한 것이었으며, 다른 일이 있는 것은 아닙니다."

"아니, 깊은 밤중에 남녀가 한자리에 있었는데, 어찌 그 행적을 감추고 감히 거짓을 꾸며 말하느냐? 그리고 너의 간사한 모습을 내 이미 눈으로 보아 알고 있다. 네 비록 입이 백 개라도 어찌 감히 죄가 없다고 해명하느냐?"

상인이 눈을 크게 뜨고 이렇게 꾸짖으니, 선비는 스스로 면할 수 없음을 알고 대략 사실을 이야기하였다. 그리고 간절히 사죄하면서, 자기를 살리든지 죽이든지 오직 명령대로 따르겠다고 일렀다. 이때 여인은 낯빛이 새파랗게 변하며 무서워 벌벌 떨고 있었다. 남편은 아내에게 이런 말을 했다.

"너는 저 선비와 함께 죽을죄를 지었으니 당장 한칼로 찔러 죽이는 것이 마땅하다. 그러나 내가 먼 길을 와 배가 고프고 목이 마르니, 가히 빨리 술과 고기를 갖추어 가지고 오너라."

이러면서 주머니에서 돈을 꺼내 주었다. 여인은 밖으로 나가 여종을 불러 큰 항아리의 술과 돼지고기 한 쟁반을 사 오게 했다. 남편은 아내에게 술을 따르게 하여 연거푸 서너 잔을 들이켰다. 그리고 묶여 있는 선비에게 술 한 잔을 주면서, 비록 장차 죽을 사람이지만 이 술을 마시라고 말했다. 그러리고는 또한 차고 있던 칼을 빼어 들고 고기를 잘라 한 점을 먹이었다. 그때 날카로운 칼날 끝에 고기 한 점을 찔러 선비에게 주었는데, 선비는 입으로 받아 씹어 먹었다. 곧 상인이 너는 죽음이 두렵지 않느냐고 물으니, 선비는 이런 대답을 했다.

"이러한 처지에 이르러 곧 도마 위에 올려진 고기와 같은데 무슨 두려움이 있겠습니까?"

"지금 너는 내 한칼을 받아서 윤리를 어긴 왕팔(王八)[185] 행동의 대가를 치러야 한다. 하지만 너처럼 보잘것없는 가난한 선비의 실낱같은 목숨으로 어찌 내 칼을 더럽히겠느냐? 특별히 선심을 베풀어 살려 주려 하니, 너는 즉시 달아나 다시는 이 근처에 머물러 있지 않도록 하라."

상인의 말에 유씨는 백 번 절을 올리며 사례하고 머리를 싸안고 쥐 숨듯 달아났다. 상인은 또한 아내에게 말했다.

"너는 가문을 욕되게 하였으니 만 번 죽어도 아깝지 않다. 너를 죽여 그 죄를 똑바로 밝히는 것은 어렵지 않지만, 특별히 집안에 재앙이 생기는 것을 염려하여 진실로 너의 한 가닥 목숨을 살려 주겠다. 만약 네가 다시 이런 일을 하게 되면 마땅히 죽여 용서하지 않을 것이다."

여인은 다만 머리를 숙이고 눈물을 흘리며 울고 있으니, 남편은 아내에게 불을 끄고 편히 잠을 자라고 말했다.

상인은 즉시 연락을 해 준 그 친구 집으로 찾아가서, 알려 준 소식의 곡절을 물었다. 친구는 그대 집에 외부 사람이 와서 머물고 있다는 소문이 자못 파다하여, 이를 수상히 여겨서 그런 까닭으로 일부러 알린 것이라고 대답했다. 이에 상인은 그 남자가 아직까지 자기 집에 머물고 있겠느냐고 물으니, 친구는 아마도 떠나지 않은 것 같다고 했다. 그래서 상인이 친구와 함께

---

185) 왕팔(王八): 중국에서 무뢰한 짓을 하는 사람을 꾸짖는 말. '인의염치효제충신(禮義廉恥孝悌忠信)' 여덟 가지 도덕률을 망각한 사람을 '망팔(忘八)'이라 하는데, 이 말에서 온 말임.

자기 집에 도착하여 살펴보니, 곧 날이 밝지 않았는데 대문은 단단히 빗장이 채워져 있었다. 대문을 두들겨 방으로 들어갔지만 그 아내만 있을 뿐 다시 다른 사람은 없었다. 두루 집안을 살펴 찾아보아도 아무런 흔적이 없으니, 그 친구는 잘못된 소문을 듣고 경솔히 연락한 것을 도리어 후회하며, 마음속으로 자못 겸연쩍어했다. 상인은 이에 친구를 위로하며 말했다.

"잘못된 소문을 듣고 전한 것은 역시 이상한 일이 아니네. 그대는 나와 정이 밀접한 사이인 까닭으로 이와 같은 연락을 해 준 것이네. 보내 준 기별이 사실이면 다스려 바로잡으면 되고 없는 일이면 내버려 두면 된다네. 역시 문제되지 않으니 어찌 반드시 마음에 거리낌이 있겠는가? 그리고 나의 젊은 아내가 홀로 지내는 것이 너러 모로 염려스럽다네. 다시는 잘못 전해 준 것에 구애받지 말고 예전처럼 우리 집을 돌보아 주는 것이 곧 내가 바라는 바이네."

이렇게 말해 친구를 돌려보내고, 새벽이 되기를 기다렸다가 장사하는 곳으로 돌아갔다.

유씨 선비는 다음 해 과거에 급제했고, 오래지 않아 연안(延安) 관장이 되었다. 겨우 부임을 했을 때 시골 백성이 와서 고발하기를, 그의 부친이 개성 상인과 더불어 말다툼을 하다가, 상인에게 맞아 사망했다고 아뢰었다. 관장 유씨가 개성 상인의 이름을 듣고 보니 예전에 자신의 목숨을 살려 준 그 상인이었다. 관장은 곧장 검시를 하러 나가려다가 멈추고, 문득 몸에 병 증상이 있어 지금 급하게 출발할 수가 없으며, 더구나 날도 저물었으니 내일 아침에 검시를 나가겠다고 알렸다. 그러고는 이날 밤 비밀리에 심복 아전 한 사람을 불러서 이렇게 물었다.

"네가 능히 나를 위해 크게 힘을 써서, 비록 지극히 어려운 일이지만 가히 주선해 줄 수 있겠느냐?"

"사또께서는 소인 보기를 가족같이 여기시어, 그 은덕이 매우 특별하십니다. 끓는 물에 들어가게 하고 타는 불을 밟으라 하셔도 소인이 어찌 사양할 수 있겠습니까?"

"좋다. 오늘 어느 마을에서 살인으로 인한 옥사 사건이 있었는데, 네가 밤중에 몰래 그 시체를 끌어내어 남쪽 저수지에 던져 넣고, 대신 큰 돼지 한 마리를 구해 털을 깎아서 시체 올려두었던 탁자 위에 놓고 홑이불로 덮어 두어라. 이 일은 절대로 입 밖에 내지 말아야 할 것이니라."

아전은 명령을 받들어 물러갔다가 새벽에 다시 돌아와 명령대로 처리했다고 아뢰었다. 아침에 관장은 곧 말을 달려 거기로 가서 장차 검시를 하려 했다. 그런데 형리가 달려와서 고하는 것이었다.

"시체가 어디로 갔는지 사라지고 죽은 돼지 한 마리가 이불에 덮여 있으니 심히 괴이한 일입니다."

관장은 거짓 놀라는 체하면서, 어찌 이런 일이 있느냐고 말하고, 직접 가서 살펴보니 과연 형리의 말과 같았다. 관장은 고소한 백성을 불러 엄숙하게 물었다.

"네 부친 시신은 어디에 숨기고 죽은 돼지를 대신 갖다 놓았느냐?"

"예? 부친 시신을 이 방 안에 두었는데, 하룻밤 사이에 이런 괴이한 일이 생겼으니, 어찌된 연고인지 알지 못하옵니다."

백성이 눈을 부릅뜨고 이렇게 아뢰니, 관장은 백성에게 추궁했다.

"너는 반드시 네 부친 시신을 다른 곳에 숨겨 두고, 저 상인에게 맞아 죽었다고 거짓 고발을 하여 옥사를 일으켜서, 빚진 사실을 면하려는 조짐이 보인다."

이러면서 형벌을 가하여 문초하고자 하니, 백성은 소리쳐 억울함을 호소했다. 이에 관장은 다음과 같이 판결하고 관아로 돌아왔다.

"네가 비록 원통하다 하지만 이미 시신이 사라지고 없으니 어떻게 검시를 하여 밝히겠는가? 옥사를 처결하는 것은 지극히 중요한 일이니, 부득이 시신을 찾아내어 검시를 행할 때까지 기다렸다가 그때에 비로소 가히 죄를 논의하지 않을 수 없다."

개성 상인은 다행히 죽음을 면하고 옥에서 나왔지만, 그 까닭을 알지 못하여 마음속으로 항상 의혹을 가지고 있었다. 그 후 몇 년 지난 뒤, 유씨는 장단(長湍) 관장으로 옮겨 가게 되었다. 곧 사람을 보내 개성 상인을 방문하고 불러오게 했다. 그리고 그동안의 안부를 물으니, 상인은 처음에 얼굴을 알아보지 못했다. 그래서 어느 해 어느 곳에서 있었던 이러이러한 일을 이야기하니, 비로소 황홀하게 깨쳐 기억했다. 그리고 또한 시체를 감추어 검시를 면하게 한 일을 말해 주니, 상인은 크게 감동하여 울면서 아뢰었다.

"소인이 일찍이 어르신의 목숨을 살려 드렸다고 말하는 것은 감히 말도 되지 않습니다. 얼마 전의 일인, 어르신께서 소인의 목숨을 구해 주신 이 일 이야말로, 소인을 다시 태어나게 하신 은혜로서 강과 바다로도 헤아릴 수 없사옵니다. 원하옵건대 오늘부터 어르신의 집에 드나들며 은혜의 만분의 일이라도 갚기를 도모하겠습니다."

그 후로 유씨 집에 드나들기를 그치지 않았으며, 늙을 때까지 정성을 다하여 받들었다.

외사씨는 말한다. 훌륭한 인품을 지닌 대인(大人)은 여색(女色)을 중히 여기는 마음이 없으며, 반드시 의리 있는 행동을 우선으로 한다. 은덕(恩德)을 베푸는 일은 사람을 살리는 것보다 더 큰 것이 없으니, 필경에는 그 보답을 받게 된다. 그래서 옛날 중국 춘추시대 갓끈이 잘렸던 신하가 마침내 초왕(楚王)에게 은혜를 갚아 보답한 '절영지신(絶纓之臣)'[186] 이야기가 전하며, 한(漢)나라 때 상전인 원앙(袁盎)[187]의 시녀를 몰래 훔쳐 사랑했던 시종(侍從)은, 뒷날 반란군에 포위된 원앙을 피할 수 있게 하여 은혜를 갚았다. 상인은 능히 사람의 목숨을 아깝게 여겨 유씨에게 인의(仁義)를 베풀었으니, 곧 뒤에 관장이 된 유씨가 어찌 상인의 죽음을 구제해 주지 않을 수

---

186) 절영지신(絶纓之臣): 춘추시대 초(楚) 장왕(莊王)의 밤잔치에, 불이 꺼진 사이 한 신하가 궁녀 옷을 잡았음. 이 궁녀가 그 신하 갓끈을 잡아당겨 끊고 왕에게 갓끈 없는 신하를 추궁하라 아뢰었음. 왕은 여자 때문에 신하를 문초할 수 없다 하고, 모든 신하에게 갓끈을 잘라 표 없게 하라 했음. 뒤에 적병 침입에 이 신하가 왕을 끝까지 지켜 피해를 입지 않게 했음.

187) 원앙(袁盎): 한(漢)나라 때 중신(重臣). 오왕(吳王)으로 있을 때, 그의 아랫사람이 시녀(侍女)를 도애(盜愛)했으나, 원앙은 시녀를 그에게 주고 벌하지 않았음. 뒤에 원앙이 반란 진압으로 가서 포위당하니, 한 사람이 군사들에게 술을 먹여 취하게 해 원앙을 구제하고, 누구냐고 물으니 시녀를 훔친 '도시아자(盜侍兒者)'라 했음.

있었겠는가? 이는 이른바 입은 은덕으로써 은덕을 갚는다는 것이니, 베푼 덕은 갚아지지 않음이 없는 것이로다.

【 第百九号 雜識部 九 報復 14-12〈218〉 覆盎衾前後活命 】

東野彙輯 卷之十四

○ 第百九号 雜識部 九 報復

覆甁衾前後活命

　　柳生某湖西人也. 嘗作渡灞之行 轉往松京 玩勝國舊蹟. 至滿月臺 遭驟雨 避立於路傍家門 日已向夕 雨且不止 政自憂悶. 一丫鬟出語曰 未知何客 而雨勢如此 請入內留歇. 生曰 此誰家 何無男子也. 曰主人行商出他耳. 曰然則外客 何可入內乎. 曰自內邀入 不必爲嫌. 生黽勉隨入 見有美女年可二十餘 顏色敷愉. 迎客入室曰 久立門外 心甚不安 敢此奉邀. 生遜謝曰 初不相知 荷此款遇 良用感謝.
　　已而張燈進飧 相對談笑. 情竇互開 偎肩促膝 恣意戱謔 遂與昵枕合歡. 明日將東轅 而男耽女愛 不忍相捨. 留宿旬餘 頗洩聲聞. 商人出去時 囑托隣居切友 檢其家事. 其人時或來問安否 生旣久留 形跡自露. 其人覰知密事專人通奇於商. 商疾馳返程 及抵家夜已三鼓. 踰垣穴窓而窺之. 其妻與一少年 對坐戱笑自若. 商據推窓將入 生慌惻罔措 女急導生 避匿樓中. 商入室問 丫鬟們何往 而君今獨宿. 女囁嚅對曰 婢輩因砧杵之後 暫歇他房耳. 因問深夜歸來 緣底忙事. 商曰 適有繁幹 罔夜馳到. 第有記簿之可考者 藏在樓樻 今欲登樓搜閱. 女挽止曰 行役困憊 何必躳勞 妾當搜出. 商曰 非吾親檢 無以尋覓. 因提燈上樓 見一人躱在櫃[樻]後. 乃大呼有賊 招僕綑縛而下 將呈官置律.
　　生收拾驚魂 良久乃曰 吾非賊也. 本以科儒 下第歸路 游覽至此 値暮違路 要過夜而去 非有他也. 商瞋目叱之曰 深夜男女共席 何以

掩迹 乃敢粧撰爲說. 且汝奸狀 吾已覘知. 汝雖百喙 焉敢發明. 生自知不免 略吐事實. 僕僕謝罪曰 生之殺之 惟君所命. 女面無人色 戰掉靡定. 商謂女曰 汝與彼 俱犯死罪 卽當一刀剚之. 而吾遠來飢渴 可亟備酒肉以來. 卽探囊中錢給之. 女出外呼婢 買酒一大壺 麑肉一盤以進. 商使女酌酒 連倒三四盃. 因以一盃授生曰 汝旣將死之人 可飲此酹也. 又拔佩刀 切肉啖之. 以刀尖挿肉片授生 生以口受嚼. 商曰 汝不畏死乎. 生曰 到此地頭 便是几上肉也 何畏之有. 商曰 汝喫吾一刀 可償王八債. 而唉汝窮儒殘命 何足污刃. 特爲饒貸 汝卽出走 勿更留近處. 生百拜致謝 包頭鼠竄而去. 商又謂其妻曰 汝之污辱門戶 萬死無措. 何難斫汝明正其罪 而特推眚災 姑貸一縷. 汝若更有此事 斷當殺無赦矣. 女但低頭涕泣 商使之滅燭安寢.

　即往其友家 詢其專報委折. 其友曰 君家聞有外人來留 頗涉殊常 故果通奇耳. 問其人尙在否. 曰似不去矣. 卽與其友 到家覘察 則東方未明門戶尙扃. 叩門入室 只有其妻 而更無他人. 遍尋家中了無形迹 其友反悔其誤聞而輕言 意頗無聊. 商乃慰解曰 誤聞風傳 亦非異事 君我情密之故 有此通奇. 有則治之 無則置之. 亦自不妨 何必介懷. 第少婦獨處 慮無不到. 更勿以誤傳爲拘 依前照管 是所望也. 遂送其友 待曙還發商販之行.

　生於翌年登第 未久作宰延安. 纔莅任有村氓 告以其父與松商某爭詰被打致死. 問松商姓名 卽自家活命人也. 方擬出往檢驗 忽稱身恙 猝發未可作行 日且迫昏 明朝當出去. 是夕密招心腹吏一人曰 汝能爲我出力 雖至難之事 可以周旋否. 對曰 官家視小人如家人 恩德出常. 赴湯踏火 何可辭乎. 曰今日某村有殺獄 汝於深夜 潛取其屍投之於南大池 求一大麑 剝毛置屍床 覆以衾 切勿出口可也. 吏領命而退 抵曉來告 以依敎處置. 官乃馳往 將行檢. 刑吏白以屍體不知去處 有一死麑覆衾 甚是怪事. 官佯驚曰 寧有是理 親審之 果如吏

言. 推問告氓曰 汝父屍體 藏於何處 以死氓代置乎. 氓瞠然曰 父屍的在室中 一夜之間 有此變怪 不知何故. 官曰 爾必隱匿爾父於他所 稱以致死 誣告成獄 要免債徵也. 欲加刑訊 氓叫苦稱屈. 官曰 汝雖稱冤 旣無屍體 何以檢驗. 獄體至重 不得不待尋屍行檢 始可議讞. 乃還官.

松商幸而免死出獄 然莫知其由 心常訝惑. 過幾年 柳轉官長湍. 卽遣人訪問松商招來 敍其平生, 商初不相識 及言其某年某處 如許之事 始乃恍然大覺. 又言其藏屍 免檢之事. 商大感泣曰 小人非敢曰曾活大人. 而向來事 大人寔救小人之命 再生之恩 河海莫量. 願出入門下 圖酬萬一. 自是往來不絶 至老盡誠.

外史氏曰. 大人者志不在於重色 而必先仗義. 德莫大於活人 而必有受報. 故絶纓之臣 竟答恩於楚王 盜侍兒者 引袁盎以避禍. 商能惜人命 而施仁義. 則柳生於商 亦安得不救其死哉. 此所謂以德報德 無往不復者也. 疑

혼령이 무인(武人) 인도해
자기 원수 갚게 하고 보답을 하다

14-13.〈219〉 도사부보구화은(導射夫報仇話恩)

정문부〈鄭文孚; 명종20(1565)~인조2(1624)〉는 황해도 해주 사람이다. 독서를 좋아하고 문장을 잘 지었는데, 일찌감치 붓을 던지고 무술(武術)에 전념하고자 했다. 모화관(慕華館)[188]에서 활쏘기를 연습하고 저녁때가 되어 집으로 돌아오는 길에 한 여자가 탄 가마를 만났다. 여종이 뒤를 따르고 있는데 자못 영리하고 아름다워 보였다. 정문부가 활을 활집에 넣고 따라가면서 혹은 앞서기도 하고 혹은 뒤쳐지기도 했다. 그런데 문득 강한 바람이 불어 가마의 발을 스치어 잠깐 걷어 올리어지니, 문득 그 틈으로 가마 안에 여인이 소복을 입고 앉아 있는 모습이 보이는데 진정 미인이었다.

정신이 황홀하여 혼잣말로, 어디서 온 미녀인데 사람의 눈동자를 놀래

---

188) 모화관(慕華館): 중국 사신을 접대하던 곳으로, 서울 돈의문(敦義門) 밖에 있었음.

주느냐고 중얼거리면서, 따라가 살펴보기로 마음먹고 그 뒤를 쫓았다. 가마는 대로를 따라 팔각정 정자를 지나 구부러진 길을 깊숙하게 돌아 한 큰 집으로 들어갔다. 정씨는 문밖에서 왔다 갔다 하며 집안을 살피고 있었는데, 날이 이미 점점 저물어 어두워졌다. 잠시 길거리로 나가서 간단한 저녁 식사를 사서 먹고, 다시 그 집으로 가서 좌우로 엿보아 살폈지만 들어갈 만한 틈이 없었다. 이에 집 뒤 작은 언덕으로 건너뛰어 올라가, 담장 안을 내려다보고 살피니 꽃나무와 대나무가 무성하게 우거져 몸을 숨길 만했다.

　조금 지나니, 동산에 달이 돌아 약간 밝아지고 저자의 시끄러운 소리도 차츰 사라져 조용해졌다. 곧 담장 위로 올라가 조금씩 미끄러지듯 내려가 숲속에 흙덩이처럼 엎드린 채 꼼짝하지 않았다. 길거리에서는 이경(二更)을 알리는 북 소리가 들리고, 다만 방들을 살펴보니 고요하고 적막한 가운데 동쪽과 서쪽 두 방에서 불빛이 창문에 비치었다. 잠시 불이 켜진 동쪽 방으로 가서 문틈으로 살펴보니, 한 노파가 등불을 뒤로 하고 베개에 의지하여 누워 있고, 소복을 입은 젊은 여인이 언문(諺文) 소설책을 읽고 있었다. 여인의 목소리는 맑고 낭랑하여 앵무새와 제비가 지저귀는 소리 같았는데, 곧 조금 전에 본 가마 속에 앉아 있던 여인이었다. 얼마 있으니 노파가 여자에게 말했다.

　"오늘 다니느라 수고 많았으니 침소로 돌아가 피곤함을 쉬어라."

　여인은 명령을 받들고 물러나와 서쪽 방으로 돌아갔다. 정생(鄭生)도 빠르게 움직여 서쪽 방 창 아래로 가서 몰래 엿들었다. 여인은 여종에게, 너 역시 오늘은 행차를 따라 다니느라 피곤할 테니, 행랑에 나가 잠을 자고 내일 아침 일찍 들어오라고 말하니, 여종도 곧 일어나 문을 닫고 나갔다.

　정씨가 몰래 기뻐하면서 마음속으로, 여인은 이제 거울 속에 비친 그림자를 짝이라고 상대하다가 울던 난새처럼 홀로 잠을 자게 되었으니, 내가 당장 들어가 나비가 제멋대로 꽃술 사이를 누비며 꿀을 따는 것처럼 여인을 가지겠다고 생각했다. 그러면서 숨을 죽이고 살펴보니, 여인은 비단 이불과 큰 베개를 펼치고 등불 아래에서 홀로 앉아 가만히 무슨 생각에 잠기는 것

같았다. 정씨는 마음속이 원숭이같이 조급해지고, 가슴속이 백마처럼 뛰놀다가, 비록 내가 보옥을 훔치고 향을 도적질한다고 하더라도, 잘못되면 울타리에 뿔이 걸려 꼼짝 못하는 숫양이나 얼음 위에 올라서서 미끄러지는 여우처럼, 누군가에 의하여 발각되고 잡히지 않을까 하는 의심이 몸을 감쌌다. 그래서 머리를 숙이고 깊이 생각하면서 머뭇거렸다.

바로 그때 대숲에서 부스럭거리는 소리가 들렸다. 정씨는 호랑이거나 표범, 또는 이리나 성성이 같은 짐승인가 하여 두려워했다. 몸을 숨기고 자세히 살피니 곧 머리를 깎은 승려 하나가 대숲 속에서 사방을 둘러보는 것이었다. 조금 지나 일어서 나와서는 여인의 방 뒤편 창문을 두드리니, 안에서 문을 열어 주며 맞이해 들어갔다. 정씨가 손가락 끝에 침을 묻혀 종이창에 구멍을 뚫어서 안을 살피니, 여인은 시렁 위에서 황금 술잔과 좋은 안주를 내려 가져와 술잔에 술을 가득 부어 권했다. 승려는 한 번에 다 마셔버린 뒤, 오늘 남편 무덤에 다녀왔으니 슬프지 않느냐고 물었다. 여인은 미소를 짓고 말했다.

"오직 네가 여기 있는데 무엇 때문에 내가 슬퍼하겠는가? 게다가 또한 그곳은 시체가 없는 허장(虛葬)이니 무슨 상관인가?"

이러고 곧 둘은 껴안고 음탕하게 놀아 거침없는 동작을 하고는, 마침내 맨몸으로 이불 속으로 들어가 누웠다. 정씨는 격분을 이기지 못하고 노여움이 만 길이나 치솟아 올랐다. 이에 활에 화살을 메겨서 창문 구멍을 통해 활을 쏘았다. 화살이 번질번질한 정수리 위에 가서 똑바로 꽂히니, 승려가 감히 한마디 말도 못 하고 죽고 말았다. 여인은 놀라 일어나 벌벌 떨며 이불로 시체를 싸서 다락 위에 가져다 두는 것이었다. 정씨는 곧 담장을 넘어 집으로 돌아와 쓰러져 잠이 들었다.

꿈속에 나이 겨우 스무 살 남짓 한 선비가 푸른 도포를 입고 찾아와 절을 하고 사례하며 말했다.

"그대가 나의 원수를 갚아 주어 감사를 드립니다."

"그대는 어떤 사람입니까? 원수를 갚아 주었다는 말은 또한 무슨 일 때

문인지를 알지 못하겠습니다."

정씨의 물음에 선비는 울먹이며 이렇게 대답했다.

"저는 곧 어느 재상의 아들입니다. 절에서 글공부를 하면서 때때로 양식과 반찬을 가져오게 하기 위해 승려를 시켜 우리 집을 왕래하게 하였는데, 음탕한 내 아내가 곧 그와 더불어 몰래 통간을 하였습니다. 그리고 내가 집으로 부모를 뵈러가는 길에 그 승려에 의해 죽임을 당했는데, 시신이 바위 구멍 사이에 던져진 지가 지금 일 년이 되었습니다. 이 깊은 원한을 품어 뼈는 장차 검붉게 변하고 피는 엉겨 푸른 옥돌이 되었지만, 그 원한을 씻을 길이 없었습니다. 그런데 다행히 군자의 의로운 기개로 그 승려를 쏘아 죽였으니, 이제 원한을 씻게 되었습니다. 무엇으로 감사를 드릴 수 있겠습니까? 또한 한 가지 더 부탁드릴 일은 군자께서 모름지기 저의 집에 가시어 제 부친을 만나 저의 시체가 있는 곳을 알려 주시어, 무덤을 완전하게 만들게 해 주시면 이보다 더 큰 은혜가 없겠습니다."

정씨가 놀라 꿈을 깨니 곧 남가일몽이었고, 마음속으로 매우 기이하게 여겼다. 이튿날 다시 그 집으로 찾아가서 대문에서 이름을 전하고 만나기를 요청해 들어가니, 한 늙은 재상이 맞이해 앉았다. 정씨가 아들이 몇이나 되는지를 물으니, 주인은 눈물을 흘리며 말했다.

"이 늙은 몸이 운수가 기구하여 늦게 아들 하나를 두었었는데, 절에 가서 글공부를 하다가 호환(虎患)을 당한 지 일 년 남짓 되었습니다."

"제가 은근히 의혹을 가진 일이 있습니다. 어린 종에게 명하여 저를 따르도록 허락해 주시어, 시체가 있는 곳을 찾아보도록 함이 어떻겠습니까?"

정씨의 말에 주인은 크게 놀라고 슬퍼하면서, 어찌 그것을 알고 있느냐고 물었다. 정씨가 다시, 그것은 가서 살펴보면 징험이 있을 것이라고 대답했다. 주인은 곧 수레를 갖추라고 명하여 함께 절 아래로 갔다. 산을 오르고 골짜기를 넘어 건너가 한 곳에 이르니 바위굴이 있는데, 흙으로 덮여 메워져 있었다. 종에게 명하여 손으로 파헤치게 하니, 곧 한 시체가 있는데 들어내어 살펴보니 과연 재상의 아들이었고, 얼굴색이 살아 있는 것과 같았다. 늙은 재상은 시체를 안고 소리쳐 울면서 거의 숨이 끊어질 것같이 되었다가, 겨우 정신을 차려 정씨에게 말했다.

"네가 어찌 이 사실을 알고 있느냐? 이 일은 반드시 네가 한 짓임에 틀림이 없도다."

"허허, 내가 만일 이런 흉악한 일을 했다면 어찌 스스로 밝히겠습니까? 그러니 어르신께서 집으로 돌아가 자부에게 물어보시면 단서를 얻을 수 있을 것입니다. 또한 자부 방의 다락 위에 한 물건이 증거가 될 것이니, 마땅히 이것으로 의혹이 풀릴 것입니다."

정씨가 웃으면서 이렇게 설명하니, 늙은 재상은 시신을 들어내어 절에 안치하고 무덤을 만들게 했다. 그리고는 급히 일어나 집으로 돌아가 바로 자부의 침실로 들어가, 전에 입던 관복이 다락 위에 있으니, 속히 자물쇠를 열면 올라가 직접 찾아 나오겠다고 말했다. 이에 자부는 두려워하며 자신이 마땅히 찾아 내려오겠다면서, 어찌 시부께서 직접 찾아오시게 하겠느냐고 말하고 말렸다. 그리고 얼굴이 붉게 변하고 등에는 땀이 젖으면서 수상한 기색을 보였다.

늙은 재상이 잠긴 다락문을 열 것을 재촉하여 다락으로 올라갔는데 썩는 냄새 때문에 코를 가리지 않을 수 없었다. 다락 속에는 이불에 싸인 것이 있어서 꺼내어 열어 보니, 곧 살찐 승려의 시체가 들어 있고, 그 번질번질한 머리에는 화살이 꽂혀 있었다. 재상이 까닭을 묻자 자부는 얼굴이 흙빛으로 변해 벌벌 떨며 감히 대답하지 못했다. 재상은 곧 자부 친정 부형(父兄)을 청해, 이 일을 말하고 자부를 쫓아냈다. 자부의 부친은 딸을 칼로 찔러 죽였다. 재상은 드디어 아들의 시신을 옮겨와 선영에 새롭게 장례를 지냈다.

어느 날 밤에 정씨 꿈에 그 소년이 다시 와 감사를 표하며 말했.

"살과 뼈가 살았거나 죽었거나 할 것 없이 이 은혜는 우러러 갚을 길이 없습니다. 이번 과거가 멀지 않았는데, 과거 시제가 곧 평소에 제가 준비하던 과문(科文)과 일치합니다. 제가 마땅히 그대를 위해 글귀를 외어 전하려

하니, 모름지기 이것을 적어서 제출하면 반드시 남궁(南宮)[189] 과거에서 장원을 하게 될 것입니다."

이렇게 이르고는 부(賦) 한편을 외워 주었는데, 글 제목이 곧 '가을바람 불어오니 뉘우치는 마음 싹튼다〈秋風悔心萌〉'라는 글이었다. 정씨는 꿈에서 깨어 그 글을 외우고 과거장으로 들어갔는데, 과연 소년이 말해 준 것과 같은 시제가 걸려 있었다. 이에 그 부를 답안으로 작성하여 제출하였다. 그런데 "가을바람 쓸쓸하여 저녁에 불어오고〈秋風颯而夕起〉, 아름다운 궁궐은 높이 솟아 빙 둘렀도다〈屋宇廓而崢嶸〉"[190]라고 썼는데, '추(秋)' 글자를 잘못 적어 '금(金)'자로 썼다.

이내 시천(芝川) 황정욱〈黃廷彧, 중종27(1532)~선조40(1607)〉이 시관(試官)으로 임명되어 있다가 정씨의 답안을 보고, 이 글은 이 세상 사람의 냄새가 나지 않으니, 아마도 귀신의 작품인 것 같다고 말했다. 그러다가 '금풍(金風)' 구절에 이르러서는 웃으며, 이것은 귀신의 글귀가 아니라고 말하고 장원으로 뽑았다. 어떤 사람이 귀신 글귀가 아니라고 한 까닭을 물으니 이렇게 설명했다.

"귀신은 '쇠 금(金)' 자를 꺼려 하니, 만약 귀신이 지은 작품이라면 반드시 '금'자를 쓰지 않았을 것이다."

뒤에 정씨는 북평사(北評使)가 되어 임진왜란에서 왜장 가등청정(加藤清正)과 혈전을 벌이고 공을 세워 길주(吉州) 목사로 승진하였다. 북방 사람들이 사당을 세우고 해마다 제사를 모시었다.

외사씨는 말한다. 안방 부인들의 거처를 잘 단속하지 못함은 군자들이 경계하는 바이다. 진실로 불미스러운 일을 미연에 능히 방지할 수 없으면, 곧 그 결과의 폐단은 발전되어 말하기 어려운 지경에 이르게 된다. 그리하여

---

189) 남궁(南宮): '예조(禮曹)'의 다른 이름. 대과(大科)의 예비 시험인 '회시(會試)' 과거를 나타내는 말로 쓰임. '회시'는 예조에서 관장하는 시험이므로 회시를 '남궁시(南宮試)'라 함.

190) 추풍삽이석기 옥우곽이쟁영(秋風颯而夕起 屋宇廓而崢嶸): 이 시구는 김인후(金麟厚)가 열아홉 살에 왕 앞에서 지은 칠석부(七夕賦)의 첫 시구인데, 끌어와 이야기에 연결한 것임. 특히 귀신은 '금(金)'자를 꺼린다는 것을 나타내려 한 것임.

그 폐단이 패망의 재앙을 점점 커지게 도우므로, 『예기(禮記)』에서 남자와 여자의 구분을 엄격하게 규정한 까닭이 이 때문이다. 선비 집에서는 승려로 하여금 집 안 안채로 출입하게 하여, 점차 부인들 거처를 엿보는 변고가 이루어지도록 길들여 왔다. 이미 작은 조짐을 막아야 되는 의미를 잃고 말았으니, 가히 크게 탄식할 일이다. 오직 그 원수를 갚는 일과 은혜에 보답하는 보은에 있어서는, 하나의 원리 원칙이 크게 밝혀져, 밝고 분명함이 산(算)가지로 점치는 것같이 명확해졌다. 이는 가히 "하늘은 믿기가 어렵지만, 신령은 속일 수 있겠는가?" 하고 일컬은 것에 해당된다 할 것이다. 만약에 이와 같이 악이 분명하게 밝혀진다고 하면, 곧 세상에 어찌 악을 행하는 사람이 있겠는가? 그런데 화복(禍福)이란 일정하지 않고 무상하니, 오히려 이른바 천도(天道)를 믿는 것이 옳으냐 그르냐 의심하게 된다.

東野彙輯 卷之十四
○ 第百十号 雜識部 十 氣義

導射夫報仇話恩

鄭文孚海州人也. 好讀書善屬文 嘗欲投筆業武. 習射于慕華館 趁夕歸路 値一內轎. 見有丫鬟 隨後 頗姣麗. 鄭櫜弓而從之 或前或後. 忽飆風吹簾乍捲 瞥見轎內女人 素服而坐 眞國色也. 神精怳惚 心獨語曰 何來尤物 令人驚眸 第往探之. 因從其後. 遵大路向八角亭 轉曲灣入一大第. 鄭彷徨門外看看 天色漸黑. 暫向街坊 買些飱喫 再到其家 左右窺察 無可闖入. 乃趲登家後小阜 俯瞰墻內 花竹掩翳 庶可藏影.

少焉山月微明 市喧稍寂. 却從墻上 溜將下來 向林子裏 伏做一塊. 聽得街鼓轉打二更 只見閨閤 静悄悄地 東西兩房 燈影照窓. 潛往東邊 從戶隙乍窺 有老媽 背燈支枕. 而素粧少女 讀諺書傳奇. 聲音琅琅 如鶯囀燕語 卽俄見轎中女子也. 已而媼謂其婦曰 今日勞撼 可歸寢休憩. 女承命而退歸西室. 鄭輕步 就西廂下潛聽. 則女謂丫鬟曰 汝亦勞行役 可出宿于廊 明早入來. 女卽起閉戶. 鄭暗喜曰 女旣伴鏡鸞而孤宿 吾當作藥蝶之恣採. 屛氣更覘 則女鋪設錦衾角枕 獨坐燈下 若有所思. 鄭心猿意馬 雖竊玉而偸香 藩羝永狐 更猜月而疑雲. 乃低首沈思 擧趾趑趄.

乍聞竹林中 窸窣有聲 恐其有虎豹狸猩. 隱身詳察 則一禿頭和尙 自篁林中四顧. 俄而挺身而來 叩後窓 自內開而迎入. 鄭唾指端鑽紙 而覘之 女向架上 持金罍珍肴 滿酌而勸之. 禿驢一吸而盡 問

曰 今日拜墓 有悲懷否. 女微笑曰 惟汝在吾何悲. 且是虛葬之地乎. 遂摟抱淫戲 無所不至 竟與裸臥衾中. 鄭不勝憤激 業火萬丈. 乃彎弓注矢 從窓穴滿的射去. 正中賊禿頂門上 僧不敢做聲而斃. 女驚起戰慓 以衾裏尸 納于樓上. 鄭即踰墻而出 歸家頹眠.

夢有一青袍儒士 年僅二十左右 來拜致謝曰 感君報讐. 鄭曰 君是何人 報讐何事. 其人掩抑 而對曰 吾乃某宰之子 讀書山房. 時爲運粮饌 俾僧來往于家中 淫婦遂與潛通. 吾於歸覲之路 被僧踢殺 投尸巖穴者 于今經歲. 抱此幽寃 將骨殷血碧 無路湔仇. 幸賴君子義氣 射殺此僧 得以雪恨 感謝何極. 又有一事奉托者 君須往見吾父 告吾尸體之所在處 使之完窆 則恩莫大焉. 鄭驚覺 則一南柯也. 心甚異之.

翌日更往其家 通刺而入 有一老宰迎坐. 鄭問令胤有幾. 主人揮淚而答曰 老夫畸窮 晚得一子 往山寺做工 爲虎噉去 已踰年矣. 鄭曰 竊有訝惑者 第命一僮隨我 以圖尋尸如何. 主人大驚慟曰 君何由知之. 對曰 第往觀之 乃可驗也. 主人即命駕 偕作至其寺下. 踰巒越壑 暨到一處 有巖穴 以土石塡封. 使隸撥開 而以手試探 則有一尸體. 舉而出視 果其子顏色如生. 老宰抱尸號哭 幾絶僅甦. 乃謂鄭曰 汝何由知此 此必汝之所爲. 鄭笑曰 吾若行凶 豈可自道. 第公歸問於子婦 可執端緒. 其房樓上 有一物之可證者 當因此解惑. 老宰舁尸 置于僧舍 俾營窆穸. 亟起還家 直入子婦寢所曰 吾有朝衣之置此樓上者 可速開鑰 吾當搜出. 女慌忙對曰 兒當覓來 何勞尊舅之親搜. 面頰背汗 氣色殊常. 老宰促開樓扃而入 遽聞臭穢 莫不掩鼻. 中有衾裏者 出而解見 即一胖大和尙之尸 而箭挿光頭矣. 問此何故也. 女面如土色 戰慄不敢對. 遂請其父兄 道此事出之. 其父以刃剚殺. 遂改葬其子於先塋矣.

一夜鄭又夢 其少年更來. 致謝曰 生死肉骨 無以仰酬 今科期不

遠 試圍命題 即吾平日之功令文字. 吾當爲君誦傳 幸須以此寫呈 可期南宮之嵬捷矣. 因誦賦一篇 題卽秋風悔心萌. 鄭覺而暗記 及入場屋 果懸此題. 乃書其賦而呈券. 至秋風颯而夕起 玉宇廓而崢嶸 秋字誤書以金字. 時黃芝川廷彧考試 至此券曰 此非烟火口氣 無乃鬼作耶. 讀至金風之句 笑曰 此非鬼語. 乃擢第一. 有人問其故 答曰 鬼神忌金 若鬼作 則必不書金字故耳. 鄭以北評事 値壬辰倭亂 與淸正血戰有功 陞拜吉州牧使. 北人建祠以妥饗.

　　外史氏曰. 帷薄不修 君子所戒. 苟不能防於未然 則末流之弊 轉至難言. 而釀成敗亡之禍 所以禮嚴內外之別也. 使緇髡出入門庭 馴致窺墻之變者. 已失防微之義 可勝歎哉. 惟其復讐報恩之際 一理孔昭 灼然如撰蓍. 其可曰 天難諶而神可欺乎. 若如此則世豈有作惡之人. 而禍福無常 儻所謂天道是耶非耶.

친분 두터운 승려를 유도해
간음 사실 밝혀 법대로 처치하다

14-14.〈220〉희납우발간치법(戲衲友發奸置法)

판서 황인검〈黃仁儉; 숙종37(1711)~영조41(1765)〉이 젊었을 때 강씨(姜氏) 선비와 절에서 글공부를 함께했다. 시일이 경과되니, 강씨는 기개(氣槪)와 의리가 있는 사람이어서, 그 절의 한 승려와 서로 친한 사이가 되어 가끔 농담도 했다. 그런데 이 승려는 매일 아침 부처님께 공양 불공을 올린 다음에, 겸하여 한 주발의 밥과 향로에 향불을 피우고는 승지(承旨) 부인 영가(靈駕)를 청하여 명복을 비는 것이었다. 강씨가 그 까닭을 물었지만 대답하지 않고 여전히 매일 승지 부인 영가를 청해 불공드리는 일을 계속했다. 강씨는 매우 의아하게 여기고 여가를 틈타 다시 물으니, 승려는 이미 강씨와 서로 친한 사이였기에 사연을 모두 이렇게 실토했다.

"내가 처음에 한 승지와 서로 아는 사이여서 그를 만나려고 집으로 찾아갔는데, 마침 승지는 궁중 숙직에서 돌아오지 않았고, 날이 저물어 대문 옆방을 빌려 잠을 자게 되었답니다. 때는 여름철이었으며 달빛이 대낮처럼 밝아 끓어오르는 정감을 진정할 수가 없어서, 곧바로 안채로 들어가니 합문이 잠겨 있지 않았습니다. 여러 여종들이 서로 엉기어 잠을 자고 있었고, 침상 위에는 한 여인이 몸을 드러낸 채 누워 있는 것을 발견했습니다. 그 아름다운 피부 빛이 너무나 탐스러워, 잠든 틈을 이용하여 부인 몸을 더럽히고는 바깥으로 나와 처음처럼 잠을 자려고 누웠습니다. 곧 안으로부터 여종을 불러 목욕물을 준비해 오라는 소리가 들렸고, 나는 새벽이 되기 전에 도망쳐 나와 숨었습니다. 날이 밝은 뒤 그 집 대문 앞을 다시 지나가 보니, 온 집안에서 곡소리가 들려오는 것이었습니다. 그래서 이웃에 그 까닭을 물었더니, 그 집 부인이 어젯밤에 목을 매어 자결을 했는데, 그 이유는 무슨 일인지 알지 못한다고 했습니다. 이 일로 절부(節婦)가 나 때문에 죽은 것을 매양 슬프게 여기어, 이렇게 한평생 명복을 빌어 드리고 있는 중입니다."

설명을 들은 강씨는 곧 승지 부인 사망 사실을 안 이후 간담이 찢어지는 것 같은 마음에, 그 승려를 납치하여 죽이고자 마음먹었지만, 힘이 약해 도리어 해를 입을까 염려했다. 그래서 승려에게 함께 유람 나가자고 속여, 높은 산봉우리를 가리키며 매우 기이하게 생겼으니 함께 올라가 사방을 둘러보자고 유인하였다. 최고봉에 도착하여 보니 깎아지른 것 같은 언덕이 천 길이나 되었고, 그 아래는 매우 험준하여 사람의 발자취가 닿지 않은 곳이었다. 강씨는 승려에게 농담으로 이렇게 말했다.

"나와 스님 중 누구의 키가 더 클까요?"
"수재(秀才)의 키를 어찌 감히 내 큰 키에 비교하려 하십니까?"

승려는 이렇게 대답하고 웃었다. 이에 강씨는 승려에게 시험해 보기 위해 등을 맞대고 서서 견주어 볼 것을 제안했다. 서로 돌아섰다가 곧 강씨가 팔에 힘을 주어 절벽으로 힘껏 밀치니, 승려는 천 길 계곡 아래로 떨어져 죽었다. 이러고 강씨는 어떤 일을 핑계로 먼저 곧바로 절을 떠나 집으로 돌아온 뒤, 누구에게도 이 일에 대해 일절 말하지 않았다.

이때 절에는 매우 지혜가 뛰어난 한 승려가 있어서, 황씨가 늘 불러 심부름을 시키곤 했는데, 그 승려 역시 황씨에게 정성을 다하고 게으름을 피우지 않았다. 양식이나 반찬이 모자랄 때는 곧 승려 자신이 간혹 스스로 갖추어 마련해 주어, 황씨는 그 마음에 감동을 느끼고 깊은 애정을 쏟았다. 그런데 황씨가 과거에 급제하고는 서로 소식이 끊어졌다.

황씨는 영남 관찰사가 되어 고을을 순행하는 길에, 길가에 피해 앉은 한 승려를 보았는데, 낯익은 얼굴같이 생각되었다. 그래서 불러 가까이 오게 하여 살펴보니 곧 예전 절에서 친밀하게 지내던 그 승려였다. 황씨는 그를 데리고 감영으로 돌아와 머물게 하고는 함께 담소를 나누면서 말했다.

"나는 지난날 네가 베풀어 준 정의(情誼)를 잊을 수가 없어서 보답하고 싶은데, 많은 돈과 비단으로 그 마음에 보답하는 것은 어렵지가 않다. 하지만 너는 출가(出家)한 사람으로 삼베옷을 입고 소식(蔬食)을 하고 있으니, 어찌 돈이나 비단을 줄 수가 있겠느냐? 네가 만일 머리를 기르고 환속(還俗)을 하게 되면 곧 내가 마땅히 너를 위해 출세의 길을 도모하겠노라."

"사또의 두터운 애정에 감사드리오나, 소승은 자잘한 어떤 일에 얽매이어 있어서 속세로 돌아갈 뜻이 없사옵니다."

승려의 대답에 황씨는 괴이하게 여겨져 그 까닭을 물었지만, 승려는 웃을 뿐 대답을 하지 않았다. 두세 번을 억지로 물었는데도 시종일관 굳게 숨기었다. 그래서 고요한 밤에 서로 무릎을 맞대고 비밀스럽게 이야기하며 물었다.

"너는 어떤 일에 얽혀있기에, 어찌 너와 나 사이에 이렇게 숨기며 비밀로 해야 할 일이 있느냐? 내 꼭 듣기를 원한다."

승려는 한참을 머뭇거리다 다음과 같은 대답을 했다.

"소승은 본래 속인으로서, 어느 해 우연히 산길을 지나다 보니 새로 된 무덤이 하나 있었습니다. 그리고 소복 입은 여인이 그 무덤 앞에서 나물을 캐고 있는 것을 보았는데, 자못 그 얼굴이 곱고 아름다웠습니다. 그 여인을 겁박하고자 했지만 목숨을 걸고 저항하며 따르지 않기에, 옷끈으로 그의 손과 발을 묶고는 억지로 그를 간음하였습니다. 그리고는 묶은 끈을 풀

361

어 주고 돌아와 여점(旅店)에서 잠을 잤습니다. 이튿날 아침 소문을 들으니 어느 곳 남편 무덤을 지키던 절부(節婦)가 어젯밤 스스로 목숨을 끊어 자결 했다고 하는 것이었습니다. 마음속으로 매우 놀라고 슬퍼하며, 그 무덤 근처로 찾아가 자세히 살펴보니 과연 소문과 같았습니다. 사람들은 모두 누구의 소행인지 알 수 없지만, 반드시 그녀 팔다리를 묶고 억지로 몸을 더럽혀 이 지경에 이르렀다고 했습니다. 그리고 팔다리 묶은 흔적이 뚜렷이 남아 있으니, 곧 관아에 고발하여 흉악한 범인을 추적해 붙잡아야 한다고 입을 모아 말했습니다. 이 말을 한번 듣는 순간 모골이 송연해지고, 한순간의 욕정을 자제하지 못하여 절부로 하여금 자결하게 하였으니, 천지간 어디에서도 용납 받지 못할 것이며, 신령이 반드시 죽일 것이라고 생각했습니다. 곧 스스로 마음먹기를 이러한 죄악을 저질렀으니, 오직 마땅히 고행(苦行)을 품어 간직하고 보통 사람과 어울리지 않으며, 세상 일 어떤 것에도 관여함이 없게 한다면, 혹시 지은 죄의 만분의 일이라도 사(赦)하게 될 것으로 믿었습니다. 그리하여 머리를 깎고 승려가 되었으며, 영원히 참회할 것을 맹세하였으니, 지금 어찌 처음 먹은 마음을 바꾸어 환속할 수 있겠습니까? 제가 지은 죄악은 이미 오래 전 일이며, 또한 간절히 물어보시는 까닭으로 감히 사실을 아뢰옵니다."

이에 황씨가 감영에 있는 재판 기록을 살펴보니 과연 그와 같은 옥사가 있었고, 거의 수십 년이 되도록 범인을 잡지 못한 상태였으며, 사건이 일어난 연월도 역시 일치하여 어긋남이 없었다. 이에 탄식하면서 혼자 중얼거렸다.

"내가 어찌 옛날의 정의를 생각함이 없겠는가마는, 공공의 율법을 굽힐 수가 없는 일이다."

이러고 드디어 법에 따라 처치했다. 그 뒤에 강씨도 승려를 벼랑에 밀어 떨어트린 일을 황 판서에게 이야기해 주면서 함께 슬퍼하고 탄식했다. 강씨도 음사(蔭仕)로 목사 벼슬을 하여, 두 집안이 모두 오래도록 행복을 누리며 잘 사니, 사람들은 음덕의 보답이라 일컬었다.

외사씨는 말한다. 착한 일에 복을 받고 악한 일에 재앙이 내린다는 이치는 하늘 원리인 천도(天道)로 분명하다. 그리고 선행과 악행에 대한 보복의 원리도 가히 속일 수 없는 진리이다. 그럼에도 세상에는 간혹 악행을 저지르는 사람이 있는 것은 무슨 까닭인가? 강씨가 악승(惡僧)을 곧바로 죽인 것은 통쾌한 행동임에 틀림없다. 그러나 그 죄상을 널리 알려 율법에 따라 죽이지 않은 점은 애석한 일이다. 한편 황 판서가 친분 두터운 승려를 율법대로 처치하여, 사사로운 감정으로 공공의 일을 덮어 가리지 않았으니 진실로 마땅한 처사이다.

東野彙輯 卷之十四
○ 第百十号 雜識部 十 氣義

戲衲友發奸置法

　　黃判書仁儉少時 偕姜姓士人 讀書山寺. 積時月 姜有氣義 與寺僧相昵 或戲謔. 僧每朝以盂飯爐香 供佛之餘 兼請承旨夫人靈駕. 姜問其故 僧不答 日請靈駕如前. 姜訝之 更乘間密問之. 僧旣與姜相款 乃悉吐其由曰 始與承旨相識 欲謁而往 會承旨禁直不還 日暮因借門側宿. 時夏月色如晝 不勝情 直入于內 閤門不閉. 諸婢交蹠而宿 見床上一女露體而臥. 玉色可餐 乘睡而汚之 出臥于外門如初. 尋聞自內喚婢 進沐浴湯 吾未曉而遁. 旣明過其門 渾家有哭聲. 問之隣 夫人昨夜繫頸死 未知因何事云. 每憐節婦由我而死 是以終身享之耳.

　　姜聞之 不勝膽裂 欲拉殺之 慮力弱反遭害. 乃誆其僧 與之出游 指高峰曰 此峰奇峻可賞 願伴我登眺. 僧偕至極頂 斷崖千尋 其下絕險 跡所不到. 姜戲謂僧曰 吾與爾身長誰優. 僧笑曰 秀才焉敢擬我. 姜請試之 背立而準. 姜遂奮臂 推之絶壁 倒落千尋之下而斃. 姜因托有故 先卽歸家 絕不向人道此事.

　　時有一僧頗慧 黃每呼前使役 僧亦盡誠不怠. 糧饌有缺 則渠或自備 以供饋 黃感其意 而愛其人. 及登第 音問相阻. 以嶺伯巡路見僧 避坐路傍 似面熟. 呼而近視之 乃其僧也. 挈而還營 留與談笑曰 吾於汝舊誼難忘 以錢帛優酬非難. 而汝以出家之人 衣葛食草 安用錢帛爲哉. 汝若長髮而退俗 則吾當爲你 拔身之圖. 僧曰 盛意非不

感謝 而小僧有區區迷執 無意於出世. 黃怪問之 僧笑而不答. 再三強詰 終始牢諱, 因靜夜促膝 而密語曰 汝有何所執 而你我間豈有隱秘之事 願聞之.

僧囁嚅良久 對曰 小僧本以俗人 某年偶過山路 有一新塚. 見素服女 塚前採蔬 頗姣麗. 欲逼之 抵死不從 故以衣帶 縛其手足 而強奸之. 因解縛而歸 宿於店幕. 翌朝聞傳說 某處守墓之節婦 昨夜自決. 心甚驚惻 往近處詳探果然. 人皆曰 不知何人 必也縛其四肢而強汚 至於此境. 縛痕尙宛然 即告地方官 跟捕凶犯云. 一聞此言 毛骨竦然 未制一時之慾 致使節婦自裁 此覆載之所難容 神必殛之. 自想負此罪惡 惟宜飽喫苦辛 不齒恒人 無一世況 庶或贖罪萬一. 遂削髮爲僧 永矢懺悔 今何可變改初心乎. 事已久遠 又勤下詢 故敢此吐實. 是時巡使適見 道內獄案 果有此獄事. 殆近數十年 凶身尙未捉得 年月亦無差爽. 乃歎曰 吾豈無念舊之情 而公法不可屈也. 遂置之法. 其後姜始以推僧落厓事 說道于黃相 與嗟歎. 姜從蔭仕至牧使 兩家俱享福綿遠 人稱陰德之報云.

外史氏曰. 福善禍淫 天道昭然. 報復之理 不可誣也. 而世或有作惡者何哉. 姜之殺僧 快則快矣. 而惜不得聲其罪 以法誅之也. 黃判書之置僧於法 不以私掩公 固宜矣.

東野彙輯 卷之十五

술이부(述異部)

산정접귀칭가구(山程接鬼稱佳句)　영이(靈異)
진로봉인문이형(津路逢人問異形)
접신증참소두아(接神贈驂甦痘兒)　신기(神奇)
방선획린구병처(訪僊獲鱗救病妻)
당헌청희피곤욕(棠軒請戱被困辱)　무축(巫祝)
설루강신서정화(雪樓降神敍情話)
반고처환혼지가(返故妻換魂持家)　명우(冥遇)
우신부인몽성친(遇新婦因夢成親)
대은요수발주초(貸銀要酬拔柱礎)　사마(邪魔)
색반잉고취궤동(索飯仍告取櫃銅)
소양정실주이회(昭陽亭失珠貽悔)　유괴(幽怪)
영월암수해해원(映月菴收骸解冤)
관동접황룡현이(官童接黃龍現異)　이배(異配)
촌맹우현웅치요(村氓遇玄熊致饒)
토충매병견획재(吐蟲賣病兼獲財)　물감(物感)
방호점혈상수혜(放虎占穴相酬惠)
명마방주잉보희(名馬訪主仍報喜)　보주(報主)
의구구인차복수(義狗救人且復讐)
건성감신획타린(虔誠感神獲墮鱗)　성력(誠力)
척사문명험서계(斥邪問命驗棲鷄)
일지방생시음덕(一池放生施陰德)　음덕(陰德)
대강입안성거부(大江立案成鉅富)

귀매(鬼魅)에게 이끌리어
산속을 돌아다니며 함께 작시하다

15-1.〈221〉 산정접귀칭가구(山程接鬼稱佳句)

성완〈成琬; 인조19(1639)~숙종36(1710)〉은 의원(醫員)으로, 성후룡(成後龍)의 아들이며 선원(仙源) 김상용(金尙容)의 서외손(庶外孫)이다. 독서를 많이 했으며, 시를 잘 지어 특히 빨리 즉시 짓기를 잘하였다. 어떤 사람은 그에게 시 귀신이 붙었다고 말하는데, 그의 시는 지렁이가 꿈틀대듯이 난잡하여 사람들은 그의 시에 대하여 귀함을 알지 못했다. 그는 일찍이 맹씨(孟氏) 도인(道人)을 만난 일에 대하여 스스로 기록한 글이 있는데, 그 내용은 자서전처럼 서술한 다음 이야기이다.

경술〈庚戌, 현종11(1670)〉 해 삼월 어느 날, 때마침 이웃 마을에 갔다가 술에 잔뜩 취해 집으로 돌아오고 있었다. 궁중 원포(園圃)인 사포서(司圃署) 뒤쪽 담장 길을 지나는데 갑자기 검은 옷을 입은 노인이 나타나서, 내 팔을 잡아당기며 함께 산으로 유람하러 가자고 말했다. 나는 그가 사람이 아닌 것 같아 의심하여 머뭇거리면서 뒷걸음질을 쳤다. 그런데 그 노인이 나를 강하게 잡아당기며 끌고 가는데, 내 힘으로는 능히 벗어날 수가 없었다. 노인이 손으로 내 눈을 한번 쓰다듬으니 가까운 거리도 분간할 수 없을 정도로 깜깜해졌다.

잠깐 사이에 몸이 이미 서쪽 도성(都城) 밖 숲속에 가 있었고, 다시 손을 잡고 안현(鞍峴)으로 올라갔다. 또한 손으로 내 눈을 씻어 내리니 비로소 눈이 잠시 사이에 분명하게 밝아져 보이는데, 그 노인은 벗겨진 이마에 백발이 성성했고, 훤칠하게 몸이 컸으며 검은색 무늬 있는 겉옷을 입었고 노란색 신을 신고 있었다. 나는 그와 함께 산기슭의 빽빽하게 서 있는 소나무 사이를 두루 유람하였다. 그리고 이튿날 새벽 노인은 나를 데리고 안현 동쪽 변두리의 바위 위에 올라가, 운자를 불러 주면서 시 짓기를 재촉하였다. 나는 곧 다음의 시를 지어 읊었다.

오직 서쪽 봉우리 높고 높은 정상에 올라 의지하니,
높은 하늘 크게 펼쳐진 땅 두 눈 속에 늠름하네.
발해를 굽어보니 거울같이 펼쳐진 평평한 물결 보이고,
고개 돌려 크나큰 금오산 가리키니 미꾸라지같이 작고 작네.
길게 뻗친 폭포 물줄기 같은 세 갈래 저잣거리 길 펼쳐 있고,
뜬구름 나지막하게 가라앉아 다섯 성루(城樓) 지나도다.
정충신(鄭忠信)이 그날에 큰 공 세운 곳이 여기인데,
요행히 노인과 함께 장쾌히 유람하고 있도다.

노인은 이 시를 듣고, 비록 내 친구 단로(丹老)에게 이 시를 보이더라도 마땅히 그 혼을 빼앗을 만하다고 칭찬하고는, 인하여 또한 화운(和韻)을 지어 읊었다.

오고 가는 사람들 얼굴 살펴보고 난 다음,

너를 보니 맑은 얼굴 모습에 두 눈동자 뚜렷하게 빛나구려.
기개는 푸른 하늘에서 옥마(玉馬)를 몰아가는 것 같고,
문재(文才)는 푸른 바다의 해추(海鰍)를 잡아 올리는 것 같도다.
낮에는 단단히 얽어 푸른 이끼 낀 바위 집에 가두어 두고,
밤에는 천천히 걸어 신선 세계 자갈루(紫葛樓)에 올리도다.
매일매일 비바람도 무릅쓰고 널리 사방 관람했으니,
반드시 오슬(烏瑟)[191]을 만나 한가로이 유람했다 이르리라.

노인은 시 읊기를 마치더니, 나를 데리고 돌산 봉우리를 내려가서 바위 틈 사이에 놓아두고 갑자기 사라져 보이지 않았다. 그래서 내가 벗어나고자 했으나 묶인 것과 같아서 움직이거나 헤치고 나갈 수가 없었고, 또한 두 눈도 깜깜해져서 가까운 거리도 분별하지 못했다. 비록 사람을 부르고자 해도 목소리가 목구멍에서 나오지 않았으며, 하루 종일 쓰려져 정신을 잃고 있었다.

이미 해는 기울어 서쪽으로 넘어가고 어두움이 점점 짙어지고서야 노인이 다시 나타났다. 그는 나를 끌어내 다시 유람할 곳이 있다고 하면서, 안현의 작은 골짜기를 따라 정토사(淨土寺)와 백련사(白蓮寺)를 지나고 나암(羅巖) 뒤 봉우리로 올라갔다. 또한 서오릉을 통과하는데, 모두 산줄기의 소나무숲 사이를 통하여 갔다. 조금 지나 달이 동쪽 산에 떠오르니, 노인은 이와 같은 아름다운 밤에는 시를 지어야 한다고 말하면서, 곧 '기(奇)'자를 운자로 불러 주면서 시를 지으라 했다. 나는 그에 응해 연구(聯句)를 지었다.

오래된 늙은 나무는 이슬을 머금어 젖어 있는데,
깊고 깊은 산속에는 달빛마저 더욱더 기이하구나.

노인은 이를 보고 칭찬하여, 다음의 끝맺음 할 시구(句)는 잇기가 어려

---

191) 오슬(烏瑟): 부처님 이마에 솟은 혹. 여기서는 노인의 친구 이름임.

울 것 같다면서 감탄했다. 이튿날 새벽에 또한 나를 두 소나무 사이에 놓아 두고 전과 같이 묶어 놓았다. 그리고 날이 어두워진 뒤에 다시 와서, 내 손을 끌고 진관사(津寬寺) 서쪽 기슭으로 향하더니, 어지럽게 흩어진 무덤 사이를 배회하였다. 때때로 고개 들어 멀리 바라보곤 하는데, 아마도 먼 곳으로 갈 것 같은 마음을 갖는 것 같았다. 얼마 지나지 않아 마을에서 닭 울음소리가 들리고, 땔나무하는 아이들의 노랫소리가 멀리에서부터 점점 가까워지니, 노인은 놀라며 일어나서 급히 어디론가 가 버렸다.

내가 정신이 황홀하여 넘어지고 엎어지면서 눈을 떠서 사방을 살펴보니, 아침해가 이미 떠오르고 있었다. 일어나 다시 쓰러지기를 여러 번 하다가 겨우 기면서 앞으로 나아갔는데, 곧 그곳은 진관동(津寬洞) 입구였다. 멀리 절간의 스님을 바라보고는 나를 구제해 달라고 급하게 불러 외치니, 스님이 발견하고 가엾게 여기어 업고 절로 들어가, 물을 먹이고 몸을 주물러 구호해 주었다. 하지만 놀란 넋이 안정을 찾지 못하고 검은 옷을 입은 노인이 옆에 있는 것처럼 보여, 스님을 불러 귀신을 쫓아 달라고 여러 번 말했다. 스님은 평소에 친분이 있는 사람이어서 몸소 죽을 끓여 나에게 먹여 주었고, 오후가 되어서야 정신이 조금 맑아졌다. 스님이 편지를 써서 집에 소식을 전하여 이에 가족들이 비로소 내가 귀신에게 홀려간 사실을 알게 되었다. 부친과 동생이 급히 달려와서 보고는 곧장 청심환과 주사(朱砂) 같은 약제를 먹여서 심신이 조금 안정이 되었고, 그동안 주고받은 시구들을 모두 기억할 수 있었다. 그날 밤 또한 괴이한 형상을 지어 보이는 것이 있었는데, 손수 칼을 휘둘러 쫓아 버렸다.

다음 날 들것에 실려 급히 집으로 돌아왔으며, 그날 밤은 어떤 재앙도 일어나는 일이 없었다. 다음 날 밤, 꿈에 자주색 옷을 입은 동자(童子)가 나타나 말했다.

"나는 본래 검은 옷을 입은 그 신령입니다. 접때 늙고 추한 모습으로 나타나서 그대가 나를 미워하기 때문에 내가 지금은 소년 때의 모습으로 왔습니다."

이때 나는 갑자기 놀라 꿈에서 깨었으며, 몸이 허하고 고단하여 번거로운 꿈을 꾸었다고 생각하고 깊이 염려하지 않았다. 며칠 밤 지난 뒤, 또 꿈에 푸른 도포를 입은 곱게 생긴 소년이 나타나 이렇게 이야기했다.

"나는 그대를 해치려는 사람이 아닌데 벽에 가득 부적을 붙여서 간사한 잡귀를 쫓는 것처럼 해 놓은 것은 무슨 까닭입니까? 접때 나타났던 검은 옷 입은 노인이며, 자주색 옷을 입은 동자가 모두 다 나의 변형한 모습일 따름입니다. 나는 본래 원한을 품고 죽은 혼백으로서 그대의 입을 빌어 세상에 이야기를 전하고자 하는 것이 있었을 것이니, 행여 서로 저버리지 말기 바랍니다."

이 말에 나는 전하고자 하는 그 일의 내용이 무엇인지를 물으니, 푸른 도포를 입은 사람은 눈물을 흘리며 설명했다.

"나는 본래 신라 경순왕(敬順王) 때 조정의 학사(學士)였습니다. 집은 금오산 서쪽 기슭에 있었으며, 매화와 학을 좋아하는 성품이어서 나 스스로 호를 매학도인(梅鶴道人)이라 지었습니다. 관직에 오래도록 얽매여 아름다운 숲속을 떠돌아다닐 수 없었던 일이 평생 원한이 되었습니다. 어느 날 임금이 궁궐 후원에서 잔치를 베풀었는데, 여러 학사에게 명령하여 시를 지으라고 했습니다. 이때 내가 제일 마지막으로 다음 시를 지어 바쳤습니다.

벽도화(碧桃花) 꽃잎 위에 주룩주룩 비 내리니,
용지(龍池) 못 가득찬 물에는 수양버들 푸른 잎이 멱을 감도다.
서원(西園)의 길가에 무성하게 자라난 꽃다운 풀들은,
땅을 덮은 차가운 연기에 젖어 무거워 고개 들지 못하구려.

이 시에 임금은 감탄하여 칭찬을 그치지 않았습니다. 또 나흘 뒤에 채운루(彩雲樓)에서 잔치를 베풀었는데, 왕에게는 총애하는 여인이 있어서 취비(翠妃)라 일컬었고, 이 여인은 동해 용왕의 딸이었습니다. 총명하고 아름다움이 남달라 왕이 매우 사랑하여, 이날 여러 신하에게 명하여 취비를 위해 시를 지으라고 했습니다. 이에 내가 곧바로 시를 지었습니다.

고운 구슬로 골격이 형성되고 살갗은 옥으로 이루어졌으며,
달 같은 태도며 별빛 같은 눈매에 세상에 없는 자태로다.
앞뜰에 떨어진 아름다운 꽃잎을 집어 들어 희롱하니,
아름다운 바람 불어 서향화(瑞香花) 꽃가지를 흔들어 주구려.

그리고 뒷날 일본 스님 의능(義能)이 사신으로 왔는데, 학사의 시를 얻어가 자기 나라에서 크게 떨치겠다고 했습니다. 임금은 나에게 명해 시를 지어 주라 하여 시를 지었습니다.

나라 안 지역에 해를 감추어 있고 바다는 끝없이 넓은데,
하나의 성씨가 이어져 오보(五寶)[192]를 전하고 있도다.
온 나라 산천을 다 함께 아우를 곳을 찾기 어려워,
해 돋는 나무인 부상(扶桑)의 가지 위에 하늘을 걸었도다.

시를 보고 의능이 크게 칭찬하면서 검은 비단 네 필을 왕에게 바쳤는데, 그 비단은 이 세상에는 없는 귀한 것이었습니다. 의능이 말하기를 이 비단은 동해의 신선 세계 산에서 나는 것으로, 그 비단을 짠 실은 부상 가지에 붙어 있는 누에고치[193]로 뽑은 실이며, 또한 검정 색은 신선 세계에 있는 현진수(玄眞水)로 물들인 것이라고 하였습니다. 왕이 두 필은 취비에게 주고, 또한 두 필은 시를 지은 상으로 나에게 주었습니다. 나는 이 비단으로 도포를 지어 입어 임금의 은혜를 표시했는데, 이런 까닭으로 사람들은 나를 흑의학사(黑衣學士)라고 일컬었습니다. 후에 포석정(鮑石亭)에서 유람하며 놀았는데, 임금이 특별히 옥적(玉笛)을 빌려주어 그 놀이를 더욱 호사스럽게 했습니다. 이때에 내가 짧은 시를 지었습니다.

---

192) 오보(五寶): 불교에서 말하는. 금·은·진주·산호·호박. 오보처럼 귀중한 국가의 통치 권력.
193) 누에고치: 원문에 쓰인 '蠒(견)'자는 '繭(고치 견)'자의 속자(俗字)임.

포석정 앞의 반달 모양 연못에는,
맑은 물결 위에 아름답게 그림 새긴 배 출렁이네.
하얀 옥피리에서 한 소리 울려 퍼지니,
그 소리가 날아가 늙은 용의 잠 깨우도다.

 이로부터 임금은 나를 특별히 대우함이 날마다 커졌고 관직이 종정랑(宗正郞)에 이르렀습니다. 그런데 김린(金璘)이라는 신하가 나를 참소하여 절경도(絶景島)로 유배를 가게 되었습니다. 나의 슬픔과 원통함이 어찌 굴원(屈原)이 자초(子椒)와 자란(子蘭)[194]의 참소를 당한 사실과 다름이 있겠습니까? 다만 굴원의 회사부(懷沙賦)[195]만 읊고 있을 따름이었습니다. 고려 태조 왕건이 천명(天命)을 받아 장차 삼한을 통합하려는 기상을 가졌을 때에, 경순왕이 신라의 땅을 잘라 주고 공격을 늦추고자 하여, 나를 사면시킨 다음 사신으로 임명하여 보냈습니다. 그런데 일을 성사시키고 돌아가는 길에 북한산을 지나다가 여기에서 객사(客死)를 하고 말았습니다. 이때가 유월이었으니 천 리나 되는 거리에 관을 운반해 갈 수 없어서 인왕산 동쪽 기슭에 임시로 매장해 두었습니다. 그 뒤에 국가가 패망하여 결국 타향에서 돌아가지 못하는 혼백이 되었습니다. 때때로 북사공(北司公)인 여구공(閭丘恭)과 북부공(北副公)인 채희(蔡禧)가 죽은 귀신으로서 친구되어 잘 지냈는데, 이 두 사람 모두 문장이 뛰어났으며 북한산 뒤편에 있습니다. 접때에 그대와 더불어 이 두 사람을 만나 보려고 했지만, 중간에 갑자기 나무꾼들 노랫소리를 듣고 놀라 흩어져서 만나지 못한 것이 한스러울 따름입니다."
 나는 이 이야기를 듣고 참소했다는 김린이 누구냐고 물으니, 그 사람은 김유신의 후손인데, 어찌 그런 명문 가문에 이런 소인이 있느냐고 하면서 한탄했다. 또 내가 다시 묻기를, 친구인 여구공과 채희는 어떤 사람이냐고 하

---

194) 자초(子椒)·자란(子蘭): 전국시대 초(楚)나라의 두 아첨한 신하. 둘을 합쳐 초란(椒蘭)이라 했음.
195) 회사부(懷沙賦): 중국 초나라의 굴원이 지은 부(賦). 굴원은 쫓겨나 조국의 장래를 근심하고 회왕(懷王)을 사모하여 노심초사한 끝에 이 글을 짓고 멱라수에 투신자살하였음.

니, 여구공은 오슬(烏瑟)이고, 채희는 단로(丹老)라고 말했다.

내가 이 이야기를 듣고 비로소 앞서 오슬과 단로라고 일컬은 바가 헛된 말이 아님을 깨달을 수 있었다. 그러고는 그대 학사의 성명은 무엇이냐고 물으니 이렇게 대답했다.

"내 성은 맹(孟)이고 이름은 시(蓍)이며 자는 국서(國瑞)입니다. 그대는 아직도 능히 기억을 못 하시는지요? 내가 일찍이 병오(丙午) 해 겨울 꿈속에서 경상초(庚桑楚)[196]의 출신에 대하여 알려 준 적이 있습니다. 그대는 그것을 한번 자세히 더듬어 보십시오."

그리고 또한 마지막으로 이런 부탁을 했다.

"내 살았을 때 사적이 역사책에 나타나 있지 않아 지금도 황천에서 원한을 품고 있습니다. 그대가 능히 나를 위하여 하나의 전(傳)을 만들어 세상 사람들에게 알려 주면 매우 다행이겠습니다."

이 말에 나는 '예, 예'하고 두세 번 대답했는데, 옆에 있던 사람이 꿈속에 귀마(鬼魔)를 만나 가위눌림을 당한다고 말하면서 급하게 내 이름을 불러, 나는 놀라서 꿈을 깨었다. 그리고 밤이 어느 정도 되었느냐고 물으니 그는 곧 날이 밝을 것이라고 했다. 나는 즉시 『장자(莊子)』 책을 가지고 와서 경상초편을 고찰하니, 즉 그 책머리에 과연 '병오년 시월 꿈속의 일을 기록함'이라고 적혀 있었다. 이 기록에 따르면, 내가 일찍이 경상초편을 읽고 경상초라는 사람이 다만 노자의 제자라는 사실만 알고 있었으며 어느 지역 출생인지를 몰랐는데, 이날의 꿈에 매우 뛰어난 신인(神人)이 나타나 스스로 맹 도사라고 칭하면서, 다음과 같이 알려 주었다고 적혀 있었다.

"오직 그대는 알지 못할 것입니다. 내 마땅히 그에 대해 말해 드리겠습니다. 이른바 경상초가 어디에서 왔느냐 하는 것은, 친척을 떠나고 무덤도 없애 버리고 홀로 외로운 냇가를 떠돌면서 산다고 알려져 있습니다."

이 진정 고대 황제(黃帝)가 태평한 나라인 화서국(華胥國)에 갔다 온

---

196) 경상초(庚桑楚): 장자(莊子)의 제자. 『장자』 속에 경상초편(庚桑楚篇)이 있음.

꿈을 꾼 것과 같은 한바탕 꿈이었지만, 아아, 역시 기이한 일이었다. 내 『장자(莊子)』 책을 열어 보고는 깨닫지 못하는 사이에 머리털이 쭈뼛 솟아올랐다. 그리고 비로소 이 맹 도사 신인(神人)이 이전에 나에게 알려 준 사실을 알게 되었다.

외사씨는 말한다. 시대의 흐름이 지금으로부터 칠백여 년이나 떨어진 옛날 일로서, 지난날 학자들이나 시인들이 제한 없이 많이 배출되었는데, 가슴에 맺힌 울분을 품고 있으면서 전대의 사람들에게 전하지 못하고, 오직 이 성완에게만 전한 것은 무슨 까닭인가? 귀신과 사람이 서로 마음속 느낌이 통해서인가? 그렇지 않으면 역시 정해진 때를 기다렸다가 그렇게 전하게 된 것인가? 모를 일이로다. 나라에 큰일이 생겨 위기에 처했을 때에는, 오로지 사람을 시켜 직접 대면하여 연락하게 되어 있으니, 여기 맹공(孟公)이 전하러 간 것과 같은 것이다. 그런데 그 임무를 완수하여 돌아와 보고하지 못하거나 그 사람이 중도에서 사망했으면, 곧 응당 역사서에 전하는 기록이 있을 것이다. 하지만 개략적인 작은 기록도 보이지 않으니 무슨 까닭인가?

東野彙輯 卷之十五
○ 第百十一号 述異部 一 靈異

山程接鬼稱佳句

　　成琓者醫人 成後龍之子 仙源之庶外孫也. 多讀書 善製詩倚馬而成. 或稱詩魔所附 而其詩螭蚓相雜 人不知貴. 曾遇孟道人事 有自記曰 庚戌三月某日 適往隣比 痛飮爛醉歸路. 過司圃署墻後 忽逢黑衣老人 拉余臂曰 要偕遊山. 余疑其非人 浚巡却步. 强爲提挈 力不能脫. 老人以手摩目 咫尺莫辨. 俄頃之間 身已在西城外松林間 更携手上鞍峴. 又以手拭目 始暫明見 其露頂白髮 頎然長身 着有紋黑衣 足穿黃履. 因與之周遊山腰萬松間. 翌曉提上東邊石峰 呼韻促詩.
　　余吟曰 徒倚西峰上上頭 高天大地凜雙眸. 俯臨渤海平看鏡 回指穹鰲小似鰍. 匹練中分三市路 浮雲低度五城樓. 鄭公當日成功處 幸與仙翁辦壯遊, 老人聽罷稱之曰 雖使丹老見之 當奪魄. 因和韻口號曰 印來印去檢人頭 見爾淸標刮兩眸. 氣似靑天驅玉馬 文如滄海拔金鰍. 牢纏晝置蒼岩宅 緩步宵登紫葛樓. 無日無風將歷覽 定逢烏瑟道淸遊. 吟畢挈余下石峰 藏置巖間 因忽不見. 余欲脫出 則有若纏縛 動彈不得 兩眼眊翳 咫尺莫辨. 雖欲呼人 聲在喉間 終日昏倒. 至斜曦已淪 冥色漸生 老人復來. 挈出曰 更有游處 由鞍峴小麓 經淨土寺白蓮山 登羅菴後岡. 又過西五陵 皆由山脊松間而行 少焉月上東嶺. 老人曰 如此良夜 可作聯句 卽呼竒字. 余應曰 木老流霞濕 山深月色奇. 老人稱歎曰 末句難續矣. 翌曉又置於兩松間 如前纏縛. 昏後又來 携手向津寬寺西麓 徘徊亂塚間. 時或顧望 若有遠去之意.

俄而村鷄喔喔 焦童唱謳 自遠漸近. 老人驚起 倐忽去矣.

余怳惚顚仆 開目視之 朝暾已上. 起而更仆者累 匍匐前進 乃津寬洞口也. 望見山僧 疾呼救我 僧見而憐之 負入寺飮余水漿 按摩救護. 驚魂未定 如見黑衣人在傍 呼僧逐鬼者屢. 僧有素親者 躬煮糜粥以饋余 午後精神少醒倩. 僧作書急報家中 家人始知余爲鬼所拗. 家親舍弟疾馳臨視 卽投淸蘇朱砂等劑 心神稍定 能記倡和詩句. 其夜又有作怪見形 手自揮劒逐之. 明日昇疾還家 夜無作孼. 其翌夜紫衣童子見夢曰 我本黑衣神. 向露老醜之形 君惡我 我今以小時之貌來矣. 余忽驚覺 虛德煩夢 不足深慮.

過數夜後 又夢靑袍美少年 來見曰 我非害君者 滿壁符呪 有同逐邪者何也. 向夜黑老紫童 皆吾變狀也. 本是寃魂 欲借君舌傳於世間 幸毋相負. 余曰 願問其說. 靑袍者泫然泣下曰 我本新羅敬順王朝學士. 家在金鰲山西麓 性好梅鶴 自號梅鶴道人. 以久繫韁鎖 不得優遊林壑爲恨. 一日王設宴後苑 命諸學士賦詩. 我最後製進曰 碧桃花上雨霏霏 水滿龍池柳浴翠. 萋萋芳草西園路 羃地寒烟濕不起. 王嗟賞不已. 後四日 又設宴於彩雲樓 王有寵姬 曰翠妃 乃東海龍女也. 明艶特異 王甚愛之 是日命諸臣 爲妃賦詩. 我立成曰 瓊瑤爲骨玉爲肌 月態星眸絶世姿. 戲向前堦拾春色 好風吹動瑞香枝.

其後日本僧義能 奉使來到 欲得學士詩 以賁其國. 王命我贈詩曰 中藏日域海無邊 一姓相承五寶傳. 萬國山川難並處 扶桑枝上掛靑天. 義能大加稱賞 以黑錦四疋獻于王 世未有也. 曰此錦出東海神山絲 則扶桑蠒之所吐也 色則玄眞水之所染也. 王以兩疋給翠妃 以兩疋賜我 以償詩債. 我作爲道服 以表君恩 故人稱以黑衣學士. 後遊鮑石亭 王特借玉笛 以侈其遊. 我得小詩云 鮑石亭前月 淸波漾彩船. 一聲白玉笛 吹破老龍眠. 自是眷遇日隆 爲宗正郞. 金璘所讒 謫之於絶影島. 我之哀寃 何異於靈均之以椒蘭被讒乎. 但吟懷沙之賦

及王太祖膺命 將有統合三韓之象 王欲割地以緩兵 赦我以充使价. 竣事還路 過漢山客死於此. 時當六月 千里不能運柩 權窆於仁王山東麓. 厥後國破家亡 遂作他鄉未歸之魂. 時北司公閭丘恭 北副公蔡禧相友善 皆能文者 居在北山後. 向日與君訪此兩人 中道忽聞樵唱聲驚散 未諧可恨. 余問金璘誰也. 答曰 卽金庾信之後 豈意名臣之門 有此細人也. 余復問閭蔡何人也. 答曰 閭是烏瑟山人也 蔡卽丹老也. 余聞此 始覺前者所稱烏瑟丹老 非虛語也. 仍問學士姓名. 曰我姓孟名著字國瑞 君尙不能記憶乎. 我是丙午冬夢中 告庚桑楚所產者也. 子其細考. 又曰 我之事跡不見於史冊 尙抱遺恨於泉壤. 子能爲我 一傳於世人幸甚. 余唯唯數聲 傍人謂夢魘 急呼驚覺. 問夜如何 其則東方欲曙矣. 卽取南華經 考諸庚桑楚篇 則冊頭果有丙午十月記夢. 其記曰 余嘗讀庚桑楚篇 但知老氏之役 不知何地之產也. 是日夢魁梧神人 自稱孟道士曰 惟子不識 我當告之. 所謂庚桑楚之產 離親戚棄墳墓 獨居孤川云云. 眞一場華胥也. 吁亦奇哉云. 開卷不覺毛髮竦然. 始知神人之前告也.

　　外史氏曰. 世之相距七百餘年 過去之墨客騷人何限. 湮鬱之懷不傳於前人 獨傳於此人何哉. 幽明相感 抑亦待時而然歟. 國之大事臨危 專對人如孟公. 而未得竣還 中途殞亡 則應有史傳 而不少概見何哉.

박천(博川) 나루에서 소년에게
특이 형상의 사람 실체를 묻다

15-2.〈222〉 진로봉인문이형(津路逢人問異形)

차은식(車殷軾)은 영변(寧邊) 사람이다. 활을 쏘아 짐승 사냥하는 일을 생업으로 삼아서, 하루는 묘향산에 들어갔다. 짐승을 쫓아 산길을 얼마나 멀리 달려갔는지를 계산하지 못하고 돌아 헤매어 산속 깊은 곳에 이르렀다. 겹겹이 높은 산봉우리에 둘러싸여 나아가지도 못하고 물러서지도 못하는 진퇴유곡의 지경이 되고 말았다. 조금 지나니 해가 서쪽으로 기울고 길 또한 캄캄하게 어두워져 어디로 가야 할지 방향을 알 수가 없어 근심과 걱정으로 어찌할 바를 몰랐다.

그래서 살피니 한 가닥 실낱같은 길이 풀과 나무가 가려 덮인 곳 사이로 작게 나 있는 것이 보였다. 드디어 길을 찾아 전진하여 이삼 리쯤 나아가니 문득 하나의 커다란 초가집이 있는데, 산골짜기를 가로질러 벼랑 끝에 매달려 우뚝하게 홀로 서 있었다. 그 집은 폭이 두 간(間) 정도이지만 길이는 곧 여섯 간쯤 되었다. 그래서 속으로 이와 같은 깊은 골짜기에 어찌 사람 사는 집이 있을까 하고 중얼거렸다. 또한 어찌 초가집이면서 이같이 길고 큰지 특별히 의아해했다.

곧 그 집으로 가서 사립문을 두드리니 한 여자가 방금 밥을 짓고 있다가 급하게 나와서 맞이했다. 차씨(車氏)는 날이 저물고 길을 잃어 작은 장소를 빌려 하룻밤 지낼 수 있을까 하고 왔다는 뜻을 이야기했다. 여인은 흔쾌히 허락하고 방 안으로 인도해 들어갔다. 그 방은 열두 칸이 가운데 벽이 없이 뚫려 통하여 하나의 긴 방으로 되어 있었다. 그리고 양쪽 머리에는 문 모양과 같은 형태가 설치되어 출입하는 통로로 이용하고 있었다. 차씨는 집의 구조가 보통 집과 달리 이상하게 되어 있는 것을 보고는, 하나의 방이 이처럼 실세 트여 있는 것은 역시 처음 보는 관계로, 자못 낯설이 의심을 품으면서 괴이하게 생각했다.

조금 지나니 여인은 저녁밥을 가지고 왔다. 반찬들은 산에서 나는 짐승의 고기로 만들었고, 또한 산나물도 있는 것이 먹을 만했다. 차씨는 먹기를 마치고 여인에게 남편은 어디 있느냐고 물었다. 여인이 대답하기를 사냥 나가서 아직 돌아오지 않았다고 했다. 여인은 비록 시골 아낙의 화장을 하고 야인(野人) 옷을 입고 있었지만 젊고 고왔으며, 또한 부끄러워하거나 거부감을 느끼는 뜻이 없었다. 차씨는 시험 삼아 여인의 마음을 돋우어, 눈길을 주니 여인도 호감의 눈길을 보내기에, 마침내 애정을 주고받는 호합을 이루었다.

그러고 조금 있으니 뜰 가운데에서 무거운 것이 부딪치는 소리가 나기에, 보니까 키가 커서 지붕 높이보다 더 높아 오륙 장(丈)이나 되는 거인이, 짊어졌던 짐을 땅에 내려놓는데 그 짐의 크기가 두세 간의 집채 같았다. 차씨가 크게 놀라 도망가려고 할 즈음에 거인은 여인에게 말했다.

"오신 손님에게 저녁밥 대접해 드리는 일을 잘하였느냐?"

여인이 그렇다고 대답하니, 드디어 거인이 걸음을 옮기어 방 안으로 들어오는데, 그 키가 크기 때문에 서서 바로 들어오지 못하고 머리를 낮추고 허리를 굽히어 기어서 들어오는 것이었다. 그리고 들어와서는 누웠는데, 그

앉은키가 높아 집 들보에 걸려 뻗칠 수가 없는 까닭이었다.

거인은 차씨를 바라보며, 포수로서 하루 종일 짐승을 쫓아다녔는데 아무 소득도 없었느냐고 물었다. 차씨가 그렇다고 대답하니 거인은 다시 말하기를, 저 여자와 더불어 사랑을 나누었느냐고 묻는 것이었다. 차씨가 마음속으로 가만히 헤아려 보니, 저 거인은 반드시 신령스러운 영물(靈物)이라 생각되어 속일 수 없을 것으로 믿어져, 곧 사실을 실토하고 죄를 청했다. 그랬더니 거인은 이런 말을 했다.

"걱정할 것 없다. 내가 저 여자를 데리고 있는 것은 오직 음식을 만드는 일을 위함이다. 처음부터 몸을 가까이하여 잠자리를 한 일이 없었으므로, 실로 상관하지 않으니 너는 모름지기 의심하거나 염려하지 말라."

그리고 여인에게 일러 먹을 것을 갖추어 오라고 하였다. 여인은 곧바로 밖으로 나가, 조금 전에 거인이 짐을 풀어놓은 곳에서 커다란 돼지 한 마리를 끌고 와 칼로 잘라 깨끗이 씻어 큰 쟁반에 담아 들고 와서 거인에게 주었다. 거인은 음식을 먹고 난 다음 코를 골고 잠이 들었다. 차씨는 의심스럽고 두려운 생각에 잠을 이룰 수가 없었다.

다음 날 아침에 그 거인을 다시 보니 곧 대체로 사람과 비슷했지만, 사람은 아니었다. 여인이 부엌으로 들어가 아침 식사를 준비하는데, 손님에게는 밥과 함께 익힌 고기를 반찬으로 내왔다. 그리고 거인에게는 노루와 사슴 각각 한 마리씩 가지고 어떤 것은 생것으로, 어떤 것은 삶아서 그릇에 가득 담아 내왔다.

거인이 먹기를 모두 마치고는 긴 몸을 이끌며 방을 나가는데, 뱀이나 지렁이가 꿈틀거리면서 기어 나가는 것같이 했다. 뜰에 이르러 비로소 앉았는데 그 어깨의 높이가 지붕보다 두세 발이나 더 높았다. 그가 몸을 구부려 차씨에게 말했다.

"내가 그대 관상을 살펴보니 분명 복을 많이 지니고 있다. 네가 여기에 온 것 역시 내가 인도한 것이다. 저 여자는 네가 이미 인연을 맺었으니 데리고 가서 살도록 하라. 또 나에게는 호랑이와 표범이며, 노루와 사슴 등의 가

383

죽을 쌓아 저장해 놓은 것이 자못 많다. 너에게 그것들을 주려고 하는데, 너는 몸도 약하고 힘도 보잘것없으니 어찌 운반해 갈 수 있겠는가? 내 마땅히 너를 위해 운반해 주겠다."

그러면서 바위굴 속에서 가죽들을 꺼내 와서 큰 그물에 가득 담아 어깨에 지고 나서는데 그 높이가 산더미 같았다. 그리고 차씨에게 시키기를, 이 여자를 거느리고 먼저 가서 청천강(淸川江)을 따라 하류로 내려가다가 해구에 이르러 배들이 정박해 있는 곳에서 기다리도록 하라고 일렀다. 차씨가 그 말처럼 하였더니, 조금 지나서 거인이 가죽들을 짊어지고 따라 내려와 말하였다.

"이 가죽의 값이면 너의 집안을 꾸려가는 데 충분할 것이다. 나 또한 너에게 부탁이 하나 있으니, 너는 반드시 닷새 뒤에 소 두 마리를 잡고 백 섬의 소금을 사서 여기에 와 나를 기다리고 있도록 하라. 내 마땅히 다시 여기에 올 것이다."

이러고 거인은 이별을 고하고 떠나갔다. 차씨는 배를 빌려 여인과 짐승 가죽을 싣고 돌아왔다. 그리고 그 가죽을 팔아서 수천 금의 돈을 얻었다. 다섯 번째 되는 날에 이르러 소를 잡고 소금을 실어 가서 약속한 장소에서 기다리고 있으니, 과연 거인이 도착했는데 또다시 저장해 둔 가죽을 큰 그물에 넣어 짊어지고 와서는 그 짐을 내려 피물(皮物)을 꺼내 주었다. 그런 다음 소 두 마리를 모두 먹고 소금 백 섬은 그물에 넣어 짊어지고 가는데, 전혀 힘들어하지 않았다. 가면서 역시 닷새 후에 전과 같이 소금을 준비하여 다시 이곳에서 기다리라고 당부했다.

차씨가 돌아와 그 말대로 소금을 준비해 놓고, 소에 관한 말은 곧 그가 깜빡 잊고 말하지 못한 것으로 생각했다. 그래서 이에 소금과 함께 소 두 마리도 아울러 싣고 그 장소에 가서 기다리고 있었다. 거인이 다시 왔는데 이전과 같이 가죽을 또 짊어지고 왔다. 곧 소금을 거두어 그물 속에 가득 채워 넣은 다음, 소를 잡아 온 것을 보고는 머리를 강하게 흔들며 말했다.

"내가 만약에 소를 먹고자 했다면 어찌 먼저 부탁하지 않았겠느냐? 지금은 곧 이치상 마땅히 소를 먹지 못한다."

이러면서 거인은 손을 내저으며 떠나려고 했다. 차씨는 그를 붙잡으며 간절하게 청하여 말했다.

"이미 그대와 나는 동류(同類)가 아니고 또한 예전부터 친분도 없었는데, 어찌하여 나를 인도해 아름다운 여인을 주고, 세 번이나 그 값이 일만 금이나 되는 피물을 짊어지고 와 주어서, 가히 부자가 되게 해 주었는지요? 그 은혜와 은덕을 갚고자 한들 방법이 없습니다. 지금 이 소를 잡아 온 것이 비록 명령을 받든 것은 아니지만, 오로지 나의 작은 정성을 표시한 것이오니, 조금이라도 맛보아 주시기를 바랍니다."

이러면서 두 번 세 번 간청했다. 거인은 문득 깊이 생각해 헤아리고 손가락을 꼽아보더니 이렇게 말하였다

"비록 닷새를 미루는 한이 있더라도 너의 뜻이 가상하니 애써 너의 요청을 따르겠노라."

마침내 소를 다 먹고는 떠나가면서, 지금 이별하면 다시 만나기 어려울 것이니, 가히 몸을 조심하고 스스로를 잘 보호하라고 당부했다. 차씨는 또한 길을 막아 그 앞에 무릎을 꿇고는 이렇게 질문했다.

"우연히 만난 것으로 인하여, 깊은 마음 주심을 감사드립니다. 지금 영원히 이별함을 당하니 어찌 슬픔과 허전함을 이길 수 있겠습니까? 그런데 마음속에 자리 잡고 있는 풀리지 않는 응어리가 있사온데, 사람이 서로 사귀어 이미 깊게 아는 사이가 되면, 그 본말(本末)에 대하여 마땅히 자세히 알고 있어야 합니다. 하물며 그 부류마저도 분명히 알지 못하는 상태에서는 더 말할 나위가 없습니다. 진실로 어르신은 진정 사람이옵니까, 귀신이옵니까? 그렇지 않으면 혹시 짐승입니까, 산신령입니까? 감히 이에 우러러 질문을 드립니다."

"나는 내 스스로의 정체를 드러내고자 하지 않는다. 너는 내년 단옷날에 박천(博川) 나루에 가서, 푸른 옷을 입고 초립을 쓰고 당나귀를 타고 지나가는 한 소년을 만나서, 물어보면 곧 가히 알 수 있을 것이다."

거인은 이 말을 남기고 갑자기 가 버렸다. 차씨는 집으로 돌아와 거인이 두 번 짊어지고 온 가죽을 팔아 마침내 부요함을 이루었다. 차씨는 단옷날을 고대하고 있다가, 박천 나루터로 가서 기다리며 행인들을 살펴보고 있으니, 과연 곱게 생긴 소년이 초립을 쓰고 푸른색 나귀를 탄 채 지나가고 있었다. 차씨가 말머리에 가서 절을 하고 예의를 표한 다음, 함께 데리고 사람들이 없는 곳으로 가 대화를 나누었다. 그러고는 거인과의 전후 사정을 자세히 말해 주고는 질문을 했다. 이를 들은 소년은 슬픈 얼굴을 짓고 크게 탄식하며 이야기했다.

"좋지 못한 소식입니다. 이것은 '우(禹)'인데, 이 '우'라는 것이 잘 살고 있으면 세상이 평화롭고 그가 밍해 없이지면 불행하게 됩니다. 대체로 천지에서 음(陰)이 없는 순수한 양기, 곧 순양의 정기(正氣)가 변화하여 영웅호걸이 됩니다. 그런데 임금이 성군이며 신하가 어질어 나라가 태평하고 백성 살기가 평안하게 되면, 곧 영웅호걸이 세상을 바로잡아 구제하는 재능을 발휘할 수가 없습니다. 그런 까닭으로 그 정기의 기운이 아무 할 일이 없어 숨었다가, 어떤 일을 해야 할 때 나타나 미남자(美男子)가 됩니다. 그 순양의 정기가 온순하게 기운을 거두어들이면 '우'로 변하여 깊은 산속 궁벽한 골짜기에 몸을 감추어 숨습니다. 그랬다가 세상의 올바른 도리가 완전히 뒤집어지고 액운(厄運)이 장차 가까이 다가오면, 곧 숨어 있던 '우'가 스스로 죽게 되는데, 소금을 먹지 않으면 완전히 죽지 못합니다. 이렇게 '우'가 죽은 뒤에는 그 순양의 기운이 우주(宇宙)에 흩어졌다가 다시 곳곳에서 뭉쳐 영웅호걸들로 탄생하게 됩니다. 이 영웅호걸 무리들이 태어난다는 것이 어찌 다만 아무 할일이 없는 평온함에 관계된 것이겠습니까? 그 '우'란 거인이 소금을 찾은 것은 장차 스스로 죽고자 함인데, 대개 소금을 닷새에 한 번 먹으면 기운이 쇠퇴해지고, 또 닷새 지나 한 번 먹으면 완전히 죽게 됩니다. 그러나 중간에 만약 생고기를 먹게 되면 대개 그 죽는 기한이 닷새가 늦어집니다. 그가 두 번째의 소고기를 굳게 사양한 것은 이런 까닭입니다. 슬픈 일입니다. 삼십 년이 못 되어 우리나라에는 영웅호걸들이 나타나게 될 터인데, 중국 한(漢)

나라 말기의 어지럽게 싸운 시기와 다르지 않을 것이니, 우리나라가 위태롭게 될 것입니다. 그리고 그대의 타고난 복력(福力)은 진실로 축하할 만합니다. 그 거인이 가죽을 주고 소금과 바꾼 것은, 그 대상이 그대가 꼭 알맞은 사람이었기 때문입니다. 또한 미녀를 주면서 그 여자와 교합(交合)하지 않았다고 말한 것은 역시 사실입니다. 사람이 출생할 때 정기를 받음에 있어서 남자는 양기를 받고 여자는 음기를 받아 태어나지만, 남자는 순양만 가진 것이 아니며 여자 역시 순음만 갖고 있지 않습니다. 남자도 양기 중에 미약한 음기를 가지고 있고, 여자도 음기 속에 미약한 양기를 가지고 있습니다. 이런 까닭에 남녀가 동침하여 교합하는 원리가 생기는 것입니다. 그러니 거인인 '우'는 곧 순양만 가지고 있어서, 남녀의 교합 행위가 불가능한 것 역시 정당한 이치입니다. 그 여인은 과연 정결하여 별다른 흠이 없습니다."

  설명을 다 들은 차씨는 크게 괴이하게 생각하면서 그 소년의 이름을 물었더니, 자신은 정몽주(鄭夢周)라고 대답했다. 마침내 소년은 배를 불러 강을 건너가 버렸다. 이후 채 삼십육 년이 못 되어 나라 안이 크게 소란해졌고, 영웅호걸들이 계속 이어 나타났으니, 이것이 어찌 우가 죽어 변화한 것이 아니겠는가? 정몽주가 고려(高麗)를 위해 절개를 지켜 선죽교 길에서 죽고, 고려가 망하여 왕조가 바뀌면서 백성들은 도탄에 빠지게 되었다. 그러나 차씨는 아내를 거느리고 묘향산으로 들어가 일생을 평온하게 마쳤다고 한다.

  외사씨는 말한다. 천지의 위대한 조화를 이루는 참된 원기(元氣)가 모여서 기린과 봉황 같은 상서로운 짐승이 이루어진다. 이 천지의 원기가 사람에게 있어서는 모여서 영웅이나 호걸이 되는데, 반드시 세상이 어지러워졌을 때를 기다려 나오게 된다. 두세 명의 뛰어난 호걸이 어지러운 세상을 정돈하여 바로잡는 일은 옛날부터 그렇게 되어 왔다. '우(禹)'라는 그것이 능히 사람과 더불어 순수한 양기, 곧 순양(純陽)을 번갈아 받는다고 했다. 그 '우'가 나타나고 사라지고 하는 것이, 실로 세상이 혼란에 빠지거나 태평하게 되는 운수에 관련되어 있다고 한 그 까닭을 잘 알 수가 없다. 그런데 『설문

(說文)』¹⁹⁷⁾에는 우(禹)를 벌레인 충(蟲)이라고 했다. 그 역시 어떤 존재인지는 자세히 알지 못한다.

---

197) 설문(說文): 한자(漢字) 낱글자의 기본과 원뜻을 설명한 책인『설문해자(說文解字)』.

東野彙輯 卷之十五

○ 第百十一号 述異部 一 靈異

津路逢人問異形

　　車殷軾寧邊人也. 以射獵爲業 一日入妙香山. 逐獸不計山路之遠近 轉到深處. 萬疊峰巒 進退維谷. 俄而斜日西墜 路又昏黑 莫知所向 憂惶罔措. 見有線路 微分於草樹蒙翳之中. 遂尋徑前進 行數里許 忽有一大草屋 跨壑依崖 而巋然獨存. 屋廣可二間 而長則六間也. 意謂如此深峽 何有人家. 而且豈有草屋 而如是長大乎 殊可訝也. 第往扣其扉 一女方炊飯 據出而延. 車告以日暮迷路 要借隙地過夜. 女忻然許之 導入其室. 室無障壁 以十二間通爲一長房 而兩頭如設門樣 爲出入之路. 車視其屋制異常 一室之如是廣濶 亦係叔覯 頗涉疑怪.

　　少頃女進飯 饌品多山獸肉 又有山菜可噉. 車喫訖 問女以夫壻安左. 答曰 出獵未還. 女雖村粧野服 而少艾姣麗 亦無羞澁底意. 車試挑之 眉去眼來 遂成交會. 俄而庭中 有橐橐聲 見一巨人 身長高過於屋 爲五六丈. 稅其擔於地 擔之大如數間屋. 車大駭欲避之際 巨人語其女曰 來客饋飯善待否. 女曰 然矣. 遂移步入室 以其身長 不能直入 而低頭屈腰蜿蜒而入. 因入而臥 以其坐高 不可伸於屋樑也.

　　顧語車曰 汝終日逐獸 而無所獲乎. 曰然矣. 又曰 汝與彼姝成會否. 車暗揣彼長大 必是靈異之物 不可以欺. 遂直告請罪. 巨人曰 無傷也. 吾置彼女 只爲烹飪之事. 初無衽席之近 汝之相會 實所不關 須勿疑慮也. 乃謂女曰 可備饋來也. 女卽出外 向俄者稅擔處 提一

大鼎宰割 净洗盛於大盆以進之. 巨人啗訖 齁齁而睡. 車滿心疑畏 未能着眠. 詰朝更見巨物 則大抵類人而非人也. 女入廚下備進朝供 客則以飯 而饌用熟肉. 彼則以獐鹿各一 或生或烹 盛盆而進. 吞吃旣盡 曳長身出房 有若螮蚓之宛轉匍匐. 至庭畔始坐 其肩之高過於屋數丈矣.

俯謂車曰 吾觀客相 定有福力. 汝之到此 亦吾所引來也. 彼女汝旣結緣 可挈去率蓄也. 吾有虎豹獐鹿之皮 積貯頗多. 欲給汝 而汝以弱質綿力 何可負去. 吾當爲汝運致. 乃搜出石窟中皮物 盛以大網 荷肩而出 其高如山. 因令車率女先行 從淸川江下流 到海口船泊處 俟我也. 車如其言 少焉巨人擔皮 追到曰 此物論其價 當爲汝一家產矣. 吾亦有請於汝者 汝須於第五日 宰二隻牛 貿百石鹽 待我於此 吾當復至. 遂告別而去.

車賃舟載女與皮歸 賣皮得屢千金. 至第五日 殺牛載鹽 往候信地. 巨人果至 而又負貯皮之大網 乃卸其擔 傾皮物以予之. 沒食二牛 以鹽百石 納其大網而荷之 全不費力. 又曰 後五日可備鹽如前 更待我于此. 車又如其言 而牛則謂以彼之忘未及也. 乃載鹽竝二牛 往待之. 巨人又來 而皮屬之負亦如前. 又收鹽盛網 及見殺牛 邁邁掉頭曰 如欲食之 曷不先托. 今番則理不當食. 揮手將去. 車挽執懇請曰 旣非同類 且無宿誼 胡爲引我 旣以美女 給以三負皮物 價値萬金 可成富翁. 此恩此德 欲報無地. 今玆殺牛 雖不承敎 聊寓微誠 幸少嘗焉. 再三申懇. 巨人忽籌思屈指曰 雖退五日之限 汝志可尙 勉從汝請. 遂沒喫而去曰 今者一別 難期後會 汝可珍重自護. 車又遮路前跪曰 偶因邂逅 感戴心眖 今當永別 曷勝悵缺. 第有此心之紆菀者 人之相知旣深 宜詳其本末. 況不分其類乎. 實未知尊是人耶鬼耶 抑或獸耶山靈耶. 敢此仰質. 巨人曰 吾不欲自我露出. 汝以明年端陽日 往候於博[博]川津頭 遇一少年 靑袍草笠騎驢 而過者問之 則可以

知矣. 因悠然而逝. 車歸家 又賣二負皮物 遂致富饒. 苦待端午 到博[博]津候察行人 果有年少美男子 戴草笠騎靑驢而來者. 車於馬頭施禮 携至靜僻處 班荊對話. 因以巨人之前後事狀 詳告而質問.

　少年愀然長歎曰 不好消息也. 此禹也. 禹之爲物 其存也幸 其亡也不幸. 盖以天地純陽正氣化之 爲英雄豪傑. 而主聖臣良 國泰民安則英雄豪傑 無可施其濟世之才 故其氣也不以爲. 爲時出之彦 而捲而爲禹藏之於深山窮谷. 及夫世道板湯厄運將至 則禹遂自盡 而非食鹽 則不得盡也. 旣盡之後 其氣也散於宇宙 鍾生英雄豪傑. 此輩之生出 豈徒然哉. 彼之索鹽 將欲就盡 而盖其食鹽也 五日一飽則衰 又五日一飽則盡矣. 而中間若食生肉 則其盡之期 退以五日. 其固辭再度之牛者 以此也. 嗟乎不三十年 左海之英雄豪傑 無異於漢末 吾國其殆矣乎. 君之福力誠可賀. 彼之援皮物換鹽 適丁於君. 又旣以美女 而謂之不犯者 亦實也. 人之禀氣也男陽女陰 而男非純陽女非純陰. 男有陽中之陰 女有陰中之陽 是以有男女交媾之理. 而禹則純陽 故不能媾會亦理也 彼女果精潔無他矣. 車大異之 詢其姓名 曰吾鄭夢周也. 遂招舟渡江而去. 不三紀 國內大亂 而英雄豪傑接武而出 此豈非亡禹之所化耶. 圉隱薤節麗國 革世生靈塗炭. 而車挈妻入香山 穩度一生云.

　外史氏曰. 天地太和眞元之氣 鐘爲麟鳳. 於人則鍾爲英傑 必待亂世而出. 二三豪俊之整頓乾坤 自昔然矣. 禹之爲物 能與人遞受純陽之氣 其存其亡 實關否泰之運 未知其故. 而說文曰 禹蟲也. 亦未詳其何物也.

두창(痘瘡) 신령에게 준마(駿馬) 제공하여
두창 걸린 아이 살리다

15-3.〈223〉 접신증참소두아(接神贈驂甦痘兒)

                                                                        이씨(李氏)는 무인 집안 중 이름난 가문 후손이다. 대대로 서산 동암(銅巖) 마을에 살았는데, 선대에 두터운 은덕을 베푼 일이 있었다고 일컬어지고 있다. 이씨는 내포(內浦) 마을에 사는 한 음관과 어려서부터 친구로 절친하게 사귀었는데, 음관은 이미 오래전에 사망했다. 이씨가 집안이 가난하여 재상으로 있는 친척을 찾아가서, 위급함을 구제하기 위한 도움을 얻으려고 했다. 걸어서 길을 나서 가는 도중에 갑자기 옛날 친구 음관을 만났는데, 음관이 이씨에게 무슨 일로 가느냐고 묻자, 이씨는 그 가는 사유를 말해 주었다. 이야기를 들은 음관은 눈썹을 찡그리면서 말했다.

  "그 재상은 손이 작아 야박하여 그대의 방문은 한갓 쓸데없는 고생이 될 것이니, 그러지 말고 나를 따라가는 것이 좋을 것이네. 나는 두창 병을 퍼뜨리는 신령으로서 두루 돌아다니고 있으니, 마땅히 그대를 위해 얼마간의 주선을 해 주겠노라."

이러고서는 문득 보이지 않았다. 이씨는 정신이 멍하여 그가 이미 고인이 된 것을 깨닫지 못하다가 한참 만에 사망했음을 생각하고, 크게 놀라 의문을 품고 어디로 가야 할지를 몰라 길 위에서 주저하고 있었다.

그때 어떤 한 사람이 앞으로 와 절을 하면서, 서산 사시는 이씨 양반이시냐고 물어서 그렇다고 대답하니, 그 사람은 자기 집 두창 신령께서 모시고 오라 했다면서, 곧 인도하여 마을의 큰 집으로 들어갔다. 두창 병에 걸린 아이가 이씨를 기쁘게 맞이하고 주인 늙은이에게 이렇게 말했다.

"이 사람은 나의 절친한 친구이다. 네가 돈 삼십 꿰미를 이 사람에게 주어 인정을 베풀면 곧 너의 집안 두창 병에 대한 근심은 마땅히 편안하게 지나갈 것이다."

주인 늙은이는 그 말대로 이씨에게 돈을 주었다. 이로부터 아이의 병세는 매우 순해지더니 아무 일도 없는 것처럼 사라져 다 낳았다. 사람들이 모두 이를 기이하게 여겨서 집집마다 두창 걸린 사람이 있는 집안에서는 다투어 이씨를 초대하여, 능력에 따라 돈을 주니 온 마을이 두창으로부터 모두 편안해졌다. 이씨는 수십 일 사이에 많은 재물을 얻어 말에 짐바리로 하여 싣고 돌아와 생업을 경영하여 살림살이가 조금 나아졌다.

하루는 이씨가 한가하게 앉아 있으니 문득 또 음관이 나타났는데, 그 뒤로 한 사람의 두타승(頭陀僧)[198]과 총각 하나가 따라와 계단 아래에 나란히 앉았다. 이에 이씨가 물었다.

"저승과 이승은 길이 다른데 그대를 어찌 자주 만나볼 수 있는고?"

"아, 내 이미 두창을 사방에 퍼뜨리고 장차 염라대왕에게 복명하러 가는 길이네. 그런데 우리 일행이 마침 배가 고파 이 형에게 식사를 청해 먹으려고 방문하였다네."

---

198) 두타승(頭陀僧): 집을 나와 번뇌를 버리고 세상을 떠돌며 밥을 얻어먹으며 고행하는 스님. 머리를 완전히 깎지 않고 보송보송하게 머리털이 짧게 남아 있게 깎음. 세속에서 그런 머리를 '두타형 머리'라 함.

음관의 대답에 이씨는 여종을 불러 점심 밥상 세 상을 차려 오게 했다. 그리고 저 두타승은 누구냐고 물으니, 음관은 혼백을 잡아가는 압나차사(押拏差使)로서, 저승 세계에서 힘세기로 이름난 신장(神將)인 황건역사(黃巾力士)와 같은 무리라고 대답했다. 이씨는 또 총각은 누구냐고 물었다.

"이 아이는 어느 고을 선비 집안의 열일곱 살 된 아이로 또한 삼대독자이지만, 어쩔 수 없는 일이어서 잡아가는 중이라네."

"아, 진정 참혹하구나! 그대는 어찌하여 이렇게 잔인한 일을 시행할 수 있는고? 행여 나를 위해 이 아이를 놓아줄 수는 없겠는가?"

이씨의 요청에 음관은 이렇게 설명했다.

"나 역시 시나시게 악착스러운 저사임을 모르는 것은 아니라네. 하지만 처음에 두창을 퍼뜨릴 때 너그럽게 용서하여 사람의 목숨을 앗는 일이 없을 것으로 마음먹었다네. 그런데 시일이 지나고 마지막 돌아가야 할 기한이 되고 보니, 장차 빈손으로 돌아가면 반드시 염라대왕의 책임 추궁에 처벌을 면치 못할 것이니, 이에 저 아이라도 잡아가야 벌책(罰責)을 막을 수가 있을 것이므로, 그대의 부탁은 따르기가 어렵게 되었네."

이씨가 다시 간절히 요청하기를 그치지 않으니, 음관은 두타를 돌아보며 의논을 하는 것이었다. 하지만 두타는, 오늘 이 아이를 놓아주고 돌아가면 어디에서 다시 잡아갈 사람을 구하여 염라대왕으로부터 받는 처벌을 면할 수 있겠느냐고 말하면서, 결코 요청을 받들기 어렵다고 했다. 이에 음관은 말했다.

"그렇다면 돌아가는 기한을 늦추어라. 두창을 시행하지 않은 곳을 찾아가 다스리지 못할 질병을 주어서 잡아가면, 곧 빈손으로 돌아왔다는 추궁을 막을 수가 있을 것이다."

이씨가 옆에서 두 손 모아 사례하며 간절하게 권하니, 두타는 처음에 뜻을 굽히지 않다가 한참 만에 허락했다. 점심을 내왔는데 여종이 밥상 들여놓을 곳을 알지 못했다. 대체로 여종의 눈에는 그 손님이 보이지 않았고 이씨 혼자 볼 수 있었기 때문이었다. 이씨가 밥상 내려둘 곳을 지시하여 내려

놓으니, 두창 신령 일행은 윗사람 아랫사람 모두 잘 먹었다. 그리고 음관과 두타승은 곧 흔적도 없이 사라졌고, 이어 총각도 역시 절을 하고 떠나갔다.

　총각의 집은 이씨 집에서 삼십 리쯤 떨어진 곳에 있었다. 이씨는 마음속으로 매우 의아하고 의혹이 생겨, 찾아가 진실인지 거짓인지를 몸소 탐지해 보고자 했다. 그래서 곧장 말을 달려 그 집에 도착하고 보니, 집에서는 곡소리가 가득했다. 사람들이 과연 이 집 삼대독자 열일곱 살 되는 아이가 두창에 걸려 운명한 지 겨우 반나절이 되었다고 말했다. 이씨는 주인을 불러, 잠시 울음을 멈추고 자기에게 아이 시체를 보게 하면 다시 살아날 희망이 있을 것이라고 말했다. 주인이 처음에는 믿지 않다가 억지로 그 말에 응했다.

　이씨가 시체 옆에 앉아 있으니, 시체에 조금 온기가 있더니 점점 양기를 회복하는 것이었다. 이어 한 번 크게 숨을 쉬고는 몸을 뒤집고 일어나 앉으며 잠을 자다가 깨어난 것처럼 하고는 눈을 들어 이씨를 보았다. 이씨는 아이에게 물었다.

　"네가 능히 나를 알아볼 수 있겠느냐?"

　"예, 조금 전 어르신 댁에서 돌아왔는데 어찌 모르겠습니까?"

　총각은 이러면서, 대략 이씨 집에서 주고받았던 이야기와 점심밥 먹은 일을 이야기했고, 이씨 또한 전체 상황을 설명해 주었다. 총각 집 사람들은 남녀 모두 하늘과 땅만큼이나 즐거워하면서, 손을 모아 감사를 표하고 집안 재산을 기울이어 돈을 내어 그 은덕을 갚았다. 그리고 해마다 의복과 음식을 마련하여 총각을 시켜 찾아와 절을 하고 감사를 표하게 했는데, 이씨가 사망할 때까지 계속하였다고 한다.

　또 다른 이야기로, 하루는 이씨가 바깥채에 앉아 벼 타작하는 일을 보고 있었다. 이때 또한 그 음관이 위의를 성대하게 떨치고 나타났다. 이씨가 근래에는 무슨 관직을 맡아 있느냐고 물으니, 음관은 아직도 두창 신령 직분을 면하지 못하여 호남에 갔다가 돌아가는 길에, 친구 집 대문 앞을 지나게 되어 잠시 옛정을 나누고자 하여 들어온 것이라고 대답했다.

　이씨가 그를 뒤따르는 행차를 보니, 무거운 짐을 실은 수레가 매우 많아 완연히 인간 세상 행차와 같았다. 그리고 또 열두세 살쯤 되는 남자아이가 등에 무거운 짐 보따리를 짊어졌는데, 얼굴색은 힘들어 고통스러워 보였지만 골상은 아름답고 깨끗하여 마치 귀한 가문의 자제 같았다. 이씨가 저 아이는 누구 집 아이냐고 물으니 음관은 이렇게 대답했다.

"호남 어느 고을 김씨 선비 집안 아들로, 짐을 지우고 가는 정경이 비록 심히 슬프고 가엾지만, 어쩔 수 없어 데리고 간다네."

이씨가 다시 그 까닭을 물으니 음관은 이런 설명을 했다.

"저 아이는 과부의 아들로 누이도 없는 외동아들이라네. 그래서 나도 가엾게 여겨 처음에는 순한 증세의 병을 주어 잘 벗어나 무사하게 하려고 하였나네. 그런데 저 아이 집안 형편이 조금 넉넉하여 두창 신령에게 빌어 전송하여 내보내는 재(齋) 행사에서, 제물(祭物)을 뇌물처럼 너무 풍성하게 많이 올렸다네. 저승의 정해진 관례에 따르면 올린 제물을 모두 실어 가서 염라대왕 앞에 바쳐야만 하게 되어 있어. 그런데 우리 행차 중에는 짐을 실을 말이 없고 또한 짐을 지고 갈 사람도 없는 까닭으로, 부득이하게 저 아이를 짐꾼으로 정하여 함께 거느리고 가게 되었지."

이 설명에 이씨는 참혹하여 차마 볼 수가 없다고 한탄했다. 그리고 마땅히 자신 집안의 말을 바쳐 저 아이가 지고 가는 짐을 대신 실어 가게 하고, 아이는 풀어 주면 어떻겠느냐는 제안을 하니, 이에 음관은 좋다고 허락했다. 이씨는 즉시 종에게 명하여 마구간에 있는 말을 끌어내 오게 했는데, 얼마 지나니 말이 갑자기 죽었다. 음관은 대화를 끝내고 바로 떠나갔다.

두서너 달이 지난 뒤에, 여자를 태운 가마 한 채가 이씨 집으로 들어왔다. 이씨가 어디에서 온 내행(內行) 가마인지를 물으니, 호남의 어느 고을 아무 댁 부인으로서 아이를 데리고 왔다고 알렸다. 이씨가 다시 자기 집으로 찾아온 까닭을 물으니 다음과 같이 말했다.

"우리 아이가 두창에 걸렸다가 병세가 순하여 잘 지나가는 듯했는데, 송신(送神) 제사 뒤에 갑자기 죽어 임시 매장인 빈(殯)을 하여 묻어 두었습니다. 며칠 뒤에 문득 그 빈에서 연기 같은 기운이 솟아올랐습니다. 급히 매장한 것을 헤치고 파내니 시신을 묶었던 끈이 모두 풀어지고 아이가 미끄러지듯 일어나 앉았습니다. 그리고 동암 이씨 댁에서 두창 신령과 더불어 나눈 이야기며, 말을 대신 바치고 가던 짐을 바꾸어 싣게 한 일을 자세히 설명했습니다. 어미 된 마음에 은덕을 입은 감사함이 강과 바다로도 헤아릴 수 없을 만큼이나 컸습니다. 그래서 아이를 데리고 집안을 거둬 철수하여 어르신 집안에 의탁하여 한평생 받들어 모시면서, 그 은혜에 만분의 일이라도 갚아 드리려고 이렇게 온 것입니다."

이씨는 그 정성을 가상히 여기고 그를 위해 잘 주선하여, 집에서 조금 떨어진 냇물 건너편에 거처를 마련하고 편안하게 살도록 해 주었다. 아이는 이로 인해 이씨(李氏)로 자기 성을 바꾸고 살아서 뒤에 후손이 번성하였다. 이 일로써 동암의 이씨는 천남(川南)과 천북(川北) 두 계열의 가문이 생기게 된 것이라고 한다.

외사씨는 말한다. 천연두를 일으키는 두창 신령인 서신(西神)에 대한 이야기는 이미 오래전부터 널리 알려져 왔다. 다만 시골 마을 무지하고 어리석은 남녀가 맹목적으로 지나치게 신봉하여 받드는 것만이 아니고, 하나의 신념으로 되어 버렸다. 나는 분명히 이르는데, 두창은 사람 심장 경락인 심경(心經)이 열기를 받아 발현된 것이라고 믿는다. 즉, 잡념과 일체의 생각을 텅 비운 상태인 허령부(虛靈府)[199]에, 뜨거워진 열(熱) 기운이 의지하여 붙게 되면, 간혹 신이(神異)한 일이 나타난다. 그런 신이한 일이 과연 두창 신령이 있어서 그런 것이겠는가? 두창 신령에게 뇌물을 너무 많이 바친 것이 도리어 재앙을 매개하는 구실이 되었다. 사람 사는 세상에서 뇌물을 주어 출세하려는 사람들도, 역시 그 바친 뇌물이 모르는 사이에 재앙을 받는 단초가 되지 않을 것임을 누가 확신하겠느냐? 이는 한 가지 일을 하여 도리어 세 가지를 뒤집어엎는 것과 같으니, 가히 경계하지 않을 수 있겠는가?

---

199) 허령부(虛靈府): 어떤 생각이나 잡념이 없이 텅 비어 무슨 영험(靈驗)이 잡힐 것 같은 상태의 마음속.

東野彙輯 卷之十五
○ 第百十二号 述異部 二 神奇

接神贈駿甦痘兒

　　李弁某武家大族也. 世居瑞山銅巖 先世有以厚德稱. 與內浦一蔭官 爲竹馬交 蔭官作故已久. 李以貧窮 方往親黨之作宰處 要得依助以紓急. 徒步作行 路遇蔭官 問李何往 李道其由. 蔭官蹙眉曰 某宰手極狹 君往徒勞 莫如隨我而去. 我方以痘神遍行 當爲君籌之. 因忽不見. 李怳惚不省其已故 終乃思得 大爲駭惑 莫知所向 躊躇路上. 有一人來拜曰 公是瑞山李班乎. 曰然. 其人曰 吾家痘神奉邀. 遂導入村中大第. 痘兒欣然迎款 因謂主翁曰 此吾切友 汝以三十緡錢作人情 則汝家痘憂 當太平矣. 主翁從其言 出錢以贈李. 自是兒痘極順 無事出場. 人皆異之 家家有痘 競引李來 隨力贈遺 一村之痘 俱得安穩. 數旬之間 所得甚夥 馱歸營產 生計稍優.

　　一日閒坐 蔭官忽又來現 而一頭陀一總丱 跟其後 羅坐階下. 李曰 幽明路殊 君何頻顧. 蔭官曰 吾旣行痘四方 將復命於冥府 一行適飢 爲訪兄求食而來. 李即呼婢 備午飯三床. 因問彼頭陀誰也. 曰押拿差使 即黃巾力士之類. 又問總丱誰也. 曰此係某鄕士族家 十七歲兒 且是三世獨子 而不得已拿去矣. 李曰 慘哉 君何作此殘忍之擧乎 幸爲我放還. 蔭官曰 吾亦非不知齷齪 而初頭行痘 務從寬縱 無損人命. 轉至末梢 將未免空手而歸 必遭冥府之責罰 押去此兒 方可塞責 難從主人之托. 李復強請不已 蔭官顧議頭陀. 頭陀曰 今當撤歸 何處更得可拿之人 免被地府之罰乎 決難奉副. 蔭官曰 然則姑緩歸期

更尋未痘者 畀以不治之症 則庶可塞白. 李合辭懇勸 頭陀靳持 良久竟許之. 午飯出來 婢莫知進床處 蓋以其眼未見客人 而李獨見之. 乃指示可置處 上下喧吃. 蔭官與頭陀 倐忽無跡 總卂亦拜辭而去.

總卂家在三十里地 李心甚訝惑 欲躬探虛實. 卽馳到其家 哭聲滿室. 果是三世獨子 十七歲兒 以痘症殞命 纔半响云. 李喚主人曰 須暫止哭 令我入見 或有回甦之望. 主人初不深信 而强應之. 李入坐尸側 尸體微有溫氣 漸得回陽. 一番吐氣 翻身起坐 如寐得醒 擡眼視李. 李曰 汝能知我乎. 對曰 吾俄從貴宅還 豈有不知之理乎. 因略敍酬酢吃飯之事 李亦備說一通. 主家內外 歡天喜地 攢手稱謝 傾家財以酬德. 每歲備衣服饌品 令卂來拜而致之 終其身云.

一日李坐外軒 看打稻. 又見其蔭官 張威儀來現. 李問近做何官. 答曰 尚未免西神之役 自湖南回路 過君之門 故欲暫欵舊耳. 李見其隨後 輜重頗多 宛如人世. 又有十二三歲男子 背負重卜 顏色苦楚 而骨相清瑩 如貴家子弟. 李問彼是誰家兒也. 答曰 彼卽湖南某邑金姓士族 情景雖甚慘矜 不得已率去耳. 李叩其故. 曰被是寡婦之子 且無妹獨身也. 吾亦矜憐 始畀以順症 善爲出場矣. 彼以家計稍饒 方其送神 賂物豐多 依地府已例 將盡爲輪去. 而行中旣無卜鬐 又無可負者 故不得已以彼兒 定爲卜軍挈去耳. 李曰 慘不忍見矣. 吾當以馬疋奉呈 駄去彼兒所負之物 而兒則放送何如. 曰諾. 李卽命牽出廐馬來 須臾馬忽斃矣. 遂話別而去.

數朔後 一內轎入門. 李問何來內行. 曰湖南某邑某宅 携兒而來. 又問何故. 曰家兒順經痘症 送神後暴死 出殯有日 忽自殯所 有氣如烟. 亟往破殯 則絞斂盡解 兒蹶然起坐. 詳說銅巖李氏宅 與神酬酢給馬替卜之事. 爲其母之心 感戴恩德 河海莫量. 遂率兒撤家而來 依托門下 終身服事 少效萬一之酬. 李嘉其誠 爲之主辦 得隔川一家俾安接焉. 兒因以李爲姓 其後裔繁盛. 自是銅巖之李 有川南川

北二族云.

　　外史氏曰. 西神之說盛行已久. 非徒閭巷間 庸夫愚婦之所酷信而謹奉也. 余謂痘症 心經熱氣之發現者也. 虛靈之府 熱氣所憑 或有神異之事 其果痘之有神而然歟. 賂遺之豊多 反爲媒禍之資. 陽界上納賂求進者 亦安知無陰受災害之端乎. 此足以擧一反三 可不戒哉.

신선과 친하여 얼음 속에서 잡아 준 잉어로 아내 병 고치다

15-4.〈224〉 방선획린구병처(訪僊獲鱗救病妻)

정씨(鄭氏)는 홍산(鴻山)에 사는 선비이다. 부친상을 당하여 겨우 입관해 성복(成服)을 마쳤다. 마침 건너편 부잣집 아들인 열다섯 살 아이가 두창(痘瘡) 병에 걸렸는데, 그 아이가 부모에게 정씨 선비 집안 상주를 맞이해 오게 해 달라고 간절히 요청했다. 부자는 아이의 말에 따라가서 맞이해 오려고 했지만, 정 선비는 어찌 두창에 걸린 아이의 일 때문에 상주인 선비가 경솔하게 평민의 집에 갈 수 있겠느냐고 말하고 거절했다. 이에 부자는 두세 번을 거듭 간절히 요청했지만 정씨는 끝내 가는 것을 허락하지 않았다.

이후 부잣집 아이의 두창 병은 매우 빠르게 진행되어 위중하게 되었다가 갑자기 구제하지 못하는 지경에 이르고 말았다. 이어 죽은 아이의 동생이 또 두창에 걸렸는데, 병중에 정 선비를 데려와 달라고 하는 말이 그 형의 말과 하나같이 똑같았다. 이에 부자 부부가 정 선비 집에 와서 눈물을 흘리며 애걸하면서 말했다.

"큰아이의 죽음이 오로지 상주께서 와 주시지 않은 까닭이온데, 지금 또한 이전처럼 단호하게 거절하시면 둘째 아이도 역시 반드시 죽게 될 것입니다. 이렇게 되면 소인에게 자식이 없게 되는데, 상주께서는 차마 어찌 이런 일을 두고 보시려는지요??"

이러면서 간절하게 말하는 모습이 슬프고 가엾어 사람을 감동시키었다. 곧 정 선비 모친도 힘써 가 보기를 권하였다. 이에 정 선비는 억지로 가게 되었는데, 두창 걸린 아이가 정 선비를 보니 기쁜 듯이 앉아서 말했다.

"너는 내가 누구인지를 기필코 알아보지 못할 것이다. 나는 곧 고양 군수였던 너의 증조부이다. 니의 부친 신사의 비통함은 이찌 모두 말로 표현히겠는가? 네 심하게 야위어졌는데, 아마도 고기를 먹지 않고 소식(素食)을 한 까닭이로구나."

정씨는 상주로서 소식을 하지 않을 수 없다는 말로 대답하였다. 곧 아이가 부자를 불러 말하기를, 지금 모름지기 묵은 씨암탉 한 마리를 삶아 이 상주에게 주고, 병을 앓는 아들, 곧 자기에게도 먹이도록 하라고 명령했다. 이 말에 부자는, 지금 집에 객주(客主)[200]를 받들어 모시고 있어서, 비린내 나는 고기를 먹지 못하게 금하는 계율을 어길 수 없으므로, 감히 명령을 받들지 못하겠다고 대답했다. 이 말에 두창 걸린 아이는, 자신이 이미 명령을 하는데 무슨 거리낌이 있느냐고 나무랐다. 그러자 부자는 오래 묵은 닭을 잡아 삶아 아이와 정 선비에게 먹도록 하였다. 먹기가 끝나니 또한 아이는 부자를 불러 이렇게 말했다.

"이 상주가 입고 있는 옷이 매우 낡고 더러우니, 네 집에서 옷 한 벌을 지어 주도록 하여라."

"예, '손님'을 잘 모셔 보내 드린 다음에 천천히 그러겠습니다."

---

200) 객주(客主): 손님. 옛날에 아이가 천연두에 걸리면, 병을 퍼지게 하는 신령이 집에 들어왔기 때문이라 생각하고, 상에 쌀과 돈을 올리고 촛불을 밝혀 마마 신령을 모시고 '손님'이라 했음. 거기에 몸을 깨끗이 하고 정성 들여 절을 하며 무사히 지나가기를 빌었던 풍습에서 온 말.

"아니다. 내 명령으로 옷을 지으라고 한 것이니 조금도 방해가 되지 않는다. 너의 집 농 속에 다듬이질해 넣어 놓은 베를 꺼내 마름하여 옷을 지으면 되니, 혹시라도 지체하면 너에게 죄를 물을 것이니라."

그러고는 또 더하여 부자에게 말했다.

"상주 집에는 부친 장례를 치를 물자가 없다. 너는 한동네 사는 정의로, 장례의 어려움을 구제해 주는 의리인 포복지의(匍匐之義)가 없을 수 없으니, 쌀 두 포대와 벼 열 포대를 실어 보내도록 종들에게 지시하라."

이어서 아이는 정 선비에게, 진실로 사망한 부친 장지(葬地)를 정한 곳이 없느냐고 물었고, 정 선비는 그렇다고 대답했다. 아이는 곧 창문을 열고 한 곳을 가리키면서,

"저기 큰길 아래 평지에 어느 향(向)으로 묏자리를 정하여 묘를 쓰도록 하라. 그곳은 자못 좋은 자리이니라."

그리고 정 선비를 사흘 동안 머물게 한 뒤 아이가 말했다.

"반드시 여기 오래 머물 필요가 없다. 오늘 돌아가서 장례를 치르는 것이 좋겠다. 나 역시 며칠 안에 마땅히 돌아갈 것이다."

이러고 부잣집 아이는 두창 병을 순조롭게 마치었다. 그리고 정씨 상주 집에서는 아이가 정해 준 곳에 묘를 썼는데, 그 묏자리가 매우 좋은 자리여서 자손들이 크게 번성하였다.

또 다른 이야기로, 정 선비 집 이웃에 도감(都監)[201]이라고 불리는 김씨(金氏) 성을 가진 노인이 있었는데, 연로(年老)한 데다가 가난하여 불우한 환경에 의욕을 잃은 사람처럼 아무 하는 일 없이 살고 있었다. 정 선비가 그와 더불어 담소를 위한 교제를 하여, 노인은 아침저녁으로 내왕했다. 김 도감은 나이 육십이 지났으나 앳된 모습이 젊은이 같아서, 동네 사람들이 그를 지선(地儒)이라고 칭했다.

정 선비 아내가 병에 걸려 걱정하고 있으니, 김 도감이 의문을 표하면서

---

201) 도감(都監): 나라의 장례나 궁중 혼사 같은 큰 행사 때 임시로 임명되는 직책. 또 절에서 돈이나 곡식을 관리하는 책임자를 일컫기도 함.

부인의 병이 어떤 빌미에 의한 질환이냐고 물었다. 정 선비가 이 병은 아이를 낳고 난 후에 생기는 여러 가지 질병 중에 하나라고 설명했다. 그랬더니 김 도감은 만약에 잉어 두 마리만 삶아 먹는다면 곧 쾌차할 수 있는데, 무엇 때문에 크게 걱정을 하느냐고 했다. 그러나 정 선비가 한창 추운 겨울철에 어디에서 물고기를 구하겠느냐고 어려워하니, 김 도감은 매우 쉬운 일이라고 하면서, 종을 자기에게 딸려 보내면 마땅히 잉어를 받들어 올리겠다고 했다.

그래서 정 선비는 종을 불러 그와 함께 가도록 하였다. 김 도감은 한 막다른 골짜기 언덕 아래 웅덩이에 이르러 옷을 벗고 얼음을 깨고 들어갔다가, 얼마 지나서 물고기 두 마리를 손에 쥐고 나왔다. 종이 물고기를 가지고 돌아와 정 선비에게 바쳐 약으로 쓰니, 아내의 병이 깨끗하게 나았다. 이에 정 선비 부인이 매우 고마워하며, 겨울옷 위아래 한 벌을 고운 천으로 두꺼운 솜을 넣어 손수 지어 김 도감에게 주었다. 김 도감은 옷을 받고 이런 말을 했다.

"이 옷은 평소에 입을 수 없으니 내 반드시 수의로 하겠습니다."

김 도감이 옷을 가지고 간 후 수일이 지나, 소식을 들으니 그가 사망했다는 것이었다. 이에 정 선비는 크게 놀라 그 집으로 가서 보니, 그 아내와 아들이 비록 곡을 하고 있었지만, 아직 입관을 하지 않아 상복도 안 입은 상태였다. 그래서 정 선비가 관이며 염습에 필요한 일체의 모든 절차에 따르는 비용을 대신 도와서 지급해 주고 돌아왔다. 그리고 이튿날 소문을 통해 김 도감의 온 집안 가족이 하나같이 집을 비우고 모두 도망갔다는 말을 들었다. 정 선비는 매우 의아하게 여기고 동네 사람들에게 물어보니 그들이 어디로 어떻게 도망갔는지의 단서는 전혀 없고, 김 도감의 관만 임시로 빈(殯)을 해 묻어 놓고 가 버렸다고 했다.

곧 정 선비는 이웃에서 서로 친하게 지내던 정의(情誼)로 장례를 치러주고자 했다. 종들을 거느리고 동네 사람들과 함께 임시로 빈해 놓은 것을 파보니, 관은 비어 있고 앞서 아내가 지어준 옷만 관 속에 있었다. 흡사 매미가 허물을 벗어 놓고 빠져나간 것과 같았다. 즉 지선(地仙)의 시해(尸解)방법 중 하나인, 죽어서 알몸만 빠져나가 다른 곳에서 살고 있는 선탈(蟬脫)을 한 것이었다.

외사씨는 말한다. 정 선비는 두창 신령의 도움으로 옷과 음식을 얻고, 묏자리까지 구할 수 있었다. 또, 그는 김씨 노인이 얼음 속에 들어가 잡아준 물고기로 부인의 산후병을 치료하였다. 그것은 아마도 하늘이 도운 것이지 사람의 힘으로 된 것은 아니다. 그런데 정 선비 조상의 영혼이 후손을 도우려고 하였다면, 곧 어찌 조상이 직접 지시하여 알려 주는 방법이 아니고, 하필 천연두 병에 걸린 아이의 입을 빌린 것은 무슨 까닭인가? 김씨 노인은 거의 신선술(神仙術)을 행사하는 사람에 가까운데, 다른 기이한 행적이 없고 단지 시체가 사라지는 시해(尸解) 방법 한 가지만 있으니, 모두가 알 수 없는 일이로다.

東野彙輯 卷之十五
○ 第百十二号 述異部 二 神奇

訪儂獲鱗救病妻

鄭某鴻山士人也. 遭外艱 纔經成服. 相望地有富民 子十五歲兒患痘. 痘兒固請於其父母 使邀來鄭家喪人. 依兒言往邀 鄭拒之曰 吾豈以痘兒之故 而輕赴常漢家哉. 再三苦懇 終不肯往. 富民兒痘駸駸危重 遽至不救. 其弟繼患痘 病中之言請鄭喪人 一如其兄. 富民夫妻往鄭家 涕泣哀乞曰 長兒之死 專由於喪主之不降臨 今又如初 則次兒又必死. 使小人無子 喪主胡令忍此. 懇辭惻怛 令人感動. 鄭之母夫人 力勸其往.

鄭乃強往之 痘兒見鄭 欣然起坐曰 汝必不能省識我之爲誰某. 我卽汝之曾祖高陽郡守也. 汝父之喪 慘痛何言. 汝之瘦瘠甚矣 無乃食素之故耶. 對以不能食素. 痘兒乃呼富民曰 汝須烹陳鷄一首 以進於此喪主 兼餉汝兒也. 富民對曰 奉侍客主 而犯腥戒 有所不敢. 痘兒曰 吾旣命之 汝有何拘. 遂烹進 痘兒與鄭喫訖. 又呼富民曰 此喪主所着弊陋 汝家製進一件衣服可也. 富民曰 拜送客主後 徐圖之矣. 痘兒曰 製衣以吾命 則少無妨. 汝籠中搗置布疋 以裁縫 或少緩罪汝. 又曰 喪人宅無葬需. 汝以洞內之誼 不可無匍匐之義 卽命輸送二包米十包租. 因語鄭曰 汝父葬地 姑無定處乎. 對曰然. 痘兒卽開窓指一處曰 彼大路下平地 以某向裁穴用之 則頗佳矣. 留鄭三日 痘兒曰 不必久留此 今日歸去 營葬可也. 吾亦不多日內 當歸矣. 富民兒經痘至順. 鄭喪家入葬於痘兒所指處 山地洵好 子姓蕃衍.

鄭之比隣 有金都監者 年老家貧 落拓無所事. 鄭與之爲談交 朝夕相訪. 金年過耆艾 貌如少壯 洞里稱以地儒. 鄭以妻病爲憂 金問曰 主人內患緣何祟也. 曰此是產後本症也. 曰若用鱗魚二尾 則可得快差 何必爲憂. 曰當此深冬 於何得之. 曰易矣. 與奴子同去 當得奉矣. 主人呼奴 而偕之. 金到一湫池 解衣破氷入之 須臾抱魚二首 而出來與之. 歸而用之 內病快袪. 鄭之夫人以爲感激 冬衣上下 厚綿細布 手裁以給. 金曰 此衣不可以常着 吾必爲壽衣. 持去數日 聞金都監不淑. 鄭驚愕往見 則其妻子雖已擧哀 而未得掛孝. 鄭助給其凡百 以至棺斂. 翌日聞金都監渾家一空 盡爲逃去. 鄭甚訝之 詢于洞內 則彼無逃去之端 而金也之柩殯置而去云. 鄭以隣里相親之誼 欲爲營葬. 率其奴子與洞人 破殯則空棺 而向來所給衣 在於棺內 若蟬殼之蛻去矣.

外史氏曰. 鄭賴痘神 而獲衣食占山地. 又因金老 用氷魚而療室憂. 殆天所佑 非人力也. 第其先靈要庇後孫 則豈無指導之方 而必借痘兒之口何哉. 金也似近仙術者 而無他異蹟 只有尸解一事 俱未可知也.

감영에서 정효성(鄭孝成)에게
무당 놀이 부탁해 곤욕 당하다

15-5.〈225〉 당헌청희피곤욕(棠軒請戲被困辱)

감사(監司)를 역임한 정효성〈鄭孝成; 명종15(1560)~인조15(1637)〉은 현곡(玄谷) 정백창(鄭百昌)[202]의 부친이다. 일찍이 화순(和順) 현감으로 부임했다가 돌림병에 걸려 사망했다. 그런데 온몸이 차가웠지만, 심장 아래에 조금 따뜻한 기운이 있어서 하룻밤을 지나도록 거두어 염습하지 않고 기다렸다. 그랬더니 그가 문득 꿈에서 깨어나듯 일어나, 다음과 같은 이야기를 했다.

"저승사자가 와서 나를 불러 길을 인도하여 데리고 가서, 한 관아에 도착해 사자(使者)가 관아로 들어가 고하자, 관인(官人)이 말하기를 지금 불러 온 사람은 잡아 올 사람이 아니라고 했다. 그러고는 사자를 재촉하여 다시 인도해 돌아가도록 하라고 명령하는 것이었다. 그래서 사자와 돌아와, 화순

---

202) 정백창(鄭百昌): 선조21(1588)~인조13(1635). 경기도 관찰사로 재직 중 병사하였음.

지역으로 들어오니, 길갓집에서 북을 치며 신령을 달래는 무당굿을 하고 있었다. 사자가 말하기를 이 집에 들어가 잠시 쉬면서, 술과 음식을 찾아 먹고 가기를 원한다고 했다. 그래서 사자를 따라 그 집으로 들어갔는데, 무당이 말하기를 우리 고을 성주(城主)님이 오셨다고 했다. 곧 상좌에 맞이해 앉게 하고 술잔을 받들어 올려 권했다. 사자에게도 음식을 먹게 하여 잔뜩 취하게 한 다음 보내 주었다. 이후 나는 관아로 들어와 의연히 깨어나게 되었다."

이렇게 말한 정 현감은 곧 심부름하는 종자(從者)에게 그 집으로 가서 살펴보라고 명하였다. 종자가 가서 그 길갓집을 살피니 밤중에 하던 굿이 아직 끝나지 않았기에, 들어가 사실을 물어보자 무당은 현감의 말과 같은 이야기를 했다. 이로부터 정 현감은 무당처럼 죽은 사람 영혼을 불러오는 초혼(招魂)의 일을 잘했다.

백강(白江) 이경여(李敬輿)가 충청도 관찰사가 되어 부임했을 때, 마침 정효성이 그 관할의 수령으로 있었기에, 관찰사에게 인사를 올리려고 갔다. 그런데 관찰사 이경여의 나이가 젊어 정효성의 아들 현곡 정백창과 친구였던 까닭으로, 정효성을 '어르신'이라고 불렀다. 하루는 이 관찰사가 정효성에게 이렇게 간청했다.

"어르신께서 나를 위해 평소에 잘하시는 그 영혼 불러오는 초혼 놀이를 한번 보여 주시기 바랍니다."

일반적으로 죽은 사람 영혼을 불러오는 무당의 일을 '신들렸다'고 말하는데, 정효성은 이 일을 '동동곡(鼕鼕曲)'이라고 했다. 이때 정효성이 이 놀이를 잘했으므로, 이 관찰사가 이것을 보여 주십사고 청한 것이었지만, 정효성은 얼굴색을 바꾸며 말했다.

"사또께서는 어찌 이와 같은 말을 하십니까? 지금 관아에 아랫사람들이 많이 모여 있고 보는 눈이 많은데, 이곳에서 관원의 신분으로 어찌 그런 놀이를 할 수 있겠습니까?"

이에 관찰사는 주위를 모두 물러가라고 명령했다. 정효성은 또한 어찌 관아 청사에 정좌하여 연극 같은 놀이를 하겠느냐고 말하고는, 머리를 흔들며 난색을 표했다. 그러자 관찰사는 그를 데리고 방 안으로 들어가 창과 문을 굳게 닫아 잠갔다. 정효성은 드디어 온몸을 흔들고 빙글빙글 돌면서 혼백을 부르는데, 그 동작이 여자 무당이 신령을 부르는 것과 같았다. 그리고 그는 이미 작고한 관찰사 선친이 하던 말과 동작을 하고, 손뼉도 치면서 담소를 나누는 모습이 평소 살아 있을 때와 완연히 같았다. 이어 관찰사 선친이 살아 있을 때 부부 잠자리에서 애정을 나누던 이야기까지 하면서 거리끼는 바가 없었다. 관찰사는 듣기 거북하여 밖으로 나가려고 하였으나 방과 창이 굳게 잠겨 있었다. 게다가 정효성이 굳게 붙잡아 움직이지 못하게 하니, 그는 한바탕 크게 고통을 당했다. 정효성이 고을로 돌아가려고 하면서, 비밀리에 아뢸 일이 있으니 사람들을 물리쳐 달라고 청하였다. 그리고 귓속말로 '니는 내 아들이다.'라고 말하고 일어나 떠나갔다.

그 뒤에, 관찰사가 정효성과 친한 여러 늙은 수령들을 초청하여서 몇 사람이 한담을 나누고 있는데, 관찰사가 정효성에게 어르신께서 근래 어떤 병이 있느냐고 물었다. 정효성과 사람들이 아무 병도 없다고 대답하니, 관찰사는 이렇게 말했다.

"현감 어르신께서는 반드시 병이 있습니다. 하지만 진실로 여러분이 모르고 있을 따름입니다."

이 말에 무슨 병이냐고 물으니, 관찰사는 곧 설명했다.

"전번에 비밀스러운 일이 있다고 하면서 주위를 물리쳐 주기를 원했습니다. 그러고는 나를 보고 '부친'이라고 불렀습니다. 비록 상관에게 아첨하고자 함이었겠지만, 어찌 패륜의 행위가 아니겠습니까? 이런 까닭으로 병이 있음을 알게 되었습니다."

이 말에 여러 사람들은 크게 웃고 조롱하며 꾸짖었다. 이에 정효성이 비록 자신이 관찰사를 아들이라고 말했다는 사실 해명을 해 주었지만, 사람들은 이를 믿어 주지 않았다. 이렇게 정효성은 역시 크게 곤욕을 당하고 말았다.

또 다른 이야기로, 정효성이 윤씨(尹氏) 성을 가진 재상과 농담을 하고 있는데, 윤 재상이 때마침 감기에 걸려 신음하며 괴로워했다. 이를 본 정효성이 속여 말했다.

"내가 근래에 감기 병을 고치는 신기한 처방을 알고 있는데, 파초 잎 한 묶음을 끓여 두세 번 복용하면 곧장 신통스러운 효험이 있습니다."

윤 재상은 이 말을 진실이라 생각하고, 곧바로 파초 잎 한 묶음을 삶아 복용했다. 후에 다른 사람에게 들으니 파초 잎은 소의 병을 다스릴 때 주로 사용하는 방법이라는 것이었다. 대체로 흔히 '윤(尹)' 한자에서 꼬리를 자르면 '소 축(丑)'자가 되므로, 윤 씨를 '소'라고 놀리는 해학을 이용하여 정효성이 윤 재상을 곤혹스럽게 한 것이었다. 윤 재상이 속은 것을 알고 매우 분하게 여겨, 이를 갚아 주리라고 생각하고 있었다.

하루는 정효성 부친이 병에 걸려 윤 재상에게 의원에 관해 물었다. 윤 재상은 도감(都監)[203] 소속 군사(軍士) 한 사람을 추천하며 말했다.

"이 사람은 최근에 크게 알려진 신이한 의원이니, 이 사람 처방 한 첩이면 바로 효험이 있을 것일세. 의원은 병을 치료할 뿐이지, 어찌 사람의 지위가 높고 낮음을 논의하겠는가?"

정효성은 이 말을 믿고 말을 보내 그를 불러와 대청 위로 올라오라고 명령하니, 지위 낮은 군사가 감히 올라갈 수 없다며 사양했다. 억지로 명령한 뒤에야 군사는 황송해하며 몸을 굽히면서 올라왔다. 정효성은 이렇게 간청했다.

"부친 병환이 지금 매우 위급한데, 들으니 그대가 묘한 처방을 잘 알고 있다고 하니, 서로 번거롭지만 한 번 진맥해 주기를 부탁하네."

"예. 그런데 소인은 처음부터 의원의 처방을 알지 못합니다. 소인이 능히 할 수 있는 것은 다만 당나귀의 병을 고치는 일일 따름입니다."

군사의 말에 정효성은 비로소 자신이 속았음을 알고 매우 부끄러워하

---

203) 도감(都監): 고려·조선 시대에 국장(國葬)·국혼(國婚)·궁궐 축조 등 국가의 중대사를 관장하게 하려고 베푼 임시 관청.

며 화를 냈다. 세속에서 한자 '정(鄭)'[204]을 농담으로 당나귀라고 하는 까닭에 놀려 주려고 말한 것이었다.

또 다른 이야기가 있다. 정효성이 사망한 뒤에 그 혼령이 숙천(肅川) 관노(官奴)에게 가서 붙어서, 사람들과 호응하자 모두들 존경하고 그를 신봉했다. 참판(參判) 정문익(鄭文翼)[205]은 자(字)가 위도(衛道)인데, 정묘 강화(丁卯講和)[206] 이후 통신별사(通信別使)가 되어 심양에 가는 길에 숙천에 있는 숙녕관(肅寧館)에 이르렀다. 정문익은 사행(使行) 행차의 진행에 대한 길흉을 묻고자 하여, 관아 대청 위에 의자를 설치하고 붉은 보자기를 덮어 놓은 다음, 관노를 불러서 계단 아래에 서 있게 했다. 얼마 뒤 허공에서 벽세(辟除) 소리가 나더니 비록 그 모습은 보이지 않았지만, 의자 위 붉은 보자기가 회오리바람처럼 솟아오르더니, 나타나서 걸터앉은 모습처럼 보였다. 그러고는 말했다.

"위도여! 근래 병 없이 잘 있었느냐?"

이러고, 옛날 일들을 이야기하는데 완연히 살아 있을 때와 같았다. 그때 정문익이 사신의 임무를 받들어 오랑캐 속으로 들어가는데 길흉이 어떠할지를 알지 못하겠다면서 물었다. 곧 행차 도중에 잠깐 놀랄 만한 소동이 있겠으나 걱정할 것은 못 되고, 마땅히 아무 일 없이 다녀오게 될 것이라고 대답했다. 그리고 정문익은 또, 자신이 집을 떠난 지 오래되었는데 집안 안부가 어떠한지를 물었더니, 혼령은 집을 들러 보고 오겠다고 말하고는, 조금 지나 이렇게 알려 주었다.

"온 집안이 편안하니 걱정하지 않아도 된다. 그런데 자네 초당 앞에 있

---

204) 정(鄭): 세속에서 '鄭'자를 '당나귀 정'이라고 함. 이 한자를 쓸 때 위의 여덟 팔(八) 자를, 왼쪽에 점(丶)을 찍고 오른 쪽에 삐침(丿)을 붙이기 때문에, 위로 두 꼭지가 쫑긋해 당나귀 귀와 같다고 하여, 정씨(鄭氏)를 당나귀라고 놀려 주는 해학임.

205) 정문익(鄭文翼): 선조4(1571)~인조17(1639). 충청도 관찰사 역임. 심양에 사신으로 간 것은 인조 9(1631)년으로서 정효성이 살아 있을 때인데, 억지로 연결 지은 것임.

206) 정묘 강화(丁卯講和): 인조5(1627)년 1월 북방 후금(後金)의 군사가 쳐들어온 정묘호란으로, 이해 3월에 후금과 화의를 맺은 강화 조약(講和條約)임.

는 오죽(烏竹) 중에 가장 큰 것이 중간이 부러졌더구나."

정문익은 다시 궁금하여, 앞으로도 오래도록 여기 숙천에 머물러 있을 것이냐고 물었더니, 이렇게 말하고 떠나가 버렸다.

"나는 내년이면 마땅히 중국의 절강성(浙江省) 어떤 집에 다시 환생(還生)하게 될 것이네. 그렇게 되면 이후 다시 보기 어려울 것일세. 위도여, 잘 가게나."

또한 벽제 소리가 나더니, 관노의 얼굴이 비로소 사람의 모습으로 돌아왔다. 정문익은 행차 도중 낭자산(狼子山)에 이르렀을 때 중국인의 일로 잠시 놀라는 일만이 있었다. 사신의 업무를 잘 마치고 집으로 돌아와 보니, 과연 오죽 중 제일 큰 것의 중간이 부러져 있었다. 하나같이 그의 말과 일치하였으니 기이한 일이었다.

외사씨는 말한다. 무당에 관한 일은, 비록 저승의 일에까지 통달한다고 하지만, 간사하고 망령스러움 같은 것이 있다. 그래서 옛날 사람은 무당이 사람을 미혹시키는 일이라고 하여 금지하였다. 후세로 오면서 하나의 습속으로 되어 점차 굳어지고 깊이 파고들어, 어리석은 시골 남녀들이 지나치게 믿어 정신을 잃고 미혹해지기도 하니, 어찌 잘못된 일이 아니겠는가? 정효성이 귀신을 접하고 죽은 사람 혼령을 부를 수 있다는 것은 이미 괴이(怪異)한 일이다. 그런데 지방 관장으로서 관찰사가 집무하는 정당(正堂)에서 혼령을 불러오는 놀이를 하게 한 것은 이 무슨 망령인가? 이경여(李敬輿)가 강하게 권하여 혼령 불러오는 놀이를 시험한 것은 모두 서로 함께 큰 실수를 한 일이라고 할 만하며, 끝내 한바탕 곤욕을 당하고 말았다. 사람은 반드시 자기 자신을 모욕한 후에 남을 모욕하게 된다고 했다. 과연 그러하지 않은가?

東野彙輯 卷之十五
○ 第百十三号 述異部 三 巫祝

棠軒請戲被困辱

鄭監司孝成玄谷百昌之大人也. 嘗以和順縣監 得染疾而卒. 舉體俱冷 而心下微有溫氣 經宿未斂. 忽如夢之覺曰 有使者招余 引路而去 至一官府 使者入而告之. 官人曰 向所招者非是人. 促令使者復引而還. 入和順境 於路傍家有鼓聲登登. 使者曰 願入此暫憩 覓酒食而去. 鄭公隨入其家 巫曰 我城主來矣. 迎坐座上 奉觴侑之. 享使者 盡醉而送. 既入衙舍 蘧然而覺. 遂令從人 往察路傍家. 夜祀未罷 問之巫如其言矣. 鄭公自此 善巫覡招魂之事.

李白江敬輿爲錦伯時 鄭公以管下守令進拜. 白江與玄谷親友 故呼鄭公爲丈. 一日白江謂鄭公曰 尊丈素所戲者 爲我試之. 盖招魂之事 號爲神入 而鄭公爲鼕鼕曲. 時善其戲 故請觀之. 鄭公正色曰 使道何以發此言. 今下輩多聚 衆目所見處 以官員何可作戲乎. 白江命辟左右. 鄭公又搖頭曰 何可坐此廳 爲戲劇事乎. 白江携入室中 牢閉窓戶. 遂渾身搖掉 周旋呼號 若女巫降神之狀. 作白江先人言語動止 抵掌談笑 宛若平生. 以至白江先人夫婦宵昵之談 無所不爲. 白江欲出 則牢閉門戶. 鄭公又堅持白江 使不得動 白江一場大困. 鄭公將退 謂有密稟事 請屛人. 附耳語曰 汝吾子也. 因起去. 其後白江招老守令 與鄭相親者 數人閒談. 問曰 鄭丈近有病乎. 曰無之. 白江曰 必有病 顧諸公不知耳. 曰何病. 白江曰 向者稱有密事 願請間 忽然向我呼爺. 雖欲諂於上官 豈不悖哉. 以是知其有病也. 諸人大笑嘲

罵. 鄭公雖自稱呼子 人皆不信. 鄭公亦大困.

　鄭公嘗與尹姓宰相戲謔 尹宰方以寒感呻囈. 鄭公曰 近有治感神方 芭蕉葉一抹 煎服數次 輒有神效. 尹宰認以爲眞 卽地煎服. 後乃聞之 蕉葉主治牛疫. 盖戱尹爲丑也. 尹宰大忿 思有以報之. 鄭公有親患 問醫於尹. 尹薦都監軍士某人曰 此是近世神醫 一貼輒見效. 醫求治病而已 何論人地之卑賤. 鄭公送馬邀來 命之陞堂 軍士辭以不敢. 強之而後 跼蹐而上. 鄭公曰 親患今方危篤 而聞君妙解醫方 玆以相煩 願一診脈. 軍士曰 小人初不解醫方 而所能者 只醫得驢子病耳. 鄭公始知其見欺 大慚恚. 盖世以鄭字 戲爲驢子故耳.

　鄭公歿後 其神降憑於肅川官奴 輒有應人 皆敬而信之. 鄭參判文翼字衛道 丁卯講和後 以通信別使 將赴瀋陽. 到肅寧館 欲問行李吉凶 設椅子於廳上 以紅袱覆之 招官奴立階下. 俄而空中 有呵辟之聲 雖不見其形 而椅上紅袱飄起 顯有來據之狀. 因曰 衛道近來無恙否. 叙舊宛如生時. 別使曰 吾奉使入虜中 未知吉凶何如. 答曰 行到中路 暫有驚動之事 然不足慮 當無事往來矣. 別使又問 吾離親庭日久 安否何如. 答曰 吾當伻探. 少頃乃曰 大宅平安 勿以爲慮. 君草堂前烏竹 最大者中折. 別使又問曰 君久在此乎. 答曰 吾於明年當還生於中國浙江人家. 此後更難相見 衛道好去. 又有呵辟之聲 官奴始有人色. 別使至狼子山 因漢人事驚動. 及竣使事還 果見烏竹大者中折. 一如其言異哉.

　外史氏曰. 巫覡之事 雖達幽冥 有如邪妄 故古者禁其惑人. 後世俗習漸痼 庸夫愚婦酷信而迷惑 豈不謬哉. 鄭公接神招魂 已是怪事. 而以守宰而作戲棠軒 何其妄也. 百江之強勸試戲 可謂胥失 而竟被一場困辱. 人必自侮而後侮之 不其然乎.

명설루(明雪樓) 강신(降神)굿에서 혼령과 정담(情談) 나누다

15-6.〈226〉설루강신서정화(雪樓降神敍情話)

음관(蔭官) 권씨(權氏)는 정읍(井邑) 현감이었다. 이때 순창(淳昌) 기생 분영(粉英)을 총애하여 정읍 관아에 데려다 놓았는데, 두 사람의 애정이 매우 두터워 잠시도 떠나 있지 않았다. 이렇게 지내기 몇 년 되지 않아 권공(權公)이 사망하니, 분영은 여러 곳을 돌아 한양으로 올라와 의녀(醫女)가 되었다. 분영은 얼굴이 아름답고 가무(歌舞)에 뛰어나 당대에 이름을 떨쳤다. 어언 예순 살을 넘기게 되니, 나이 많아 퇴직하여 고향으로 돌아갔는데, 여전히 풍채가 건장하고 피부가 고왔으며, 말하며 웃는 모습이 너그럽고 여유가 있어 오히려 젊을 때의 풍정(風情)을 유지하고 있었다. 매양 순창 관장의 부름을 받았으며, 때때로 간혹 노래를 부르게 되면 그 목소리와 곡조가 맑고 뛰어나 온 집안에 울려 퍼졌다. 그리고 그녀와 더불어 옛날의 일들을 이야기하고 지금 일을 논의하면, 여러 방면에서 모르는 것이 없었다. 하루는 순창 관장이 이렇게 물었다.

"내 듣기로 기생들도 반드시 깊이 마음에 새기는 정인(情人)이 있어 한평생 못 잊는다고 하던데, 분영 너도 정말 그러냐?"

"그러하옵니다. 소인 역시 평생 잊지 못하는 사람이 있사옵니다."

분영의 대답에 관장은 그게 누구냐고 물었고, 분영은 서울 안국동(安國洞)에 살았던 옛날 정읍 현감 권공이라고 대답했다. 이에 관장은 무슨 일로 그렇게 애정이 두터웠느냐고 물으니, 자서전처럼 다음과 같이 이야기했다.

"권공은 키가 컸으며 빼어난 용모가 파리한 학과 우뚝 머리 든 고니 같았습니다. 자못 술을 즐기지만 크게 취하여 정신을 잃는 지경에 이르지는 않았습니다. 풍모와 말재간이 사람을 심하게 감동시키는 편이 아니었지만, 우연히 소인을 사랑하게 되어 정이 깊어지면서 너그럽고 두터워졌습니다. 잠자리를 하면서 친압(親狎)할 때에도 남다르게 애정을 쏟는 특수한 기능은 없었지만, 정이 깊고 친밀한 것이 아교에 옻칠한 것 같았으며, 하루라도 보지 못하면 마음 조림이 배고픔을 참지 못하는 것 같았습니다. 그 서로 사랑하는 심정은 비익조(比翼鳥)[207]에 비유해도 지나침이 없었습니다.

권공께서 세상을 떠나심에 미치어 따라 죽으려고 결심을 했지만, 죽고 사는 것이 하늘의 명(命)에 달린 까닭으로 한 가닥 실오리 같은 목숨을 구차하게 부지하면서, 정신이 나간 사람처럼 마음이 안정되지 않아 온갖 일에 아무런 의욕이 없었답니다. 봄철 아름다운 꽃이 피어 있는 나무 아래의 노래 부르고 춤추는 자리와, 청루에서 잘생긴 남자들과 어울려 노는 장소라 하더라도, 비록 관례에 따라 억지로 따라갈 수밖에 없었지만 모습은 마른 나무 같고 마음은 식어 버린 재 같았습니다. 옛날의 감회가 일어남을 느끼고, 긴 한숨과 짧은 탄식만 나올 뿐이었으니, 매양 마음속 일을 알지 못하는 주변 사람들로부터 문득 의심과 조롱을 당할 따름이었습니다. 호화로운 집

---

207) 비익조(比翼鳥): 전국시대 송(宋) 한빙(韓憑)의 처를 왕이 뺏으니 한빙이 자결함. 그 처도 높은 언덕에서 떨어져 자결했음. 무덤이 나란했는데 각 무덤에서 나무가 나서 가지가 서로 붙어 얽히고 뿌리도 연결되었음. 이 나무가 연리지(連理枝)임. 또 이 나무에 원앙새 한 쌍이 늘 목을 꼬고 있었으며, 날개가 한쪽이 붙어 있어서 날 때는 같이 날았음. 이 새가 비익조(比翼鳥)임.

안의 재상들과 호탕하게 노는 풍류객 무리들이 치장을 잘하여 온갖 방법으로 번갈아 가면서 즐거움을 느끼게 해 주는 일을 베풀었지만, 그 무엇도 마음에 들지 않았습니다. 일념으로 마음속에 초롱초롱하게 맺힌 것은 오직 권공 한 사람뿐이었으며, 바닷물이 마르고 돌멩이가 익어 문드러지더라도 이 애정은 부서져 흩어지지 않았습니다. 술을 마주하면 문득 생각이 나고 달을 보면 곧 괴로운 감회에 젖었습니다. 어디서 흐르는지 모르는 눈물이 눈가에 가득 고였다가는 옷깃을 적시니, 눈물 마를 때가 없었습니다.

누워서 이리저리 뒤척이며 생각에 잠기니 매양 꿈속에서만 만날 수가 있었습니다. 일찍이 서울 서소문 안 야동(冶洞)[208] 이교(圯橋) 근처에 사는 한 선비가 있어서, 서 분영을 맞이해 불렀습니다. 황혼 때에 그 집으로 가니 곧 집주인은 외출에서 돌아오지 않았습니다. 그런데 심부름하는 사동(使童)이 사랑방으로 인도하여 등불을 밝히고 기다리라고 했습니다. 저는 기다리는 동안 우연히 심한 피로감을 느껴 몸을 베개 위에 엎드려 깜짝 잠이 들었는데, 문득 권공이 털모자를 쓰고 해진 도포를 입고 큰 신을 끌면서 문을 열고 들어오는 것이었습니다. 그러고는 제 등을 어루만지면서, '네가 왔구나.' 하고 말했습니다. 이에 저는 안부를 묻고는 기뻐하고 감격했는데 평소와 똑같았습니다. 권공은 이렇게 말했습니다.

'네가 나에 대한 옛날의 정을 잊지 않고 일념으로 생각하기를 그치지 않는다는 사실을 내 잘 알고 있노라.'

이러는데, 마음속으로 깊은 감동을 느끼며 오랫동안 슬퍼했습니다. 이어 이별한 뒤의 일을 이야기하고 저세상의 일에 미치기까지 매우 소상히 설명해 주었는데, 그 이야기가 길고 간절했으며 하나같이 살아 있을 때와 같았습니다. 그런 다음 권공은 또다시 이런 말을 했습니다.

'지금에 와서 너를 만나 보는 것은 옛날의 정을 말하기 위함인데, 나는 이미 세상 사람이 아니니 두려운 생각이 없느냐?'

---

208) 야동(冶洞): 지금 서울 중구 순화동 일대.

이에 소인은 마음속으로 이미 서로 사랑하고 있는데 어찌 의심하고 거리감을 느끼겠느냐고 말하고, 여러 이야기를 오랫동안 주고받았습니다. 그러는 사이 갑자기 권공이 귀 기울여 듣더니 몸을 솟구쳐 일어나면서 닭이 우니 가야 한다고 말하고는 두 손으로 신발을 집어 들고서 신속하게 달려나갔습니다. 소인 역시 치마를 걷어 올리고 문밖으로 따라갔는데, 권공의 가는 모습을 보니 걸음이 빠르지 않은데도 돌아볼 즈음에 아득히 행적이 없어졌습니다. 소인은 깨닫지 못하는 사이 실성통곡을 하며 놀라 깨어 보니 한갓 꿈이었습니다. 슬프게 오열하다가 일어나 앉으니 등잔의 불똥은 꺼지려 하였고, 달은 서쪽 처마에 걸려 있었습니다. 바람이 얼기설기한 기둥 사이를 뚫고 불어 드는데 차가운 방 안은 고요하고 쓸쓸하기만 하였고, 다만 닭들의 우는 소리만 들려올 따름이어서, 손으로 가리고 울면서 집으로 돌아왔습니다.

그 뒤에 서울 남대문 안으로 이사를 했는데, 들으니 남별궁(南別宮) 명설루(明雪樓)[209]에서 무당이 큰굿을 한다는 것이었습니다. 구경하는 여염집 부녀자들이 담장같이 밀집하여 둘러서 있었습니다. 소인도 여염집 여인처럼 꾸미고 여종 하나를 데리고 구경하러 갔습니다. 무당이 바야흐로 방울 묶음을 흔들고 장구를 치면서 빙글빙글 돌며 춤을 추고 있었습니다. 그러다가 무당은 갑자기 수많은 사람들 사이를 헤치고 곧바로 제 앞으로 와서는 두 손으로 붙잡고 눈을 부릅뜨고 응시하며, '너는 분영이 아니냐?' 하고 어지럽게 말을 하는 것이었습니다. 이에 크게 놀라 그 까닭을 알지 못했는데, 한참 뒤 무당이 이렇게 말했습니다.

'나는 곧 권(權) 정읍 현감이다. 네가 어찌하여 여기까지 왔느냐? 내 평생 술을 좋아한 것을 네가 알고 있으니, 어찌 나에게 술 한 잔 권하지 않겠느냐?'

---

209) 명설루(明雪樓): 지금의 서울 중구 소공동 조선 호텔 자리에 있던 남별궁 안의 누각. 조선 태종 때 경정공주(慶貞公主) 남편 평양부원군(平壤府院君) 조대림(趙大臨)이 거주하여 '소공주댁(小公主宅)'이라 한 이후, 선조 때 의안군(義安君) 성(城)의 신궁(新宮)이 되면서 남별궁이라고 부르게 되었고, 여기에 명설루가 있었음.

소인은 이 굿을 마련한 사람을 찾아가서 물어보고서야 비로소 이 신령굿이 권공의 아우 권익륭(權益隆)[210] 댁에서 주선한 것임을 알게 되었습니다. 저는 무당의 신내림을 보고서 내려온 신령이 권공임을 알고, 슬픈 감회를 이기지 못했습니다. 곧 다시 앞으로 나아가 무당의 손을 잡고 한 번 통곡한 다음 땅에 엎어지니, 구경하는 사람들 중 크게 놀라지 않는 사람이 없었습니다. 이윽고 여종을 시켜 홍로주(紅露酒) 한 병과 돼지머리를 사 오게 하고 칼을 그 가운데 꽂아서 상에 갖추어 올려 좌석 위에 놓았습니다. 무당은 옷을 갈아입고 방울을 흔들며 다가와, 울기도 하고 웃기도 하며 여러 가지 일들을 똑똑히 이야기하는데, 옛날 일들이 조금도 어긋남이 없는 것이 완연히 권공이 다시 돌아온 듯했습니다. 소인은 그 이야기들을 듣고 문득 곧 슬피 우니 옆에서 보는 사람 중 눈물을 흘리지 않는 사람이 없었습니다. 새벽이 되어서야 굿이 끝나고 돌아오는 길에, 제 마음속은 더욱 혼란해지고 슬픔과 한탄이 가슴을 가득 메워, 한바탕 크게 소리 내어 통곡을 하고 나니 두 눈이 퉁퉁 부어 있었습니다.
　이튿날 밤 베개에 의지하여 어렴풋이 잠드니 권공이 보이는데, 평상시와 같이 두건을 쓰고 도복을 차려입고 있었습니다. 그런데 갑자기 들어와서 함께 몸을 붙여 베개를 베고 누워 동침을 하는데 평소와 조금도 다름이 없었습니다. 저도 마음속으로 그가 정령(精靈)인 줄 알았지만, 애정이 두터워지는 상황이어서 조금도 두려움이 없었으며, 기쁘게 맞이하여 즐거움으로 대하여 평소보다 갑절이나 더 좋았습니다. 이와 같이, 혼령이 왕래하기를 거의 일 년 동안이나 하면서, 그동안의 신령스럽고 괴이한 이야기가 매우 많지만 모두를 다 기억할 수가 없습니다. 그 뒤, 소인이 세력 있는 집안에 첩으로 들어가게 되면서, 다시는 더 이상 왕래하는 일이 없었고 꿈에 나타나는 일도 역시 드물었습니다."
　외사씨는 말한다. 사람은 정(情)에 의하여 살고 죽지만, 정은 사람에 의

---

210) 권익륭(權益隆): 생몰연대 미상. 장령(掌令) 두추(斗樞)의 아들. 목사(牧使) 역임.

해 살고 죽는 것이 아니다. 사람은 살아 있어도 정이 능히 사람을 죽일 수 있으며, 사람이 죽어도 정은 또한 능히 사람을 살릴 수 있다. 곧 정은 사람의 형체를 다시 살아나게 하지는 못하지만, 정은 끝까지 죽어 없어지지 않는다. 그래서 생전에 수행하고자 했던 소원을 드러내어, 죽은 뒤에 그 소망을 완성시키는 것이다. 살아 있을 때 다하지 못한 인연을 죽은 저세상에서 그것을 보상하게 되니, 정의 신령스러움은 역시 매우 분명한 것이라 하겠다. 대저 권 현감과 기생 분영 두 남녀가 한마음으로 깊이 사랑한 정은 사별 후에도 오히려 이와 같이 초롱초롱 빛나 사라지지 않았다. 하물며 응집된 정이 신령과 온전히 결합하면, 천지 우주의 중요한 핵심 요소를 경영하게 되는 것이로다.

東野彙輯 卷之十五

○ 第百十三号 述異部 三 巫祝

雪樓降神敍情話

權蔭官某爲井邑縣監. 時眄淳昌妓粉英 携置于衙中 兩情俱殷 須臾不離. 未幾年權作故 粉英轉到京師 籍屬醫女. 以姿色歌舞 擅名一世. 及其年過六十 老退還鄕 體態豐膩 言笑款洽 猶有少時風情. 每被本守招入 時或唱歌 音曲淸越 尙能繞樑. 又與之談昔論今 無言不到. 本守問曰 吾聞妓輩必有情人 終身未忘者然否. 對曰然. 小人亦有平生未忘之人. 問誰也. 曰安國洞權井邑是也. 問何爲其然也.

對曰 權公長身秀形 如癯鶴峙鵠. 頗嗜酒 而不至泥醉. 風姿言論 無甚動人 偶悅小人 屬情款厚. 至於枕席親狎之際 別無偎昵特殊者 而情好襯密 如膠投漆. 一日不見 則怒如調飢. 其相愛之情 交頸比翼無以過之. 及公捐世決意下從 而死生有命 一縷苟支悵怳忽忽 萬事無心. 芳樹歌舞之筵 靑樓冶遊之塲 雖未免隨例强赴 而形成槁木 心如死灰. 感古興懷 長吁短歎 每被傍人之不知心事 而輒加疑嘲. 卿相綺紈之家 豪俠風流之徒 修飾迭進調娛百端 而都不在心. 一念耿結 惟是權公 海枯石爛 此情靡泯. 對酒則輒思 見月則傷懷. 無從之淚 盈眶沾襟 迄無乾時.

因此展轉之想 每有魂夢之遇. 嘗於西小門外 冶洞坥橋邊 有一士夫相邀. 乘昏往赴 則家主適出未還. 有僮導入外舍 點燈以待. 英偶憊甚 將身伏枕 忽爾冥然. 已而權公毛冠弊袍 曳巨履 開戶而入. 拊英之背曰 汝來乎. 英問候欣感 如平昔. 權公曰 汝於我不忘舊日之

情 一念不已 吾知之矣. 而心甚感之 因悽然久之. 乃說別後事 及幽冥中行蹟甚悉 言辭娓娓 一如生時. 又曰 今來見汝 爲叙舊情 而我已非人 得無懼乎. 英曰 心旣相悅 有何疑阻. 酬酢良久 權公忽側耳而聽 聳身而起曰 鷄鳴吾去矣. 雙手拾履 急走出去. 英褰裳随出門外 見公行不疾 而轉眄之頃 杳無形跡矣. 英不覺失聲大慟 而驚悟乃一夢也. 悽咽起坐 燈燭將盡 月掛西簷 風透疎楹 冷屋闃寂 但聞衆鷄喁哳而已 掩泣歸家.

其後移居南門內 聞南館明雪樓 大設神祀 閭巷婦女往觀者 密圍如堵. 英以閨閤粧束 率一媛往焉. 巫方叢鈴杖鼓 盤旋佹舞. 忽披開千百人 直到英前 兩手接持. 瞠視亂語曰 爾非粉英耶. 英大驚莫知其故 久之巫曰 吾乃權井邑也. 爾胡爲來此 吾平生嗜酒 爾所知也 何不侑吾一觴. 英訪諸主事者 始知神祀之設 盖由於權公弟益隆家所辦也. 英見巫之降神 知是權公 不勝悲懷. 更前握巫手 一慟倒地 觀者莫不大駭. 小焉英使其媛 買紅露一壺猪一頭 挿刀其中 俱排于床 置之座上. 巫更衣搖鈴而進 一泣一笑 談話翩翩歷歷 宿昔事無少差爽 宛然權公復作矣. 英聞其言 則輒悲泣 傍觀無不流涕. 抵曉罷歸 英心緒益亂 哀恨塡臆一塲大哭 兩眼盡腫. 翌日之夜支枕假寐見權公 以常時巾服 倏忽入來 昵枕交會 無異平昔. 英心知其精靈而鍾情之地 少無懼慴 欣迎歡接 愈倍常時. 如是往來 幾至歲餘 其間靈怪之說甚多 不可殫記. 後因英爲勢家所納 不復往來而見於夢者 亦稀云.

外史氏曰. 人生死於情者也 情不生死於人者也. 人生而情能死之 人死而情又能生之. 即令形不復生 而情終不死. 乃擧生前欲遂之願 畢之死後 前生未了之緣 償之來生. 情之爲靈 亦甚著乎. 夫男女一念之情 而猶耿耿不磨若此. 況凝情翕神 經營宇宙之瑰瑋者乎.

전처 혼령 악독한 후처 몸에 바뀌어 들어가 가정 잘 돌보다

15-7.〈227〉 반고처환혼지가(返故妻換魂持家)

　　　　　　　　　　　　　　강씨(康氏) 선비는 본관(本貫)이 곡산(谷山)으로, 용봉(龍峰)에 살았다. 중년에 부모를 모두 잃었지만 아내 남씨(南氏)가 현숙하여 부부 사이가 매우 좋았다. 아들딸 각각 한 명씩을 두었는데, 아이들이 겨우 포대기 속에서 벗어날 무렵 아내가 병으로 사망했다. 재취(再娶)로 들어온 여씨(呂氏) 여인은 얼굴이 아름다웠으나 성격이 사나웠다. 자녀들을 대할 때면 꾸짖고 학대하여 행동을 할 때마다 문득 욕하고 미워했으며, 조금이라도 마음에 들지 않으면 매질을 하였다. 이에 강씨가 약간씩 화를 내고 책망하면, 이에 곧장 대꾸하고 불평을 늘어놓아 여러 날 밤낮으로 그칠 줄을 몰랐다.

　　강씨는 분이 치밀어 오르는 것을 견디지 못하고 집을 나가 떠돌다가 비를 만나게 되었다. 비를 피해 숲속 골짜기로 들어갔더니 갑자기 땅이 꺼지면서 구덩이에 빠졌는데, 어느 집 지붕 위에 떨어지는 것 같은 느낌이었다. 말소리가 들리는데, '도적이 들었다.' 하고 소리쳐 외치더니, 한 사람이 올라와 끈으로 단단히 묶어 데리고 내려갔다. 자세히 보니 그 사람은 이미 죽은 자기 집 종이었다. 그래서 내가 누구냐고 묻자, 종이 살펴보더니 '옛날 주인입니다.'라고 말하고 묶은 것을 풀어 버린 다음, 급히 안으로 들어가 아뢰었다.

조금 지나니 이미 돌아가신 부모님이 함께 나와 그를 붙잡아 껴안고 통곡을 했다. 곧 부친이 이렇게 말하였다.

"이 아이가 여기에 온 것은 역시 기이한 일이로다."

그리고 한나절 동안 가족들이 단란하고 화목하게 즐기고는, 집 안으로 인도하여 데리고 들어갔는데, 이미 사망한 아내 남씨가 창문 아래 앉아서 바느질을 하고 있었다. 강씨가 곧바로 아내 앞으로 나아가 그의 팔을 잡으며, 그동안 끊어졌던 이야기를 하고자 했다. 그런데 아내는 몸을 떨치고 빠져나가 달아나서는, 어떤 못된 손님이 와서 이와 같이 거칠게 행패를 부리느냐고 말했다. 이에 강씨는 눈을 둥그렇게 뜨고 왜 그러는지 까닭을 알지 못했다.

이때 모친이 강씨에게 재취 부인을 들여놓았느냐고 물어, 그렇다고 대답했다. 모친은 그 연유를 자세히 설명했다.

"무릇 남자가 상처하고 재취 부인을 맞아들이면, 사망한 전처와는 처음 머리 얹어 혼인해 맺은 정리(情理)가 사라지므로, 저승에서 서로 만나도 다시 알아볼 수가 없게 되기 때문에 그러한 것이다."

이렇게 설명한 모친이 아내를 데리고 방으로 들어가 귓속말로 이야기해 주니, 아내는 비로소 어찌할 바를 몰라 하며 눈물을 흘리고, 그동안의 집안일들을 여러 가지 물었다. 이에 강씨는 이렇게 일러 주었다.

"논밭과 동산은 다행히 어떤 문제도 없지만, 슬하의 자녀들이 날마다 후처의 지독한 학대를 받고 있으니 어찌하면 좋을지 모르겠소."

이 말에 아내는 벽을 향해 통곡했고, 강씨도 역시 마음이 아파 크게 통곡했다. 이때 부친이 이렇게 나무랐다.

"너는 역시 이미 어린 자녀를 품고 있는데 이에 난새가 새끼를 돌보는 것 같은 마음을 생각지도 않고, 망령되게 솔개같이 사나운 후처를 불러들였으니, 마땅히 그 솔개가 둥지를 헐어 버리고 새끼를 꺼내 잡아먹는 결과가 되고 말았다. 네 스스로 지은 재앙이니 후회한들 어찌 돌이키겠느냐?"

이에 모친은 후처를 들인 아들에 대해서는 가엾게 여길 것이 못 되지만, 오직 조상의 대를 이을 계책을 마련하는 것이 마땅하다고 말했다. 곧 부친은 후사(後嗣)를 보존하고자 한다면 우리 현숙한 자부가 있지 않느냐고 말했다. 이 말에 모친은 이렇게 한탄했다.

"현명한 자부가 있지만 이미 오래 전에 귀신의 명부에 올려 있으니 어찌 아들을 위해 도움을 줄 수 있겠습니까?"

곧 부친이 다음과 같은 제안을 했다.

"투기 심한 후처는 우리가 그 혼백을 잡아 와서 얼마 동안 조금씩 가르쳐 깨닫게 하고, 곧 여기 있는 어진 자부는 아들과 함께 따라가게 하여, 후처의 육신에 어진 자부 혼백을 바꾸어 넣어 후처 손발을 빌려서 집안일을 돌보게 하며, 아이들이 성장해 혼인하는 것을 기다렸다가 일이 끝나면 마땅히 이곳으로 돌아오게 하고, 후처 영혼을 다시 자기 육신에 붙여 넣어 주면 될 것이니라."

부친의 제안에 옆에 있던 어진 자부가 나서며, 날마다 여기 한집에서 부모님을 모셨는데 어찌 차마 멀리 이별하여 떠날 수가 있겠느냐고 한탄하며 슬퍼했다. 이때 모친 또한 매우 슬퍼하는 것이었다. 곧 부친은 이렇게 달래었다.

"애기 너는 여기 와서는 효부가 되고, 거기 집에 가서는 자애로운 어미가 되는 것이니, 의리에 있어서 두 가지 모두를 온전하게 하는 것이 된다. 어찌 반드시 여기에 대해서만 연연할 필요가 있겠느냐?"

이에 강씨에게 부인과 함께 떠나도록 명령하고, 사다리를 지붕 모서리에 걸쳐 세운 다음 두 사람에게 한 계단씩 밟고 올라가라 했다. 부부가 끝까지 올라와서 허리 굽혀 구멍 안을 들여다보니, 부모가 보이는데 처마 끝에서 목을 길게 늘어뜨리고 바라보는 모습이었다.

부득이하여 아내를 거느리고 길을 따라 집으로 돌아왔는데, 겨우 대문에 이르러서 아내는 나는 듯이 홀연히 먼저 안으로 들어가 버렸다. 이때 아들딸이 급히 나와 다투어 부친께 호소하기를, 부친께서 집을 나간 뒤에 계모가 자기들을 막대기로 때렸다고 말했다. 아이들 말이 끝나기도 전에, 현숙한 전처 영혼이 바뀌어 들어간 후처 여씨가 천천히 걸어 나와, 강씨 몸 옆으로 가까이 오더니 아이들을 어루만지면서 한숨짓고 울면서 말했다.

"내가 너희들을 떠난 지 삼 년도 되지 않았는데 이처럼 야위었을 줄을 생각지도 못했구나."

그 목소리를 살피어 들어 보니 전처의 목소리와 매우 비슷했다. 강씨가 크게 기뻐하면서, 아들딸에게 이 사람은 너희들을 낳은 돌아가신 엄마이니 두려워하거나 무섭게 여기지 말라고 일러 주니, 아들딸은 초롱초롱한 눈빛으로 서로 바라보았다. 이어 부인이 여자아이에게 예전에 화장대에서 백금을 꺼내 노리개를 만들어 주었는데 지금 그것이 어디에 있느냐고 물었다. 여자아이는 어머니의 쪽찐 머리 위에 눌러 꽂은 작은 비녀가 자기 패물을 빼앗아 고쳐 만든 것이라고 대답했다. 곧 부인은 자신이 어찌 이것을 사용하겠느냐고 말하며, 자신의 머리에서 뽑아 여자아이 머리에 꽂아 주었다.

그리고 또한 남자아이에게 물었다.

"내가 전에 꽃무늬 있는 자색 비단으로 너에게 수놓은 허리띠를 만들어 주었는데, 지금 왜 매고 있지 않니?"

"아버지가 새어머니에게 머리띠로 만들어 주었어요."

남자아이의 대답에 부인은 남편 강씨를 보면서, 어리석은 사내가 후처에게 애정을 쏟았으니, 아이들이 기운이 꺾인 것이 괴이한 일이 아니라고 말했다. 이에 강씨는 머리를 숙이고 잘못을 사죄했다.

그리고 서로 이끌어 집으로 들어가서 보니, 솥이며 항아리며 그릇들, 거울과 화장대며 상자와 장롱에 이르기까지 모두 예전의 자리에 있는 것이 없었다. 부인은 슬퍼하면서 말하기를, 사람이 하루아침에 하던 일에 손을 놓게 되면, 백 가지 모든 것이 뒤에 맡은 사람의 의사를 들어 따르게 되니 진실로 통탄스럽다고 개탄했다. 또한 자물쇠를 풀고 옷상자를 열어 보니, 아름답게 번쩍거리는 옷들이 쌓여 있고 옛날에 입던 오래된 옷은 하나도 없었다. 부인이 남편 강씨에게 옛날 옷들에 대해 물으니, 남편은 새 옷이 몸에 잘 어울리고 좋은데 어찌 옛날 옷을 생각하겠느냐고 대답했다. 남편의 말에 부인은 남자들 마음속은 그 말에 나타난다고 하면서 슬퍼했다. 강씨는 스스로 실언한 것을 후회하고 두 번 세 번 해명했다.

부인은 또한 창문을 열고 두루 살펴보고는, 옛날에 심은 벽도화를 지금 다시 어디로 옮겨 심었느냐고 물었다. 남편 강씨가 부인 사망한 이후, 후처가 날마다 가지를 쳐서 나무가 곧 말라 죽은 것이라고 대답했다. 부인이 탄식하기를, 나무가 오히려 이와 같은데 사람이 어찌 견디어 내었겠느냐고 말하고는, 아이들을 돌아보고 조용히 흘러내리는 눈물을 금치 못했다.

그리고 부인은 항아리를 가지고 나가서 물을 길어와 불을 때서 밥을 짓자, 남편이 너무 힘들게 일하지 말 것을 권했다. 부인은 이렇게 불만을 표했다.

"지금 내 신체의 모든 부분은 후처 몸뚱이입니다. 그러니까 마땅히 그대가 애석하게 여기시는 것이로군요. 그렇지 않아요? 내 옛날 그대 집에 시집온 이후로부터 어찌 일찍이 하루라도 화장하고 몸을 꾸미어 한가로이 앉아 있은 적이 있었단 말입니까?"

남편 강씨는 부끄럽고 말이 막혀 숨을 죽인 채 아무 말도 하지 못했다. 이어 부인은 부드러운 목소리로 말했다.

"나는 시부님 명을 받들어 이승에 왔는데 어찌 반드시 그대 잘못을 들추어내어 언짢게 하겠습니까? 다만 원한을 숨기고 거짓으로 즐거운 마음을 가지고 있으면, 그것은 도리어 부인으로서의 덕망에 손상을 가져오는 일이기에, 어쩔 수 없이 그동안의 분한 마음을 토로한 것일 따름입니다."

강씨는 이해하겠다고 대답을 하고, 이후부터 드디어 함께 즐거움을 누리고 화목하게 지냈다. 부인은 아침저녁으로 가정을 잘 다스려, 십이 년 세월이 흐르는 동안 아들딸들을 보살폈고 각각 성인이 되어 남자아이는 장가를 들고 여자아이는 시집을 갔다. 모두들 생활에 잘 적응하였고, 가정이 조화롭고 화목하였으며 계속하여 흠이 되는 말이 없었다.

　부인은 어느 날 저녁에 남편 강씨를 방 안으로 불러 술잔을 나누고 함께 취한 다음 이렇게 말했다.

　"어젯밤 꿈에 시부님의 부름을 받았습니다. 지금 마땅히 이별해야 하므로 부부의 인연은 여기에서 끝나게 되었습니다."

　부인의 말에 강씨는 눈물을 흘리면서 말했다.

　"집안이 온통 흩어져 혼란하게 되었다가 그대의 힘으로 이렇게 다시 일어났는데, 진실로 마땅히 늙을 때까지 함께 지켜 나가야 하거늘, 어찌하여 나를 버리고 가려 하오?"

　"그대의 아이들을 보살피려고 여기 왔다가, 그대 부모님을 모시어 섬기려고 떠나는 것입니다. 만약에 혹시라도 만류하려는 뜻이 있다면, 그대에게는 곧 불효가 되는 것입니다."

　부인의 말에 강씨는 방구석을 향하여 크게 통곡하고는 아내를 돌아보는 순간, 부인은 이미 침상에 올라 몸을 늘어뜨리고 누워 숨을 거두고 사망했다. 이에 강씨가 크게 놀라 탄식을 하는데, 부인이 문득 일어나 앉으면서 말했다.

　"형님은 이미 저승으로 돌아가시고 제가 마땅히 교대하여 왔습니다."

　강씨가 그 목소리를 살피니 곧 완연한 후처 여씨였다. 놀란 강씨가 실색하니, 여씨 부인은 이렇게 말했다.

　"그대는 의심하거나 두려워하지 마십시오. 저는 시부모님 계신 곳에 있으면서 십이 년 동안 교훈을 받았습니다. 비로소 지난 시절의 행동들이 모두 부녀의 도리를 잃은 것임을 깨달았으며, 지금부터 시작하여 마땅히 정성스럽게 형님이 이루어 놓은 법도를 따라, 이전 허물을 속죄하여 용서받는 일에 힘쓰겠습니다."

　강씨는 기뻐하며 아들을 불러 이렇게 된 사정을 이야기해 주니, 아들은 기쁨과 슬픔이 교차하였다. 곧 부인은 당황해하는 아들에게 이야기했다.

　"내가 떠나고 십수 년이 되어 아들이 이미 성인이 되어 가정을 이루었구

나. 부디 지난날 내 잘못은 생각지 않기를 바란다. 오직 너희 부친을 위하고 이 집안을 훌륭하게 만들겠다."

"친어머니의 노고는 실로 계모의 육체로 이루어진 것이었습니다. 어찌 지난날의 잘못이 있었다고 한들 감히 잊어 씻어 버리지 않겠습니까?"

이로써 부인 또한 크게 기뻐하였고, 그 이후 남편을 돕고 자식들을 가르쳐 은혜와 의리가 갖추어지게 되니, 마을 사람들과 친족들이 모두 어진 부인이라고 찬양했다.

외사씨는 말한다. 내가 일찍이 상산(象山) 지역을 유람하여, 강씨 후손인 한 선비를 만나 하루 종일 함께 이야기를 나누었는데, 여러 가지 내용을 숨김없이 모두 이야기하였다. 강씨 선비는 이 일에 대하여 매우 자세히 들려주었는데, 이야기 속의 일들이 사리에 맞지 않고 은밀하고 괴이한 것이어서 나는 그것을 믿지 않았다. 그러나 강씨는 대대로 옛 고향 땅을 지키며 살아왔고, 그 사람됨이 순박하고 성실했다. 기필코 근거 없는 이야기를 지어내지 않았을 것이며, 또한 마땅히 조상의 사적을 드러내어 사람을 속이려 하지 않았을 것이다. 그러나 듣고 보니 그 이야기가 이토록 황당하니, 이를 가히 의아하게 생각한다.

東野彙輯 卷之十五

○ 第百十四弓 述異部 四 冥遇

返故妻換魂持家

　　康生某谷山龍峰人也. 中年失怙恃 妻南氏賢淑 伉儷綦篤. 生子女各一 甫離襁褓 妻病歿. 續娶呂氏美而悍 遇子女尤虐 動輒詬詈 小有不怡 鞭撻隨之. 康稍怒而責 乃反舌啁啾 數晝夜不倦. 某不堪憤激 出遊遇雨. 竄入林谷 忽踏地陷穴 似墮人屋脊上. 聞噪呼有賊 一人綑縛而下. 視之家僕已故者也. 曰吾謂何人. 乃是舊主 釋其縛 急入內告達. 無何父母俱出 抱持痛哭. 父曰 兒來此 亦是奇事. 且作半日團聚 遂引入室 見亡婦南氏 在窗下裁縫. 某直前把其腕 將訴契濶. 婦解脫而走曰 何來惡客 莽撞乃爾. 某瞪然不解其故. 母曰 汝再娶耶. 某曰 然. 母曰 凡男子續娶後婦 與前妻卽無結髮情 故相見不復省識. 母入室與婦耳語 婦始怳然淚下 絮問家事. 某曰 田園幸尚無恙 但膝下兒女 日罹荼毒奈何. 婦向壁而哭 某亦大慟. 父曰 汝亦旣抱子 迺不念鶯雛 妄招鴟耦 宜毀巢而取子矣. 孽由自作 悔之何及.

　　母曰 渠固不足惜 尚當爲宗祧計之. 父曰 欲保嗣續 在我賢婦. 母曰 賢婦久登鬼錄 安得爲兒援手. 父曰 妬婦吾可捉來 早晚稍加訓誨. 卽令賢婦隨兒去 借渠手足 料理家務 俟兒女婚嫁畢 再當來此. 婦曰 日侍親庭 何忍遠言離違. 母亦大悲. 父曰 汝來爲孝婦 去作慈母 於義兩全 何必爲此戀戀. 乃令某偕婦出去. 建梯屋角 兩人躡級而登. 俯穴而窺 猶見父母在簷角 引領望也.

　　不得已挈婦 循道而歸 甫及門 婦飄忽先入. 兒女爭來訴父曰 阿

爺出門後 繼母以杖擊我. 言未畢 呂氏徐步而出 就某身畔 撫摩兒女 歔欷飲泣曰 我抛汝等 未及三載 不意憔悴至此. 審其音 酷類前妻. 某大喜謂兒女曰 此汝前母 勿畏懼. 兒女目灼灼相視. 婦問女曰 昔我出奩中白金 爲汝作佩飾 今安在耶. 女曰 孃頭上壓髻小釵 卽脫女佩物 所改作者. 婦曰 吾安用是. 卽拔鬢邊釵 爲女揷戴. 又問兒曰 我前以花紋紫錦 爲兒作繡帶 今何不繫. 兒曰 阿爺爲孃 裁作纏頭矣. 婦謂某曰 癡男愛後婦 無怪兒女輩受摧折也. 某俯首謝過. 相携入室 見鼎鑵器皿 以及鏡奩箱籠 都非舊日位置. 婦慨然曰 人一朝謝事 百凡都聽諸後人 眞可痛也. 脫鎖啓箱 見衣裳燦然堆積 而舊着故衣 無一存者. 詰諸某. 某曰 新衣稱體 奚念故衣. 婦曰 男兒心迹見乎詞矣. 某自悔失言 再三排解. 婦又拓窓周視曰 舊種碧桃花 今復移植何處. 某曰 自卿見背 渠日加剪伐 樹卽枯槁而死. 婦歎曰 樹猶如此 人何以堪. 回顧兒女 不禁潛然泣下. 已而提甕出汲 執炊就爨 某勸令勿勞. 婦曰 此後來人身體髮膚也. 宜爲君所愛惜. 不然吾自入君家 何嘗一日 薰香塗粉閒作坐哉. 某憨沮屛氣 不敢做聲. 婦曰 吾奉翁命而來 豈必翹君過處. 但匿怨爲歡 轉傷婦德 不得不一吐其憤耳. 某唯唯 自此遂同燕好.

朝夕經理家政 閱十二年 撫子女 俱各成立 男娶女嫁. 皆得其宜 家庭雍穆 從無間言. 一夕呼某入室 對酌盡酣. 謂某曰 昨夢阿翁見召 今當永訣 夫婦之緣盡於此矣. 某泣曰 家室仳離 賴卿再造 正當白頭相守 奈何捨我而去. 婦曰 撫君兒女而來 事君父母而去. 若或有意挽留 於君卽爲不孝. 某向隅大哭 轉瞬間婦已登床 挺臥氣絶而殂. 正驚歎間 婦忽起坐曰 阿姊旣歸 妹當瓜代矣. 察其聲 卽一呂氏也. 某惶遽失色 婦曰 君勿疑懼 妾在翁姑處 受敎訓者十二年. 始知日前所爲 俱失婦道 自今伊始當恪遵阿姊成法 以贖前愆. 某喜召兒告之 兒悲喜交集. 婦曰 我去此十數年 兒已成人授室 幸勿念舊惡. 尙當

爲爾父 持厥家也. 兒曰 前母之劬勞 實後母之肢體. 有何舊惡而敢不忘乎. 婦亦大喜 由是相夫教子 恩義備至 鄉黨宗族 悉稱良婦焉.

　　外史氏曰. 余嘗遊象山 遇康之後裔士人 日與會晤 無言不到. 康道此事甚悉 事涉幽怪 吾未之信. 然康世守塗莘舊墟 其人恂慤. 必不做無根之言 且不當擧先蹟誑人. 聽而其說如此荒唐 是可訝也.

꿈에 저승에서 정혼녀(定婚女)와 동침하고 꿈 깨어 혼인하다

15-8.〈228〉 우신부인몽성친(遇新婦因夢成親)

양세륜(梁世綸)은 호남의 문벌 자손으로, 어릴 적부터 생김새가 순수하고 아름다웠다. 어느 고을의 음관 박씨 딸과 혼인을 정하여 장가를 갔는데, 혼인 예식을 올리기 직전에 갑자기 부친상을 당해 초례(醮禮)를 올리지 못했다. 겨우 삼년상을 마쳤을 때 장인 박 음관이 영남 어느 고을 관장으로 부임해 있어서, 양세륜은 모친의 명령을 받들어 혼례식을 거행하기 위해 길을 떠났다. 그런데 가는 도중에 병을 얻어 여점(旅店)에서 드러눕게 되었다. 병중에 정신이 혼미해져 의식을 잃었을 때, 저승사자가 구인(拘引) 쪽지를 가지고 와서 끌고 가 명부(冥府)에 이르렀다. 염라대왕이 그의 사는 곳과 성명을 묻더니 일치하지 않는다고 하면서 저승사자를 꾸짖어 말했다.

"내가 너에게 어느 고을에 사는 강사륜(姜士倫)을 데리고 오라 했는데, 어찌하여 이렇게 잘못 잡아 왔느냐?"

이렇게 호통치고 급히 결정하여 양세륜을 양계(陽界)로 돌려보내라고 명령했다.

그래서 양세륜이 겨우 명부(冥府) 문을 나섰을 때, 우연히 이미 죽은 친구인 한씨(韓氏)를 만났다. 한씨가 양세륜에게 여기를 어찌 오게 되었느냐고 묻자, 양세륜은 지금까지의 일을 모두 알려 주었다. 이야기를 들은 한씨는 근래 자신이 초강왕(楚江王)의 궁전에서 녹사(錄事) 일을 맡고 있는데, 지금 다행히 조금 시간적인 여유가 있다고 하면서, 돌아가는 길을 알지 못할까 염려스러우니 마땅히 친구를 위해 길을 인도해 주겠다고 말했다.

이에 양세륜이 매우 기뻐하였다. 서로 붙잡고 대략 삼 리쯤 걸었을 때 한 곳을 보니, 아름답게 무늬가 새겨진 창문과 수놓아 장식한 문들이 차례로 잇닿아 있었다. 그리고 문밖에는 분을 바른 얼굴을 소매로 가린 여인들이 삼삼오오 무리지어 있으면서, 손님을 보고 조금도 두려워하거나 피하지 않았다. 양세륜이 기이하게 여기니, 한씨가 말하기를 이곳은 향분지옥(香粉地獄)이라고 알려 주었다. 양씨가 이 여인 무리들은 어떤 사람이냐고 물으니, 한씨는 이렇게 설명해 주었다.

"인간 세상에서 관직에 있었거나 지방 관장으로서 가혹하게 재물을 탐한 죄를 범하여 세상에 알려진 사람 중, 나라 율법에 의한 형벌을 받지 않고 누락되어 면한 경우, 염라대왕이 그런 사람들의 사랑하는 어린 딸자식들을 기록에 올려, 저승의 청루(青樓)인 이 향분지옥으로 보내어 그 부친 죗값을 보상하게 한다네. 그러니 지금 저기 문 앞에 늘어서서 웃음을 파는 여인들은 모두 인간 세상 규중(閨中)의 천금 같은 귀한 딸들이라네."

이야기를 들은 양세륜이 탄식을 하고 있는 동안 한 노파가 왼쪽 사립문을 열고 나왔는데, 한씨와는 친숙하게 아는 사이 같았다. 노파는 웃으면서 한씨에게 말했다.

"귀하신 분께서 오랫동안 이곳 천한 지역을 밟지 않더니, 지금 다행히 좋은 바람이 불어 보내 주어 이렇게 오셨는데, 또다시 문 앞을 지나치기만 하고 들어오지 않으시렵니까?"

이러면서 한씨의 소매를 잡고 억지로 끌어들이니, 부득이 양세륜과 함께 들어갔다. 곧 문안에는 아름답게 화장한 두 여인이 헤픈 웃음을 웃으며 맞이하고는 다투어 안부를 물으며 인사를 했다. 양세륜이 그들의 이름을 물으니, 한씨는 각각을 가리키며 알려 주기를 취연(翠娟)과 애련(愛蓮)이라 말하고, 그들은 모두 북촌의 아름답고 뛰어난 규수들이라 설명했다. 얼마 지나자 노파가 술과 안주를 차려 들어왔고, 푸른색, 붉은색 옷을 입은 여인들과 섞여 둥글게 둘러앉았다. 술이 세 바퀴 돌고 난 다음, 한씨가 취연에게 노래를 불러서 술을 권하라고 명령하니, 취연은 애련에게 미루어 맡기는 것이었다. 애련이 얼굴에 화내는 기색을 보이니, 취연은 여러 번 그에게 재촉하였나. 이에 애련은 말했다.

"너는 네 부친이 현감(縣監)인 것을 믿고 나를 향청(鄕廳) 좌수의 딸이라고 업신여겨 압력을 행사하느냐? 인간 세상에서는 비록 직분의 상하에 따른 통속(統屬) 구분이 있으나 명부(冥府) 세계에서는 나이에 따른 자매의 예가 베풀어지는 것이다. 네 마음대로 지휘하여 사람을 못 견디게 할 수는 없는 일이야."

곧 취연은 부끄러워하며 손으로 박자를 치면서 양대몽(陽臺夢)[211] 한 곡조를 불렀다. 애련이 듣고 음절이 모두 어긋나 맞지 않으니 차마 듣지 못하겠다고 비난했다. 이에 취연은 얼굴색을 바꾸고 대꾸했다.

"나는 명문가에서 생장하여 본디 노래가 몸에 익숙해 있지 않다. 어찌 너의 부친과 같이 날마다 교방 기생을 끼고 앉아 기생들의 새로 유행하는 노래를 엿듣고는, 퇴정할 때 흥얼거리며 입으로 불러 가르쳐 준 경우와 같겠느냐?"

이 말에 애련은 말이 막혀 소매를 떨치며 일어났다. 곧 양세륜과 한씨가 붙잡고 여러 번 화해를 시켜 비로소 각각 편하게 앉아 있게 되었다.

---

211) 양대몽(陽臺夢): 남녀가 잠자리를 함께하는 꿈인 양대의 꿈을 읊은 노래. 곧 초 회왕(楚懷王)이 무산(巫山)의 고당(高唐)에서 낮잠을 자다가 꿈에 한 선녀를 만나 잠자리를 한 이야기인 무산선녀(巫山仙女) 고사를 내용으로 한 노래임. 49글자로 된 것과 57글자로 된 것이 있음.

이때 갑자기 문밖에서 크게 떠드는 소리가 들리더니, 저승사자가 염라대왕의 명을 받들어 새로운 여자를 압송해 데리고 왔다. 여자는 머리를 산발하고 흐느끼며 우는데 아름다운 얼굴이 슬프고 처량했다. 양세륜이 그 가문과 사는 곳을 물어보니, 곧 그가 정혼했던 자기 아내될 사람임을 알았다. 크게 놀라 일의 전말을 물으니 여자는 사실을 이야기했다.

"부친께서 도둑질한 돈 팔백 금을 받고 다른 사람의 명예와 절조를 속여 해쳤습니다. 그래서 부정한 돈을 받은 죄로, 제가 대신 벌을 받아 이곳에 오게 되었습니다. 지금 그대가 상객으로 좌정해 있으니 어쩌면 손을 써서 구원해 줄 수 없겠는지요."

양세륜이 한씨를 돌아보고 상의를 하니, 한씨는 어렵다고 하면서 이렇게 설명했다.

"명부 관사(官司)에서 처리하는 일은 인간 세계와 달라서 뇌물이 통할 수 없는 곳이니, 내가 어떻게 힘을 쓸 수가 없다네."

양세륜은 애를 태우면서도 아무런 계책이 없어 근심과 번민에 싸여 죽고 싶은 마음이었다. 그런데 이때 문밖에서 말을 전하는데, 구유전(九幽殿)²¹²⁾에서 일하는 세 번째 자리의 사인(舍人)이 왔다고 했다. 노파가 공손히 맞이해 들어오니, 양세륜과 한씨는 함께 급하게 자리를 피했다. 사인은 웃으면서 노파에게 말했다.

"소문에 자네 집에 매우 이름난 기생이 새로 내려왔다고 들었네. 특별히 수고비로 줄 비단 두서너 필과 황금 장식 비녀 한 벌을 준비해 왔으니, 새로 온 그 기생과 인연을 맺으려고 하네."

사인의 말에 노파는 두 번 세 번 감사의 인사를 하고, 새로 온 여인에게 방으로 들어가 화장을 잘하라고 시켰다. 여인은 난처함이 극에 달해 아무 말도 못 하고 땅에 쓰러져 통곡하였다. 양세륜이 그 정경을 보고는 울분이 치솟고 속을 끓었지만 이러지도 저러지도 못하고, 한씨에게 빌어 잠시 시

---

212) 구유전(九幽殿): 땅속 저승의 가장 낮은 곳에 '구지(九地)'가 있는데, 깊숙한 곳이라고 하여 '구유(九幽)'라 하며, 거기 있는 궁궐을 말함. 곧 염라대왕의 궁궐임.

간을 늦추게 해 달라고 애원했다. 이에 한씨는 노파를 불러 긴 마루 안으로 들어가 그 뜻을 전하며 교섭했다. 하지만 노파가 크게 난색을 표하고 거절하여, 한씨는 계속해 더 많은 뇌물을 주었다. 노파는 비로소 얼굴색을 펴고 기뻐하며 나가서 사인과 더불어 귓속말을 했는데, 무슨 내용의 말인지는 알지 못했다. 곧 사인은 크게 화를 내면서 떠나갔으며, 한씨도 역시 양세륜에게 길을 떠나자고 재촉했다.

이에 양세륜은 여인에게 다음과 같이 말했다.

"아내가 불행하여 이렇게 큰 모욕을 당했으니, 내 무슨 낯으로 인간 세상에 다시 살아나가겠습니까?"

여인 역시 눈물을 흘리면서 울었다. 한씨가 나직이 제의했다.

"황천에 이르지 않았다면 어찌 서로 만나볼 수가 있었겠느냐? 이는 거의 하늘의 인연이 있어서일 것이다. 청하건대 우선 이 청루에서 부부가 첫날밤을 치르는 곳인 동방(洞房)을 마련함이 좋을 것 같다."

한씨는 곧 동쪽 방을 깨끗이 치우게 하고 여자로 하여금 양세륜과 동숙(同宿)하도록 했다. 그리고 자신은 이에 취연, 애련 두 여인과 함께 서쪽 방으로 가서 잠을 잤다. 향락에 빠져 며칠 밤을 보내는 동안, 이곳이 저승인지를 잊어버리고 있었다. 하루는 검은 옷을 입은 관리가 편지를 가지고 와서 이르기를, 현감 박 아무가 팔백 금의 돈을 내어 여섯 지역에 의학(義學)을 설립하기로 했다는 것이었다. 그래서 염라대왕이 성황당 신령의 보고를 듣고, 이로 인해 그 딸을 인간 세상으로 돌려보내라는 명령을 내렸다면서, 여인을 대나무로 만든 수레에 태우고 재빨리 떠나갔다.

한씨는 양세륜을 향해 손을 들어 축하하면서, 부인이 이미 인간 세상으로 돌아갔으니 그대 역시 지금 바로 떠나가야 한다고 말했다. 곧 노파에게 이별을 고한 다음 양세륜을 보내 주는데, 함께 삼사십 리쯤 진행하여 양세륜이 누워 있는 여점 가까운 곳에서 작별을 고하고 돌아갔다. 여점에 누워 있던 양세륜은 황홀한 가운데 마치 꿈에서 깨는 것같이 정신이 돌아와 살아났다. 그래서 십여 일 동안 몸을 보양하고 조리하고 여장을 꾸려 박 현감이 부임해 있는 관아로 나아갔다. 박 현감을 만나 의학 설립의 일을 문의하니, 현감은 이런 대답을 했다.

"내 애초에 그런 뜻을 가지고 있었지만, 아직까지 돈을 내어 실행에 옮긴 것은 아니네. 그런데 자네가 그 일을 어찌 아는고?"

양세륜이 그 일의 전말을 갖추어 설명해 일러 드리니, 현감은 크게 놀라는 것이었다. 며칠 지나고 날을 받아 혼례를 올리고, 첫날밤에 양세륜은 꿈속의 저승에서 있었던 일을 아내에게 농담 삼아 이야기했다. 신부는 강하게 부정하면서 말했다.

"황당하고 요사스러운 꿈속 귀신의 일인데, 저에게 어찌 그런 일이 있을 수 있었겠습니까?"

양세륜은 정신이 멍한 상태로 오래 있다가, 신선 동굴 입구에서 아름다운 봄의 정경을 찾아보았지만, 이미 다시는 저승에서 경험한 향분지옥(香粉地獄)의 황홀한 잠자리 같은 것은 없었다.

외사씨는 말한다. 저승길에서의 기이한 만남도 역시 삼생(三生) 인연의 업(業)과 연관된 것이라면, 어찌 이들이 인간 세상에서 인연을 맺지 못했는고? 그리고 신혼의 동방화촉(洞房華燭)을 저세상의 향분지옥(香粉地獄)으로 옮겨 가 보내게 된 것은 이 무슨 이치인가? 무릇 재물을 착복하는 무리들에게는 분명하게 천벌(天罰)을 가하도록 정해진 형벌 율법이 마련되어 있는데, 그 딸을 청루에 들게 하는 것으로 죄의 값을 갚도록 하고 있다. 이는 오직 처벌에 있어서 자손 대(代)에까지 미치지 않는다고 한 규정의 뜻에 어긋나는데, 하물며 그 딸에게 미치게 한다는 말인가? 역시 이치에 맞지 않고 허무맹랑한 이야기지만, 오히려 탐욕에 젖은 사람들에게 징계가 되기에는 충분하다. 그리고 한번 선(善)한 마음을 가졌는데, 그 보응이 문득 그림자나 메아리처럼 신속하게 이루어지고 있다. 즉, 『예기(禮記)』[213]에 '태곳적 삼황

---

213) 예기(禮記): '곡례 상(曲禮 上)' 편에, "중국 오랜 옛날인 삼황오제(三皇五帝) 때에는 은덕(恩德) 베풀기를 가장 중요하게 여겼으며, 그다음 시대인 하·은·주(夏殷周) 때에는 은덕에 보답하는 일에 힘을 기울였다(太上貴德 其次務施報)."라고 한 구절에서 '太上貴德' 구절의 글자를 바꾸어 넣어 구성한 것임.

오제(三皇五帝) 때에는 선(善)을 행하는 일을 가장 으뜸으로 했다.'라고 한 것이, 곧 이를 말한 것이다.

東野彙輯 卷之十五

○ 第百十四号 述異部 四 冥遇

遇新婦因夢成親

　　梁世綸湖南閥閱子也 自幼姿質粹美. 議婚某郡朴蔭官女 已過聘 未成醮 奄遭外艱. 甫闋制 朴適宰嶺南某邑 梁奉母命 前往就婚. 中途遘疾 臥於旅店. 病中怳惚 見鬼役持牒來 句至冥府. 王者訊其里居姓名不符 乃叱鬼役曰 吾命爾句某縣姜士倫 何舛錯至此. 痛決之 命梁卽回陽世. 甫出府門 遇亡友韓某. 詢其何以來此. 梁具舉以告. 韓曰 吾近在楚江王殿下作錄事 今幸稍暇 恐君未識歸路 當爲君導之. 梁大喜 相携去約三里許 見一處 文窓繡閣鱗次. 而居門外抹粉障袖者 三三五五 見客不甚畏避. 梁異之 韓曰 此香粉地獄也. 梁問若輩何人 韓曰 陽世官宰 犯貪酷二字敗露者 遭國法稍或漏網 冥府錄其幼媳愛女 入靑樓以償孼債. 今之倚門賣笑者 皆閨閣中千金妹也. 正嗟嘆間 一老嫗從左扉出 與韓似熟識者. 笑曰 貴人久不涉賤地 今幸好風吹送得來 迺復過門不入耶. 強拉韓袖 不得已與梁偕入.

　　卽有兩粉黛 憨笑而迎 爭道寒暄. 梁詰其小名 韓曰 此名翠娟 此名愛蓮 皆北里翹楚也. 無何老嫗捧酒肴至 靑衫紅袖團圍錯坐. 酒三行 韓令翠娟歌以侑酒 翠娟轉委愛蓮. 愛蓮面有慍色 翠娟屢促之. 愛蓮曰 汝倚若翁作縣官 欺壓我鄕監女耶. 陽界雖有統屬 陰司止叙姊妹禮 無得指揮如意 使人難堪. 翠娟面發頰 以手按拍 歌陽臺夢一曲. 愛蓮曰 音節乖舛 殊不堪聽. 翠娟作色曰 我生長名門 本不習慣. 豈似汝父日挾敎坊紅粉 偸得新飜歌曲 向退衙時 嗚嗚口授耶. 愛蓮語

塞 拂袖欲起. 梁與韓排解再四 始各安坐.

忽門外大譁 鬼役奉閻王命 押一女子新入靑樓. 散髮嬌啼 玉容慘凄. 梁詢其家世居住 認是己之聘妻. 大駭叩其顚末 女曰 家君受盜金八百 誣人名節. 罰奴至此 以塡贓款. 今君爲座上客 寧不援手. 梁顧議於韓 韓曰 陰司與陽世異 非賄賂所能通也 僕何能爲力. 梁焦思無計 憂悶欲死. 門外傳言 九幽殿三舍人來. 老嫗肅迎而入 梁及韓皆避席. 舍人笑曰 聞汝家新降下一裸錢樹子 特備纏頭錦數端 金步搖一事 與新人定情. 老嫗再三稱謝 命女子入室理粧. 女子窘極無語 倒地痛哭. 梁見此景像 憤焰中燒 進退失措 乞韓暫爲緩頰. 韓招嫗入內廂 告以意. 大有難色 繼啗以多金. 老嫗始色解 出與舍人耳語 不知作何詞. 舍人悻悻而去 韓亦催梁就道.

梁曰 室人不幸遭此大辱 我何顔再生人世. 女亦泣下. 韓曰 不及黃泉 何能相見. 此中殆有天緣. 請先以靑樓 作洞房可也. 命掃東室 使女與梁同宿. 自乃偕翠娟愛蓮 就榻西室. 流連幾宵 且忘鬼域. 一日有黑衣吏 持牒而來 謂縣官朴某捐金八百 設立六坊義學. 閻王准城隍申報 因命其女還陽 載以薄笨車 恩恩而去. 韓擧手向梁稱賀曰 夫人已還 君亦從此逝矣. 遂別嫗家 送至三四十里 將及旅店而返. 梁怳如夢醒. 調養旬餘 束裝赴朴縣官衙門. 且問義學之事 縣官曰 吾初有是意 尙未擧行 汝何由知之. 梁備述始末 縣官愕然. 越幾日 擇吉成禮 花燭之夕 梁述前事爲戲. 女堅不肯承曰 居妖夢鬼 賤妾那得有此. 梁憫然久之 而洞口尋春 已無復落紅殷褥矣.

外史氏曰. 冥途奇遇 亦係三生緣業 胡不於陽界成親 而乃移洞房花燭於香粉地獄. 此何理也. 凡贓汚之類 明致天罰 自有常刑 而錄其女入靑樓 以償孼債. 殊乖罰不及嗣之義 而況女乎. 亦涉荒誕 然猶足以懲貪夫耶. 至若一念之善 而報應捷如影響. 太上心德 卽此之謂也.

귀신이 은(銀) 빌려준 것은
정자 주춧돌 뽑아 준 보답이었다

15-9.〈229〉대은요수발주초(貸銀要酬拔柱礎)

봉조하(奉朝賀)[214]를 하사받은 최규서〈崔奎瑞; 효종1(1650)~영조11(1735)〉의 호는 간재(艮齋)이다. 젊었을 때 용인에 살면서 친구들과 함께 산방(山房)에 가서 과거를 위한 글공부를 했다. 하루는 일이 있어 집으로 돌아오다가 산길에서 비를 만나, 급한 마음에 인가를 찾아 헤매게 되었다. 이리저리 돌다 보니 깊은 산골짜기에 한 기와집이 있는데 정원이 매우 크고 넓었다. 집 건물 뒤편 정원에는 한 정자가 있었는데 추녀가 새의 날개처럼 아름답게 펼쳐져, 가히 올라가 거닐어 구경해 보고 싶었다. 그래서 최공(崔公)이 그 정자에 올라가서 두루 살펴보니 정자는 새로 지은 것이었으며 추녀와 창문이 매우 아름다웠으나, 먼지가 수북하게 쌓여 있는 것으로 보아 아무도 사용하지 않고 방치해 둔 것 같았다.

---

214) 봉조하(奉朝賀): 조선 시대 퇴직한 종2품 관원을 예우하여 특별히 내린 벼슬.

최공은 혼자 스스로 탄식하며 애석해했다.

조금 지나니 저녁 해가 기울어 서쪽으로 떨어지려 하기에, 돌아갈 길을 계산해 보니 어둡기 전에 돌아가기 어렵다는 생각이 들었다. 그래서 정자를 떠나 앞에 있는 집 대문을 두드리니, 집안이 아주 고요하고 대답하는 사람이 아무도 없었다. 계속하여 천 번 만 번 부르고 외치니 비로소 한 노파가 나와서, 어떤 손님인데 무슨 일로 이러느냐고 물었다. 최공이 마침 날이 저물어 하룻밤 묵어갈 것을 요청한다고 대답했다. 그러자 노파는, 이 집에 손님이 머무는 것은 마땅하지 않으니, 속히 다른 곳으로 가라고 말하면서 거절했다. 최공이 노파에게 그 까닭을 물었더니 노파의 대답은 이러했다.

"이 집은 흉가입니다. 주인께서 연달아 돌아가시고 다만 한 처녀만 남아 부모의 제사를 모시고 있는데, 삼년상을 마친 뒤에는 다른 곳으로 나가 피신할 생각을 하고 있습니다. 그런데 밤이 되면 문득 재앙을 일으키는 귀신이 나타나곤 하는데, 졸지에 그 귀신을 만나는 사람은 반드시 갑자기 죽습니다. 종들도 모두 흩어져 도망을 가 버리고, 이 늙은 몸은 저 소저의 유모로서, 차마 처녀를 혼자 버려두고 떠나지 못하여 아침저녁으로 서로 지키고 있습니다. 그렇지만 역시 마땅히 재앙을 만나게 될 것이므로, 오직 여기서 일어날 변고만을 기다리고 있는 중입니다. 손님께서 이 집에서 밤을 지낸다는 것은 결코 마땅하지 않습니다."

"나는 약간의 담력(膽力)이 있어서 귀신이나 도깨비를 두려워하지 않습니다. 그런데 지나가는 길에 여점이 멀리 있고 지금 배가 고파 견디기 어려우니, 행여 밥 한 사발만 가져다주시면 고맙겠습니다."

이러는 동안 곧 안으로부터 한 여인이 노파를 부르는 소리가 들리는데, 이에 여인은 손님께서 이미 머물고자 하니 곧 사랑채로 맞이하여 저녁밥을 갖추어 대접하라고 말하였다. 노파는 그 말대로 하여 접대를 하는데, 모든 정성을 쏟아 풍성하게 차려 제공하는 것이었다. 최공은 저녁 식사를 마치고 노파에게 이렇게 제의했다.

"이 집을 보니 안채와 바깥채가 많이 떨어져 있어서 비록 기괴한 귀신이 변란을 일으키는 일이 있다고 하더라도, 내가 사랑채에 머물러 있으면 어찌 주인을 보호할 수가 있겠습니까? 안채로 들어가 마루에 앉아서 동정을 살피고자 하니, 이런 뜻을 소저에게 알려 주면 좋겠습니다."

노파가 그 말에 따라 이야기하여, 곧 최공을 인도해 안채로 들어갔다. 최공이 촛불을 밝히고 향을 피워 놓고 앉아 도교(道敎) 경전인 옥추경(玉樞經)을 외우고 있으니, 한밤중에 문득 북쪽 창문에서 음산한 바람이 일더니 촛불이 꺼질 듯 말 듯 했다. 문이 스스로 열리면서 한 백발 노인이 들어오는데, 생긴 모습이 사납고 건장했으며 의관이 오랜 옛날의 것으로 괴이했다.

지팡이를 끌며 계단을 올라와 최공에게 예를 표하고 말했다.

"재상께서 여기에 오셨구먼요?"

곧 최공이 옷매무새를 바르게 고치고 꼿꼿이 앉아, '사람이냐 귀신이냐?' 하고 물으니 이렇게 대답했다.

"나는 이 세상 사람이 아닙니다. 곧 고려 시대의 선비입니다."

이 말에 최공은 큰 소리로 꾸짖어 말했다.

"이 세상 사람이 아닐진대, 이승과 저승은 길이 엄연히 다른데, 어찌하여 이 세상에 나타나 한 집안의 여덟 식구로 하여금 너로 말미암아 죽게 하였단 말이냐? 네가 아무런 이유도 없이 사람에게 해를 끼쳤으니 이것은 무슨 까닭이냐?"

"사람들이 나를 해치지 않았다면 내가 왜 사람을 해쳤겠습니까?"

"뭐라고? 사람들이 너에게 무슨 일로 해를 끼쳤단 말이냐?"

"예, 나의 집이 이 집 후원에 있는데, 집주인이 거기에 정자를 지으면서 주춧돌을 내 무덤에 꽂아, 내 뼈를 누르고 깎아서 통증을 능히 견딜 수가 없습니다. 이런 까닭으로 원망이 골수에 사무쳐 부득이 악독(惡毒)으로 갚아 이에까지 이르렀으며, 문제가 깨끗하게 해결되어 없어지기를 기약하고 있습니다. 내가 아무 까닭 없이 사람을 해친 것은 아니며, 주인이 그 스스로 지은 죄의 보복을 받은 것입니다."

"그렇다면 어찌하여 주인에게 정자를 헐어 주춧돌을 뽑아 달라고 요청하지 않고, 오직 사람 목숨 죽이기를 일삼았느냐?"

"예, 내가 일찍이 이 사실을 고하고자 무척 애를 썼지만, 보통 사람들은 기백이 쇠잔하고 약해서 나를 보면 문득 놀라서 계속 죽으니 어찌할 방도가 없었습니다."

"좋다. 내 마땅히 내일 그 정자를 헐고 주춧돌을 뽑아 버릴 테니, 너는 조심하여 다시는 이 집에 화를 끼치지 말아야 한다. 네가 옛 버릇을 고치지 않으면 곧 내 마땅히 너의 해골을 파서 불에 활활 태우고 물속에 던져 버릴 것이니라."

"예, 과연 명령하는 바와 같이 되어, 내 무덤을 편안하게 해 주시면 이보나 너 감사하고 나행한 일이 없겠습니다."

노인은 이렇게 말하고 홀연히 사라져 보이지 않았다.

다음 날 최공은 노파를 시켜 화를 피해 나간 종들을 불러 모으게 했다. 그리고 정자를 지은 사람은 누구이고, 이 정자를 지은 것은 언제이며, 땅을 파고 기초를 다질 때 혹시 본 것이 없었느냐고 물었다. 종들의 대답은 이러하였다.

"작년에 집주인께서 이 정자를 지었는데, 기초를 다져서 주춧돌을 놓을 때 오래된 무덤이 있는 것같이 의심되었습니다. 하지만 세속에서 흔히 말하기를, 무덤 위에 집을 지으면 심신이 편안히 안정된다는 말이 전해 오고 있어서, 그런 까닭으로 다시 자세히 살피지 않고 곧바로 그 위에 정자를 짓게 되었습니다. 이때부터 주인댁에 사람이 죽는 변란이 겹치고 겹쳤는데, 무슨 까닭인지를 알지 못하겠습니다."

최공이 이것은 귀신이 재앙을 일으켜 탈이 난 것이라고 설명했다. 이어서 종들을 시켜 주인집 친척 중 가까이 사는 사람들을 초청하여, 그 정자를 헐고 주춧돌을 뽑아 버리게 했다. 그리하여 땅을 한 자쯤 파게 하니 과연 그 속에서 썩은 해골이 드러나기에, 해골을 잘 봉하여 묻어 흙을 덮고 잔디를 입혀서는, 술과 과일을 차려 놓고 제사를 지내 주었다. 이에 그 집안사람들이 모두 최공에게 감사 인사를 하면서 말했다.

"이 가정의 유일한 혈육은 오직 처녀 한 사람뿐입니다. 생각건대 반드시 모두 귀신에 의하여 함께 죽을 운명이었는데, 지금 공의 은덕에 힘입어 삶을 얻을 수가 있게 되었으니 진실로 감사드리고 다행으로 여깁니다."

최공은 사람들에게 그 집안의 내력을 물어보니, 시골 양반으로 부잣집이었으며, 처녀는 재앙을 입은 가정에서 오직 혼자 살아남은 후손으로, 아직 정혼하지 않은 상태였다. 최공은 곧 이웃에 사는 일가붙이 중에 가난하여 장가를 들지 못한 사람을 가려서 처녀와 약혼을 하게 했다. 그리고 곧장 집으로 돌아가 그 신랑감을 잘 꾸며 보내어, 좋은 날을 가려 혼례를 치르게 하니 부부는 좋은 조화를 이루었다. 그리고 부부는 살던 집과 재산 관리를 잘하여 편안함을 누리고 넉넉하게 살게 되었다. 그 부인은 최공 은덕에 감사하여 세시(歲時) 명절마다 선물을 보내고 위문하여, 늙음에 이르도록 계속 정성을 다했다.

뒷날 최공의 꿈속에 그 백발 노인이 다시 나타나 말했다.

"내 그대가 해골을 잘 수습해 준 은덕에 감사하여, 은혜를 갚고자 했지만 그동안 겨를이 없었습니다. 지금 그대의 집안 형편이 청빈하니, 과거 준비에 전력을 쏟을 수가 없는 형편입니다. 내가 그대 살아가는 데에 필요한 양식과 땔나무 마련할 재물을 도와주려고 생각하는데, 몰래 빌려줄 재물이 있어서 알려 주겠습니다. 지금 그대 집 울타리 밖에 배꽃이 만발해 있지요. 어느 날 한밤중에 그곳에 가서 향을 피우고 북쪽을 향하여 '경선생(耿先生)' 하고 세 번 소리 내어 부르고는, 배나무 아래 땅을 두세 자 파게 되면 반드시 얻는 바가 있을 것입니다. 이에 그 재물은 꺼내고 대신 차용 증서를 써서 넣고, 그 땅을 다시 묻어 두기 바랍니다. 그렇게 하면 다만 지금 눈앞에 처한 어려움을 펼 수 있을 뿐만 아니라, 몇 년 지나지 않아 마땅히 과거에 급제하고 출세를 하게 되어, 반드시 존귀하게 되고 오복을 온전하게 겸하여 누리게 될 것입니다. 그런데 나이가 들어 쇠퇴해지기 전에 관직에서 퇴임해야만 완전한 복록, 곧 완복(完福)을 누리게 되고, 그렇게 하지 않으면 불행한 액화(厄禍)가 있을까 염려되니 모름지기 조심하여 말을 삼가기 바랍니다."

최공이 꿈을 깨고, 꿈이란 헛된 일이라고 생각하여 믿지 않고 제쳐두었는데, 이튿날 밤 꿈에 그 노인이 다시 나타나서 말했다.

"나는 정성 들여 고한 것인데 내 말을 보잘것없는 것으로 듣고 버리니, 반드시 그대에게 불리하게 될 것입니다."

이렇게 말하는 노인의 마음속은 자못 노여움을 품고 있는 것으로 보였다. 꿈을 깬 최공은 놀랍고 두려워, 마침내 노인이 한 말대로 땅을 파보니 과연 하나의 상자[215]가 있었고, 상자 안에는 은편(銀片) 수천 냥이 가득 들어 있었다. 이에 차용 증서를 써서 상자 속에 넣고, 그 땅을 본래대로 묻은 다음 은을 가지고 돌아왔다.

얼마 지나지 않아 최공은 과거에 급제하였고 호화로운 벼슬자리를 두루 떨치어 거쳐 전라도 관찰사가 되었다. 관찰사 임기를 마치고 돌아와, 은을 보관한 창고를 열어 보니 각각 상자 속에 넣어 둔 물건들이 그대로 가득 차 있는데, 하나의 상자 속은 텅텅 비어 아무것도 없었다. 그리고 다만 그 속에는 지난날 자신이 써넣은 차용 증서가 대신 들어 있는 것이었다. 최공은 크게 놀라고 감탄하며 기이하게 여기고 말했다.

"세상에 어찌 이와 같은 신기한 일이 있단 말인가! 귀신의 은덕이란 지극한 것이로다."

곧 봉급으로 받은 돈을 가지고 가서 은을 사 와, 처음에 가져온 은에 꼭 맞추어 채워 놓았다. 최공은 마침내 그 노인의 말을 따라, 늙기 전에 일찍이 관직에서 물러나 고향인 용인(龍仁)에서 살았다. 무신〈戊申, 영조4(1728)〉해 이인좌(李麟佐)의 난이 일어났을 때, 최공은 변란을 미리 알고, 하루 이백 리를 달려 서울에 와서 변란을 보고했다. 임금이 크게 표창하여 으뜸되는 공훈인 원훈(元勳)을 내리고자 하였다. 이에 최공이 힘써 사양하니, 임금은 대신 특별히 친필로 '일사부정(一絲扶鼎: 한 가닥 절의로서 나라를 붙들어 세우다.)' 네 글자를 써서 내려 주었다. 이것은 지금까지 어서각(御書閣)

---

215) 상자: 본문에 관습적으로 쓰기도 하는 '樻(나무이름 궤)'자를 썼으나, 이 글자는 '상자'의 뜻이 없음. '櫃'나 '匱'로 써야 함.

에 보관되어 있다.

　외사씨는 말한다. 민간 소설(小說)에 다음과 같은 이야기가 실려 있다. 어떤 시골 사람이 집을 짓고 부엌을 만들었는데, 밤에 한 귀신이 나타나, "네가 아침저녁으로 나의 방에서 불을 피워 밥을 지으니, 내 한쪽 넓적다리가 이미 타서 문드러져 실로 견디기 어렵게 되었다. 행여 네가 나를 위해 집을 옮기고 부엌을 헐어 버리면, 마땅히 두터운 보답이 주어질 것이다."라고 일러 주었다. 이 사람이 부엌으로 가서 자세히 살펴보니 곧 옛 무덤 위였다. 그래서 귀신의 말에 따라 부엌을 옮긴 다음, 과연 재물을 얻어 부유함을 이루었다는 내용이다. 대체로 집을 짓는 사람들은 집터를 정하는 데에 있어서, 잘 살펴 신중히 결정하지 않을 수 없는 것이니, 이 같은 일이 있을 수 있기 때문이다. 한편, 귀신이 은을 빌려주어 은혜 갚은 일은 자못 황당하고 괴이하다. 그런데 최규서가 귀신이 알려 준 말로 인하여, 빠른 물살 같은 혼돈스러운 시대 상황(時代狀況)[216]에서 높은 벼슬자리로부터 용감하게 물러나, 마침내 크게 복을 받아 출세하고 완전한 행복을 얻었으니, 실로 우연한 일이 아니라고 하겠다.

---

216) 시대 상황(時代狀況): 조선 시대 경종(景宗) 1년 최규서(崔奎瑞)가 소론(小論)의 영수로서 노론(老論)과 다툰 혼란한 시기를 말함. 이때 당쟁의 와중을 피해 은퇴하여 봉조하(奉朝賀)에 오른 뒤, 물러나 고향에 있다가 이인좌(李麟佐)의 반란을 미리 알아 고변하여 큰 공을 세웠음.

東野彙輯 卷之十五

○ 第百十五号 述異部 五 邪魔

貸銀要酬拔柱礎

　　崔奉朝賀奎瑞號艮齋. 少時居龍仁 與僑友出接山房 共肄科業. 一日因事歸家 山路遭雨 忙尋人家. 轉至深洞 有一瓦屋 園林宏敞. 家後有亭翼然 可堪逍遙. 公登臨眺望 亭是新構. 軒窓華美 而塵埃堆積 有若廢棄者 公獨自嗟惜. 俄而斜曦欲墜 計難回程. 去叩其門 寂無應者. 千呼萬喚 始有一媼出 問客何爲者. 公告以值暮 要一宿而去. 媼曰 客不宜留此 可速去. 公詢其由 媼曰 此凶家也. 主人繼相不淑 只有一處女 奉其父母祭奠 擬過三霜後出避. 而夜輒有鬼祟出現 猝値者必暴殞. 婢僕皆逃散 老身以小姐乳媼 不忍捨去 朝夕相守. 然亦當罹禍 便是待變. 客之過夜於此 萬萬不緊矣.

　　公曰 吾略有膽氣 不怕鬼魅. 第行路違店 不堪肚饑 幸備一盂飯以來. 卽聞自內 有女子呼媼曰 客旣欲留宿 則可邀入外堂 而備進夕飱也. 媼如其言接待 供具極款厚. 公飯罷 謂媼曰 此家內外隔絶 雖有怪鬼作變 吾在外軒 曷以衛護主人乎. 欲入坐內廳 以觀動靜 幸以此意 告于小姐也. 媼從之 遂導公至正寢. 明燭燒香而坐 誦玉樞經. 時夜三更 忽於北窓後 陰風颼飀 燭影明滅. 戶牖自開 有白髮老翁 狀貌獰壯 衣冠古怪. 曳杖循階而入 揖曰 相公來乎. 公整襟危坐 而問曰 你鬼乎人乎. 曰我非陽界人 卽前朝之士也. 公厲聲責之曰 然則幽明路殊 何爲現形 而使此家一門八口 緣汝而死. 汝無端貽害於人 此曷故也. 鬼曰 人不害吾 吾豈害人. 公曰 人之害汝者甚事. 曰我室在

此家後園 主人搆亭于此 柱礎直挿吾塚 壓骨磨骹 痛不能堪. 是以怨入骨髓 不得已報毒至此 期於湛滅. 吾非無端害人 渠自孼報也. 公曰 何不請于主人 毀亭拔礎 而徒事戕害人命耶. 曰吾未嘗不欲告此 而凡人氣魄屛弱 見我則輒怖死奈何. 公曰 吾當於明日 毀其亭拔其礎 汝愼毋復貽禍於此家. 汝不悛舊習 則吾當掘汝髑髏 燒諸火而投諸水. 曰果如所敎 俾安我宅 何等感幸. 因忽不見.

明日公使媼 招集奴僕之出避者. 問作亭者誰也 營建在於何年 開基時或有所覩者乎. 對曰 昨年家主造成此亭 而築基定礎時 疑有古塚. 俗稱置屋古塚上 心神鎭安云 故不復審視 卽爲搆成. 自此主宅喪變荐疊 未知何故耳. 公曰 此爲祟也. 因命其奴僕 邀致主家至親之在近地者 撤亭去礎. 掘土尺許 果有枯骸露出 改封被莎 侑以酒果. 其家人咸對公稱謝曰 此家一點血肉 惟有處女. 意必並死於鬼 從今賴公之德 可以得生 誠爲感幸. 公詢其家世 乃鄕班富家 而處女以禍家餘生 亦未定婚. 公遂擧隣居族親中 貧未娶者 與之約婚. 卽還家治送郞材 涓吉成禮 夫婦諧洽. 管領其家舍財産 穩享饒富. 其婦感公恩德 以時饋問 至老盡誠.

公嘗夢 白髮老翁復來曰 吾感君掩骼之恩 欲報未遑. 今君家計淸貧 不得肆力於功令. 吾擬助薪米之資 竊有借貸之物. 君家籬外 梨花盛開 某日夜半 可到其處 焚香北向 呼耿先生三聲 掘梨樹下地數尺 必有所得. 因書貸用手記 還埋其地. 則非但目前紓力 不出數年 當致身靑雲 必大貴五福兼全. 第未衰退休 乃爲完福. 不然則慮有橫厄 須愼旃焉. 公以夢固虛境置之 翌夜又夢現曰 吾以誠告 而聽我藐藐 必不利於子. 意頗艴然. 公醒而驚懼 遂如其言 掘地得一櫃[樻] 中有銀片滿貯 可數千兩. 乃書貸用手標 納于櫃 還埋其地 取銀而歸. 未幾登第 歷敭華顯 爲湖南伯. 反閱銀庫 各櫃充牣 有一櫃[樻]空空無物. 中有自家貸用之手記. 大驚咤異曰 世豈有如許神奇事乎. 鬼神之

德至矣乎. 遂以俸錢貿銀 準數充納. 公竟循其言 未老致仕 退處龍仁. 及戊申之亂 公一日踔二百里 上京告變. 上大加褒獎 擬以元勳. 公力辭 特書一絲扶鼎四字 以賜之. 至今有御書閣.

　　外史氏曰. 小說有鄕民築屋作竈 夜有鬼現曰 你朝夕炊爨我室 我一髀已爛灼 實爲難堪. 幸爲我移屋毀竈 當有以厚報. 民視竈處 乃古塚上也. 從其言 果獲財致饒. 盖作室者 不可不審愼於占基 有如此矣. 貸銀酬德 頗涉奇怪. 至因神告 而急流勇退 竟作元祐完人 實非偶然也.

밥 요구하던 귀신
궤 속 돈 취한다 말하고 몰래 가져가다

15-10.〈230〉 색반잉고취궤동(索飯仍告取櫃銅)

심씨(沈氏) 선비는 남대문 밖에 살았다. 작은 사립문 안 허름한 집에 살았고, 한 달에 아홉 끼니밖에 먹지 못할 정도로 가난했다. 병마절도사 이항권(李恒權)[217]이 인척인 관계로, 때때로 그의 도움을 받아 겨우 끼니를 이어갔다. 하루는 대낮에 한가로이 앉아 있는데 천정 반자 위에서 갑자기 쥐 다니는 소리가 들렸다. 곧 심씨가 천정을 쳐다보고 담뱃대로 반자를 치며 쥐를 쫓으려 했다. 그랬더니 다시 사람 소리가 들리는 것이었다.

"나는 쥐가 아니고 사람이다. 그대를 보기 위해 험한 길을 고생하며 여기에 왔는데, 어찌 둘 사이를 서로 거부하려 하느냐?"

심씨는 놀라고 괴이하게 여기어 이는 도깨비일 것으로 생각했지만, 어

---

217) 이항권(李恒權): 이순신 장군의 8대손, 삼도 수군통제사와 어영청 중군 별장을 역임했음.

찌 대낮에 도깨비가 나타날 리가 있겠냐고 생각해, 진정 스스로 의아해하며 의혹을 느꼈다. 그런데 또한 반자 위로부터 소리가 들리는데, 멀리 왔기 때문에 배가 고프니 밥 한 그릇을 주어서 먹게 해 달라고 요구했다. 이에 심씨는 불응하고 곧바로 안방으로 들어가 그 상황을 알리고, 가족들이 모여 모두 괴이한 일이라고 말하고 있었다. 그런데 또한 공중으로부터 소리가 들려왔다.

"그대들은 서로 모여 나에게 좋다 나쁘다는 이야기를 하지 말라."

이에 부인들이 크게 놀라고 달아나 피하니, 또한 가는 곳마다 따라와 말하기를 놀래고 숨을 필요가 없다면서, 자기는 앞으로 오래도록 이 집에 머물 예정인데, 모두들 한집안 사람으로 보아주어야지 어찌 박절하게 거절하느냐고 말했다. 그리고 사람들을 따라다니며 머리 위에서 밥 달라는 말을 그치지 않았다.

온 집안이 고통을 느끼어, 이에 밥과 국을 갖추어 한 상 차려 방 안에 놓아두었다. 그랬더니 그 형체는 보이지 않고 음식을 먹고 마시는 소리만 들렸는데, 잠깐 사이에 문득 다 먹어 그릇이 비는 것이었다. 다른 때 귀신을 모시고 제사 올리면서 보면, 다만 흠향(歆饗)만 할 뿐 음식은 남아 있었는데, 그 경우는 달랐다. 심씨는 더욱 해괴하게 여기고 의혹을 느끼어 물었다.

"너는 어떤 귀신이며 무슨 연고로 이곳에 왔느냐?"

"내 이름은 문경관(文慶寬)이다. 세상을 두루 다니다가 우연히 귀댁에 들른 것이며, 한껏 배불리 음식을 먹었으니 그 은혜 매우 크다. 이제 곧 떠나가겠다."

이러고 아무 흔적도 없이 사라졌다.

며칠 지나 귀신은 다시 와서 전처럼 또 밥을 달라고 했고, 다 먹고 나면 문득 가 버렸다. 이로부터 날마다 왔다가 가고 했으며, 때로는 밤새 머물면서 심씨와 한담을 나누기도 하였다. 간혹 고금의 인물들에 대해 토론하기도 했는데, 그가 하는 말이 많이 괴이하고 이치에 맞지 않는 일들이었다. 시일이 오래 경과되니 집안 식구들이 익숙해져 보통 평상시처럼 느끼어 역시 놀라거나 두려워하지 않았다.

심씨 친구가 많이들 이 일을 묻더니 그 귀신을 쫓아내라고 권했다. 그래서 붉은색 부적을 써서 집 벽에 붙여 놓고, 그 외에 귀신을 제압하여 물리치는 물건들을 문 위에 아울러 설치해 놓았다. 다음 날 귀신이 와서는 크게 화를 내고, 사귐이 이미 깊었는데 물리치는 것은 옳지 않다고 하면서, 자신은 요사(妖邪)가 아니니 어찌 귀신을 쫓는 방술을 두려워하겠느냐고 말했다. 그리고 급히 이것들을 치워서 거부하지 않겠다는 마음을 보여 주어야지, 그렇지 않으면 마땅히 재앙이 있을 것이라고 했다.

곧 심씨는 심히 두려워 그 부적과 방술 물건들을 걷어내 치웠다. 그리고 심씨는 귀신에게 자신의 앞날 화복(禍福)에 관하여 알 수 있느냐고 물었다. 귀신이 매우 자세히 알 수 있다고 대답하기에, 심씨는 자신에게 있을 미래의 행운과 불행에 대하여 듣고 싶다고 했다. 이에 귀신은 다음과 같이 일러 주었다.

"그대는 능히 예순아홉 살까지 살겠지만 죽을 때까지 어렵게 살 것이다. 그대 아들 역시 몇 살까지 살 것이며, 그대 손자에 이르러 비로소 과거 급제하는 영화가 있겠지만, 크게 출세하지는 못할 것이다."

또 심씨는 집안의 부인들 수명과 자녀들 출생 수에 이르기까지 일일이 물어보았다. 그랬더니 귀신은 하나하나 모두 대답해 주었고, 이미 지나간 일에 대하여 물어도 역시 모두 분명하게 맞는 징험을 보였다. 이어 귀신은 긴히 쓸 곳이 있으니 부디 이백 냥의 돈을 주어 은혜를 베풀어 달라고 말했다. 이 요청에 심씨는 귀신에게 자기 집이 가난한지 부자인지를 물으니, 귀신은 지극히 가난하다고 대답했다. 곧 심씨는 다시 귀신에게 한탄하기를, 그렇게 가난한데 돈을 어찌 마련하겠느냐고 말했다. 그러니까 귀신은 이렇게 말하는 것이었다.

"그대 집 궤(櫃)[218] 속에는 얼마 전에 빌려다 감추어 둔 돈 두 꿰미가

---

218) 궤(櫃): 책의 원문에 '상자'를 뜻하는 '궤(櫃)'자가 많이 나오는데, 모두 나무 이름인 '櫕'로 잘못 쓰고 있음.

있는데, 곧 어찌 이 돈을 주지 않으려고 하느냐?"

"아, 그것은 내가 쓸 곳이 많아서 슬픔을 머금고 사정하여 빌려다 놓은 돈인데, 지금 만약 그 돈을 너에게 주면 나는 저녁밥을 지어 먹을 수가 없게 되니 어쩌겠느냐?

심씨 말에 귀신은, 집안에 쌀이 얼마 정도 남아 있으니 저녁밥은 충분히 지어 먹을 수 있는데, 어찌 거짓말로 적당히 넘기려 하느냐고 힐난했다. 그리고 마땅히 자기가 알아서 가져갈 테니 모름지기 노여워하거나 화내지 말라고 말하고, 곧 갑자기 떠나가 버렸다. 그래서 심씨가 궤를 열어 살펴보니, 자물쇠가 여전히 채워져 잠겨 있는데 돈은 간 곳이 없었다.

이에 심씨는 괴로움을 이기지 못하여 여러 부녀자들은 친정으로 보내고, 자기는 친구 집으로 가서 투숙했다. 그랬더니 귀신이 또한 쫓아와 화를 내면서 꾸짖기를, 무슨 일로 자기를 피해 여기에 와서 기숙하느냐고 말하고, 비록 일천 채 집으로 도망해 숨더라도 어찌 쫓아가 찾아내기 어렵겠느냐고 했다. 그러고는 친구 집 주인에게 밥을 달라고 했는데, 주인이 주지 않았다. 귀신은 크게 화를 내고 욕을 해 꾸짖고는 또한 살림살이 그릇들을 깨부수면서 밤새도록 시끄럽게 행패를 부렸다. 친구인 주인이 매우 고통스러워하면서 이에 심씨를 원망하는 것이었다. 심씨 역시 스스로 불안하여 새벽이 되기를 기다렸다가 집으로 돌아왔다.

귀신은 또한 부인이 피해 가 있는 곳을 찾아가서 똑같은 모습으로 소란을 피워 어지럽혔다. 부인 역시 어쩔 수 없어 집으로 돌아왔으며, 귀신은 전과 같이 드나들었다.

하루는 귀신이 말하기를, 이제부터 완전히 이별하여 떠날 것이니 몸을 보중하여 잘 살기 바란다고 했다. 이에 심씨가 어느 곳으로 갈 것이냐고 묻고, 바라건대 부디 속히 떠나 집안을 안온해지게 해 주면 다행이겠다고 했다. 그랬더니 귀신은 또 이런 요청을 했다.

"우리 집은 영남 문경현(聞慶縣)에 있다. 지금 바야흐로 고향으로 돌아가려 하는데 다만 노자가 부족하니, 부디 유엽전(楡葉錢)²¹⁹⁾ 열 관을 전별금으로 주기 바란다."

"뭐라? 내가 가난하여 먹을 것조차 마련하기 어렵다는 것을 네가 잘 알고 있는 사실이다. 그런데 그 많은 돈을 어디서 얻어 온단 말이냐?"

심씨가 이렇게 난처해하니, 귀신은 만약에 이 절도사 댁으로 가서 이렇게 된 사정의 뜻으로 간청을 한다면 곧 손바닥 뒤집듯 쉽게 해결될 일인데, 어째서 그렇게 도모해 보지도 않고, 다만 거절만 하느냐고 반문했다. 이에 심씨는 슬퍼하면서 한탄했다.

"집 안의 벼 한 톨과 반 토막의 실낱까지도 모두 이 절도사가 주선하여 도와준 것이어서, 입은 은혜가 적지 않지만 실오라기나 털끝 같은 작은 보답도 하지 못해 항상 스스로 부끄럽게 여기고 있다. 지금 또한 무슨 낯으로 다시 일천 냥을 빌려 달라 하겠느냐?"

"그렇다고 해도, 그대가 만약에 충정으로써 호소하여, 한번 그렇게 도와주면 귀신을 쫓아낼 수 있다는 뜻으로 간절히 설득하여 애걸할 것 같으면, 그는 어려움을 구제하는 의협심을 가지고 있으니 어찌 허락하지 않겠느냐?"

귀신의 이 말에 심씨는 가슴이 막히고 말문이 닫혀, 곧바로 이 절도사 집으로 가서 그간의 사정을 모두 이야기했다. 절도사는 마음속으로 괴이하게 여겼지만 마침내 허락하였다. 심씨가 돈을 허리에 차고 집으로 돌아와서 궤 속에 깊이 감추었다. 조금 지나니 귀신이 와서 웃으며 말했다.

"후한 마음을 깊이 감사드리오. 노자를 마련해 준 은혜를 얻었으니, 이제부터 하는 일에 걱정이 없게 되었소."

이 말에 심씨는 귀신을 속이어, 자기가 어디에서 돈을 얻어 떠나는 여비를 돕겠느냐고 말하니, 귀신은 비웃듯이 말을 했다.

"내 일찍이 선생을 노련하고 성실하다고 일컬었는데, 지금 어찌하여 농담을 하느냐? 내 이미 궤 속에서 돈을 취해 가졌으며, 두 꿰미와 다섯 푼만

---

219) 유엽전(楡葉錢): 한(漢)나라 때 사용하던 은으로 된 돈으로, 모양이 느릅나무의 잎이 나기 전에 돋아나는 꼬투리 모양이어서 붙인 이름임. '돈'이란 뜻으로 쓰임.

남겨 놓아 오직 작은 정성을 보였으니, 그대 한 번 취하게 마실 만큼의 술은 살 수가 있을 것이네."

그리고 귀신은 작별 인사를 하고 떠났다. 이후 심씨 집안 안팎 사람들은 서로 크게 경하하고 있었는데, 겨우 열흘쯤 지나니 또한 공중에서 귀신의 안부 묻는 소리가 들렸다. 곧 심씨는 크게 외쳐 꾸짖었다.

"내 남에게 고통스럽게 구걸하여 열 관의 돈을 마련해 네게 주었다. 너는 마땅히 감사해야 함에도 지금 다시 약속을 저버리고 나타나 소란을 피우니, 내 마땅히 관왕묘(關王廟)[220]에 호소해 너로 하여금 죄를 입도록 하겠노라."

이렇게 소리치니 귀신은, 자기는 문경관이 아닌데 어찌 은혜를 저버렸다 하느냐고 말했다. 이 말에 심씨가 그렇다면 누구냐고 물으니, 귀신은 이렇게 설명했다.

"나는 곧 문경관의 아내입니다. 그대 집에서 귀신을 잘 대접한다는 말을 듣고 천 리 먼 길을 마다하지 않고 왔으니 그대는 마땅히 반갑게 맞이해야지, 도리어 욕설을 하고 꾸짖는 것은 무슨 까닭입니까? 또한 남녀가 서로 공경하는 것이 선비의 행실로 되어 있는데, 그대는 십 년이나 독서를 했다면서 배운 것이 어떤 것입니까?"

심씨는 기가 막혀 헛웃음이 나왔다. 이 귀신이 또한 심씨 집을 날마다 오갔다고 하는데, 그 뒤의 일은 다시 전해들은 바가 없다. 그 당시 호사가들은 앞다투어 심 선비를 찾아가 귀신과 주고받은 이야기를 물었으며, 그래서 심씨 집 대문 앞은 거마 소리가 날마다 시끄럽고 어지러웠다.

외사씨는 말한다. 내가 젊었을 때 이 일을 대강 들었는데, 뒤에 시랑(侍郞) 이희조(李羲肇)를 만나니 나에게 직접 자세한 이야기를 들려주었다. 대체로 이희조는 일찍이 심 선비와 더불어 돌아다니며 놀아서, 그 일을 상세히 모두 알고 있었다. 옛날에 사람과 귀신이 서로 섞여 같이 살 시대에는, 비

---

[220] 관왕묘(關王廟): 관우(關羽) 장군을 모신 사당. 임진왜란 때 왜적을 물리친 것은 관우의 정기(精氣)라 하여 서울, 안동, 성주, 남원 등에 사당을 세워 모셨음.

록 혹시 귀신을 보더라도 아름다운 것을 대신하는 사물과 같이 여겨, 괴이하다고 생각하지 않았다. 그런데 심씨에게 나타난 저 귀신은 먹을 것을 요구하고 돈을 달라고 하였으니, 옛날에도 역시 이런 일은 없었다. 그 어떤 괴이한 귀신인지 알지 못하겠노라.

東野彙輯 卷之十五

○ 第百十五号 述異部 五 邪魔

索飯仍告取櫃銅

　　沈姓士人某居南門外. 華門主賓 三旬九食. 與李兵使恒權爲瓜葛 時或賴此糊口. 一日白晝閒坐 所居板子上 忽有鼠行之聲. 生以烟竹仰擊板子 要逐鼠. 復有聲曰 我非鼠也人也. 爲見君跋涉至此 豈可兩相戹哉. 生驚怪 意是魍魅 而寧有晝見之理 政自訝惑. 又從板子上有語曰 我遠來飢甚 幸以一盂飯投饋. 生不應 直入內室 道其狀 家人坌集咸稱怪. 又自空中有聲曰 君輩毋得相聚道我長短也. 婦女們大駭走避 又到處叫呼曰 不必駭竄. 我將久留貴第 君輩可視同家人 何欲踈絶也. 因隨人人頭上作聲 索飯不已. 渾室苦之 乃備一卓飯羹 置于堂中. 不見其形 只有噉飲之聲 頃刻便盡 非如神祀之但歆享也. 生轉益駭惑 問汝是何鬼 緣甚來此. 曰我文慶寬也. 周行四方 偶到貴第 得以一飽 受賜甚大 從此逝矣. 因無影響.

　　過數日復來 如前討飯 食訖便去. 自此日日來往 或因留至夜 與生閒談. 或討論古今人物 其說多詭異不經之事. 一家內外習熟已久 視若尋常 亦不怖畏, 生之親友多聞此事 勸生以逐鬼. 乃書赤符 貼于屋壁. 其他辟邪壓魔之物 並設於門楣. 翌日鬼來怒語曰 交旣深矣 麾之可乎. 我非妖邪 豈怕方術耶. 急扯去 以示不拒來者之意也. 否者當有禍. 生甚懼 撤其符術 因問曰 爾能知來頭禍福耶. 曰知之甚悉. 生曰 吾之前程否泰 可得聞乎. 曰君能壽七十九歲 然坎坷終身. 君之子亦壽幾何 君之孫始有科榮 而未必顯達. 生又問家中婦人輩壽限

及生産多少 一一盡對. 詢已往事 亦皆明驗.

因曰 我有緊用處 君幸以二百鵝眼俯惠. 生曰 汝謂吾家貧乎富乎. 曰赤貧. 生曰 然則錢鈔何以辦給. 曰君櫃[樻]子裡 有俄者稱貸而貯者二緡 則何不以此相遺. 生曰 我費了多般 悲辭借得此錢 今若給汝 我無夕炊奈何. 曰君家有米幾許 優辦暮饔 何用甕言彌縫乎. 吾當取去 須勿怒嗔. 因倏忽而去. 生啓櫃[樻]視之 封鑰如舊 錢無有矣. 生不勝苦惱 送諸婦女于其本家 自己往親朋家投宿. 鬼又追到 怒嚇曰 何事避我 而來寄于此. 君雖奔竄千家 吾何難追尋. 因向其家主人索飯 主人不與. 鬼大怒詬罵 且撞碎器皿 竟夜作鬧. 主人大苦之 乃埋怨于生. 生亦不自安 待曉還家. 鬼又往婦人寓處 一樣喧擾. 婦人亦不得已歸家. 鬼來往如昔.

一日鬼曰 從此可以闊別 願君珍重自保. 生曰 你欲向何處 幸望速去 使我一家安穩. 曰吾家在嶺南聞慶縣 今方還鄉 而但乏盤纏 幸以十貫楡葉賻我. 生曰 吾貧不能自食 爾所稔知也. 多數孔方何處得來. 曰若以此意 往懇于李節度 則易如反掌 何不圖此 而但欲阻我乎. 生曰 吾家一粒半絲 皆賴李節度周急 受恩不少 而未效絲毫之酬 恒自靦然. 今又何顔 更求千錢也. 曰君若訴以衷情 因此送魔云 則其在救恤之義 安得不諾. 生意沮語塞 直往李節度家 具道其由. 節度心異之 竟許. 生腰錢歸家 深藏于櫃[樻]. 俄而鬼來 笑曰 多謝厚意 得惠資斧 從此行事 可以無憂. 生紿曰 我從何得錢 助汝路費 曰曾謂先生老實 今何戲也. 我已取鈔于櫃[樻]中 而留置二緡五葉 聊伸微誠 君可賒酒一醉也. 因辭而去.

沈家內外相慶 甫浹旬又於空中有鬼寒暄. 生大喝曰 吾向人苦懇辦十貫銅 以送汝. 汝當知感而今反背約來擾 吾當訴于關廟 俾汝被罪. 鬼曰 我非文慶寬 何謂背恩. 生曰 然則汝誰也. 曰我卽慶寬之妻也. 聞君家善待鬼 故不遠千里而來 君當款接 而乃反詬罵何也. 且男

女相敬 士子之行 君讀書十年 所學何事. 生氣短强笑. 鬼又日日來過云 其後事更無傳聞. 當時好事者 爭造沈生 叩與鬼問答之說 沈之門 車馬日喧闐矣.

　　外史氏曰. 余少時槪聞此事 後遇李侍郞羲肇 爲余道之如此. 盖侍郞嘗與沈生游 具知其事也. 昔在人神雜糅之世 雖或見鬼 若値休明之代物 不得爲怪. 而彼求食索錢 古亦無是. 未知其何怪也.

요괴에게서 뺏은 구슬
소양정(昭陽亭)에서 잃고 후회하다

15-11.〈231〉 소양정실주이회(昭陽亭失珠貽悔)

팽씨(彭氏)는 횡성(橫城) 읍내 사람이다. 조카딸 하나가 있어 이미 혼인했는데, 얼마 지나지 않아 근육이 아프고 나른해지는 병에 걸렸다. 의원을 불러들여 약을 썼으나 끝내 작은 효험도 없었고 급속하게 더해져 야위어짐이 날로 심해지니, 시집에서 모두 걱정하였다. 여인은 친정으로 돌아가서 병 치료를 하겠노라고 하니, 시집에서는 그렇게 하라고 허락했다.

    여인은 친정으로 돌아왔으나 병세는 나아지지 않아서 점을 잘 치는 사람에게 묻게 되었다. 점쟁이가 말하기를, 이것은 질병이 아니고 아마도 요괴(妖怪)가 들어 변괴를 일으키는 것 같다고 하면서, 부적(符籍)으로 요괴를 쫓을 수 있다고 했다. 그래서 곧 잡귀를 물리치는 두 귀신 신도·울률(神荼

鬱壘)[221]을 그려 대문 위에 붙이고, 귀신을 눌러 물리치는 방법을 해 보지 않은 것이 없었으나 모두 효험이 없었다.

그런데 여인은 매양 그 숙부에게 한방에 함께 있기를 간청하고 잠시도 떨어지려 하지 않았다. 만일 숙부가 밖으로 나갈 것 같으면 문득 방 안에 쓰러져서 정신을 잃고는 숨이 막혀 축 늘어지는 것이었다. 숙부가 의혹을 느끼어 여인에게 물었다.

"네 병세를 보니 요사한 음기가 몹시 왕성하고 몸의 으뜸 양기가 날마다 빠져나가니 반드시 까닭이 있을 것이다. 진실로 분명하게 말을 해 주지 않는다면 뒤에 후회해도 다시 어찌할 수가 없을 것이다."

여인은 한참 입맛을 다시고 머뭇거리다가 얼굴을 붉히고 말했다.

"지난 적에 혼례식을 올리고 시집으로 가기 전 집에 있을 때, 얼굴이 하얀 한 소년이 어두운 밤중에 방 안으로 들어왔습니다. 처음에는 신랑이라고 생각하고 맞아들였는데, 그의 생김새를 살펴보니 자못 의심스럽고 괴이한 데가 있었습니다. 그래서 다시 자세히 보니 신랑과 비슷하지만 신랑이 아니었습니다. 이에 크게 놀라고 물러나 몸을 움츠리며 소리치려 하였으나 목소리가 입 밖으로 나오지 않았습니다. 그가 마침내 가까이하여 핍박해 겁간하려 하기에 비록 백방으로 거절해 보았으나 팔다리가 묶인 것 같아 어쩔 수 없어서 하는 대로 내버려 두었습니다. 그리고 시집으로 신행(新行)을 간 뒤에도 그가 따라왔는데, 다른 사람들은 그를 모두 보지 못했고 오직 저만 홀로 그를 볼 수 있었습니다. 시부모님 앞에서도 역시 저와 나란히 앉아 있었으며, 남편이 곁에 있어도 반드시 저와 동침을 하였습니다. 그런데 매양 그와 동침할 때에 아파서 견딜 수가 없어, 이것은 귀신이 붙은 변괴라는 사실을 알았습니다만 쫓아낼 계책이 없었습니다. 시부께 아뢰고자 하였지만 어

---

221) 신도·울률(神茶鬱壘): 악귀 잡신을 막는 두 귀신. 동해의 도삭산(度朔山)에는 가지가 삼천 리나 뻗은 반도(蟠桃) 복숭아나무가 있고, 여기로 들어가는 문은 동북쪽 한 곳 뿐임. 이 문을 지키는 신이 신도(神茶)와 울률(鬱壘)임. 악귀나 잡신이 들어오면 갈대로 묶어 호랑이에게 먹게 함. 섣달 그믐날 저녁 이 신과 호랑이 그림을 그려 대문에 붙이고 갈대 새끼를 걸어 잡귀신을 막는 풍습이 여기에서 유래되었음.

린 자부 마음에 부끄럽고 창피하기도 하고 두려움도 많아서 어물거려 미처 아뢰지 못했습니다. 이로부터 밤낮을 가리지 않고 와서는 사람을 보고도 피하지 않았는데 오직 숙부만 보면 곧 반드시 피하여 달아났습니다. 숙부께서 같은 곳에 있어 주시기를 바란 것은 바로 이런 까닭이었습니다."

"아, 이것이었구나. 이 요괴(妖怪)를 없애지 않으면 곧 네 병은 낫지 않는다. 이제 만약 다시 오면 네가 그것이 가는 때를 기다렸다가, 가는 종적을 쫓아가서 알아내면, 곧 병을 고칠 방술을 시행할 수 있을 것이다."

그날 저녁에 그 요괴가 또한 나타났다. 여인과 잠자리를 하고 나가려고 할 때에, 여인이 일어나서 따라가 바래다주고자 하였는데, 그 요괴가 굳게 말려 실패했다. 다음 날 여인은 이런 사정을 숙부에게 알렸다. 그랬더니 숙부는 다시 이렇게 일러 주었다.

"오늘 밤에는 그 요괴가 오거든 여느 때처럼 상대해 주고, 몰래 실을 꿴 바늘을 그의 옷자락에 꽂아 놓도록 하여라. 그리고 우리가 방 밖에 피해 있을 터이니 그가 떠날 때를 기다렸다가 문을 두드려 신호를 해라. 우리들이 힘을 합쳐 그 뒤를 밟아 따라가 보면 반드시 그 요괴가 있는 곳을 찾게 될 터이니, 곧 그 요괴를 없앨 수 있을 것이다."

여인은 하나하나 똑똑히 기억해 두었다. 그날 저녁 여인이 혼자 침상에 올라 누워 있으니 그 요괴가 과연 다시 방문을 열고 들어왔다. 여인은 동침을 하면서 그날따라 더욱 너그럽고 곡진하게 대해 주었다. 새벽닭이 울 때에 그 요괴가 떠나려는 것을 살피고 있다가 몰래 실을 꿴 바늘을 그의 옷자락에 꽂고는, 그런 다음 장난치는 것처럼 방문을 세 번 두드렸다. 숙부가 곧 여러 사람들과 함께 뛰어들어가니, 요괴는 놀라 일어나 급히 달아났다. 바늘에 연결된 실꾸리가 그 요괴 가는 대로 따라 풀려 길게 이어져 있어서, 사람들이 그 실을 좇아 추적하니, 마을 앞 우거진 숲 아래에 가서 멈추었다. 다가가 자세히 살펴보니 실이 땅속으로 들어간 것이었다.

곧 그곳을 파헤치니 겨우 몇 치 정도의 땅속에, 하나의 썩은 방앗공이 한 토막이 있는데, 실이 나무토막에 맺어져 있었다. 그리고 방앗공이 나무

위에 탄환 크기만 한 자줏빛 구슬이 하나 박혀 있어, 그 구슬에서 광채가 비치어 사람의 눈을 부시게 했다. 곧 숙부는 그 구슬을 뽑아 주머니 속에 넣어 감춘 다음, 방앗공이는 불살라 버렸다. 그 후로 변괴가 드디어 흔적을 감추었고 여인의 병도 깨끗이 나았다.

어느 날 하루는 숙부가 집안에 한가로이 앉아 있는데 갑자기 어떤 사람이 어두움을 틈타 찾아와, 만약에 그 구슬을 돌려주면 원하는 대로 부귀를 이루게 해 주겠다고 말하였다. 그러나 숙부가 허락하지 않았더니, 그 사람은 매일 밤마다 문득 찾아와 간절하게 구슬을 달라고 애걸했지만, 그래도 숙부는 끝내 들어주지 않았다. 하루는 밤중에 다시 찾아와서 그 구슬은 자기에게는 매우 긴요한 것이지만, 그대에게는 무익한 것이니 다른 구슬로 바꾸어 주면 좋지 않겠느냐고 물었다. 이에 숙부가 그 다른 구슬을 보여 달라고 말했더니, 그 사람은 밖에서 집 안으로 구슬을 던져 주는 것이었다. 그 구슬을 보니 빛깔은 검은데 크기는 역시 앞서의 자색 구슬과 같은 것이기에, 그것까지 모두 빼앗고 돌려주지 않았다. 그러니까 그 사람은 통곡을 하면서 물러가고는, 자취를 감추고 다시 나타나지 않았다. 이후 숙부는 매양 두 개의 구슬을 자랑하며 사람들에게 보여 주곤 했는데, 그 구슬이 무엇에 쓰이는 것인지를 알지 못했다. 그래서 구슬의 사용처를 물어보지 않은 것에 대하여 한탄하며 안타까워했다.

뒷날 숙부는 일이 있어 춘천에 갔다가 돌아오는 길에, 친구를 만나 술에 흠뻑 취하여 소양정(昭陽亭)에서 노숙을 하였다. 새벽에 잠을 깨어 보니 두 개의 구슬과 그것을 넣었던 주머니가 어디론지 사라지고 없었다. 그래서 구슬을 조심하여 잘 보관해 가지지 못한 것에 대하여 한탄하며 안타까워했다. 숙부는 정자 아래 사람들이 사는 집 근처를 두루 왔다 갔다 하면서 찾아보았지만 구슬을 찾지 못하고, 여러 날 후회하면서 원통해했다. 춘천 사람 중에는 그 구슬을 본 사람들이 많았으며, 지금까지도 그 일에 대하여 이야기하고 있다.

외사씨는 말한다. 요(妖) 글자는 '여(女)' 변에 '요(夭)'를 붙여 만들었다.

그래서 젊고 고운 여자를 '요요(妖嬈)'라고 일컫는다. 풀과 나무들이며 새와 짐승들, 그리고 금목수화토(金木水火土)인 오행(五行) 등 만물의 요괴가 종종 젊은 여자에게 붙어서 사람들을 홀리곤 하지만, 그것이 남자에게 붙는 경우는 열 중 하나에 불과하다. 아아, 놀랍도다. 풀과 나무, 새와 짐승들이며 오행(五行) 등의 모든 사물 요괴가 한번 사람 몸에 달라붙으면, 사람들은 그것을 능히 분별할 수가 없게 된다. 그런데 하물며 사람이 요괴가 붙지 않았는데, 또한 요괴처럼 기이한 행동을 하는 경우가 있으니 무슨 까닭인가? 한편, 구슬을 얻었다 잃었다 한 것은, 옛날 망상(罔象)²²²⁾이 구슬을 찾은 일이나, 합포(合浦)²²³⁾의 진주가 사라졌다 돌아온 일과 동일하다. 이른바 세상에 드물고 귀한 보물은 다리가 없어도 어디로 잘 달려가 버리는 것인가? 역시 기이한 일이로다.

---

222) 망상(罔象): '허무(虛無)'라는 뜻. 또 '수신(水神)', 물에 사는 신령(神靈)이란 뜻이 있음. 중국 고대 황제(黃帝)가 적수(赤水) 북쪽 곤륜산(崑崙山)에서 돌아오다가 현주(玄珠; 검정색 구슬)를 잃었음. 신하들에게 찾게 했으나 찾지 못해, 망상(罔象)을 시켰더니 찾아왔기에 감탄했다고 함. 망상지획(罔象之獲).

223) 합포(合浦): 합포는 중국 광동성(廣東省)에 있는 현(縣). 이 지역에는 좋은 진주(珍珠)가 생산되는데, 관장들이 사욕을 취하려 많이 채취하니, 진주가 사라지고 없었음. 뒤에 맹상(孟嘗)이 태수가 되어 좋은 정사를 베풀고 구폐를 혁파하니, 다시 진주가 돌아왔다는 고사.

東野彙輯 卷之十五

○ 第百十六号 述異部 六 幽怪

昭陽亭失珠貽悔

彭某橫城邑內人也. 有一姪女出嫁 未幾偶嬰勞瘵之疾 邀醫投劑 終無分效. 駸駸然羸削日甚 夫家咸憂之. 女願歸寧以調治 乃許之. 及歸病情無減 問於善卜者. 卜云此非疾恙 似有妖恠爲祟 可呪符以逐之. 遂畵神茶鬱壘 貼于門楣 厭勝禳除之法 無所不施竟無驗. 女每請其叔 偕處一室 不欲須臾離. 叔若出去 則輒頹臥 不省氣息懨然. 叔訝惑謂女曰 察汝病勢 陰邪甚盛 元陽日脫 必有所由. 苟不明言 悔無及矣. 女囁嚅良久 頳顏而對曰 曩在結褵之初 有一白面少年 昏夜入室. 始認以新郎而迎之 觀其貌樣 頗有疑恠. 更諦視之 似是而非也. 乃大駭退縮 欲叫喊而聲不出口. 彼遂昵逼劫奸 雖百般拒之 而四肢如縛 無可奈何 任他奸犯. 及往夫家 彼又隨到 他人皆不見 而吾獨見之. 舅姑之前 而亦隨吾共坐 夫壻在傍 而必與吾同寢. 每交合之際 痛不可堪 知其爲鬼祟 然無計却之. 非不欲告于尊章 而少婦之心羞愧 多於恐懼 因循未遑矣. 從此不計晝夜而來 見人不避 而但見吾叔父 則必退去. 故願與叔同處者 良以此也.

叔曰 是矣. 此祟不除 則汝疾不瘳. 今若復來 汝伺其往 而踪跡之 則治術可施也. 是夕果又至 因與合將行 女欲起隨送 彼固止之. 翌日女以此狀告于叔. 叔曰 今夕彼來 當待之如常 密以綿絲繫針 而縫其衣裾. 吾輩避于房外 俟臨去時 擊戶爲約. 吾輩恊力追尾 必得所止 則祟可破矣. 女一一領記. 其夜方倚床獨臥 彼果推門復入. 女與

私藝 益加款曲. 鷄鳴時伺其將去 潛以針絲 刺于衣裾 而因戲擊其戶者三. 叔乃與衆突入 彼驚起急走而去. 絲塊隨其去而解之 衆人隨其絲而逐之 至於前林叢樾之下 而止焉. 迫而察之 絲入于地. 乃掘之 纔數寸餘 有一朽敗之春木一段 而絲繫於木. 木之上 有紫色珠如彈子大者一枚 而光彩射人. 遂拔其珠 藏于囊中 而燒其木. 其後恠遂絕跡 女病快愈.

　一日其叔在家閒坐 忽有一人 乘昏而來 言曰 若還此珠 則富貴從汝願矣. 其叔不許. 每夜輒來懇乞 而終不施. 一夜又來 言曰 此珠在我甚繁 在汝無益 以他珠換之可乎. 曰第示之. 厥物自外投之. 其珠色黑 而大亦如紫色者 並奪取而不給. 厥物痛哭而去 仍無形影. 其人每以二珠 誇之於人 而不知其所用. 惜乎不問其用處也. 其後因事往春川 歸路遇親友 泥醉露宿於昭陽亭. 曉視之 囊與二珠 並不知去處. 惜乎其藏之不謹也. 其人往來亭下人家 遍搜不得 悔懊屢日. 春川之人 多見之者 至今道其事如此.

　外史氏曰. 妖字從女從夭 故女之少好者 謂之妖嬈. 草木禽獸五行百物之怪 往往托少女以惑人 其托于男子者 十之一耳. 嗚呼草木禽獸五行百物之妖 一托于人形 而人不能辨之. 況人之不待托而妖 又將如何哉. 珠之得失 有若罔象之獲 合浦之還. 所謂希世之寶 無脛而走者耶. 亦可異也.

혼령이 영월암(映月菴) 아래 시체 수습 부탁하여 원한 씻다

15-12.〈232〉 영월암수해해원(映月菴收骸解寃)

　　　　　　　　　　　　　　　　　　　　김씨(金氏) 재상(宰相) 한 사람은 젊었을 때 백련봉(白蓮峰) 아래 영월암(映月菴) 암자에서 친구와 함께 글공부를 하고 있었다. 하루는 친구가 마침 집에 가고 김공(公) 혼자 깊은 밤에 앉아 있으니, 문득 여자 울음소리가 들리는데 원망하는 것 같기도 하고 호소하는 것 같기도 했으며, 멀리에서부터 점점 가까이 다가와서 창문 앞에까지 이르렀다. 김공이 괴이하게 여기고, 귀신이냐 사람이냐 하고 물으니, 귀신이라고 대답했다. 그래서 김공은 이렇게 추궁했다.

　"귀신이라고 하면 곧 저승과 이승의 길이 다른데, 어찌 감히 서로 섞여 문란하게 하려 하는고?"

　"저의 원통한 일을 호소하고자 하옵니다만, 만일 제 모습을 드러내 보이면 놀라실까 두렵습니다."

　"상관없으니 곧 모습을 나타내 보이도록 하라."

말이 끝나기도 전에 한 젊은 부인이 머리를 풀어헤치고 피를 흘리며 앞에 와서 섰다. 김공이 원통함을 호소하려는 내용이 어떤 것이냐고 물으니, 여인은 오랫동안 흐느끼더니 다음과 같이 대답했다.

"소녀는 역관의 딸입니다. 한 역원(譯員)의 아들에게 시집을 갔는데, 혼인한 지 얼마 되지 않아 남편이 음탕한 첩에게 미혹되어, 소녀를 꾸짖고 때리고 하다가 결국에는 그 첩의 참소하는 말을 믿고, 소녀에게 외간 남자와 내통했다고 추궁하면서, 한밤중에 칼로 찔러 죽이어 영월암 뒤 바위 골짜기 사이에 버렸습니다. 그리고 소녀 친정 부모에게는 음탕한 행동을 하여 외간 남자와 도망을 갔다고 속였습니다. 소녀 비명에 죽게 된 것도 진실로 원통한 일입니다. 하지만 또한 더러운 이름을 뒤집어쓰고 아득한 하늘과 들판으로 떠도는 이 원통함은 씻을 길이 없사옵니다. 세상 어디를 둘러보아도 오직 김공만이 소녀의 원통함을 씻어줄 수가 있어서, 감히 이에 와서 호소를 드리는 바입니다."

여인의 호소에 김공은 난처함을 말했다.

"원통한 혼백으로서의 사정은 비록 가긍스럽지만, 독서하는 선비인 내가 어찌 그 원통함을 풀어 줄 수가 있겠는가?"

"공께서는 내년에 과거에 급제하시고 곧 형조(刑曹) 벼슬에 올라 율법을 관장하는 관원이 되실 것입니다. 그때 어찌 소녀 옥사를 살펴 원한을 풀어 주시기가 쉽지 않겠습니까? 부디 잊지 말아 주시기 바라옵니다."

여인은 이런 말을 남기고 떠나갔다.

이튿날 아침 김공은 몰래 절벽 아래 골짜기 사이를 살펴보니, 한 여인 시체가 있는데 선명한 피가 질펀했고, 어젯밤에 본 여인 모습과 같았다. 이듬해 김공은 과연 과거에 급제했으며, 이어 형조 관원으로 승진하였다. 김공은 곧 관아에 부임하여 좌정해 앉아, 역원을 잡아 오게 했다. 그리고 심문하기를, 영월암 아래에 있는 원통하게 죽은 시체를 알고 있느냐고 물었다. 그랬더니 역원은 핑계를 대며 부인하였다. 곧 그를 데리고 가서 그 시체를 검시해 보이니 그는 말이 막히어 실토했다. 마침내 여인의 부모를 불러 시체를 장례 지내

매장하게 하고, 역관은 율법에 따라 처치했다. 이날 밤 김공 꿈에 그 여인은 머리를 단정히 올려 비녀를 꽂고 깨끗한 옷을 입고 와서 절을 하면서 감사를 표하고 떠나갔다.

또 다른 이야기로, 김공이 일찍이 나들이를 갔다가 영월암 아래 냇가에서 쉬고 있으니, 갑자기 사람의 재채기 소리가 들려왔다. 그래서 사방을 돌아보았지만 사람이 보이지 않았는데, 다시 두세 번이나 재채기 소리가 더 들리는 것이었다. 이러는 차에 노곤하여 잠이 들었는데, 꿈에 삼베옷을 입은 선비가 앞으로 와서 예의를 표하고 말했다.

"지극히 원통한 일이 있어 공께 호소하고자 하오니, 공께서는 능히 소원을 들어주실 수 있겠는지요?"

김공이 좋다고 대답하고 이야기해 보라 하니 선비는 말했다.

"내 성씨와 이름은 아무이고, 어느 지역에 살고 있었습니다. 나에게는 종이 하나 있는데, 대단히 완악하고 난폭하여 제어하기가 힘들어, 장차 몇째 아들에게 붙여 주려 하고 있었습니다. 이 아들은 성격이 매우 엄격했으므로 종은 나를 깊이 원망하고 있었습니다. 어느 날 이 종이 나의 말고삐를 잡고 가다가 나를 죽여 여기 냇가에 묻었습니다. 나의 아들들이 장례를 치르고 제사를 모시면서 모든 절차를 그 종에게 시키고 있으니, 내 두려워서 감히 제사 음식을 받아먹지 못하고 있는 실정입니다. 장차 며칠 뒤 어느 날이 내 삼년상을 마치는 날이니, 공께서 그날 오시어 내 아들에게 비밀히 이야기를 하여, 내 원수를 갚고 해골도 거두어 줄 수 있게 처리해 주시겠는지요? 내 해골이 저 냇가 나무 아래에 있는데, 풀잎이 바람을 따라 날려 해골 콧구멍 속으로 들락날락하는 바람에, 곧 문득 재채기를 한 것이었습니다."

이렇게 말하고 또 덧붙여 그 종의 생긴 모습도 매우 자세히 설명해 주었다. 김공은 꿈을 깨고 심히 괴이하게 여기어 곧 나무 아래로 나아가 잡초를 헤치고 모래를 긁어내니, 과연 사람의 해골이 있었는데 풀잎이 바람을 따라 그 콧구멍으로 들락날락하고 있었다.

뒷날, 일러 준 제삿날에 그 집을 찾아가 삼년상을 마치는 상주를 만나 보니, 김공을 보고는 넘어지듯 쫓아 나와 맞이하며 음식을 잘 차려 대접하는 것이었다. 김공이 곧 선친께서 무슨 까닭으로 어디에서 돌아가셨느냐고 물으니, 그 아들의 대답은 이러했다.

"저희 선친께서는 나들이를 나가셨다가 사망하고 돌아오지 않으셔서 사망한 장소도 알지 못하오며, 가까운 곳에 허장(虛葬)으로 장례를 마쳤습니다. 어젯밤 꿈에 선친께서 오시어 이야기하셨는데, 오늘 제일 처음으로 오시는 손님을 부친 대하듯 잘 대접하면, 반드시 선친 사망 장소를 지시해 줄 것이라고 했습니다. 어르신께서는 어느 곳을 지시해 주실지 궁금하옵니다."

이때 김공은 문득 꿈을 꾸는 것처럼 정신이 노곤해지더니, 병풍 사이에서 소리가 들렸는데, 그 소리는 지금 여기 뜰 앞을 지나가고 있는 사람이 곧 그 종이라고 알려 주었다. 자세히 그 얼굴을 살피니 냇가에서 설명해 주던 그 말과 동일하기에, 곧 김공은 노인 아들의 귀에다 대고 그 사실을 알려 주었다. 아들이 가만히 접근하여 종을 묶은 다음, 큰 막대로 때리며 심문하니 일일이 숨김없이 모두 실토했다. 이에 종을 죽여 사지를 찢어 흩어 버리고, 그 선친 유해를 거두어 선영(先塋)에 장례 지냈다.

그 뒤 어느 날 밤에 김공 꿈에 그 선비가 나타나 원수 갚아 준 은혜에 감사하며 사례하였다. 김공이 그와 더불어 많은 이야기를 주고받고는, 자기 앞날에 관한 일을 물어보았더니, 그 선비는 김공 앞날의 일을 설명해 알려 주었다. 곧 어느 해 어떤 관직에 오르고 어느 때에 어떤 사건이 있을 것이며, 벼슬이 대관(大官)에 오르겠지만 어느 해에 나라의 큰 사건으로 사망하게 될 것이라고 했다. 그리고 사망 후에도 아름다운 이름이 끝없이 전해지고, 자손들이 번창해질 것이라고 말했다. 이렇게 일러 준 다음 곧 선비는 인사를 나누고 떠났다.

김공이 한평생 살면서 그 선비의 꿈속 예언을 따져 점검해 보니 사실과 합치되어, 병부(兵符)가 꼭 들어맞는 것과 같았다. 그리고 마침내 어느 해에 나라의 큰 사건으로 사망하게 되었고, 그 아름다운 이름이 뒷날까지 영원히 드리워졌다.

외사씨는 말한다. 부부 사이의 의리와 종과 주인 사이의 구분은 인륜의 위대한 규범인데, 어찌 가히 서로 해를 입힐 수가 있단 말인가? 그러나 이와 같은 뜻밖의 참변이 있었으니, 그 원통한 기운이 엉긴 신령스러운 혼백은 다른 사물들처럼 썩어 흩어져 없어지지 않았다. 그래서 그 형체가 꿈에 나타나 억울함을 고하여, 마침내 원통함을 펼치고 원수를 갚기에 이르렀으니, 가히 하늘 원리는 속일 수 없음을 볼 수 있도다.

東野彙輯 卷之十五

○ 第百十六弓 述異部 六 幽怪

映月菴收骸解冤

金相公某少時 與親友 讀書於白蓮峰下映月菴. 一日親友適還家 公深夜獨坐. 忽聞女人哭聲 如怨如訴 自遠而近 至於窓前. 公怪之問 汝鬼乎人乎. 對曰 鬼也. 曰然則幽明路殊 安敢相糅. 曰吾欲訴冤 而現形則恐駭眼. 公曰 第現之. 言未已 一少婦散髮流血而來 立于前. 公曰 訴冤何事. 女長吁而對曰 吾譯官某之女也. 嫁于某譯員之子 結褵未幾 家夫惑於淫妾 詈我毆我. 末乃信其讒 謂我有鶉奔之行 夜半以劍刳我 棄之於菴後巖壑之間. 給吾父母曰 淫奔而去. 吾死於非命 固冤矣. 而又蒙不潔之名 悠悠穹壤 此冤難洗. 環顧一世 惟公可以伸雪 故玆敢來訴. 公曰 冤魂雖可矜 吾曷以伸之. 曰公明年登科 即爲掌法之官 審獄解冤 豈不易哉. 幸母忘焉. 言訖而去.

翌朝潛視絶壑間 有一女屍 鮮血淋漓 如昨夜所見者. 明年果登第 直陞資拜秋議. 卽赴衙坐 捉來某譯訊問 汝知映月菴下 冤死之尸乎. 其人抵賴 遂挈而往 檢驗其屍 其人語塞. 遂招女之父母 使之埋葬 譯人則置法. 是夜公夢 其女整鬟髻潔衣裳 來拜致謝而去.

公嘗出遊 憩于映月菴下川邊 忽聞人噴嚏聲. 顧之無見 如是者數矣. 因倦而睡 夢有布衣士人 揖而言曰 有至冤欲向君訴 君能副余願否. 公曰諾 試言之. 士人曰 僕姓某名某 居某地. 僕有奴頑暴 將傳諸第幾子 子性甚嚴 奴深怨之. 爲我執饌 殺我埋于此. 僕有子居喪設祭 而使其奴行祭 余畏而不敢食. 將於某日終制 至是日 子見吾子密

言 報余讐收余骸乎. 吾骸在彼川邊樹下 草葉隨風出入吾鼻穴 則輒噴嚔矣. 又言其奴狀貌甚詳. 公覺而深異之 遂就樹下 攓蓬剔沙 果有人骸 而草葉隨風出入其鼻穴.

後至是日 尋其家 見新闋服者 見公顚倒迎之 餽餉極腆. 公問其父緣何故死何所. 曰吾父出遊死不返 不知死所 虛葬某處. 昨夢亡父來言 今日初來之客 爾待之如待我 必指我死所. 未知尊何所指敎乎. 公忽神怠如夢 屛間有語曰 此過庭者 卽其奴也. 熟察之其面目 如川上所聞之言. 公乃附耳語之故. 主人乃以微過 縛其奴 用鉅杖訊之 一一輸情. 乃殺而磔之. 收其父骸 葬之先塋.

後一夕公夢 士人來謝其報讐之恩. 公因與酬酢 更問前程何如. 曰某年某職 某時某事 位至大官 而某年爲國辦死. 然後令名無窮 子孫昌大矣. 遂辭去. 公點檢平生 若合符契. 竟以某年死於國事 而永垂令名.

外史氏曰. 夫婦之義 奴主之分 人倫之大者 豈可相害 而有此意外之變. 其寃氣靈魄 不隨異物腐散 至於形現夢告 終乃伸寃而報仇. 可見天理之不可誣也.

관노(官奴) 이의남(李義男)
용녀와 혼인하는 기이한 일 보이다

15-13.〈233〉 관동접황룡현이(官童接黃龍現異)

이의남(李義男)은 철산(鐵山) 고을 관동(官童)이다. 관장을 따라 상경하였는데, 때는 마침 화창한 봄날이어서 우연히 한강 교외로 유람하여 용산(龍山)에 이르렀다. 높은 곳에 올라 경치를 구경하던 중 갑자기 피곤을 느끼고 앉아서 잠이 들었다. 꿈속에 한 노인이 나타나 편지를 가지고 와서 건네주며 말했다.

"내가 오랫동안 고향 집을 떠나와서 소식이 끊어졌으니, 나를 위해 이 편지를 우리 집에 전해 주면 좋겠다."

이에 의남은 노인의 집이 어디냐고 물었고, 노인은 자기 집이 어느 산 아래에 있는 큰 연못 속이라고 하면서, 연못가에 가서 유철(俞鐵)을 세 번 외쳐 부르면 곧 마땅히 물속에서 사람이 나올 것이니, 이 편지를 전해 주면 된다고 대답하였다. 의남이 승낙하고 꿈에서 깨어 보니, 봉함된 편지 하나가 곁에 있기에 매우 기이하게 여기고, 곧 그 편지를 주머니 속에 간수하고 돌아왔다.

　관장을 모시고 철산 관아로 돌아온 다음, 곧 꿈속에서 노인이 말한 그 산 아래의 연못으로 가서, 연못가에서 유철을 세 번 외쳤다. 그랬더니 갑자기 연못 물이 끓어오르더니 물속에서 사람이 나와, 누구인데 무슨 연유로 불렀느냐고 물었다. 의남이 오게 된 사정을 말하고 또한 편지를 전해 주니까 그 사람은, 잠시 머물러 기다리면 회답을 가지고 오겠다고 했다. 그리고 몸을 뒤집으며 물속으로 들어갔다가 잠시 후에 다시 나와서는, 수부(水府)에서 불러오라고 했다면서 들어가기를 요청했다. 이 요청에 의남은 자기가 어떻게 물속으로 들어갈 수 있느냐고 하면서 어려워하니, 그 사람은 이렇게 일러 주었다.

　"눈을 감고 내 등에 업히어 있으면 금방 도달하게 됩니다."

　의남이 그 말대로 하였더니 물결이 저절로 열려서 옷이 젖지 않았으며, 두 귀에 다만 바람소리와 물소리만이 들릴 뿐이었다. 이윽고 언덕에 당도해 등에서 내려놓으면서 눈을 뜨라고 하였다. 눈을 떠 보니 하얀 모래가 깔린 언덕 위에 붉은 대문이 우뚝 서 있었다. 그 사람은 대문 밖에서 잠시 기다리라고 말하고, 먼저 들어가서 통보한 다음 다시 나와서는 길을 인도하였다. 몇 겹의 문을 거쳐 한 전각에 이르니, 창문과 기둥이 모두 구슬로 연결되었고 아름다운 빛이 비치어 눈을 현란하게 했다.

　전각 위에서 여러 시녀들이 아름다운 한 미인을 받들고 나왔는데, 미인은 의남을 맞으면서 말했다.

　"부친께서 집을 떠나신 지 이미 오래되어 소식을 듣지 못하다가, 이제 편히 계신다는 소식을 전해 듣게 되었으니, 이 얼마나 감사하고 다행한 일인지 모르겠습니다. 부친께서 서신 속에 저에게 명령하시기를, 그대를 받들어 모시고 삼생(三生)의 인연을 맺으라고 하셨습니다. 하지만 저는 용의 딸이옵니다. 만일 사람이 아닌 이류(異類)인 점을 혐의치 않으신다면 진실로 영원한 은혜가 되겠사온데, 낭군님 의중이 어떠신지 살피지 못하겠사옵니다."

　의남은 그 아름다운 모습을 보고 정신이 아득하고 마음을 빼앗겨 급히 웃으면서 말했다.

"육지에 사는 천한 사람이 외람되게 환대를 받으니 영광스러움이 막대하온데, 어찌 혐의를 두겠습니까?"

의남은 드디어 그곳에 머물러 용녀와 동침하였다. 자리의 화려함과 음식의 진귀함을 이루 다 형언할 수 없었고 운우의 즐거움도 인간과 다를 바가 없었다. 의남이 이틀 밤을 자고 돌아가기를 청하니 용녀가 물었다.

"어찌하여 급하게 가시려고 하는지요?"

"나는 관아에 매인 몸으로서 허락 없이 여러 날을 떠나와 있었으니 죄를 입어 문책을 받을까 두렵습니다."

이에 용녀가 관아에서 일할 때의 정복 모양과 색채에 대하여 물었고, 의남은 이러이러하다고 설명해 주었다. 용녀는 곧 상자를 열고 특이한 비단 한 필을 꺼내어 옷을 지어서 입게 했다. 그리고 부탁하기를 후일에 서로 생각이 나게 되면 수시로 들어오시라고 당부한 다음, 곧 유철을 불러 올 때처럼 업고 나가게 했다.

철산 관아 관장이 관동 의남이 오래도록 돌아오지 않으므로, 그의 부친을 구금하고 나타나기를 독촉하게 했다. 이때 의남이 곧바로 관아 뜰로 들어가 엎드려 사또를 뵈었는데, 관장이 내려다보고는 그의 의복이 화려하고 특이하여 인간이 만든 것이 아님을 알았다. 그래서 의남을 앞으로 가까이 오게 하여, 그동안 어디에 갔었으며 입은 옷이 이상한데 그 옷은 어디에서 난 것이냐고 물었다. 의남은 감히 숨길 수가 없어서 낱낱이 실토해 아뢰었다. 이야기를 들은 관장은 크게 기이하게 여기고 다시 물었다.

"그 여인이 비록 용녀이지만 이미 너와 동침을 하였으니, 곧 인간의 도리를 완성한 셈이다. 내가 한 번 그 여인 얼굴을 보고자 하는데, 너는 내가 능히 볼 수 있게 해 주겠느냐?"

관장의 물음에 의남은 마땅히 아내와 상의하여 도모하겠다고 아뢰었다. 그러고는 곧 연못가로 가서 유철을 부르니, 유철이 나와서 등에 업고 들어갔다. 의남은 용녀를 보고 관장의 뜻을 전달하니, 용녀는 처음에 매우 난

처한 기색을 보이다가 마침내 허락하고, 아무 날 물가에서 서로 만날 것을 약속하였다.

의남이 돌아와 관장에게 보고하니 관장은 크게 기뻐했다. 약속한 날 연못가에 휘장을 크게 설치한 다음, 관장은 호위하는 의장을 크게 떨치고 자리에 이르렀다. 고을에서 구경나온 사람들이 산과 들을 가득 덮었다. 의남이 또한 전처럼 물속으로 들어가서 용녀를 보고 나가기를 청하니, 용녀는 평복을 입으면 좋겠는지 군복을 입으면 좋겠는지를 관장에게 물어보라고 했다. 이야기를 들은 관장은 미녀가 군복을 입으면 더욱 아름다우리라 생각하고, 군복을 입은 모습을 보겠다고 요청했다. 의남이 다시 돌아가 알리니 용녀는 한참 동안 생각에 잠기다가, 성주님 분부를 어찌 감히 어기겠느냐고 말했다.

그러고 모두들 기다리니, 바람이 일고 물이 치솟고는 물결무늬가 저절로 열렸다. 여러 사람이 모두 주목하며 절세 미색을 보게 될 것이라고 기대하였다. 그런데 갑자기 용머리의 뿔이 솟아오르더니 곧 한 마리의 황룡이 물 위로 몇 자쯤 올라왔다. 두 눈은 번개처럼 번쩍거리고 비늘은 황금을 두른 것 같았으며, 핏빛처럼 붉은 혀에다 불꽃같은 갈기를 쭈뼛쭈뼛 세우고는 구름과 안개를 토해냈다. 언덕 위에서 구경하던 사람들은 매우 놀라고 두려워하며 앞을 다투어 도망쳐 흩어졌다. 용이 곧 꿈틀거리면서 물속으로 들어가 버리니, 관장은 무료하게 돌아왔다.

때는 마침 유월이 되었는데 가뭄이 너무 심하였다. 비를 비는 제사를 누차 올렸으나 신령의 반응이 없었다. 관장은 의남에게 이렇게 요청했다.

"너는 가서 용녀에게 청하여 비를 내리게 할 수 있겠느냐?"

의남은 감히 분부를 따르지 않겠느냐고 말하고, 곧장 용녀를 만나 관장의 부탁을 전하니, 용녀는 크게 난처해하면서 말했다.

"비록 용이 비를 내리는 일을 하지만, 만약에 하늘 상제(上帝)께서 명령을 내리지 않을 것 같으면 감히 마음대로 처리할 수가 없습니다."

이 말에 의남은 백성들의 갈망하는 사정과 성주의 경건한 성의를 이야기하며 누누이 간절하게 요청했다. 용녀는 오랫동안 생각하다가 허락하고는, 자그마한 병 하나와 끝을 자잘하게 쪼개어 벌어지게 한 버드나무 가지 하나를 꺼내 준비해 가지고 나왔다. 의남이 그 비 내리는 방법을 보고자 하여 함께 가기를 요청하니, 용녀는 거절하면서 말했다.

"그대는 보통 사람인 범인(凡人)이어서 구름을 타고 안개를 몰아갈 수가 없어 불가능합니다."

그러나 의남이 반드시 따라가겠다고 우기니, 용녀는 정 그러하다면 자신의 겨드랑 밑에 몸을 밀착시켜 붙이고, 갈기와 수염을 단단히 붙잡아 결코 손을 놓지 않게 조심하라고 일렀다. 드디어 용녀는 의남을 옆에 붙여 끼고 공중으로 떠서 올라갔다. 구름을 일으키고 우렛소리를 내면서 버들가지로 병 속의 물을 세 방울 적시어 뿌리는 것이었다. 의남이 몸을 구부려 아래 지역을 내려 보니 바로 철산 지방이었고, 전답들이 곳곳에 말라 터져 있었다. 그래서 한 점씩 물방울을 떨어뜨려서는 족히 돋아나는 새싹에 수분을 공급하고 해갈이 될 수가 없을 것같이 생각되어, 이에 몰래 용녀가 가지고 있는 그 물병을 기울이어 모두 쏟아 버렸다.

그랬더니 용녀는 크게 놀라면서, 장차 커다란 화가 닥치게 될 것이니 속히 나가야 한다고 말했다. 의남이 그 까닭을 물으니 용녀는 이렇게 설명했다.

"병에 담긴 물 한 방울을 뿌리면 인간 세상에서는 한 치의 비가 내리게 되니, 지금 세 방울을 뿌렸으니 지상의 가뭄은 충분히 구제될 수가 있었습니다. 그런데 지금 병 전체의 물을 쏟았으니, 지상에서는 반드시 수해가 심해 사람들이 높은 곳으로 피해야 하는 재앙이 있게 되었습니다. 나는 이미 하늘에 죄를 지어 벌을 벗어나기 어렵게 되었습니다. 그대는 곧 즉시 빨리 이곳을 빠져나가시어 함께 재앙을 입는 것을 면하십시오. 그리고 내일 백각산(白角山) 아래에 가서 내 뼈를 거두어 묻어 주시고, 부디 옛정을 잊지 마시기 바랍니다."

의남은 부득이 돌아와 경내를 둘러보니, 그동안 살던 지역이 완전히 변하여 아득한 자갈밭이 끝없이 펼쳐져 있었다. 그 까닭을 물으니 사람들이 말하기를, 지난밤 삼경에 큰비가 내려 물동이를 엎어 붓는 것 같아서, 삽시간에 평지의 수심이 한 길 남짓 되었다고 말했다. 이야기를 들은 의남은 크게 후회했다. 이튿날 백각산 아래에 가 보았더니, 과연 용의 뼈가 떨어져 있었다. 그래서 뼈를 수습하여 겉옷을 벗어 싸서 나무상자에 담아 산 위에 묻은 다음, 한바탕 통곡을 하고 돌아왔다.

　　외사씨는 말한다. 사물과 인간이 교접(交接)하는 것은, 서로 사이에 외부적으로 느끼는 감성(感性)의 원리에서 연유되는 것이 아니다. 더구나 용은 물속의 영물인데, 어찌 세상의 평범한 인간과 더불어 감성이 상통하는 바가 있겠는가? 세상 만물은 하늘과 땅의 내부적인 성정(性情)이 나뉘어져 생성된다. 그런고로 애정이 서로 상통하는 일은 각기 다른 부류 사이라고 하여 차별이 있는 것이 아니다. 용이 사람과의 애정에 얽매이어서, 부당하게 비를 내리게 하여 하늘의 벌을 받아 죽음에 이르렀으니, 역시 애정에 의한 재앙이라 할 것이다. 한편, 옛날 중국 소설(小說)에는 동정호(洞庭湖) 용왕의 딸이 유의(柳毅)[224]에게 시집갔다는 이야기가 있고, 남해 용왕인 광리왕(廣利王)[225] 딸이 장무파(張無頗)에게 시집갔다는 고사(故事)도 있다. 가히 그 신령스러움이 명명백백함을 볼 수 있도다.

---

224) 유의(柳毅): 당대 소설(唐代小說) '유의전(柳毅傳)'의 남자 주인공. 동정호(洞庭湖) 용왕의 딸과 용궁에서 혼인하고, 뒤에 이 세상 사람으로 된 용녀를 만나 함께 산 이야기.

225) 광리왕(廣利王): 남해(南海) 용왕. 당(唐)시대 남강(南康) 사람 장무파(張無頗)가 남해 용궁으로 안내되어 용왕인 광리왕(廣利王)의 딸 병을 고쳐 주고, 뒤에 그 딸과 혼인한 이야기.

東野彙輯 卷之十五

○ 第百十七号 述異部 七 異配

官童接黃龍現異

　　李義男鐵山官僮也. 随其官上京 時值春和 偶遊江郊到龍山. 登高玩景 忽覺困憊 坐而假寐. 夢一老人持書封而來 授曰 余久離家鄉 信息相阻 幸爲我傳此書于吾家. 義男曰 翁家何在. 曰吾家在某山下大澤中. 往澤畔三呼俞鐵 則當有人從水中出來 以此書傳之也. 義男諾而覺 見一書緘在傍 大異之 遂藏囊中而歸. 及陪官還官 卽往某山下澤邊 呼俞鐵三聲. 忽見池水沸涌 有人從波間出曰 汝何人 緣甚喚我. 義男爲傳來意 且致書封. 其人曰 可少留 以待發落. 遂翻身入水 少頃復出. 謂曰 自水府見召 請入去. 義男曰 吾何能入水. 其人曰 閉目而負於吾背 數息可達矣. 義男從其言 波自開而衣不沾 兩耳但聞風水聲. 已而抵岸 其人卸擔而令開眼. 白沙岸上朱門屹立 使之少待於門外 先入通 旋出而導之. 歷數重門 至一殿 窓櫺皆綴珠璧 輝映眩覩.

　　殿上有侍女數隊 捧一麗人而出. 迎曰 家君離鄉已久 未聞消息 今傳安信 何等感幸. 父書中教妾奉侍君子 以結三生赤繩 而我是龍女. 如不以異類爲嫌 誠是始終之德惠 未審盛意如何. 義男覩其美艷 神迷意奪. 遂笑而答曰 土居賤品 猥蒙款接 榮莫大焉 何嫌之有. 遂留與同寢 床榻之華飾 供饋之珍異 不可名狀. 及其雲雨之歡 無異人間. 信宿幾日 要還出. 女曰 何遽歸也. 曰吾身係官府 擅離多日 恐罹罪責. 女曰 君在官前服色何如. 曰如斯如斯. 女卽披箱 出一段異錦

裁縫而衣之. 因囑曰 後日相念 便可時時入來也. 遂呼兪鐵 負出如來時. 本官恠童之久不還 繫囚其父 使之督現. 義男直入官庭伏謁 官覩其衣服 華異殊非世人所製. 使之近前問 汝間往何處 所着異常 此從何出. 義男不敢隱諱 一一吐實. 守大異之 因曰 彼雖龍女 旣與汝交媾 便成人道. 吾欲一覩其面 汝能使我見之否. 義男曰 謹當謀諸婦矣. 乃往澤畔呼兪鐵 出如前 背負而入. 見女告以守意 女初甚難處 竟許之. 約以某日 水邊相會. 義男還告于守 守大喜.

　　是日大設帷幕於澤畔 張威儀而至. 邑人之來觀者 漫山遍野. 義男又依前出入 見女而請行. 女使告于守曰 以燕服乎 以戎裝乎. 守意謂美女戎裝尤姣麗 請見戎裝. 及回報 女沈吟半晌曰 地主敎意何敢違也. 俄而風起水湧 波紋自開. 滿目咸注 擬覩絶對美色. 忽有頭角聳現 卽一黃龍出水上數尺許. 兩眼閃電 鱗甲掣金 血舌火鬣 噓吸雲霧. 岸上觀者 莫不大驚 怖爭逃散. 龍乃蜿蜿入水去了 守亦無聊而歸.

　　時當六月 旱乾太甚 圭璧屢擧 靈應邈然. 守謂義男曰 汝可往請龍女 而得雨乎. 對曰 敢不如命. 遂見龍女 而告其故. 女大以爲難曰 龍雖行雨 若非上帝之命 不敢擅便. 義男以民情之渴望 地主之虔誠 縷縷懇乞. 久乃許之 持一小瓶一楊枝而出. 義男欲觀其施法 請偕往. 女拒之曰 君凡人 不可以乘雲駕霧. 義男必欲随之. 女曰 然則可着身於吾腋下 攀附鱗鬣 愼勿放手也. 遂挾之騰空而去. 興雲發雷 以楊枝蘸瓶水三點 而灑之. 義男俯視其處 卽鐵山地 而田疇在在乾坼. 一勺點滴 未足膏苗而解渴 乃潛傾其瓶 而盡瀉之. 女大驚曰 大禍將至 可速出去. 義男詢其故 女曰 瓶水一點 去作人間一寸之雨 今玆三點亦足救急. 而乃傾全瓶 必致懷襄之災. 我已獲戾于天 天罰難逭. 君則卽卽出去 可免俱焚之禍. 明日往白角山下 收吾骨而埋之 毋負舊情也. 義男不得已還 視一境之內 間經滄桑 茫然沙石 一望無際. 詰其由 人言去夜三更 大雨飜盆 霎時間平地水深丈餘. 乃大悔懊. 翌日往

白角山下 果有龍骨落下. 乃裹以衣衫 盛以木函 埋於山上 一慟而歸.
　外史氏曰. 物與人交 非由相感之理. 而況龍是水中靈物 豈與人間凡胎 有所感通哉. 萬物分天地之情以生 故情之相通 不以異類而有別. 龍之拘於情而行雨 至遭天譴 亦情之爲累歟. 小說有洞庭君女歸柳毅 廣利王女適張生之故事. 可見其爲靈也昭昭矣.

시골 남자 암곰과 살다 탈출하여 곰이 모은 재물로 부요해지다

15-14.〈234〉 촌맹우현웅치요(村氓遇玄熊致饒)

진씨(秦氏)는 인제현(麟蹄縣)의 시골 백성이다. 가정(嘉靖)[226] 연간에 산에 들어가 땔나무를 하다가 검은 암곰을 만났다. 곧 곰이 진씨를 덮쳐눌러 단단히 걸터앉아 꼼짝 못 하게 하여 시간이 많이 경과되었다. 진씨가 반듯하게 눌려 누워 위를 쳐다보니 곰의 음부(陰部)가 보이는데, 마치 여자의 그것과 같아 손톱으로 살살 긁어 주었다. 한참 지나니 곰이 매우 좋아하고는 넘어져 번듯이 눕더니, 진씨를 껴안아 잡고 놓아주지 않았다. 그래서 진씨는 시험 삼아 남녀 교합(交合)하는 동작을 해 보이니, 곰은 그에게 크게 애정을 느끼었다.

곧 곰은 그를 붙잡아 굴속으로 데리고 들어가서 굴 입구에 큰 돌을 쌓아 성곽처럼 만들어 놓으니 깊숙하기가 마치 감옥과 같이 되었다. 곰이 늘

---

[226] 가정(嘉靖): 중국 명나라 세종(世宗)의 연호로, 중종17(1522)~명종21(1566)에 해당함.

외출할 때면 문득 집채 같은 큰 돌을 들고 와서 입구를 막았으며, 자잘한 풀을 모아 와서 자리처럼 깔아 놓았다. 산속의 온갖 과일을 따와 그에게 주는데, 모두 진기하고 맛있는 것들이어서 배고픔에 요기가 될 수 있었다. 이렇게 며칠 지나니, 곰은 역시 신령스러운 동물인 영물(靈物)이어서, 사람의 말을 능히 깨달아 이해하였다. 이에 백성은 곰에게 말했다.

"내가 집에서 살 때에 쌀밥과 생선이며 고기를 먹었고, 명주옷과 삼베옷이며 무명베옷 등을 입었다. 그리고 봄철과 여름에 입는 옷이 달랐고, 밤에 잠잘 때는 까는 요와 덮고 자는 이불이 있었다. 또한 날것을 먹지 않으므로 끓여 익혀 먹을 수 있는 솥이 있었고, 간이 되지 않은 싱거운 것을 먹지 못하기 때문에 소금과 장 종류가 있어서 간을 맞추고 맛을 조절하여 먹었다. 또한 칼이 있어서 음식을 잘라 썰어 먹을 수 있었다. 이와 같은 허다한 물건들이 없으면 나는 병에 걸려 장차 죽게 될 것이니, 내 너에게 애걸하는데 행여 나를 밖으로 나가게 하여 살아남게 해 주기 바란다."

이후로부터 곰은 마을의 집으로 들어가서 기장과 쌀이며 술독과 장독 등을 찾아 훔쳐 오는데, 마치 사람이 두 발로 서서 이고 오는 것같이도 하고, 마소가 짐바리를 등에 지고 오는 것 같게도 하여 실어 왔다. 또 명주옷과 겹으로 된 비단 웃옷이며, 무명베 요와 채색 이불 같은 것뿐만 아니라 솥과 그릇 집기 등등, 모든 살림살이를 가져오지 않는 것이 없었다. 이런 것들은 모두 두루 쓰이는 물건들이며 인간 생활에 필요한 크고 작은 도구들로서, 넉넉하게 가져와서 마치 부잣집 같았다. 그리고 또 날마다 노루와 사슴에다 꿩과 토끼 등 산짐승은 물론, 민가의 닭과 개며 소와 양 등의 가축 고기도 가져와서 다함이 없도록 계속 이어 먹게 해 주었다. 그러나 오직 칼과 예리한 칼날 같은 물건만은 갖다 주지 않았다.

진씨는 굴속에서 곰을 아내로 삼아 살면서, 다만 배고프고 추운 것만을 면했을 뿐만 아니라, 능히 재물도 넉넉하게 쓸 수 있을 정도에 이르렀다. 옷은 가볍고 따뜻했으며 잠은 침상에 요를 깔아서 잤다. 쌀밥에 고기도 배불리 먹었고 갓 빚은 진한 술을 취하도록 마시면서, 솥을 나열해놓고 진수

성찬을 담아 불에 덥히어 마음껏 먹을 수가 있었다. 하지만 유독 문을 여닫는 일만은 곰에게 달려 있어서, 집으로 돌아가려는 희망은 끊어진 상태였다. 삼 년을 사는 동안 진씨는 곰이 자신을 믿고 사랑하여 의심하는 딴마음이 없음을 알았다. 이에 따뜻한 말로 곰을 설득하여 말했다.

"너와 나는 처음에 비록 사람과 짐승이라는 이류(異類)로 만났지만, 이미 함께 부부가 되어 사랑하는 정이 서로 융합하여 둘 사이에 의심이 없어졌다. 그런데 돌문으로 막아 놓은 것은 날마다 더욱 견고해져 출입을 자유롭게 할 수 없으니, 내 마음속 정서가 심히 민망하고 경색되어 있다. 네가 나가서 돌아다닐 때 비록 문을 달아 놓지 않는다 해도 내가 어디로 가겠느냐?"

이 말을 들은 이후부터 곰은 출입하면서 문을 닫지 않았으며, 간혹 오랜 시간이 지나 돌아와도 진씨가 오로지 떠나지 않고 굴속을 지키고 있으니, 점점 그를 신임하기에 이르렀다. 진씨는 기회를 틈타 몰래 도망가고자 했지만 곰이 쫓아올 것이 두려워, 곰을 멀리 보내 놓고 미처 돌아오지 않는 사이에 도망하고자 했다. 그래서 계책을 꾸며 곰을 속여 다음과 같이 말했다.

"내가 살던 집이 춘천(春川) 청평산(淸平山) 서쪽 어느 마을 어느 집이다. 부모 형제가 모두 거기 살고 있지만, 지금은 소식이 끊어진 지 이미 삼 년이 지났다. 한 통의 편지를 전하여 살았는지 죽었는지를 탐지해 알아보고 싶으니, 네가 이 편지를 전할 수 있겠느냐?"

곰이 고개를 끄덕이어 허락하기에, 곧 편지 한 통을 부쳐 보냈다. 그리고 진씨는 그 지역의 먼 정도를 헤아려 계산해, 그 틈을 이용해 집으로 돌아왔다.

집안사람들은 처음에 진씨 종적이 없어졌을 때, 산으로 땔나무를 채취하러 갔다가 맹수에 의하여 잡아먹힌 것으로 생각하고, 처자식들이 상복을 입어 이미 삼년상을 마친 상태였다. 그런데 그가 갑자기 나타나니, 모두 놀라 두려워하면서 귀신이 되어 왔다고 하면서 달아나 숨었다. 곧 진씨가 그동안에 있었던 일의 전말을 갖추어 이야기해 주니, 그제야 모두 서로 붙잡고 통곡을 했다.

이때 곰은 굴로 돌아와 진씨가 없어진 것을 알고는 미친 듯이 울부짖으며 온 산을 두루 헤매다가, 근처 마을을 돌아다니며 부수고 깨뜨리며 크게 소란을 피웠다. 이와 같이 사나흘 밤낮을 찾아다니다가 기진하여 스스로 쓰러져 죽었다. 진씨는 소와 말을 준비해 가서 굴속에 모아 둔 재물과 기물 집기 등을 실어와, 산더미처럼 쌓아 놓고 사용하면서 살아가니 마침내 부자가 되었다.

원주(原州) 향청(鄕廳) 좌수(座首) 밑에서 일 보는 향리(鄕吏) 김윤(金允)이 진씨의 곰 이야기를 듣고 부러워했다. 그래서 시험해 보려고 산속을 걸어 들어가니, 암곰 한 마리가 번듯이 누워 음부를 드러내고 있는 것이 보였다. 곧 곰에게 다가가 교합하려 하니, 곰이 놀라 일어나서는 그 몸의 살을 혀로 핥아[227] 살이 모두 핥이어 떨어져 나가고 뼈만 남아 죽고 말았다. 또 다르게 전하는 이야기로는, 놀라 일어난 곰이 김윤을 안고 굴로 들어가 가두어 놓고, 살을 핥아 뼈가 드러나게 했다가 약을 발라 살이 다시 회복되어 뼈에 붙게 한 다음, 또다시 핥아 뼈가 노출되니, 김윤은 마침내 죽었다고 한다. 이 곰 이야기는 『어유야담(於于野談)』에 실려 있다.

외사씨는 말한다. 만물은 정에 의해 살고 정에 의해 죽는다. 사람도 만물 가운데 한 위치를 차지하고 있는데, 말을 할 수 있고 의관을 갖춰 착용할 수 있어서 곧 만물의 으뜸이 되지만, 사실 지각(知覺)하는 성정(性情)은 사물과 더불어 다름이 없다. 이러하므로 어린 양(羊)이 무릎을 꿇고 젖을 먹는 것은 효도인 것이며, 사슴이 새끼 때문에 죽어 창자가 끊어진 것은 자애에 해당한다. 벌들은 군신(君臣) 관계를 확립하고 있으며, 기러기는 다정한 붕우(朋友)에 비유된다. 개와 말은 주인에게 보답을 하고, 닭은 때를 알아서 운다. 까치는 바람을 알아 피하며, 개미는 홍수를 알아서 이동을 하고, 딱따구리는 나무를 쪼아 부전(符篆)[228]을 새긴다. 이렇게 그들의 정령(精靈)이

---

227) 핥아: 옛날부터 전해지는 이야기로, 곰의 혓바닥에는 뾰족하고 강한 돌기가 있어서 사람 살을 핥으면 살이 모두 핥이어 떨어지고 뼈만 남는다는 그 전설을 이용한 표현임.
228) 부전(符篆): 귀신 쫓는 그림이나 글씨인 부(符)와, 그림 같은 글자인 전자(篆字).

인간보다 나음이 있어서, 정(情)은 인간과 사물이 서로 다름없음을 알 수가 있다. 이런 고로 곰이 인간에 대하여 역시 정감(情感)을 가지고 있어서, 그 정감 때문에 생사를 결정한 것이다. 한편, 김윤(金允)이 곰 이야기를 본받아 재물을 얻고자 했으나, 마침내 곰에 의하여 죽임을 당한 것은 더욱 가소로운 일이다.

東野彙輯 卷之十五

○ 第百十七号 述異部 七 異配

村氓遇玄熊致饒

秦某麟蹄縣村民也. 嘉靖年間 入山採樵 遇玄熊. 熊乃壓其民 堅坐移晷. 民仰見其陰如女人 以爪抓之. 良久熊乃喜甚 頹然而臥 持民不釋. 民試做男女之歡 熊大愛之. 挈入窟中 積大石爲壘 幽之如犴牢. 每出便擧大石如屋者 杜其門 聚細草爲藉. 摘山中百果與之 多珍異療其飢. 數日熊乃神物也. 能曉人語. 民曰 吾居家 食稻粱魚肉 衣繭麻絲綿. 春夏異服 夜臥有舖有盖. 不食生物 烹飪有釜鼎 不食淡 有鹽醬以調味 裁割有刀刃. 無此許多物 病且死 吾乞汝幸出我生還. 自此之後 熊入村舍 偸探黃粱白粒 酒瓮醬缸 如人立戴而來 如牛馬負駄而輸. 紬衣錦襖 綿褥綵衾 釜鼎器皿 無不畢致. 皆可周用 人間大小具 取足如富家. 日得獐鹿雉兔 及民家鷄犬牛羊之肉 以餇之 陸續不匱 獨不給刀刃利物. 民居窟中 以熊爲妻 非但免飢寒 能致財用有裕. 衣輕煖寢床褥 飽粱肉醉醇醪 列鼎珍羞 烟火而食. 而獨開閉在彼還家望斷.

居三年 知熊信愛無他意. 乃溫辭說熊曰 吾與汝初雖異類 既與爲夫婦 情愛兩融 無相疑二. 而石戶之防日益牢 出入不能自由 吾情甚悶塞. 汝之出游 雖不杜戶 吾將安往. 自此出入 不杜戶 或良久而還 民猶不離窟室 熊稍信之. 民欲乘機潛逃 而恐其追及 欲其行遠不反而逃也. 詐謂熊曰 吾家在春川淸平山西 某村某家. 父母兄弟俱在 而今絶音耗已三年. 欲傳一書 以探其存沒 爾能傳此書否. 熊頷之 乃

付一封書. 而度其地遠 候其隙還家. 家人初失民 謂入山採樵 爲猛獸所噉 妻子服喪 已関三年之制. 及卒至 咸驚懼 走匿以爲鬼. 民備陳顚委 而後皆相持痛哭. 熊還視其窟 失其民 狂吼遍山 近山村落 無不毁破. 搜索如是者 三四晝夜 罷頓自斃. 民備牛馬 取財用器物窟中所貯 峙而用之 終爲饒家. 原州鄕吏金允者 聞是事而慕之. 嘗山行見雌熊露其陰而卧. 欲奸之 熊驚起舐之 骨出而死. 又曰 熊囚允窟中刮肉出骨 塗藥生肥 復舐之骨出 乃死云. 此說載於于野談.

　　外史氏曰. 萬物生于情死于情 人於萬物中處一焉. 以能言能衣冠遂爲之長 其實覺性與物無異. 是以羊跪乳爲孝 鹿斷腸爲慈. 蜂立君臣 鴈喩朋友. 犬馬報主 鷄知時 鵲知風 蟻知水 啄木能符篆. 其精靈有勝于人者 情之不相讓可知. 故熊於人亦有情感 以之生死耶. 金允之欲效顰 而竟死於熊 尤可笑也.

부친 병환에 도사의 술수로 토해 낸 벌레를 팔아 재물 얻다

15-15.〈235〉 토충매병겸획재(吐蟲賣病兼獲財)

효자 심씨(沈氏)는 그 이름이 전해지지 않으며 전라도 부안(扶安) 사람이다. 집이 가난했지만 독서를 좋아했고, 효심이 지극한 성품이어서 정성을 다해 노친을 봉양하여, 음식을 마련해 올리는 일에 조금이라도 부족함이 없게 하니, 마을 사람들이 그를 칭찬했다.

하루는 큰비가 내려 폭우가 쏟아졌는데 작은 물고기가 뜰 안에 떨어졌다. 지느러미를 겨우 갖추었고 비단 같은 비늘이 번질번질하였다. 심씨는 마음속으로 기이하게 여겨 노인들에게 물어보았더니, 모두 이야기하기를 급하게 소나기가 내릴 때 물고기가 땅에 떨어지는 일은 종종 있으니 이상할 것 없다고 말했다. 그래서 심씨는 이것을 잡아 가지고 부친 음식을 해 드렸는데, 부친은 그것으로 인해 병에 걸려 음식을 완전히 폐하고 오직 청포탕(淸泡湯)만 찾았다.

거의 반년이 지나는 동안 부친은 배가 팽창해지고 가슴속이 막힌 것같이 답답하여, 한 모금의 물과 한 알의 곡식도 편하게 넘길 수 없었다. 몸이 야위어지고 피부에 주름이 잡혀 쇠약해져서는 마침내 자리에 눕는 지경에 이르렀다. 심씨는 노심초사하며 날마다 치료하는 일에 열중했지만 끝내 병은 호전될 가망이 없었다. 침을 놓고 뜸을 뜨는 의술을 시행해도 모두 효험이 없었고, 굿을 하고 신령에게 비는 일들도 역시 효험이 없어, 스스로 걱정하며 애태우기만 했다.

이럴 즈음에 문득 한 사람이 대문에 이르러 고했다.

"주인께서는 부친 병 간호에 걱정을 하고 있다고 들었는데, 제가 약간 기편(岐扁)[229]의 술을 이해하고 있으니 한번 진찰해 보기를 원합니다."

곧 심씨는 매우 기뻐하고 맞이해 후하게 대접한 다음, 함께 들어가 진찰을 하게 했더니 손님은 이렇게 말했다.

"부친 병환은 어떤 물질에 의하여 문제를 일으키는 것이며, 고황(膏肓)[230]에 든 질병과는 차이가 있으니 치료하기가 그리 어렵지 않습니다. 제가 부친의 병을 값을 내고 사고자 하는데 주인께서는 허락하시겠습니까?"

손님의 말에 의아하게 여긴 심씨가 질병도 사고팔고 할 수 있느냐고 물으니, 손님의 대답은 이러했다.

"다만 물건으로 매매할 뿐만 아니라, 병을 일으키는 재앙 요소를 물리치고자 할 때, 병을 완전히 제거해 팔아 버리는 방법을 알고 있으니, 부디 깊게 생각하시기 바랍니다."

"진실로 부친 병을 치료해 주신다면 어찌 다만 파는 것에 그치겠습니까? 함주결초(啣珠結草)[231]로 은혜 갚을 것을 진실로 원합니다."

---

229) 기편(岐扁): 의술에 밝았던, 중국 고대 황제(黃帝)의 신하 기백(岐伯)과 전국시대 편작(扁鵲).

230) 고황(膏肓): 고칠 수 없는 병. '고'는 심장 아래 부분, '황'은 심장과 복부 사이의 얇은 막 위 부분. 병이 그 사이에 생기면 치료할 수 없다고 했음.

231) 함주결초(啣珠結草): 중국 춘추시대 은혜 갚는 두 가지 이야기. 수(隨)나라 왕의 은혜를 입은 뱀이 야광주(夜光珠)를 물고 와서 은혜 갚은 수후주(隨侯珠) 이야기와, 전쟁에서 귀신이 적장(敵將) 발을 풀로 묶어 움직이지 못하게 하여 은혜 갚은 진(晋)나라 위과(魏顆) 등, 두 이야기처럼 은혜를 꼭

이에 손님은, 그렇다면 병을 사고파는 데에 증서가 없을 수 없다면서, 마땅히 사흘 동안 정성을 쏟아 재계한 다음, 문서를 작성해 그 일을 중요하게 해야 한다고 했다. 곧 심씨는 그 말을 따라 재계를 했다. 그리고 약속한 날 새벽에 손님은 은합(銀盒)을 가지고 병자가 있는 방에 들어갔다. 주머니를 뒤져 붉은색 가루약을 조금 꺼내 병자인 부친에게 주고는, 백비탕(白沸湯; 끓인 맹물) 한 잔에 타서 마시도록 했다. 얼마 지나니 부친은 배 속이 뒤집히어 가만히 앉아 있기 힘들어하더니, 한 마리의 벌레를 토해 내었는데, 벌레가 꿈틀꿈틀 살아 움직였다. 손님은 급히 옥(玉) 젓가락으로 벌레를 집어 은합 속에 넣고 비단 보자기로 싸서 전대에 넣은 다음 밖으로 나갔다. 이후 부친 배 속은 아무것도 없이 텅 비어 평소처럼 음식을 먹을 수 있었으며 오랜 병이 씻은 듯이 나았다. 심씨는 손님을 향하여 절을 올려 감사를 표하고 은혜를 칭송했다.

손님은 자신이 이미 병을 샀으니 마땅히 곧 값을 치러야 한다고 말하고, 자기와 함께 한곳으로 가서 빚을 갚아 청산할 수 있게 해 주기를 요청했다. 심씨는 그렇게 하겠다고 허락했다. 곧 손님은 그를 데리고 가서 해변에 이르러, 한 척의 배를 찾아서 돛을 올리고 큰 바다로 나가 서남쪽으로 향해 진행했다. 떠난 지 며칠 안 되어 한 섬에 도착하여 내려서 앉아, 누구를 기다리는 것같이 하고 있었다. 그때 문득 푸른 옷을 입은 동자가 연엽주(蓮葉舟)를 타고 안개 사이로부터 나타났다. 그러고는 앞에 와서 하나의 상자를 받들어 드리면서 말했다.

"우리 임금께서 삼가 이 물건으로 오직 성의를 표시하셨습니다. 원하옵건대 큰 은혜를 나타내시어 공자님을 돌려보내 주시기 바랍니다."

이러면서 그 상자를 열었는데 모두 산호와 보배로운 구슬들이었다. 손님이 말하기를 이러한 하찮은 물건으로 큰일을 바라니 그 얼마나 망령스러

갚겠다는 뜻.

우냐고 꾸짖고, 만약에 여원(如願)[232]이 아니고서는 바라는 것을 얻지 못할 것이라고 했다. 이에 동자는 다시 물속으로 들어갔고, 조금 지나니 백발 노옹이 녹색 옥 지팡이를 끌고 용궁으로부터 몸을 솟구쳐 나왔다. 그리고 백 번 절을 올리며 공경을 표하고, 다른 보물로 바꾸어 주겠다고 했다. 손님이 또다시 소리쳐 물러가라 하니, 노옹은 무료하게 떠나갔다.

조금 지나 파도가 스스로 갈라져 열리더니 기이한 향기가 코를 찔렀다. 이어 한 미녀가 물결을 헤치면서 나왔다. 느긋하고 아름다운 자태가 완연히 낙포(洛浦)[233]의 선녀와 소상강(瀟湘江)에 몸을 던진 순(舜)임금의 두 부인 아황 여영(娥皇女英) 같았는데, 천천히 걸어와 앞에서 절을 올리는 것이었다. 손님은 기쁜 얼굴로 웃음을 지어 보이고, 비로소 은합을 열어 벌레를 물속에 풀어 주니, 벌레는 몸을 떨치며 신속하게 뛰어올라 변화하여 작은 용으로 변해 떠나갔다. 손님은 심씨에게 자세히 이야기했다.

"저는 중국 강남 상인입니다. 일찍이 멀리 바라보는 망기방술(望氣方術)을 배웠기에, 가만히 추적해 보니 동방 나라에 상서로운 물건이 있음을 알게 되어서, 곧 바다를 건너 그것을 찾아 귀댁에 이르렀습니다. 저 벌레는 곧 용자(龍子)입니다. 비늘과 갑피(甲皮)가 덜 완성된 상태로 겨우 구름을 움직여 비 내리는 술(術)을 연습해 보다가 잘못하여 땅에 떨어지고 말았습니다. 그리고 사람에게 먹힘을 당하여 몸을 변화시키는 조화를 부릴 방도가 없어서, 어쩔 수 없이 벌레로 변하여 창자를 잠식해 조금씩 갉아먹으며 빠져 나가려고 한 것이었습니다. 그러니 만약에 저를 만나지 못했었다면 곧 그대 부친의 병환은 위태로워졌을 것입니다. 저는 또한 그 벌레를 얻어 이 여자와 바꾸었는데, 이 여자 이름은 여원입니다. 무릇 세간에서 하고자 하는 것은 원하는 대로 되지 않는 것이 없으니, 이에 천지간에 가장 큰 보배입니다. 용

---

[232] 여원(如願): 용궁 속 여자. 모든 소원을 이루어 준다는 뜻으로 붙인 이름이며 실제로 존재하는 것이 아님.

[233] 낙포(洛浦): 중국 섬서성에서 출원하여 황하로 들어가는 낙수(洛水)의 강가. 옛날 복희씨(宓犧氏)의 딸이 여기에서 빠져 죽어 수신(水神)인 선녀가 되었다는 이야기가 전함.

왕이 여원을 가지고 있는 것은 구슬인 여의주를 가진 것과 같아서, 용왕은 두 가지를 동일하게 사랑하고 아끼는 것이었지만, 자식을 사랑하는 마음이 보물을 사랑하는 것보다 앞서기 때문에, 여원을 버리고 그 아들을 취해 간 것입니다. 제가 병을 산 그 값은 이미 준비가 되어 있습니다. 이제부터 갈 길을 따로 나누어 헤어져 가야 하겠습니다."

설명을 마치고 배 한 척을 따로 장만하여 비단과 구슬이며 패물(貝物)들을 가득 실어 심씨와 함께 보내 주었다. 그리고 손님은 급히 여원을 데리고 배에 올라 노를 저어 떠나가는데, 안개가 자욱하고 넓은 물결이 아득하여 그 가는 곳이 보이지 않았다. 심씨는 집으로 돌아와 보물들을 팔아 마침내 부요함을 이루니, 사람들은 성실한 효성으로 이루어진 것이라고 칭찬하여 말했다.

외사씨는 말한다. 용의 구슬을 뜻대로 되는 구슬이라고 하여, 옛날에 간혹 '여의주(如意珠)'라 일컬어 왔다. 그러나 이른바 여자를 '여원(如願)'이라고 한 것은 매우 이치에 닿지 않는 말이다. 어쩌면 역시 보물을 말하면서 인간 형상으로 변환(變幻)하여, 사람을 현혹시키는 것일 수도 있다. 그리고 용은 자신이 가진 신령스러운 능력으로 능히 그 아들을 탈취해 가지 못하고, 어찌하여 이에 보물을 주고 바꾸어 간다는 말인가? 모두 여기저기에서 끌어와 억지로 연결한 이치에 닿지 않는 이야기이다. 한편, 심씨 효자가 재물을 얻은 것은 순수한 정성이 하늘에 사무쳐 이루어진 결과이니, 그 가히 가상스럽다고 하겠노라.

東野彙輯 卷之十五

○ 第百十八号 述異部 八 物感

吐蟲賣病兼獲財

　　沈孝子失其名 湖南扶安人也. 家貧好讀書 性至孝 竭誠奉老 潘瀡之供 未嘗或乏 鄕里稱之. 一日大雨暴霆 有一小魚 落於庭中. 鬐鬣纔具 錦鱗潑潑. 沈心異之 詢諸長老. 咸曰 急雨墮魚比比有之 不是異事. 沈乃取以供其父 父因以得病 專廢飮啖 但索淸泡湯. 幾半年 肚腹漲滿 胃膈痞悶 勺水粒穀 不得順下. 尩羸撕綴 轉至委席. 沈勞心焦思 日事刀圭 終無翔矧之望. 鍼炳皆不奏效 祈禱亦無靈驗 政自憂悶僮僮.

　　忽有一人 踵門而告曰 聞主人方憂侍湯 僕粗解岐扁之術 願一診視. 沈甚喜 邀入厚款 因與診察. 客曰 此病有物爲祟 異於膏肓 治療非難. 僕欲買其病 主人可許之否. 沈曰 病亦有賣買乎. 客曰 非但以物買賣 欲却病祟 自有斥賣之道 幸熟思之. 沈曰 苟療親患 豈但賣之已乎. 含珠結草 固所願也. 客曰 然則賣買不可無立證 當淸齋三日 乃成契券 以重其事也. 沈從其言. 至期日淸晨 客持一銀盒 入病室. 探囊出紅色散藥少許 授病人 以白沸湯一盃 調服之. 須臾病人五內飜覆 按住不得 吐出一蟲 蟲蜿蜿活動. 客急以玉箸挾之 納于銀盒 裹以錦袱 藏于橐中而出. 病人腹中空洞無物 飮啖如常 宿症快袪 沈向客拜謝稱恩.

　　客曰 僕旣買病 便當償價 公可偕往一處 俾余得以淸帳 沈諾之. 客遂携至海邊 覓一船 張帆 大洋 向西南行. 不幾日到一島 下陸而坐

若有所俟. 忽見青衣小童 駕蓮葉舟 從烟波間來. 捧進一箱於前曰 吾王謹將此物 聊表誠悃 願蒙大恩 賜還公子. 因啓其箱 皆珊瑚寶珠也. 客叱曰 物微而望大 何其妄也. 若非如願 不可得也. 童還入水中去 俄而白髮老翁 曳綠玉杖 自波宮聳身而來. 百拜致敬 請以他寶易之. 客又喝退 翁無聊而去. 少焉波紋自開 異香撲鼻. 一箇美女凌波而出 綽約之態 宛是洛妃湘娥也. 來拜于前 客囅然一笑 始啓銀盒而放蟲於水 奮迅騰躍 化爲小龍而去.

　客乃謂沈曰 僕江南商人也. 嘗學望氣之術 意者東國有瑞物 遂涉海尋到貴宅. 彼蟲卽龍子也. 鱗甲未成 纔習行雲施雨之術 誤墮於地. 爲人所吞 變化無路 不得已爲蟲 將蝕其腸胕而出. 若不遇僕 則公之親病殆矣. 僕得其蟲 易以此女 女名如願. 凡世間所欲爲者 無不如願 乃天地間 洪寶也. 龍王之有如願 如珠之有如意. 一般愛惜而愛子之心 先於愛寶 所以捨如願 而取其子也. 僕之買病 售直已有准備 可從此分路. 乃裝一船 滿載錦綺珠貝 以送沈行. 客遽挈女 登舟搖櫓而去. 烟靄浩杳中 不見其處. 沈歸家鬻其寶貨 遂成富饒 人稱誠孝所格云.

　外史氏曰. 龍之珠曰如意 古或有稱. 而所謂如願 太不近理. 抑亦寶物而幻作人形 以眩惑耶. 且以龍之靈 豈不能攝取其子 而乃以物易之耶. 皆穿鑿不經之言也. 沈孝子之獲貨 卽純誠格天之致 其可尚也已.

함정에 빠진 호랑이가 구해 준 효부에게 묘지를 지정해 은혜 갚다

15-16.〈236〉 방호점혈상수혜(放虎占穴相酬惠)

안씨(安氏) 효부는 충주(忠州) 양반 가문 부인이다. 열일곱 살에 단양(丹陽) 최씨(崔氏) 선비에게 시집가서 얼마 지나지 않아 남편이 사망했다. 집에 다만 장님인 시부(媤父)만 있었으나 안씨 부인은 재혼하지 않겠다고 죽음으로 맹세하고, 우물물을 길어 주는 일과 방아를 찧어 주는 일 등의 품팔이를 하면서, 모든 것을 갖추어 시아버지를 잘 봉양했다. 간혹 멀리 나갈 일이 있으면 곧 먹을 수 있는 음식을 시아버지 주위에 갖추어 놓고, 어떤 음식이 여기와 여기에 있다고 알려 드려, 시아버지께서 손으로 더듬어 먹을 수 있게 했다. 이렇게 하니 이웃 사람들이 그의 효성을 칭찬했다.

그 친정 부모는 그가 젊은 나이에 과부가 되었고 자식도 없는 것을 불쌍히 여기어, 그의 정절(貞節)을 빼앗고 다른 곳으로 시집보내고자 하였다. 그래서 계책을 꾸며 거짓으로 사람을 보내 모친 병세가 위중하다고 말하게 해 그를 불렀다. 곧 안씨는 이웃 사람에게 부탁하여, 밥을 지어 시아버지를 공양해 달라고 당부한 다음, 급하게 허둥지둥 달려가 모친을 만나 뵈었다. 그런데 모친은 아무 병도 없이 무사하기에 매우 의아하게 여겼다. 곧 안씨 부모는 이렇게 말했다.

"네 나이 스물도 안 되었는데 과부로 살면서 의지할 자식도 없으니, 청춘을 허송하게 되는 네 인생이 가련하다. 그래서 널리 좋은 신랑감을 찾아 놓았으니 내일 당장 혼례를 이루도록 하고, 모름지기 굳게 거부하는 일은 없도록 하라."

안씨는 사태를 짐작하고, 거짓으로 그렇게 하겠다고 허락하니 부모는 매우 기뻐했다. 그리고 안씨는 밤이 깊어지기를 기다렸다가 몰래 숨어 빠져나와 혼자 걸어 시집으로 향했는데, 그 길이 팔십 리나 되는 거리였다. 겨우 이십 리쯤 걸었을 때 이미 두 발에는 물집이 생겨 한 걸음도 더 나아가기 어려웠다. 근근이 한 산봉우리에 오르니, 커다란 호랑이가 길을 막아 웅크리고 앉아 있어서 더 이상 진행할 수가 없었다. 이에 안씨가 호랑이에게 말했다.

"너는 곧 영물(靈物)이니 모름지기 내 말을 잘 들어 보아라."

그리고 인하여 자신이 처한 사정을 자세히 이야기해 들려주고는, 또한 이렇게 일렀다.

"나는 바야흐로 죽으려고 마음먹고 있으나 그 방법을 얻지 못했다. 네가 나를 해코자 한다면 반드시 곧바로 나를 잡아먹어라."

이러면서 곧장 호랑이 앞으로 다가갔다. 이에 호랑이는 뒤로 물러나는데, 이렇게 하기를 여러 번 하고 난 다음 갑자기 땅에 꿇어 엎드리는 것이었다. 안씨가 이상하게 생각하고 호랑이에게 말하기를, 혹시 연약한 여자의 몸으로 깊은 밤에 혼자 길을 가는 것을 가엾게 여겨 등에 태우고자 하느냐고 물었다. 그랬더니 호랑이는 머리를 끄덕이고 꼬리를 저어 흔들기에, 안씨는 즉시 그의 등에 올라타서는 그 목을 붙잡아 안았다. 호랑이는 나는 듯이 빠르게 달려 잠깐 사이 이미 시집 문밖에 도착했다. 타고 있던 안씨가 등에서 내려 호랑이에게, 배가 매우 고플 터이니 집의 개 한 마리를 먹으라고 말했다. 그리고 집 안으로 들어가 개 한 마리를 몰아 나오니, 호랑이는 개를 물고 떠나갔다.

며칠 지나 이웃 사람이 전하기를, 큰 호랑이 한 마리가 함정에 빠져 어금니를 부딪치고 주둥이를 벌려 으르렁거리면서 울부짖고 있어서, 사람들이 감히 가까이 가지 못하고 장차 굶어 죽기만을 기다리고 있다고 말했다. 안씨는 이 말을 듣고 그것이 혹시 자기를 업어다 준 호랑이일 것이라고 의심하고 가서 살펴보았다. 얼룩덜룩한 털 무늬가 비슷해 보였지만 밤중에 본 것이어서 분명하지 않아 자세히 구별할 수가 없었다. 이에 안씨는 호랑이에게 말을 해 물었다.

"너는 혹시 지난번 밤에 나를 업고 왔던 그 호랑이냐?"

호랑이는 머리를 끄덕이며 눈물을 흘리고 애걸하여 동정을 구하는 것 같았다. 그래서 안씨는 비로소 이웃 사람들에게 그 사정의 자초지종을 이야기해 주고는 이렇게 제의했다.

"저 짐승은 비록 사나운 호랑이지만 저에게는 어진 짐승입니다. 만약에 저를 위해 놓아서 가게 해 준다면, 제가 비록 가난하여 재물은 없습니다마는 마땅히 저 호랑이의 값에 비길 만한 돈을 마을에 바치겠습니다."

이야기를 들은 이웃 사람들은 감탄하여 혀를 차면서 효부의 부탁을 어찌 뿌리치겠느냐고 말하고, 다만 저 호랑이를 놓아주었을 때 분명히 상처를 입는 사람이 많을 것이니, 장차 어떻게 하면 좋겠느냐면서 걱정했다. 곧 안씨가 이야기하기를 오직 함정을 여는 방법만을 알려 준 다음, 마을 사람들은 멀리 피해 있으면 마땅히 혼자 놓아주겠다고 말했다. 마을 사람들이 그 말대로 하니, 안씨는 드디어 그 호랑이를 풀어놓아 주었다. 호랑이는 눈물을 글썽이며 안씨 옷자락을 입에 물고 차마 놓지 못하다가 한참 지난 뒤에 떠나갔다.

세월이 흘러, 안씨 시아버지가 사망하여 장례를 치르려고 묘혈(墓穴)을 파는데, 호랑이가 나타나 막아서서 소리쳐 금지하는 것처럼 했다. 그리고 호랑이는 또 다른 곳으로 가더니 그 땅을 발톱으로 긁으면서, 구덩이를 파는 것 같은 시늉을 하는 것이었다. 그래서 곧 먼저 판 구덩이를 버리고 새로 호랑이가 발톱으로 긁은 그 지점을 정하여 장례를 마쳤다. 그 뒤 안씨는 양자를 들여 시부와 남편 제사를 주관하도록 처리하였다. 그렇게 한 훗날, 많은 자손이 번성하였고 과거에 급제하여 벼슬하는 후손이 끊이지 않았다. 단양 최씨 가문이 드디어 크게 번창하였는데, 안씨 효부의 행적이 오늘날에 이르기까지 전해지고 있다.

외사씨는 말한다. 안씨는 젊은 나이로 수절하여, 장님인 시부를 효성으로 봉양하였다. 그 열행과 정조는 옛날 중국 진씨 효부(陳氏孝婦)[234]에 비교해도 부끄러움이 없다. 또한 안씨가 호랑이를 타고 간 사실은, 모든 신명이 함께 도와준 것에 말미암은 결과이니, 진실로 하늘에까지 통하는 지극한 정성이 아니고서는, 어떻게 이런 일이 일어날 수 있었겠는가? 안씨가 함정에 빠진 호랑이를 살려 내 주고, 호랑이는 발톱으로 땅을 긁어 시부의 묏자리를 지정해 주었으니, 이 일은 사람과 이류(異類) 사이를 상관하지 않고 서로 은혜를 갚은 일이 된다. 역시 심덕(心德) 깊은 하나의 어진 호랑이를 보게 되도다.

---

234) 진씨 효부(陳氏孝婦): 중국 한(漢)나라 때 청춘과부로 자녀도 없이 시어머니를 극진히 봉양한 부인으로 중국 효부의 대표로 알려져 있음.

東野彙輯 卷之十五

○ 第百十八号 述異部 八 物感

放虎占穴相酬惠

　　安孝婦忠州班閥也. 十七歲嫁於丹陽崔姓士人 未幾喪夫. 只有病盲之舅 安氏矢死不改適 井臼傭賃 備盡奉養. 或出他 則可食之物列置左右曰 某物在斯. 使舅手探取喫 隣里稱其孝. 其父母憐其早寡無子 欲奪情嫁他. 委伻邀之曰 母病方重. 安氏叮囑隣里 炊飯供舅蒼黃往見. 母則無恙 女心甚訝之. 父母曰 汝年未二十 孀居無依 虛送青春 人生可憐. 廣擇佳郎 明日成婚 須勿牢拒也. 女佯曰諾. 父母甚喜之. 俟到夜深 脫身潛出 徒步獨行 走向舅家 路爲八十里矣. 行纔二十里 兩足已繭 寸步難移. 至一嶺 有大虎 當路而蹲 不可以行. 乃謂虎曰 汝是靈物 須聽五言. 因具告其由. 又曰 吾方求死不得 汝欲害我 須卽嚼之. 遂直至虎前 虎乃退却 如是者屢 忽跪伏于地. 女曰 汝或憐我弱質之深夜獨行 欲使我騎之乎. 虎乃點頭掉尾 女乃騎其背 而抱其項. 虎行疾如飛 少頃已到舅家門外. 女乃下 謂虎曰 汝必餒矣 食我一狗. 入門驅狗而出 虎啣狗而去.

　　過數日 隣人傳道 有一大虎入於陷穽 而磨牙鼓吻 大肆咆哮 人莫敢近 勢將待其餓斃. 女聞之 疑其爲是虎 往觀之. 斑毛若相彷佛而夜中所見 不能分明 無以詳卞. 乃謂虎曰 汝是向夜負我而來者乎. 虎點頭垂淚 若乞憐者然. 女始語其顚末於隣人曰 彼雖猛虎 於我則仁獸也. 若爲我放出 則吾雖貧無貲 當以皐比之價 奉納里中. 隣人咸嘖嘖曰 孝婦所請 何可不施. 但放此虎 傷人必多 將奈何. 女曰 倘敎

我以開穽之方 隣人皆遠避 則我當自放之. 隣人如其言 女遂開放其虎. 虎含淚 囓女衣不忍捨 良久乃去.

及其舅歿將葬 有虎當其穴 有若禁呵者然. 虎又往他處 攫其地 有若開穴者然. 卽捨其先窆之穴 新卜虎攫之地葬焉. 其後女得螟嗣 尸其舅與夫祀. 厥後多子孫 科宦不絕. 丹陽之崔 遂至昌大 至今傳孝婦之行蹟矣.

外史氏曰. 安氏靑年守節 孝養病舅. 烈行貞操 無愧於古之陳孝婦. 至若猛虎之騎往 寔由神明之共祐 苟非通天之至誠 曷以致此. 開穽放生 攫地占穴 不以異類而相酬其惠. 亦見心德之一斑賢哉.

박미(朴瀰)의 명마(名馬)가 귀양지 와서 석방 날 소리쳐 알리다

15-17.〈237〉 명마방주잉보희(名馬訪主仍報喜)

박미〈朴瀰; 선조25(1592)~인조 23(1645)〉의 호(號)는 분서(汾西)이고, 조선 선조(宣祖) 임금 부마로 금양위(錦陽尉)에 봉해졌다. 그는 좋은 말을 잘 알아보았는데, 우연히 길에서 인분(人糞) 통을 짐바리로 하여 싣고 가는 말 한 필을 만나게 되어, 말 주인과 함께 집으로 데리고 왔다. 그 말을 살펴보니 등이 굽어 산등성이 같고, 야위어 뼈가 드러나 층층이 모가 난 것같이 솟아 있었다. 곧 검정과 누런빛을 띤 한 마리의 보잘것없는 노둔한 말로 보였다. 이에 말 주인에게 이 말을 팔 수 있느냐고 물었다. 그러고는 집에 있는 건장한 말 한 필을 택하여, 그의 야윈 말 값으로 가져가게 했다. 말 주인이 감히 받지 못하겠다고 사양하니, 박미는 엄하게 명령하여 재촉해 말 값으로 받아 가게 처치했다.

그리고 집안사람들을 시켜 그 말을 잘 먹여 기르도록 하니, 며칠이 지나지 않아 말이 살찌고 커져서 몸집이 코끼리만 해졌다. 강철 같은 뼈대에 방울

같은 눈을 가졌고 빼어난 풍채에서 번질번질 빛이 났다. 사람을 보게 되면 문득 서서 발로 차고 물어뜯기를 심하게 했다. 그래서 마구간에 넣고는 사면을 나무 울타리로 막아 우리를 만들고, 큰 줄을 가지고 좌우로 동여매어 놓았다. 울타리 틈을 따라 먹이풀과 콩을 던져 넣어 주는데, 문득 곁눈질로 쏘아보기도 하고 콧방귀 소리를 내기도 하여, 사람들이 두려워 감히 접근하지 못했다. 하루는 한 스님이 지나다가 말을 보고는 감탄하고 칭찬했다.

"이 말은 매우 좋은 준마인데 애석하게도 먹여 기르기를 나약해지도록 하고 있으니 마침내 그 뛰어난 재능을 펼치지 못하게 되었습니다. 제가 댁을 위하여 이 말 길들이기를 요청하오니, 잠시 동안만 허락해 주시면 되겠습니다."

그러고는 늘어선 울타리를 뽑아 버리고 큰 줄도 풀어 버린 다음, 다만 재갈과 굴레만 남겨 두었다. 곧 손에 큰 막대기를 들고 마구간으로 들어가 말을 끌고 나오니, 말이 이에 포효하며 범이 날뛰는 것같이 했다. 스님은 한번 펄쩍 뛰어 말 등에 올라타고는 곧 다시 그 재갈과 굴레까지도 벗겨 버렸다. 그랬더니 말은 앞으로 뛰었다가 뒤로 솟구쳤다가 하는데 사람 키 세 길이나 높이 뛰는 것이었다. 또한 왼쪽으로 눕고, 오른쪽으로 굴러 사람이 등에 붙어 있지 못하게 하는데, 스님은 큰 막대기로 마구 때리면서 다만 양 무릎으로 말의 옆구리를 꼭 끼고, 말의 몸이 구르고 뒤집힘을 따라 움직이면서 말 등에서 떨어지지 않았다.

그런 다음 말이 달리고 뛰고 하는 대로 맡겨 두어 편한 곳과 험난한 곳을 가리지 않고 달리게 하였는데, 사방을 돌아 성문 밖 큰길에 이르러 길거리를 두루 왕래하며 여러 바퀴 돌고는, 비로소 말이 두려워하면서 부들부들 떨고 힘이 빠져 축 늘어져 온몸에 땀을 흘렸다. 그 이후 말은 높은 곳을 오르고 낮은 곳을 내려가는 것을 오직 부리는 대로 잘하게 되어, 다시 마구간으로 돌아가 매었는데 과연 시간이 많이 소요되지 않았다.

이로부터 안장을 얹고 동자(童子)를 시켜 채찍으로 이 말을 몰게 하여도, 말은 오히려 머리를 숙이고 귀를 드리워 감히 사납게 눈을 흘겨보지 않앉으며, 바람을 쫓아가는 것 같은 잘 달리는 좋은 말이 되었다. 박미는 매양 조정에 나갈 때 가마를 버려두고 이 말을 타고 가니, 찬란한 빛이 길을 가득 채워서 금양위 댁 등 굽은 말인 곡배마(曲背馬)의 명성이 온 세상에 널리 퍼져 알려졌다.

광해군 재위 때, 박미가 영광(靈光)으로 귀양을 가게 되니, 곡배마는 몰수되어 대궐로 들어갔다. 광해군이 이 말을 매우 사랑하여 매양 대궐 안에서 타고 달리며 즐기었다. 하루아침에 광해군은, 궁중의 말 모는 마부인 법어자(法御者)를 모두 물러가게 하고, 혼자 곡배마를 타고 스스로 채찍을 들고 몰아 궁중 후원을 돌진하여 달렸다. 그런데 달리던 곡배마가 갑자기 심하게 날뛰고 흔들어 임금이 땅에 떨어서 중상을 입었다. 그 순간 말은 급히게 달려 휘날리는 번개처럼 뛰쳐나가니 사람들이 감히 가까이 가지 못했고, 세찬 기세로 흥분하여 포효하며 별안간 화살처럼 빨리 달아나 그 간 곳을 알 수가 없었다. 추격하는 무리 수천 수백 명이 말을 찾아 한강에 이르렀지만, 말은 이미 먼저 강을 건너가 버려 흔적을 발견하지 못했다.

이때 박미가 귀양지에 있으면서, 하루는 날이 어두워질 무렵 집 뒤 대나무 숲속에서 홀연히 말 우는 소리가 들려 가 보니 곧 곡배마가 와 있었다. 말 등에는 임금의 안장이 얹혀 있었지만, 말 배띠와 가슴걸이며 등자와 굴레를 얽어맨 끈 등이 모두 없고 다만 부드러운 나뭇가지를 엮어 만든 언치만 안장 밑에 있을 뿐이었다. 이에 박미는 크게 놀라고 죄에 대한 기록이 또 더해질 것이 두려웠다. 곧 한 종을 시켜 땅을 파고 굴속에 말을 숨기도록 한 다음, 박미는 직접 말에게 경계하여 말했다.

"너는 하루에 천 리를 달려 옛 주인을 찾아올 수 있었으니, 가축 중에서는 신이한 동물이다. 너는 대궐에서 탈출하여 몸을 빼어 달아났으므로 이미 죄를 짓게 되었다. 또한 우리 집으로 돌아왔으니 나의 죄도 증가될 것이다. 오늘 너의 종적을 숨기어 너의 몸을 감추고 너를 길러, 네 생명의 흔적을 없게 하려고 한다. 네가 만약 지각이 있다면 소리쳐 우는 일이 없어야 할 것이며, 바깥 사람들로 하여금 너를 알지 못하도록 하여야 한다."

이후 말은 곧 아무 소리도 내지 않고 조용했다.

이러고 일 년쯤 지났는데, 곡배마가 갑자기 머리를 들어 길게 울어, 그 소리가 산악을 흔들었고 울림이 몇 리까지 퍼져 들렸다. 이에 박미는 크게 놀라고 말이 갑자기 큰 소리로 우니 반드시 큰일이 벌어질 것이라고 말했다. 그리고 얼마 지나 인조반정이 일어났다는 소식이 전해졌는데, 반정 날짜가 곧 말이 울었던 그날이었다. 박미는 귀양에서 풀려난 뒤, 역시 옛날처럼 조정에 나갈 때 이 말을 타고 다녔다.

그 뒤, 한 사신이 중국 심양(瀋陽)으로 떠나, 출발한 시일이 이미 오래되어 압록강을 건널 날이 단지 하루가 남은 때였다. 이때 조정에서 비로소 사신이 가져간, 황제께 올리는 자문(咨文) 속에 고쳐야 할 곳이 있음을 발견했다. 곧 여러 신하들이 논의하기를, 고친 자문을 사신에게 전달하여 바꾸려면, 박미의 곡배마가 아니고서는 압록강을 건너기 전에 미칠 수 없다고 말했다. 곧 인조(仁祖) 임금이 박미를 불러 그의 뜻을 물으니 박미는 말했다.

"국가의 중요한 일에 신하는 몸과 목숨도 오히려 감히 아깝게 여기지 않는 것이니, 말을 어찌 이야기하겠습니까?"

이렇게 아뢴 다음, 이어 말을 타고 갈 사람에게 일렀다.

"이 말이 의주에 도착한 다음에 즉시 먹이를 주는 일이 없도록 조심하라. 절대로 물과 풀을 주지 말고 이삼일 밤낮으로 그대로 매어 두어, 충분한 휴식을 취하여 호흡이 안정된 다음에 먹이를 주어야 말이 살지, 그렇지 않고 도착 즉시 먹이를 주면 말은 반드시 죽게 된다."

말을 타고 갈 사람이 이 경계하는 말을 중요하게 여기고 단단히 기억하여 떠났다. 이튿날 미처 날이 어둡기 전에 의주에 도착하여 곧바로 사신에게 공첩(公牒)은 잘 들여보냈는데, 이 사람은 숨이 차서 곧 쓰러져 혼절해 말을 할 수 없게 되었다. 그래서 약을 마시게 하여 사람을 구제해 살리려고 노력하는 동안, 다른 사람들이 타고 온 말을 보고는 모두들 금양위 댁 곡배마라고 말하고, 신기해하면서 보통 말에게 하는 것처럼 꼴풀을 먹이었다. 이렇게 하여 곡배마는 곧 죽고 말았다.

외사씨는 말한다. 금양위는 짐이나 나르는 둔한 말을 알아보아 잘 길러 훌륭한 천리마로 완성시켰다. 말도 역시 사람과의 사이에 문득 서로 마음을 알아주는 지기(知己)의 감정과 주인을 연모(戀慕)하는 정성을 가지고 있어서, 짐승의 마음임에도 사람처럼 천 리나 떨어진 먼 곳을 달려 찾아왔으니, 매우 기이함이 있도다. 한유(韓愈)의 글인 한문(韓文)[235]에 다음 같은 글이 있다. "말이 비록 하루에 천 리를 달리는 능력을 지녔어도, 그를 부리는 사람이 올바른 도리로써 부리지 않으며, 그에게 먹이 주어 기르면서 그가 가진 능력을 충분히 발휘할 수 있도록 넉넉하게 다해 주지 못하고, 그 말이 소리쳐 울 때에도 그의 속마음을 능히 알아 통할 수 없으면서, 말에게 채찍을 들면서 천하에 천리마가 없다고 말한다. 슬프도다! 그 과연 천리마가 없는 것인가? 진정으로 좋은 말을 알아보지 못하는 것이로다."

---

235) 한문(韓文): 당(唐)나라 학자 한유(韓愈, 韓退之)의 문장. 곧 '한문왈(韓文曰)' 이하 문장은 한유의 잡설(雜說) 네 편인, '용설·의설·학설·마설(龍說·醫說·鶴說·馬說)' 중 하나인 마설(馬說) 내용임.

東野彙輯 卷之十五

○ 第百十九号 述異部 九 報主

名馬訪主仍報喜

朴汾西瀰宣廟朝駙馬 錦陽尉也. 善知馬 路遇一馱糞馬 携至家. 見之背曲如山 瘦骨稜層 卽一玄黃駕馬也. 仍問汝賣此馬否. 令擇健馬 以酬其價. 其人不敢受 尉嚴令迫催 使受其價. 而令家人善養其馬 不數日 馬把大如象 鐵骨鈴目 神彩曄如 見人便立踶嚙殊甚. 置之厩間 四面樹柵爲閒 用大索左右維繫. 從柵隙投芻豆 輒隅目吹鼻 衆懼莫敢近.

有一僧 過見歎賞曰 此馬甚駿 惜乎厮養懦怯 終使逸才未展. 貧道請爲公馴之 不出寸晷間可乎. 乃拔去列柵 解大索 只存啣勒. 手持大杖 入厩牽出 馬乃咆哮如虎躍. 僧一踊而登 因復脫其啣勒. 馬跂前聳後 超踔三尋. 左臥右輾 使人不着於背. 僧以杖亂打 猶兩膝挾其脇腰 隨所轉側 終不離背上. 恣其馳驟 不擇夷險 轉至門外大路 遍街陌屢匝 馬始戰掉震越 流汗浹體. 高高下下 惟所指使 乃反之舊厩 日未移晷. 自此加鞍施鞭 使童子牽之 猶低頭帖耳 莫敢忤視 因作追風之駿乘. 汾西每朝 捨輿乘馬 滿道生輝 錦陽宮曲背馬 大鬧一世.

光海時 公竄靈光 馬沒入闕. 光海甚愛之 每騁於闕中 喜其馳驟. 一朝光海命屛出法御者 自騎馳突於後苑. 馬忽橫逸 光海墮地重傷. 馬奔迸突出 如飛電 人不敢近. 奮迅咆哮 瞥如箭疾 已失去處. 追者千百爲群至江 馬已先渡 莫知所向. 汾西在謫中 一日昏時 聞舍後竹林中 忽有馬嘶聲 卽曲背馬至矣. 背有御鞍 而鞶纓鐙絡皆盡 只

木鑣在耳. 公大驚 懼又添罪案. 遂令一隷 掘地藏馬. 公親警戒曰 汝能一日千里 來尋舊主 畜物中神者. 汝能脫身奮逸 已有罪. 又還我家 將增我罪. 今沒汝蹤跡 藏汝軀養汝 以終汝命. 汝若有知 其無喊嘶 不使外人知也. 馬遂寂然無聲矣.

　　居歲餘 馬忽擧首長鳴 聲振山岳 播聞數里. 公大驚曰 馬忽大聲 必有大事. 俄而仁廟反正報至 卽其馬鳴之日也. 公蒙放還朝 乘之如舊. 其後一使臣往瀋陽 發行旣久 渡江日期只隔一日. 而朝廷始覺呑文中有可改處. 諸議以爲非此馬不可及. 仁廟召公問之. 公曰 國家重務 臣子身命 猶不敢惜 馬何足言. 仍言於騎去人曰 此馬到灣上愼勿喂. 絶不與水草 直懸之數晝夜 待其體息氣定 饋之可活 不然必死. 其人領而去. 翌日未暮 到義州 直入納公牒 而人遂昏絶不能言. 灌藥救活之除 人見其所乘馬 皆以爲錦陽宮曲背馬 喂以蒭草如常. 馬卽死.

　　外史氏曰. 擧於駑駘 參成騏驥. 馬亦於人 便有知己之感 戀主之誠. 不以獸心 而有間千里來尋 甚奇哉. 韓文曰 馬雖有千里之能 策之不以其道 食之不盡其材 鳴之而不能通其意 執鞭而臨之曰 天下無馬. 嗚呼其果無馬也耶 其眞不知馬也.

의구(義狗)가 주인을 위기에서 구하고 주인 원통함을 복수하다

15-18.〈238〉 의구구인차복수(義狗救人且復讐)

곽태허(郭太虛)는 영변(寧邊) 교생(校生)으로서, 정로위(定虜衛)²³⁶⁾ 김무량(金無良)의 생질이다. 자못 불교를 좋아하여 많은 승려와 사귀었는데, 그 아내가 승려와 사통하였다. 곽태허가 외출했다가 돌아오니, 승려가 태허를 붙잡아 눕히고 가슴 위에 걸터앉았는데, 태허는 힘이 약하여 몸을 움직일 수가 없었다. 승려가 칼을 뽑아 드니 태허가 손으로 쳐서 칼이 땅에 떨어졌다. 승려가 태허 아내에게 지시하여 칼을 가져와 달라고 했는데, 그 아내는 차마 손으로 잡아 가져다주지 못하고, 발로 밀어 점점 앞으로 가까이 오게 해 주었다. 이때 태허가 보니 마침 개가 그 곁에 누워 있기에, 슬픈 목소리로 개에게 말했다.

"개야! 개야! 네가 만약 생각하여 아는 바가 있다면 마땅히 이 칼을 멀

---

236) 정로위(定虜衛): 조선 시대 야인(野人)의 침입을 막기 위해 성종 때 설치한 군대 부서, 또는 그 부서의 직책.

리 가지고 가 버려 다오."

개가 이 말을 듣고는 문득 일어나 칼을 입에 물고 밖으로 나가서 버리고, 다시 돌아와 승려의 목덜미를 물고 늘어지니 승려는 곧 죽었다. 곽태허는 이 일을 처갓집에 이야기하니, 처가 식구들이 그의 아내를 몽둥이로 때려 죽였다. 곽태허는 그 개를 사랑하여 나다닐 때나 집에 있을 때나 항상 함께하여, 중국 당(唐)나라 배영공(裵令公)[237]이 주발에 밥을 비벼서 개와 함께 나누어 먹는, 그런 정도만이 아니라 더 심했다.

또 다른 이야기로, 하루는 곽태허가 밭에 나갔다가 저물어 술에 취해 돌아오는 길에 냇가에 쓰러져 잠이 들었다. 때마침 들불이 일어났는데 바람까지 매우 세차게 불어 불이 가까워지니, 그의 개가 주위를 돌며 짖어댔지만 주인은 잠에서 깨어날 수가 없었다. 개는 문득 냇가로 내려가 물속에 꼬리를 담가 적셔 달려와서는 주인이 누워 있는 자리 근처의 풀을 적셨다. 이렇게 하기를 여러 번 하니 풀이 젖어 물기가 땅을 축축하게 하여, 불기가 왼쪽 오른쪽으로 번져 옆으로 지나가 버렸다. 태허는 술이 깬 뒤에야 비로소 이런 사실을 보고 알게 되었다.

또 다른 이야기로, 어느 날 곽태허는 사냥을 나갔다가 난데없이 매우 사나운 호랑이를 만나게 되었다. 태허는 사냥매를 버리고 막대기를 힘껏 휘두르면서 크게 소리를 질렀다. 이에 호랑이는 사납게 으르렁대며 나는 듯이 뛰어올라 태허의 어깨를 물어 당기니, 바야흐로 사태가 위급해졌다.

이때 갑자기 태허의 개가 급히 달려 나와 호랑이의 뒤쪽을 습격하여 쳐다보고 음낭(陰囊)를 물어 늘어지니, 호랑이는 곧 물고 있던 사람을 버리고 자기 목숨을 구하려고 노력했다. 그러나 개는 호랑이의 허벅다리 사이에 몸을 숨기고 오직 단단히 물고 씹는 데만 열중했다. 호랑이는 발톱과 이빨

---

237) 배영공(裵令公): 중국 당(唐)나라 배도(裵度). 그는 개를 사랑해 음식을 비벼 개와 함께 먹었음. 사위 이갑(李甲)이 더러우니 그러지 말라 했음. 개가 이 말을 듣고 눈을 흘기고 나감. 배도가 복수할 것이니 조심하라 했음. 이갑(李甲)이 침상에 옷을 뭉쳐 덮어두고 숨어 살피니, 개가 침상의 덮은 것을 물어뜯다가 속은 줄 알고 스스로 죽었음.

을 쓸 수가 없었고, 그리고는 아픔이 더욱 심하여 급박해졌다. 왼쪽과 오른쪽을 돌아보면서 개를 붙잡으려 했지만, 개를 어떻게 잡을 수가 없었다. 인하여 펄쩍펄쩍 뛰고 빙글빙글 돌면서 크게 울부짖었지만, 개는 호랑이 몸에 달라붙어 함께 돌면서 떨어지지 않으니, 어떻게 해 볼 도리가 없었다.

한참 이러는 사이에 호랑이는 기운이 다하여 개와 함께 깊은 구덩이 속으로 떨어져 죽고 말았다. 개는 곧 주인이 피를 흘리며 쓰러져 있는 것을 보게 되었다. 개가 다시 주인에게로 달려가 그 상처를 혀로 핥으니, 한참 뒤에 주인은 깨어나게 되었고 개와 함께 집으로 향했다. 집까지 아직 몇 리가 남았을 때 주인은 상처가 심해 길바닥에 눕고 말았다. 날이 점차 어두워지니 개는 주인 주변에서 큰 소리로 짖어대고 있었다. 이때 곽태허의 집에서는 그가 나간 지 오래도록 돌아오지 않아 괴이하게 여기고, 여러 개 횃불을 묶어 들고 사방으로 찾아다니다가 개 짖는 소리를 알아듣고는 흔적을 따라가서, 호랑이에게 물린 태허를 발견하게 되었다. 이에 집으로 메고 와서 상처를 치료해 죽지 않고 살아났지만, 개 역시 병이 들어 일어나지 못했다. 한 달쯤 지나 개가 죽으니 태허는 슬퍼하면서 개를 땅에 묻고 무덤을 만들어, 그 무덤을 의구묘(義狗墓)라 이름 지었다.

또 다른 이야기로, 이때 하동군(河東郡)에 과부가 있어서, 한 어린 딸과 어린 여종만 데리고 살고 있었다. 그 이웃에는 행실 나쁜 젊은이가 살아서, 하루는 밤을 틈타 담장을 넘어 방으로 들어와 과부를 억지로 겁탈하려 하니, 과부는 죽음을 무릅쓰고 강하게 저항하였다. 젊은이는 칼로 과부를 찔러 죽인 다음, 아울러 그 딸과 여종까지를 함께 죽여 버리니, 이 사실을 아는 사람이 아무도 없었다.

하동군 관아 문밖에 갑자기 개 한 마리가 나타나서는 심하게 짖어대고 있어서, 관아 문을 지키는 사람이 그 개를 쫓았지만 갔다가는 다시 돌아오는 것이었다. 많은 사람들이 이를 괴이하게 여기고 개가 가는 대로 내버려 두었더니, 개는 곧장 관아의 정문으로 들어가 정당(政堂) 앞에 이르러, 머리를 위로 치켜들고 짖으며 뭔가를 호소하려는 것같이 했다. 관장이 이를 이상하게 여겨 한 장교에게 명하여, 개를 따라가 살펴보라고 시켰다. 개가 한 조그마한 집에 이르러 장교의 옷을 물고 방문을 향하여 데리고 갔다. 장교가 의아하게 생각하고 방문을 열어 살펴보니, 방 안에는 시체 세 구가 놓여 있는데 피를 흘려 자리가 온통 젖어 있었다.

장교는 크게 놀라 돌아와 관장에게 보고를 올렸다. 시체를 검시하여 흔적을 찾기 위해 곧바로 말을 달려 그곳으로 가서, 시체가 있는 이웃집에 자리를 잡고 좌정했는데, 마침 그곳은 범인인 젊은이의 집이었다. 젊은이는 관장이 자기 집으로 들어온 것을 보고는 급하게 달아나 피하는 것이었다. 이에 개가 곧 젊은이 앞으로 달려가더니 그의 옷을 물고 놓아주지 않았다. 관장이 괴이하게 여기고 개에게, 이 사람이 너의 원수냐고 물으니 개는 고개를 끄덕이었다. 곧 관장은 젊은이를 잡아들여 엄하게 심문하며 매를 치니, 그는 낱낱이 실토하였다. 이에 관장은 젊은이를 매로 쳐 죽이라 명하고 세 구의 시신은 묻어 주게 했다. 개가 그 무덤으로 달려가 한바탕 슬프게 짖어대더니 그 자리에서 곧 죽었다. 마을 사람들이 무덤 앞에 개를 묻어 주고 비석을 세워 이런 사실을 표시하여 기록한 다음, 또한 의구총(義狗塚)이란 이름을 붙이었다.

외사씨는 말한다. 영변(寧邊) 개는 여러 번 주인의 죽음을 구했고, 하동(河東) 개는 주인을 위해 원수를 갚았다. 이 일들은 모두 사람도 해내기가 어려운 일인데, 짐승인 개로서 문득 능히 해내었다. 이 개들은 짐승의 얼굴을 하고 있지만 사람의 마음을 가졌도다. 그런데 사람 얼굴을 하고서 짐승의 마음을 가지기도 하니 통탄스럽다. 개는 호랑이에 비하면 힘이 약하여 땅강아지나 개미에 비유될 만하다. 하지만 마침내 능히 사나운 호랑이를 죽이고 주인의 몸을 온전히 살려낸 다음에, 지쳐서 죽은 뒤에야 그 사실이 알려졌다. 이런고로, 일의 형세는 힘이 미약한 것에 달려 있지 않고, 지혜와 책략이 뛰어난 자가 성공을 거두며, 명성은 신분의 미천함에 상관되지 않고, 의로움을 실행하는 자가 큰 이름을 세우는 것이로다.

東野彙輯 卷之十五

○ 第百十九号 述異部 九 報主

義狗救人且復讐

　　郭太虛寧邊校生 而定擄衛金無良之甥也. 頗喜佛事 多與釋交 其妻私於僧. 太虛自外至 僧壓太虛而踞其胸 太虛力弱不能轉. 僧拔劍 太虛手批之 擲劍於地. 僧指其妻曰 將此劍來. 妻不忍於手 而以足漸近於前. 是時適見犬臥其側 太虛慨然而言曰 犬乎犬乎 爾若有知 當去此劍. 犬聞言輒起 咬劍棄於外 復入咬僧喉 僧遂斃. 太虛說其事於妻黨 妻黨椎殺其妻. 太虛愛其犬 行止與俱 不翅如裴令公之以和碗與犬食.

　　太虛往于田 迫暮醉歸倒於岸. 適野火起風又猛 犬周走號呼 主人眠不能動. 犬便走往川水中 濡尾來 漬其臥傍草. 如是者屢 草霑水得着地 左右火尋過去. 太虛醒方見之.

　　他日出獵 猝遇猛虎. 太虛捨鷹 奮挺而大呼. 虎怒翻騰 齰人肩方急. 忽不意犬疾跳出 襲虎後 仰虎陰而咬之 虎即棄人自救. 犬匿身虎股下 但嚙益力. 虎爪牙無所施 而患益急. 左右顧欲得犬 犬不可得. 因踊頓環走 大吼喝然 犬懸身與旋轉 無奈犬何. 良久虎氣盡 幷墜斷坑而虎死. 犬即視主人 流血而僵. 犬復就吮其瘡 主人有頃而蘇 起與犬歸. 未至家且數里 瘡甚臥於道. 天且暝 犬聲鳴其傍. 其家怪其久不返也 束火四索之 識犬聲 蹤得虎咬人. 於是舁歸 治瘡得無死 然狗亦病矣. 月餘而死 太虛哀之 瘞而墳之 因名義狗墓.

　　時河東郡有寡婦 只與一穉女及童娛居焉. 隣居某甲 乘夜踰垣

入欲強劫 婦抵死牢拒. 某甲以刀剚之 並戕其女及嫚 人無知者. 衙門外 忽有一狗來噑 閽者逐之 去而復來. 衆怪之 任其所之 狗直入官門 至政堂前 仰首叫號 若有所訴. 官異之命一校 隨狗往視. 狗行至一小屋 啣校衣向房門去. 校訝之開戶視之 房中有三屍 流血滿茵. 校大驚 歸告于官. 官將檢驗 卽馳往 舘於比隣 適某甲之家也. 某甲見官臨其家 蒼黃趨避. 狗直走某甲之前 咬其衣而不捨. 官怪問之曰 此汝之讐人乎. 狗點頭. 官遂捉某甲嚴訊杖 箇箇吐實. 乃杖殺之命厚埋其三屍. 狗走至塚傍 一場悲號而斃. 村人瘞狗於墓前 堅碑以標識之 又名義狗塚.

　　外史氏曰. 寧邊狗之屢救主死 河東狗之爲主報仇. 皆人所難辦而狗輒能之. 獸面者人心耶 人面者獸心耶. 噫狗之比於虎 何異螻蟻. 然卒能殺猛虎 存主人身 死而事聞. 故曰 勢不以弱 智謀者成功 地不以賤 行義者立名.

후릉(厚陵) 제사에 정성 들여
신령이 떨어뜨려 준 물고기 얻다

15-19.〈239〉 건성감신획타린(虔誠感神獲墮鱗)

차식(車軾)은 개성 사람이다. 젊었을 때 마을 서당에서 글공부를 마치고 집으로 돌아가는 산길에서 비를 만나, 비를 피하여 바위굴 속에 들어가 서 있었다. 이때 한 여인이 역시 비를 피하려고 굴속으로 들어왔는데, 나이 십오륙 세 정도였다. 비록 머리털이 헝클어지고 때 묻은 옷을 입었지만, 피부가 희고 얼굴이 예뻤으며 행동이 단정하고 아름다웠다. 차식이 어린 여자가 무슨 일로 홀로 다니느냐고 물으니, 여인은 어머니 집이 여기에서 멀지 않은 까닭이라고 대답했다. 그래서 그 사는 곳을 물었더니 대답하기를, 태평문(太平門) 밖의 어느 거리 몇 번째 집이라고 말했다.

조금 지나니 비가 쏟아붓듯 내리고 우레와 번개가 크게 일었다. 곧 여인은 안색이 변하고 몸을 떨면서, 차식의 옷자락 안에 몸을 숨겨줄 것을 원하기에 허락해 주었다. 그리고 잠시 돌아보는 순간에 우렛소리와 함께 번갯불이 바위 주위를 휘감더니, 갑자기 크게 울리며 벼락이 떨어져 바위 앞의 오래된 괴목을 내리쳤고, 그러고서 비가 그치고 구름도 걷히었다. 장차 돌아가려고 길을 살피며, 차식은 그 여인의 아름다운 모습을 사랑스럽게 여기고 그를 충동하여 마음을 얻어 보려고 시도했다. 그랬더니 여인은 이렇게 말했다.

"목숨을 살려 준 그대 은혜에 감사드립니다. 또한 이미 몸을 밀착시켜 가까이 접촉하였으니 무슨 거리낌이 있겠습니까? 청하옵건대 우리 집으로 가셔서 편안하게 이야기를 나누도록 하시지요."

곧 함께 가서 한 집에 이르러 보니 곧 사람이 살지 않은 버려진 집이었다. 황량하여 고요하고 적막했는데 날도 또한 어두워져 깜깜했다. 차식이 마음속으로 황낭하게 여기니, 여인은 염려할 필요가 없다면서 잠시만 기다려 달라고 했다. 그리고 급히 안으로 들어가서 옷을 갈아입고 나와서 촛불을 밝히고 술잔을 권하여, 서로 주고받아 얼근하게 취한 상태가 되었다. 곧 여인은 자신의 정체를 밝혀 말했다.

"저는 본시 선녀로서 이 세상으로 귀양을 왔습니다. 속죄(贖罪)하는 수도(修道)를 모두 마치고 기한이 만료되어, 다시 하늘 나라로 돌아가려 하고 있었습니다. 그런데 어제 큰 화액을 당하였는데 존귀하신 그대의 도움에 힘입어, 다행히 벗어남을 얻게 되었으니, 그 은덕을 갚고자 하지만 하해(河海)로도 헤아릴 수가 없습니다. 하지만 신선 세계와 범속한 세상의 길이 서로 다르니, 아내가 되어 받들어 모실 수가 없습니다. 오로지 한 권의 책만을 드리오니 공께서는 이 책을 자세히 잘 학습하시면, 몇 년 지나지 않아 급제하게 될 것입니다. 또한 이 집은 흉가가 아니니, 공께서 와 거주하시면 좋은 일만 있고 해가 되지 않습니다. 잘 기억하여 간직하시기 바랍니다."

여인은 말을 마치고 갑자기 문을 나가 떠나 버렸다. 차식은 술에 취해 잠이 들었다가 아침에 일어나니, 황홀하게 꿈에서 깨어난 것 같았는데 곁에 책 한 권이 놓여 있었다. 그 책을 살펴보니 과거 문장의 법식(法式)이 기록된 내용이었으며, 이 세상에서는 본 적이 없는 것이어서 이로 인해 문장 쓰는 능력이 빠르게 진전되었다.

그리고 곧 그 집으로 이사와 살았는데, 그 집은 일찍이 도깨비 작폐가 많다는 소문이 나서 버려진 집이었다. 차식이 들어와 산 이후로 아무런 괴이한 일이 없어 편안하게 살 수 있었다. 그런데 늘 디딜방아를 찧을 때에 쨍그랑거리는 쇳소리가 벽 사이에서 은은하게 들렸다. 이에 그 벽을 허물고 살펴보았더니, 겹으로 쌓아진 벽 공간에 금과 은이며 귀한 그릇들이 들보까지 가득 채워져 있어 몇백 겹인지 알 수가 없었다. 그리고 글자가 씌어 있는데, '궁중 벼슬에 있는 아무는 어느 해 어느 달 며칠날에 감춰둔다.'라고 되어 있었다.

계산해 보니 고려가 망할 무렵, 임금의 특별한 총애를 입은 환관이 난리를 만나 벽을 겹으로 만들어 보물과 그릇들을 감추어 둔 것이었다. 그런데 그 환관은 난리 속에 피해를 입어 다시 집으로 돌아오지 못했고, 그로 인해 이 집은 빈집이 되고 말았다. 이후 이 집으로 들어와 산 사람들이 벽에서 나는 쇳소리를 듣고 귀신과 도깨비가 그렇게 하는 것으로 생각하여, 많은 두려움을 느끼고 피하여 도망해 흉가로 소문나게 된 것이었다. 차식은 그 보물들을 얻어 부유하게 되었고, 얼마 되지 않아 과거에도 급제했다.

또 차식이 한양에서 벼슬할 때 그의 모친은 송도에 살고 있었는데, 대하증(帶下症)이 심하여 여러 해 동안 약을 써도 효험이 없었다. 그 당시 차식은 성균관(成均館)의 정5품 직강(直講) 벼슬에 있었는데, 조선 제2대왕 정종(定宗) 능인 후릉(厚陵) 전사관(典祀官)[238]으로 차출되기를 원하여 승인을 얻었다. 후릉이 송도에서 멀지 않은 까닭에 일을 마치고 돌아가 모친을 봉양하려는 의도에서였다. 후릉은 세대가 이미 멀어져서 국가에서 모시는 제사 절차로는 다만 매년 한식날 한 번 능역(陵域) 문을 열어 제사를 모실 뿐이었고, 제수 또한 보잘것없는 데다가 많이 불결했으며, 제사를 주관하는 사람 역시 소홀함이 오랜 관습으로 전해져 정성을 다하지 않았다.

차식이 전사관이 되어서는 제사에 남달리 정성을 쏟아 목욕하여 몸을

---

238) 전사관(典祀官): 나라 제사(祭祀) 물건을 관장하는 궁내부(宮內府) 임시 관직의 하나. 사직(社稷)과 종묘(宗廟) 등의 큰 제사가 있을 때 제사를 관장하는 관직임.

정결히 하고 근신하였으며, 또한 제수를 마련하는 책임자와 제사를 돕는 노복들까지도 모두 목욕을 하게 하여 그가 하는 것과 같이 정성을 쏟게 했다. 무릇 제물로 바치는 곡식과 제수를 마련할 때도 차식은 몸소 감독하지 않는 것이 없었다. 제사를 마친 다음 날이 아직 밝지 않아 차식은 재실(齋室) 방에 돌아와 누워 잠시 눈을 붙였다. 그동안 꿈에 한 궁인이 나타나 소리쳐 말했다.

"전하께서 장차 차식을 만나 보려 하십니다."

곧 차식이 의관을 정제하고 나아가니, 곤룡포를 입은 한 임금이 전각에 납시었는데, 환관들이 둘러싸 모시고 있었다. 곧 차식을 인도하여 절을 하게 하여 마치고 탑전(榻前)에 엎드리니 왕이 이야기했다.

"이전의 제사는 많이들 정성이 부족하고 또한 불결하여, 과인이 이를 흠향하지 않았다. 지금 너는 정성을 다하고 예를 갖추어서 제수 물품들 모두를 받아들일 만하니, 내 이를 가상하게 여기노라. 내 들으니 너의 집안에 병자의 근심이 있다 하기에, 내가 장차 너에게 좋은 약을 주려 하니 잘 기억하도록 하라."

차식이 절을 하고 머리를 조아린 다음 물러났는데, 의연하게 천천히 깨어나니 곧 꿈이기에 마음속으로 기이하게 여기었다. 차식이 몸을 수습하여 송도로 향하는데, 길에서 보니 큰 수리 한 마리가 물고기를 잡아채어 하늘 가운데에서 빙빙 돌고 있었다. 그런데 또 다른 한 마리의 수리가 나타나 서로 다투면서 잡고 있는 물고기를 발로 쳐서 차식이 탄 말 앞에 그 물고기가 떨어졌다. 차식은 말 모는 병졸들에게 명하여 그것을 줍도록 하여 보니, 이는 곧 가물치로 길이가 한 자 정도 되었다. 이때는 날씨가 추워 물고기 얻기가 쉽지 않았으며, 가물치는 곧 대하증을 치료하는 데 가장 좋은 약이었다. 차식이 매우 기뻐하며 돌아가 모친께 바치어 이로부터 모친 병은 곧 나았다.

차식은 문장으로 세상에 이름을 떨쳤고, 두 아들을 두었는데, 이름이 천로(天輅)와 운로(雲輅)로, 모두 문장으로 한 시대에 이름을 떨쳤다.

외사씨는 말한다. 차식이 만난 여인은 어떤 괴물인지 알 수가 없다. 그러나 그 사실을 추적해 보면, 여우나 이리가 둔갑한 부류에 매우 가깝다. 하지만 이 만남으로 인하여 얻은 이익이 적지 않으니, 아마도 하늘이 준 것으로 생각된다. 차식은 그가 지닌 문식(文識)으로 능히 나라의 큰일은 제사를 정성껏 받드는 것에 있음을 잘 알고 있어서, 정성을 다하여 예도(禮度)에 맞게 받들어 제사를 모셨다. 그래서 마침내 선대 영령(英靈)이 보이지 않게 내리는 음조(陰助)를 입었고, 충성을 옮겨 효도까지 할 수 있었다. 『서경(書經)』[239]에는 "지극한 정성이 신령을 감동시킨다."라고 했고, 『시경(詩經)』[240]에는 "너의 크고 아름다운 복을 하늘이 더욱 크게 돕는다."라고 했다. 그것은 이를 두고 일컬은 말이로다.

---

239) 서경(書經): 『서경』'대우모(大禹謨)' 편에 실린, "정성이 지극하면 신령도 돕는데, 하물며 반란을 일으킨 이 묘족쯤이야 말해 무엇하리?(至誠感神 矧兹有苗)"라는 구절.

240) 시경(詩經): 『시경』'소아(小雅)' 편 '북산지십(北山之什)' 항의 '소명(小明)' 시에, "정직함을 좋아하면 신령이 듣고 너의 큰 복을 크게 하리라(好是正直 神之聽之 介爾景福)."라고 나타나 있음.

東野彙輯 卷之十五
○ 第百二十号 述異部 十 誠力

虔誠感神獲墮鱗

　　車軾松都人也. 少時詣里塾攻業 歸時山路而遭雨 避立於巖窟中. 有一女子 亦避雨而來 年可十五六. 雖蓬髮垢衣 而雪膚花臉 擧止端艶. 軾問少女獨行何也. 曰母家距此 不遠故耳. 詢其居住 曰太平門外 某衖第幾家. 俄而雨勢滂澍 雷電大作. 女色變體戰 願藏身車之衣幅底 車許之. 旋看轟焰繞左右 忽霹靂一聲 震擊巖前老槐 而卽雨收雲捲. 將尋歸路 軾憐其姸美 試挑之. 女曰 感君活命之恩 且旣投身眤襯 何嫌之有. 請歸吾家 圖所方便.
　　遂携至一家 卽廢舍也. 荒涼闃寂 日又昏黑. 軾意似懔慌 女曰 須勿慮也 暫俟之. 遽入內更衣而出 張燭進觴 迭酬到酣. 女曰 妾本仙姬謫降. 修道贖罪 限滿當復歸瑤籍. 而昨値一大劫厄 賴貴人援手 幸得超度 欲報之德 河海莫量. 而仙凡異路 未可以奉侍巾櫛. 聊獻一冊 公若溫習此書 不數年可登第. 且此非凶家 公來居 當有益無害. 幸記有之. 言訖倏然 出門而逝.
　　軾因醉睡 朝起怳如夢醒 傍有一書. 視之乃科文程式 世所未見者 因此文詞驟進. 遂移居于其舍 其舍嘗以多魅稱 因爲棄家. 自軾來住 便無他怪 得以安居. 每舂杵之時 有聲錚鏗 隱隱出墻壁間. 乃毁其壁而視之 其壁重築之中 有金銀寶器充棟宇 不知幾百疊也. 有文字曰 中官某 某年月日藏. 盖高麗之亡也 宦者有權寵 多寶玩 臨亂藏之重壁. 被兵不復旋其第 因以空焉. 入其第者 聞壁中聲 以爲鬼

魅使然 多怖悸避去. 軾得此致饒 未幾又登科.

　　在京供仕 其母在松都 患帶下之症 積歲藥不效. 軾以直講 求差厚陵典祀官 其爲去松都不遠 將因之歸覲也. 厚陵世代已遠 享祀之節 但每年寒食一開門. 而庶羞菲薄多不潔 典祀者亦猶故常 不加虔焉. 及軾典祀也 別致誠意 沐浴蠲潔. 又令膳夫祀僕 悉湯沐如之. 凡治粢盛饌品 無不躬自監涖. 禮畢天猶未曙 歸卧齋房假寐. 有宮人傳呼曰 殿下將引見軾. 軾整衣冠而進 有一袞衣王者御殿閣 閽竪環侍. 引軾拜訖 進伏榻前. 王敎曰 向者享祀 多不恪 又不涓潔 予不歆之. 今爾盡誠禮 庶品皆可御 予用嘉之. 予聞爾家有憂 予將錫爾良藥識之. 軾拜稽而退 蘧然而覺 卽夢也 心異之. 歸向松都 路中見大鵰攫魚 盤于中天. 又有一鵰 爭搏墮之馬前. 軾令馬卒取之 卽鰻鱺魚 長尺餘. 時天寒 得魚不易 而鰻鱺卽治帶下第一藥也. 軾大喜 歸而奉諸母 自此病卽愈. 軾以文章爲世所稱 有二子 曰天輅雲輅 皆文章鳴世.

　　外史氏曰. 車之所遇 未知何怪. 而蹟其事 似狐狸之類. 然因此而所益不少 殆天所畀也. 車以其文識 能知國之大事在祀 殫誠禮以享上. 卒致先靈默佑 移忠於孝. 書曰 至誠感神. 詩曰 介爾景福. 其是之謂乎.

물리친 요괴의 예언 글귀
감옥 안 들보 위 닭으로 증험되다

15-20.〈240〉 척사문명험서계(斥邪問命驗棲鷄)

황건중(黃建中)은 방탕한 생활을 한 사람이었다. 대대로 서울에 살면서 기생집에 자주 드나들었다. 외척이 철원(鐵原) 지역에 살고 있어서 오가며 철원에 머문 지가 반년쯤 되었다. 옛날 궁예(弓裔)가 도읍하였던 동주(東州) 근처에 집을 세내어 살고 있었는데, 어느 하루는 마침 들판으로 나갔다가 길 옆에 오래된 무덤이 있는 것을 보았다. 뫼 구덩이가 무너져 해골이 드러나 있어서, 종을 시켜 흙을 덮어 묻어 주고 돌아왔다.

그날 밤에 혼자 잠자리에 드니 달빛이 희미하게 밝은데, 문득 밖에서 문 두드리는 소리가 들렸다. 그래서 누구냐고 물으니, '나입니다.'라고 대답하는 것이었다. 곧 건중은 집주인일 것으로 생각하고 급히 빗장을 열어 주니, 한 어린 여자였는데 그 용모가 매우 아름답고 남달랐다. 건중이 놀라며 이렇게 물었다.

"낭자는 어디서 왔습니까? 여기는 나의 집으로, 세내어 빌린 객사입니다. 어쩌면 잘못 찾아온 것이 아닌지요?"

"아닙니다. 나는 이 뒤편 이웃집 손씨(孫氏) 집의 신부입니다. 시어머니의 노여움을 사게 되어 집에서 쫓겨남을 당하였는데, 깊은 밤에 돌아갈 곳이 없으니 원하옵건대 한 자리를 빌려 밤을 지내게 해 주시기 바랍니다."

"안 됩니다. 나 역시 주인에게 세를 내어 남의 집에서 살고 있는데, 어찌 감히 내 마음대로 할 수가 있겠습니까?"

이러고 거절했는데, 여인은 죽음으로써 간절히 요청하고 우두커니 서서 떠나가지 않았다. 건중은 어쩔 수 없어 여인을 인도하여 하방(下房) 한구석에 자리를 마련해 주어 자게 했다. 얼마 지나지 않아 여인은 상방(上房)으로 나와서는 가까이 앉으며 조용히 속삭였다.

"나는 홀로 잠자는 것에 익숙하지 않습니다. 이렇게 아름다운 밤에 함께 풍월(風月)을 이야기하는 것이 좋지 않겠습니까?"

건중은 그의 아름다운 용모와 부드러운 말소리를 보면서 마음속으로 연모하는 마음이 생겨, 드디어 그와 더불어 이야기를 주고받았는데, 여인은 말과 웃음으로 다정함을 흡족하게 나타내 보였다. 얼마 지나 이에 이불을 펴고 베개를 가까이해 사랑에 빠져들었다. 건중은 정신이 아득해져 안정을 잃었고, 그의 정욕을 막을 수가 없었다.

그런데 다만 이때는 매우 추운 시기인데 여인은 붉은색의 삼베 천과 가는 갈포 천으로 기운 옷을 입고 있기에, 마음속으로 의아한 생각이 없지 않아 매우 단단히 그를 물리치려고 애썼다. 여인은 부드러운 말과 교묘한 이야기로 여러 가지 아양을 떨면서 유혹하며 밤이 다 가도록 곁에서 떠나지 않았다. 그러다 새벽닭 우는 소리가 들리니 비로소 혀를 차며 한탄하고는 떠나갔다.

이튿날 밤 또다시 찾아와 여러 방법으로 가까이하며 유혹했다. 건중은 마음속으로 그가 사람이 아니라는 것을 알고 끝내 더불어 즐거움을 나누지 않았다. 이로부터 이 여인은 문득 와서는 곁에 누워 자리를 같이하여 잠을 잤으며, 저녁에 와서 새벽에 가기를 날마다 일상처럼 하였다. 다른 사람은 여인을 보지 못하는데, 건중은 자기 혼자만이 볼 수 있어서 심히 고통스럽게 여기었다. 그래서 여종을 시켜 자기 몸 왼쪽에 있게 하면 여인은 오른쪽으로 가서 눕고, 여종을 오른쪽에 있게 하면 여인은 베갯머리에 가로 누웠다. 여종을 베갯머리에 있게 하면 여인은 또한 발아래에 가서 눕기에, 여종을 시켜 발아래를 지키게 했더니 또한 오히려 침상 곁에 붙어 떠나지 않았다.

어쩔 방도가 없어, 도사와 무당을 초청하여 막으라고 하였더니 여인은 화를 내며 말했다.

"나는 그대를 해치려는 것이 아닙니다. 다만 그대 조상의 은혜에 감사하여 저승에서나마 그 은덕에 보답코자 하는 겁니다."

이 말에 건중이 그게 무슨 뜻이냐고 물으니 여인은 설명했다.

"나는 곧 옛 궁예 시절 궁중의 궁녀입니다. 태봉국이 망하여 도읍이 파괴될 때 병란 중에 죽었습니다. 그대의 선대 조상인 황계윤(黃繼允)이 나를 서도(西都) 산 바깥쪽 이삼 리 되는 땅에 묻어 주었습니다. 그 당시 날씨가 더워 붉은색 삼베옷을 입고 있었으므로 지금까지도 이 옛날 옷을 입고 있습니다. 그리고 많은 세월이 흘러 산천이 변화되면서 내 무덤에 쌓였던 흙들이 모두 무너지게 되었는데, 다행히 그대를 만나 노출된 백골이 덮이게 되었으니, 전과 후로 입은 은혜가 이와 같이 두텁습니다. 입은 은혜 뼈에 새기면서 잊기 어려워 매양 정성을 펼쳐 드리려고 왔으며, 진실로 화를 끼치려는 것이 아니니 원하옵건대 그대는 의아하게 여기지 않기를 바랍니다."

이에 건중은 당시 태봉의 일들을 물으니 여인은 이야기하였다.

"궁예는 처음에 머리를 깎고 승려가 되었었는데, 견훤(甄萱)이 남쪽 지역에서 일어나 후백제를 세웠다는 소식을 듣고, 부러워하여 곧 나라를 세우고 연호를 선종(善宗)이라 참칭(僭稱)했습니다. 신라 진성왕(眞聖王) 이후 고려(高麗)를 피하여 부양(斧壤)²⁴¹⁾으로 숨어들어 갔다가 그 지역 백성들에 의하여 살해되었습니다."

그리고 또한 당시 궁중에서 있었던 일들을 매우 자세히 말해 주었다. 건중은 스스로 헤아리기를 여인을 떼어 버릴 수 없다고 생각하고 서울로 돌아왔다. 여인은 그를 따라 서울 집까지 추적해 와서 여러 가지로 계속 전처럼 괴롭혔다. 건중이 오히려 더 굳게 거절하면서, 때로는 좋은 말로 달래어 물러가라고 설득했는데도 끝까지 떠나지 않았다. 그래서 여자들이 개를 두려워한다는 것을 알고, 이에 집안사람들을 시켜 개를 많이 집안에 두어 방울을 달아 기르도록 하였다. 그랬더니 몇 달 지나 여인은 울면서 와서 하직하며 말했다.

"그대는 나를 박대할 뿐만 아니라 나에 대해 배척하기를 더욱 굳게 하고 있으며, 나와 그대 사이의 인연도 이미 다해 끝났으므로 이제는 돌아가려 합니다."

여인의 작별에 건중은 위로하고 이런 질문을 했다.

"네가 오랫동안 우리 집에 머물러 있었지만 너를 대접함에 예의를 다 갖추지 못했는데, 지금 이별을 하려고 하니 어찌 한스러움을 이기겠느냐? 앞으로 나에게 닥칠 길흉이나 좀 지시하여 알려 줄 수 있겠느냐?"

여인은 인하여 곧, '누런 닭이 방 대들보 위에 있다(금계옥상량: 金鷄屋上樑).'라는 글귀를 적어 주었는데, 집안사람들이 무슨 뜻인지 알지 못했다. 뒷날 건중이 좋지 못한 무리들과 어울려 거칠게 행동하다가, 나라의 법규(法規)를 어겨 감옥에 갇히게 되었다. 감옥 안을 둘러보니 대들보 위에 누런 수탉이 앉아 있기에, 먼저 구금되어 있는 죄수들에게 물어보았더니 이런 대답을 했다.

"감옥 속 답답한 근심 속에서 밤을 당하면 밤이 너무 길어 새벽이 언제 올지를 몰라 기다리면서, 저 닭을 두어 시간을 알게 하는 것이랍니다."

---

241) 부양(斧壤): 강원도 평강현(平康縣)의 고구려 시대 이름으로 궁예가 피살된 곳.

대답을 들은 건중은 비로소 여인이 떠나면서 써 준 것이 맞아 증험 있음을 알았다.

외사씨는 말한다. 황건중이 만난 여인은 여우의 정령(精靈)이어서 개를 두려워한 것이다. 아마도 의심컨대 들에 살던 여우가 궁중에 들어가, 환술(幻術)로 형체를 사람 모습으로 바꾸어 재앙의 요인(要因)이 된 것으로, 그래서 궁예 시대의 일들을 잘 알았다고 생각된다. 사람들이 서로 해치는 일은 가지가지여서 한결같지 않다. 하지만 여우는 비록 사람과 다른 이류(異類)이지만, 만약에 사람들이 해를 가(加)하지 않는다면 사람보다 나은 점이 많다. 황건중은 청루(靑樓)에 드나들기 좋아하는 성품을 지녔기에, 아름다운 여인을 보면 쉽게 미혹되었다. 그래도 그 여인이 사람이 아닌 이류(異類)임을 의심하여, 마침내 유혹당하는 혼란 상태에 이르지 않았으니, 역시 확실하게 자기중심을 잘 지키는 사람이라고 하겠다.

東野彙輯 卷之十五
○ 第百二十号 述異部 十 誠力

斥邪問命驗棲鷄

　　黃建中宕子也. 世家京師 縱步花柳. 有外戚在鐵原地 來往留連者 歲將半矣. 舍于古東洲側 一日適出野 見路傍古塚 壙室頹崩 枯骸露出 命僕掩瘞而歸. 抵夜獨寢 月色微明 忽聞叩門. 問爲誰. 曰我也. 建中意爲主人 急啓關 乃一少年女子 容色艶異. 駭曰 娘子何自來 此是某家客館 豈非錯認乎. 曰我是後隣孫家新婦. 因逢怒阿姑 被逐出 深夜無所歸 願寄一席地度宵. 建中曰 我貰于人以居 安敢自擅. 女以死哀懇 立不肯去. 建中不得已 引至下房一隅 授以席使之寢.

　　未幾出就上房 狎坐密語曰 我不慣孤眠. 如此良夜 與之談風月可乎. 建中覩其貌妍辭婉 心愛之 遂與酬酢 女言笑款洽. 少焉乃開裯昵枕 建中神迷不定 將不能閑其慾. 但時月寒冱 所服皆絳絡纖絺 意不得無訝 却之甚固. 女柔辭巧說 嫵媚百態 終宵不離. 及聞鷄喔 始嘖嘖恨歎而去. 翌夜又來 侵軼多方. 建中心知其非人 終不與共懽. 自此女輒來 臥于傍 與同寢席 而昏來晨往 日以爲常. 他人皆不見 而建中獨見之 甚苦之. 使僕左 女入其右 使婢右 女橫臥枕外 使婢枕外 女臥足下 使侍者足下 猶不離其床.

　　招道士巫覡爲防 女慍曰 我非害子者. 只感君先恩 欲報德於冥冥之中. 曰何哉. 曰我乃東州弓裔時宮女. 泰封都破 死於亂兵中. 子之先祖黃繼允 瘞我于西都山外數里之地. 當其時天暑 衣絳紛 至今猶着古衣. 屢經滄桑 塋築盡圮 幸逢君子 得以掩骼 前後受恩 如是

厚矣. 銘骨難忘 每要伸誠而來 實非貽禍者 願君勿訝. 建中問泰封時事. 女言弓裔始祝髮爲僧 聞甄萱倡於南州 艶羨之遂立國 建元僭號善宗. 眞聖王後 避高麗遁去 爲斧壤民所害. 且言當時宮中事甚悉.

　　建中自度不得離 遂發還京. 女隨而往 追至京第 侵軼如前. 建中猶牢拒 時以好言誘說使退 終不去. 女畏犬 乃使家人多畜犬 環鈴而馴之. 居數月 女泣而辭曰 非徒子薄行斥我益堅 吾與子緣已盡矣 從此辭去. 建中曰 爾久留我所 待之不盡禮 今將別矣 曷勝愀然. 可指示來頭吉凶否. 女因書一句曰 金鷄屋上樑. 一家未解其意 建中與惡少 橫行閭里 犯邦憲拘於獄. 獄中樑上 有黃鷄一棲 詰之同囚. 則曰 憂中夜長 難分晨曉 置此以識更. 建中始悟女之前言有驗.

　　外史氏曰. 女是狐精 故畏犬. 疑野狐入宮 幻形作祟 所以知弓裔時事也. 人之相害 種種不一. 狐雖異類 若不爲人害 勝人類多矣. 黃以狹邪之性 易惑於美麗. 而疑其異類 終不及亂 亦確有所執者也.

물고기 사서 호수에 방생(放生)하고
베푼 음덕 보답 받다

15-21.〈241〉 일지방생시음덕(一池放生施陰德)

선비 남윤묵(南允黙)의 한 아들은 마음이 넉넉하고 어른스러운 풍모를 지니고 있었다. 어영군관(御營軍官)이 되어 황해도 둔전(屯田)[242]의 타작하는 마당에 감독 임무를 띠고 갔다. 일꾼 중 한 총각을 보니 비록 덥수룩한 머리에 헌 누더기 옷을 입고 있었지만, 생긴 모습과 거동이 보통 일꾼과 달리 특이했다. 그래서 불러 내력을 물어보니 곧 양반 집안인 신씨(申氏)의 자손으로 황해도 연안에서 살았는데, 일 년 전 흉년에 가족이 뿔뿔이 흩어지고 혼자 여기 남게 되어, 농부로서 입에 풀칠을 하며 산다고 말했다.

남씨는 총각을 매우 가엾게 여겨 해마다 타작 감독을 하러 가서는 반드시 그 총각을 돌보아 보호해 주었다. 자신이 받는 곡식을 주어 혼인을 도와

---

242) 둔전(屯田): 궁중과 관아 또는 군대에 소속된 토지. 이 토지를 백성들이 빌려 경작해 일정량을 바치고 나머지를 경작한 농민이 갖는 일종의 소작농 제도의 토지.

장가들게 해 주었으며, 또한 기름진 전답을 가려 총각에게 농사짓게 빌려주어 재산을 이루게 도왔다. 신씨 총각은 그 덕분으로 가정을 이루어 살게 되었고, 점차 집안이 안정된 모습을 갖추었다. 그래서 신씨는 매양 가을이 되면 가는 무명베 한 필과 면사(綿絲) 두어 근을 남씨에게 바치면서 정성을 다하니, 남씨 또한 그에게 후하게 보답하였다.

남씨가 연안(延安)에 조세(租稅)를 거두기 위하여 갔었다. 연안에는 큰 저수지가 하나 있어서, 해마다 여름과 가을에 장마가 질 때면 바닷물과 호수 물이 한데 섞이면서 바닷물고기가 저수지로 와서 살았다. 그런데 물이 빠지면 바닷물과의 연결이 끊어지게 되어 저수지로 변하는데, 그 속에는 많은 물고기가 서식하게 되니, 연안군 사람들이 배를 타고 가서 그물을 펼쳐 물고기를 잡아 돌아오곤 했다.

당시 태수 김씨가 그 저수지에서 크게 고기잡이하는 기이한 장관(壯觀)을 만들어 보고자 하였다. 무릇 고기를 잡을 때, 맛이 쓴 나무 열매를 찧어 즙을 내어 상류에서 물에 풀어 흘려보내면, 하류의 물고기들이 죽어 물에 떠오르게 된다. 태수는 연안군 백성들에게 명령하여 그들이 소송을 할 때마다 그 쓰디쓴 나무 열매를 따다 바치게 하니, 그 열매가 많이 쌓여 백 섬 정도에 이르렀다. 이에 태수는 연못가에 천막을 치고 여러 손님을 불러 모아 큰 잔치를 베풀고, 고기 잡는 사람들에게 연못 위에서 물놀이를 펼치게 하고는, 상류에서 그 쓴 열매를 쌓아 놓고 막대기로 쳐서 즙이 흘러내리게 했다. 남씨가 이 모습을 보고 태수에게 말했다.

"하늘이 내놓은 생물을 난폭하게 죽이는 일은 아름답지 못합니다. 원하옵건대 그물과 작살로 잡거나, 낚시에 미끼를 꿰어 낚는 정도가 좋습니다. 모두 다 취하는 것은 마땅하지 않습니다."

태수는 이 말을 듣지 않고 쓰디쓴 액체를 크게 뿌려 물길을 따라 흘러 내려가게 하니, 저수지의 물색이 변하는 것이었다. 조금 지나니 알에서 갓 깨어난 어린 물고기가 떠오르고, 이어 손가락 길이만 한 작은 것이 떠올랐으며, 계속 손바닥 크기의 것이 떠오르다가는, 한 자 크기의 물고기가 떠올랐다. 그리고 한 길 되는 것과 수레에 가득 찰 만한 큰 것이 계속하여 떠오르니, 구경하는 사람들이 서로 돌아보며 눈을 둥그렇게 뜨고 놀랐다. 마지막으로 한 마리 고기가 떠오르는데 크기는 사람만 하고 옷을 벗은 여인 같은 모습으로, 풍만한 살갗이 눈처럼 희고 머리를 풀어헤친 채 떠오른 다음, 못에는 살아남은 물고기 종자가 사라져 버렸다. 이로부터 바람이 불고 짙은 구름이 끼면서 우레가 번쩍이고 비가 내리기 시작하여 온 저수지가 깜깜하게 어두워진 채, 연하여 수십 일 동안 하늘이 열리지 않았다. 태수는 그 해에 죽었다.

뒷날, 남씨는 고을 사람들과 함께 물고기 잡는 모습을 구경하다가, 물고기가 가득 들어 있는 항아리를 보았다. 이에 그 물고기 든 항아리를 돈을 주고 사서는 항아리를 번쩍 들어 물에 도로 던져 넣으니, 자리에 있던 사람들이 모두 놀랐다. 또한, 남씨가 손님과 함께 큰 내를 지나는데, 손님이 내의 물고기를 가리키며 말했다.

"헤엄치는 물고기가 즐거워 보입니다. 정말로 여기에 그물을 던져 넣으면 대단히 좋을 것 같습니다."

"예, 헤엄치는 물고기가 즐거워 보인다는 말은 그 뜻이 아름답습니다. 그런데 진정 그물을 던져 넣으면 좋겠다는 말은 어찌 그렇게도 말의 내용이 어질지 못한지요? 자유로이 헤엄치던 물고기가 그물에 갇혀 펄떡이는 모습을 보고, 물위에서 관람하는 사람들은 그것을 가리키며 좋아서 뛰고 기뻐하면서도, 정작 물속 물고기들의 입장에서는 삼족(三族)을 멸하는 참혹한 형벌 같은 것임을 알지 못하고 있지요."

또 다른 날, 남씨가 일찍이 말을 타고 길을 가다가 말이 살아 있는 벌레를 밟아 죽이는 것을 보고는, 말에서 내려 그 종에게 벌을 내려 물을 한 그릇을 마시게 했다. 남씨의 어진 마음씨가 이와 같은 것들이었다.

뒷날, 남씨가 모진 병에 걸려 혼절해 의식을 잃었는데, 반나절이 지나 바야흐로 사망을 확인하려고 코에 솜털을 대어 보는 속광(屬纊)을 하려고 했다. 그런데 갑자기 길게 숨을 쉬고는 몸을 뒤집으면서, 그 참 기이한 일이라고 한마디 토했다. 이에 집안사람들이 무슨 일이기에 기이하다는 말을 하느냐고 물으니, 남씨는 미음을 가져오게 하여 몇 모금 마신 뒤 일어나 앉아 이야기를 했다.

"조금 전에 두 명의 귀졸에게 붙잡혀 가서 관부(官府)에 이르러, 귀졸이 문밖에 세워두고 먼저 대문 안으로 들어갔는데, 얼마 지나니 관원 같은 사람이 나와, 그대가 남씨 누구냐고 물어서 그렇다고 대답하니, 그 사람은 이런 설명을 했어."

이러고 들려준 이야기는 다음과 같다.

"나는 곧 연안의 아무 마을 신씨 총각의 할아비입니다. 그대가 내 손자에게 은혜를 베풀어 장가를 들게 하고 가정을 이루는 일까지 도와주었지만, 저승과 이승의 길이 달라 은혜를 갚을 길이 없었습니다. 지금 그대는 세상에 사는 연한이 차서 명부(冥府)로부터 잡아 오게 한 것입니다. 내가 몰래 스스로 구유전(九幽殿) 녹사(錄事)243)에게 그대 수명 연장을 주선하고 있는데, 마침 이전에 그대가 연못에서 물고기를 방생(放生)한 일이 있어서, 성황당 신령에 의하여 보고가 상신되어 염라대왕에게 도달하였습니다. 염라대왕이 이르기를 어진 덕을 베풂이 있으니 그의 수명을 연장하여 곧바로 돌려보내라고 했습니다."

이러면서 문지기를 불러 길을 지시해 돌아가게 하여, 자연스럽게 깨어나 지금 회생하게 된 것이라고 했다. 그리고 이것이 어찌 신씨 조부의 덕택이 아니겠느냐고 말했다. 이렇게 하여 드디어 남씨는 땀을 흘리고 병이 완전히 나았는데, 이것은 남윤묵의 가문 기록인 가승(家乘)에 실려 있는 이야기이다.

외사씨는 말한다. 중국 송(宋)나라 시인 산곡(山谷) 황정견(黃庭堅)의 시에, "갖옷은 비록 따뜻함을 얻지만, 여우와 담비는 진정 서로 슬퍼하도다."라고 읊었다. 또한 황정경의 스승 소동파(蘇東坡)의 훌에서는, "소와 양을 도살하고, 물고기와 자라를 칼로 잘라 토막 내어 음식을 만들면, 먹는 사

---

243) 구유전(九幽殿) 녹사(錄事): 저승 염라대왕 궁궐에서 사무 보는 사람.

람은 매우 좋아하지만, 죽는 것들은 매우 괴로워한다."라고 했다. 물고기를 함부로 죽인 태수 김씨는 물고기를 사서 놓아준 남씨에 대하여 죄인이라고 하겠다. 남씨가 덕을 베풀어 보답을 받은 것은, 그 분명함이 점치는 막대인 시초(蓍草)를 잡아 점괘를 얻는 것처럼 확실하다. 그러니 가히 세상 사람들로 하여금 이로 인하여, 선을 권하고 악을 징계하는 권선징악(勸善懲惡)의 교훈이 될 것이로다.

東野彙輯 卷之十五

○ 第百二十一号 述異部 十一 陰德

一池放生施陰德

　　南生允默之子某休休有長者風. 爲御營軍官 出監海西屯田打稻場. 見一総角 雖蓬頭襤褸 而容儀擧止殊異常漢. 叩其來歷 則本以班家申氏子 居于延安 年前以歉荒 渾家流離. 渠獨一身在此 投入佃夫以糊口云. 南生甚矜惻之 每年往監 必顧護其童. 捐給穀包 助婚而成娶 又擇田畓之沃腴者 使之農作而治産. 申童由是 得以奠居 稍成家樣. 每秋以細木一疋 綿絲數斤 來納于南以表誠. 南亦厚報以送之.
　　南至延安收租 延安有大池 年年夏秋 交潦水大至 與海通波 海魚游泳其中. 及水落 因成池中畜物 郡人操舟施網 多得海族而來. 太守金某欲大漁其池 爲奇壯之觀. 凡打魚 以味苦木實 按于上流 則魚盡浮水而死. 太守出令郡中 使民呈訴者 各摘其實進之 多至百餘石. 於是供帳于池邊 速衆賓陳大宴 集漁人張水嬉 積苦實搗磨于上流. 南謂太守曰 暴殄天物不祥 願以網擉之 以釣餌之足矣. 不宜盡取之. 太守不聽 大播苦汁 隨流而下 池水爲之易色. 俄而魚兒初出卵浮 小如指者浮 如掌者浮 盈尺者浮. 盈丈者大盈車者 相繼而浮 觀者相顧動目. 最後有一魚大如人 如裸身女子 肥膚雪白 被髮而浮 一大池蕩然無遺種. 自是風雲雷雨 一池晦冥 連數十日不開. 其年太守死.
　　其後南又與邑人 觀打魚 得生魚滿盆. 乃以錢買之 擧盆而投之水 滿座失色. 南與客過大川 客指川魚曰 游魚可樂 政好投網. 南曰 游魚可樂 其意善也. 正好投網 何其言之不仁也. 遊魚中網 水上觀者

指而雀躍 不知水中有夷三族之慘也. 南嘗乘馬而行 馬踐生蟲 下馬罰其奴 水一器. 其仁心如此.

南遘癘疾昏絕 半晌方屬纊. 忽長歔而翻身曰 異哉. 家人問何為而謂異也. 南索米飲數呷後 起而坐語曰 俄為二鬼卒所驅去 抵一官府 鬼卒使立於門外 而先入去. 少頃有人如官員樣者 出問曰 子非南某乎. 曰然矣. 其人曰 我則延安某村 申童之祖也. 感君之施恩於孫兒 以至娶婦成家 而幽明路殊 末由酬報. 今君年限筭滿 自冥府捉來. 吾暗自周旋於九幽殿錄事 以君有池魚放生之事 准城隍申報 達于閻. 王謂有仁德 延其壽限 可即還去也. 因招閽者 指路出送 吾蓬然而覺 今得回甦 豈非申也祖父之德耶. 遂出汗而愈. 此說載於南允默之家乘云.

外史氏曰. 山谷詩曰 衣裘雖得煖 狐貉正相哀. 東坡書曰 屠殺牛羊 刳臠魚鱉 食者甚美 死者甚苦. 若金太守者 實南生之罪人也. 南之種德受報 灼如揲蓍. 可使世之人 因此而有所勸懲也夫.

강줄기를 문서로 허가 받아
홍수에 물길 변해 큰 부자 되다

15-22.〈242〉대강입안성거부(大江立案成鉅富)

　　　　　　　　　　　　　　　　　　　박씨(朴氏) 선비는 문충공(文忠公) 박팽년(朴彭年)의 후손이다. 대구(大邱) 지역에 살았는데, 집이 낙동강 근처에 있었으며 매우 가난했다. 가을철에 교외 들판 논에서 벼를 타작하고 있으니, 갑자기 노루 한 마리가 달려와서 어지럽게 쌓아 놓은 볏단 속으로 들어가 숨었다. 잠시 뒤에 사냥꾼이 총을 들고 뒤쫓아와서 물었다.

　"내가 조금 전 노루 한 마리를 쫓아서 이곳으로 달려오는 것을 보았는데, 그대가 혹시 보지 않았는지요?"

　"이보시오, 노루가 만약 이곳으로 왔다면 내가 어찌 가만히 앉아 어부지리(漁父之利) 같은 이익을 바라고 숨겼겠습니까?"

　"아, 내가 분명히 이곳으로 오는 것을 보았는데, 지금 문득 흔적이 없어졌으니 괴이해서 그러는 겁니다."

　사냥꾼은 두세 번 탄식을 하고 떠나갔다. 박씨는 사냥꾼이 간 뒤에도 오히려 노루를 숨겨 두고 내보내지 않았다. 그리고 저녁때 박씨는 막대기로 볏단 속을 헤치고, 노루를 향하여 지금은 달아날 수 있다고 말하면서 가게 했다. 노루는 여러 번 박씨를 돌아보아 사례하는 것처럼 하면서 달아났다.

그날 밤 박씨 꿈에 한 노인이 나타나 사례하며 이렇게 말했다.

"그대가 목숨을 살려 준 은혜에 감사를 드립니다. 그 은덕을 갚고자 하오니, 곧 즉시 관아에 나아가 낙동강 하류 사십 리를 한정하여 그 강줄기의 소유 문서를 작성해 달라고 소(訴)를 올려 허가를 받아 두시면, 곧 만석꾼 부자가 될 수 있을 것입니다."

꿈에서 깬 박씨는 허황된 꿈속 일이라고 생각하고 염두에 두지 않고 다시 잠자리에 들었다. 이튿날 꿈에 또한 그 노인이 나타나 말했다.

"내가 보은을 하고자 하는 일인데, 어찌 황당한 말을 해 드리겠습니까? 반드시 내일 아침 관아로 가서 소장(訴狀)을 올려 허락 문서를 받아 두시기 바랍니다."

그랬지만 박씨는 역시 믿지 않았는데, 노인은 또다시 꿈에 나타나서 얼굴을 붉히며 크게 화를 내고는, 자기는 곧 정성을 다해 한 말인데, 기어이 깊이 믿지 않으니 심히 개탄스럽다면서, 진실로 자기 말을 따르지 않으면 반드시 불리한 일이 있을 것이라고 하면서 사라졌다. 이에 박씨는 잠에서 깨어 마음속으로 기이하다고 여기었다. 드디어 다음 날 아침 관아에 나아가 소장을 내고 소유 문서를 작성해 달라고 청하였다. 관장은 소장을 보고 크게 웃으며 말했다.

"너는 풍병(風病)이 있는 사람이로다. 낙동강의 소유 문서를 만들어 달라는 사람은 옛날에도 들어 본 적이 없도다."

"예, 이 백성도 역시 그 맹랑한 일임을 알고 있지만, 마침 기이한 징조가 있는 까닭으로 사람들의 비웃음을 무릅쓰고 와서 감히 청하는 바이옵니다."

이에 관장은 특별히 억지로 허락하여, 어디에서부터 어디까지 사십 리의 강 소유 문서를 만들어 주어, 가지고 돌아왔다.

그러고 며칠 지나니, 낙동강 물이 불어 갑자기 제방이 터지고 무너져, 강물이 다른 길을 따라 흘러내려 갔다. 그렇게 되어 그 터진 제방 하류의 예전 물길 강바닥이 모두 들판으로 변했는데, 곧 박씨가 소유 문서로 만들어 허가 받은 그 땅이었다. 이에 이 땅을 개간하여 논으로 만드니, 한눈에 끝이 보이지 않을 정도의 넓은 들이 이루어졌다. 옛날 강이었던 그 강줄기를 따라 위아래로 펼쳐진 들은 기름지고 좋은 농토 아닌 곳이 없어 곡식을 심었다. 그리고 양쪽 변두리의 땅은 곡식을 심기에 마땅치 않아 밤나무를 심었는데, 수십 리나 되는 밤나무 숲을 이루었다. 이렇게 되니 매년 가을에 수확하는 곡식이 수천 섬이었고, 또 밤을 수확하여 관아에 임대료를 내고 차지하는 밤의 양이 역시 일천 섬에 가까웠다. 이에 드디어 박씨는 영남의 갑부로 알려졌다.

박씨 외척에 호남 지역에 사는 윤씨(尹氏)가 있었는데, 대대로 큰 부자로 전해졌으며, 좋은 논이 있어서 한 해에 논에 뿌리는 볍씨가 수백 섬이었다. 윤씨는 성품이 호방하고 현실 세계와 동떨어진 허황된 생각을 가진 사람이었다. 마침 박씨 집을 와보게 되어 그 개간한 논을 보니, 넓게 펼쳐진 하나의 들판으로서 멀리 두둑으로 된 경계도 없었고, 모든 것이 진실로 크게 좋은 물건임에 틀림없었다. 그래서 마음속으로 부러워하여 흠모하기를 그치지 않고 스스로 이런 탄식을 했다.

"나 역시 수백 섬의 볍씨를 뿌리는 땅을 가지고 있으나 어찌하여 저렇게 넓게 보이는 땅과 같지 못하고, 다만 전답들이 여러 곳으로 흩어져 있을 뿐만 아니라, 산천과 언덕들 사이에 끼여 있어서 널리 아득하게 펼쳐진 모습을 볼 수가 없다. 웅장하게 빛내야 할 가문의 명성과 내 살아가는 산업이 자잘하고 보잘것없으니, 가히 부끄러움을 면하지 못하겠노라."

이러고는 그가 가진 땅들을 모두 다 팔아 무명베 사오만 필을 사서 준비를 했다. 그러고 들으니, 해서(海西) 지역의 황주(黃州)와 봉산(鳳山) 사이에 끝이 보이지 않을 정도로 아득한 갈대밭이 수백 리나 펼쳐져 있는데, 여기에 높은 제방을 쌓고 넓은 보(洑)를 만들어 논으로 만들면, 그 이익이 천백 배가 될 수 있다는 것이었다. 그래서 곧 호남의 옛 터전을 버리고, 황해도 지역으로 올라왔다. 큰 하천 옆에 높은 누각을 지어 놓고, 살진 황소 천 마리로 나란히 줄을 세워 땅을 개간하였다. 돌을 실어와 쌓고 흙을 넣어서 하나의 방축(防築)이 이루어졌는데, 그 주위 둘레가 백 리나 되었다.

그런데 바야흐로 한 여름이 되어 검푸른 구름이 온 들판을 가득 메웠다. 논에 심어 놓은 벼의 푸른 잎과 줄기들이 공중에 떠 있는 것 같았으며, 제방과 언덕은 보이지 않았다. 그리고 장마가 여러 달 계속되어 큰비가 내리니, 가을철 장마에 물이 점점 차올라 안쪽에 쌓은 축대가 무너져 물길이 열리면서 바깥의 큰 제방 쪽으로 흘러들어 갔다. 물결 따라 붉은 흙탕물이 밀려가서 위로 솟아오르니 두둑과 물고랑의 구분이 없어졌다. 온 들판에 심어 놓은 벼이삭들이 층을 이루어 넘실대는 파도 물결 속으로 들어가 잠기고, 거대한 물결이 넘쳐 쌓아 놓은 큰 제방 밖의 대양(大洋)과 통하여 합쳐져 버렸다.

주인 윤씨는 각건(角巾)을 쓰고 깃털 부채를 손에 쥐고, 누각으로 나와 붉은색 난간에 의지하여 넓은 물결을 바라보면서, 크게 껄껄 웃으며 이런 말을 했다.

"내 지금 집안이 망했다면 곧 망한 것이 분명하다. 하지만 저 많은 물결이 넘실거리는 것을 바라보고 있으니, 천하에 비길 바 없이 아름답구나."

외사씨는 말한다. 박씨가 음덕(陰德) 베푼 일이 있어서 저승 혼령의 보답을 받게 된 것은 원칙상 혹시 그럴 법하다. 윤씨가 박씨를 본받고자 한 것은, 특별히 헛된 욕심에서 나온 일이니, 마침내 호중(湖中) 지방의 많고 많은 재산을 모두 넓은 소금 벌판에 실어 넣은 결과가 되었다. 속담에 "방죽 쌓기 좋아하는 사람은 반드시 집안을 망친다."라고 했다. 또한 "달아나는 사슴을 보고 쫓다가 잡아 둔 집토끼마저 잃는다."라는 속담도 있으니, 이에 해당하는 말이다. 진정 이는 큰 이득 구하기만을 좋아하고, 만족함을 느끼고 그쳐야 하는 원리를 모르는 사람에게 경계가 될 수 있는 이야기로다.

東野彙輯 卷之十五

○ 第百二十一号 述異部 十一 陰德

大江立案成鉅富

　　朴文忠公彭年後孫 居於大邱地. 甚貧寒 家臨洛東江. 秋日打租於郊坰 忽有一獐走來 匿於禾束亂績中. 俄而獵師持銃 趕到曰 吾俄逐一獐 見其走向此處 君或見之否. 朴生曰 獐若來此 則吾豈欲坐收漁人之功 而藏之乎. 獵師曰 吾的見其來此 而今忽無之 可恠也. 再三嗟歎而去. 獵師去後 猶匿獐不出. 夕後朴生以杖披禾束 而謂獐曰 今可走矣. 獐屢顧朴生 若致謝者 而走去.
　　是夜朴生夢 一老人曰 感君活命之恩 擬欲報德. 洛東江下流四十里爲限成立案. 則可作萬石君矣. 朴生以夢事虛謊 不置念 因復就睡. 翌夜又夢 老人來曰 吾欲報恩 豈做荒唐之說. 必以明朝入官呈訴出立案也. 朴生猶未之信. 老人又現夢 勃然作色曰 吾則以誠而君不深信 甚慨然. 苟不從吾言 則必不利於子. 朴生覺而心異之.
　　遂於明朝 呈訴官庭 請出立案. 本官大笑曰 汝病風之人耶. 以大江立案 古未聞也. 朴生曰 民亦非不知其孟浪 然適有異兆 故不計人之嗤笑 而敢此來請. 本官强諾之 自某至某四十里地 成立案以歸. 未幾日 洛東江水 忽自傍潰 決從他道流去. 其下流舊道 盡變成野 即朴生立案之地. 乃起墾作畓 一望無際. 沿江上下 無非良田沃土 其邊幅之不宜穀處 則種栗成藪 爲數十里. 每年秋收屢千石 栗賭亦近千石. 遂爲嶺南甲富.
　　朴生之外戚尹某 居湖南者 世傳饒富 有水田落種 歲累百石. 尹

性豪放迂濶. 適往朴家 見其墾畓 廣占一坪 漭無涯涘 儘是大好器物. 心內艷羨不已 自歎曰 吾亦屢百石播種之地何遽不若 而但以田畓散在各處 山川丘陵間之 不得見彌漫. 門戶之壯 吾之生業 未免零瑣可愧. 遂盡賣之 備綿布四五萬段. 聞海西黃鳳之間 多蘆田極目數百里. 可以高堤廣堰 作稻地 其利千百. 於是棄湖南舊業 入海西. 臨大川起高樓 騈千頭肥犍 以懇之. 輂石捧土 築一塘 周回可百里. 方盛夏 靑雲滿野 綠芒浮空 不見涯岸. 及淫霖連月 秋水懷襄 而至礧築盡決於大堤. 赤浪轈出其上 塍洫無辨. 一野秔稌 盡入於層濤浩渺之中 與大海通波. 主人角巾羽扇 徙倚朱欄 盱而大笑曰 吾今敗家則敗家矣. 觀漲則天下無雙.

　　外史氏曰. 朴有陰德 而受冥報 理或然矣. 尹之欲效嚬 特出於虛慾 終使湖中鉅萬之財 盡爲輸一斥鹵之場. 諺曰 好築堰者必敗家. 又曰 見奔鹿失獲兎 此之謂也. 吁此可爲好大求盈 不知止足者之戒耶.

東野彙輯
卷之十六

습유부(拾遺部)

험복설시덕연수(驗卜說施德延壽) 상업(相業)
분필담정문진정(焚筆談呈文陳情)
촉천노충간진절(觸天怒忠諫盡節) 직간(直諫)
범뇌위직언거직(犯雷威直言擧職)
명사호승점화괴(名士好勝占花魁) 풍정(風情)
소기양광부방약(少妓佯狂赴芳約)
방우견거계결교(訪友見拒戒結交) 규풍(規諷)
심창문언소고명(尋倡聞言笑沽名)
인차태오로삼가(因借胎娛老三家) 괴사(怪事)
득음분수리천금(得陰粉售利千金)
선감화유도귀량(善感化諭盜歸良) 경오(警悟)
오결교납적실재(誤結交納賊失財)
모선접화위성관(毛僊接話渭城舘) 선적(仙蹟)
여객과음동정시(驢客過吟洞庭詩)
방영인조기환유(訪嶺人嘲其宦游) 청복(淸福)
대림우과이협거(對林友誇以峽居)
백년광음혜고군(百年光陰蟪蛄郡) 환몽(幻夢)
일생부귀호접향(一生富貴蝴蝶鄕)

상진(尙震)의 음덕이
홍계관(洪繼灌)의 점친 수명 연장하다

16-1.〈243〉 험복설시덕연수(驗卜說施德延壽)

재상(宰相) 상진(尙震; 성종24(1493)~명종19(1564))은 자가 기부(起夫)이고 호는 송현(松峴)이며, 본관은 목천(木川)이다. 명종(明宗) 때 영의정에 제수되었으며 궤장(几杖)²⁴⁴⁾을 하사받았다. 상공(尙公)은 성품이 신실하고 후덕하였으며 너그럽고 인자하였다. 의정부에 십육 년 동안 몸담으면서 정승으로서의 일 처리 능력이 세종 때 정승 황희(黃喜)와 허조(許稠)²⁴⁵⁾에 버금간다고 일컬어졌다. 고려 왕건이 후삼국을 통일한 이후 백제 유민(遺民)들이 여러 번 소란을 일으켜, 조정에서 짐승과 가축 이름의 글자를 성씨로 내려 주어 진압을 도모했었다. 이때 상공 선조가

---

244) 궤장(几杖): 나라에 공적 있는 대신이 늙어 치사(致仕)하면 앉을 때 팔꿈치를 얹어 기대는 안석(案席)인 궤(几)와 지팡이(杖)를 임금이 내려 주는 것으로, 이것을 받으면 크게 영광으로 여겼음.

245) 황·허(黃·許): 조선 세종 때 영의정으로 성품이 온화하여 왕의 신임을 얻고 백성의 신망이 두터웠던 황희(黃喜)와 역시 세종 때 좌의정을 역임한 허조(許稠) 두 사람.

상씨(象氏) 성을 하사받았다가, 후대에 상씨(尙氏)로 고치었다.

상공 증조부 상영부(尙英孚)는 임천(林川)에 살았는데, 재물이 매우 많아 부자여서, 백성들에게 곡식이나 재물을 나누어 준 다음, 일 년에 다섯 되씩의 곡식을 거두어들여, 어려움을 구제해 주었다. 그러다가 노년에는 백성들에게 나누어 준 곡식이나 재물의 증서를 모두 거두어들여 불살라 버렸다. 그리고는 혹시라도 후손에게 음덕이 있을 것이라고 말했다. 상공 부친 상보(尙甫)는 연세가 많아질 때까지 아들이 없어서, 몸소 성주산(聖住山)에 들어가 기도하여 다음다음 해에 상진을 낳았다.

상공은 다섯 살 때 모친을 잃었고 대여섯 살 때 부친을 여의어 고아가 되니, 참판을 역임한 내부인 하산군(夏山君) 싱공징(成夢井)의 집에서 지랐다. 나이 성동(成童)인 열다섯 살을 지날 때까지, 그의 기질이 호방(豪放)하고 방종하여 학문에는 뜻이 없고 말달리기와 활쏘기를 일삼으니, 친구들로부터 멸시를 당했다. 이에 곧 학업에 분발하여 몇 해 지나지 않아 글을 읽고 짓는 능력이 크게 진전되었다.

그는 곧 식년과(式年科)에 급제한 다음, 친구들과 산사(山寺)로 가서 회시(會試)를 보기 위한 노력에 열중하였다. 이때 상공은 황룡(黃龍)이 부처님 앉은 자리인 불탑(佛榻)을 빙 두르는 꿈을 꾼 다음, 매일 새벽에 세수하고 몸을 정결히 하여, 불탑 앞으로 가서 분향하고 마음속으로 급제를 기원했는데, 이렇게 하기를 하루도 폐하는 일이 없었다. 이런 모습을 본 한 친구가 그를 속이려고, 새벽에 더 일찍 법당으로 가서 불탑 뒤에 숨어 기다렸다가, 그가 와서 기도할 때 부처님 목소리처럼 꾸며 말했다.

"너의 정성이 게으르지 않으니 이를 가상히 여기는 바이다. 회시에서 마땅히 출제될 강장(講章)[246]을 내가 먼저 알려 주겠노라."

그러고는 곧 칠서(七書) 중에서 각각 한 장씩을 드러내 보이면서, 다만 온 힘을 쏟아 이것만을 외운다면 과거 급제는 염려할 것이 없을 것이라고 말

---

246) 강장(講章): 회시(會試)에서 암송할 시제(試題). 곧 사서삼경(四書三經) 중의 글장을 지정해 외우게 함.

했다. 이에 상공은 정말 부처님의 지시인 줄로 알고 극진한 감사를 이렇게 드렸다.

"이 지시의 가르침을 받자와, 감사의 마음 이기지 못하옵니다."

이로부터 그는 오직 이 일곱 장만을 외워 밤낮으로 그치지 않았다. 그 친구는 이를 보고 속으로 가만히 웃으면서도, 또한 그가 진짜 부처님의 교시인 것으로 알고 있어서, 지나치게 혹신하여 과거 시험에 낭패를 당하는 일이 있게 되면, 자기로 인해 낙방하게 되었다는 탄식이 있을까 염려하게 되었다. 그래서 그에게 조용히 물었다.

"그대는 단지 일곱 장만을 외우고 있는데 무슨 곡절이 있는가?"

이에 상공이 부처님이 알려 준 것이라고 대답하니 친구는 말했다.

"참으로 어리석구려. 부처가 영험이 있음을 어찌 알 수 있는가? 시험 출제가 만일 이 일곱 장이 아니면 곧 어찌 실패를 당하지 않겠는가?"

"허허, 아닐세. 내 성의가 투철한 바를 신명이 또한 감응하여 이러한 지시가 있었는데, 어찌 영험이 없을 리 있겠는가?"

친구는 마음속으로 민망하게 여기고 다음과 같이 실토했다.

"이 일은 내가 한때의 장난으로 말해 준 것이라네. 그대의 믿음이 이렇게까지 독실하니 어찌 그리도 미혹됨이 심한고?"

"아니, 그렇지 않네. 나의 일편단심 정성을 천지와 신명이 함께 굽어살피시어 감동한 결과, 나에게 출제 강장을 비록 지시해 가르쳐 주려고 했지만, 신령이 사람에게 얼굴을 맞대고 확실히 알려 줄 수 없기 때문에, 그대의 입을 빌어서 대신 가르쳐 주게 한 것이라네. 이것은 곧 제사를 모실 때 시동(尸童)247)이 신령의 말을 대신 전해 주는 것과 같은 일로서, 신령에게 정성껏 빌어 신령이 알려 주는 고시(告示)를, 어떤 방법으로든 내려 주기 원하는 그런 의미를 담고 있다네. 이를 따라 논의해 보면, 그대가 한 이 일은 비록 장난에서 나온 것이지만, 그대 스스로의 의지로 한 것이 결코 아니네. 사실

---

247) 시동(尸童): 옛날에 제사를 모실 때 어린 아동을 신주 자리에 앉혀 놓고, 잔을 올리고 절을 했는데, 이를 시동이라 함. 이 아동이 신령의 말을 대신 전해 주었다고 함.

은 하늘이 시킨 것이고 신령이 명령하여 이루어진 일이니, 내가 어찌 독실하게 믿어 전력을 다하지 않을 수 있겠는가?"

이렇게 강한 믿음을 가진 상공이 과거장에 들어가서 보니, 출제된 칠서의 강장이 과연 오로지 익힌 그 대목으로서 하나도 틀림이 없었다. 그래서 상공은 다시 깊이 생각하지 않고 단숨에 소리 높여 외우니, 마치 병 속의 물을 쏟듯이 유창하였다. 이 결과 여러 시험관이 크게 칭찬하고, 드디어 완벽하다는 칠순통(七純通)으로 급제했다.

또 다른 이야기이다. 상공은 도량이 크고 넓어서 평생토록 다른 사람의 허물을 말하지 않았다. 한쪽 다리가 짧은 사람이 있어서, 어떤 손님이 이를 가리켜 한쪽 다리가 짧다고 이야기를 해 주었다. 그랬더니 상공은, 어찌 남의 단점을 말하느냐고 하면서, 마땅히 한쪽 다리가 좀 길다고 말해야 한다고 일러 주었다. 당시 세간에서는 이 말이 명언으로 일컬어졌다.

찬성(贊成)을 역임한 오씨(吳氏)[248]가 젊었을 때 이렇게 시구를 읊었다.

복희씨 아름다운 음악과 풍습들 지금은 비로 쓴 듯 사라지고,
봄바람 부는 술자리에 즐기는 노래로만 남아 있을 뿐이로다.

상공이 이 시구를 보고 한탄하면서, 일찍이 오씨 선비에 대하여 마침내는 크게 성공할 사람이라고 많이 칭찬했는데, 어찌 그의 말이 이렇게도 박절하냐고 말했다. 그리고 곧 시구를 고쳐 썼다.

복희씨 아름다운 음악과 풍습들 오히려 아직 남아 있어서,
봄바람 부는 술자리에 즐기는 노래로서 만나 보게 되도다.

이 고치기 전과 고친 네 글자 사이에 사람의 기상이 현격하게 달리 나타

---

248) 오씨(吳氏): 『어우야담(於于野談)』에 오상(吳祥: 중종7(1512)~선조6(1573))으로 나타나 있음. 문무를 겸비했으며 문장에도 뛰어났음. 대사헌 역임.

나므로, 오씨 선비의 벼슬자리가 상공보다 한 자리 아래인 것은 마땅하다고 하겠다.

또 다른 이야기이다. 점을 잘 치기로 이름난 홍계관(洪繼灌)이 상공의 일생 길흉화복을 점쳐 주었는데, 그가 살면서 겪어 보니 털끝만큼도 어긋나지 않았다. 또한 사망할 해에 대해서도 홍계관은 역시 분명히 알려 주었다. 상공은 지난날의 일들에 대한 홍계관의 점괘가 꼭 맞지 않은 것이 없어서, 사망한다고 일러 준 그 해에 이르러, 사후의 일들을 미리 모두 준비해 놓고 기다렸다. 이해 홍계관은 마침 시골에 가 있었는데, 한양에서 오는 사람을 만날 때마다 반드시 상공의 안부를 물었다. 그런데 일 년이 이미 지났는데도 상공은 병 없이 건강했다. 홍계관은 매우 이상하게 여기고 한양으로 돌아와 곧장 상공을 찾아가 뵈었다. 이에 상공도 이렇게 의문을 나타냈다.

"내 지금껏 너의 점을 믿어 왔는데, 내 자신의 죽을 해가 금년이라는 것은 어찌하여 징험이 없느냐?"

"예. 대감님 수명을 점칠 때에 온갖 심력을 다하였으니 마땅히 오류가 없어야 합니다. 그런데 옛사람 중에 음덕을 베푼 일이 있는 경우에는 수명이 연장되는 사람이 있었으니, 대감께서 반드시 그러한 일이 있었을 것으로 여겨집니다."

상공은 어찌 그런 일이 있었겠느냐면서 이런 이야기를 했다.

"어느 해 업무를 마치고 집으로 돌아오는데, 길 위에 붉은 보자기 하나가 보였다. 이에 주워 보니 순금 술잔 한 쌍이 들어 있기에 몰래 그것을 숨겨 간수했다. 그리고 그 길 위에, 어느 날 물건을 잃은 사람이 있으면 나를 찾아오라는 방을 붙여 놓았더니, 다음 날 한 사람이 와서 뵈면서 말했다. 자기는 궁중에서 임금의 음식을 마련하는 수라간(水刺間) 별감인데, 집안에 혼사가 있어서 몰래 궁중 어주(御廚)의 금잔을 빌려 왔다가 분실했다고 하면서, 이미 죽을죄를 범했는데 대감이 습득한 물건이 아마도 이 물건이 아닌가 생각된다는 것이었다. 그래서 그렇다고 대답하고 내준 적이 있다."

이야기를 들은 홍계관은 상공 수명의 연장은 틀림없이 이 일 때문이라고 말했다. 상공은 그런 뒤 십오 년을 더 살다가 사망했다.

　　상공은 일찍이 그 자제들에게 당부하기를, 자신의 사망에 시장(諡狀)을 작성할 때 별다른 말 쓸 필요 없이 다음같이 쓰면 적당하겠다고 말했다.

　　"공께서는 만년에 거문고 타기를 좋아하여, 약간 술기운이 돈 상태로 감군은(感君恩)[249] 한 곡조를 퉁기며 스스로 즐기시었다."

　　외사씨는 말한다. 회시(會試) 강장(講章)을 지정해 알려 준 것은, 가상(假想)의 거짓이었지만 결과적으로 진실(眞實)이 되었다. 상진의 지극한 정성이 단단한 쇠붙이나 돌도 뚫을 수 있을 정도였기에 이렇게 된 것이다. 천지신명(天地神明)이 붙들어 보호해 주어, 이러한 일이 이루어졌다. 대체로 상진은 위 세대 조상 내부터 정승 자리에 오를 만한 큰 은덕(恩德)을 베풀어 그 음덕(蔭德)이 있었고, 또한 그 자신이 몰래 행한 음덕(陰德)이 겹쳐 쌓여, 정승 자리에 올랐고 수명도 연장되었으며, 국가 중신(重臣)이 될 수 있었다. 상진이 세상을 떠난 이후까지도 호당(湖堂)[250]에서는 매월 실시하는 시험에, '덕망 높은 늙은 대신을 추도함'이란 제목으로, 그를 기리는 글을 짓게 하였다. 곧 나라의 덕망 높은 원로대신으로서, 당시 세상에서 크게 추앙받았음을 알 수 있다.

---

249) 감군은(感君恩): 조선 명종 때 상진(尙震)이 지었다고 전하는 악곡. 임금의 은혜를 사해(四海)와 태산(泰山)에 비유해 읊은 노래임.

250) 호당(湖堂): 조선 시대 국가에서 설치한 '독서당(讀書堂)'의 이칭(異稱).

東野彙輯 卷之十六

○ 第百二十二号 拾遺部 一 相業

驗卜說施德延壽

尚相國震字起夫 號松峴 木川人. 明宗朝拜領相 賜几杖. 公忠厚寬裕 中書十六年 相業亞於黃許云. 麗祖統合之後 以百濟民屢有驚擾 賜姓獸畜 以鎮之. 公之先姓得象 後改以尙. 公曾祖英孚居林川 貲甚殷富 與民收散. 晚年悉取其券 焚之曰 吾其庶有後乎. 公之父甫 年衰無子 躬禱於聖住山 越明年生公. 公五歲失恃 纔齔而又孤 鞠於妹夫夏山君成夢井家. 年過成童 豪縱不志學 馳馬試射 被謾於儕流. 卽發憤學業 未幾年 文辭大就.

式年發解 同親友上山房 做會工. 公夢黃龍繞於佛榻 每於淸晨盥洗 往佛榻前 焚香暗祝 未嘗或廢. 一友欲詆之 先往隱於佛榻之後 待公來禱. 因依佛語曰 汝之精誠不懈 甚嘉尙. 會圍所當出之講章 吾當先告. 乃擧七書中 各一章曰 汝但專力誦此 可無慮登科. 公對曰 承此指敎 不勝感幸. 自此專誦七章 晝夜不輟. 其友竊笑之 又慮其認以眞個佛敎 而酷信之 至有科事狼狽 則不無由我之歎. 乃密謂之曰 君之但誦七章 有何委折. 公以有佛告爲答. 其友曰 迂哉佛之有靈 何可知也. 試席所命 若非此章 則豈不見敗乎. 公笑曰 誠意所透 神明亦感 有此指示 豈有無靈之理哉. 其友心竊悶之 乃吐實曰 此吾一時戲謔 不意君之篤信至此 何其迷甚也. 公曰 不然. 吾之一片精誠 天地神明之所共鑑 而雖欲指告講章 旣不能諄諄然面命 故憑君而代諭. 此猶尸傳神語 工祝致告之意也. 由是論之 君之此擧 雖出

於戱 而非君之所自爲也. 天實使之 神實命之 吾安得不篤信而專力也. 及入會圍 七書講章 果所專習者 無一差爽. 公不復運思 一口突誦 如甁水瀉. 諸試官大加稱賞 遂以七純通登第.

　　公度量弘大 平生未嘗言人過. 有一人短一足 客以爲言. 公曰 客何言人短處 宜曰一足長. 當世以名言稱. 吳貳相某 少時作詩曰 羲皇樂俗今如掃 只在春風杯酒間. 公覽之歎曰 余嘗多吳生以爲終大成 何其言之薄也. 卽下筆改之曰 羲皇樂俗今猶在 看取春風杯酒間. 四字之間 氣象懸絶 宜乎吳之宦業 下公一頭地也.

　　卜者洪繼灌 筭公一生吉凶禍福 纖毫不差. 至於棄世之年 亦言之. 公以所經之事 無不脗合 至於其年 預爲身後之具 以待之. 洪卜適在鄕 逢人自京來者 必問公安否. 一年已過 公固無恙. 洪大異之 還京卽往謁. 公曰 吾信爾卜 自分命盡今年 何以不驗. 洪曰 推公之命 盡心力 宜無差謬. 而古人有以陰德延壽者 公必有是也. 公曰 寧有是哉. 但某年公退時 路上有紅袱. 拾而見之 乃純金盞一雙 默藏之. 掛榜街上曰 某日有失物者 訪我來. 翌日一人來謁曰 小人乃水剌間別監. 家有婚事 竊借御厨金盞 而失之. 已犯死罪 公之所得 無乃此物. 答曰然. 出給之. 洪曰 公之延壽 必以此也. 後十五年卒. 公嘗謂子弟曰 吾死爲諡狀 無他可記. 若曰 公晩好鼓琴 微醺彈感君恩一曲以自誤. 則當矣.

　　外史氏曰. 講章指告 卽弄假成眞. 以其精誠所到 金石可透. 故因有神明之扶護 而致此也. 盖自先世槐庭種德之餘蔭 且以公陰德之積累 致位延壽 爲國藎臣. 至於捐舘後 湖堂月課 以悼老德大臣命題. 可見公之碩德元老 爲當世推重也.

유성룡(柳成龍)이 필담 종이를 불사르고 글을 올려 해결하다

16-2.〈244〉 분필담정문진정(焚筆談呈文陳情)

서애(西厓) 유성룡〈柳成龍; 중종 37(1542)~선조40(1607)〉의 자는 이현(而見)이며 이퇴계(李退溪) 문하 사람이다. 염근리(廉謹吏)[251]로 선정되었고, 임진왜란 때 임금을 호종한 공적으로 호성공신(扈聖功臣)에 녹훈되었으며, 관직은 영의정에 이르렀다. 문충공(文忠公) 시호가 내려졌으며 나라의 이름난 재상이었다. 임진왜란 때에는 도체찰사(都體察使)로서 부딪치는 일에 따라 변화에 잘 적응하여 쌓은 공적이 무성하고 현저했다. 선조 임금이 의주로 몽진(蒙塵)할 때, 동파관에 이르러 여러 신하들을 불러 이렇게 하문했다.

"내가 어느 곳으로 가야 하겠는가? 꺼리거나 숨기지 말고 각기 마음속

---

251) 염근리(廉謹吏): 청렴하고 근실한 관원으로, 죽은 이는 청백리(淸白吏)라 하고 생존한 사람은 염근리라 함.

에 있는 생각을 모두 아뢰도록 하라."

먼저 백사(白沙) 이항복(李恒福)이, 의주(義州)로 가서 어가(御駕)를 머물게 되면, 만약 형세와 힘이 다하여 굽혀야 할 지경에 이르렀을 때, 곧 명나라로 가서 호소하는 데에 어려움이 없을 것이라는 말로 아뢰었다. 이때 임금이 유공(柳公)에게, 이항복의 말이 어떠하냐고 하문하니, 유공은 이렇게 아뢰었다.

"옳지 않습니다. 대가(大駕)가 우리 땅 밖으로 한 걸음이라도 떠나게 되면, 곧 조선은 우리 소유가 되지 못하옵니다."

유공의 말에 임금은, 명나라에 부속되어 도움을 청하겠다는 생각은 본래 임금인 내가 가지고 있는 뜻이라고 말했다. 유공은 다시 아뢰었다.

"옳은 일이 아닙니다. 지금 관동 관북의 여러 도가 아무 일 없으며, 호남 지역 충의(忠義)의 인사들이 며칠 사이에 곧 벌떼처럼 일어나려 하고 있습니다. 어찌 너무 급하게 가히 이런 일을 논의하실 수 있사옵니까?"

이러고 물러나와 유공은 이공(李公)을 책망하여 말했다.

"어찌 경솔하게 나라를 버리겠다는 의견을 내는가? 그대가 비록 임금을 모시다가 길에서 따라 죽는다 해도, 그런 충성은 부인이나 내시의 고식적인 충성에 지나지 못할 것일세. 임금이 나라를 떠난다는 이 말이 한 번 퍼지면 인심은 와해되어 흩어질 것이니, 누가 능히 수습할 수가 있겠는가?"

이 질책에 이공은 자신의 말을 사과했다. 임진왜란 이듬해인 계사(癸巳) 해에 임금이 서울로 돌아왔는데, 중국에서 사신 사헌(司憲)이 왔다. 이때 황제가 사신을 보낸 것은, 앞서 중국 명나라 조정에서 우리나라가 왜적을 물리쳐 떨치고 일어나야 하는데 그러지 못하는 것을 우려하였기 때문이다. 그때 중국 조정 급사(給事) 직위에 있는 위학증(魏學曾)이 우리나라를 처치할 방법에 대한 글을 황제에게 올렸는데, 그 속에 우리나라를 분할하여 일부를 일본에 넘기고, 임금을 바꾸어야 한다는 말이 들어 있었다. 이에 대해 명나라 상서 석성(石星)이 그건 옳지 않다고 강력히 반대했다. 이렇게 중국 조정 안 의논이 양분되니, 마침내 황제가 사헌을 사신으로 보내, 선유(宣諭)

하여 깨우치는 칙서를 우리 임금에게 내리는 한편, 우리나라 사정을 살펴 알아보게 한 것이었다.

이때, 중국 구원병을 총지휘하는 경략(經略) 송응창(宋應昌)이 요동에 머물고 있어서, 우리 임금은 해평(海平) 윤근수〈尹根壽; 중종32(1537)~광해군8(1616)〉를 그의 배신(陪臣)으로 임명하여 문하(門下)로 보내, 여러 사정을 살피게 했다. 이 무렵 송응창은 급사 위학증이 황제께 올린 그 문건을 윤근수에게 보여 주면서, 중국 조정의 의논이 이와 같이 양분되어 있으니, 조선에서는 장차 스스로 어떠한 계책을 세울 것이냐고 물었다. 이에 윤근수는 급히 요동에서 돌아와 먼저 임금에게 그 문서를 올려 아뢰었다.

그리고 또한 윤근수는 송응창이 따로 쓴, 조선의 신하들을 독려하여 질책하는 글인 차부(劄付)를 가지고 와서, 유공 집을 방문하여 손으로 안상을 두드리고 통곡하면서 말했다. 이 송 경략의 차부를 장차 조정 비국(備局)에 전달하려 하는데, 유공 등 대신들은 어떻게 처리하려 하느냐고 묻는 것이었다. 이에 유공은 차부의 내용에 어떤 말이 들었는지는 알지 못하지만, 응당 본국 신하 개인에게 미리 물어볼 일은 아니라고 말했다. 그리고 그것은 여기에 잘못 가져온 것이니, 내일 아침 윤공이 직접 비국에 나아가 바치라고 했다.

윤근수가 차부를 유공에게 건네주려 했지만 유공은 뿌리쳤다.

"송 경략이 만약 우리의 일을 공식 문서로 말한 것이라면 마땅히 임금께 올려야 할 것입니다. 그러나 지금 송 경략이 황제 명령 없이 혼자 차부를 만들어 보냈다면, 그 속에 담긴 말들은 그 뜻을 헤아려 처리할 바가 못 됩니다. 그 글을 본다 한들 어떤 처치도 할 수 없으니 차라리 보지 않는 것이 마땅합니다."

병조판서 심충겸(沈忠謙)이 그것을 보려 하기에 유공이 꾸짖으니, 윤근수는 그 차부를 거두어 떠나갔다. 그날 임금이 유공을 불러, 윤근수가 바친 위학증의 상소 문건을 보여 주었다. 유공은 임금에게 권하기를, 무리한 망설에 동요하지 마시고, 더욱 정성을 쏟아 우리나라가 마땅히 해야 할 일에 전력을 기울여야 한다는 충언을 하였다. 그리고 유공은 나와서 급히 벽제관에 머물고 있는 중국 사신을 맞으러 갔다. 중국 사신은 자못 친근한 목소리로 말했다.

"내 한양에 들어가면 장차 새롭게 처리할 일이 있습니다."

유공은 의심이 되었지만 감히 더 자세히 물어보지 못했다. 그리고 유공은 밤새 달려 돌아와 임금에게 사신의 말을 모두 아뢰었다. 이날 임금은 사신에게서 황제의 칙서를 받았는데, 그 칙서의 내용이 경계와 격려의 말이었으며, 어구들이 매우 준엄하였다. 임금이 밤에 유공을 불러 이야기하면서, 권장하는 말과 효유하는 말이 많이 들어 있다고 하면서, 또한 이런 말을 했다.

"내일 나는 중국 사신 앞에서 임금 자리를 물러나려 한다. 내가 경을 만나는 일이 다만 오늘뿐이니, 비록 맘이 슬펐지만 성과 너불어 만나서 작별을 하려고 불렀노라."

이어 술을 내려 주며 이 술로 서로 작별하는 것이라 했다. 유공은 이렇게 아뢰었다.

"황제 칙서에는 독책(督責)하고 권장하는 말 아닌 것은 없습니다. 어찌 다른 생각을 하시옵니까? 내일 일은 천만 번 옳지 않사옵니다."

그러나 임금은 아무 말이 없었다. 다음 날 임금은 남별궁에서 중국 사신을 맞아 잔치를 베풀고 말했다.

"병이 있어서 감히 나라를 다스릴 수 없어 임금 자리를 세자에게 넘기고자 하오니, 천자 사신께서 맡아 처리해 주시기 바랍니다."

"옛날 당(唐)나라 안록산(安祿山)의 난에 현종(玄宗)이 아들 숙종(肅宗)에게 국사를 맡긴 일과 같이, 마땅히 황제께 말씀 올려 처분을 기다릴 바입니다. 어찌 한낱 사신이 감히 혼자 힘으로 처리하겠습니까?"

중국 사신은 이렇게 대답했다. 그 당시 중국 구원병 유격 대장 척금(戚金)이 서울에 와 있었는데, 중국 사신 사헌과 밤낮으로 만나 회의를 했다. 척금이 유공을 불러 그의 머무는 집에서 만났는데, 그는 좌우 사람을 물리치고 친히 쓴 십여 가지 조항을 보여 주었다. 그 내용 세 번째 조항에 국왕 전위(傳位)는 마땅히 빨라야 한다고 적혀 있었다. 이를 본 유공은 일어서서 얼굴색을 엄숙히 했다. 이때는 글을 써서 서로 의사를 통하는 필담(筆談)으로 대화했기 때문에, 붓을 잡은 뒤 다른 문제에는 답하지 않은 채 다만 제3조에 대하여, 신하로서 차마 들을 바가 아니라고 적었다. 또 이어 작은 나라 조선의 형세가 지금 바야흐로 위급한 상황인데, 만약 임금과 신하며 부친과 아들 사이에 그 처치가 마땅함을 잃게 되면, 이것은 그 재앙이 중대하게 된다고 썼다. 그리고는 이에 눈을 똑바로 뜨고 한동안 직시한 뒤, 한참 지나 그 필담한 종이를 거두어 불살라 버렸다.

이튿날 유공은 여러 신료들을 인솔하여 중국 사신에게 호소문을 올려, 조선이 임진왜란을 겪은 이후의 상황과, 또한 임금이 지성으로 중국을 받들어 섬긴 정성이며, 나아가 걱정하고 부지런히 격려하는 실상 천백 마디 이야기를 역력히 기록해 진술했다. 곧 사신 사헌은 그 말을 믿고 받아들여서 이로 인해 전위의 일이 무사히 해결되었다.

또한, 유공은 임기응변하는 권술(權術)이 있었다. 일찍이 유공이 과거에 급제하고 임금의 명령으로 임시직 관리가 되어 호서 지역으로 파견되어 갔을 때, 한 승려가 찾아와 호소했다.

"소승은 종이를 팔아 생계를 유지하고 있습니다. 오늘이 장날이어서 백지 한 묶음을 짊어지고 왔다가, 저자 근처에 짐을 풀고 잠시 쉬는 동안 잠깐 사이에 잃어버렸사오니, 찾아 주기를 원하옵니다."

이렇게 아뢰니 유공은 말했다.

"네가 물건을 잘 지키지 못해 사람 많은 곳에서 잃어버리고는 장차 어느 곳에 물어 찾아 달라는 말이냐?"

이와 같이 꾸짖어 물러가라고 엄명했다. 조금 뒤 유공은 마침 외부로 나갔다가 날이 저물어 돌아오는 길에, 길가에 서 있는 나무 장승을 가리키며 소리쳤다.

"이것은 어떤 물건인데 내가 행차하는 길에 감히 똑바로 거만하게 오래 서 있단 말이냐?"

아전이 고하기를, 그것은 사람이 아니고 장승이라고 하였다. 이에 유공은 비록 장승이라 할지라도 매우 버릇이 없고 거만하니, 잡아서 구금하고 가두어 두었다가 내일 아침에 처치하도록 하라고 명령했다. 그런 다음 또 말했다.

"밤을 틈타 달아나 숨어 버릴 염려가 있으니, 아전과 장교며 관노 사령들은 모두 함께 숙직하여 지키는 것이 좋을 것이다."

이 명령에 관속 무리들이 비록 대답은 했지만, 서로 돌아보며 몰래 웃고 한 사람도 지키는 사람이 없었다. 밤이 깊은 후 유공은 몰래 따르는 하인에게 명하여 장승을 다른 곳으로 옮겨 두게 했다.

다음 날 관아가 열려, 유공은 관노와 병졸에게 장승을 잡아들이라고 명했다. 관노 병졸들이 장승 붙잡아 둔 곳에 가 보니 장승이 사라지고 없기에, 사방으로 두루 찾아다녔다. 이때 관장 명령이 엄하고 다급하여 어쩔 수 없이 장승을 잃어버렸다고 아뢰었다. 유공은 크게 꾸짖으며 말했다.

"너희 관속 무리들이 내 명령을 따르지 않고, 밤새 잘 지키지 않아 장승을 잃어버렸으니 가히 벌을 내리지 않을 수 없다. 장교와 아전 이하 관속들은 각각 벌로 종이 한 묶음씩을 바치도록 하라. 즉각 대령하되 만약 지체하는 사람은 대신 곤장 스무 대를 맞아야 한다."

이에 온 관아 관속들이 다투어 먼저 종이를 가지고 와 바치니, 관아 뜰에는 종이가 산더미처럼 쌓이게 되었다. 유공은 이에 종이를 잃어버렸다고 호소한 승려를 불러들여 그가 잃어버린 종이를 분별하여 찾으라 하니, 승려는 종이에 표를 해 두어서 그것을 따라 찾아내니 가져온 한 뭉치 숫자가 채워졌다. 유공은 승려에게 잃어버린 종이를 찾았으니 빨리 가지고 떠나되, 앞으로는 조심하여 잘 지키도록 하라고 타일렀다. 승려는 떠나면서 감사의 인사를 그치지 않았다.

유공은 인하여 관속들이 바친 그 종이가 나온 경로를 추적하니, 저자가에 사는 무뢰한이 승려의 종이를 훔친 것이었다. 그런데 마침 관속들에게 장승 잃은 벌로 종이를 바치라는 명령이 내려져 독촉이 심하니, 종이 값이 날개 돋친 듯 오르게 되어, 곧 무뢰한은 훔친 종이를 모두 내다 팔았던 것이었다. 이에 그 무뢰한을 잡아들여 죄를 다스리고, 종이 판 돈은 징수하여, 종이를 산 관속들에게 나누어 주었다. 그리고 남은 종이 묶음은 바친 사람들 각각에게 가지고 가도록 했다. 이 일로 한 고을의 아전과 백성들이 모두 유공의 신이함에 복종하였다.

　유공은 타고난 바탕이 고상하였고 영리하기가 다른 사람보다 뛰어나, 어려서부터 원대한 포부를 스스로 기약했다. 항상 세상을 다스려 백성을 구제하는 일에 뜻을 두어, 군대를 다스리는 것같이 엄격하게 하였고, 재물 운용하는 일에도 깊이 고구하여 모르는 것이 없었다. 재능은 정사를 감당하기에 충분했고, 학문은 현실 문제를 다루기에 만족했다. 더욱이 임금의 마음을 바로잡도록 간하여, 나라 다스림의 근본이 바로 되게 했다. 매양 임금께 나아가 응대할 때에는 그 정성을 다해 의리를 개진하며 굽이굽이 간절하고 정성스럽게 하니, 늘 임금으로부터 융성한 총애를 입었다. 임진왜란을 만나 어려움을 당해서는, 안팎으로 분주히 다니며 어지럽고 어려운 일을 미리 방비하여 나라를 일으켜 회복했으니, 마침내 나라를 다시 중흥시킨 으뜸 공신이 되었다.

　유공은 또한 이재(吏才)²⁵²⁾가 있어서 일찍이 이런 말을 했다.

　"선비들은 도필지업(刀筆之業)²⁵³⁾을 귀하게 생각하지 않는다. 하지만 재상이 된 사람도 또한 아전들이 쓰는 이두문(吏讀文)을 익히지 않을 수 없다."

　바야흐로 왜구가 가득 들어와 중국의 구원병이 우리 성안에 가득 차 있을 때, 급히 군인을 징발하는 문서나 급한 일을 알리는 문서가 산처럼 쌓이었다. 이때 유공은 부서에 이르기만 하면 반드시 글씨를 빨리 잘 쓰는 신흠(申欽)에게 명하여 붓을 잡게 하고, 자신은 입으로 불러 문장을 이루어 냈다. 글이 연이어져 책이 만들어지고 편지가 계속 길게 이어져, 신속하기가

---

252) 이재(吏才): 외부 지방 관아 관리로서의 근무 재능.
253) 도필지업(刀筆之業): 문장을 기록함에 있어서 수식 없이 사건 자체만을 간략하게 기록하는 것. 지방관아 판결문이나 관아 사이 내왕하는 보고서 같은 글을 일컬음.

비바람이 몰아치는 것 같았다. 그래도 신흠의 붓은 한순간도 쓰는 일을 멈추지 않았고, 써 놓은 문장에는 점 하나 첨가해 고칠 것이 없었다.

유공이 서장관으로 중국에 갔을 때의 일이다. 행사에 참여하여 열을 지어 자리를 잡고 설 때, 안내하여 자리를 잡아 주는 서반(序班)이 자리를 정하면서, 승려와 도사(道師) 두 무리를 앞줄에 세우고 선비들과 외국 사신들을 뒷줄에 세우는 것이었다. 유공이 여러 선비들에게 유학(儒學) 학문을 닦는 선비인 장보(章甫)가 도리어 저들 두 무리 뒤에 서느냐고 물었다. 이에 여러 선비는 저들이 관직을 가지고 있어서 그렇다고 대답했다. 곧 유공은 서반에게 항의했다.

"우리는 관을 쓰고 긴 도포를 입은 사람늘인데 저늘 승려와 도사 뒤에 설 수 없습니다."

그랬더니 서반이 홍려경(鴻臚卿)[254]에게 물어 승려와 도사를 뒷줄로 옮겼다. 이에 관부(官府)에 모인 사람들이 놀라 얼굴색이 변했다. 유공은 오래도록 정승 자리에 올라 있었지만 청빈하여 가난한 선비 같았다. 만년(晩年)에는 안동 옛집으로 돌아가 십 년간 집 밥을 먹으며 살다 사망하니, 조야에서 애석하게 여기었다.

외사씨는 말한다. 유성룡은 문식(文識)과 계책 세우는 재능이 젊었을 때부터 뛰어나 이름을 날렸고, 나라에 유용한 인물이 되었다. 임진왜란 때에는, 나라 군사 관련 일들을 모두 담당하여 짊어져, 공적이 환하게 빛나 역사에 가장 으뜸이었다. 나라의 큰일에 부딪쳐 중대한 의미가 담긴 일을 결정할 때는, 일의 추이에 따라 변화하는 상황에 맞게 적절히 처리하고, 침착하게 흔들림 없이 진정됨을 기본으로 삼았다. 깊이 생각하여 두루 조화롭게 순리대로 일을 잘 완수한 공적은, 옛 대신들의 훌륭한 풍모(風貌)를 깊이 터득한 결과라고 하겠다.

---

254) 홍려경(鴻臚卿): 중국의 직책 이름. 외국 손님과 조공을 맡은 관서인 홍려시(鴻臚寺) 책임자.

東野彙輯 卷之十六

○ 第百二十二号 拾遺部 一 相業

焚筆談呈文陳情

　　柳西厓成龍字而見 退溪門人. 選兼謹吏 錄扈聖勳 官領相. 文忠公 爲國朝名相. 壬辰以都體察使 隨機應變 績庸茂著. 宣廟西幸至東坡館 召見諸臣曰 予何往乎. 毋憚忌諱 各悉陳意見. 白沙李公曰 且駐駕義州 若勢窮力屈 則便可赴訴天朝. 上問公曰 李某言如何. 公對曰 不可. 大駕離東土一步 則朝鮮非我有也. 上曰 內附本予意也. 公曰 不可. 今東北諸道如故 湖南忠義之士 不日蜂起 何可遽論此事. 退而責李公曰 何爲輕發棄國之論乎. 君雖從死於道路 不過爲婦寺之忠. 此言一出 人心瓦解 誰能收拾. 李公謝之.

　　癸巳車駕還都 皇朝行人司憲出來. 先是中朝 憂我不振. 有給事魏學曾者上本 處置我國 至有分割易置等語. 石尙書星持不可. 遂遣司憲 奉勑宣諭 且察我國事. 時經略宋應昌在遼東 尹海平根壽以伺候陪臣 在其門下. 應昌出魏給事題本 示根壽曰 朝議如此 汝國將何以自謀. 根壽回自遠東 先狀啓其事. 且持宋經略諭本國陪臣劄付而來 因訪公于第. 以手抵案而哭曰. 經略劄付 將投于朝堂 公等何以處之. 公曰 劄付不知何語 而應非本國陪臣預聞. 令公不合持來 明朝公赴備局. 根壽以劄付付公 公却而不視曰 經略若公言國事 則當移咨於主上. 今無咨而獨有劄付 其中所言 非意所測. 見之而無可處置 寧不見爲宜. 兵判沈忠謙欲見之 公責之. 根壽還收劄付而出.

　　其日上引見公 出示尹根壽所進魏學曾題本. 公勸以無動於無理

之妄說 益盡吾所當爲. 旣而公以時 相迎天使於碧蹄館. 天使語頗款曰 俺入王京 將有新擧措. 公疑之 而不敢深問. 公達夜馳還 具啓其語. 是日上迎勅 勅中語皆警勵之辭 而語意甚峻. 上夜召見公 多有獎諭. 且曰 明日予將於天使前辭位. 予之見卿只今日 雖夜深欲與卿面訣 故召之耳. 因賜酒曰 以此相訣. 公曰 勅旨所言 無非責勵之語 豈有他意. 明日之事 千萬不可. 上不答.

翌日上接宴天使於南別宮 陳疾病不敢御國 請傳位世子 天使主張之. 天使答曰 唐肅宗故事 當奏聞天朝 以待處分 一行人何敢爲力. 時戚游擊金在都城 與司天使日夕會議. 邀公相見於寓舍 屛左右 親書十餘條示之. 其三條曰 國王傳位當早. 公起立正色 取筆不答他語 但書曰 第三條非陪臣所忍聞. 小邦國勢方危 若又於君臣父子之間 處置失宜 是重其禍. 乃瞪目直視良久 取其紙焚之. 明日公率百僚 呈文天使 歷陳本國遭變以後事狀 及主上至誠事大 憂勤勵精之實千百言. 司天使頗信納 因以無事.

公有權術 登第初 以御史往湖西. 有一僧 訴以賣紙資生 今日場市 負一塊白紙來 市傍釋負暫憩 旋見失願推給. 公曰 汝不能善守而失於人海中 將問於何處. 命退去. 頃之公適出外 暮還指路傍木堠曰 此何物 吾行之路 乃敢偃蹇長立乎. 吏告以此非人也長丞也. 公曰 雖是長丞 甚倨傲 可拿來拘留 以待明朝處分. 又曰 不無乘夜逃躱之慮 吏校奴令一齊守直可也. 官屬輩雖應諾 而面面竊笑 無一人守直者. 夜深後 公密令從人 移置他處. 明朝開衙 命隸卒掌拿入長丞. 隸卒視拘留處無有 方遍索. 而號令甚嚴急 不得已告以見失.

公大責曰 官屬輩不遵吾令 不善守直而失之 不可無罰. 自校吏以下 各納罰紙一束. 卽刻待令 若遲滯者 代以棍廿度. 於是一府官屬 爭先納紙 積峙官庭. 公乃招呈訴之僧 辨其所失之紙 僧紙有標 隨手探出 數滿一塊. 公曰 旣索汝紙 速持去 此後謹守可也. 僧感謝

不已. 公因覈其紙束所從來 則市邊亡賴漢 竊取僧紙. 適當罰紙督納之時 紙價翔貴 遂盡賣之. 乃捉入厥漢 治其罪 而徵其價 分給官屬之買紙來者. 其餘紙束 令所納諸人 各自取去. 於是一邑吏民 皆伏其神矣.

公天姿甚高 穎悟絕人 自少以遠大自期. 常留意於經濟之業 如治兵 理財之事 靡不講究纖悉. 才足以應務 學足以致用. 而尤以格君心 爲致治之本. 每進對之際 積其誠意 開陳義理 委曲懇惻 每被眷遇之隆重. 逮其遭羅喪亂 奔走內外 備嘗艱難 以圖興復 竟爲中興元功. 公且有吏才 嘗曰刀筆之業 不足爲貴 然作宰相者 亦不可不習吏文也. 方倭寇充斥 天兵滿城之日 羽書旁午文移動 如山積. 公到省 則以申欽疾書 必命執筆 口呼成文. 聯篇累牘 迅如風雨. 而筆不停寫 文不加點.

公以書狀赴京時. 序班引僧道二流 序於前例也. 公謂諸生曰 章甫反居彼後乎. 諸生曰 彼有官故也. 公謂序班曰 吾輩以冠裳之人 不可立於道釋之後. 序班言於鴻臚 引二流置後. 廷中動色. 公久爲三公 清貧如寒士. 晚歸安東舊庄 家食十載而卒 朝野惜之.

外史氏曰. 西厓以文識才猷 早歲蜚英 爲國需用. 及龍蛇之歲 軍國事務皆擔夯 勳業炳烺 靑史最是. 臨大事決大義 隨機應變處 凝然不動 以鎭靜爲本. 彌綸調劑之功 深得古大臣體也.

박태보(朴泰輔)의 왕후 폐위 충간에 숙종 임금 대노(大怒)하다

16-3.〈245〉 촉천노충간진절(觸天怒忠諫盡節)

문렬공(文烈公) 박태보〈朴泰輔; 효종5(1654)~숙종15(1689)〉의 자는 사원(士元)이고 호는 정재(定齋)이며, 반남(潘南) 박씨(朴氏)이다. 학문과 재주가 뛰어나 세상에서 받들어졌었고, 오래도록 경연(經筵)에서 임금을 모셨는데, 직언으로 엄격하게 간언을 올린 적이 많았다. 숙종 기사(己巳, 1689) 해에 곤전(坤殿)이 왕후 자리에서 물러나게 되었을 때, 박공(朴公)은 전에 응교(應敎)를 역임한 사람으로서, 전 판서 오두인(吳斗寅)과 전 참판 이세화(李世和) 등 팔십여 명이 함께 궁궐로 나아가 상소를 올렸다. 이때 박공은 상소문을 받아 내용을 첨삭하여 수정하고 스스로 손수 글씨를 써서 올렸으며, 그 대강 내용은 다음과 같다.

"사람이 누가 잘못이 없겠습니까마는 그 잘못을 고치는 일을 귀하게 여기옵니다. 진실로 원하옵니다. 전하께서 위대한 의리가 어디에 있는지를 깊이 미루어 살피시고, 조정 대신들과 백성들의 공통된 마음을 굽어살피시옵소서. 그리하여 엄한 노여움을 거두시고 내리신 명령을 급히 되돌리시어, 천지 일월로 하여금 다시 나타나 덕망에 부합되고 모든 것이 환하게 밝아지게 하시어서, 우리 동방 억조창생들이 마음 졸여 근심하면서 우러러 바라는 마음을 위로해 주시옵소서."

상소가 들어가니 임금은 크게 노하여, 밤 이경(二更)에 곧 인정전에 납시어 급히 대신들이며 삼사(三司)와 금당(禁堂)[255]을 불러 모아, 임금이 직접 심문하는 친국(親鞫) 기구들을 갖추라고 재촉하여 명령했다. 그리고 먼저 오두인과 이세화 두 사람을 국문한 다음, 박공을 국정(鞫庭)으로 잡아들이었다. 임금의 노여움이 천지를 진동할 정도로 쌓여 팔을 내저으며 엄한 목소리로 꾸짖었다.

"너는 전날부터 진실로 이미 나를 침범하려는 마음으로 악독(惡毒)을 펼쳐 왔다. 내가 진정으로 너를 통탄스럽게 여기고 미워했지만, 아직 너의 목을 자르지 못했는데, 오늘 또한 이 같은 모욕을 당하게 되었다. 너는 지금 나를 배반하고 스스로 왕후에게 붙어 행동하니, 너는 무슨 마음으로 이러한 흉악한 반역의 일을 하는 것이냐?"

"전하! 임금과 신하 사이는 부자(父子) 사이와 같이 모두 하나의 몸체이온데, 예를 들어 지금 여기에 어떤 사람이 있어서, 그 부친이 죄 없는 모친을 쫓아내려 한다면, 곧 아들 된 몸으로 어찌 울면서 그 부친께 간(諫)하지 않겠사옵니까?"

박공의 아뢰는 말에 임금은 더욱 화를 내며 말했다.

"이놈이 갈수록 더욱 나를 모욕하는구나. 이러한 악독한 것을 죽이는 것이 무엇이 어렵겠는가?"

이러면서 곧장 먼저 형벌을 가하여 신문하라는 명령을 내리고, 이어 화형(火刑)과 압슬(壓膝) 도구를 또한 갖추어 오라고 명령했다. 그런 다음에 이렇게 엄명했다.

---

255) 삼사(三司)와 금당(禁堂): 삼사는 사헌부(司憲府)·사간원(司諫院)·홍문관(弘文館) 세 부서의 장관. 금당은 의금부(義禁府) 당상관.

"이놈 무리들은 왕비를 위하여 절의를 세우고자 하니 이 무슨 마음을 가진 것이냐? 판의금(判義禁)은 뜰로 내려가서 하나하나 엄하게 매를 치면서 물어보도록 하라."

박공은 천천히 임금께 아뢰었다.

"만약에 상소문을 제작한 죄를 다스리려 하신다면, 곧 바라옵건대 모름지기 상소문 속의 말을 조목조목 지적하시어 물어 주시면, 신은 마땅히 상세히 주달(奏達)하겠사옵니다."

박공의 말에 임금은 그 상소문 속에, 서로 헐뜯고 핍박해 싸워 그 폐해가 조금씩 스며들어 결국 문제가 커졌다고 한 내용이 있으니, 이게 무엇을 뜻하는 말이냐고 물었다. 박공은 자세하게 한 조목씩 드러내어 진술해 올렸다.

"가령 일반 민가에서 한 사내가 처와 첩을 거느리고 있으면서 능히 가정을 가지런히 잘 다스리지 못하고, 그 첩만을 편애하게 되면 곧 진실로 서로 반목하여 다투어서 그 폐해가 모르는 사이에 조금씩 스며들어 악화되는 일이 생깁니다. 신이 근간에 본 바로는 전하의 은총이 너무 지나쳐 불행한 일이 오늘에 이르러, 이러한 막대한 불행이 있게 되었사옵니다."

"뭐라고? 박태보 너는 내가 간사한 첩을 편애한다는 말을 하고 있느냐? 너 감히 나를 무고죄를 저지른 이광한(李光漢)에 비유하는 것이냐?"

임금은 이에 친히 나장(羅將) 고의금(高義金)의 이름을 지정하여 불러서 무섭게 매를 치라고 명령했다. 곧 고의금은 검정 새끼로 박공의 목을 묶어 허벅지에 동여매고, 매를 칠 때마다 하나하나 조심하여 헐장(歇杖)하는 일이 없었으며, 좌우승지와 금당이며 도사와 나장에 이르기까지 모두 치는 매에 맞추어 큰 소리로 숫자를 세면서 외치니, 그 소리가 우레가 내리치는 천둥소리 같았다. 성안 원근에서 이 소리를 듣고 놀라 두려워하지 않는 사람이 없었다.

일차로 오두인과 이세화 두 사람에게 죄를 물어 형벌을 가한 뒤, 또 이어 박공에게 엄한 형벌을 가했다. 박공은 살갗과 근육이 문드러져 떨어져 나가고, 피가 얼굴 가득히 뿌려졌지만, 낯빛에 변함이 없었고 아파하거나 괴로워하는 소리를 내지 않았다. 임금은 더욱 노하여 추궁했다.

"너는 어찌하여 죄를 늦게 실토함을 빌고 용서를 구하는 지만(遲晚)을 하지 않느냐? 앞서 홍치상(洪致祥)[256]이 임금에게 무고하고도 지만을 아뢰지 않아 벌을 받아 죽은 사실을 네 눈으로 이미 보고도, 어찌하여 임금을 속였다는 지만을 아뢰지 않느냐?"

박공은 목소리를 낮추어, 앞서의 홍치상은 그 자신 혼자 한 일이었지만, 자신이 지금 올린 상소는 온 나라의 공통된 논의인데 어찌 홍치상에 비유할 수가 있겠느냐고 아뢰었다. 임금은 또, 너는 어찌하여 질투하는 여자인 왕비를 위해 이렇게 간악하고 악독한 일을 하고 있느냐고 꾸짖었다. 박공은 다시 얼굴빛을 고치고 강한 어조로 아뢰었다.

"부부는 인륜의 시작이옵니다. 전하께서는 어찌 차마 중궁을 향한 말씀이 이처럼 비루하고 거만하시옵니까?"

임금은 더욱 화를 내면서, 과연 왕을 공격함에 있어서 하나같이 이렇게 할 것이냐고 묻고는, 정녕 임금을 속였다는 사실에 대하여 지만을 아뢰지 않겠느냐고 다그치니, 박공은 이렇게 아뢰었다.

"중궁께서 과오가 있다는 말은 듣지를 못했사옵니다. 지금 원자(元子) 탄생 이후에 전하께서 잘못을 드러내심이 이와 같으시니, 신은 단연코 그 잘못 사이로 요사함이 점점 스며들어 그 틈으로 참소가 끼어든 것으로 믿사온데, 전하께서는 그것을 살피지 못하고 계시옵니다."

곧 임금의 노여움이 산같이 솟아올라 음성이 제대로 표현되지 못하다가 한참 뒤에 이렇게 소리쳤다.

"이놈아! 이놈아! 네가 다시 이 말을 꺼내다니 이 무슨 말이냐? 이 무슨 말이냐? 너는 끝까지 지만을 아뢰지 않고 이렇게 사리 판단을 못 하느냐?

---

256) 홍치상(洪致祥): 인조 손자 동평군(東平君)을 무고한 죄로 친국(親鞫)을 당했음. 동평군이 장희빈과 친해 온갖 행패를 일삼았음. 동평군이 숙종 13년과 숙종 15년 사신으로 청나라를 다녀오면서 금지된 약품을 매입해 왔다는 이야기를 홍치상이 퍼뜨렸다가 무고죄로 친국을 당한 것임.

이놈은 간악하고 독하기가 김홍욱(金弘郁)[257]보다 더 심하구나."

이와 같이 한탄한 임금은 인하여 나장에게 명령하기를, 매의 숫자를 헤아리지 말고 마구 치되, 저 놈이 만약에 다시 입을 열면, 입이 열리는 것에 따라 입을 내리쳐야 한다고 엄명을 내렸다. 이러고 박공이 무슨 말을 하려 하면, 임금은 즉시 왜 입을 내리치지 않느냐고 꾸짖으니, 나장은 차마 입을 똑바로 치지 못하고 거짓으로 입을 때리는 동작만 하였다.

이어 임금이 압슬 형벌을 시행하라고 명령하니, 박공이 아뢰었다.

"신은 오늘 이미 한번 죽음의 선을 넘나들고 있사옵니다. 그런데 전하께서는 과오를 저지르는 일을 이것저것 옮겨 가며 시행하시어 여기에까지 이르렀으니, 곧 망국의 군주가 되시는 것을 면치 못할까 두렵사옵니다. 신은 오직 이 점을 가슴 아프게 한탄하옵나이다."

"이놈아, 내 망국 군주가 되는 것이 너에게 무슨 상관있느냐?"

"전하! 신은 큰 나무처럼 대대로 이 나라를 지탱해 온 교목세신(喬木世臣)으로서, 국가와 더불어 잘되고 못됨을 함께해 온 몸이옵니다. 어찌 나라를 위하여 가슴 아파하고 애석하게 여기지 않을 수 있겠사옵니까?"

임금은 사관(史官)을 돌아보며, 박태보가 지금 한 말은 기록하지 말라고 명했다. 압슬 형벌을 두 차례 시행했으나 박공은 역시 신음 소리도 내지 않았다. 임금은 더욱 위엄을 더하여 노여워하면서 말했다.

"형벌을 이와 같이 시행했는데도 한 번도 아프다고 호소하는 소리가 없도다. 그 지독함이 이와 같으니, 나를 모욕함이 이에까지 이른 것은 조금도 괴이한 일이 아니로다. 너는 과연 끝까지 죄를 인정하는 지만을 하지 않으려고 하느냐? 너는 그 간악한 여자를 너의 편당(偏黨)이라고 하여 이와 같이 하는 것이냐?"

---

257) 김홍욱(金弘郁): 선조35(1602)~효종5(1654). 효종 5년(1654) 황해도 관찰사로 있을 때, 인조 장남 소현세자 부인 민회빈(愍懷嬪) 강씨(姜氏)와 그 아들이 사약을 받고 억울하게 죽었음을 상소했다가, 친국을 받고 장형(杖刑)으로 사망했음. 일찍이 효종이 이 일은 논급하지 말라고 엄명을 내려놓았음.

"전하! 이 몸은 타고난 성품이 화내기를 급하게 하고 강직하여, 세속 사람들과 더불어 조화를 이루지 못하기 때문에, 일찍이 당파를 비호한 일이 없사옵니다. 만약에 과연 당파 무리를 쫓아다니며 세태와 영합했다고 하면, 어찌 전하의 뜻에 순종하지 않고 이런 죄를 얻음이 있겠사옵니까? 지금 전하께서 이렇게 편당을 가지고 명령을 하시니, 전하께서는 저를 한쪽 당으로 치우친 사람이라 하여, 이와 같은 참혹한 형벌을 내리시는 것 같사옵니다."

이에 임금은 더욱 화를 내면서, 감히 서인, 남인 같은 당파의 이야기를 하면서 끝까지 지만을 하지 않겠다는 것이냐고 꾸짖었다. 그런 다음 임금이 화형을 시행하라고 명령하니, 나장들은 박공을 나무에 거꾸로 매달고 무릎에서부터 위 부분을 모두 불로 달군 쇠막대로 지졌다. 그리고 임금이 문초했다.

"너는 아직도 임금을 속이지 않았다고 해 지만을 아뢰지 않느냐?"

"예, 비록 이와 같은 참혹한 형벌을 가한다 해도 털끝만큼의 아뢸 죄가 없으니, 어찌 가히 지만을 하겠사옵니까? 신이 듣기로는 압슬과 화형은 모두 역적을 다스리는 극형으로 들었사온데, 신이 무슨 죄를 지었기에 역적과 동일한 율법을 적용하시는지요?"

임금은 더욱 화를 내어, 박태보는 역적보다 더 높은 죄인이라고 하였다. 그리고 노여움이 우레와 번개같이 왕성해져 명령하기를, 불에 달군 쇠로 수없이 몸을 마구 지지라 했다. 이러고 임금은 또 말했다.

"네가 이 지경에 이르렀어도 오히려 지만을 아뢰지 않겠느냐?"

"전하, 신이 거짓으로 지만을 아뢰면 곧 이는 신 개인의 입장에서는 자신의 마음을 속이는 것이 되옵고, 위로는 전하를 속이는 일이 되옵니다. 비록 뼈가 바스러져 없어진다고 해도 거짓으로 속여 지만을 아뢸 수는 없사옵니다. 신이 경연의 자리에 참여한 지가 십여 년이 되도록 조금도 인군의 덕망에 대하여 보좌하여 인도해 드리지 못해, 우리 전하께서 이와 같이 큰 과오의 일을 하게 되셨습니다. 이것이 곧 이 몸의 죄이며, 이밖에 다시 다른 죄는 없사옵니다."

이 말에 임금은 사관을 돌아보며, 박태보의 이와 같이 한 말은 모름지기 기록하지 않아야 한다고 일렀다. 임금이 박공 몸 여러 곳을 닥치는 대로 막 지지라고 명령하여, 몸의 한 조각도 온전한 살점이 없었다. 보고 있던 권대운(權大運)이 머뭇머뭇 주저하다가 한참 지나 앞으로 나와 아뢰었다.

"죄인에게 화형을 시행하는 법은 본래 그 몸을 지질 수 있는 곳을 지정해 두었습니다. 지금 이와 같이 아무 곳이나 지지시면 곧 아마도 뒷날에 잘못된 선례를 남기게 될까 두렵습니다."

이 말에 임금은, 만약에 그렇다면 곧 율법에 따라 시행하도록 하라고 명령하고는, 다시 박공을 향해 물었다.

"이놈아, 이놈아, 네가 과연 끝까지 지만을 아뢰지 않겠느냐?"

"전하! 이 몸은 실로 아무러한 일에 대해서도 가히 지만을 아뢸 수 있는 것이 없사옵니다. 전하께서 만약에 신을 죽이고자 하신다면 비록 곧바로 끌어내어 아침 저자에서 처형하신다 해도, 어찌 감히 사양하고 피하겠습니까? 그런데도 어찌 반드시 억지로 거짓으로 속여서 지만 아룀을 받으시려 하시는지요? 신이 엎드려 전하를 뵈옵건대, 정도를 넘치게 노여움을 펴내심이 밤을 지나 새벽에까지 이르렀으며, 그런데도 더욱더 노여움이 커져만 가고 있사옵니다. 지나치게 노여움이 발휘되는 것은 정신에 손상이 있게 되니, 옥체에 손상이 있을까 은근히 두려운 생각이 드옵니다. 지만을 아뢰는 문제에 있어서는 곧 전하의 명령이 비록 이와 같이 엄하시지만, 어찌 신 자신의 마음을 속이고 또한 임금을 속이면서 거짓으로 꾸며 지만을 아뢰겠사옵니까? 결코 할 수 없사옵니다."

이렇게 아뢰고 또한 잠시 웃고는 다시 주달하였다.

"지금 만약에 지만을 아뢰고 곧 신이 죽어 저승으로 가게 되면, 형벌을 이기지 못하여 거짓으로 무복(誣服)한 귀신이라는 이름을 면치 못하게 될 것이며, 그러면 많은 귀신들이 손가락질하고 비웃는 후림새로 지목할 것이니 어찌 부끄러움이 심한 것이 아니겠사옵니까? 지금 신의 모친은 연세가 칠십이고, 부친 또한 육십여 세이옵니다. 신이 만약 오늘 죽게 되면 다시 두

분을 뵐 수 없을 것이니, 남의 자식된 사람의 정리로 볼 때 진실로 간절하게 처참하고 지독한 일이옵니다. 신이 어찌 이것을 생각할 줄 모르겠사옵니까? 그렇지만 이미 나라에 몸을 허락하였으므로, 곧 오늘의 죽음은 피할 수 없는 일이니, 어찌 사사로운 정을 돌아보아 생각할 수 있겠사옵니까? 전하께서 만약 저를 죽이고자 하신다면 모름지기 급히 죽여 주시옵소서. 만약에 그렇게 할 수가 없으시고 반드시 지만을 하라고 하시면, 곧 신에게서는 결코 바랄 수 없는 일이오니 모름지기 억지로 명령을 받들게 하지 마시옵소서. 또한 신이 죽는 것은 진실로 애석하지 않사옵니다. 그러나 전하께서 어찌 차마 이러한 전에 없었던 과오의 거동을 하시면서, 성주(聖主)로서 무궁한 은덕을 쌓아야 한다는 사실을 알지 못하시옵니까? 오직 우리 모후께서는 일찍이 후사가 오래 비어 있음을 항상 근심하고 염려하는 마음이 깊었사옵니다. 근래에 후궁을 뽑아 들이는 일 또한 내전께서 권하여 유도하시어 이루어졌사옵니다. 그런데 곧 지금에 와서 비로소 원자가 탄생한 이후에 어찌 질투하는 마음이 있다고 하겠사옵니까? 이렇게 된 것은 전하께서 반드시 조금씩 스며드는 참언을 들으시어, 이와 같은 한없이 큰 과오의 거동을 하고 계신 것이옵니다. 신의 생명은 능히 구할 수가 없게 되었사오니, 차라리 죽어 의연히 아무런 희망도 모르게 하고자 하옵니다. 모름지기 빨리 처형을 내려 주시옵소서. 이제 신은 마음속의 일을 이미 모두 다 아뢰었사오니, 다시 달리 아뢸 것이 없사옵니다."

　　이로부터 박공에게 비록 수없이 많이 몸을 지지며 죄를 실토해 아뢰라고 위협했지만, 눈을 감고 입을 다물어 끝까지 한마디 말도 하지 않았다.

　　임금은 노여움을 이기지 못하고 손으로 땅을 치며 꾸짖기를, 판의금은 직접 스스로 뜰아래로 내려가서 이놈을 문초하여 실토를 받아 내지 못하느냐고 소리쳤다. 민암(閔黯)이 명을 받들어 달려 내려가 두려워 벌벌 떨면서 말을 제대로 하지 못하고, 죄인은 어찌 속히 지만을 하지 않느냐 하고 추궁했다. 박공이 눈을 뜨고 민암을 쳐다보면서 큰 소리로, 무슨 지만을 아뢸 죄가 있어 핍박을 이같이 하느냐고 반박하니, 민암은 머리를 숙이고 아무 말도 하지 못하고 가서 임금에게 아뢰었다.

"저 사람은 끝까지 지만을 아뢸 마음이 없사옵니다."

임금은 이에 그를 끝까지 위협하는 것은 불가능하다는 사실을 알고, 다시 살려 줄 수 있는 길이 있다는 사실을 가지고 유도하였다. 곧 큰 소리로 명령을 내렸다.

"이놈 정신이 혼미해졌음이 매우 심하구나. 만약에 잘못을 시인하고 지만을 아뢰면 곧바로 석방해 내보내겠지만, 끝까지 지만을 아뢰지 않는다면 살 생각 없음이 심한 것이로다."

"전하, 전하께서는 어찌 신을 속이려고 하시옵니까? 곧바로 끌어내어 숙이면 누가 그것을 금하겠사옵니까? 그런데도 이에 속이는 방법으로 유도하고 계시옵니까?"

이후 또한 몸을 지지는 화형을 두 차례나 하니 불에 익은 살덩이가 다 문드러져 내린 모습이 참혹하여 차마 볼 수가 없었다. 임금은 구부려 오랫동안 내려 보다가는, 얼굴에 측은히 여기는 마음이 비치더니, 드디어 일어나 안으로 돌아가면서, 내병조(內兵曹)에 국청을 설치하라고 명령했다. 이때 이미 새벽이 되었다. 임금은 별감에게 명하여 그가 살았는지 죽었는지를 살펴보고 오라 했다. 별감이 돌아와 죽지 않았음을 고하니 임금은, 박태보의 괴상하리만큼 악독한 성품을 알고 있은 지 이미 오래이지만, 지금 이런 형벌을 내렸건만 끝내 한마디 고통을 호소하는 소리를 내지 않으니, 괴이하게 지독하며 강하고 악함이 김홍욱(金弘郁)보다 심하다고 말했다.

나졸 무리들이 소리 높여, '묶은 끈을 풀었습니다.' 하고 고했다. 박공은 비로소 그 호흡이 통하게 되어 길게 숨을 내쉬었다. 그리고 말하기를, 목구멍과 입술이 불타는 듯이 말라 숨이 통하지 않아서 거의 죽을 지경에 이르렀었다고 토로했다. 이에 차비문(差備門)[258]을 관리하는 서원(書員)이 몰래 한 그릇 미음 죽을 그의 입에 부어 넣으니, 겨우 회생하여 그 서원의 성명

---

258) 차비문(差備門): 임금이 평상시 거처하는 궁궐인 편전의 앞문.

을 물어 보았다.

　박공을 끌어내어 내병조로 가서 장차 형벌을 가하려 하는데, 목내선(睦來善)[259]이 목소리에 힘을 주고 나졸에게, 지금 이 죄인은 특별히 엄하게 형벌을 가함이 마땅하다고 엄명하고, 이어서 실수 없이 형벌을 가해야 한다고 당부하기를 그치지 않았다. 이에 박공 역시 목소리를 높여 외치기를, 어전에서는 임금의 노여움이 겹겹으로 떨치었으니 진실로 엄한 벌을 내림이 마땅하지만, 자신에게 무슨 대죄가 있다고 지금 외정(外庭)에 나와서까지 오히려 이와 같이 심하게 형벌을 가하려 하느냐고 항의하고서는, 주위 나졸을 보고는 당상에서 이미 엄하게 주의를 시키고 있는데 어찌 사나운 매를 치지 않느냐고 말했다.

　그러나 목내선은 오히려 아주 의기양양하여 못 들은 체하면서, 하나하나 매를 칠 때마다 헤아리며 실수 없이 하라고 독려했다. 곧 한 차례 형벌이 가해지니, 박공의 정강이뼈가 꺾이고 부서졌으며 골수에서 즙이 샘솟듯 솟아 흘렀다. 슬프도다. 민암은 임금 앞에서 문초하라는 명을 받들고도 오히려 박공의 말을 듣고 가엾게 여기고 침묵했으니, 곧 진실로 그중에서 나은 사람이로다. 그러나 가히 속일 수 없는 악인도 존재하도다. 목내선은 곧 조금도 측은히 여기는 마음이 없고 흡사 사사로운 원수에게 보복하는 사람같이 하고 있구나. 통탄스러움이 또한 심하도다.

　상소에 참여한 여러 사람들이 문밖에 서서 명령을 기다리고 있었는데, 모두들 박공이 반드시 죽었을 것으로 알고 오직 가슴을 치며 통곡할 따름이었다. 국문의 형벌이 끝나니 나졸들이 전하여 소리치기를, 무릎을 싸 묶을 물건을 찾아오라고 했다. 김몽신(金夢臣)과 조대수(趙大壽)가 각각 자신의 옷자락을 잘라 들여보내 주었지만 오히려 부족했다. 이때 박공이 도사(都事) 이정태(李廷泰)에게 말하기를, 자신의 도포 소매를 잘라 사용하면 무릎을 싸 묶을 수 있을 것이라 했다. 그래서 이정태가 소매를 찢는데 기워

---

259) 목내선(睦來善): 광해군9(1617)~숙종30(1704), 기사환국(己巳換局, 숙종15) 때 우의정에 오르고 이어 좌의정에 올랐다가 갑술옥사(甲戌獄事, 숙종20) 때 파직되어 귀양 갔음.

진 실밥이 튼튼하여 쉽게 찢어지지 않았다. 박공은 또 말하기를, 칼을 가지고 기워진 곳을 따라 찢으면 가능하다고 했다. 그런데 이정태는 오히려 정신이 나간 상태여서 손이 떨려 잘 감싸지 못하니, 박공이 모두를 지시하여 잘 싸서 묶었다. 그리고 소매 속에서 부채를 꺼내어 이정태에게 주면서, 이 물건이 소매 안에 있으니 자못 움직이는 데에 방해가 되니, 우리 집에 부치어 넣어 주면 좋겠다고 말했다. 그리고서는 쇠사슬과 형벌 기구들을 몸에 갖추어 금부옥에 구금되었다.

박공 부친은 부제학이었는데 의금부 문밖에 있다가, 금부에 부탁해 그 아들의 정신 상태를 시험해 보고자 하여, 사람을 시켜 박공의 친필 편지 보기를 원했다. 이에 박공은 이렇게 말을 전하고 편지를 쓰지 않았다.

"지금 들으니 역적죄로 다스린다고 하니 비록 부자간이라 하더라도 직접 쓴 편지를 서로 주고받음은 심히 불안한 일입니다. 그러니 감히 받들지 못하겠사옵니다."

이튿날, 장차 다시 국문을 하려 했다. 이에 영의정 권대운이, 박태보의 죄는 만 번 죽어도 애석함이 없지만, 만일 다시 국문을 하게 되면 곧 목숨이 끊어져 인군(人君)으로서 백성을 아끼는 흠휼(欽恤)의 측은지심(惻隱之心)에 손상이 있을까 두려우니, 죽음을 면해 주십사 하는 청원인 작은 쪽지 차자(箚子)를 올렸다. 임금은 드디어 멀리 떨어진 섬에 위리안치(圍籬安置)하라는 명을 내리니 진도로 귀양을 가게 되었다.

박공이 의금부를 나오니 늙은이와 젊은이, 부녀자와 어린아이들까지 모두 달려와 현대부(賢大夫)의 모범적인 얼굴을 보려고 했다. 서로 팔을 휘두르고 밀치며 곧장 달려들어 눈물을 흘리면서 슬퍼하고 애석해 했다. 심지어 목을 놓고 길게 통곡하는 사람도 있어서 도로가 막혀 진행할 수가 없었다.

박공은 빽빽이 모여든 여러 사람 속에서 친구의 얼굴을 알아보고는 손을 들어 인사해 사례하기도 하였다. 박공은 화형의 열기가 몸속을 공격하여 호흡이 통하기 어렵게 되어, 목숨이 경각에 달려 있었다. 그래서 귀양길 행차를 진행할 수가 없어 명례방(明禮坊) 본가에서 잠시 쉬었다. 해지기에 임박하여 남대문을 나가는데 시장에서 가게를 보는, 흰머리 날리는 연세 많은 노인들이 다투어 갓을 벗고 나와 박공이 탄 가마를 높이 메고 말했다.

"박공 행차는 우리들이 힘을 다해 보호하기를 원합니다."

그러면서 서로 교대로 번갈아 가마를 높이 메고 남대문 밖에까지 이르렀다. 진정 사람의 마음은 가히 속일 수 없다고 하는 것이 이와 같음에 있는 것이로다. 박공은 가면서 이런 말을 했다.

"내 기력을 스스로 헤아려 보건대 결코 오래 버티기 어려울 것 같다. 하지만 지금에 이르기까지 죽지 않았으니 혹시 호전되어 살 방도를 찾게 될지 모른다. 그러면 곧 먼 길을 가는 동안 무료할 때 간혹 책이나 펼쳐 볼 수 있도록, 모름지기 책들을 수습하여 가는 길에 부쳐 주면 좋겠다."

노량진에 이르렀을 때 병이 깊어 진행을 할 수 없게 되었다. 이때 중궁(中宮)께서 이미 왕궁을 떠나 사저로 나왔다는 소식이 들려왔다. 이 소식에 박공은 나라의 일이 망극한 상황에 이르렀다고 한탄했다. 박공은 비록 거의 죽음의 지경에 이르렀지만, 부자(父子)가 서로 대면하여 끝까지 원망하는 말을 하지 않았다. 부친은 이렇게 최후의 말을 했다.

"너는 지금 다시 살아날 희망이 없으니 역시 어쩌겠는가? 다만 조용히 죽음으로 나아가 그 끝맺음을 아름답게 함이 좋겠다."

이에 박공은 부친에게 마지막 말을 남겼다.

"감히 아버님의 가르침을 소자가 알지 못하겠사옵니까?"

박공 부친은 드디어 울면서 떠나갔고, 조금 지나 박공은 명을 거두었다고 한다. 어떤 사람이 만장(輓章) 시를 지었는데 다음과 같았다.

처지와 임금만 바꾸면 응당 사육신인데,
영혼의 잠든 자리가 어찌 또한 노량 강 언덕이란 말이냐?
황천(皇天)도 또한 원하여 묻힐 자리의 그 마음 알고 있어서,
충신의 혼백 보내어 사육신과 이웃되게 하였도다.

갑술〈甲戌, 숙종20(1694)〉해 곤전 인현왕후(仁顯王后)가 다시 복위된 후, 박공에게는 이조판서가 추증되고 시호와 정문이 내려졌다.

외사씨는 말한다. 예부터 충성을 다하여 임금 잘못을 간(諫)하는 선비가, 비록 간혹 임금 옷자락을 붙잡고 끌려가다가 난간을 꺾어지게 하기도 했지만, 어찌 이처럼 죽음에 이르기까지 그 태도가 변치 않았던 사람이 있었던가? 임금의 위엄이 떨치어 중첩되는 그 상황에서, 차마 견디기 어려운 고통에 한 가닥 실오라기 같은 숨을 겨우 쉬면서도, 한마디 한마디 간절하고 지당한 말로 임금에게 호소하는 말을 잃지 않았다. 진실로 하늘을 방패로 막는 것 같은 곧은 절개와, 해를 관통할 만한 돈독한 정성이 아니고서는, 곧 어찌 능히 이러한 굳은 행동을 할 수 있겠는가? 옛날 중국 사어(史魚)[260] 가 화살같이 곧은 충성으로 이미 죽었어도 충간하는 시간(尸諫)을 하였는데, 가히 박태보에 있어서도 역시 그와 같다고 말할 수 있도다.

---

260) 사어(史魚): 춘추시대 위(衛) 영공(靈公) 때 대부(大夫). 영공이 충신 거백옥(蘧伯玉)을 내치고 간신 미자하(彌子瑕)를 등용하니 강하게 간(諫)했으나 뜻을 못 이룸. 죽으며 아들에게 임금 잘못을 못 고쳤으니 빈(殯)을 해 두라 했음. 영공이 문상 와 아들로부터 이야기를 듣고 미자하를 내치고 거백옥을 등용한 뒤 장례를 치르게 했음. 이 사실을 시간(尸諫)이라 함.

東野彙輯 卷之十六

○ 第百二十三号 拾遺部 二 直諫

觸天怒忠諫盡節

　　朴文烈公泰輔字士元　號定齋　潘南人也. 文學才諝爲世推重　久侍經幄　多直言極諫. 肅宗己巳坤殿遜位　公以前應敎　與前判書吳斗寅　前參判李世華等　八十餘人詣闕上疏. 公取疏本添刪　手自繕寫以呈疏. 略曰　人孰無過　改之爲貴. 誠願殿下　深推大義之所在　俯察群情之所同. 收還威怒　亟寢成命　俾天地日月復見　合德而齊耀　以慰東方億兆　憂遑顒望之情焉.

　　疏入上大怒　夜二更　卽出御仁政門　急召大臣三司禁堂　促令具親鞫器械. 先鞫吳李二公　後拿致朴公於庭. 天怒震疊　攘臂厲聲而敎之曰　汝自前日　固已犯我　而肆毒矣. 予固痛惡之　而未克斬汝頭　今日又見如許之辱. 汝今背我　而自附於婦人　汝有何意爲此兇逆之事乎. 公對曰　君臣父子俱爲一體　今有人於此　其父欲出無罪之母　則爲其子者　豈不泣諫於其父乎. 上愈怒曰　此漢去愈辱我也. 如此毒物　殺之何難. 命姑先刑訊　而火刑壓膝之具　又令輸入. 敎曰　此漢等欲爲婦人立節　此何意耶. 判義禁下庭　箇箇嚴杖而問之.

　　公徐告曰　若以製疏之罪治臣　則望須拈出疏中語　條列下詢　臣當詳達矣. 上曰　汝疏中相軋相逼　甚間浸潤等語　是何言也. 公細細條陳曰　今閭巷匹夫之有妻妾者　不能齊家　偏愛其妾　則固有相軋浸潤之事. 伏見近間　殿下恩寵太盛　不幸於今有此莫大之過擧. 上曰　汝果以我謂偏信邪妾耶. 汝敢比予於誣告人李光漢耶. 乃親自提名　召羅將高

義金 使之猛杖. 以黑索繫頸結股 杖杖申飭 左右承旨禁堂 以至都事 羅將 齊聲呼喏 有若雷擊. 城中遠近 莫不聞其聲 而懍怖矣.

　一次旣準吳李二公 皆刑推後 又上朴公嚴刑. 皮肉糜脫 濺血滿面 而神色不變 未有痛楚之聲. 上益怒曰 汝胡不遲晩乎. 洪致祥以誣上 不道遲晩伏法 汝已目見 而何不供誣上之遲晩乎. 公低聲而對曰 洪致祥則是渠獨自爲之事矣. 身今疏 則一國共公之論 何可比之於致祥耶. 上曰 汝何爲此妬女 肆其奸毒耶. 公復改容 厲聲而對曰 夫婦人倫之始 殿下何忍向中宮之言 若是鄙慢耶. 上愈怒曰 汝果攻我 一向如此否. 汝定不以誣上 不道遲晩耶. 公曰 中宮之過言不聞矣. 自元子誕生之後 殿下之見過如此 臣斷以爲惎間浸潤之譖 入於其間 而殿下莫之察也.

　天怒如山 玉音不成 良久乃敎曰 此漢此漢 汝更說道此言 此何言也. 此何言也. 汝終不以不道遲晩乎. 此漢奸毒 甚於金弘郁矣. 因敎羅將曰 不計杖數 彼漢如更發言 隨卽批口可也. 公有所云云 則上曰 胡不撞口. 羅將不忍直擣 佯批其口. 命施壓膝. 公曰 臣於今日 已分一死. 而殿下過擧輾轉至此 則恐不免爲亡國之主 臣竊痛恨. 上曰 予爲亡國之君 於汝何有哉. 對曰 臣是喬木世臣 與國同休戚之身. 豈不爲國痛惜乎. 上顧謂史官曰 泰輔如此之言 勿須記也. 壓膝二次 又無忍痛之聲. 上益加威怒曰 施刑若此 而無一番呼痛. 其毒若玆 辱我至此 無足怪也. 汝果終不爲遲晩乎. 汝以奸惡之女 謂汝偏黨而如此矣. 公對曰 矣身賦性悻直 與俗不諧 未嘗有護黨之事. 若果追逐黨比 迎合世路 則豈不爲將順殿下之志 而有此獲罪耶. 今殿下以此爲敎 意殿下以臣一邊之人 而有此慘刑也. 上益怒曰 汝敢爲西人南人之說 而終不遲晩耶.

　命施火刑 倒懸於木 自膝以上 竝皆燻灼. 上曰 汝猶不以誣上不道遲晩耶. 公曰 雖如此慘刑 實無一毫不道之罪 何可遲晩乎. 臣

聞壓膝火刑 俱是治逆極刑 臣有何罪 與逆子同律乎. 上益怒曰 汝漢之罪 浮於逆賊. 天怒盛如雷震 乃令無數煆灼. 上曰 汝今至此 猶不供遲晚耶. 公對曰 臣誣供遲晚 則是內欺臣心 上欺殿下. 雖骨消決不可誣供遲晚. 臣出入經幄十餘年 少無輔導君德 使我殿下 有此大過舉. 此則矣身之罪 而此外更無他罪. 上顧史官曰 泰輔如此之言 不須載錄也.

上命隨處烙之 俾無一片生肉. 權大運囁嚅咨且 久乃進曰 火刑之法 本有其處. 今若如此 則恐爲日後謬規. 上曰 若然則依例爲之. 上曰 此漢此漢 汝果終不遲晚乎. 公對曰 矣身實無某事可供遲晚. 殿下如欲殺臣 則雖直驅而肆諸市朝 安敢辭避. 而何必強受誣供遲晚耶. 臣伏見殿下 發此過中之怒 長夜至曉 聖怒猶赫 大凡 過發盛怒 有損精神 竊恐玉體有傷也. 至於遲晚 則聖教雖如此 而豈可欺心欺君 誣供遲晚耶. 決不可爲也.

又暫笑復奏曰 今若遲晚 則臣死歸地下 不免爲不勝刑誣服之鬼 而爲衆鬼指笑之囮 豈非可恥之甚者乎. 今臣母年七十 父亦六十餘歲矣. 臣若死於今日 而不得復見 則人子情理 誠切慘毒. 臣豈不知念及於此哉. 然旣許身於國 則今日之死 有不可避 豈可顧念於私情耶. 殿下若欲殺臣 則須速加誅殄. 如其不可爲之 遲晚則臣決不可爲望 須勿勒捧也. 且臣死固不足惜 而殿下何忍爲此無前之過舉 而不知爲聖主無窮之累德乎. 惟我母后 嘗以儲嗣之久曠 恒加憂恤之心. 頃年嬪御之選入 亦出內殿之勸導. 則及今元良載誕之後 豈有拓剋之心乎. 此殿下必聽浸潤之讒 而爲此莫大之過舉也. 臣生不能救 寧欲死而溘然無知望. 須速加殄典. 今臣心事旣陳之後 更無他可供之辭矣. 自是雖無數煆灼 威脅捧招 而閉目緘口 終不一言.

上不勝盛怒 以手擊地 而叱曰 判義禁不能親自下去 捧招於此漢耶. 閔黯聞命 趍下惶怵戰慄 語不成音曰 罪人胡不速書遲晚. 公開

眼視之 厲聲答曰 吾有何遲晚之罪 而逼迫至此耶. 黯低頭無聊而去 告於上曰 終無遲晚之意也. 上乃知其終不可威脅 復誘之以可生之 道. 厲聲下敎曰 此漢昏迷甚矣. 若供遲晚 則卽可放出 而終不遲晚 不思甚矣. 公對曰 殿下何用欺臣 直驅而誅之 其誰禁之. 而乃詭道 欺給耶. 烙刑又至二次 煎灼焦爛之狀 慘不忍見. 上俯視良久 玉色 若有惻隱之心 遂起還內 而命設鞫於內兵曹 時已平明矣. 命別監檢 視其死生 別監還告以不死. 上曰 朴泰輔之怪毒 知之久矣. 今施如 此之刑 而終不一爲痛呼之聲 怪毒强惡 甚於金弘郁矣.

羅卒輩遂唱告解縛. 公始通其呼吸長息 語曰 喉吻焦乾 氣窒不 通 幾至死境云. 差備門書員 潛以一器糜水 注諸口中 僅得回甦 因 問其書員姓名矣. 押公至內兵曹 將加刑 睦來善盛氣分付羅卒曰 今 此罪人 固當各別嚴刑也. 因申飭不已. 公亦厲聲曰 其在御前 則天 怒震疊 固當嚴刑 而吾有何大罪 今到外庭 猶若是深治耶. 因謂羅卒 曰 堂上旣嚴飭 何不猛杖乎. 來善猶得得若不聞者然 杖杖申飭. 遂 加刑一次 脛骨乃至拉碎 髓汁如泉湧矣. 噫黯於上前承命捧招 而猶 且聞言撫然 則是固一端之良闒. 然不可誣者存矣. 來善則少無惻隱 之意 有若私讎之報復者然. 噫亦甚矣.

參疏諸人 待命門外 皆知公必死 只推胸痛哭而已. 鞫刑旣畢 羅 卒傳呼 覓來裹膝之物. 金夢臣趙大壽 各截自家衣裾送之 而猶不足. 公謂都事李廷泰曰 可裂吾道袍袖而裹之. 廷泰裂其袖縷 堅靭不卽 裂. 公曰 以刀順縫而裂之可也. 廷泰猶神奪手戰 不能裹 公皆指揮 裹之. 出袖中扇 付之廷泰曰 此物在袖 頗妨運用 幸須傳吾家也. 仍 具鎖械 下之禁府. 公之大人副學公 在禁府門外 依幕欲試其精神 使 人願見其手書. 公曰 今聞治以逆律 雖父子間 手書相通 甚未安. 玆 不敢云矣.

明日將更鞫. 權大運箚曰 泰輔之罪 萬死無惜 而若更鞫 則恐傷

欽恤之仁 請減死. 上遂命絶島圍籬安置 定配珍島. 公出禁府 老少婦孺皆奔走 願見賢大夫之顏範. 相與揮排 直入流涕悲惜. 至有失聲長慟者 街路塡塞 不能作行. 公於稠人之中 尙記親舊顏面 擧手而謝之. 公火熱攻中 呼吸不通 命在頃刻. 不能作行 暫憩于明禮坊本第. 迫曛出南門 市廛長老垂白之類 爭先脫笠 擡公所乘轎曰 此公行次 吾輩願極力保護. 遞相擔擡 以至門外. 人心之不可誣者 有如此矣. 公曰 自料氣力 決難支久. 而至今不死 或者轉尋生道. 則遠途無聊之時 或有披書之道 幸須收拾書冊 付諸行中也. 至露梁 病不得行. 聞中宮已出私第. 公歎曰 國事罔極云. 雖瀕死 而父子相對 終無怨懟之語. 副學公曰 汝今更無可生之望 亦奈何. 只從容就盡 以善其終可也. 對曰 敢不如敎. 副學公遂泣而出 俄而公卒云. 有人爲輓曰 易地君應爲六臣 靈筵何又露梁濱. 皇天亦識寃埋意 故遣忠魂與作隣. 甲戌坤殿復位 贈公吏判 賜諡旌閭.

　外史氏曰. 自古忠諫之士 雖或牽裾折檻 而豈有若此之抵死靡渝者乎. 天威震疊之下 忍所不堪 一息如綫 而言言切當 不失告君之辭. 苟非干霄之直節 貫日之篤誠 則曷能辦此直哉. 史魚之如矢 旣死猶以尸諫者 可於公亦云耳.

영조 임금 위엄에 조중회(趙重晦) 직분 다해 직간(直諫)하다

16-4.〈246〉 범뇌위직언거직(犯雷威直言擧職)

판서를 역임한 조중회〈趙重晦; 숙종37(1711)~정조6(1782)〉는 성품이 엄격하고 강직하여 임금에게 간언하기를 거리낌없이 했다. 영조 임금이 한가하게 지내던 어느 하루, 기생을 양성하는 이원(梨院) 악공들과 기녀들을 궁중으로 불러들여 풍악을 울리고 잔치를 베풀라고 명령하여, 흥겹게 잔치가 열리고 있었다. 이때 임금에게 간언(諫言)하는 언관(言官) 조중회가 홀로 대청(臺廳)으로 나아가 아뢰었다.

"대내(大內)에서 올바른 예규(禮規)에 벗어난, 기녀들을 불러들여 아악(雅樂)이 아닌 음악을 연주하게 하는 일은, 앞 시대 제왕들이 나라를 망친 계기가 되었사옵니다. 신속하게 철수하여 돌아가도록 명을 내리옵소서."

곧 영조 임금은 크게 노하고 곧바로 건명문(建明門)[261]에 친국(親鞫)

---

261) 건명문(建明門): 경희궁(慶熙宮)에 있었음. 경희궁 대궐 서쪽에 조정 하례(賀禮)를 받던 숭정전(崇政殿)이 있고, 그 남쪽에 숭정문(崇政門)이 있었으며, 숭정문 동남쪽에 '건명문'이 있었음. 그리고

할 형벌 기구를 설치하라고 명령했다. 이에 온 조정이 두려워하여, 사헌부(司憲府)의 대관(臺官)과 서리(書吏)들부터 먼저 모두 함께 머리를 풀고 들어오도록 소리쳐 불렀다. 그리고 대신들과 의금부 당상관들이 명령하여, 여러 부서 관원들을 모두 다 불러 미리 형벌에 대비하도록 했다. 이러는 동안 대궐문 안에서는 아무런 움직임이나 명령을 내림이 없이, 악기 연주 소리만 계속 요란하게 들리고 있었다.

그러다가 신시(申時; 오후 3~5시)가 지난 다음에 임금은 명령을 내려, 다시 생각해 보니 언관 조중회의 간언이 매우 좋으니, 조금 전에 국청을 설치하라고 한 명령을 거두어 들이라고 했다. 이어 대관들과 궁중 관원(官員)이며 하예(下隸)들을 모두 함께 물러가게 하라고 명한 다음, 이런 처치를 내렸다.

"종일 명령을 받드느라 수고가 많았으니 포상의 은전(恩典)이 없을 수 없구나. 대내로부터 다과를 차린 상 한 쌍과 어주(御酒) 두 병을 내리겠으니, 그중 다과상 하나와 어주 한 병은 하예들에게 먹게 하라."

거기에 더하여 호랑이 가죽 한 벌도 하사했다.

앞서 임금의 무서운 친국 명령에 대관과 관원들, 또한 하예들이 놀라 두려워했다가 마음을 겨우 진정시켜, 마음껏 취하고 배부르게 먹었다. 이들이 퇴청하고 집으로 돌아갈 때, 맨 앞에 서서 나가는 하예들이 호피를 뒤집어쓰고는, 대로상에서 노래를 부르며 즐거워하니, 길가에서 보고 구경하는 사람들이 무슨 까닭이냐고 물어, 이렇게 대답했다.

"주상 전하께서 잔치를 열어 기생을 끼고 술을 마시며 즐기시기에, 그것을 금지해 주십사 하는 상소를 올렸다가 잡혀 들어갔었지요. 그런데 이제 용서받아 돌아가게 되었답니다."

사람들은 이 말을 듣고 허리가 끊어지게 웃었고, 사간원에는 지금까지 그 호피가 보관되어 남아 있다.

그 곁에 신문고(申聞鼓) 북이 달려 있었음.

영조 임금은 매년 정월 초두에 생모 숙빈(淑嬪) 최씨(崔氏) 사당인 육상궁(毓祥宮)[262]에 나아가 참배하였다. 이에 조중회는 언관으로서 임금에게 상소를 올려, 세시 명절(歲時名節)인 새해 정초(正初)에 종묘(宗廟)를 배알하기 전, 사묘(私廟)인 육상궁을 먼저 참배하는 것은 예법에 어긋나 불가하다고 아뢰었다. 그러자 임금은 크게 화를 내고 즉시 몇 사람이 메고 가는 간략한 가마를 타고, 곧장 흥화문(興化門)[263]을 나섰다. 급작스럽게 일어난 일을 당하여 임금을 호위하는 의장(儀仗)과 시위대(侍衛隊)가 갖추어지지 못한 채, 임금을 태운 가마가 야주현(夜晝峴)[264] 고개를 넘어 북쪽으로 향해 육상궁에 도착했다.

영조 임금은 눈물을 흘리며 하교해 명령하기를, 불초한 까닭으로 밍친(亡親)께 욕을 끼치게 되었으니, 무슨 면목으로 다시 신하와 백성들을 대하겠느냐면서, 스스로 자결함이 마땅하다고 하며 탄식했다. 그리고 이어 군관과 병사들은 창을 들고 주위를 빙 둘러 호위해, 조정 대신 이하 모든 신하들을 일절 들어오지 못하게 하라는 명령을 내리고, 만약 들어오게 허락한다면 곧 지휘 대장에게 마땅히 군율을 엄하게 실시하겠다고 엄명했다. 그리고 또한 하교하여, 팔십 노인이 얼음 위에 앉아 있을 것 같으면 오래지 않아 죽게 될 것이라고 하면서, 인하여 손발을 앞에 있는 연못의 눈과 얼음 속으로 넣어 담갔다. 모든 신하들이 뒤쫓아 왔지만, 군병들의 저지를 당해 들어갈 수가 없었다.

정조(正祖)가 당시 왕세손으로 혼자 모시고 서서 눈물을 흘리면서 간하

---

[262] 육상궁(毓祥宮): 영조 생모 숙빈(淑嬪) 최씨 사당. 숙빈은 숙종의 왕비 인현왕후(仁顯王后)를 모시던 궁녀로 정식 왕비에 책봉되지 않아 사망 후 종묘에 오르지 못했음. 영조는 즉위 초년에 생모 혼령을 모실 사당 육상궁을 경복궁 뒤편에 지어 극진히 제사를 모셨음.

[263] 흥화문(興化門): 경희궁(慶熙宮) 정문. 조선 건국 초기 건립한 경복궁이 임진왜란에 불타고, 광해군 10년 인조 생부 원종(元宗)의 집터에 경희궁(건조 당시는 慶德宮)을 지어 대궐로 사용했으며, 고종(高宗) 때 경복궁이 중건될 때까지 대궐로 사용되었음. 경희궁은 경복궁 서쪽 서소문 안, 이전의 서울중고등학교 자리에 있었음.

[264] 야주현(夜晝峴): 야조현(夜照峴) 고개. 당시 대궐인 경희궁 정문 흥화문을 나서서 동쪽으로 경복궁의 광화문으로 오는 사이에 나지막한 야주현(夜晝峴) 고개가 있었음. 이 고개를 지나 광화문 서쪽에서 북쪽으로 통하는 길을 따라 올라가면 경복궁 북편에 있는 육상궁에 닿음.

였으나, 임금은 끝내 듣지 않았다. 조금 지나니, 임금의 옥체가 덜덜 떨려서 세손이 머리를 조아리며 울면서 다시 간청했다. 이에 임금은 명령을 내렸다.

"조중회 머리를 베어 눈앞에 갖다 놓으면 마땅히 환궁하겠노라."

세손은 급히 문을 나가 대신들을 불러, 조중회의 목을 신속히 베어 가져오라는 명령을 내렸다. 이때 영의정 김상복〈金相福; 숙종40(1714)~정조6(1782)〉이 홀로 호위하는 시위들 밖에 서 있다가 아뢰었다.

"조중회는 목을 벨 정도의 죄를 짓지 않았는데 어찌 엄한 명령으로 핍박하여 죄 없는 사람을 죽이겠습니까? 오직 엎드려 원하옵건대 저하(邸下)께서는 애를 쓰시어 성의를 다해 전하의 뜻을 돌리도록 하소서."

그러자 세손은 발을 구르고 울면서 명령하는 것이었다.

"종묘사직이 위태롭고 위급하여 숨 쉴 틈이 없는데, 대신들은 어찌하여 조중회만을 아끼어 명령을 따르지 않는단 말이오?"

"저하, 이는 곧 조정 안의 크게 잘못된 처사이온데, 어찌 가히 잘못된 처분에 의하여 간언을 맡은 신하를 죽이겠습니까? 신은 비록 죽는 한이 있더라도 감히 명을 따르지 못하겠사옵니다."

이렇게 왕세손과 영의정 김상복이 서로 주장을 굽히지 않고 맞서 있을 즈음에, 임금으로부터 다시 고쳐진 명령이 내려왔다.

"조중회를 곧 죽이지 말고 세자와 의정(議政) 대신들이 백관을 거느리고 궁궐에 이르러 하교를 기다리는 계사(啓辭)를 들이도록 하라."

이에 김상복이 여러 대신들과 더불어, 아뢸 계사 초안을 불러 주어 기록해 올렸다. 임금이 열람해 본 다음, 이것이 계사냐고 꾸짖고는 곧 조중회의 죽은 뒤 찬양하는 행장(行狀)이라 하면서 찢어 던져 버렸다. 다시 여러 대신들이 모여 계사 초본을 고쳐, 급히 나라 형벌에 따른 벌을 내림이 옳다는 내용으로 작성하여 올렸다. 이에 임금은, 조중회에게 보통의 경우보다 세 곱절 빠르게 제주도로 귀양 보내되, 오늘 즉시 떠나게 하라고 명령한 후에 환궁하였다. 그리고 조중회가 미처 제주도에 도착하기 전, 그를 석방하라는 명령을 내렸다.

외사씨는 말한다. 옛날 말에 "세찬 바람이 불어야 강한 풀을 알 수 있다."고 했고, 또 "임금이 현명하면 신하가 꼿꼿하다."라는 말이 있다. 조중회는 임금 마음을 거스르는 역린(逆鱗)을 범했으니, 가히 지극히 강한 충간(忠諫)을 하는 신하라 할 수 있다. 그런데 당시 마침 위대한 임금이 밝게 다스리는 세상을 만났기에, 이처럼 강직한 논의가 있게 된 것이다. 영조 임금은 노하면 천둥과 번개가 요란하게 치는 것 같은 위엄에 이르렀다가도, 만물을 적셔주는 우로(雨露) 같은 따뜻한 은택을 베풀었으니, 가히 위대한 성인(聖人)의 막힘없는 원만한 도량을 우러러볼 수 있게 된다. 진정 아름답고 성대하도다.

東野彙輯 卷之十六

○ 第百二十三号 拾遺部 二 直諫

犯雷威直言擧職

趙尙書重晦峭直敢言. 英廟静攝中 一日命入梨園樂及女伶 自內張宴. 時尙書在言官 獨詣臺廳 啓以不正之色不雅之樂 此是前代帝王 所以亡國也. 亟賜撤去. 上大怒 卽有建明門設鞠之命. 擧朝遑遑 先自臺官及書吏 喝導竝蒙頭拿來. 大臣禁堂 皆命招諸司預備. 而閤內無動靜 管絃之聲不絶. 申後下敎曰 更思之 臺言好矣. 俄者設鞠之命還收. 臺官及吏隷一竝放送 而不可無褒賞之典. 內下茶啖二床 御酒二瓶. 一則餽吏隷 又賜虎皮一領. 臺官及吏隷驚魂纔定 盡意醉飽. 及其退歸之時 前導下隷蒙虎皮 而呼唱於大路. 路傍觀者問其故. 答曰 主上殿下挾娼會飮 見捉於禁亂. 吾方收贖而歸云. 聞者絶倒 諫院至今 有虎皮之藏焉.

英廟每於歲首 展拜毓祥宮. 尙書以臺諫上疏 以爲歲時未行太廟之謁 先拜私廟 於禮不可. 上大怒 卽以步輦 直出興化門. 時當倉卒 儀衛未備 由夜晝峴 到毓祥宮. 垂涕而敎曰 不肖之故 辱及亡親 以何面目 更對臣民乎. 予當自處. 令軍兵執戟環衛 而大臣以下 一勿許入. 如許入 則大將當施軍律. 又敎曰 八十老人若坐氷上 不久當死. 因以手足沈之前池 氷雪之中. 百僚追到 而被阻搪不得入. 正廟以世孫 獨侍立涕泣而諫之 終不聽. 少焉玉體戰慄 世孫叩頭涕泣 復諫之. 上曰 斬趙重晦 頭來置之目前 予當還宮. 世孫急出門 招大臣 令曰 趙重晦 斯速斬頭以來. 時金相相福 獨立於衛外 奏曰 趙重晦無可斬之罪 何

可迫於嚴命 而殺不辜乎. 惟伏願邸下 務積誠意 期於天意之回. 世孫頓足而泣 下令曰 宗社之危 迫在呼吸. 大臣何愛重晦 而不奉命乎. 金相對曰 此是大朝過中之擧 何可因過擧 而殺言官乎. 臣雖死不敢奉令. 上下相持之際 自上下敎曰 趙重晦姑勿斬 先以庭請啓辭入之. 金相因與諸臣 呼草登啓以入. 上覽之 裂書而擲于地曰 此是啓辭乎. 乃趙重晦之行狀也. 諸臣改草 以亟正邦刑入啓. 上命三倍道 濟州安置 卽日發送 而還宮. 趙未及濟州 而有放釋之命.

　　外史氏曰. 古語云 疾風知勁草. 又曰 君明臣直. 趙公之批鱗 可稱極諫之士. 而時値聖明之世 故有此勁直之論. 至於霽雷霆之威 而施雨露之澤 可以仰大聖人轉圜之量矣. 猗歟盛矣.

두 명사(名士) 명기(名妓) 선점을 내기해 승기(勝氣) 즐기다

16-5.〈247〉 명사호승점화괴(名士好勝占花魁)

판서를 역임한 이익보〈李益輔; 숙종34(1708)~영조43(1767)〉는 한 친구인 재상과 나이도 동갑이며 한동네에 살았고, 어려서는 함께 글방에 다녔으며 자라서는 과거 공부를 같이하였다. 성균관 생원이 된 것과 과거 급제에 이르기까지 동년(同年) 아닌 것이 없었으며, 예문관(藝文館)에도 함께 선입되어 들어갔다. 지위와 문벌이며 사람들의 신망과 문필 학식, 풍채에 이르기까지 서로 우열을 정하기가 어려웠다. 그래서 매사에 서로 경쟁하여 굽히려 하지 않았다.

두 사람은 홍문관(弘文館)에서 함께 당직하며 서로 내기를 했다.

"우리 두 사람은 어려서부터 어른이 되어서까지 사사건건 모두가 비등하여, 도무지 우열을 결정지을 수가 없었네. 남원(南原)에 한 기생이 있어 나라 안에서 제일가는 일색이라 하니, 이 기생을 먼저 차지하는 사람이 승자가 되기로 하세."

얼마 뒤에 그 친구가 호남 좌도 향시(鄕試)를 감독하는 경시관(京試官)이 되어 다음 날 바로 떠나게 되었다. 대체로 다른 사람을 대신하여 발탁되었으므로, 시험 날짜에 가까이 임박하여 명령을 받은 것이었다. 이익보가 마침 입직(入直) 중에 이 소식을 듣고는 당장 나는 듯이 먼저 달려가고 싶었지만, 어쩔 도리가 없어 탄식을 그치지 않았다. 벽을 돌며 어찌할 바를 모르고 방황하니, 함께 입직하는 동료가 괴상히 여기고 까닭을 물었다. 이익보는 웃으며 그 사유를 이야기해 주었다.

"내 이 일 때문에 이제부터 꼼짝없이 그 친구에게 첫 자리를 양보하게 되었으니, 어찌 분하지 아니한가?"

이 말에 동료도 역시 웃었다. 이튿날 아침 그 친구가 임금께 하직 인사를 올리고 홍문관에 들렀는데, 이익보와 대화하면서 의기양양하여 그를 압도하는 기색이 뚜렷하게 드러나 보였다. 그 친구는 자랑하며 큰소리를 쳤다.

"이제부터는 내가 그대를 이길 수 있게 되어 매우 상쾌하구먼."

이익보는 억지로 웃으며 대화했지만 심기가 불편하여 머리가 숙여지고 계속 분기가 솟아올라 한탄을 했다. 그리고 부채로 그 친구의 어깨를 치면서 다음과 같이 말하고, 서로 더불어 한바탕 웃고 헤어졌다.

"자네는 이번 행차에 오직 그 기생을 독점할 것이니 여의주를 먼저 얻었다고 할 만하네. 모름지기 그와 많이 잘 즐기게나."

이날 저녁 갑자기 이익보에게 홍문관에 들어와 숙직하고 입시(入侍)하라는 어명이 있었다. 그래서 들어갔는데 봉서(封書)와 마패(馬牌)의 하사가 있어서, 이익보는 급하게 성문 밖으로 나와 봉서를 뜯어보니, 곧 호남 좌도 암행어사의 명령이 내려진 것이었다. 이에 이익보는 매우 기뻐하며 기필코 먼저 남원에 도착하려고 여장을 꾸릴 겨를도 없이 당일로 길을 떠났다. 밤도 잊은 채 빨리 달려 남원에 당도하여, 경시관의 행차한 때를 탐문해 보니, 즉 그날 아침에 이미 도착해 있었다.

곧 성안에서 서둘러 염탐해 몇 가지 비위 사건을 얻어 내고는, 객사(客舍)로 가서 암행어사의 신분을 드러내었다. 이때 모든 남원 부중 위아래 관원들이 어사가 내려온다는 소문을 미리 들은 사람이 없어 감감하게 모르고 있다가 졸지에 어사 출도 상황을 접하게 되니, 모든 사람들이 놀라고 당황하여 어찌할 바를 몰라 발칵 뒤집혔다.

이에 이익보는 죄인들을 잡아들이라 하여 대강대강 살펴 심문한 다음, 곧 수청 기생을 불러 앞으로 오게 하여 기안(妓案)과 대조해 점검하니, 그 이름난 기생 이름은 보이지 않았다. 이어 호장(戶長)을 잡아들여 호통을 쳐 말했다.

"암행어사가 이 어떠한 봉명 사신이냐? 남원은 전라도 내에서 기생으로 이름난 고을인데, 지금 여기 수청 기생에 대한 격식을 온전하게 갖추지 못하고 있으니, 어찌 이와 같은 처사를 한단 말이냐? 신속히 새로 바꾸어 정리하여 가져와 들이도록 하라."

아전들이 헐떡이며 급하게 대답하고 물러나, 지극하게 정성을 쏟아 작성한 기생 명부를 바꾸어 들였는데, 역시 그 기생 이름은 보이지 않았다. 어사는 크게 화를 내고 형벌을 시행할 무서운 형구(刑具)들을 거대하게 베풀게 한 다음, 호장과 수노(首奴)며 행수 기생을 모두 잡아들이라 했다. 그리고 호령하여 이렇게 일렀다.

"내 들으니 너희 고을 아무 기생은 곧 기녀들 중에 제일 으뜸이라고 하던데, 재차 수청 기생을 잘 챙겨 바꾸어 들이라고 했는데 끝내 대령하지 않고 있다. 너희들 처사가 어찌 감히 이처럼 태만하고 소홀하단 말이냐? 가히 신속히 현신하게 하라."

이에 호장 등이 일제히 머리를 조아리며 아뢰는 것이었다.

"그 기생은 곧 경시관 사또께서 이미 수청으로 정하여, 잠시도 곁을 떠나지 못하게 하고 있는 까닭으로 대령시킬 수 없었사옵니다. 비록 준엄한 명령을 내리셨지만, 소인들은 가히 어떻게 할 수가 없사옵니다."

이 아룀에 어사는 서안(書案)을 치면서 말하기를, 너희들이 그 기생을 경시관의 수청이라 빙자하며 감히 변명하고자 한다고 꾸짖었다. 그리고 특별한 형벌 막대기로 쳐서 열 대 안에 죽게 하는, 지극히 엄한 형벌을 가하라는 명령을 내렸다. 이 같은 위령(威令)이 서릿발같이 무섭게 내리니, 온 고을 안이 모두 벌벌 떨었다.

이런 상황이 되니, 아전들과 하예들 가족이며, 삼반 관속(三班官屬)인 아전 무리·장교들·관노 사령 등이 모두 경시관의 관사로 나아가 눈물로 호소하여 아뢰었다.

"소인들 삼반 관속 우두머리 세 사람의 목숨이 경각에 달려 있사오니, 엎드려 비옵건대 특별히 사람 살리는 은덕을 베풀어 주옵소서. 잠시만 그 기생을 내어 주시기를 명하시면, 곧 어사또께 현신하게 하여 그 무서운 노여움이 조금 풀어지기를 기다렸다가, 오늘 내로 다시 데려와 수청 들도록 특별한 노력을 기울이겠사옵니다. 부디 넓은 아량을 베풀어 허락하시어, 장차 죽을 여러 목숨을 구제해 주시기를 천만번 비옵나이다."

경시관은 그들이 죄 없이 죽임을 당하는 것을 차마 그냥 볼 수가 없었다. 뿐만 아니라 또한 만약에 그 기생을 내주지 않음으로 인하여 과연 저들을 매를 쳐 죽이는 일이 생긴다면, 곧 자기로 인한 잘못으로 죽게 되었다는 탄식이 없지 않을 것으로 생각되었다. 그리고 또 어사로 내려온 사람이 누구인지 전혀 모르니, 한 기생의 일로 인하여 노여움과 앙심을 품게 하면, 서로 함께 백성들을 구제해야 한다는 대의명분에 괴리가 생기게 될 것이니, 그 역시 불행한 일이었다. 그래서 그 기생을 내어 주면서 당부했다.

"잠깐 현신시키고 즉시 데리고 와야 한다. 그렇지 않으면 나 역시 어찌 형벌을 베푸는 일이 없겠느냐?"

그들은 하늘과 땅만큼이나 즐거워하면서 절을 올려, 하해 같은 은덕을 입었는데 감히 즉시 도로 돌아와 현신시키지 않겠느냐고 아뢰며 사례했다. 그리고 이 기생을 데리고 가서 어사또에게 들여보냈다. 어사는 크게 기뻐하며 바라보고는 과연 기묘한 것이라고 칭찬했다. 즉시 구금했던 아전들과 관노들을 풀어 주게 하고, 좌우의 사람들을 물리친 다음 기생을 데리고 방으로 들어가서 마음껏 불타듯 호합했다.

그 일이 끝나고 견여(肩輿) 가마를 들이라 명하여 타고, 그 기생을 뒤따르게 하고서 곧장 경시관의 처소로 향하였다. 부채로 얼굴을 가리고 대청으로 올라가면서 경시관의 자(字)를 큰 소리로 불러 말했다.

"오늘 내가 이렇게 쾌승을 하였네. 이 모습 과연 어떤가?"

경시관은 어사가 사실 누구인지를 전혀 알지 못했고, 자기가 임금께 하직 인사를 올릴 때 이익보는 홍문관에서 입직으로 매여 있었기 때문에, 오늘의 그 행차가 더욱더 의외의 일이었다. 갑자기 상봉하게 되니 크게 놀라고 당황하여 어찌할 줄을 몰랐다. 또한 그가 먼저 기생을 차지하게 된 것을 생각하면서, 울분과 탄식을 이기지 못하고 얼굴이 흙빛으로 변했다. 이익보는 인하여 크게 풍악을 베풀게 하고 서로 더불어 한바탕 농담하며 실컷 놀고 파했다. 이렇게 된 것은, 대체로 홍문관 입직 중에 이익보와 친구 재상이 서로 내기를 한 이야기를 임금도 역시 들었기 때문에, 경시관이 하직하던 날 이익보를 특별히 암행어사로 보내어 서로 기생을 사이에 두고 춘정(春情)을 다투게 한 것이었다.

외사씨는 말한다. 사람에게는 꼭 이기려는 마음의 병폐(病弊)가 있으니, 모름지기 겸손의 도리에 어긋난다. 겸손이란 자기를 낮추고 수양하는 마음가짐을 뜻한다. 『논어(論語)』[265]에서는 "자기보다 못한 사람을 벗으로 삼지 말라."고 했다. 이 말에서 반드시 자기보다 나은 사람을 벗으로 취해야 하고, 꼭 이기려는 마음이 없어야 함을 알게 된다. 이익보와 친구 재상 사이의 이 일은 비록 풍류를 즐기는 희극(戱劇)에 가깝지만, 여기에 상대를 눌러 이기려는 저의가 숨어 있다는 혐의를 면하기 어렵다. 하지만 호방하고 뛰어난 기상은 역시 족히 상상해 볼 만하니, 그의 마음속 기개는 좁지 않고 얽매임이 없다고 하겠다.

---

265) 논어(論語): 『논어』 '학이(學而)' 편에 나오는 공자의 말씀.

東野彙輯 卷之十六
○ 第百二十四号 拾遺部 三 風情

名士好勝占花魁

　　李判書益輔與某宰生同庚居同衙. 幼同學長同業 以至上庠登第 無不同年. 翰苑瀛館 亦皆同選 地閥人望 文識風采 莫能甲乙. 每事互與爭勝 不肯相下. 適伴直玉署 相約曰 吾兩人自幼及長 事事皆同 無以定其高下. 聞南原某妓 爲國中第一名花 以先看鞭於此妓者爲勝. 未幾某宰 以湖南左道京試官 明將出去. 盖以他人之代 而試期迫近也. 李於直中聞之 卽欲飛也似先往 而無可奈何 咄歎不已. 繞壁彷徨 直僚怪問之. 李笑道其由曰 吾以此事 從今讓一頭於某友 豈不憤哉. 直僚亦笑之. 明朝某宰辭朝時 歷入玉署 對李談話 意氣揚揚 顯有壓倒之意. 大言自矜曰 從此吾可以勝君 甚快哉. 李强作言笑 而心懷不平 垂頭喪氣 繼而忿恨. 擧扇拍某宰之肩曰 君之此行獨占花魁 可謂驪珠之先獲 須好爲之. 相與一笑而別.
　　是夕忽有入直玉堂入侍之命 下封書馬牌. 李忙出城外 坼見封書 卽湖南左道暗行御史之命. 乃大喜 期欲先到南原 未暇做裝 當日登程. 罔夜疾馳 及抵南原 探問京試官行期 則朝已來到矣. 遂於邑底忙急鉤廉 得數件事 因露蹤於客舍. 是時一府上下 漠然未聞繡衣先聲 忽地出道 擧皆驚遑震蕩. 李乃捉入罪人等 略略推閱後 卽呼隨廳妓使前 而點檢之 無某妓名. 乃拿入戶長 大喝曰 御史是何等別星 南原卽道內色鄉 而今此隨廳妓全不成樣 豈有如許擧行. 可速換定以入. 吏喘急唯唯而退 卽極擇妓案以換入 而亦無某妓.

御史大怒 大張刑威 戶長及首奴首妓竝拿入. 號令曰 吾聞汝邑某妓 卽敎坊翹楚 而再換隨廳 終不待令. 汝輩擧行 何敢若是慢忽 可速令現身也. 戶長等齊告曰 某妓則京試官使道 已定隨廳 不令須臾離 故不得待令. 而雖嚴令之下 小人等亦無可奈何矣. 御史拍案大叱曰 汝輩以此妓稱爲京試官隨廳 敢欲抵賴乎. 因命以別杖 嚴刑十度內打殺. 威令嚴於霜雪 一邑戰慄. 於是吏奴家人 及三班官屬 竝詣京試官舘所 號泣而訴曰 三人命在頃刻 伏乞特垂活人之德. 暫令出給某妓 則當現身於御史道 少待威怒之稍霽 今日內 另圖還來隨廳矣. 幸許濶狹 俾救將死之衆命 千萬至祝. 京試官不忍彼輩之無罪就死 又想緣吾不出給某妓 果有打殺彼輩之事 則不無由我之歎. 且御史不知爲誰 而因一妓事 遂成嫌怨 殊乖共濟之義 亦是不幸. 乃出給某妓曰 暫令現身 旋卽率來可也. 否者吾亦豈無施刑之道乎. 衆歡天喜地 拜謝曰 旣蒙河海之澤 敢不卽令還現乎. 遂將此妓 納于御史.

御史大喜 見之則果妙物也. 乃解下吏奴 屛退左右 携妓入室 爛熳作戲. 事訖命入肩輿 使某妓隨後 直向京試官舘所. 以扇遮面陞廳 而大呼京試官之字曰 今日吾乃快勝矣 果何如. 京試官實不知御史之爲何人 而李則自家辭朝時 見其持被玉署 今日之行 尤所不意. 忽地相逢 乃大驚懍慌靡措. 且念某妓之被他先着 不勝憤歎 面色如土. 李因命大張風樂 相與一場戲謔而罷. 盖自上亦聞李與某宰 玉署直中相約之說. 故京試官下直之日 特遣繡衣 俾得以爭春云.

外史氏曰. 人有好勝之癖 殊乖謙. 謙卑牧之意. 傳云 無友不如己者. 可見其取友 必勝己者 而無好勝之心也. 李宰此事 雖近於風流戲劇 而未免有壓勝底意. 然豪放俊逸之氣 亦足以想見其志槪之不草草也.

감사를 속여 거짓으로 미친 체한 기생이 언약한 곡산 관장을 따르다

16-6.〈248〉 소기양광부방약(少妓佯狂赴芳約)

참판을 역임한 이택진(李宅鎭)이 황해도 관찰사로 있을 때 곡산(谷山) 고을을 순시했다. 곡산 고을에 매화(梅花)라는 한 기생이 있어서, 그 용모가 아름답고 의젓해 총애하여 감영으로 데리고 와 매우 귀애했다. 한 이름난 선비가 곡산 관장으로 새로 부임하여, 감영에 모셔 놓은 임금 초상화 앞에 부임을 아뢰는 연명(延命)을 위해 감영에 갔을 때, 잠시 기생 매화를 보고 마음속으로 그를 갖고자 하였다. 곡산 관아로 돌아온 관장은 퇴기(退妓)로 있는 매화의 모친을 불러 다정하게 대하고 후한 선물을 주어 보냈다. 이로부터 감영을 거리낌없이 출입하게 하고, 돈이며 비단이며 쌀과 고기 등을 그에게 주기를 끊임없이 했다. 이렇게 하기를 여러 달 계속하니, 매화 모친은 매우 의아하게 생각하고 하루는 관장에게 이렇게 물었다.

"늙고 천한 몸이 과분한 보살핌과 사랑을 받았으니, 어떤 시키실 일이 있으신지 말씀해 주시옵소서."

"아, 자네가 비록 늙기는 했으나 옛날부터 이름난 기생이었으니 자네와 함께 적적함을 면하고자 할 따름이라네."

매화 모친은 그래도 의문이 남아 다른 날 또 물었다.

"사또께서 소인에게 이와 같이 정성을 기울여 후하게 대해 주시니 반드시 소인을 쓸 곳이 있어서 그러시는 것 같사온데, 어찌 분명히 명령해 주시지 않는지요? 은혜가 이미 두텁사오니 끓는 물에 들어가고 불속을 밟아 들어가라고 하셔도 감히 사양하지 않겠습니다."

비로소 관장은, 전번에 감영에 갔을 때에 딸 매화를 보고 마음속으로 연모해, 거의 병이 들 지경에 이르렀다고 말하고, 만약에 불러와 한번 그 아름다운 얼굴을 볼 수 있도록 해 주면 죽어도 여한이 없겠다고 토로했다. 관장의 말에 매화 모친은 웃으면서, 이것은 지극히 쉬운 일인데 어찌 일찍이 말해 주지 않으셨느냐고 대답했다.

매화 모친은 곧 집으로 돌아가, 그 일만을 오로지 전달하는 심부름꾼을 고용하여 그 딸에게 급하게 편지를 써서 보냈다.

"내 갑자기 알 수 없는 병에 걸려 점점 병이 깊어져 위독한 지경에 이르렀다. 오직 너를 만나 보지 못하고서는 눈을 감지 못하겠으니, 빨리 돌아와 얼굴을 마주하여 영결(永訣)을 할 수 있도록 하기 바란다."

매화는 편지를 보고 울면서 관찰사에게 고하여, 가서 모친을 뵐 수 있도록 휴가를 청하였다. 이에 관찰사는 허락하고 재물을 후하게 주어 보내 주었다. 매화가 돌아와 모친을 만나니 아무런 병도 없었다.

곧 관아로 모친과 함께 들어가 관장을 만나니, 관장은 나이 겨우 삼십 세 정도였는데 풍채와 거동이 늠름하고 힘이 넘쳤다. 매화는 한번 보고는 역시 연모하는 마음이 일었고, 이때부터 잠자리를 받들어 두 사람 사이의 정이 서로 두터웠다. 몇 달 지나니 관찰사가 매화를 다시 돌아오라고 재촉하여, 어쩔 수 없이 감영으로 돌아가려는데, 관장은 사랑하고 애틋해 하는 마음에 차마 떠나보내지 못하고 이런 말을 했다.

"이로부터 한번 이별한 뒤에는 만나볼 기약을 할 수 없으니 장차 이를 어떻게 하면 좋겠단 말이냐?"

"사또, 소첩은 이미 몸을 허락하였사오니, 마땅히 몸을 빼어 돌아올 계책을 마련하겠습니다. 곧 다시 돌아와 모시겠습니다."

매화는 눈물을 흘리면서 이렇게 이야기하고, 곧 감영으로 가니 관찰사는 웃으면서 모친의 병세가 어떠하냐고 물었다. 매화는 처음에 매우 위독했는데 다행히 약의 효험을 보아 지금은 이미 차도가 있다고 아뢰었다. 그리고 관찰사 곁에 있으면서 전과 다름없이 받들어 모셨다. 겨우 한 달쯤 지났을 때, 매화는 갑자기 쓰러져 신음하면서 자고 먹는 것을 전혀 하지 못했다. 의원이 진맥을 해도 병증을 알아내지 못했고 약을 써도 역시 효험이 없었다.

어느 날 저녁에는 머리를 풀어헤치고 얼굴에 때를 묻힌 채, 갑자기 튀어나와 손뼉을 치고 발을 구르며 미친 듯이 소리치면서 어지럽게 떠들어댔다. 어떨 때는 노래하고 어떨 때는 울기도 하면서, 당헌(棠軒) 마루 위를 펄쩍펄쩍 뛰어 달리기도 했다. 혹시 사람들이 말리면 마구 차고 물어뜯으면서 가까이할 수 없게 하니 곧 광증에 걸린 것이었다. 이에 관찰사는 크게 놀라고 걱정하여, 그 이튿날 매화를 묶어 가마에 태워 그의 집으로 보냈다. 대체로 이렇게 한 것은 거짓으로 꾸며 미친 척한 것이었다.

매화가 집으로 돌아온 날 관아로 들어가 관장을 만나서 그동안 있었던 일을 이야기하고, 곁방에 숨어 있으면서 애정을 나누니 그 정이 더욱 두터워졌다. 얼마 지나지 않아 소문이 저절로 퍼지게 되어, 관찰사도 역시 그 이야기를 들었으나 이를 모르는 것같이 했다. 그 뒤 곡산 관장이 일이 있어서 감영으로 가니, 관찰사는 매화의 병 상태가 어떠하냐고 묻고는, 간혹 매화를 불러 만나 보느냐고 했다. 이에 관장은 병은 조금 나았지만, 사또의 수청 기생을 아랫사람이 어찌 감히 불러 보겠느냐고 대답했다. 이 대답에 관찰사는 쓴웃음을 지으면서, 관장이 관찰사를 위해 잘 지켜 주기를 바란다고 당부했다.

이에 곡산 관장은 가만히 헤아려 관찰사가 자기의 은밀한 애정 관계를 알고 있는 것으로 눈치챘다. 그래서 곧장 서울로 올라가 한 대간(臺諫)에게 관찰사의 죄상을 꾸며 사주하여, 그를 파면시켜 버렸다. 곡산 관장은 임기를 마친 뒤 매화를 데리고 서울로 올라와 함께 살았다. 그런데 병신〈丙申, 헌종2(1836)〉해 남응중(南膺中)의 모반 사건 옥사에 연루되어 체포되었다. 그의 처가 울면서 매화에게 말했다.

"남편이 지금 이 지경에 이르렀으니 나는 이미 결심을 하고 있다. 그러나 너는 곧 나이 어린 기생으로 어찌하여 반드시 여기에 있다가 함께 죽임을 당하겠느냐? 급히 너희 집으로 돌아가는 것이 좋겠다."

"마님, 이 미천한 몸이 영감님의 은혜로운 총애를 입은 지 오래되었습니다. 지금 환란의 시기를 당하여 어찌 차마 배반하고 떠나겠습니까? 죽음이 있을 따름입니다."

매화는 울면서 이렇게 말하고 떠나지 않았는데, 며칠 지나지 않아 구금된 죄인들이 처형되니, 그 부인은 스스로 목숨을 끊었다. 곧 매화는 몸소 살펴 두 사람 시체를 염습해 절차에 따라 매우 정성껏 장례를 마쳤다. 그리고 조상의 선영(先塋) 아래에 합장한 다음, 그 아래쪽에 따로 한 구덩이를 파 놓고는 집안사람들에게 자신이 죽으면 이 구덩이에 묻어 달라고 당부했다. 이어 스스로 자결하니 곧 그 구덩이에 묻어 장례 지내 주었다고 한다.

외사씨는 말한다. 곡산 관장은 상관을 속여 수청 기생을 탈취했다. 또한 몰래 숨겨 사랑하는 자신의 애정 관계에 대하여 관찰사가 알고 있는 것을 싫어해, 조정 사람을 부추겨 관찰사를 관직에서 쫓겨나게 했다. 슬프도다! 그 진정 너무 심하구나. 황해도 관찰사는 수청 기생에 대한 애욕을 남에게 넘기고도, 알면서 모르는 것처럼 하고는 조금도 마음속에 집착하지 않았으니, 대범하고 노성한 기풍을 가진 사람이라 하겠다. 중국 송(宋)나라 사람 호전(胡銓)은 상담원(湘潭園)[266]에서 술을 마시고 놀면서, 기생 이천(梨倩)을 사랑하여, "이천의 붉은 뺨에 볼우물 미소가 번지도다."라는 시구를 벽에

---

266) 상담원(湘潭園): 중국 호남성 상담현(湘潭縣)에 위치한 상담호씨원(湘潭胡氏園)이라는 이름난 주루(酒樓). 담암(澹菴)은 호전(胡銓)의 호임.

써 놓았다. 후에 주문공(朱文公)[267]이 이것을 보고 시를 지었다. "십 년 동안 호해(湖海)에서 한 몸 가벼이 떠돌다가, 돌아오는 길에 기생 이천 볼우물 미소 대하니 문득 연정이 이는구나. 세상에서 사람의 애욕(愛慾)보다 더 험악한 것이 없으니, 몇 사람이나 여기에 이르러 평생을 그르쳤을고?" 이렇게 읊었다. 곧 앞의 이야기를 따라 보면, "세상에서 사람의 애욕(愛慾)보다 더 험악한 것이 없으니"라는 구절이, 믿을 만한 말이로다.

---

[267] 주문공(朱文公): 송(宋)나라 주희(朱熹)를 일컬음. '文公'은 주희의 시호(諡號).

東野彙輯 卷之十六

○ 第百二十四号 拾遺部 三 風情

少妓佯狂赴芳約

　　李參判宅鎭以海伯 巡到谷山. 嬖一妓名梅花 有姿色 率置營中 甚寵愛. 一名士新莅谷山 延命巡營時 瞥見其姸 心欲之. 還衙招其 母之以老妓退居者 賜顔而厚遺之. 自是使無間出入 錢帛米肉之資 予相續. 如是者數月 老妓心竊訝之 一日問曰 老賤之物 過加眷愛 有 何見教. 守曰 汝雖老 自是名妓 故要與破寂耳. 他日又問 使家於小 人 如是款厚 必有用處 何不明教之. 恩旣厚矣 赴湯蹈火 所不敢辭. 守乃言曰 吾往巡營時見汝女 心乎愛戀 不能忘之 幾至生病. 汝若招 來 得以一接芳面 死無憾矣. 老妓笑曰 此至易之事 何不早教也.

　　卽歸家 專人急報于其女曰 吾偶嬰無名之疾 駸駸至於危境. 惟 以未見汝將不瞑 可速圖歸面訣也. 梅花見書 泣告于巡使 請往省之 暇. 巡使許之 資送甚厚. 來見其母 則無恙. 遂偕入衙中見守 守年纔 三十餘 風儀動盪. 梅花一見 而亦有艶慕之心 自此薦枕 兩情俱殷. 過數朔 巡使促梅花還 不得已將復向巡營. 谷守戀戀不忍捨曰 從此 一別後 會難期 將若之何. 梅花揮淚曰 妾旣許身 當圖脫歸之計 早 晚還侍.

　　乃到巡營 巡使笑問 你母病何如. 對曰 始則委篤 幸得藥效 今 已向差矣. 因在傍 奉侍如前. 甫過月餘 忽委臥呻吟 寢食俱廢. 醫未 執症 藥亦罔效. 一夕以蓬頭垢面 猝然突出 拍手頓足 狂叫亂嚷. 或 歌或哭 跳躍奔走於棠軒之上. 人或挽止 則齕之囓之 使不得近前

卽狂症也. 巡使大以驚憂 翌日縛置轎中 送于渠家. 盖佯狂也. 歸家之日 入見本官 語其狀 匿在夾房 情愛愈篤. 未久所聞自播 巡使亦聞之 若不知也. 其後谷山守往巡營 巡使問梅花病狀何如. 本官間或招見否. 對曰 病則少差云 而使道隨廳之妓 下官何可招見乎. 巡使冷笑曰 願公爲我善守直焉. 谷守暗揣巡使之知其隱情. 乃上京 嗾一臺官駁巡使 而罷之.

因率畜梅花 還京第. 及丙申之獄 辭連被逮. 其妻泣謂梅花曰 主公今至此境 吾已有決于心 而汝則年少之妓 何必在此俱焚. 亟歸汝家可也. 梅花泣曰 賤人承令監之恩愛久矣. 今值禍患之時 安忍背去. 有死而已. 未幾日 罪人陷辟 其妻自裁. 梅花躬檢兩喪殯葬之節 克盡誠謹. 合祔於先塋之下 又穿一擴於其下 謂其家人曰 我死必埋於此. 仍自決而死 遂葬於其壙云.

外史氏曰. 谷守欺奪上官之房妓 又惡其知吾隱情 嗾人以逐之. 噫其甚矣. 道伯之任他逞慾 知而不知 無少較挈 休休有老成之風韙哉. 胡澹菴飮於湘潭園 愛妓梨倩 題壁有梨頰生微渦之句. 其後朱文公見之 題詩云 十年湖海一身輕 歸對梨渦却有情 世路無如人慾險 幾人到此誤平生. 繇是言之世路無如人慾險 信矣.

살인을 가장한 친구 방문 거절한 일로
친구 사귐 경계하다

16-7.〈249〉 방우견거계결교(訪友見拒戒結交)

판서를 역임한 조씨(趙氏)는 어릴 적에 한 홍씨(洪氏) 선비와 친구로 사귀었는데 사이가 매우 밀접했다. 과거 시기를 당하여 홍씨는 한 시인(詩人)을 맞이해 과거 공부에 열중하면서 다른 사람이 함께 참여하는 것을 허락하지 않았다. 조씨가 그 시인이 작시(作詩)에 능력이 있다는 소문을 듣고 방문하여, 그의 성명을 물으니 송위(宋偉)라고 했다. 송위는 곧 시명(詩名)이 크게 사람들에게 알려진 시인이었으므로, 곧장 약속하여 자신도 역시 내일부터 와서 글공부를 함께하겠다고 말했다.

홍씨는 마음속으로 자못 고통스럽게 여겼지만, 거절할 만한 설명을 할 수가 없어서 그렇게 하라고 대답하고 보냈다. 조씨가 이튿날 갔더니 한 칸의 방을 반으로 나누어 한쪽은 서적을 가득 쌓아 놓고, 나머지 한쪽에 주인과 손님 두 사람이 차지하고 앉아 있어서, 들어가 앉을 틈이 없었다. 조씨가 그렇게 된 까닭을 물으니 홍씨는, 여자 손님이 많이 와 서실에서 거처하기 때문에 좁아서 서적들을 옮겨 둔 것이라고 대답했다. 조씨가 그 주변을 돌아보니 툇마루가 있는데, 겨우 무릎을 꿇고 앉을 만했다. 곧 여기에 앉으면 충분하다고 말하고, 앉아서 종일 몇 편의 시를 학습하고 돌아갔다.

조씨가 이튿날 또 갔더니, 방문을 걸어 잠그고 주인과 손님이 툇마루에 나와 앉아 있었다. 그리고 맞이해 말하기를, 여자 손님들이 또한 이 방으로 옮겨 왔기 때문에 나와 손님이 힘들게 여기에 앉아 있는 것이라고 했다. 그러나 불편한 점이 많아서 며칠 지나지 않아 마땅히 함께 학습하는 일을 그쳐야 하겠다는 것이었다. 조씨는 웃으면서, 형편이 그럴 것 같다고 동조했다. 그러고는 데리고 온 사동(使童)을 불러, 속히 집으로 가서 멍석 하나를 가져 오라고 시키었다. 멍석을 가져오니 섬돌 놓인 뜰에 펼쳐 놓고 앉아 또 몇 편의 시를 학습하고 갔다.

다음 날 조씨가 또 갔더니 곧 주인은 방문을 활짝 열고 맞아들였는데, 쌓아 둔 서적들은 이미 치워져 텅 비어 있었다. 홍씨는 웃으면서 그간의 사정을 이야기했다.

"나와 이 손님은 두 사람만 학습하기로 하고 그 이외 다른 사람은 끼워 넣지 않기로 약속을 하였다네. 그러니 비록 나와 자네는 친근한 사이이지만, 이미 약속한 사람 이외이기 때문에 처음에 거절하려고 한 것이었다네. 그러나 자네가 끝내 떠나지 않으므로 맞아들이는 것이라네."

이 말에 조씨는 또한 크게 웃고, 시 백 편을 채워 학습했다. 그 후 사례하고 떠나가려고 인사를 하니 주인은 만류했다. 이에 조씨는 자신의 지은 시들을 전일(前日)과 비교해 보면 나아진 차이가 나타나 보이니, 과거 시험을 보기에 충분할 것 같다고 말하고, 드디어 읍(揖)을 해 인사한 다음 돌아갔다. 조씨는 이후로 홍씨와 절교해 버렸다. 당시 사람들은 이 사실로써 조씨의 도량 좁음을 일컬었고, 홍씨가 친구를 거절한 일을 비난하였다.

조씨에게는 아우가 있어서 한집에 살았다. 그런데 아우는 친구 사귀기를 좋아하여 날마다 밖에 나가서 친구들을 만났으며, 때로는 밤이 지나도 집으로 돌아오지 않기도 하였고, 심지어는 며칠을 묵으며 머물러 있기도 했다. 어쩌다 나가지 않는 날이면 곧 친구들이 계속 몰려들어 신발이 서로 뒤섞여 널려 있고 담소하는 소리가 시끄럽게 떠들썩했다.

이에 형이, 그 친구들은 다 어떤 사람이냐고 물으니, 아우는 모두 자신의 절친한 친구들이라고 대답했다. 그래서 형이 말했다.

"친구를 사귀는 일은 천하에서 지극히 어려운 일인데 어찌 이처럼 친구가 많단 말인가? 저들이 모두 너를 진심으로 알아주는 지기지우(知己之友)란 말이냐?"

아우가 대답하기를, 금란(金蘭)[268]의 교분을 맺었고 다정함이 아교와 옻칠인 교칠(膠漆)처럼 밀착되어 있으며, 가진 것이 있든 없든 서로 돕고 환란에는 서로 구제해 주는 사이라고 설명했다. 아우의 설명에 형은, 그렇다면 한번 시험해 보자고 하면서, 곧 큰 돼지 한 마리를 사서 끓는 물에 담가 털을 벗겨 하얗게 한 다음, 거적자리로 싸서 하인에게 짊어지게 했다. 그리고 아우에게 가장 친밀한 친구 집을 방문하자고 말했다.

아우는 형과 함께 친구 집에 이르러 한참 동안 문을 두드리니, 주인인 친구가 나와서 무슨 일로 이 밤중에 찾아왔느냐고 물었다. 이에 아우가 이렇게 대답했다

"내가 불행하게도 사람을 죽여 사정이 심히 급박하고 어쩔 방법이 없게 되었네. 지금 시체를 짊어지고 여기에 왔으니, 나를 위해 함께 잘 처리해 주면 좋겠네."

친구는 겉으로 놀라는 기색을 보이면서 알았다고 대답하고, 장차 안으로 들어가서 방법을 도모해 보겠다고 했다. 그러고 들어갔는데 한 식경(食頃)을 서 있어도 나오지 않기에, 불러도 아무런 응답이 없었으며 말을 듣지 않으려는 뜻이 역력했다. 형은 곧 아우에게 말했다.

---

268) 금란(金蘭): 『주역(周易)』에서의, "두 사람이 마음을 합치면 그 날카로움이 쇠를 자를 수 있고, 마음을 합친 이야기는 그 향기가 난초와 같다(二人同心 其利斷金 同心之言 其臭如蘭)."에서 '金·蘭'을 따와 우정을 나타냄.

"너의 절친한 친구라는 것이 모두 이와 같은 것이냐?"

거기를 떠나 다른 친구 집으로 갔다. 또한 그 친구에게 조금 전에 이야기했던 것처럼 사정을 말했더니, 그 친구도 역시 집에 정성을 쏟아 금기(禁忌)해야 할 일이 있다는 이유를 들어 사양하는 것이었다. 그래서 또 다른 친구 집을 찾아가서 앞에서처럼 말하였더니, 그 친구는 크게 꾸짖으며 이렇게 말했다.

"자네는 재앙을 나에게 전가하려는가? 더 말 말고 속히 떠나게."

이와 같이 무릇 서너 집을 찾아다녔으나 모두 받아 주지 않았다. 이에 형은 이런 말을 했다.

"네 친구라는 것이 이 정도뿐이냐? 나에게 친한 친구 한 사람이 있어서, 곤궁하고 연로하여 어느 마을에 살고 있는데 만나지 못한 지 오래되었다. 일단 찾아가 보기로 하자."

곧 그 집을 찾아가서 아우가 친구에게 말한 것처럼 방문하게 된 이유를 이야기했다. 그 사람은 크게 놀라고 날이 이미 새려고 한다면서, 급히 데리고 집 안으로 들어가 삽과 괭이 등 연장을 가지고 와서는, 침실 구들을 헐어 감추려고 서둘었다. 그리고 돌아보며 함께 힘을 합쳐 도와 달라고 하면서, 만일 지체되면 곧 사람들이 보게 될 것이라고 말하고 서둘렀다. 이렇게 애를 쓰니 조씨가 느긋하게 말했다.

"이 친구야, 지나치게 놀라지 말게나. 구들도 헐 필요가 없다네."

이러고 거적으로 싼 것을 가리키며, 이것은 돼지이고 사람이 아니라고 말한 다음, 이어 그 일에 대하여 자세히 들려주었다. 이야기를 들은 친구도 역시 웃고, 서로 함께 방으로 들어가서 술을 내오라고 하여, 돼지고기를 썰어 먹으며 오랫동안 만나지 못한 회포를 풀었다. 조금 지나 조씨는 작별하고 아우를 데리고 집으로 돌아왔다. 그 아우는 크게 부끄러워하면서 감히 다시는 친구 사귀는 일을 말하지 않았다.

외사씨는 말한다. 벗을 사귀는 것은 오륜(五倫)의 하나이다. 옛날 중국

관중(管仲)과 포숙아(鮑叔牙)[269]의 이야기며, 순거백(荀巨伯)[270]과 이응(李膺)[271]의 우정 관계가 널리 칭송되어 왔다. 세대가 흘러 야박해진 풍속의 끝자락에 이르러, 우정의 도리를 지켜 시종일관 변치 않는 자가 과연 몇 사람이나 되는가? 얼굴을 대할 때는 마음을 기울여 정성을 쏟아, 장차 천 리 밖에 있어도 서로 좋은 관계를 유지할 듯이 하다가, 머리만 돌리면 곧 털가죽의 털 끝부분을 불어서 털 속 깊은 곳 흠집 찾듯 소홀히 여긴다. 심지어 날카로운 창끝으로 서로 찔러 토벌하듯 원수가 되기도 하니, 가히 삼가고 조심하지 않을 수 있겠는가? 조씨는 아우에게 친구를 함부로 사귀지 말라고 경계했으니, 역시 달관(達觀)한 사람이로다.

---

[269] 관중(管仲)·포숙아(鮑叔牙): 중국 제(齊)나라의 두 사람. 포숙아가 어려운 처지의 관중을 자기 일처럼 도와주고, 관중도 그 은혜를 잊지 않아 우정의 표본으로 거론됨.

[270] 순거백(荀巨伯): 한(漢)나라 순거백이 친구 병문안 때 호적(胡賊)이 침입했음. 친구가 빨리 피하라 하니 순거백은 친구를 두고 혼자 피할 수 없다 했음. 적군이 와 도망치지 않은 이유를 물어서, "친구 대신 나를 죽이라."고 했음. 적군이 감동하여 철군했다는 이야기.

[271] 이응(李膺): 후한(後漢) 이응이 하남(河南) 관장 때 곽태(郭太)가 방문하여 우정이 두터웠음. 이응이 고향으로 돌아가면서 많은 전송객 중에 곽태만 배에 태워 함께 가니 모두 신선이라 칭했음. 이로써 우정 관련 숙어 '이곽동주(李郭同舟)'라는 말이 생겼음.

東野彙輯 卷之十六
○ 第百二十五号 拾遺部 四 規諷

訪友見拒戒結交

趙尙書某少時 友一洪姓士人 契好甚密. 時當大比 洪邀一詩人 同硏勤做 不許他人參座. 趙聞其有能詩者 往訪之 詢其姓名 曰宋偉 卽詩名膾炙之人也. 因約曰 吾亦明日來做. 洪心頗苦之 然無辭可推 唯唯而送之. 明往則一間屋 分半貯書籍 主客二人 據其半而坐 無隙可容. 趙問其故 答曰 有內客來處書室 而窄故移置耳. 顧其側有退軒 纔可容膝. 趙曰 坐此足矣. 坐終日做數篇而去.

明日又往 則鎖其戶 而主客出坐退軒. 迎謂曰 內客又移居此房 吾與客姑坐於此. 然多非便 不日當罷接矣. 趙笑曰 勢似然矣. 呼其僮曰 速往吾家 取一藁席而來. 來則鋪之階上 又做數篇而去. 明日又往 則主人開戶延入 所貯書籍已空矣. 笑曰 吾與此客 約以吾兩人外 不接他人矣. 雖吾與子情親之間 旣是約外 故初欲拒之. 而終不去 所以延入也. 趙亦大笑 做滿百篇. 後欲辭去 主人挽之. 趙曰 吾詩視前日差進 足可戰藝. 遂揖而歸 自此絶交. 時人以是 稱趙之量狹 而訾洪之拒友也.

趙有弟某同居. 弟喜結交 日出門訪友 或經宿不還 甚至留連數日. 或時不出 則友朋之來者相續 履舃交錯 談笑喧聒. 兄問是何許人 弟曰 皆吾切友也. 兄曰 友者天下之至難 而若是多乎. 彼皆汝知己之友乎. 弟曰 契托金蘭 情若膠漆. 有無相資 患亂相救者也. 兄曰 然乎. 我將試之. 乃買一彘烹之 刮其毛而白之 裹以草席 使奴負之.

謂其弟曰 可訪汝最親密之友. 因至其家 剝啄久之 主人出問緣何深夜來訪. 其弟答曰 吾不幸殺人 勢甚罔措 今擔尸來此 幸爲我善處之. 主人外示驚動之色 且曰諾 入且圖之. 立食頃 仍不出來 呼之不應 顯有訑訑之意.

　　兄謂其弟曰 汝之切友 皆如是乎. 去而之他 又告其友如俄者 其友辭以家有拘忌. 又尋他友家 告如前 其友大咤曰 君欲嫁禍於吾耶. 勿復言可速去. 凡走至三四家 皆不見容接. 兄曰 汝友止此乎. 吾有親知一人 窮困年老 居在某洞 而不見久矣 第往觀之. 遂尋其家 而道其由 如其弟之告其友者. 其人大驚曰 且止天方向曙矣. 急携入家中 取鏊錘之屬 欲毁臥室之堗而藏之. 顧曰 君亦助我幷力 若遲則人將見之. 趙曰 毋用浪驚 堗不必毁也. 指席裹者曰 猪也非人也. 因將其事細述. 其人亦笑 相携入室 呼酒而來 切其猪肉 而啖之 叙其久阻之懷. 少焉告歸 因挈其弟還家. 其弟大慚悔 不敢復言交友云.

　　外史氏曰. 朋友者五倫之一. 古之管鮑箇李尙矣. 世降俗末 友道之終始靡渝者 果幾人哉. 對面則傾心輸愊 若將千里同好 回頭則吹毛覓疵. 甚至於戈鋋相尋 可不慎歟. 趙之戒其弟以勿交 亦達觀者耶.

기녀와 동침 실험한
선비의 소담(笑談) 알려져 이름 팔리다

16-8.〈250〉 심창문언소고명(尋倡聞言笑沽名)

　　　　　　　　　　　　　　　　　　　　　　김씨(金氏) 선비는 영남 사람이다. 재물은 풍족하였으나 글재주가 부족하여, 장차 도시로 가서 회시(會試) 볼 준비를 하려고 대구(大丘) 감영 근처에 이르렀다. 한 친구 집에 의탁해 지내면서, 시문(詩文)에 능한 사람을 돈을 주고 사겠다고 말하고, 친구에게 소개해 줄 것을 요청했다. 이에 영남에서 글로 이름난 사람들을 맞이하여 만나 보고는, 출제를 하여 그 재능을 시험했다. 그랬더니 어떤 사람은 자신이 익히 학습한 것은 다만 경서(經書)와 사서(史書)로서 그 밖의 책들은 익숙하지 않다고 말했다. 그리고 또 어떤 사람은 자신의 머릿속에는 많은 시문의 재료들이 들어 있지만 다만 급하게 글을 짓는 재주가 없다고 했다. 이러면서 모두들 알맞지 않다는 핑계를 끌어대고 백지만 내놓고 나가 버렸다.
　　마지막 남은 한 사람이 있어, 친구는 그 손님을 데리고 와서 추천하기를, 이 사람은 곧 경상도 내에서 이름 있는 선비이니, 실제로 뛰어난 재능을 가진 사람이라고 말했다. 김씨가 그 손님을 살펴보니, 실로 짠 술띠가 오래 되어 낡아 보푸라기가 일어 있고, 짚신은 뒤꿈치를 구겨 신고 있었다. 또한 갓은 찌그러져 있었고, 낡은 도포에는 그을음과 때가 묻어 더러웠다. 그리고 코에서는 맑은 콧물이 졸졸 흐르고 있는데, 그 모습이 매우 어리석고 우둔해 보여 글을 모르는 사람 같았다. 김씨가 손을 내저어 그를 돌려보내고자 하니 친구가 말했다.

"겉모습만 보고는 반드시 그 속을 다 알기가 어려우니, 한번 그를 시험해 보는 것이 좋겠네."

곧 제목을 주어 시를 짓도록 하였더니, 일필휘지(一筆揮之)로 금방 글을 완성하였는데 그 글 역시 쓸 만한 것이었다. 이에 김씨는 일백 금으로 그를 사서 대리로 과거를 보게 하여 과연 급제하게 되었다. 이후 이 사람을 집에 머물게 하고는 장차 복시(覆試)를 준비하게 했다.

그리고 김씨는 날마다 친구와 함께 한가롭게 성안 저잣거리를 떠돌며 노는 동안, 어느 굽은 길 깊숙한 마을을 지나게 되었다. 이때 그 친구가 말하기를, 이 지역 교방(敎坊)에 새로 들어온 한 기생이 있는데 자못 이름이 나 있으니, 한번 보고 싶지 않으냐고 물었다. 친구의 말에 김씨는 이런 말을 했다.

"내가 일찍이 영남 기생들에 관한 기록인 연지보(臙脂譜)를 보았는데, 그 서문에 다음과 같은 글귀가 있었네. '흰 풀로 지붕을 덮었는데 기첩(妓妾) 혜혜(盻盻)의 연자루(燕子樓)[272]는 없고, 황토로 침상을 만들었는데 부용장(芙蓉帳)[273]인 규방(閨房) 안의 아늑함은 결코 없었다. 흙탕물 같은 탁주 반 국자는 마장경(馬長卿)[274] 소갈증(消渴症)의 한 잔 차에 지나지

---

272) 연자루(燕子樓): 중국 강소성에 있는 누각 이름. 당(唐) 상서 장음(張愔) 집안에 연자루가 있었고, 장음 사망에 기생첩 관혜혜(關盻盻)가 이 누각에 거처하며 수절했음. 그래서 연자루는 애첩(愛妾)을 뜻하는 말이 됨.
273) 부용장(芙蓉帳): 부용꽃 모형이 있는 규방(閨房) 휘장 안을 뜻함.
274) 마장경(馬長卿): 한나라 때 문인 사마상여(司馬相如). 장경(長卿)은 그의 자(字)임. 거문고로 탁왕손(卓王孫) 딸 탁문군(卓文君)을 매혹시켜 함께 탈출해 살았음. 말년에 소갈증에 걸려 계속 물이나 차를 마셔야 했음.

않았고, 도깨비불과 별빛 같은 등불은 송자경(宋子京)[275]이 높이 매달아 놓은 등불처럼 희미했다.' 이러한 글귀들은 누가 지었는지 모르겠으나, 대체로 추하고 음흉한 기생들을 데리고 노는 것을 경계한 내용이네. 이런 곳에 어찌 유명한 기생이 있겠는가?"

친구는 이 기생이야말로 곧 반드시 그 명성에 헛됨이 없다고 하면서, 김씨를 억지로 이끌고 기생집으로 갔다. 도착해 보니 곧 아름답게 채색한 담장에 붉은색 문이 달려 있어서 먼 시골의 풀로 엮은 울타리에 토벽으로 둘러쌓은 달팽이집 같은 그런 집은 아닌 것으로 생각되었다. 곧 한 노파가 나와서 맞이하여 외실로 인도해 간략하게 인사를 나누었다. 그리고 곧 내당으로 인도해 들어갔는데, 네 벽에는 비단 족자의 글씨와 그림이 붙어 있고, 병풍과 자리며 탁자와 의자 등의 기구에, 향로와 차 끓이는 화로 등이 질서 있고 아름답게 배치되어 있었다. 합장(閤藏)[276]에는 붉은색과 하얀색의 매화 화분이 각각 하나씩 놓여 있었는데 꽃술이 완전히 피지 않은 상태였다. 문득 한 여종이 나와서 고했다.

"낭자께서는 어제의 숙취 때문에 고단하여 지금 일어나 창문 아래에서 곱게 화장을 하고 있습니다. 귀하신 손님께서는 조금만 기다려 주시기를 청하옵니다."

그리고 한참 지난 후 또 나와 아뢰었다.

"낭자께서는 이미 화장을 끝냈지만 춘곤(春困)으로 인하여 베개에 엎드려 잠시 잠이 들었으니, 조금 지나 잠을 깨어 옷을 갈아입고 나와서 인사를 올릴 것이옵니다."

이렇게 하니 그 뜻을 헤아려 보건대 아마도 크게 자부심을 가진 것으로 생각되어, 김씨는 그 미인 만나 보기를 고대하였다. 그리고 미인은 당연히

---

275) 송자경(宋子京): 송(宋) 때 사람 송기(宋祁). 그의 자가 자경. 형과 함께 학문이 뛰어나 '이송(二宋)'으로 불렸고, 『당서(唐書)』 편찬에 참여했음.
276) 합장(閤藏): 두 짝 창이나 문짝 뒤에 작은 공간을 만들어 화분 같은 물건을 넣을 수 있게 해 둔 곳.

충분한 휴식을 취해야 한다는 해당수족(海棠睡足)[277)]의 마음으로, 인내심을 가지고 주시하여 두 눈으로 주렴 사이를 지켜보았다.

조금 지나니 노파가 나와 주렴을 걷어 올리는데, 난초와 사향노루의 향기가 스치더니 한 낭자가 천연스럽게 걸어 나왔다. 김씨가 급히 눈을 들어 바라보니 얼굴에 분을 발랐는데 얼룩덜룩하게 어지러웠고, 입술에 바른 연지는 온통 요란하게 번져 있었다. 또한 높이 쌓아 놓은 것 같은 커다란 복부(腹部)는 쌀 석 섬 정도 들어갈 만한 항아리같이 우뚝했고, 걸음을 크게 옮겨 뚜벅뚜벅 앞으로 걸어 나오는 모습은, 곡식을 운반하는 배가 바다 갑문을 지나가는 것과 흡사했다. 김씨는 곧 크게 놀라 친구를 돌아보며 말했다.

"유명한 기생이 이렇게 추하게 생긴 장대(章臺)[278)] 기생인가?"

친구는 스스로 자기가 한 말이 허무맹랑한 것임을 뉘우치고 몰래 도망가 숨었다. 김씨는 나아가지도 물러나지도 못해 웃음을 참으며 억지로 앉아서 기생에게 이름을 물으니, 초운(楚雲)이라고 했다. 또 그 나이를 물었더니 스물하나라고 대답하는데, 김씨가 그의 용모를 살펴보니 서른은 넘어 보였다. 초운 낭자는 조금도 부끄러워하는 기색이 없이 가만히 김씨에게, 유명한 기생과 유명한 선비를 비교하면 어떠하냐고 물었다. 김씨가 다를 것이 없다고 대답하니, 초운은 이런 설명을 했다.

"그렇다면 곧 유명한 기생이라 일컬어지는 것이 저에게 있어서 어떤 부끄러움이 있겠습니까? 대저 유명한 선비는 세 치의 혀를 놀려, 문사들 모임에서 백마를 달리듯 유창하게 언어를 잘 구사하여, 천하 사람들로 하여금 그의 풍채를 우러러 생각하게 하고, 또한 그의 마음속 재능까지도 중요하게 여기도록 할 따름입니다. 저 역시 분에 넘치게 헛되게나마 유명한 기생이라

---

277) 해당수족(海棠睡足): 중국 당나라 현종(玄宗)이 양귀비(楊貴妃)가 술에서 덜 깬 상태를 보고, "해당화의 잠이 아직 충분하지 못하다(해당수미족; 海棠睡未足)."라고 한 말에서 '미(未)'를 빼고 인용했음.

278) 장대(章臺): 중국 진(秦) 때 위수(渭水) 남쪽에 건립된 궁전. 뒤에 당(唐)이 이 지역에 수도 장안(長安)을 건설했고, 당나라 유명한 기생 유씨(柳氏)가 장대 근처에 살아 '장대유(章臺柳)' 또는 '장대(章臺)'라 불렀음. 그래서 뒷날 기생을 '장대'라 일컫게 됨.

는 이름을 얻은 까닭은, 연지 찍고 분을 발라 거짓으로 꾸민 얼굴에 있지 않고, 침상에서의 잠자리 기능에 대해 실속 있는 공부(工夫) 재주를 가졌기 때문입니다."

이 말에 김씨가 웃으며 그 잠자리 기능이란 것이 어떤 공부 재주냐고 물으니, 초운은 이렇게 대답했다.

"열었다가 닫았다가 하는 게 있고, 느렸다가 빨랐다가 하는 게 있으며, 잡았다가 놓았다가 하는 게 있습니다. 이는 곧 유명한 선비가 글을 짓는 비법의 열쇠 바로 그것일 따름입니다. 어찌 묻기만 하시는지요?"

설명을 들은 김씨는 크게 기뻐하고, 드디어 초운과 함께 잠자리를 시작하였다. 그리고 계속하여 초운에게 말했다.

"그 온유향(溫柔鄕)에 진실로 참된 즐거움이 있도다. 서시(西施)[279]의 눈썹을 뽑고 반비(潘妃)[280]의 발을 자르며, 여영(女瑩)[281]의 음구(陰溝)를 베어낼 정도로 잠자리를 한다 해도 기운이 조금도 꺾어짐이 없겠노라. 이 진미는 오히려 값비싼 황금 비녀인 십이금채(十二金釵)를 사 와서 날마다 안고 사랑하기를 도모해도 부족할 것 같구려. 진실로 사람으로 하여금 혼이 녹아내리게 하도다."

김씨는 이후로 기녀에게 빠져, 보름도 채 지나지 않아 재물을 모두 탕진해 버려 낭패를 당하고 돌아왔다. 그 친구가 이야기를 듣고 탄식하며 이렇게 말했다.

"무릇 세상에 훨훨 나는 듯 이름을 날리는 명사들도 반드시 모두 마음속에 훌륭한 재능을 갖추고 있는 것은 아니다. 오직 시대의 추세에 따라 잘 대처하는 기능이 뛰어나, 진정 한 편의 작품만을 가지고 사람들 여론을 빌려

---

279) 서시(西施): 중국 춘추시대 월(越)나라 미인. 오왕(吳王) 부차(夫差)에게 바쳐져, 오왕이 서시에게 빠져 고소대(姑蘇臺)를 짓고 놀아 나라를 망쳤음.

280) 반비(潘妃): 중국 남조 제(齊)나라 동혼후(東昏侯) 왕비로 미인. 사치를 일삼아 국력이 약해져, 양(梁) 무제(武帝)가 공격해 점령하고, 반비를 보고 혹해 차지하려 하니, 신하 왕무(王茂)가 제나라를 망친 장본인이니 조심하라 간하여, 다른 사람에게 하사했음. 이에 반비는 자결했음.

281) 여영(女瑩): 후한 환제(桓帝)의 황후. 황제가 그의 교태에 빠져 총애하니, 온갖 사치를 일삼았음.

명성을 낚고 명예를 이끌어 내곤 한다. 가슴속에 훌륭한 지식을 쌓아 두고 펼치려고 하지 않는 사람의 경우는 세상에서 칭찬해 주는 사람이 아무도 없다. 본의 아니게 만난 이 이름난 기생 또한 역시 그러한 것이다. 김씨가 마침 그 기생의 술수 속에 빠져들었는데도 깨닫지 못했으니, 이는 이름 있는 선비의 지혜가 또한 유명한 기생보다 못한 것을 드러낸 것이 되니, 슬프도다."

외사씨는 말한다. 역대 명사(名士)들이 옛날 학자(學者)를 이야기할 경우, 송(宋)나라와 당(唐)나라며 진(晉)나라의 학자들을 일컫게 되고, 올라가 한(漢)나라 때 학자들을 이야기하는 선에서 그친다. 그런데 이 기생이 잠자리 기능을 연마한 것은 곧 옛날 하늘 나라 선녀인 천모(天姥)²⁸²⁾가 헌원씨(軒轅氏)를 가르쳤던 그것이라 하겠다. 옛 노래에, "헌원씨(軒轅氏) 때 방중술(房中術)로 이름난 소녀(素女)²⁸³⁾가 내 스승이니, 갖가지 다양한 형태로 온 세상 만방을 가득 채울 것이다." 하고 읊은 것이 있다. 이 기생이야말로 진정한 옛날의 학자요, 진실로 훌륭한 명사로다.

---

282) 천모(天姥): 중국 고대 황제(黃帝) 헌원씨(軒轅氏)를 가르쳤다는 하늘 나라 천녀(天女).

283) 소녀(素女): 헌원씨 때 방술녀(方術女)로서 방중술(房中術)에 능해 헌원씨와 방중술에 관해 문답한 책이 『소녀경(素女經)』임. 옛 악부시(樂府詩)의 '素女爲我師 天姥敎軒皇'과, '極素女之經文 昇降盈虛' 구절에서 인용함.

東野彙輯 卷之十六
○ 第百二十五号 拾遺部 四 規諷

尋倡聞言笑沽名

　　金生某嶺南人也. 富於貲而短於文 將赴都會試 抵大丘營下. 寓於友人家 要買文 請友人紹介. 嶠南之以文名者 竝延攬輒出題試才. 或曰 吾但慣習經史 不嫺於外家書. 或曰 余腹藁雖富 但無副急之才. 皆援引支吾 曳白而退. 最後有人 携一客而來 薦曰 此卽道內有名之實才也. 金視其客 絲絛穗拔 藁履跟顚. 笠挫袍煤 鼻流淸涕 貌甚愚蠢 似無文者 欲麾送之. 友人曰 觀其外未必知其內 可一試之. 遂命題賦之 一揮而就 文亦可用. 遂以百金買之 果得中. 將留待覆試.

　　日與友人 閒遊城市間 過曲坊. 友人曰 此間有一妓 新屬敎坊 頗有名 君欲見之否. 金曰 吾嘗見嶺南臙脂譜 序中有白茅盖屋 曾無燕子之樓. 黃土爲床 絶少芙蓉之帳. 泥漿半勺 馬長卿消渴之茶 鬼火一星 宋子京高燒之燭. 等句未知誰作 而盖醜詆之以爲狎遊者戒也. 此豈有名妓乎. 友人曰 此妓則必名下無虛 因拉金而往. 至則彩墻朱戶 不似遐鄕之茅籬蝸壁. 卽有一媼 邀至外室 略敍寒暄. 便導入內堂 四壁粘錦箋書畫 屛茵床榻 香爐茶鐺之屬 排置精麗. 閣藏紅白梅各一盆 含藥未吐. 旋有一小鬟 來告曰 娘子苦宿醒 今纔起向窓下理粧. 乞貴人少俟. 久之又出報曰 娘子粧已竟 因春倦伏枕小睡 俟稍醒更衣出拜矣.

　　察其意似大矜持者 而金以要見美人 當俟海棠睡足 姑耐心以守 而注雙眸於簾間. 俄而老媼出捲簾 蘭麝香過處 一女娘冉冉而至. 金

急睨之 面粉斑爛 脣脂狼藉 纍然碩腹 大如三石缸. 大踏步而前 彷彿運糧河漕船過閘也. 遂大駭顧友人曰 名妓若此羞煞章臺矣. 友人自悔 言之孟浪 潛遁去. 金進退兩難 忍笑強坐 詢其名 曰楚雲也. 年幾何 曰廿一歲. 金察其貌 可三十餘歲. 雲娘殊無愧色 從容謂金曰 名妓與名士若何. 金曰 等耳. 雲娘曰 若然則名妓之稱 妾何愧焉. 夫名士操三寸舌 馳騁詞壇 使天下想望風采 亦重其內才耳. 妾之浪得虛名者 不在脂粉之假面目 而在床席之實工夫也. 金笑曰 何謂工夫. 雲娘曰 有開合有緩急有擒縱 是卽名士作文秘鑰耳. 何問爲.

金大悅 遂與繾綣. 繼而謂雲娘曰 溫柔鄉洵有眞樂. 拔西子眉 截潘妃足 割女瑩之陰溝 而無少挫氣. 是猶購十二金釵 圖曰偎抱之不足 令人眞箇銷魂也. 不半月盡蕩其資斧 狼狽而歸. 友人聞之歎曰 凡世之翩翩然 號稱名士者 未必皆有內才. 惟其工於趨時 定有一篇假議論 釣名弋譽. 至若蘊而不展者 世無稱焉. 不意名妓亦然. 金生適墮其術中 而不悟 是名士之智 又出名妓下矣. 哀哉.

外史氏曰. 歷來名士言古學者 曰宋曰唐曰晉 至漢人止矣. 而此妓工夫 則天姥之所敎軒皇也. 古歌云 素女爲我師 儀態盈萬方. 是眞古學 是眞名士.

정씨(丁氏) 선비 태(胎) 빌려주고 늙어서 세 집에서 행복 즐기다

16-9.〈251〉 인차태오로삼가(因借胎娛老三家)

　　　　　　　　　　　　　　　정씨(丁氏)는 서울 선비이다. 그는
다른 재능이 없었지만 다만 아들을 잘 낳아 한번 잠자리를 하면 문득 잉태
하고, 잉태하면 곧 사내아이를 얻었다. 자식들이 온 방을 가득 메워 먹여 살
릴 양식을 조달할 능력이 없었다. 그래서 추노(推奴)를 위해 영남으로 가면
서 태백산 아래를 지나는데 길을 잃어 헤매다가 날이 저물었다. 마을을 찾
아 한 집으로 들어가니, 크게 지은 기와집으로 매우 훌륭하여, 서울의 제일
가는 집에 못지 않았다. 하인들이 구름처럼 모여 있고 곡식이 산더미같이
쌓여 있는 커다란 부잣집이었다.
　　정씨는 주인 만나기를 요구하여 하룻밤 기숙을 청하니, 이에 주인은 허
락하였다. 주인을 보니 수염과 눈썹이 모두 하얗고, 살쩍 부근에 황금 관자
를 붙였고 허리에는 홍대를 띠고 있었으며, 풍채가 빼어나고 거룩하여 물어
보지 않아도 부자 노인임을 알 수 있었다. 손님 대접을 자못 두텁게 하기에

정씨는 인사를 겸하여 이렇게 말했다.

"주인어른께서는 장수(長壽)에 부귀를 겸하셨으니 크고 좋은 복력을 지니셨다고 말씀드릴 수 있겠사옵니다."

이 말에 노인은 한숨을 쉬면서, 이렇게 탄식했다.

"하늘이 나에게 준 것은 다만 먹는 것뿐이랍니다. 슬하에 한 점 혈육이 없으니 어찌 복력이 있다고 하겠습니까?"

이러고 손님에게 올해 몇 살이며 자녀는 몇 명이냐고 묻기에, 정씨는 다음과 같이 설명해 드렸다.

"나이 서른이 채 되지 않았는데 아들은 곧 십여 명입니다. 즉 한번 합방을 하면 곧 문득 아내가 임신을 하여, 돼지나 개 새끼처럼 많아 방을 가득 메우고 있습니다. 그런데 가계가 빈한하여 먹여 기를 수가 없으니 도리어 우환거리라 하겠습니다."

노인은 탄식하며 어떤 사람이기에 이와 같이 분복(分福)이 많으냐고 말하고, 흠모하고 부러워하기를 그치지 않았다. 그러면서 음식 접대를 풍성하게 하고 다정하게 대했다. 밤이 되니 노인은 정씨를 인도하여 옆에 딸린 방으로 데리고 들어가서 은밀하게 이야기했다.

"나는 지금 마음속에 곡진하게 맺힌 것을 풀어 이야기할 일이 있습니다. 나에게는 약간의 재물과 비단 등이 있어서 어릴 적부터 풍요롭게 살아왔으며 지금에 이르러 늙어 머리가 하얗게 되었습니다. 대저 다시 무엇을 더 원하겠습니까마는, 다만 부여받은 운명이 기구하고 궁색하여 한 명의 아들도 길러 보지 못했습니다. 대를 이을 후손을 얻기 위하여 아름다운 첩을 여러 명 들여놓았지만 끝내 임신을 하지 못합니다. 의원의 탕약과 치성 들여 자식을 비는 일 등 지극한 노력을 다 해 보았지만, 역시 모두 효험이 없었습니다. 이러니 자식을 낳아 기르고자 하는 희망은 이생에서는 이미 끝난 것으로 생각됩니다. 비록 다른 사람의 자식이라도 얻어 우리 집 안에서 엉엉거리는 아기 울음소리가 나고, 아버지라고 부르는 소리를 한 번이라도 들을 수 있게 된다면, 곧바로 죽어도 여한이 없겠습니다. 존중하는 그대는 이미 사내 아이 낳는 일을 잘하셨으니, 부디 나를 위해 나의 세 첩과 두루 잠자리를 하시어 후손을 얻도록 해 주시기 바랍니다. 그렇게 되면 곧 나에게 있어서는 곧 태(胎)를 빌려 자식을 갖게 되고, 존중하는 그대에게는 역시 적선이 되어 부유한 만년(晩年)을 누리게 될 것이니, 이 어찌 양편에게 모두 아름다운 일이 아니겠습니까? 행여 깊이 헤아려 주시기를 바라는 바입니다."

노인의 이 간절한 말에 정씨는 크게 놀라며 이런 말을 했다.

"이 무슨 명령이신지요? 남녀의 분별은 『예기(禮記)』에서 규정으로 막아 놓음이 이미 엄격하고, 주인과 손님의 의리는 다른 사람과의 관계에 비하여 더욱 다른 차이가 있습니다. 이 개와 돼지의 행동 같은 일을 내 어찌 차마 한단 말입니까?"

정씨는 이러면서 머리를 가로저어 거절함을 그치지 않으니, 노인은 다음과 같은 말을 하며 재삼 간곡히 청하였다.

"나의 첩들은 모두 미천한 것들이어서 조금도 거리낄 필요가 없습니다. 그리고 또한 깊은 밤중의 일이니 누가 알겠습니까? 그대의 남아 넘치는 여력에 힘입어 아들 낳는 경사인 농장지경(弄璋之慶)[284]을 얻는다면, 곧 이는 자식 없는 몸이 자식을 두게 되는 것입니다. 이생에서 이 은혜를 어찌 가히 잊을 수 있겠습니까?"

이러면서 노인은 마침내 눈물을 흘리며 애걸하니, 이 상황에 이르러 정씨 마음속에도 역시 가엾고 슬픈 생각이 들어, 부득이 마침내 허락하게 되었다. 노인은 크게 기뻐하고 드디어 정씨를 첩의 방으로 인도하여 들여보냈다. 사흘 밤을 나누어 각각 세 방에서 동침을 하였는데, 첫날밤의 화촉(花燭) 절차와 같이하였다. 여인들 역시 임신하기를 바라고 있어서 각기 애정 넘치는 잠자리를 극진히 하였다. 그러고서 여인들은 정씨의 성명과 사는 곳을 물어 마음속에 외워 기억했다. 사흘이 지나 정씨가 작별을 고하니, 주인 노인은 슬픔을 이기지 못하고, 노자를 넉넉하게 주어 보냈다.

---

284) 농장지경(弄璋之慶): 아들을 낳아 기를 때는 반쪽 홀(笏)인 장(璋)을 가지고 놀게 하므로 '농장지경'이라 하고, 딸을 낳아 기를 때는 실패(瓦)를 가지고 놀게 하므로 '농와지경(弄瓦之慶)'이라 함.

정씨가 이미 집으로 돌아와서는, 서로 간에 소식이 적막하여 그 일을 잊고 살았다. 세월이 흘러 수십 년이 지나는 동안 정씨는 가난이 더욱 심해졌다. 두어 칸 초가집은 비바람을 막지도 못했으며, 또한 자식이 많으니 무릎을 굽히고 앉지도 못할 정도였다. 그래서 여러 아들은 처가로 보내 붙어 살도록 하고, 다만 아내와 한 아들만을 데리고 함께 살아, 정씨는 이러한 자신의 생애를 매우 슬퍼하고 절망에 빠져 있었다. 하루는 갑자기 잘생긴 소년 세 사람이 나타났는데 좋은 옷을 입고 훌륭한 말을 타고 와서는 마루 위로 올라와 나란히 서서 절을 올렸다. 정씨가 손님들은 무엇 하는 사람들이냐고 물으니 세 사람은 이렇게 대답했다.

"저희들은 곧 생원(生員)님의 아들입니다. 생원님께서는 어느 해 어느 지역에서 사흘 밤을 머물러 주무신 일을 능히 기억할 수 있으신지요? 저희 세 사람은 태어난 달이 같고, 태어난 날짜만 앞뒤로 조금 다름이 있을 뿐으로, 올해 나이 모두 열아홉 살입니다. 어릴 때부터 장가를 들고 어른이 될 때까지는 다만 그 부자 노인의 아들로 알고 있었습니다. 그런데 재작년에 노인이 세상을 떠나, 상례 절차로 장차 머리를 풀고 벽용(擗踊)²⁸⁵)을 하려고 준비를 하였습니다. 그때 세 모친께서 만류하면서, 저희들에게 노인의 아들이 아니고 곧 서울의 아무 성씨 양반 자식이라고 일러 주셨습니다. 그러고 인하여 그 당시의 일을 매우 소상하게 들려주셨습니다. 사정을 알게 된 저희들은 곧바로 서울로 와서 부자(父子) 인륜 관계를 펼쳐 아뢰려고 했지만, 노인의 길러 준 은혜를 차마 하루아침에 저버릴 수가 없었습니다. 정성을 다해 장례 절차를 유감없이 치르고, 상복은 입지 않았지만 심상(心喪)으로 정성껏 삼년상 절차를 마쳐 드렸으며, 소상(小祥) 대상(大祥) 제사와 또 대상을 마친 다음다음 달에 지내는 담제(禫祭) 제사까지 모두 소홀함 없이 마쳤습니다. 그런 다음 모친 명령에 따라 지금에서야 비로소 부친을 뵙게 된 것이옵니다."

---

285) 벽용(擗踊): 부모 사망에 입관하기 전 상주가 머리를 풀어헤치고 한쪽 어깨를 드러낸 채 주먹으로 가슴을 치고 펄쩍펄쩍 뛰면서 슬프게 곡(哭)을 하는 절차.

정씨는 황홀한 속에 옛일을 크게 깨우치고, 이어서 세 사람의 모친에 대하여 평안한지 안부를 물으니, 모두 잘 지내고 있다는 대답을 했다. 드디어 여러 식구들에게 서로 만나 보게 하니, 모든 가족이 기이하다고 일컫지 않는 사람이 없었다. 이어 세 아들들이, 지금 집안 형편을 보니 말할 수 없는 지경이라고 걱정하면서, 마침 노자로 가지고 온 재물이 있으니 아침저녁 식사 제공은 해 드릴 수 있겠다고 말했다. 그리고 곧 종을 불러 짐바리로 싣고 온 돈과 비단 등을 들여놓아 풀도록 하여, 쌀을 사 밥을 짓고, 베를 재단하여 옷을 짓도록 했다. 이렇게 하니 잠깐 사이에 냉기가 돌던 집안이 따뜻하게 변하였다.

며칠 지나 세 아들들이 그 부친께 나직이 제안하여 아뢰었다.

"저희들은 부자 노인의 재산을 나눠 가져서 평생 입고 먹는 일은 넉넉하여 풍족합니다. 그런데 천 리나 떨어진 서울의 노친께 양식을 운반하여 봉양하는 일에 있어서는 그 일을 담당할 힘이 미치지 못하옵니다. 가만히 살펴보건대 부친께서는 이미 춘추가 높으시고, 적형(嫡兄)들은 글공부도 하지 않았고 무예도 익힌 적이 없어, 과거를 보아 관직에 오르지 못했습니다. 아무것도 없는 몸뚱이로 작은 내 땅 하나 없는 이곳에서, 사는 데 필요한 재산을 마련할 방도가 없습니다. 집을 모두 정리하여 시골로 내려가 한 곳에 단란하게 모여 살면서 여생을 안온하게 보내시는 것보다 더 좋은 방법은 없다고 생각되옵니다."

정씨는 이 말에, 자신의 생각과 완전히 일치한다고 동의했다. 곧 집을 정리해 남쪽으로 이사하여 그 큰 집에 거처하게 되었다. 세 명의 여인들을 만나 보니 각각 가정을 이루어 아들과 며느리를 데리고 살고 있었다. 며칠 지나 정씨는 제물을 갖추고 제문을 지어, 부자 노인의 산소로 가서 술을 쳐 땅에 뿌리고 곡을 하며 제사를 지냈다. 그리고 서울에서 흩어져 남에게 의지하여 살고 있는 여러 아들들을 모두 거느리고 내려오게 하여 재산을 나누어 주어 한동네에 살게 했다. 이렇게 되니 전후좌우에 모두 수십여 가구가 되었는데, 정씨는 세 첩의 집을 돌아다니며 늙음을 마음껏 즐겼다. 이는 마치 중국 한(漢)나라 육가(陸賈)²⁸⁶⁾가 노래하는 가인과 비파 연주하는 무리를 이끌고 다섯 아들 집을 차례로 돌면서 평온하게 행락을 누린 일과 같았다. 정씨는 또한 세 아들에게 명하여 부자 노인의 제사를 극진히 모시게 당부하고, 그런 다음 자신의 삶을 끝마쳤다고 한다.

외사씨는 말한다. 사람이 아들이 없으면 간혹 과라(蜾蠃)²⁸⁷⁾가 남의 새끼를 업어 와 자기 자식으로 삼는 것처럼 양자(養子)를 들이기도 한다. 그런데 이 노인의 일은 곧 크게 이치에 벗어난 것으로, 진실로 망령된 이야기이다. 정씨는 이 일로 인해 아들을 더 얻고, 그들의 도움으로 만년을 안온하게 보냈는데, 역시 분수에 넘치는 복이라 하겠다. 무릇 보통 사람에게 아들이 많다는 것은, 곧 한 등급 높은 복을 받은 사람이다. 슬프다! 천도(天道)가 사람의 일을 알아주지 않아서, 백도(伯道)²⁸⁸⁾에게 자식이 없었으니, 그 운명의 소치(所致)를 어떻게 하겠는가?

---

286) 육가(陸賈): 한(漢) 초 남월(南越) 추장 위타(尉佗)가 항복하지 않아, 고조(高祖)는 육가를 보내 평정했음. 위타는 육가에게 고맙다고 일만 금을 주었음. 육가는 이 돈을 두었다가 벼슬에서 물러난 뒤 다섯 아들에게 이천 금씩 나누어 주고, 노래하는 사람과 비파 연주자를 거느리고 아들 집을 돌면서, 자기 머무는 비용으로 하라 했음.

287) 과라(蜾蠃): 나나니벌. 새끼를 직접 낳지 못하고 명령(螟蛉; 뽕나무벌레)의 애벌레를 업고 와 "날 닮아라. 날 닮아라." 하는 소리로 계속 울면 자기 새끼로 변한다고 전해 옴. 그래서 '양자(養子)'를 '명령(螟蛉)'이라 함.

288) 백도(伯道): 중국 진(晉) 때 사람 등유(鄧攸)의 자(字). 등유가 난리를 만나 자기 아들과 아우의 아들을 데리고 부인과 함께 피난을 가다가, 위급하여 자기 아들을 버리고 아우 아들만 데리고 가서 칭송받았으나, 끝내 아들을 더 낳지 못해 대가 끊어져, 하늘이 무심하다는 '천도무지(天道無知)' 고사가 생겼음.

東野彙輯 卷之十六
○ 第百二十六号 拾遺部 五 怪事

因借胎娛老三家

　　丁生某京居士人也. 無他才能 但善生男 一交輒孕 孕輒得男. 子姓滿室 而不能食力. 爲推奴往嶺南 過太白山下 迷路値暮. 入一村家 瓦屋傑搆 不下於洛中甲第. 婢僕如雲 積穀如山 卽富家也, 要見主人 請寄宿 乃許之. 主人鬚眉皓白 鬢金腰紅 風神秀偉 不問可知爲富翁也. 接客頗厚 客曰 主人壽而富貴 可謂大好福力. 翁獻欷曰 天之與我 只是食也. 無一點膝下 曷云福力. 因問客年今幾何 子女幾人. 生曰 年未三十 子則十餘. 盖一入房 則輒有孕 如豚犬之子盈室. 而家計貧寒 無以飼育 還爲憂患矣. 翁歎曰 何等人有如許福分. 不勝艶羨 乃豊其供饋款待.

　　至夜引生入夾房 密語曰 吾有披陳衷曲之事. 吾劣有財帛 自少饒居 今至老白首矣. 夫復何願 而但賦命畸窮 未育一子. 爲其求嗣 多置姬妾 而終不有娠. 醫藥祈禱靡不用極 而亦皆罔效. 産育之望 此生已矣. 雖他人之子 使吾家中有呱呱 而一聞呼爺聲 則死無恨矣. 尊旣善於生男 幸爲我遍私吾三妾 得以取種. 則吾便借胎而有子 尊亦積善以裕後 豈非兩便. 幸有以諒之. 生大駭曰 此何敎也. 男女之別 禮防旣嚴 主客之誼 與他尤異. 似此狗彘之行 吾豈忍爲. 因掉頭不已. 翁再三懇請曰 吾之側室 皆是賤物 少無可嫌. 且深夜之事 有誰知之. 賴公餘力 獲有弄璋之慶 則卽是無子而有子. 此生此恩何可忘也. 竟至於含淚哀乞 生心亦矜悶 不得已竟許之. 翁大喜 遂導生入妾房. 分

三夜同裯三室 如花燭之禮. 女亦冀其懷胎 各盡繾綣. 因問生之姓名居住 暗記于心中. 三宿之後告別 主翁不勝悵然 厚有贐遺.

生旣歸家 彼此聲聞漠然. 荏苒數十年 生之貧窶轉甚. 數間茅屋不蔽風雨 且多子 無以容膝. 使衆子各贅居 只與妻及一子同居 生涯愁絶. 一日忽有妙少年三人 美衣服騎駿馬而來 陞堂羅拜. 生問客何爲者 三人曰 吾等卽生員主之子也. 生員主能記某年某地 三夜留宿之事乎. 吾三人同月生 而日子稍有先後 年今俱十九歲矣. 自幼至冠娶 只知爲老翁之子. 再昨年老翁棄世 將被髮擗踊. 三母挽止曰 汝非主翁之子 卽京中某姓兩班之子也. 因道其時事甚悉. 吾等卽當上來叙倫 而主翁養育之恩 不忍一朝背之. 喪葬之節 盡誠無憾 服心喪三年 祥禫甫除. 依母親所敎 今始來覲. 生怳然大悟 因問汝等之母皆好在否. 對曰 無恙. 遂令與家人輩相見 渾室莫不稱奇.

三子曰 今見宅之形勢 萬不成說. 適有行橐所携 可供朝夕之需. 遂呼僕 卸入卜物錢帛 貿米炊飯 裂布裁衣 頃刻之間 回冷爲煖. 過幾日 三子告其父曰 吾等分執富翁之財産 平生衣食綽綽有裕. 而千里運粮 以養老親 事力之所不逮. 竊覸生員主 春秋已高 諸嫡兄不文不武 無以科宦. 赤子白地 末由資生. 莫如撒家落鄕 團聚一處 穩度餘年. 生曰 政合吾意. 遂盡室南下 處其大第. 見三妾 各有家有子有婦. 居數日 生具祭物操文 哭酹于富翁之墓. 京中贅居之諸子竝率來 析産同居于一洞. 前後左右 摠數十餘家 生輪往三妾之家 以娛老. 如陸生之歌瑟過五子 穩享行樂. 又命三子 使之祭富翁 終其身云.

外史氏曰. 人而無子 或有螟蠃之負. 而老翁事 則太不近理 誠妄矣. 丁生之因此添丁 賴以娛老 亦分外之福. 凡人之多男子者 是乃上等福人. 噫天道無知 伯道無兒 其於命何.

여자 몸에서 나온 음분(陰紛)을 사서
되팔아 큰 이익 얻다

16-10.〈252〉 득음분수리천금(得陰粉售利千金)

　　　　　　　　　　　　　　　　　　　　　　팽의석(彭義錫)은 강계(江界) 사람이다. 집이 가난하고 홀아비로 살아서 살림을 꾸려갈 재산이 없었지만, 산수의 아름다운 승지 유람하기를 좋아하는 병적인 버릇이 있어서 가 보지 않은 곳이 없었다. 인삼을 캐어 팔아 생활하고자 하여 같은 마을 사람과 약속하고, 마른 음식과 짚신을 갖추어 여연(閭延)과 무창(茂昌) 사이에 이르렀다. 두 사람은 돌고 돌아 깊은 산골로 들어갔는데, 골짜기가 좁고 침침하게 깊숙했으며 숲이 엉기어 울창하게 우거져 있는데, 맑은 시내에 하얀 돌이 널려 있어 그 경치가 매우 수려했다. 두 사람은 경치를 둘러보며 즐거워하면서, 또 일 리쯤 더 들어가서 보니 길옆의 나무를 깎아 껍질을 벗겨 하얗게 만들어 스무 자의 한문(漢文) 글자를 써 놓은 것이 보였다. 그 글 내용은 이러했다.

열 식구가 오히려 아무런 소리 없고,
〈십구상무성(十口尙無聲)〉[289]
펼쳐져 낮게 깔린 흙도 가볍게 볼 것이 아니네.
〈막하토비경(莫下土非輕)〉[290]
돌아오는 개는 오이를 어깨에 메고 달리니,
〈반견견과주(反犬肩瓜走)〉[291]
어찌 쌀이 푸른색과 어울림을 알리요?
〈나지미반청(那知米伴靑)〉[292]

그런데 두 사람은 수수께끼로 된 말의 뜻을 깨닫지 못하고 진정 당황하여 의혹을 품고 있을 때, 땔나무를 짊어지고 노래 부르면서 가까이 오는 나무꾼을 만났다. 두 사람이 사람 사는 인가가 어디에 있느냐고 물으니, 나무꾼은 이런 대답을 했다.

"여기에서 멀지 않은 곳에 인가는 있지만 그 속은 좋은 곳이 아닙니다. 한번 들어가면 곧 다시 돌아올 수 없으니, 그대들은 결코 들어가서는 안 됩니다."

이에 팽의석이 무슨 까닭이냐고 물으니 나무꾼은, 오는 길에 목비(木碑)에 쓰인 것을 보지 않았느냐고 말하고, 여기에는 요사한 것이 살고 있어서 사람의 생명을 해쳐 곧 여기에 묻어 놓는다고 했다. 그래서 길옆에 줄줄이

---

[289] 십구상무성(十口尙無聲): '十口'는 아래위 글자를 합친 '古(예 고)'자를 뜻하고, '尙無聲'은 시구를 만들기 위한 뜻이 없는 보조의 말임.

[290] 막하토비경(莫下土非輕): '莫下土'는 '莫' 글자 아래에 '土' 글자를 붙인다는 뜻으로, '墓(무덤 묘)'를 의미하고, '非輕'은 시구를 만들기 위한 보조의 말임.

[291] 반견견과주(反犬肩瓜走): '反犬肩瓜'에서 '反犬'은 '犬'자를 왼쪽에 변으로 붙일 때의 '犭'을 나타내며, '肩瓜'는 '瓜'자를 오른쪽에 몸으로 붙인다는 뜻. 합쳐서 '狐(여우 호)'를 의미함. '走'는 뜻이 없는 보조 글자임.

[292] 나지미반청(那知米伴靑): '米伴靑'은 '米'와 '靑'이 나란히 합쳐져 이루어진 글자 '精(순수할 정)'을 뜻함. '那知'는 뜻이 없는 보조하는 말임. 이상 네 글귀는 수수께끼인 미어(謎語)로 '고묘호정(古墓狐精)'이란 말이 되며, 옛 무덤에 굴을 파고 살던 여우 정령(精靈)이 여인으로 변해 남자를 홀려 죽게 한다는 뜻임.

있는 많은 무덤이 바로 그 무덤이며, 마을의 글을 아는 사람이 나무를 깎아 글을 써서 사람들에게 보이는 것이라 설명했다. 그리고 그 네 글자 속에 숨겨져 있는 뜻은, 글자를 합성하면 '옛 무덤 속의 여우 정령(精靈), 곧 고묘호정(古墓孤精)'이라는 뜻이 되니, 그대들은 확실히 알았으면 마땅히 들어가지 말고 어찌 돌아가지 않겠느냐고 주의를 시키고, 이야기를 마친 다음 곧바로 떠나갔다.

하지만 팽의석은 마음속으로 그 말을 의심하고 오히려 믿을 수 없는 일이라고 생각했다. 두 사람이 전진하여 들어가니 두세 집이 있었다. 대나무 울타리에 풀로 지붕을 이었는데 지극히 맑고 깨끗했으며, 문밖 시냇가에는 녹음이 우거져 무성했다. 하얀 옷을 입은 두 여인이 돌멩이 위에 앉아 빨래하는 것이 보였으며, 그 얼굴과 모습이 매우 아름다웠다. 팽의석은 뜻밖에 깊고 험한 산골에 이처럼 아름다운 여인들이 있는가 하고, 문득 앞으로 다가가 어떤 여인이기에 이와 같은 깊은 산골 적막한 물가에 살고 있느냐고 물었다. 여인들의 대답은 이러했다.

"우리는 일찍이 과부가 되어 의탁할 곳이 없어 집을 나와 떠돌아다니다가, 이 깊고 궁벽한 곳을 사랑하여 서로 의지하면서 이 땅에서 살고 있으며, 이 골짜기를 쌍을 이룬 과부가 살고 있다고 하여 쌍과동(雙寡洞)이라 부르고 있답니다."

두 사람은 시험 삼아 여인들을 꾀려고 정감을 돋우니, 두 여인은 서로 돌아보며 주저하다가 한참 지나 비로소 허락하였다. 곧 손을 붙잡고 집 안으로 들어가 닭을 잡고 밥을 지어 대접했다. 밤이 되어 두 사람은 각기 두 집으로 나뉘어 들어가 한 여인씩 데리고 함께 잠을 잤다.

팽의석은 평소에 기력이 매우 세었다. 잠자리를 시작하여 남녀의 애정이 바야흐로 융합되었는데, 갑자기 여인의 음부 안에서 양근(陽根)을 빨아들이어 매우 강하여 끌어당겨, 양근이 점점 깊이 들어가 그 뿌리가 빠질 것처럼 아파서 견딜 수가 없었다. 팽의석은 크게 놀라 죽을힘을 다하여 당겨 뽑아내니, 개의 창자 같은 긴 것이 양근 끝에 달라붙어 이어져 빠져나왔다.

그래서 곧 그것을 둘둘 말아 자리 밑에 넣고는, 다시 잠자리를 하니 아무 일도 없이 흡족했다. 팽의석은 여인에게 저 창자 같은 육선(肉線)이 무엇이냐고 물으니, 여인도 모른다고 대답했다. 그리고 그동안의 자세한 내력을 물으니 여인은 이런 설명을 했다.

"우리 두 사람은 시집을 가서 남자와 하룻밤을 지내면 곧 남편이 죽어 버리는데, 이와 같이 된 것이 여러 번이어서 진실로 천하에서 나쁜 운명을 타고났다고 생각했습니다. 그래서 서로 함께 맹세하여 다시는 개가하지 말고, 둘이 짝이 되어 깊은 산중에 살면서 서로 세상을 잊기로 약속하였습니다. 그런데 혹시 남자가 와서 잠자리하기를 원하여 이를 허락하면 곧 역시 한번 잠자리에 모두 죽었습니다. 그 시체들을 골짜기 입구에 나란히 묻어 주었으며, 이와 같이 한 것이 몇 차례인지 알지를 못합니다. 이는 우리들이 유혹한 것이 아니고 곧 그 남자들이 스스로 죽은 것이지만, 마음속으로 매우 측은한 생각이 들었고 나로 인한 죽음이라는 탄식이 없을 수 없었습니다. 이로부터 또한 서로 맹세하여 다시는 남자들을 만나지 말자고 약속하였는데, 조금 전 손님을 만나니 기력이 남다른 것 같기에 혹시나 죽음에 이르지 않는다면, 곧 평생의 한을 씻을 수 있고 부부의 인륜을 맺을 수 있을 것으로 생각했습니다. 이런 이유로 여러 번 생각을 거듭하여 오랜 뒤에 허락한 것입니다. 지금 군자를 만나 불운이 평온하게 지나갔으니 가히 삼생(三生)의 인연이라 하겠습니다. 바라건대 이로부터 머리가 희어지도록 남편으로 받들어 모시기를 원하옵니다."

팽의석이 여자의 말을 듣고 속으로 매우 괴이하다고 여기고, 다음 날 아침에 같이 온 사람을 알아보니 과연 사망했다는 것이었다. 팽의석은 크게 놀라고 슬퍼하며 몸소 가서 크게 통곡하고 정성껏 시신을 잘 싸서 묻어 주고 돌아올 준비를 했다. 죽은 친구와 관계했던 그 여인도 역시 팽의석을 따라가겠다고 원하기에, 팽의석은 이렇게 말했다.

"내 조금 강한 기력을 가지긴 했지만 어젯밤 거의 죽을 지경이었다가 겨우 살았습니다. 지금은 뼈와 근육을 움직이어 어떤 일을 하기가 어려우니,

만약에 진기한 약제를 먹고 며칠 동안 조리하여 보양한다면 가히 남자의 일을 행할 수 있을 것입니다."

두 여인은 곧 각기 상자 속에 넣어 둔 삼아(蔘椏)[293]를 꺼내 왔는데 그 크기가 어린아이만 했다. 그것을 먹으라고 권하기에 먹고 나니 기력이 솟아올랐다. 그래서 드디어 그 여인과 더불어 잠자리를 했으며, 양근을 끌어당기는 것과 육선이 이어져 나오는 것은 전날과 하나같이 똑같았다. 이후 팽의석은 마침내 두 여인과 함께 같은 방에서 생활했다.

그리고 매일 깊은 산속으로 들어가 산삼을 캐는데 그 양이 광주리를 가득 채울 정도였다. 앞서 여인들이 캐 둔 산삼과 아울러 합쳐 가지고 나와서 팔아, 수만금의 재물을 얻어 살았다. 이때 주위 사람들이 그의 부자 된 종적이 수상하다고 의심하여 관아에 고발했다. 관장이 장교를 보내 그를 구인해 오라고 명령하여, 그의 행적에 대한 곡절을 물었는데, 팽의석은 사실대로 대답해 아뢰었다. 이야기를 들은 관장은 여러 사물에 대하여 잘 아는 박물인(博物人)이었기에, 그 육선을 아직까지 가지고 있느냐고 물었다. 팽의석이 가지고 있다고 대답하니 관장은 다시 말했다.

"너는 마땅히 그 사용처를 모르니, 내가 그걸 사는 것이 좋겠다."

이러면서 은 이천 냥을 주고 육선 두 뭉치를 사는 것이었다. 팽의석이 매우 의아해하면서 그것이 어디에 쓰이는데 이처럼 값이 비싸냐고 물었다. 관장은 이렇게 말했다.

"이 물건의 이름은 음분(陰粉)인데, 오직 세상에서 가장 아름답고 지극히 강한 음기(淫氣)를 지닌 여인만이 가지고 있는 것이다. 대체로 여자의 음기(陰氣)가 지나치게 왕성하면 곧 반드시 남자가 가진 양기(陽氣)를 얻어야만 일을 성사시킬 수가 있다. 이런 까닭으로 잠자리에서 양근을 빨아들여 양기를 가지게 되니, 남자가 곧 죽게 되는 것이다. 음분은 값을 논할 수 없는 보물이다. 이 음분을 말려 가루를 만들어서 술에 타 마시면, 곧 비록 평생

---

[293] 삼아(蔘椏): 큰 인삼 뿌리 중 가지가 벌어져 어린아이같이 생긴 것을 말함. 한문 원문에 '椏(가지 벌어질 아)'자를 '稏(벼이름 아)'로 표기한 것은 오류임.

아이를 잉태하지 못하는 여자일지라도 한번 잠자리에 문득 임신을 하며, 강일(剛日)²⁹⁴⁾에 복용하면 아들을 낳고, 유일(柔日)²⁹⁵⁾에 복용하면 딸을 낳게 되니, 그 효험은 신령하다고 할 것이다. 또한 여자의 온갖 질병에 있어서 비록 고치기 어려운 병증이라도 이것을 조금만 사용하면 곧 낫지 않는 병이 없으니, 문득 이것은 선약(仙藥)임에 틀림없다. 내가 비싼 값으로 사게 된 것은 이러한 까닭에서이다."

그 뒤, 중국인이 하늘 기운을 살펴보고 와서 이것을 구하려고 하여, 백금 한 수레를 싣고 와서 사 가지고 돌아갔다고 한다.

외사씨는 말한다. 『본초(本草)』²⁹⁶⁾에, 여자 몸에서 매월 나오는 계수(癸水; 월경)는 열을 다스리는 좋은 약이라고 했는데, 계수는 오히려 오물(汚物)이다. 이른바 음분(陰粉)이라는 것이, 진정으로 좋은 약효가 있다면, 어찌 옛날 황제(皇帝) 때의 이름난 의원 기백(岐伯)이나, 전국시대 유명한 의원 편작(扁鵲) 등이 논의한 기록 속에 서술된 내용이 없겠는가? 위 이야기는 매우 이치에 닿지 않는 황당한 내용이다. 그런데 저 여색을 탐하여 산속으로 잘못 들어갔다가 목숨을 잃게 된 사람의 경우는, 이 어찌 애통한 일이 아니겠느냐? 소동파(蘇東坡)는 "생명을 손상시키는 일은 한 가지가 아니고 많지만, 여색을 밝히어 좋아하는 사람은 반드시 죽는다."라고 했다. 가히 이 일에 깨우침이 될 수 있는 말이로다.

---

294) 강일(剛日): 천간(天干)이 갑(甲)·병(丙)·무(戊)·경(庚)·임(壬)인 날로, 양(陽)에 해당하는 날임.
295) 유일(柔日): 천간(天干)이 을(乙)·정(丁)·기(己)·신(辛)·계(癸)인 날로, 음(陰)에 해당하는 날임.
296) 본초(本草): 신농씨(神農氏)의 저술이라 전하는, 농사짓는 법을 서술한 책. 이 속에 약제에 관한 내용이 들어 있어서 뒤에 『본초경(本草經)』이라고도 하며, 이 이름의 책이 1,871종이 전함.

東野彙輯 卷之十六
○ 第百二十六믁 拾遺部 五 怪事

得陰粉售利千金

　　彭義錫江界人也. 家貧鰥居 因無恒産. 癖好遊覽山水名勝 無處不到. 欲採蔘資生 約同閈一人 裹餱躡屩 到閭延茂昌之間. 轉入深處 洞壑幽邃 林樾蔥蒨 淸溪白石 景致絶佳 二人顧而樂之. 又行里許 見路傍竪一木白 而書之有二十字. 曰十口尙無聲 莫下土非輕 反犬肩瓜走 那知米伴靑. 二人莫曉其謎語 正惶惑間 逢樵夫負薪唱歌而至. 問人家何在. 樵曰 距此不遠 而彼中非善地. 一入則不得返 君不必往也. 彭曰 何謂也. 樵曰 來時不見木碑所記乎. 此有妖邪傷人性命 輒埋於此. 路傍之纍纍衆塚是也. 村民之有識者 遂樹書以示人. 其暗包四字 合成古墓狐精 君當了然 盍速返. 言畢而去.
　　彭心內疑慮 猶不肯信. 前進入一洞 有數三人家. 竹籬茅屋極瀟灑 門外溪邊 綠陰方敷. 見素粧二女子 坐石澣衣 容姿皆殊麗. 彭不意窮峽有此絶艶 遽前而問曰 何許女人 在此深山寂寞之濱乎. 女曰 吾們早孀無依 出家雲遊 愛此幽僻 相携居生此地 喚做雙寡洞耳. 二人試挑之 兩女相顧趑趄 良久始諾. 遂携手入室 供以鷄黍. 抵夜二人分往兩家 各擁一姬而宿. 彭素有氣力 雲雨旣始 兩情方融. 忽自女陰中 吸納陽莖 牽挽甚緊 莖漸深入 幾至拔根 痛不可忍. 彭大駭 乃盡死力抽之 有物若狗腸者 絡於莖頭而出. 遂捲置席下 而再擧之 無此患矣.
　　問彼肉線何物也. 女曰 不知也. 又問女之來歷. 對曰 吾兩人適

人 經一宵 則夫輒死 如是者屢 誠天下之薄命也. 相與約誓 不復改適 伴居深山 與世相忘. 或有人來 要與綢繆者 許之則亦皆一合而殞. 竝埋於洞口 如是者又不知幾次. 此非吾們誘引 卽渠自送死 然心甚惻隱 不無由我之歎. 自是又相約誓 更勿接人. 俄見客似有氣力之出類 或不至於致傷 則可以洩平生之恨 而叙夫婦之倫. 故屢加商量 久乃應諾者也. 今逢君子 穩過劫運 可謂三生之緣. 願從此白頭奉侍. 彭聞其言 心異之 詰朝訪同行人 果不起矣. 彭大驚惑 躬往一慟 厚裹埋瘞而歸. 其女亦願從之 彭曰 吾劣有强氣 昨夜幾死僅生. 今難抖擻筋骸 若得啜珍劑 調補幾日 可以行男子事矣. 女各出篋中之蔘梃[稑] 有大如童子者 使餌之 氣力湧出. 遂與其女交媾 陽物之牽納 肉線之絡出 一如前日. 遂與二女同室. 每日入深處 採蔘可盈筐. 竝前所採置者 出而鬻之 得累鉅萬財.

時人疑其蹤跡之殊常 告于官. 官送校鉤致 叩其委折 彭以實對之. 官博物人也 問肉線尙在否. 對曰 有之. 曰你當未知其用處 吾可買之. 乃以銀二千兩 交易二條肉線. 彭甚訝之 問此用何處 價如是重乎. 曰此名陰粉 惟天下絕色 及至淫者有之. 盖女子陰氣太盛 則必得陽而用事. 故所以吸引陽物者也. 此是無價之寶. 陰乾作末 以酒調服 則雖平生未孕胎之女 可一交輒孕 而剛日服則生男 柔日服則生女其效如神. 且於女人百病 雖難醫之症 用此少許 無不卽瘳 便是仙藥. 吾所以重價取之耳. 其後華人望氣求之 輸白金一車 而買去云.

外史氏曰. 本草載女人癸水 稱以治熱良藥 而此猶穢物也. 所謂陰粉 眞有是藥 則豈無岐扁之所論耶. 殊涉荒唐矣. 第其耽色而誤入至於戕命者 豈不哀哉. 坡公云 傷生之事非一 而好色者必死. 可喩於此耶.

도적 두목에 초빙되어
도적을 감화시켜 양민으로 돌려보내다

16-11.〈253〉 선감화유도귀량(善感化諭盜歸良)

　　　　　　　　　　　　　신씨(申氏) 선비는 나주 사람이다. 사람됨이 호방하고 뛰어났으며 또한 기개와 지략이 있어서 이름이 알려졌다. 어느 날 해 질 무렵 홀로 앉아 있으니, 한 사람이 군복을 착용하고 준마를 타고는 찾아와 인사를 한 다음 말했다.

　"저는 만 리 떨어진 바다의 섬에 살고 있으며, 우리 무리는 수천 명이나 됩니다. 쓰고 남은 물건을 취하여 오고, 남이 쌓아 둔 재물을 가져와 쓰면서 살아갑니다. 이 무리들을 지휘하고 거느리는 사람은 다만 대원수 한 사람이 있을 뿐이었는데, 불행히도 대원수가 사망하여 장례를 겨우 마쳤습니다. 갑자기 장수 막사의 자리가 비게 되니, 마치 우두머리인 용이 죽고 호랑이가 떠난 것같이 되어 수천의 무리가 흩어지고 기율이 없어졌으며, 농사를 지을 수도 없고 장사를 할 수도 없어서 생계를 유지할 길이 없습니다. 듣건대 어른께서 세상에 드문 재주를 쌓아 가지고 있고 사람을 구제할 수 있는 비술을 지녔다고 소문나 있어서, 제가 여기까지 오게 되었습니다. 진정으로 맞이하여 받들어 모셔, 그대께서 대원수의 일을 재량껏 잘 살펴 행사해 주십사 하는 간청을 드리고자 하는 것이오니, 의향이 어떠하신지요? 진실로 혹시라도 꾀하여 피하고자 하신다면 곧 입막음을 위해 손을 쓰는 일이 있을 것입니다."

그러면서 검을 뽑아 바싹 가까이 마주 앉으며 위협했다. 신씨 선비는 가만히 혼자 궁리해 보니, 선비로서 도적 소굴로 들어가는 것은 부끄러운 수치로 여기지 않을 수 없는 일이지만, 도적의 한 칼날 아래에서 목숨을 잃기보다는 차라리 잠시 부끄러움과 모욕을 참아서, 한편으로는 눈앞의 화를 피하고 또 한편으로는 흉악한 무리들의 나쁜 습성을 교화하는 것도, 역시 융통성을 발휘하여 중용(中庸)을 얻는 일이 되지 않겠느냐는 생각이 들었다. 그래서 마침내 허락했다.

곧 그 사람은 하인에게 좋은 말을 끌고 오게 하여 신씨에게 말에 오르기를 요청해 나란히 말고삐를 잡고 나섰다. 말이 표풍처럼 빠르게 달려 얼마 지나 이미 바닷가에 도착하니, 붉게 칠한 커다란 배가 정박하여 기다리고 있었다. 말에서 내려 배 위에 오르니 배는 한순간 순풍에 돛을 달아 달려서 한 섬에 이르렀다. 배에서 내려 섬으로 올라가니 성곽과 해자며 누각들이 웅장하여 문득 하나의 병영 같았다. 많은 무리들이 맞이하여 인사를 올리고, 가마에 태우고 인도하여 호위들이 죽 늘어서 따라와, 커다란 집으로 들어갔다. 높다란 대청 위에 올라가 자리에 앉으니, 여러 무리들이 모두 절을 올리고 알현하는데, 설치된 휘장이며 음식 접대용 기구들이 잘 갖추어져 있어서 지극히 번성하였다.

이튿날 아침 신씨를 맞이하러 왔던 군복 입은 그 사람이 와서 고하기를, 군영 안에서 쓸 수 있는 재물이 다하여 바닥났다고 아뢰면서, 재물 보충을 위해 어떤 명령을 내릴 것이냐고 물었다. 신씨는 이에 장교와 병졸 중에서 영리한 몇 사람을 불러 이렇게 저렇게 하라는 명령을 내렸다.

이때, 호남에는 큰 부자 한 사람이 있어서, 그 문중 선영(先塋)이 어느

군(郡)에 있었는데 묘역이 광활하여 한 산기슭을 차지하고 있었다. 그곳은 금양(禁養)[297]을 하여 보호해 지키고 있어서 사람들은 감히 아무도 들어가지 못했다. 어느 하루는 상주 한 사람이 지관(地官) 두세 명과 상복 입은 몇 사람을 거느리고 왔는데, 안장과 말이며 수행하는 하인들이 지극히 뛰어나고 건장한 모습이었다. 그들은 묘역을 관리하는 묘지기 집에 들어가서 잠시 쉬었다. 그리고 모두 함께 산으로 올라가 가장 높은 곳에 위치한 분묘 바로 뒤에 지남철을 놓고는, 금정(金井)[298] 틀을 놓을 한 지점을 가리키어 의논하고는 표시를 묻어 놓고 내려왔다.

그러고는 묘지기 집에 앉아 상자 속에서 종이 네다섯 장을 뽑아내어 붓을 휘눌러 편지를 작성하고, 곧 종들에게 명령하여 아무아무 고을과 순영(巡營)에 나누어 전하고 답장을 받아 오라고 했다. 그런 다음 또한 묘지기를 불러 일러 말하였다.

"아무 재상 댁 새로운 묏자리를 조금 전에 자리 보아 놓은 곳으로 결정하였다. 그곳이 저 집안 산소를 눌러앉게 됨을 모르지 않으나, 대저 산소를 쓰거나 쓰지 못하게 막는 것은 오로지 송사(訟事)로 다스리는 것에 관계되지 않고, 진실로 피차간의 세력이 강하고 약함에 따라 결정되는 것이다. 네 비록 저 집안의 묘지기 노복이지만 미리 알릴 일이 아닌 것이다. 아무 재상 댁 장례는 어느 날로 정해졌으니 마땅히 술과 음식을 미리 마련해 두어라. 우선 오십 냥의 돈을 줄 테니 이것으로 쌀을 사서 술을 빚어 준비해 대기하도록 하라."

이러고 곧장 말을 타고 떠나갔다. 묘지기는 비록 거절하고자 했으나 그 위협에 어찌할 수가 없었다. 그래서 즉시 황급히 산주(山主)에게 그 양상을 고하여 알렸다. 이야기를 들은 산주인 부자는 웃으며 이렇게 말했다.

---

297) 금양(禁養): 수목 벌채, 분묘 설치, 농지 개간, 흙과 돌의 채취 등을 금지하고 풀과 나무를 기르는 일을 힘쓰는 것.
298) 금정(金井): 무덤을 만들 때, 구덩이의 길이와 너비를 정하기 위해 묏자리 땅 위에 올려놓는 '井'자 모양의 나무틀. 이 나무 사각형 안의 땅을 파내고 관을 넣음.

"저들이 비록 권세 있는 가문이라고 하나 내가 단연코 금하여 막을 것 같으면 곧 어찌 감히 묘를 쓸 수가 있겠는가? 마땅히 그 장례의 날을 기다려 이러저러하게 할 테니, 너희 무리는 가히 조용한 곳에서 기다리고 있도록 하라."

장례한다는 그날에 이르러, 산주는 집안 장정들과 각처에 흩어져 사는 하인 무리들 오백여 인을 연락하여 징발했다. 나아가 또한 이웃 마을 각 동네 사람들에게 나와서 힘을 합쳐 돕도록 요청하니, 십 리 안에 사는 백성들과 남자들이 소문을 듣고, 몰려온 사람이 칠백여 명이나 되었다. 이렇게 많은 사람들이 각각 몽둥이 하나씩을 들고 산을 향해 오고 있어서 널리 펼쳐져 온 들판을 덮었다. 한편 한 무리의 흰옷 입은 군사들이 아울러 산 위로 올라와 머물면서, 앞서 묏자리를 정하고 간 사람들이 준 돈으로 빚은 술을 마시며 진을 치고 기다렸다.

이렇게 대기하고 있는데 하루 종일 보이는 것이 아무것도 없다가, 한밤중에 이르러서 멀리 일만 개 횃불이 들판을 따라 계속 이어져 오는 것이 보였다. 상엿소리가 하늘에 진동하여 그 형세가 일만 군대가 몰려오는 것 같았는데, 서로 바라보이는 지점에 이르러 상여를 내려놓고 멈추었다. 산 위의 군사들이 모두 신 끈을 단단히 매고 몽둥이를 들고는, 흥분하여 주먹을 휘두르면서 예리한 기운을 북돋우며 대기하였다. 그런데 한 식경 정도 지나니 드높던 상엿소리가 차차 잦아지고 불빛 역시 감소하면서 점차 조용해져 사람이 없는 것 같았다. 산 위 군인들이 크게 의심하여 급히 사람을 시켜 그곳을 살펴보도록 하였더니 과연 한 사람도 없고, 불도 모두 말뚝 한 가지에 네다섯 개 횃불이 매달려 있었다. 이 상황을 돌아와 보고하니, 산주는 크게 놀라면서 깨닫고 말했다.

"아차! 우리 집 재물을 모두 다 잃는 일을 당하고 말았구나."

산주가 한탄하면서 급급히 돌아와 보니 집안사람들은 다행히 아무도 다치지 않았지만, 돈과 쌀이며 재물들은 완전히 모두 없어지고 남은 것이 아무것도 없었다. 이는 곧 도적 원수(元帥)가, 전투에서 적군의 동쪽을 공격하는 것처럼 요란스럽게 싸우다가 적군이 모두 동쪽으로 몰려와 방어하는 동안, 방비가 소홀해진 서쪽을 급박하여 몰아쳐서 적을 무너뜨리는 전술인, 성동격서(聲東擊西) 전략을 쓴 것이었다.

섬으로 돌아온 신씨는 곧 술을 빚고 소를 잡아 무리를 배불리 먹이었다. 이어서 창고 속에 쌓여 남아 있던 것을 꺼내게 하고, 지금 부잣집에서 얻은 재물을 모두 아울러 앞마당에 쌓아 놓게 하였다. 셈 잘하는 재물 관리인으로 하여금 그 재물의 수를 계산하게 해, 섬에 있는 수천 명의 이름을 써서 각자 몫으로 나누게 하니, 각 사람마다 삼백 금씩이 돌아갔다. 신씨 선비는 이에 글을 지어 읽어 깨우쳐 알렸다.

"사람이 금수(禽獸)와 다른 점은 오륜과 인의예지(仁義禮智)인 사단(四端)을 알기 때문이다. 그런데 너희들은 교화가 미치지 않는 세상 바깥에 사는 완악한 백성으로서, 바다 가운데 섬에 숨어 살면서 무리들을 불러 모아, 일은 하지 않고 입고 먹으면서 겁박해 약탈하는 것을 능사로 삼고, 빼앗는 것을 업으로 삼고 있다. 부모와 이별하고 나라를 떠난 지가 몇 년이나 되었는지 알지도 못하고, 악덕을 쌓고 죄를 지은 것이 얼마인지 알 수가 없다. 내가 이곳에 온 것은 너희들의 악행을 돕기 위함이 아니고 장차 너희를 교화하여 착한 사람으로 돌아가게 하기 위함이었다. 비록 잘못이 있다 하더라도 그것을 고치는 것을 귀하게 여기는 것이니, 지금부터 얼굴을 바꾸고 마음을 새로이 하여, 동서남북 각기 고향으로 돌아가 부모를 봉양하고 산소를 지키기 바란다. 성인의 교화에 따라 몸을 씻고 평민의 영역으로 돌아간다면, 살아서 도적의 이름이 없어지고 살면서 부부의 즐거움을 누리게 될 것이니, 곧 그 이해득실을 비교해 볼 때 어느 것에 이로움이 더 많다고 하겠느냐? 하물며 또한 나누어 주는 재물이 마땅히 족히 중인(中人) 한 집안의 재산이 될 만하니, 곧 농사를 짓고 장사를 하는 데에 자본이 없다고 어찌 근심하겠느냐?"

이 말에 무리들이 일시에 절을 하고 감사해하면서, 오직 장군님 명령에 따르겠다고 대답했다. 그중 한두 사람은 명령을 따르지 않겠다고 하여, 군법으로 다스려 목을 베었다. 신씨 선비는 그 섬의 집들을 불태우고 수천 무리를 거느리고 순서대로 육지로 나가게 하여 각기 그들 고향으로 돌려보냈다. 곧 신씨는 최후에 혼자 스스로 집으로 돌아왔다.

외사씨는 말한다. 신씨 선비는 책략(策略)을 지닌 사람으로서, 곧 이른바 옛날 병법(兵法)에서 말한, 깊은 구지(九地)[299] 아래에 숨겼다가 높은 구천(九天)[300] 위에서 운용하는 사람에 해당한다. 전쟁에서는 흔히 적병을 거짓으로 속여서 만나게 유도하여 사로잡아 버리는 술수를 싫어하지 않는데 그런 사람이다. 또한 신씨는 그의 말이 올바르고 원리에 벗어남이 없어서, 도적 무리들이 감화를 입어 양민으로 돌아가게 되었다. 그 결과 관병들이 북을 울려 세상 사람을 놀라게 하면서 도적과 싸우는 일이 없게 된 것이다. 역시 한마디의 말로 십만 대군을 이겼다고 일컬을 만하다.

---

299) 구지(九地): 땅의 가장 깊은 곳. 『손자병법(孫子兵法)』에서 숨기 좋은 아홉 가지 지역인 '구지'를 규정하고 있음.

300) 구천(九天): 하늘의 제일 높은 곳이란 뜻. 곧, 이 구절은 『손자병법(孫子兵法)』의 "잘 지키는 사람은 가장 은밀(隱密)한 구지(九地) 아래 숨는 것이요, 잘 공격하는 사람은 높고 미칠 수 없는 구천(九天) 위에서 활동하는 것(善守者藏於九地之下 善攻者動於九天之上)"이란 구절에서 인용했음.

東野彙輯 卷之十六
○ 第百二十七号 拾遺部 六 警悟

善感化諭盜歸良

　　申生某羅州人也. 爲人豪俊 且以氣槪智略有名稱. 一日黃昏獨坐 有一人服軍裝 乘駿馬而來. 揖曰 僕在海島萬里之外 其徒數千. 而取人贏餘之物 用人堆積之財. 指麾管領 只有大元帥一員 不幸喪逝 葬禮甫畢. 靑油遽空 殆同龍亡而虎逝 幾千徒衆散無紀律 不農不商 生涯無路. 聞主人蘊不世之才 有濟人之術. 僕之此來 政爲奉邀足下 權察元帥之事 盛意若何. 苟或謀避 則滅口在於反手. 遂拔劍促膝 而威脅之. 生自想投身賊藪 非不羞辱 而與其捐於一劍之下 無寧暫忍羞辱 一以免目前之禍 一以化凶徒之習 不亦權而得中者耶. 遂諾之.

　　其人命奴牽駿驄來 請生上馬 聯鑣而出. 疾如飄風 俄頃已到海口 有大紅船艤待. 下馬登船 一帆風抵一島. 下舟登陸 城池樓閣 便一營府矣. 徒衆迎候 導輿簇擁 而入大家. 陞坐高堂 衆皆拜現 帷帳供饋之具 極繁盛. 明朝軍裝邀來之人 告以軍中財用罄竭 有何見敎. 生乃招校卒之伶俐者幾人 敎以如斯如斯. 是時湖南有鉅富一人 先塋在於某郡 廣占岡麓. 禁養守護 人無敢入者. 一日一棘人 率地師數人 及有服者幾人 鞍馬僕從極豪健 到山直家少憩. 遂一齊上山 放鐵於最上塚腦後 一金井地指點評論 埋標而下來. 抽匣中簡幅四五張 揮灑裁書 卽命奴子 分傳于某某邑及巡營 可受答以來. 又招山直 謂曰 某宰相宅新山 定於俄坐處. 非不知彼墓之壓近 而大抵用山禁山

非專係於訟理 實在於彼此強弱之別. 汝雖彼家墓奴 非所預知也. 宅之葬禮 擇在某日 酒食當爲預備. 先給五十兩錢 以此貿米釀酒而待之. 遂卽馳去.

　　山直雖欲拒之 無可奈何. 卽忙告其狀於山主. 山主笑曰 彼雖勢家 吾若禁斷 則何敢用之. 當俟彼葬之日 如是如是 汝輩可靜處而待之. 至其日山主調發家丁 及奴屬之散在各處者五百餘人. 又請隣里各洞出人以助勢 十里內民夫多聞風而來者 亦七百餘人. 各持一杖向山而來 漫山遍野. 便一白衣行軍 並留山上 飲之以彼家所釀之酒 結陣而待之. 終日無所見 至夜半遙見萬炬 從大野陸續而來. 薰歌喧天 勢若萬軍之驅 來停柩於相望之地. 山上軍擧皆納履荷杖 奮拳蓄銳以待. 過食頃 喧聲漸息 火光亦減 稍稍若無人. 山上軍大疑之 急使人覘之 果無一人 而火皆一枝四五頭炬也. 回報此狀 山主大悟曰 家財物盡見失矣. 急急還視 家內人命 幸無致傷 而錢穀財貨蕩盡無餘. 此卽元帥聲東擊西之謨也.

　　申生乃釀酒椎牛 大犒徒衆. 因命庫中餘儲 及今行所得 並積置於前庭. 令掌籌者計數 分屬於數千人名下 各爲三百金. 生乃爲文之曉諭曰 人之異於禽獸 以其有五倫四端. 而汝輩以化外頑民 隱伏海島 嘯聚徒黨 游手衣食 以劫掠爲能 剝奪爲業. 離親去國 不知幾年 積惡作孼 不知幾人. 余之來此 非爲助爾爲惡 將欲化爾歸善人. 雖有過改之爲貴 從今以往 革面革心 東西南北各歸故鄕 父母焉養之 墳墓焉守之. 浴於聖人之化 歸於平民之域 生無盜賊之名 居有妻室之樂 則其利害得失 較孰多焉. 矧又所分之物 足以當中人一家產 則於農於商 何患無資乎. 於是徒衆一時拜謝曰 唯將軍令. 其中一二漢不遵令者 以軍法斬之. 卽燒其室屋 領數千徒衆 鱗次出陸 各送於其鄕. 生則最後獨自還家.

　　外史氏曰. 申生有將略之人 卽所謂藏於九地之下 用於九天之

上. 兵不厭詐詭遇獲禽者也. 且其言正理順 使群盜感化歸良 而桴鼓不警. 亦可謂一言勝於十萬師矣.

서울 관리로 잘못 알고 교제하여
도적을 들여놓아 재물 잃다

16-12.〈254〉 오결교납적실재(誤結交納賊失財)

손씨(孫氏) 선비는 영남의 큰 부자이다. 밀양(密陽)에 살았으며, 집 뒤로는 산을 등지고 앞에는 냇물이 흘렀다. 한 골짜기를 혼자서 모두 차지하였는데, 대문 밖에는 큰 강이 동쪽으로 흘렀으며, 거느린 노복의 집은 이백여 호나 되었다. 손씨 집은 재물이 비록 산더미처럼 쌓였으나 여러 대를 시골에서만 살아왔으므로, 인척들이며 관계 맺고 있는 사람들이 모두 시골 토박이 양반들이었다. 그래서 매양 명사(名士)나 재상들과 사귀어 출세할 계책을 세웠지만 그 방편을 얻지 못했다.

이때 마침 양산(梁山) 군수가 작고하여 그 생질 박 교리(朴校理)가 군수의 운구를 위해, 서울로부터 내려오다가 지나는 길에 강가에서 점심을 먹으며 쉬고 있다는 소식을 들었다. 손씨는 그를 사귀고 싶어 즉시 달려가 뵙기를 청하니, 손님은 서둘러 허락하는 것이었다. 드디어 만나 그와 인사를 나누고 보니, 그 손님의 거동과 용모가 준수하고 아름다워 진실로 명사의 풍채를 지니고 있었다. 그래서 아름다운 소문을 많이 들어서 잠시라도 한번 만나기를 원하였다고 말하니, 손님은 공손히 사양하기를 그치지 않았다. 손씨는 이렇게 말했다.

"누추한 저의 집이 여기에서 매우 가까워, 활쏘기의 과녁 거리 정도에 있으니 잠시 고귀하신 몸을 굽히시어 들려주시면 시골의 누추한 집이 크게 빛나겠습니다."

이에 손님이 응낙했다. 곧 그 집으로 함께 와서 술과 음식을 성대하게 준비하여 정성껏 대접하였다. 손님이 집안 살림의 형편을 묻기에 손씨는 대강을 알려 주었다. 손님은 자못 흠모하고 부러워하는 기색을 나타내고는, 갈 길이 몹시 바빠 오래 머물 수가 없다면서, 돌아오는 길에 마땅히 다시 만나겠다고 했다. 그리고 작별하고는 급히 말을 달려 떠나갔다.

며칠 지난 뒤 어떤 사람이 와서 편지 한 장을 전하면서 박 교리의 편지라고 말했다. 그 편지 속에는 다음과 같은 말이 적혀 있었다.

"양산 군수의 운구 행렬이 어느 날에 댁의 동네를 지나갈 것입니다. 일행이 매우 많으니 행여 하인 집 대여섯 채를 빌려주어 하룻밤 자고 갈 수 있게 용납해 주시면 고맙겠습니다."

편지를 본 손씨는 즉시 노복들을 불러, 그들이 사는 집 중에서 조금 큰 집 대여섯 채를 가려 청소하고 자리를 깔아 호사스럽게 꾸미도록 하라고 명령했다. 그리고 또 집안사람들에게 술과 음식 등 대접할 것들을 많이 준비하여 기다리도록 했다.

약속한 날에 이르러 어둑어둑해질 무렵에 운구 행렬이 뗏목 뱃길, 곧 목도(木道)를 따라와서 배에서 내려 뭍으로 올라왔다. 사람과 말들이 길게 늘어서고 등롱 촛불이 휘황찬란하게 빛났다. 방울을 흔들며 상엿소리를 외치는 군인들이며, 상여 줄을 잡고 곡을 하며 따르는 아전과 백성들, 감영과 병영 군관들인 호상(護喪)하는 사람들, 그리고 상여를 전송하는 이웃 고을 수령들이 얼굴을 꾸미고 복장을 단정히 하여 위엄 있는 거동으로 성대하게 펼쳐져 뒤따랐다. 곧 인산인해를 이루며 줄지어 연속해서 이어졌다.

박 교리는 따르는 사람 대여섯 명을 거느리고 먼저 말을 몰아 들어와서는 주인에게 읍(揖)을 하면서, 많은 후의에 힘입어 운구 행렬이 잘 처리되고 있으니, 층을 이룬 구름 같은 의기(義氣)를 어떻게 갚아야 할지 모르겠다면서 치하했다. 이에 주인 손씨는, 장례는 당연히 도와야 하는 포복지의(匍匐之義)이니 어찌 수고라 할 수 있겠느냐고 말하며 답례했다.

이때 손씨와 손님의 이야기가 미처 끝나기 전에, 내실로부터 급히 주인을 안으로 들어오라는 요청이 왔다. 주인이 즉시 들어가 부인을 만나니, 부인은 발을 구르면서 말했다.

"큰일 났습니다. 지금 비복들의 말을 들으니 이른바 상여라는 것은 모두 무기를 실은 것이고, 양산 군수 상여 행렬이라는 것은 바로 양산박(梁山泊)301) 같은 무리라 합니다. 이 일을 장차 어떻게 하겠습니까?"

주인은 이에 크게 깨달았지만 일이 이미 이 지경에 이르렀으니 역시 어떻게 할 수가 없었다. 억지로 너그러운 태도를 지으며 부인을 위로하고 밖으로 나왔다. 손님은 주인에게, 얼굴에 두려움과 근심 어린 빛이 가득해 보이니 무슨 사고가 있는 것이냐고 물었다. 주인은 곧 어린아이가 급한 병이 생겨 위급했는데, 다행히 지금 조금 안정이 되었다고 대답하니, 손님은 웃으면서 이렇게 말했다.

"주인은 마음가짐이 좁습니다. 지금 내가 가지고 싶어 하는 것은 가벼운 재물에 불과합니다. 토지나 사람이며 가축들, 가옥과 양곡 등은 하나도 손을 대지 않기로 이미 마음에 결정이 되어 있습니다. 곧 잃는 것이 비록 적지는 않을 것이나 수년 내에 스스로 당연히 보충이 될 터인데, 어찌 꼭 깊은 근심을 하시는지요? 또한 재물이라는 것은 천하의 공공적인 물건입니다. 쌓아 두는 사람이 있으면 반드시 쓰는 자가 있고, 지키는 사람이 있으면 반드시 취하여 가져가는 사람이 있습니다. 주인 같은 경우는 쌓아 두는 사람이며 지키는 사람이라고 할 수 있고, 나 같은 사람은 곧바로 사용하는 자이고

---

301) 양산박(梁山泊): 중국 소설 '수호전(水滸傳)'에 나오는 도적 집단의 소굴.

취하여 가져가는 사람입니다. 채워졌다가 비워지고 사라졌다가 자라고 하는 원리는 즉 조물주의 정상적인 법도입니다. 주인어른도 역시 조물주의 조화 안에 속해 있는 한 물체이니, 어찌 가히 항상 채워지기만 하고 비는 일이 없겠으며, 늘 자라기만 하고 사라지는 일이 없을 수 있겠습니까? 사실이 이미 일찍 탄로되었으니 굳이 심야에 소란을 피워 혹시라도 사람을 상하게 하고 물건을 손상시키게 할 필요가 없습니다. 주인께서 먼저 내실에 알려 부녀들로 하여금 모두 한방에 모여 있도록 하기 바랍니다."

이에 주인은 얼굴빛이 흙빛이 되어 손님 말대로 따라 처리했다. 손님이 또 말하기를, 주인은 응당 심히 아끼는 물건이 있을 터이니, 이를 곧 일찍 미리 일러 주면 재물과 함께 잃는 일이 없도록 하겠다고 다짐했다. 그래서 손씨는 삼백 금을 들여 새로 산 청노새라고 알려 주었다.

그러는 동안에 도적 무리 일행은 모두 군복으로 바꾸어 입고 무기를 가지고는 바깥 마당에 빽빽이 들어섰는데, 몇천 몇백 명인지 알 수 없는 장정들이 하나하나 모두 신체가 건장하였다. 손님은 이런 명령을 내렸다.

"너희들은 안채로 들어가서 의복과 그릇, 머리 다리와 비녀, 팔찌 등이며, 은전(銀錢)과 주패(珠貝) 및 비단 등을 하나같이 아울러 가지고 나오되, 다만 부녀들이 모여 있는 방에는 비록 억만금 재물이 있다 하더라도 조심하여 접근하지 말라. 재물이 비록 중하나 명분도 지극히 엄중하니, 만약에 명령을 어기는 자가 있으면 반드시 군율에 따라 처단될 것이다. 그리고 또 한 가지 경계하는데, 결코 청노새도 가져가지 말아야 하니 명심하라."

이렇게 지시한 다음, 주인에게 저 무리들을 인솔하여 들어가서 안내해, 난잡한 행동이 일어나는 것을 면하는 것이 좋겠다고 했다. 곧 주인은 무리들을 인도해 방과 거소(居所)에 이르니, 무리들은 광이며 다락 등을 뒤지지 않는 곳이 없었고, 그들은 모든 물건들을 마음대로 찾아내어, 바깥마당에 높이 쌓았다. 이에 건장한 삼백 필의 말에 짐바리를 하여 실어서 일시에 나는 듯이 달려 강을 건너 달아났다.

손님은 뒤에 쳐져 있다가 주인과 마주 앉아, 재앙과 복이 번갈아 일어나는 변방 노인의 이야기인 새옹지마(塞翁之馬) 설화를 들어 위로하고, 또 재물을 많이 모았다가 사람들을 구제해 나누어 준 다음 다시 재물을 모은 도주공(陶朱公)³⁰²⁾ 이야기를 오늘의 일에 비유하였다. 그리고 길게 읍하고 작별을 고하면서 마지막 말을 남겼다.

"나 같은 손님은 한 번 본 것만으로도 이미 지극히 불행한데, 두 번 다시 만나는 것은 더욱 원하는 바가 아닙니다. 지금 이 한 번 작별한 후 만날 기약이 없으니, 오직 원하는 바는 주인께서는 이치에 통달하여 마음을 순하게 가지시고 천금 같은 일신을 보중하여, 삼가 다시는 서울 사대부와 교분을 맺을 생각은 하지 마시기 바랍니다. 이번 이른바 박 교리란 자가 무슨 이익이 있었습니까?"

그는 말에 올라탄 뒤에 또 주인을 돌아보며 이런 말을 남겼다.

"지난날 사례를 보건대 물건을 잃은 사람은 추적하는 일을 많이 하는데, 이는 즉 조금도 실익이 없는 일입니다. 행여 주인께서는 세속의 습관을 따르지 마시어 후회를 남기는 일을 면하시기 바랍니다."

이 말에 주인이 어찌 감히 그런 일을 하겠느냐고 말하니, 마침내 표연히 떠나갔는데 간 곳을 알지 못했다. 조금 지나 수백 명 집안 노복들이 모두 나와 모여 한탄을 하고, 위로하고 혀를 차면서 흥분하며 탄식했다. 그리고 추적해야 한다는 의견을 내어 어지럽게 여러 제안을 제시하면서 이렇게 주장했다.

"그들은 필시 해적으로서 마땅히 육지로 갈 리가 없으니, 여기에서 바닷가 배 대는 해구(海口)가 멀지 않습니다. 우리들 육칠백 명이 좌우로 대열을 나누어 빨리 추적하면 마땅히 미치지 못할 것이 없습니다. 더구나 아무 해구에는 큰 마을이 있고 아무 포구 가에는 큰 농막이 있으니, 만약 힘을 합

---

302) 도주공(陶朱公): 중국 춘추시대 월(越)나라 범려(范蠡). 범려는 왕 구천(句踐)과 함께 오(吳)를 쳐서 멸망시키고 오왕 부차(夫差)에게 바쳤던 미인 서시(西施)를 찾아 함께 제(齊)나라로 도망쳐 돈을 모아 부자가 되니, 그를 도주공(陶朱公)이라 했음. 그는 백성들에게 재산을 나누어 주었다가 다시 돈을 벌어 부자가 되었음.

쳐 추적한다면 저들이 비록 수천 무리라 할지라도 어떻게 감히 상대하여 대항하겠습니까? 그러니 잃은 물건을 거의 챙겨 찾을 수 있을 것입니다."

이에 주인은 크게 꾸짖어 금지시켰다. 그러나 그중에서 노련하고 사리에 밝은 십여 명이 번갈아 뵙고 다시 고하였다.

"그들이 추적하지 말라고 거듭 당부한 것은 바로 위협하는 말이지만, 역시 스스로 겁을 먹고 있다는 뜻도 없지 않습니다. 소인들 육칠백 명이 일심으로 힘을 합친다면 반드시 패배를 당할 리가 없습니다. 그러니 가서 보겠으니 허락해 주시기 바랍니다."

이들 말에 주인은 주저하면서 미처 결정을 내리지 못하는데, 갑자기 집 뒤 대숲 속에서 일천여 명의 선상한 사내들이 고함을 지르며 뛰어나와 마당 가운데로 모여들었다. 그리고 주먹으로 치고 발길질을 하고 채찍질하고 발로 밟는 등 폭력을 가하여, 모여 있던 육칠백 명의 노복 장정들이 추풍낙엽(秋風落葉)처럼 무너졌고, 마른 병아리와 죽은 쥐처럼 낚아 채여 버렸다. 그들은 순식간에 노복들을 넘어뜨려 평평하게 밀어서 밟아 버리는 것이었다. 그런 뒤에 곧 일시에 강을 건너 떠나갔다. 무릇 그 구타당한 노복들은 쓰러지지 않은 사람이 없었는데, 한참 뒤에 손을 짚고 일어나기에 보니 모두 중상은 입었지만 다행히 한 사람도 죽은 사람은 없었다.

이튿날 아침 잃은 물건을 점고하여 검사하니 물건은 한 가지도 남은 것이 없었고, 마구간의 청노새도 또한 없어졌다. 며칠 뒤 갑자기 강가에서 나귀 우는 소리가 들려, 주인이 하인을 보내 살펴보게 하니 바로 그 청노새였다. 은 안장에 수놓은 언치를 얹어 홀로 강 언덕에 서 있었다. 그리고 안장에 가죽 주머니가 걸려 있는데 그 안에 하나의 해골이 들어 있고 선혈이 질펀하게 엉겨 있었다. 또한 한 통의 편지가 있었는데, 그 편지 내용은 이러했다.

"일전에 두 번 찾아가 뵌 것은 오랫동안 계획을 꾸며 노력한 결과로 이루어진 일인데, 사세가 심히 바쁘고 급박하여 능히 조용하게 마무리되지 못하였으니, 그와 같이 끝난 것이 얼마나 슬픈지 모르겠습니다. 행동함에 있어서 결점이 없도록 하려는 노력이 잘 살펴지지 못하여, 놀라 헤매면서 활동한 결과 손상이 있었을 것으로 생각됩니다. 재물을 잃은 일에 대해서는 가만히 생각하건대 어르신의 넓은 아량으로써 어찌 혹시라도 마음에 거리낌이 있겠습니까? 그리고 작별 당시 당부 말씀을 드리지 않았는지요? 결국에 노복들을 다치게 하였습니다만, 그것은 노복들이 스스로 자초한 창랑(滄浪)의 결과이니, 다시 누구를 원망하겠습니까? 마음에 매우 감사하게 새기는 것은, 삼백 바리의 가벼운 보화를 실어 오도록 은혜를 베풀어 주셨으니, 섬 속의 일 년 양식이 되기에 충분합니다. 귀댁 청노새는 완전하게 받들어 보내 드리오며, 주머니 속의 것은 명령을 어기고 나귀를 훔쳐 온 부하의 머리입니다. 부디 널리 헤아려 주시기 바라면서 이만 줄입니다. 모년 모월 모일 전 박교리 엎드려 올림."

주인은 이 편지를 보고 물건을 잃은 데 대한 분노가 얼음이 녹고 눈이 사라지듯 하였다. 그리고 요즘 세상에 최고로 기이하고 걸출한 남자를 보았다는 말을 했다고 전해진다.

외사씨는 말한다. 사람들은 힘들게 애쓰면서도 스스로 만족할 줄을 모른다. 손씨는 평온한 생활을 누리는 부요한 사람으로서, 역시 쾌락을 느끼며 살기에 충분했다. 그러나 계속 마음을 명성 얻는 일에 열중하여, 존귀한 자리에 있는 사람과 교제 맺기를 애쓰다가, 마침내 대문을 활짝 열고 사나운 도적떼를 맞아들이는 결과를 초래했다. 게 잡는 어부가 잡아 놓은 게와 함께 그물마저 모두 잃은 것같이 되고 말았으니, 이는 진실로 어리석고 미혹됨이 심한 사람이다. 옛날 시에, "황금으로 교제를 맺는 그 날에, 시퍼런 칼날이 일어나 서로 원수가 된다."라고 했다. 가히 귀감(龜鑑)이 되지 않겠는가?

東野彙輯 卷之十六
○ 第百二十七号 拾遺部 六 警悟

誤結交納賊失財

　　孫姓士人某嶺南鉅富也. 居密陽背山臨流 專一洞壑. 門外大江東去 所率廊下二百餘家. 士人雖積貨如山 而以屢代鄕居 姻親瓜葛皆是土班. 每欲結交名士宰相 爲發身之計 而未得其便. 適聞梁山守作故 其甥姪朴校理 爲其運柩 自京下往 而路過江上 方午憩云. 士人欲交之 卽馳往請見 客犂然許之. 遂與叙禮 覩其客儀表俊美 洵是名士風采. 因告以飽聞聲華 但願識荆. 客遜謝不已. 士人曰 弊居在此一帿場 幸暫屈高駕 使蓬蓽生輝. 客諾之. 遂携至其家 盛備酒饌以款待. 客叩其家計凡節 士人槪擧以告. 客頗有艶羨底意 乃曰 行程甚忙 不可淹留 回路過此 當復奉晤. 因作別疾馳而去.

　　過幾日 有人來傳一札 稱以朴校理書. 書中云 梁山靷行 當以某日過貴洞. 一行甚多 幸借五六奴家 俾得以容接歇宿. 士人見書 卽招奴僕 擇其五家之稍大者 灑掃舖設 務極精侈. 又令家人 多備酒食供饋之需 以待之. 及是日初昏 靷行從水道而來 下船登陸. 人馬騈闐 燈燭輝煌. 軍人之揚鐸而薤歌者 吏民之執紼而哭從者 監兵營軍官之護喪者 隣近邑守宰之送輀者 打扮整齊 威儀盛張. 便是人山人海 連續簇擁而來. 朴校理率五六從者 先卽馳入 揖主人曰 多蒙厚意 利稅靷行 層雲義氣 曷以相酬. 主人答曰 匍匐之義 何足曰勞. 酬酌未了 自內急請主人入來. 卽入見室人 頓足曰 大事出矣. 今聞婢僕之言 所謂喪轝 皆載兵器 稱以梁山喪行者 卽梁山泊之徒云. 此將奈

何. 主人乃大悟 然事已到此 亦無奈何. 強自寬慰而出來.

客問主人 眉宇滿帶憂懼之色 有何事故耶. 主人曰 有小兒急病 幸已差安. 客笑曰 主人量狹矣. 今吾所欲 不過輕財. 至於土地人畜 家舍粮穀 一不犯手 已定于心. 則所失雖不些 數年之内 自當補充 何必深憂. 且財者天下公器也. 有積之者 則必有用之者 有守之者 則必有取之者. 如君可謂積之者守之者 如我便是用之者取之者. 盈虛消長之理 卽造物之常. 主人翁亦造化中一物 何可常盈而不虛 常長而不消乎. 事已早綻 不必以深夜作鬧 或至於傷人害物. 幸主人先告內室 使婦女共聚一房也. 主人面色如土 依客言措處. 客又曰 主人應有愛惜之物 此則早言之 無使並失也. 主人以三百金 新買靑驢言之.

於焉之頃 一行諸人 咸換着軍裝 持武器 簇立於外庭 不知幾千百人 箇箇身手健壯. 客下令曰 汝輩入內室 無論衣服器皿髢髻釵釧 銀錢珠貝錦綺之屬 一竝搬出 而但婦女所聚之房 雖有億萬金財 愼勿近也. 財物雖重 名分至嚴 若有違令者 必用軍律. 又誡以勿取靑驢. 且謂主人曰 可領率彼輩入去 免致亂雜也. 主人遂導至房室庫樓 無處不搜 使之盡意括出 積峙於外庭. 乃以三百疋健馬駄載 一時飛奔 渡江而去. 客則落後 與主人對坐 慰之以塞翁得失 譬之以陶朱散聚. 長揖告別曰 如我之客 一見已極不幸 再逢尤非可願. 今此一別後 會無期 惟願主人達理順懷 保重千金 愼勿復生結交京華士夫之念也. 今番所謂朴校理者 有何所益乎. 及上馬 又顧語主人曰 失物之人 例有追蹤之擧 此則小無益焉. 幸主人毋用俗套 免貽後悔. 主人曰 何敢乃爾. 遂飄然而去 不知去處.

少頃數百家奴僕畢集 咻咻慰問 咄咄憤歎. 以追蹤之意 爛慢相議曰 此必海浪之徒 宜無從陸之理 此距海門不遠. 吾儕六七百人 左右分隊 疾走追之 宜無不及. 況某海口有某大村 某浦邊有某大庄

若並力同追 則渠雖數千徒衆 安敢相抗. 而所失之物 庶可推尋矣. 主人大叱 而禁止. 其中老成解事者十餘人 交謁更告曰 彼之申囑以勿追 卽威脅之言 而亦不無自怵之意也. 小人等六七百壯丁 一心合力 則必無見敗之理. 第往觀之 乞蒙處分. 主人方趑趄未決 忽於家後竹林中 千餘健漢 發喊突出 來集庭中. 拳之踢之毆之蹴之 使彼六七百奴丁 碎之如秋風落葉. 拉之如枯雛腐鼠. 瞬息之頃 擠夷踏平. 後便卽一時渡江而去. 凡厥被打者無不僵仆 良久爬將起來 而皆被重傷 幸無一人之戕命.

翌朝攷檢失物 無一存者 而櫪上靑驢 又見失矣. 數日後 忽有驢鳴於江上 主人送奴覘之 卽其靑驢. 而以銀鞍繡韂 獨立於江頭. 以革囊盛一髑髏 血糢糊者 掛於鞍上. 且有一封書 其書曰 日前再度趨晤 出於許久經營 而勢甚忙迫 未能穩討 何恨如之. 未審動止不瑕有損於驚動之餘耶. 財帛之失 竊料以執事洪量 豈或有介于懷. 而不有臨別贈言 竟致奴僕之傷 便是滄浪 復誰怨尤. 所可銘感者 以三百駄輕寶輸惠 爲島中一年之粮耳. 貴驢奉完 而囊中物 卽犯令偷來者之頭也. 幸諒之不備. 某年月日 前校理朴某拜. 主人見此書 而失物之憤 氷消雪瀜. 乃曰 今世見一奇傑男子云.

外史氏曰. 人苦不知自足. 士人之穩享富饒 亦足快樂. 而乃復馳心名途 要結貴人 竟止於開門納賊. 蟹網俱失 誠愚迷之甚者也. 古詩云 黃金結交日 白刃起相讐. 可不鑑乎.

김상성(金尙星) 함양 위성관에서 온몸에 털 난 신선 만나다

16-13.〈255〉모선접화위성관(毛僊接話渭城館)

판서를 역임한 김상성〈金尙星; 숙종29(1703)~영조31(1755)〉은 경상도 관찰사가 되어 순행하여 함양(咸陽)에 이르러 위성관(渭城館)에서 하룻밤을 잤다. 한밤중 인적이 고요한데 침방 문이 문득 열리더니 문을 두드리는 소리가 들렸다. 김 감사가 놀라 누구냐고 물으니, 조용히 아뢸 소회(所懷)가 있어서 감사 어른을 만나 말씀드리기를 원한다고 대답했다. 이에 김 감사가 일어나 사람을 불러 불을 밝히라고 명하니, 그 사람은 만류하면서 말했다.

"상공께서 저의 기괴한 모습을 보신다면 반드시 놀랄 것이니, 모름지기 촛불을 밝힐 필요가 없사옵니다."

이 말에 김 감사는 무슨 까닭이냐고 물으니, 그는 전신에 온통 털이 나 있기 때문이라고 대답했다. 감사가 다시 묻기를, 그렇다면 아마도 옛날 중국의 모녀(毛女)³⁰³⁾로 생각된다고 하니, 그는 중국 모녀가 아니라면서 자신의 정체를 이렇게 밝혔다.

"저는 본디 상주(尙州)에 살았으며 주서(注書) 벼슬을 한 우씨(禹氏)입니다. 옛날 중종조(中宗朝) 초기에 명경과에 급제하였으며 정암(靜菴) 조광조(趙光祖) 선생의 제자였습니다. 그런데 기묘사화(己卯士禍)³⁰⁴⁾ 때에 김정(金淨), 이장곤(李長坤) 등 여러 유생이 잡혀갔을 때 홀로 한양에서 도주하여 지리산(智異山)으로 들어갔습니다. 여러 날 굶주리고 피곤한 데다가 먹고 살 방책이 없어서, 물가 어린 풀을 채취해 먹었고, 산열매를 따 먹으면서 겨우 배를 채워 배고픔을 면할 수 있었습니다. 조금 지나 대변을 보니 곧 설사가 나서 물처럼 쏟아졌습니다. 이렇게 하기를 대여섯 달 지나니 온몸에 털이 자라 그 길이가 두세 치나 되었습니다. 이로부터 배도 고프지 않고, 춥지도 않아 먹고 입는 걱정이 없어졌습니다. 걸음걸이가 빨라져 점점 날아오르는 듯하고 절벽과 낭떠러지도 어려움 없이 뛰어넘을 수 있었습니다. 이러한 형상을 해 가지고는 산을 나가서 사람을 대할 수가 없다고 늘 생각했습니다. 그래서 바위틈과 골짜기에 숨었으며 비록 나무꾼과 사냥꾼을 만나더라도 역시 몸을 숨기고 모습을 드러내지 않았습니다. 오직 스스로 숲이 우거진 골짜기에서 한가롭게 노닐면서 간혹 지난날 읽었던 책들을 낭송하기도 했습니다. 고향 집을 회상해 보면서 부모와 처자들이 모두 이미 작고하였을 터이니, 비록 다시 고향에 돌아간다고 한들 누구와 더불어 기뻐할까 하는 슬픔에 잠겨, 이런 까닭으로 이미 돌아가고 싶은 마음을 단념했습니다. 다만 산도깨비와 숲속 동물들을 이웃으로 삼아 더불어 세월을 보내기로 작정했습니다. 저의 신세를 더듬어 생각해 보면 스스로 깨닫지 못하는 사이에

---

303) 모녀(毛女): 온몸에 털이 많이 난 옛날 선녀. 진시황(秦始皇)의 궁녀였다가 진나라 멸망에 흩어져 화산(華山)에 들어가 소나무 잎을 먹어 신선이 되었다고 함.

304) 기묘사화(己卯士禍): 중종14(1519)년, 신진 학자 조광조(趙光祖)가 왕의 신임을 얻어 현량과(顯良科)를 신설, 많은 젊은 학자를 등용해 요직에 배치한 다음, 훈구파(勳舊派) 학자들을 배격하여, 정국공신 칠십육 명의 공신호(功臣號)를 박탈했음. 이에 훈구파 홍경주 딸이 후궁이 되어 왕의 총애를 이용해 조광조 등을 처치한 사건.

눈물이 줄줄 흘러내렸으며, 모습은 비록 이미 이렇게 변했지만 마음은 오히려 변함이 없어서, 매양 한번 세상 사람을 만나 세상사를 물어보고 싶었습니다. 그러던 차 마침 감사 어른의 순행 행차가 곧 도착한다는 말을 듣고 이에 감히 와서 뵈옵니다. 원하옵건대, 조광조 선생의 무고 혐의가 밝혀져 신원이 되었는지의 여부와 또한 선생의 후손들이 어떻게 살고 있는지의 여부에 대하여 듣기를 바랄 따름이옵니다."

이에 김 감사는, 조광조는 어느 해 신원(伸冤)되어 문묘에 배향되었으며 사액 서원(賜額書院)도 곳곳에 세워졌고, 그 후손들도 번성하여 고관대작 벼슬의 자손이 계속 이어진다고 알려 주었다. 그리고 김 감사가 기묘사화의 전말에 대하여 물었는데, 그는 일일이 상세하게 이야기했다. 김 감사는 또 그대가 도주할 때 나이 몇이었느냐고 물으니, 그는 서른다섯 살이었다고 대답했다. 이에 김 감사는, 그렇다면 기묘사화가 지금부터 이백여 년 전의 일이니, 그대 나이를 계산해 보면 거의 삼백여 세에 가깝다고 하면서 감탄했다. 이 말에 우씨는 그동안의 세월을 산중에서 보낸 까닭으로 자신은 역시 몇 살이나 되었는지 알지 못한다고 했다.

김 감사는 그의 이야기를 듣고 심히 기이하게 생각하고 술과 음식을 주고자 하니, 우씨는 원하지 않는다고 하면서, 화식(火食)을 끊은 지 이미 오래이니 과실 같은 것이 있으면 조금 맛보겠다고 말했다. 이에 김 감사는 과실이 지금 마침 없으니, 내일 준비해 놓을 테니 다시 올 수 있겠느냐고 물으니, 우씨는 명하시는 대로 다시 오겠다고 말한 다음, 작별을 고하고 순식간에 떠나갔다.

김 감사는 병이 있음을 핑계하고 하룻밤을 더 머물러 잤다. 이튿날 과실을 준비하여 그를 기다리고 있으니, 밤에 과연 다시 나타났다. 김 감사가 맞이해 들여 과일이 담긴 찬합을 내주니 그는 크게 기뻐하며 먹고는, 다행히 한번 포식할 수 있었다고 말하였다. 곧 김 감사가 산속 과일을 능히 계속 따 먹을 수가 있느냐고 물으니, 그는 매년 가을철에 주워 모으면 서너 무더기가 되는데, 그것으로 능히 요기하며 견딘다고 대답했다. 그리고 스스로

659

곡물(穀物)을 끊은 이후로 기력이 매우 건강해져 비록 사나운 범이 바로 앞에 닥치더라도 두려울 것이 없다는 말을 덧붙였다.

김 감사는 또 더하여, 그대가 기묘년의 화를 피할 당시 혹시 또 다른 사람의 기이한 행적에 대하여 들은 것이 있느냐고 물으니, 있다면서 남추(南趎)[305]의 이야기를 들려주었다.

"서계(西溪) 남추는 열아홉 살에 급제하여 전적(典籍) 벼슬을 하였고, 어릴 적부터 신기한 행적이 많았습니다. 그는 스승에게 글공부하러 다닐 때 매일 아침 책을 끼고 스승의 집에 이르렀습니다. 그런데 얼마 지나지 않아 스승의 집에 가지 않을 때가 매우 많았습니다. 가족들이 염탐하니 가는 도중에 숲속으로 들어가는데, 한 정사(精舍)가 있고 그 안에 한 사람이 있어서 세속에서 벗어난 사람으로서 세상 속기(俗氣)가 없었습니다. 남추는 매일 반드시 들어갔고 강의하고 질문하는 것이 보였으며 해가 저물어서야 집으로 돌아왔습니다. 가족들이 그에 대해 물었으나 아무 말도 해 주지 않았습니다. 그 뒤에 신선이 되는 방술인 수련지술(修練之術)을 배웠으며, 과거에 급제하고는 조광조 문하에 출입하였습니다. 기묘사화의 재앙을 당하게 되어 곡성(谷城)으로 유배를 갔었는데, 이후 거기에 자리 잡고 살았습니다. 곡성에 사는 동안 항상 하인에게 서찰을 주어 지리산 청학동으로 보냈습니다. 하인이 보니 거기에는 지극히 화려하게 채색한 집이 있고, 그 안에는 노인 두 사람이 바둑을 두고 있었는데, 한 사람은 하얀 관을 쓰고는 자주색 옷을 입었고, 옥같이 아름답게 생긴 얼굴이 매우 맑았으며, 다른 한 사람은 노승인데 생김새가 심히 고풍스럽고 괴이하더라고 했습니다. 하인은 하룻밤을 머물고 회답을 받아 돌아왔습니다. 그런데 처음 이월에 산에 들어갈 때는 초목이 아직 잎이 피지 않았었는데, 산에서 나와 보니 이에 구월 초가 되어 들에서 벼 수확을 하고 있었다는 것이었습니다. 사람들이 모두 남추는 필시 신선이 되었다고 말했습니다. 남추는 나이 서른 살에 죽었는데 장례

---

305) 남추(南趎): 중종9(1514)년 진사로 별시 문과 병과로 급제함. 전라도 곡성에 살 때 현감의 과실을 관찰사에게 고발한 일로 삭직되었음. 기묘사화 때 조광조 일파로 몰려 추방되었음.

때 관(棺)이 너무 가벼워 집안사람들이 관을 열어 봤더니 그 속에 시신이 없었다고 합니다. 그리고 관 뚜껑 안쪽에는, '아득한 넓은 바다 배 지나간 흔적 찾기가 어렵고, 푸른 산에는 새 날아간 흔적 보이지 않는구려.'라는 시 1연(聯)이 적혀 있었다고 합니다. 시골 밭 매는 노인이 들으니 하늘에서 맑고 처량하게 울리는 풍악 소리가 나기에, 하늘을 우러러보니 남추가 백마를 타고 구름 속으로 너풀너풀 올라가고 있었는데, 얼마 지나니 보이는 것이 없더라고 했습니다. 죽은 후 삼 년 동안은 공중에서 가족들에게 서찰을 자주 던져 보냈는데, 삼 년이 지난 뒤에는 다시는 서찰이 없었다고 합니다. 남추는 신선이 되는 수련지술을 배워 참된 신선의 영역에 이르게 되었습니다만, 저 같은 사람은 땅 위에 사는 지상주선(地上走仙)일 따름입니다."

우씨는 김 감사와 또 한바탕 담소를 나누어 고금의 이야기를 논의하고는 새벽에 작별 인사를 하고 떠나갔다. 김 감사는 그 사건이 근거가 없고 괴이한 이야기인 까닭으로 일찍이 한번도 다른 사람들에게 말하지 않았다. 그런데 그가 늙어 한가하게 살면서 그 자제들에게 이 이야기를 들려주고, 이것은 기이한 일이니 기록으로 남기라 했다고 전한다.

외사씨는 말한다. 사람이 불에 익힌 음식을 먹지 않으면, 온몸에 털이 나서 능히 날아다니고 빨리 달림이 새나 짐승처럼 될 수 있다. 곧 옛날 한(漢)나라 화산(華山)에서 만난, 모녀(毛女)가 바로 이런 경우이다. 우씨는 재앙을 피하여 산으로 들어가, 곡식을 먹지 않고 과일만 먹어서, 능히 죽지 않고 삼백 년을 살 수 있었다. 그는 인간 세상을 초탈(超脫)하여 즐겁게 떠돌면서 오래 살게 되었으니, 중국 모녀의 부류로서 역시 지상에 사는 신선인 지상선(地上仙)이다. 이런 경우는 모두 천명(天命)에 따라 결정되는 것으로, 인간의 힘으로 노력해 이룰 수 있는 일은 아니다. 대체로 천고에 드물게 있는 일이로다.

東野彙輯 卷之十六
○ 第百二十八号 拾遺部 七 仙蹟

毛傉接話渭城館

　　金判書尙星按嶺藩 巡到咸湯 宿渭城館. 夜半人靜 寢門乍開 有啄啄聲. 公驚問誰也. 曰竊有所懷 願見巡相白事. 公乃起呼燭. 曰相公見此怪形必駭 不須張燭. 公問何故. 曰全身皆毛故耳. 問 然則無乃古之毛女耶. 曰非也. 我本尙州禹注書. 在昔中廟朝明經登科 執贄于靜菴先生. 及己卯士禍 金淨李長坤等諸人 推捉時 自京逃走 直入智異山中. 屢日飢困 糊口無策 採啜澗英 摘啖山菓 僅以充腸救餒. 小焉放屎 輒作水泄. 如是五六溯 渾身生毛 長數寸餘. 從此不飢不寒 無喫着之憂. 行步輕捷 漸如飛騰 絶壁斷崖無難趨越.

　　每思以此形狀 不可出山對人. 仍匿巖谷 雖逢樵童獵夫 亦避而不見. 獨自優遊林壑 或誦前日所讀之書. 回想故園 父母妻子皆已作故 縱復還鄕 與誰爲悅 因此歸心已斷. 只與山魈林獸爲隣 以送歲月. 拊念身世 自不覺涕泫泫下 而形雖已變 心尙不灰 每欲一見世上人 問世間事. 適聞巡行纔到 敢此來現. 願聞靜菴先生誣案伸雪與否 及後裔之興替耳. 公曰 靜菴於某年伸寃 從享文廟 賜額書院處處有之. 子孫繁衍 簪組相續矣. 問己卯事顚末 乃一一詳對. 又問逃去時年紀幾何. 曰三十五歲. 曰今距己卯爲二百餘年 然則君之年紀 可近三百歲矣. 曰中間日月送於山中 吾亦不知爲幾許矣. 公聞甚異之 欲饋以酒饌. 曰不願也. 斷烟火食已久矣. 如有果實可少嘗. 公曰 果實今適無之 明當備置 可復來否. 曰當如敎. 因告退倏去. 公稱有身恙

更留一日 多積果實以俟之. 翌夜果又來現. 公迎入 給以果檟 乃大喜啖之曰 幸得一飽. 問山中果實 能得繼噉乎. 曰每秋拾取 爲三四堆 堪作療飢. 自絶穀以後 氣力甚健 雖猛虎當前 無足畏也.

　問君在己卯避禍時 又有他人異蹟之可聞者乎. 曰有之. 南西溪趎 年十九登第 官至典籍 自幼多異蹟. 就學於師 每朝挾冊而至. 其後多不至師家. 家人訶之 中路入樹林中 有一精舍一人 疏雅無塵氣. 南必入見講質 至日昃而歸. 家人詰之不言. 其後學修鍊之術 及登第 出入於靜菴門下. 值己卯禍 謫谷城 因留家焉. 常送奴持書 入智異山青鶴洞 見一彩宇極華麗 有二人對碁局. 一則雪冠紫衣 玉貌瀅絶 一則老僧 而形甚古怪. 奴留一日 受答而還 始以二月入山 草木尙未敷 及出山 乃九月初也. 野中穫稻.

　人皆謂南必得仙 及卒年三十餘 擧棺甚輕 家人啓棺視之無尸體. 而棺盖上板內 有詩一聯曰 滄海難尋舟去迹 靑山不見鳥飛痕. 村翁耘田者 聞空中天樂寥亮 仰見南騎白馬 在雲中冉冉而上 良久無所見. 三年內 自空中投書與家人者屢 三年後 不復有書云. 此因修煉之學 得到眞仙之域者 而如吾者不過地上走仙耳. 又一場談話 揚扢古今 趁曉辭去. 金公以其事涉誕怪 未嘗向人說道. 及老閒居 語其子弟曰 此異事 可書識之云.

　外史氏曰. 人不火食 則遍體生毛 能飛走如鳥獸. 漢之華山毛女是耳. 禹避禍入山 絶穀啖果 能得不死 垂三百載. 超脫塵劫 優游長存 即毛女之類 而亦地上仙也. 此皆天命攸定 非人力之所 可營者. 盖千古罕有之事也.

성현(成俔)이 만난 나귀 탄 손님이 동정호 건넌 시를 읊다

16-14.〈256〉 여객과음동정시(驢客過吟洞庭詩)

허백(虛白) 성현(成俔)[306]이 홍문관에서 일하고 있을 때 휴가로 남쪽 지방에 갔다가 돌아오는 길이었다. 때가 매우 더운 여름이었는데, 길옆 맑은 시내에는 하얀 돌이 깔려 깨끗하기가 비단을 펼쳐 놓은 것 같았다. 시내 옆에 큰 나무가 있어서 잎이 무성하여 덮개로 덮어 가린 것 같은 그늘이 이루어져 있었다. 이에 말에서 내려 안장을 풀고, 돌에 기대앉아 쉬고 있었다. 그때 갑자기 한 손님이 작은 나귀를 타고 나타났는데, 그 뒤에는 어린아이가 채찍을 잡고 따라왔다. 손님 역시 시냇가에 이르러 나귀에서 내려 나무 그늘에 와서 쉬었다.

성현이 손님을 보니 그 용모가 기이하고 거룩하기에 공경히 인사를 드

---

[306] 성현(成俔): 세종21(1439)~연산군10(1504). 글씨를 잘 썼고 음악에도 조예가 깊었음. 판서와 대제학 역임. 『악학궤범(樂學軌範)』을 편찬하여 조선 초기 음악의 체계를 세웠고, 그의 저서 『용재총화(慵齋叢話)』는 조선 초기 정치 문화를 이해하는 데 도움이 되며, 설화 연구의 큰 자료가 됨.

렸다. 그리고 더불어 이야기를 하다가 한참 지나, 따르는 사람에게 점심밥을 가져오라고 명하니, 손님도 역시 아이를 시켜 보자기에 싼 것을 열어 버드나무로 만든 찬합을 가져오게 했다. 찬합 속에는 두 개의 그릇이 있었으며, 하나는 붉은 피에 올챙이가 떠다녔고, 다른 하나는 어린아이를 삶아 잘 익힌 것이었는데, 손님은 그 어린아이 삶은 것을 들어 아무렇지 않은 듯 의젓하게 먹는 것이었다.

성현이 매우 놀라며 그것이 어떤 음식인지를 물으니, 손님은 영약(靈藥)이라고 대답했다. 성현은 얼굴을 찡그리고 구역질을 하면서 차마 똑바로 바라보지 못했다. 곧 손님이 먹다가 절반을 남겨 성현에게 먹기를 권하였으나 성현은 사양하면서, 일찍이 그런 음식 먹는 것에 익숙하지 못하다고 말하고 받지 않았다. 그리고 또 손님은 피가 들어 있는 그릇을 들어 보이면서, 이것은 먹을 수 있겠느냐고 물었다. 성현은 역시 앞에서와 같이 사양했다. 손님은 웃고 그것도 다 먹고는 남은 찌꺼기를 아이에게 주었다.

아이가 나무숲 밑에 앉아 먹는데, 그 앉아 있는 곳이 손님과 거리가 조금 떨어져 있었다. 성현은 기이하게 생각하고 소변을 핑계로 아이에게 가까이 가서 가만히 물었다.

"너의 주인은 어떤 사람이며 어디로부터 왔느냐?"

아이는 알지 못한다고 대답했다. 이에 성현은, 어른을 따라다니면서 어찌 어느 곳의 사람이고, 어떤 성씨인지를 알지 못하느냐고 물으니, 아이의 대답은 이러했다.

"서로 길에서 만나 다만 따랐을 따름이니 어찌 알겠습니까?"

성현이 다시 언제부터 따라다녔느냐고 물으니 아이는, 천보(天寶)[307] 14년부터 지금에 이르렀으니 그 세월이 얼마인지는 알지 못하며, 아직까지 성명을 알지 못한다고 대답했다. 성현은 또다시 물었다.

---

307) 천보(天寶): 당(唐) 현종(玄宗)의 연호(742~756). 천보 14년(755년)은 안록산(安祿山)의 난이 일어난 해로, 현종이 서쪽 지역으로 피난할 때 섬서성(陝西省) 마외역(馬嵬驛)에서 병사들 요청으로 양귀비를 죽게 했음.

"조금 전 먹은 두 그릇에 든 것은 어떤 음식이냐?"

"예, 그 하나의 그릇에 든 것은 영지(靈芝)이고, 다른 하나는 천 년 묵은 동자삼(童子蔘)입니다."

성현은 크게 놀라 후회하고 다시 손님에게 예를 표하며 말했다.

"속세의 어리석고 어두운 눈이 위대한 신선께서 내려오심을 알지 못하고 예의 차림이 자못 부족하였사오니 거듭거듭 큰 죄를 지었습니다. 그러나 지금 이 만남은 역시 우연이 아니며 어쩌면 선배를 따르게 하는 부기지연(附驥之緣)[308]이 있어서 그런 것이 아니겠습니까? 조금 전의 두 그릇 물건이 혹시라도 남은 것이 있으면 조금 맛보기를 원하옵니다."

손님은 아이를 불러 그 남은 것이 있느냐고 물으니, 아이는 배가 고파 방금 이미 다 먹어 버렸다고 아뢰는 것이었다.

이 말에 성현은 마음속 가득히 뉘우치고 한탄할 따름이었다. 손님은 일어나 인사를 하고 떠나려고 하면서 시를 읊었다.

아침에는 북해에서 노닐다 저녁엔 남쪽 창오산(蒼梧山)에 올라,
소매 속에 청사(青蛇)[309]를 넣으니 담기(膽氣)가 커지도다.
세 번이나 악양루(岳陽樓)에 들었어도 사람들은 알아보지 못하니,
시를 읊조리며 동정호(洞庭湖)를 날아서 건너갔노라.

성현이 듣고 그 시를 지은 사람이 누구냐고 물으니, 손님은 자신이 예전에 지은 것이라고 대답했다. 그러고는 아이에게 여기를 떠나 충주 달천(達川) 변에서 잠시 쉬었다가 저녁에는 조령 고개를 넘을 것이라고 말했다. 마침내 채찍을 휘둘러 나귀를 재촉하는데, 야위고 작아서 가는 것이 그다지 빠르지 않았다. 그런데 성현이 말에 뛰어올라 힘써 쫓아가려 했으나 미치지

---

308) 부기지연(附驥之緣): '기'는 천리마. 천리마에 붙어 달리는 인연. 곧 후배(後輩)가 선배(先輩)의 뒤에 붙어 명성을 얻는 인연이란 말.
309) 청사(青蛇): 푸른색의 뱀으로 그 크기가 산 같고 길이가 백 발이나 된다고 함.

못했으며, 잠깐 사이 이미 고개 하나를 넘어서 아득하여, 그 간 곳이 보이지 않았다. 성현은 어리둥절하여 집으로 돌아왔는데, 무엇인가를 잃은 것처럼 심란했다. 대체로 그가 만난 그 사람을 알아보니, 이에 신선 여동빈(呂洞賓)[310]이었다. 곧 천보 14년은 여동빈이 태어난 해였다.

외사씨는 말한다. 내 일찍이 『풍토기(風土記)』[311]를 보니, 여암(呂巖)이란 사람은 자가 동빈(洞賓)으로, 당나라 때 예부시랑(禮部侍郎)을 역임했다고 나타나 있다. 송(宋)나라 사람 위지(謂之)[312]가 여산(廬山)[313]에 은둔하여 유람하다가, 진인(眞人)을 만나 장생 비결(長生秘訣)을 얻고, 상담현(湘潭縣)[314]과 악악(岳鄂)[315] 지역 근처를 많이 유람하였다고 한다. 그가 시를 지었는데, "팔을 놀려 단전(丹篆)[316]의 천 년 사는 방술(方術)을 전하고, 입으로는 황정경(黃庭經)[317] 속의 두 경(經)을 외우도다. 학관(鶴觀)[318]의 제단(祭壇) 홰나무 그늘 아래에는 인적 없이 고요하고, 문에는 오래도록 빗장 걸려 잠겨 있도다."라고 읊었다. 대체로 여동빈의 족적이 이르는 곳은 순식간이며 기이하고 이상하여, 사람들은 그 종적을 알지 못한다. 어쩌면 혹시 구름을 타고 사방으로 자유로이 노닐다가, 역시 일찍이 우리나라에도 왔

---

310) 여동빈(呂洞賓): 이름은 암(嵒, 또는 巖)이고, 자가 동빈임. 종남산(終南山)에 들어가 수도한 팔선(八仙) 중 한 사람임.

311) 풍토기(風土記): 중국 진(晉)나라 주처(周妻)가 편찬한 지리풍토 관련 책.

312) 위지(謂之): 송(宋)나라 진국공(晉國公)에 봉해진 정위(丁謂). '위지'는 그의 자임.

313) 여산(廬山): 중국 강서성 구강현(九江縣) 남쪽에 있는 명산(名山). 주(周)나라 때 광속(匡俗)이 이 산중에 초가를 짓고 숨어 살다가 신선이 되어 하늘로 올라가고 집만 남아서 '여산'의 이름이 붙여짐.

314) 상담현(湘潭縣): 호남성 장사(長沙) 남쪽 상수(湘水) 유역의 현명(縣名).

315) 악악(岳鄂): 호남성 동정호 동편 악양현(岳陽縣)과 호북성 남단(南端)의 악성현(鄂城縣). 그 사이이니 동정호(洞庭湖)의 북동 지역으로, 한수(漢水)가 양자강에 합쳐지는 지역임. 악양현의 성곽 서쪽 성문 문루(門樓)가 악양루(岳陽樓)로 동정호(洞庭湖)를 바라보는 경치가 아름다움.

316) 단전(丹篆): 신선(神仙)에 관해 설명한 책. 신선의 필독서임.

317) 황정경(黃庭經): 도가(道家)들이 외우는 경문(經文). 황정경에는 네 종류의 경(經)이 들어 있음. 위부인(魏夫人)이 전한 황정내경경(黃庭內景經)과 왕희지(王羲之)가 썼다고 하는 황정외경경(黃庭外景經)을 2경이라 말한 것임. 그 밖에 황정둔갑연신경(黃庭遁甲緣身經)과 황정옥축경(黃庭玉軸經)을 합쳐 4경이라 함.

318) 학관(鶴觀): 섬서성 서안현(西安縣) 장안(長安) 서쪽에 있는, 도교(道敎) 성전(聖殿)인 도관(道觀).

을지는 모를 일이다. 또 혹시 우리나라 사람으로 숨어 사는 은군자(隱君子)가 세상에 나와서 시험 삼아 여동빈이라 거짓 일컬으면서, 사람들 눈을 현혹시킨 것일 수도 있다. 모두 함께 알 수 없는 일이로다.

東野彙輯 卷之十六

○ 第百二十八号 拾遺部 七 仙蹟

驢客過吟洞庭詩

　　成虛白倪曾在王署 呈暇南歸其還也. 時値燠熱 路傍淸溪白石淨如布練. 溪邊有樹 敷葉垂蔭 童童如盖. 乃下馬歇鞍 靠石而坐. 忽有一客 騎短驢 小童執鞭而随. 亦至溪邊 下驢就樹陰而憩. 成見客容貌奇偉 敬禮之. 與語良久 命進午餉 客亦命小童 開裹進柳盒. 盒中有兩器 一赤血浮蝌蚪 一烹小兒爛熟 客擧而啖之自若. 成甚駭 問此何物. 客曰 靈藥也. 成嚬蹙嘔噦 不忍正視. 客留其半 勸成喫之. 成辭曰 食不曾慣. 客乃擧血器曰 此則可飮否. 又辭如前. 客笑而盡吃 以其餘瀝與童.

　　童坐林下食之 坐處稍間. 成其異之 托以便旋 密問童曰 汝主人何許人 從何處來. 童曰 不知也. 成曰 從長者游 豈不知某處人某姓氏耶. 答曰 相遇於途 但随行而已 若之何知之. 曰自何時從游乎. 曰自天寶十四載至今 不知幾何歲月 尙不知爲誰某也. 曰向所食兩器何物. 曰其一靈芝 其一千年童子蔘也. 成大驚且悔 復向客施禮曰 俗眼昏憒 不識大仙之降臨 禮節頗簡 知罪知罪. 然今玆邂逅 亦非偶然 豈有附驥之緣而然歟. 俄進兩器之物 或有餘存 願少得嘗. 客呼童問其餘 對曰 小子因饑 纔已盡食矣. 成滿心懊恨而已.

　　客起揖將行 吟詩曰 朝遊北海暮蒼梧 袖裏靑蛇膽氣麤 三入岳陽人不識 郎吟飛過洞庭湖. 成問此詩作者誰也. 曰僕之昔年所作也. 仍謂童曰 此去暫休忠州達川邊 夕踰鳥嶺. 遂揮鞭而邁 驢瘦短而行

669

不甚駛. 成躍馬趕之不及 轉眄之間 已踰一峴 杳然不見其所之. 成悵悅歸家 若有所失. 盖識其所遇者 乃呂眞人也. 盖天寶十四載 即呂眞人胎化之秋也.

　　外史氏曰. 嘗觀風土記有曰 呂巖客字洞賓 唐禮部侍郞. 謂之孫 遊廬山 遇眞人得長生訣 多遊湘潭岳鄂之間. 有詩云 肘傳丹篆千年術 口誦黃庭兩卷經 鶴觀天壇槐影裏 悄無人跡戶長扃. 盖其蹤跡所到 倏忽異常 人莫之識. 抑或雲遊無方 亦嘗至於東國耶. 無乃我東之隱君子 出而試之冒稱 以眩人耶. 俱未可知也.

영남 방문 때 만난 부자가 말단 관직에 종사하여 비웃다

16-15.〈257〉 방영인조기환유(訪嶺人嘲其宦游)

판서(判書)를 역임한 송진명〈宋眞明; 숙종14(1688)~영조14(1738)〉이 암행어사로 영남에 내려가 한곳에 이르니, 산수가 수려하고 경치가 매우 아름다웠다. 좁은 입구를 돌아 지나가니 졸졸 물소리가 들리고 떨어지는 꽃잎이 수면 위에 떠서 흘러내려 오고 있어서, 신선이 사는 무릉도원(武陵桃源)이 멀지 않은 곳에 있다고 생각했다. 말에서 내려 시내를 따라 앞으로 진행하여 겨우 일 리쯤 지나왔는데, 숲이 산봉우리를 빙 둘러싸 있고 송죽이 햇볕을 가렸으며, 구부러진 길이 깊숙한 숲속을 통해 나 있어서 점점 들어갈수록 아름다운 지역이었다. 그야말로 점입가경(漸入佳境)이라 할 수 있었다.

또한 백여 걸음을 더 옮겨 들어가니, 하나의 동굴로 이루어진 세상 같은 지역이 놀랄 만큼 넓게 확 펼쳐져 열리는 것이었다. 거기에는 큰 마을 수백 가구가 살고 있어서, 농경지가 서로 교차되어 섞여 있고, 뽕나무와 삼 줄기가 우거져 무성하여 그늘을 이루고 있었다. 울타리 밖에는 한낮을 알리는 닭 울음소리가 여기저기에서 들리고, 시냇가에는 자갈에 부딪히는 물소리가 자연스럽게 울려 퍼졌다. 이러한 그윽한 경관들이 사람들로 하여금 가히 기쁘게 하였다.

한곳을 바라보니 앞에는 넓은 정원이 꾸며져 있고, 뒤에는 과수원이 이루어져 있으며, 주위는 하얗게 꾸며진 담장으로 둘러싸인, 높은 집들이 구름처럼 이어져 있었다. 한 걸음 한 걸음 나아가니 바로 앞에 커다란 집이 있는데, 긴 행랑(行廊)이며 층을 이룬 정자들이 함께 있어서, 서울의 대갓집과 차이가 없었다.

세 개의 중문을 지나 당상을 바라보니 높은 관에 넓은 띠를 두른 한 사람이 있는데, 거동과 용모가 엄숙하고 위엄이 있었다. 안석(案席)에 의지하여 앉아 있는 그 사람의 곁에는 서너 명 손님이 있으면서, 어떤 사람은 거문고를 퉁기고 또 어떤 사람은 바둑을 두고 있었다. 좌우 책장에 있는 서책이며 서안(書案)과 탁자 위에 놓인 도서들이 가지런히 정돈되어 있었다.

뜰아래는 기이한 꽃과 괴이한 모습의 돌들이 줄을 지어 있었고, 집 주변에 있는 작은 연못에는 연잎이 갓 피어나고 있었다. 연못가에는 초당(草堂)이 있어서 소년들이 배운 것을 펼치어 익히기에 열중하고 있었으며, 집 뒤 서재에서는 훈장 스승이 여러 아동들을 거느리고 글공부를 가르치고 있었다. 물어보지 않아도 부잣집으로서 자손들이 많은 행복한 가정이라는 것을 알 수 있었다.

주인은 손님을 보고 읍(揖)을 해 예를 표하고 인도하여 들어가 차를 대접하기에 마시었다. 그리고 주인에게 이름을 물어보니 곧 영남의 선비 집안으로 초시(初試)에 급제하여 진사(進士)가 된 사람이었다. 잠시 후에 시비들이 소찬(小饌) 음식을 내왔는데 정성스럽고 미묘한 것이 먹음직스러웠다. 이후, 손님을 머물게 하여 함께 잠을 잤는데, 대접하는 술상 차림이 풍성하고 깨끗하였으며 값지고 기름진 음식들이어서, 모두 서울에서도 드물게 볼 수 있는 것들이었다. 그 집안 생산 정도를 물어보니 한 해에 씨로 뿌리는 곡식이 수백 섬이라고 대답했으며, 집에서 부리는 사람들이 원근에 육칠백 명 정도 살고 있다는 것이었다.

다음 날 주인이 앞을 서서 인도하여 집 뒤 정원에 이르렀는데, 정원 안에는 큰 연못이 있었고 연못 가운데 세 개의 산에는 온갖 꽃들이 심어져 있었다. 꽃이 붉게 핀 언덕과 푸른 잎이 병풍처럼 둘러진 모습이, 호수 수면에 서로 어울려 그림자로 비치고 있는데, 물 밑에는 물고기가 헤엄을 치고 있어서 혹은 물속으로 잠기기도 하고 혹은 물위로 뛰어오르기도 하였다. 또한 작은 정자가 있어서 연못가 뾰족한 바위 위에, 새가 나래를 펼친 것 같은 모습으로 우뚝 서 있었으며, 사다리를 타고 정자로 올라가니 곧 두 갈래 쪽진 머리를 예쁘게 꾸민 여종들 몇 명이, 자리를 펴고 술상을 준비하여 기다리고 있었다. 사동 하나가 연못가에서 물고기를 낚아 줄에 꿰어 가지고 있는데, 한 여종이 정자 난간 가에서 새끼줄을 내려 그 끝에 매달아 끌어 올려, 은빛 물고기가 펄떡거리면서 자리 모퉁이로 뛰어올라 왔다. 술 한 잔에 회 한 점을 먹으니, 그 정취 있는 맛이란 매우 아름답고 즐거웠다.

이렇게 즐기는 동안, 문득 날이 저무는 것도 잊어버려 이틀을 머물고 작별하여 떠났다. 동네 입구를 미처 빠져나오기 전에 고개를 돌려 잠을 잔 곳을 돌아보니, 곧 문득 그윽한 정원과 높은 등성이들이 아련하여, 담장이덩굴처럼 얽힌 구름과 안개 둘러진 바위 같아서 사람의 옷자락을 엄습하는 듯하였다. 서운하고 섭섭하여 이별의 아쉬운 마음을 금할 수 없었다.

그 후, 어사 송진명은 벼슬이 경상(卿相) 대열에 올라, 정3품인 선공감 제거(繕工監提擧)가 되었다. 하루는 선공감의 봉사(奉事; 종8품) 직위에 있는 한 사람이, 이름을 적은 명함 쪽지를 들여보내며 알현을 청하기에, 들어오라고 하여 만나 보니 곧 옛날 영남에서 방문했던 그 부자였다. 서로 안부를 묻고 안온하게 이야기를 나누고는, 다음 날 인사차 찾아가 방문할 것을 약속했다.

이튿날 그 사람이 사는 곳에 이르니, 그때는 늦은 여름으로 삼복더위가 무섭게 열을 뿜고 있는데, 한 간(間) 초가집이 막다른 골목의 좁고 답답한

곳에 있었으며, 그 안에서 흙더미처럼 꼿꼿이 앉아, 물을 쏟아부은 것 같은 땀을 흘리고 있었다. 송진명이 무슨 까닭으로 그 복된 아름다운 시골집을 버리고 지위가 낮은 관리가 되어 이 고생을 하고 있느냐고 물었다. 그는 이렇게 대답했다.

"시골에 사는 사람은 벼슬을 한 이후에라야 가문을 보존할 수 있기 때문에 어쩔 수 없는 일입니다."

두 사람은 서로 바라보며 웃고 헤어져 돌아왔다.

외사씨는 말한다. 옛사람이 시에서, "처자가 있고 먹을 것을 다 풍족하게 갖추었지만, 수확을 올릴 토지가 없고 살아갈 터전 적음이 한스럽도다. 토지와 정원(庭園)을 사들여 모두 다 넓게 펼쳐지니, 이제는 관직(官職)이 없어 사람들로부터 속임 당함을 한탄하노라."라고 읊었다. 이 시는 부자들이 만족함을 알지 못하고, 관직 구하기를 애쓰는 경우를 기롱(譏弄)한 내용이다. 다만 미천한 관직 생활을 위해 집을 떠나 객지로 떠돌면서, 전원 생활의 즐거움을 물리쳐 포기하는 것은, 적은 녹봉인 다섯 말 쌀을 위해 상관 앞에서 허리 굽혀 받들어야 하는 관직 생활을 수치로 여기고, 표연히 고향으로 돌아간 도연명(陶淵明)[319]에 대하여 어찌 부끄럽지 않은가? 그리고 또 도연명은, 새벽 오경(五更) 시간 되기를 기다렸다가 서리 가득한 신을 신고 관아(官衙)로 나가는 것은, 삼복더위에 해가 하늘 높이 올라오도록 잠자는 즐거움보다 못하다고 말했다. 또한 그는 북창량(北窓凉)[320]을 즐겼으니, 역시 사람 사는 원리를 통달하고서 한 말이 아니겠느냐? 저 영남 진사가 오백 칸이나 되는 자기 집의 시원한 바람을 버리고, 작고 좁은 일터의 더운 열기 속에서 고통스러운 상황을 삼키며 견디는 것은, 모두 달팽이 뿔 끝에 올려

---

319) 도연명(陶淵明): 진(晉)나라 시인. 도연명이 현령(縣令)이 되었을 때 상관(上官)이 방문하니 아전들이 절을 올려 인사해야 한다고 말했음. 이에 "내 오두미 녹봉을 위해 허리를 굽힐 수 없다(吾不能爲五斗米折腰)."라고 말하고 벼슬을 버리고 떠나면서 '귀거래사(歸去來辭)'를 지었음.

320) 북창량(北窓凉): 여름날 북창(北窓) 아래의 시원함. 도연명(陶淵明)이 여름날 북창 아래 누워 시원한 바람을 쏘이며, 말하기를 복희씨(伏羲氏)보다 나은 사람이라고 했음.〈高臥北窓之下 淸風颯至 自謂羲皇上人〉.

진 것 같은 헛된 명성과 파리머리처럼 보잘것없는 이익을 바라기 때문이다. 너무 심하도다. 명성과 이익이 사람을 속임이여!

【第百二十九号 拾遺部 八 淸福 16-15.〈257〉訪嶺人嘲其宦游】

東野彙輯 卷之十六
○ 第百二十九号 拾遺部 八 淸福

訪嶺人嘲其宦游

　　宋判書眞明以暗行御史 下嶺南到一處 溪山秀麗 景物甚佳. 轉過峽口 聞水聲淙淙 落花浮水而來 以爲武陵桃源在不遠也. 下馬緣溪而進 纔過里許 林巒縈廻 松竹掩映 曲徑通幽 漸入佳境. 又移百餘步 一洞天呀然開矣. 有人村數百家 田園交錯 桑麻翳菀. 籬外午鷄爭唱 溪邊水碓自鳴. 幽事令人可悅. 望見一處 場圃築前 果園樹後 粉牆圍繞 高閣連雲. 步步而前 有一大第 長廊疊榭 無異洛中之甲第.

　　過三重門 仰視堂上 一人峩冠博帶 儀貌儼然. 支枕而坐 傍有三四客 或鼓琴或圍棋. 左右皮書冊 几案圖書 位置齊整. 庭下列奇花怪石 堂邊小池荷葉初敷. 池邊有草堂 衆少年開硏做工 堂後書室塾師率羣童訓課. 不問可知爲富家 多子姓者也. 主人見客 揖讓而入. 茶罷問姓名 乃嶺中士族 爲進士者也. 少頃侍婢進小饌 精妙可餐. 因留客共宿 供饋杯盤 豐潔珍腆 皆京洛罕有之物. 詢其產業 給種數百斛 僅指居遠近者 可六七百數. 翌日主人前導 至後園 園中有大池 池中爲三山 雜植花卉 紅塢翠屛 互映水面. 水底游鱗 或潛或躍. 有小亭 翼然特立於池傍峭岩之上. 梯而登 則又鬟數人肆設持酒饌而候矣. 一僮臨池釣魚貫索 一婢立欄邊 引索端上之 銀鱗潑潑躍於席隅. 一盃一鱠 趣味陶陶. 忽忘日之夕也 留二日辭去. 未出洞口 回顧夜宿處 則便如玄圃閬苑 怳若有蘿雲巖烟 襲人衣裾. 悵然不禁惜別之思也.

厥後御史官登列卿 爲繕工監提擧. 有一人以本監奉事 納刺請謁 乃昔日嶺南某處主人也. 叙寒暄穩討 約以明日往謝. 及到所住處 時當季夏 庚炎烘熱. 草屋一間 湫隘蒸鬱 塊處其中 汗流翻漿矣. 問何故捨彼福地 爲薄宦 喫此苦也. 答曰 鄕居人做官然後 門戶可保 不得已也. 相視一笑而歸.

　　外史氏曰. 古人詩云 妻孥衣食皆具足 恨無田地少根基. 買得田園多廣闊 歎無官職被人欺. 此譏其不知足 而求官者也. 只爲薄宦旅遊 抛却田園樂事 豈不有愧於不願五斗米折腰 飄然歸來者. 而五更待漏靴滿霜 不如三伏日高睡. 北窓凉亦非達理之言耶. 乃捨自家五百間淸風 而矮簷熇熱[熱] 飽喫苦況者 都緣蝸角虛名蠅頭微利之故. 甚矣名利之欺人也.

친구 임배후(林配厚)를 만나 자연 속 산골 흥취를 자랑하다

16-16.〈258〉 대림우과이협거(對林友誇以峽居)

침랑(寢郞) 안석경〈安錫儆; 숙종 44(1718)~영조50(1774)〉은 세마(洗馬) 벼슬을 한 안중관〈安重觀; 숙종 9(1683)~영조28(1752)〉의 아들이다. 사람됨이 거리낌이 없고 방탕했으며 허황하고 괴이했다. 일찍이 벼슬을 사양하고 산수 간을 방랑하며 늙도록 시와 술로 즐기면서 살아가려고 했다는데, 소문을 들으니 횡성(橫城) 고을 남쪽 깊은 산골짜기 속에 살만한 빈 땅이 있다는 것이었다. 그래서 가서 살펴보니 울창한 숲이 가득 덮어 그늘을 이루었고, 땅 가득히 쑥대밭이 되어 있었으며, 호랑이와 표범이며 곰들의 소굴이어서, 일반 백성들은 감히 들어가는 사람이 없었다.

이에 산이 빙 둘러진 안쪽을 지도로 만들어, 관아에 제출하여 소유 허가 문건을 받아 냈다. 그리고 소나무와 개오동나무 등을 베어 내고, 잡초와 가시나무 등을 불살라, 혹은 개간하고 혹은 밭으로 만드니 좋은 농토와 기름진 땅 아닌 것이 없어서, 조를 심어 가을에 거두니 수확이 매우 많았다. 인근 지역 백성들이 소문을 듣고 연이어 계속 들어와서, 몇 해가 지나니 큰 마을이 이루어졌다. 이에 안경석도 마소에 처자를 태워 와서 집을 짓고 살았다.

안경석의 친구인 처사(處士) 임배후(林配厚)가 도보로 걸어 그를 방문했다. 높이 자란 소나무와 기괴한 바위들이 땅에서 멀리 떨어진 허공에 있어, 떨어질 것 같으면서도 그대로 붙어 있는 그 아래 길을 일이십 리 지나, 벼랑에 붙어 걷고 물을 건너고 하여 들어가니, 풀과 나무 사이에 있는 초가집 몇 채에는, 골짜기 위에 나무를 걸쳐 만든 사립문이 달려 있었다. 그리고 그 좌우 양쪽에 두세 채 집이 있어서, 떡갈나무 울타리 안 배추 심은 둔덕에서, 닭 울음소리와 개 짖는 소리가 어울려 들렸다. 말쑥하고 깨끗하며 그윽하고 아련한 광경이 매우 즐겁게 느껴졌다.

울타리를 걷어 젖히고 집 안으로 들어가서 앉아 이야기를 나누었는데, 시간이 많이 흘렀다. 주인이 아이를 불러 술을 걸러 오라고 하니, 막걸리를 담은 항아리에 표주박을 띄워서 가져왔다. 손님을 돌아보면서 말했다.

"깊은 산속에서 다행히 옛 친구를 만났으니 가히 맘껏 마셔 보세."

그러고는 서로 술잔을 주고받으며 마시어 곧 취하게 되었다. 이때 손님이 이렇게 물었다.

"그대는 속세의 번거로운 인연을 벗어나 좋은 복을 온전히 받고 있으니, 고상한 운치가 없지는 않을 것일세. 하지만 이 적막(寂寞)한 외진 곳에서 마음속 회포를 어떻게 풀어내 버릴 수 있겠는가?"

친구 말에 안석경은 자기 심정을 토로해 설파했다.

"산속 사는 그윽한 아취로 자연스럽게 회포가 풀릴 수 있다네. 봄가을의 좋은 날씨에 지팡이 짚고 짚신 신어, 숲 우거진 산속 냇물 흐르는 골짜기 사이를 왕래하면서 멀리 바라보며 경치 구경을 하면, 송죽은 서로 어울려 빛나고 사슴들이 무리 지어 달리고 있다네. 들꽃들이 은은하게 향기를 뿜어 그 기운이 내 마음을 편안하게 해 주니, 단향나무와 사향노루의 짙은 향기에 비할 바가 아닐세. 또한 산새들이 혀를 놀려 무어라 지저귀는 소리는 맑고 한아(閒雅)하여 사람이 연주하는 생황(笙簧)의 기교는 비교가 되지 않는다네. 이것들은 모두 조물주가 감추고 있는 기밀이니, 눈을 즐겁게 해주고 마음을 기쁘게 하여, 고요히 감상하면 싫은 마음이 없다네. 그리고 때때로 간혹 휘파람을 불어 노래도 하고 시도 읊으며 마음을 비워 보는 그 우아한 맛은 사물과 더불어 다툴 일이 없는 것이라네. 저녁때가 되어 집으로 돌아오면 아내가 수수밥을 짓고 술을 빚어 내오니, 배부르게 먹고 마음껏 취할 수가 있지. 더러는 서안(書案) 위의 경서(經書)와 사서(史書)를 펼쳐 풀이하면서 무료함을 해소하는데, 진실로 책 속 경상(景狀)을 만나는 그 정취(情趣)를 누가 알겠는가? 내 스스로 이런 것들을 사랑하니 가히 지극한 즐거움을 누리는 사람이라 말하지 않을 수 있겠느냐? 그리고 등불을 밝히고 자리에 앉아 오랜 옛날 정치의 잘되고 잘못된 점을 내 멋대로 논의해 보면, 인물과 문장이며 그 일들의 공적을 어제 일처럼 분명하게 떠올릴 수가 있다네. 이에 나 혼자 한탄하기를, 세상 사람들이 나를 미친 사람이라 하지만, 나를 미쳤다고 말하는 그 사람이 진정 미친 사람이라고 말한다네. 저 이익만을 외치는 혼탁한 세속에서 술에 취하고 꿈을 꾸듯, 곧 취생몽사(醉生夢死)로 살면서 미혹되어 정신을 잃고도 돌아올 줄 모르는 사람이 미친 사람이 아니고 무엇이란 말인가? 인생은 자기 마음에 꼭 맞게 사는 것을 귀하게 여길 따름이라네. 나는 곧 앞에서도 벼슬하려고 얽매인 적이 없고, 뒤에서도 무서운 형벌에 대한 두려움이 없다네. 산에 가서 땔나무하고 물에 가서 고기 잡으며, 배고프면 음식을 먹고 목마르면 물을 마시고, 반듯이 누워 우러르며 몸을 굽혔다 폈다 하면서 오직 내 마음에 따라 살고 있다네. 앞에서 명예로움이 있었던 것보다는 뒤에 가서 훼손됨 없는 것이 어찌 낫지 않겠는가? 또한 그 육신에 즐거움이 있는 것보다는 마음에 걱정 없는 것이 어찌 낫지 않겠는가? 정치가 잘 다스려지고 어지럽게 되고 하는 것을 알지 못하며, 관직에 올랐다가 쫓겨났다가 하는 일을 듣지 않고, 내 마음에 편안한 바에 따라 살아도 그 감히 막는 사람이 없는데, 세상 사람들이 이를 미쳤다고 말하면 옳다고 할 수 있겠는가?"

이러고 더불어 한바탕 웃고는 이별하여 떠나갔다.

안석경이 서울에 있을 때 한 선비와 친분이 두터웠다. 그 친구가 후에 대관(大官)이 되어 지위와 권세가 크게 떨쳐지니, 안석경은 절교하고 더불어 사귀지 않았다. 대관은 다른 사람의 소개를 통해 한번 보기를 원하였으나, 만남이 이루어지지 않았다. 안석경이 마침 일이 있어서 서울에 이르니, 대관이 수소문하여 자신을 낮추어 찾아가려고 했는데, 안석경은 그날로 곧장 피하여 떠나가 버렸다. 일찍이 한양 서강(西江)의 어떤 사람 집에 투숙하여 하루를 묵었는데, 그날이 곧 춘당대(春塘臺)에서 과거가 있는 날이었다. 안석경은 집주인과 약속하고 이웃에 사는 벼슬하지 않는 두세 사람들과 함께 한강에 배를 띄워 연안을 오르내리면서 시를 지었다.

조선 팔도 선비들이 문장을 다투는 이 날에,
나는 범려(范蠡)³²¹⁾의 오호(五湖) 세월처럼 외로이 배에 있도다.

이 시구로 안석경의 속마음을 알 수 있다. 그는 침랑(寢郎)에 제수되었으나 나아가지 않았다.

외사씨는 말한다. 침랑 안석경은 진실로 세속 바깥의 참된 정취를 얻은 사람이다. 그가 논의하는 말은, 사람들로 하여금 인색한 마음을 시원하게 사라지게 하고, 가슴속을 상쾌하게 해 준다. 저 세속 사람들은 좋은 말을 타고 사냥매를 팔에 얹고 사냥터로 나가듯, 명예와 이익을 구하기 위한 장소로 달려가고 있지만, 눈앞에 보이는 것은 달리는 말머리에서 뭉게뭉게 일고 있는 먼지일 뿐이니, 이 모든 것이 빠르게 달리는 망아지를 타고 좁은 틈새로 언뜻 보는 그림자일 따름이다. 그들이 어찌 이 산속 정취의 오묘함을

---

321) 범려(范蠡): 춘추시대 월왕(越王) 구천(句踐)의 신하. 월왕이 오왕(吳王)에게 항복해 설치(雪恥)하려고 왕에게 와신상담(臥薪嘗膽)을 하게 해 국력을 기르고, 미인 서시(西施)를 오왕(吳王)에게 바쳐 놓게 하여, 마침내 오왕의 항복을 받았음. 그리고 범려는 서시를 찾아 함께 오호(五湖)에 배를 띄워 제(齊)나라로 도피했음.

알겠는가? 진미공(陳眉公)[322]이 말하기를, "세상일은 끝없이 많지만 온통 강과 호수에 떠 있는 거품이로다."라고 했다. 인생이 부여받은 분수(分數) 중에서 산림 속 정취를 즐기는 것보다 더 나은 것은 없다.

---

322) 진미공(陳眉公): 명(明)나라 때 시문(詩文)에 능했던 진계유(陳繼儒). 그의 호가 미공(眉公)임.

東野彙輯 卷之十六

○ 第百二十九号 拾遺部 八 淸福

對林友誇以峽居

　　安寢郞錫儆洗馬重觀子也. 爲人疏宕恢詭. 早謝公車 放浪山水間 詩酒娛老. 聞橫城治南深峽裏 有曠土可居. 往視之 林樾蒙翳 蓬蒿滿地 虎豹熊羆之所窟宅 民無敢入者. 乃環山爲圖 出印券于官. 斧松檟燔菑棘 或墾惑畬 無非良田沃壤 秋成得粟甚多. 隣境之民聞風 繈屬而至 過數歲 成大村. 於是以牛馬 載妻子來宅. 林處士配厚其友也. 徒步訪之 長松怪石去墟落不下一二十里 緣崖涉水 於草樹間茅屋數椽 架槩爲扉. 左右兩三家 桷籬薪塢 鷄犬相聞. 蕭灑幽夐甚可樂也.

　　搴籬入室 坐語移日. 呼僮灑酒 濁醪瓦樽 泛瓢而至. 顧客曰 深山裏 幸逢故人 可劇飮也. 相與對酌至醺. 客曰 子之謝却塵緣 消受淸福 非不高致 而何以遣懷於寂寞之濱乎. 主人曰 山居幽趣 自可遣懷. 春秋佳日 杖藜躧屩 往來林巒川谷之間 憑眺探景 松竹交映 麋鹿成群. 野花隱隱生香 而氣味恬淡 非若檀麝之濃. 山禽關關弄舌 而淸韻閒雅 非若笙簧之巧. 此皆造化機緘 娛目悅心 靜賞無厭. 時或嘯歌吟詩 悠然趣味 與物無競. 向夕歸室 有家人炊黍釀酒 得以醉飽. 取案上書史 攤繙以消閒 顧此景會 有誰知之. 吾自愛此 可不謂至樂者乎. 已而張燈對榻 縱論千古治亂 人物文章事功 歷歷若昨日事. 乃啃然曰 世以我謂狂 然謂我狂者 乃眞狂也. 彼醉生夢死於聲利場 迷不知返者 非狂而何. 人生貴適志耳. 我則前無爵祿之縻 後無斧鉞之懼

山樵水漁 飢餐渴飲 偃仰屈伸 惟意所適. 與其有譽於前 孰若無毀於其後. 與其有樂於身 孰若無憂於其心. 理亂不知 黜陟不聞 從吾心之所安 而莫之敢禦 以此謂狂可乎. 相與大笑別去.

安在京師時 與一士友善. 其友後爲大官 位勢煊赫 安絶不與相聞. 大官因人紹介 願一見而莫能致. 安適以事抵洛 大官物色之 欲枉車來訪 卽日逃去. 嘗投西江人家 留一日 其日卽春塘臺設科日也. 安約主人 及隣居數三散人 浮舟沿流上下. 作詩曰 八路文章爭是日 五湖烟月有孤舟. 其志可見也. 除寢郞不就.

外史氏曰 安寢郞是眞得物外之趣者. 聽其言論 能使人翛然消鄙吝 而爽襟懷也. 彼牽黃臂蒼 馳獵於聲利之場者 但見滾滾馬頭塵 恩恩駒隙影耳. 烏知此趣之妙哉. 陳眉公曰 世事無窮 總是江湖浮泡. 人生有分 不如山林怡情.

백 년 세월은 선비 황일덕(黃一悳) 꿈속 쓰르라미 고을이로다

16-17.〈259〉 백년광음혜고군(百年光陰蟪蛄郡)

황일덕(黃一悳)은 평양 선비이다. 성품이 호방하고 우활하여 사소한 것에 얽매이지 않고 소탈하였으며,『산해경(山海經)』[323]과『수신기(搜神記)』[324]이며『술이기(述異記)』[325] 같은 신괴(神怪) 관련 책 읽기를 좋아하였다. 하루는 눈이 많이 내리는데 술에 취해 한낮에 평상에 누워 잠이 들었다. 꿈속에 한 존귀한 관원(官員)이 임금의 조서(詔書)를 가지고 와서 말했다.

"우리 군(郡) 임금이 불렀으니 속히 수레에 타시기를 바랍니다."

---

[323] 산해경(山海經): 작자 미상의 중국 옛날 지리(地理) 관련 책. 각처의 산천·신기(神祇)·이물(異物)·제사(祭祀) 등에 관한 신이한 이야기로 되어 있음.

[324] 수신기(搜神記): 중국 진(晉)나라 간보(干寶)가 지은 지괴 소설집. 주로 귀신·신선·영이(靈異)·기괴(奇怪) 등에 관한 이야기.

[325] 술이기(述異記): 중국 양(梁)나라 임방(任昉)의 작으로 여러 가지 신이(神異) 관련 이야기를 모아 기술한 책.

황씨는 역시 누구인지를 묻지 않고, 옷을 바로 하고 밖으로 나갔다. 문 밖을 보니 한 종이 망아지를 이끌고 채찍을 잡고 기다리고 있었다. 황씨가 곧장 안장 위로 껑충 뛰어오르니, 관원은 인도하여 가서 한 정자에 이르러 안장을 풀고 쉬었다.

정자 앞을 보니, 시냇물이 맑고 푸르렀으며 만 송이 연꽃이 가득 피어 수면을 아름답게 비치고 있었다. 이를 본 황씨가, 이렇게 추운 겨울 엄동에 어찌 이런 것들이 있느냐고 물으니, 관원이 대답하기를 여기는 계절이 초가을이기 때문이라고 말했다. 황씨가 그 망령되게 거짓으로 말하는 것을 꾸짖으니, 관원은 다시 웃으면서 어르신은 동국(東國)인 조선의 선비여서 진실로 문견이 적고 괴이한 점이 많으니, 어르신을 위해 간략한 설명을 해 드리겠다고 요청하기에, 그렇게 하라고 허락하니 관원의 설명은 이러했다.

"우리 고을은 조선으로부터 사만 칠천여 리 떨어진 곳에 있는데, 고을 이름이 혜고군(蟪蛄郡)입니다. 조선의 하루가 여기는 일 년이 되어, 조선의 아침이 여기는 곧 하나의 봄철이 되고, 낮은 여름, 해 질 무렵은 가을, 밤은 겨울에 해당합니다. 여기는 조선에서 보는 일 년간을 나타내는 역서(曆書)가 없으며, 사계절 따라 변하는 풀과 나무를 보고 계절이 바뀌는 것을 압니다. 지금은 연꽃이 물위에 피어나니 우리 고을은 초가을이 된 것인데, 조선의 경우 현재 시간은 정오를 조금 지난 때입니다."

설명을 들은 황씨는 매우 기이하게 여기고, 다시 자세히 물어보고자 했다. 그런데 관원은 갑자기 놀라 일어서면서 말했다.

"어르신과 더불어 한자리에서 이야기하는 동안에 겨울바람이 불어와 점점 추위가 심해지고 있습니다."

이 말에 황씨가 주위를 돌아보는 순간, 과연 연꽃이 모두 시들어 떨어지는 것이 보였다. 그리고 정자 밖의 오래된 매화나무에는 꽃봉오리가 터지려 하고 있었다. 관원이 길을 재촉하기에 황씨는 다시 안장에 올라앉아 길을 떠났다.

이윽고 한 성(城)이 보이는데, 방(榜)에 연년문(延年門)이라 씌어 있었다. 그리고 남녀가 이상한 옷을 입고, 머리 정수리 위에는 모두 황금 고리를 달고 있었는데, 대체로 오래 살기를 비는 것에 쓰이는 것이었다. 때가 이미 저물어 외관(外館)에서 하룻밤을 묵었다. 다음 날 황씨를 한 궁전으로 인도하여 임금을 알현하도록 했는데, 그 관원이 먼저 들어가 임금에게 아뢰고 명령을 기다렸다. 이에 임금이 이렇게 나무랐다.

"너는 지난 여름에 명령을 받아 떠났는데 지금 봄에서야 돌아와 복명(復命)을 하느냐?"

곧 관원은 사죄를 하는 것이었다. 황씨가 이를 듣고 하룻밤 잔 것이 바로 일 년이 지나간 것임을 알았다. 이어서 앞으로 나아가 임금이 좌정한 아래에서 절을 올리니, 임금은 일어나 그의 손을 잡으며 말했다.

"경(卿)은 내가 그대를 보려고 불러들인 뜻을 알고 있느냐?"

이에 황씨가, 못난 선비가 우매하여 그 높고 깊은 뜻을 알지 못하니, 밝혀 깨우쳐 주십사 하고 아뢰니, 임금은 이렇게 말했다.

"나에게 여식이 있는데 좋은 짝을 아직 만나지 못했다네. 그대의 훌륭한 인덕을 사모하고 있었으니, 삼가 내 딸로 하여금 아내가 되어 받들도록 하겠네."

황씨가 머리를 조아리며 감사를 드리는 사이에, 궁전 모퉁이에 따뜻한 바람이 조금 불더니 다시 여름으로 바뀌었다. 왕은 초량전(招凉殿) 청파지(淸波池)에서 목욕하라는 명을 내렸다. 그리고 무늬 있는 얇은 비단옷인 빙초의(氷綃衣)와 연꽃 모양의 부용관(芙蓉冠)을 내와서 착용하도록 했다. 그런 다음 여운궁(麗雲宮)으로 인도하여 가서 공주와 혼례식을 이루게 했다. 천정과 바닥을 수놓은 비단으로 장식하고, 봉새와 난새의 울음소리를 내는 통소와 생황 등 각종 악기를 연주하였으며, 열두 겹으로 중첩된 아름다운 누각이었으니, 어디에도 이렇게 사람 혼을 녹이는 곳을 본 적이 없었다.

곧이어 인도하여 후궁(後宮)으로 들어가서 공주를 만나니, 짙은 녹색 구름 같은 머리를 아름답게 꾸며 높게 장식하고, 그 옆으로 붉은 계수나무 한 가지를 꽂고 있었다. 공주는 머리를 숙이고, 어느새 가을 절기가 깊어졌다고 말하고, 궁녀들에게 부마의 관과 옷을 갈아입게 하고 천향정(天香亭)에서 잔치를 베풀라고 시켰다. 술이 세 바퀴 도니 공주가 일어나 술잔을 잡고 부마의 장수(長壽)를 비는 노래를 불렀다.

"사람의 수명이 얼마나 되는지요? 술을 대하면 마땅히 노래를 불러 드리고 마땅히 노래를 불러 드리면 취하지가 않습니다. 이와 같이 찬란한 광경을 무어라 하겠습니까?"

황씨 또한 그 답으로 하늘 나라 계수나무인 천향계자(天香桂子) 노래를 불렀다. 공주가 말하기를, 낭군께서는 아직까지도 가을이라고 생각하신다면서 웃었다. 궁녀들을 명하여 발을 걷어 올리게 하니, 고드름이 처마 끝에 주렁주렁 달렸고, 산에 있는 차나무 위에 눈이 내려 있었다. 술자리를 파하고 붉은 촛불을 들고 인도하여 안방으로 들어갔다. 모시던 궁녀들은 점점 흩어져 떠나갔다.

황씨는 공주에게 옷을 벗으라고 재촉하니 공주는 비웃듯 말했다.

"서른 살쯤 된 사람이 신랑이 되어서 아직까지도 이같이 성급한 기색을 나타내 보이는지요?"

"아, 여기 하루가 세상의 일 년이니 곧 봄밤의 일각은 진실로 천금같이 귀한 것이랍니다."

황씨가 이렇게 대답하자 공주도 역시 웃고, 드디어 촛불을 끄고 침상에 올라 수놓은 이불을 덮고 동침하였다. 아침해가 겨우 뜰 무렵이 되었는데, 궁녀들이 급하게 달려와 해당화가 피었다고 알렸다. 궁녀들을 감독하는 아감(阿監)이, 임금으로부터 부마를 불러 진사(進士) 급제한 사람을 위한 잔치인 앵도연(櫻桃宴)을 베풀라는 명령을 받들었는데, 여기에 삼품(三品) 이상 신하들이 모두 다 와서 함께 참여한다고 알려 주었다.

그리고 조금 지나, 한 작은 궁인이 오색의 아름다운 소반에 장명루(長命縷)[326]를 가지고 와 바쳤다. 이때 임금은 곧 말을 타라고 명령하여, 부마

---

326) 장명루(長命縷): 단옷날에 잡귀와 병화(病禍)를 물리치기 위하여 팔뚝에 동여매는, 오색으로 된 띠.

에게 세마하(洗馬河)에 가서 함께 단옷날에 실시하는 경도(競渡)[327]놀이를 관람하자고 했다. 경주(競舟)가 시작되니, 아름답게 장식한 상앗대와 예쁘게 조각한 노로 배를 움직이는데, 수놓은 깃발이며 채색한 기폭들이 휘날리고, 물고기가 뛰노는 것 같고 용이 용트림을 하면서 바닷물을 휘젓는 것 같은, 어룡백희(魚龍百戲)의 장관이 이루어졌다.

퉁소 소리와 북 소리가 공중을 울려 휘감는 사이에, 잠시 보니 강가 버들잎이 점점 누렇게 변하였다. 곧바로 수레를 돌려 돌아가기를 명했는데, 돌아오는 길가 기녀들 집인 홍루에서 여인들이 주렴을 높이 걷어 올리고, 앉은 자리 앞에 오이와 과일들을 차려 놓고 있었다. 젊은 여인들이 수놓기 기능이 능숙해지기를 비는, 걸교(乞巧)[328]행사를 하는 때인 바로 칠월 칠석날 밤이 된 것이었다. 채찍질을 멈추고 웃으며 여기저기를 가리키면서, 고삐를 나란히 하여 천천히 가고 있는데, 일시에 비바람이 섞여 불어와 요란했다. 이에 대해 임금이 부마에게 말했다.

"이 진실로 온통 성안에 비바람으로 가득 찬 것을 보니 구월 구일 중양절(重陽節)이 가까워진 것이로다."

이렇게 말하고는 재빨리 말을 몰아 돌아왔다. 궁에 들어설 무렵 궁녀가 급히 소식을 알리는데, 공주가 아이를 낳았다고 말했다. 그리고 부마에게, 아이가 태어난 삼일 만에 향을 넣은 더운물에 아이를 씻기는 잔치인 세홍연(洗紅宴)에 나와 달라는 요청을 전했다. 이에 임금은 황씨에게 명하여 들어가 만나 보라고 했다. 들어가니 공주는 난로가 놓인 평상 위에서 아기를 보고 있다가, 뾰족한 막대기로 아이를 눌러 울음소리를 시험해 보였는데, 그 소리가 진실로 우람하여 영웅의 소리였다. 이에 이름을 아영(阿英)이라고 지었다.

---

327) 경도(競渡): 배 달리는 경주(競舟). 물에 빠져 죽은 초(楚)나라 굴원(屈原)의 영혼을 위로하기 위하여 시작되었으며, 단옷날에 행하여졌음.

328) 걸교(乞巧): 칠월 칠석날 밤 처녀들이 문을 열어 놓고 달을 보고 바느질과 수놓는 솜씨가 좋아지기를 비는 중국 풍속.

이로부터 황씨는 날마다 궁중에 앉아 아이를 데리고 놀면서 부인을 조리(調理)했다. 보름이 채 안 지났는데 아영은 이미 관례(冠禮)를 행하였다. 그리고 또 며칠 지나 임금이 세상을 떠났다. 이에 부마가 임시로 섭정을 하게 되었다.

하루는 공주의 얼굴을 보니 주름이 생겼고, 귀밑머리가 얼룩덜룩 흰색으로 변했다. 공주가 말하기를, 자신은 이미 노파가 되었으니 부마를 위해 잉첩(媵妾)을 맞아들이라고 요청했다. 그래서 양갓집 처녀들을 널리 뽑아 후궁을 보충했다. 밤에 공주와 함께 원앙새를 수놓은 이불이 깔린 침상에 앉아 지난날의 일들을 이야기했다. 황씨가 문득, 자신이 온 것이 며칠이나 되었느냐고 물었는데, 공주는 육십이 년이 되었다고 대답했다. 이에 황씨는 이런 이야기를 했다.

"농담하지 마시오. 당신과 더불어 처음에 정을 나눌 때를 회상하면, 몰래 손톱으로 등을 긁어 가렵게 하니, 당신이 등을 숨기려고 위를 쳐다보고 반듯이 눕기에, 내가 급히 일어나 당신 위를 덮쳐 잠자리를 했지요. 그때 당신은 나에게 웃으면서, 자신이 잔도(棧道)[329]를 보전하고자 한 것은 신랑인 나로 하여금 빙 돌아 다른 길을 통해 진창(陳倉)으로 건너가게 하려는 것이었다고 말했지요. 이 경상을 회상하니 완연히 어제 일 같습니다."

이 말에 공주는 웃으면서 이렇게 말했다.

"이 일은, 일 년을 두 가지 방법으로 계산한 것에 관계하여 옛날 일을 말하기 때문에, 당신 입장에서는 역력하게 기억이 되는 것이지요. 그러나 당신의 하루가 일 년인 저의 입장에서 보면, 옛날 중국 강현(絳縣) 노인[330]이 생

---

329) 잔도(棧道): 험난한 협곡을 건너가는 사다리처럼 된 나무다리. 중국 중원(中原) 지역에서 서촉(西蜀)으로 넘어가는 험한 길에 설치되었음. 항우(項羽)가 유방(劉邦)을 중원으로 나오지 못하게 서촉으로 보내 놓고 이 잔도가 있는 지역을 잘 지키게 하니, 유방은 잔도를 불태워 항우를 안심시키고, 장군 한신(韓信)의 계책에 따라 멀리 돌아 북쪽 지역 험한 산길을 통해 넘어와 진창(陳倉)을 점령해 중국 통일의 발판을 마련했음.

330) 강현(絳縣) 노인: 말로써 혼란을 불러일으키게 함의 뜻. 춘추시대 진(晉)나라 강현(絳縣)의 한 노인이 나이를 묻는 관리에게 "생일은 정월 초하룻날 갑자(甲子)날인데, 이미 445번의 그 날이 지나갔고, 그 끝 갑자 날은 다음에 닥쳐올 갑자 날까지의 삼분의 일이다."라고 했음. 이에 사문백(士文伯)이

일을 정월 초하룻날 갑자(甲子) 날로 말한 것처럼 혼란스럽고 아득한 일입니다."

황씨는 정신이 없고 아련하여 무엇을 잃은 것 같아서 머리를 숙이고 생각을 더듬으니 문득 고향 생각이 떠올라, 공주에게 함께 고향으로 돌아가기를 요청하니, 공주는 이렇게 이야기했다.

"산천이 이미 달라지고 세월이 또한 바뀌었으니, 그대만 잠시 돌아가시기 바랍니다. 저는 함께 갈 수가 없습니다."

황씨는 이튿날 조정 일을 아영에게 맡기고, 여장을 꾸려 돌아갈 계책을 세웠다. 공주가 의춘전(宜春殿)에서 전별하면서 울며 말하였다.

"저는 이미 나이가 많아졌습니다. 조만간 혹시라도 명이 다하게 될지 모릅니다. 만약에 머리가 하얀 늙은이라고 하여 버리지 않으신다면 원하옵건대 한번 다시 와 주시기 바랍니다. 그리고 또한 살아온 백 년을 두루 살펴보면 역시 다시 만나지 못할까 두렵습니다."

아들 아영도 역시 옷을 붙잡고 눈물을 흘렸다. 황씨도 크게 슬퍼하면서 연연(戀戀)하여 차마 버리고 떠나지 못했다. 조정 신하들이 모두 애선역(哀蟬驛)에서 전송하려고 기다린다는 말을 듣고, 부득이 눈물을 흘리면서 작별하였다.

거의 집에 도착하여 자신을 돌아보니 침상 위에 반듯하게 누워 있었고, 집안사람들이 에워싸 지켜보고 있었다. 급하게 평상에 올라앉으니 활짝 트이듯이 꿈에서 깨어났다. 집안사람들에게 물으니, 술에 취해 죽은 지 두 달 남짓 되었다고 대답했다.

황씨는 기이한 일이라고 크게 소리치고, 다시 와 달라는 아내와의 약속이 있었으므로, 몸을 이리저리 뒤척이면서 마음속 생각을 떨치지 못했다. 그 뒤 석 달이 지나 다시 꿈을 꾸어, 그곳으로 들어가 공주에 대하여 물으니, 이미 팔십여 년 전에 사망하여 취라산(翠螺山)에 장례 지냈다고 하였다.

이만 육천 육백 육십 세라고 했음.

또한 아영에 대하여 물어보니 신선이 되어 떠났다고 했으며, 옛날에 거느리고 있던 잉첩들을 물으니, 모두 다 죽었다는 것이었다. 조정의 신하들을 만나 봐도 아는 사람이 하나도 없었다. 마침내 울적한 마음으로 돌아와 꿈을 깨고는 탄식하여 말했다. "백 년 부귀가 잠시 동안일 따름이로다. 세상에서 원리에 통달한 사람이라면 마땅히 이 같은 광경은 짓지 않아야 할 것이로다."

그리고 다시 『산해경(山海經)』과 『수신기(搜神記)』며 『술이기(述異記)』 등 여러 책을 펼쳐 보았으나, 모두 그러한 이야기는 없었다. 그래서 나 구성(駒城) 이원명(李源命)에게 부탁하기를, 기록으로 남겨 세상에서 꾸며 낸 허황된 이야기를 즐겨 말하는 사람에게 물어보도록 하라고 당부했다.

외사씨는 말한다. 향산거사(香山居士) 백낙천(白樂天)의 시에, "달팽이 뿔 위 같은 인간 세상에서 다투어 애쓰는 것은 무슨 일 때문인고? 부싯돌에서 이는 불꽃처럼 짧은 순간에 이 몸을 맡기고 있는 것이로다."라고 읊었다. 또 송(宋)나라 학자 당백호(唐伯虎)의 시에서는, "춘하추동 사계절이 손가락 부비는 사이처럼 잠시이니, 저녁 종소리 울려 황혼을 알리는 순간, 새벽닭이 울어 날 밝음을 알리도다."라고 했다. 대체로 인생이 즐기는 백년 환락(歡樂)도 곧 순식간의 일에 지나지 않는다. 그런데 저 세속 인간들은 일생 동안 쉬지 않고 열심히 일만 하면서, 장차 일을 끝내려는 것같이 하다가도 그치는 때가 없는 사람들이니, 이 무슨 마음을 가졌단 말인가? 선비 황일덕의 꿈 이야기는 비록 이치에 닿지 않는 황당한 이야기지만, 역시 가히 세상 사람을 깨우쳐 줄 수 있도다.

東野彙輯 卷之十六

○ 第百三十号 拾遺部 九 幻夢

百年光陰蟋蛄郡

　　黃一熹浿城士人也. 性豪邁脫略邊幅 好觀山海經 及搜神述異諸書. 一日大雪 醉眠午榻. 見貴官賚詔至曰 郡君見召 速請命駕. 黃亦不問爲誰 整衣而出. 見門外 一奴控駒執策以竢. 黃即躍登鞍上 貴官導去至一亭 解鞍暫憩. 見亭前 溪水澄碧 萬朶芙蕖 嬌映水面. 黃曰 如此嚴冬 那得有此. 貴官曰 此新秋時也. 黃責其妄. 貴官笑曰 君東國士 眞少所見 而多所怪. 請爲君言其崖略. 黃唯唯. 貴官曰 吾郡去東國四萬七千餘里 名曰蟋蛄郡. 以日爲年 朝則春晝則夏 晩則秋夜則冬. 無紀年書 視四時草木爲候. 今芙蕖出水 吾郡之新秋 東國之午牌後也. 黃大奇欲再詢之. 貴官忽驚起曰 與君一席話 朔風漸凜烈矣. 黃一回視 果見芙蕖盡落. 亭外古梅 含苞吐藥. 貴官促行 復跨鞍而去.

　　見一城 榜曰延年. 男女衣着異常 頂上盡懸金鎖 盖用以祈壽也. 時已薄暮 就宿外館. 明日至一宮殿 引黃入見 貴官先徹旨. 郡君曰 汝去夏將命去 今春乃復命耶. 貴官謝罪. 黃聞之 知作宿一宵而同隔歲. 因就拜座下 郡君起而執手曰 卿知孤相召之意乎. 對曰 鯫生愚昧 未測高深 乞明諭. 郡君曰 孤有息女 未遭良匹. 慕君盛德 敬奉箕帚. 黃頓首謝時 殿角薰風微動 又交夏令矣. 命賜浴招凉殿清波池 進以氷綃衣芙蓉冠. 引入麗雲宮 與公主成禮. 錦天繡地 簫鳳笙鸞 瓊樓十二重 無此銷魂處也.

旋導入後宮 見公主 綠雲高綰 旁插丹桂一枝. 俛首而語曰 秋期深矣. 宮娥卽爲駙馬易冠服 設宴天香亭. 酒三行 公主起執爵 爲駙馬壽歌曰 人壽幾何 對酒當歌 當歌不醉 如此粲者何. 黃亦答以天香桂子之曲. 公主笑曰 郎君尙以爲秋耶. 命宮娥捲簾 則冰箸垂簷 雪正在山茶樹上也. 乃撤酒筵 以紅燭導入內室 侍娥漸散去. 促公主緩裝 公主哂曰 三十許人作新郎 尙如此急色耶. 黃笑曰 此間以日爲年 則春宵一刻 洵千金貴也. 公主亦笑 遂滅燭登床 繡衾同夢. 迨朝暾甫上 而宮娥競報 海棠開矣. 阿監奉郡君命召駙馬 賜櫻桃宴 三品以上盡陪侍. 俄見一小宮人 以五綵盤 進長命縷. 郡君卽命駕 勑駙馬於洗馬河同觀競渡. 桂槳蘭橈 繡旗綵幟 魚龍百戲. 廻翔簫鼓間 瞥見河畔柳漸作黃色. 旋命回駕 一路紅樓 珠簾高捲 筵前瓜果 正兒女穿針乞巧時也. 停鞭笑指 聯轡徐行 一時風雨交集. 郡君謂駙馬曰 此眞滿城風雨 近重陽也. 急馳而歸.

比入宮 宮娥奔告曰 公主誕獜兒 請駙馬赴洗紅宴. 郡君命黃入視. 公主煖爐榻上看兒 提戈取印 試啼聲 眞英物也. 名曰 阿英. 由是黃日坐宮中 弄兒調婦. 不半月 阿英已行冠禮. 又數日 郡君薨 駙馬權攝朝政. 一日見公主面 有皺紋 鬢斑斑作白色. 公主曰 妾已婆婆矣. 請爲君置媵. 於是廣選良家 充掖庭. 夜與公主坐鴛鴦寢 話曩事 忽問曰 余來幾日. 公主曰 六十有二年. 駙馬曰 勿相戲 憶與卿定情時 潛以指甲搔背癢 卿匿背仰臥 余驀起而就之. 卿笑曰 儂欲保棧道 轉使你度陳倉矣. 回思此景 宛然如昨. 公主笑曰 此係兩年前事 故言之歷歷. 以妾視之 如絳縣老人對甲子矣.

黃嗒然若喪 低首籌思 忽懷鄕土 因乞與公主同歸. 公主曰 山川旣異 歲月亦殊 君但暫歸 妾不能偕也. 明日以朝政委諸阿英 束裝作歸計. 公主餞別於宜春殿 泣曰 妾已暮年 早晩或塡溝壑. 如不以白頭見棄 願一復來. 繼而曰 轉盻百年 來亦恐無濟耳. 阿英亦牽衣泣下.

黃大悲戀戀 不忍捨去. 聞朝臣盡候送於哀蟬驛 不得已垂泣而別. 比及家見身 僵臥床上 家人環集省視. 倏然登榻 豁焉而醒. 問諸家人曰君醉死兩月餘矣. 黃大呼異事 因有重來之約 輾轉不釋於懷. 後三月復夢 入其處問公主 曰歿已八十餘年 葬於翠螺山. 問阿英 曰仙矣. 問舊所御妾媵輩 曰盡亡矣. 朝臣相見 無一識者. 遂鬱鬱而返 醒而歎曰 百年富貴 頃刻間耳. 世有達理者 不當作如是觀哉. 重閱山海經搜神述異諸書 俱無其說. 囑余記之 以質世之好談荒誕者.

　　外史氏曰. 香山詩云 蝸牛角上爭何事 石火光中寄此身. 唐伯虎詩曰 春夏秋冬撚指間 鐘送黃昏鷄報曉. 盖百年歡樂 即瞬息間事. 而彼一生營營役役 若將迄無已時者 抑何心哉. 黃生夢說 雖涉荒唐 亦可以警世耶.

일생 부귀란 석씨(石氏) 선비
호접향(蝴蝶鄕) 같은 꿈속이로다

16-18.〈260〉일생부귀호접향(一生富貴蝴蝶鄕)

석씨(石氏) 선비는 어릴 때 이름이 신득(莘得)이며, 역관 집안의 후손이다. 어려서 부모를 여의고 집안 형편이 완전히 기울어져, 유모 집에 의지하여 살았는데, 나이 스무 살에 아직 혼인을 하지 못했다. 하루는 꿈을 꾸니, 부친 친구 모(某)씨가 그를 불러 말했다.

"너의 부친은 근래에 태백산 선칙사(宣勅司)[331] 자리를 맡고 있다. 남겨 놓은 집이 동대문 밖에 있는데, 너에게 잘 맡아 지키고 황폐해지거나 허물어지지 않도록 하라고 명하여 당부하셨다."

이러고 곧 데리고 함께 떠나, 약 오 리쯤 가다가 다시 말했다.

"여기에 내 집이 있으니 조금 쉬었다 가는 것이 좋을 것 같다."

그러고는 손을 이끌고 집으로 들어갔는데, 한 다박머리 처녀가 창문 앞

---

331) 선칙사(宣勅司): 황제나 왕의 칙서를 내리는 부서, 또는 그 칙서를 전달하는 일을 맡아보는 벼슬.

에서 수를 놓고 있는 것이 보였다. 소녀는 장난으로 입에 머금은 실오라기를 하얗게 칠이 된 벽 위에 뱉어 내어, 침 묻은 실오라기를 손톱으로 움직여 서로 붙여 한 쌍으로 연결된 동그라미를 만들어 놓고는, 벽을 보고 히죽히죽 웃고 있었다. 이를 본 부친 친구는 화를 내고 꾸짖었다.

"손님이 왔는데 어리광을 부리고 어리석게 히죽거리고 있으니, 이 무슨 태도냐?"

곧 소녀는 수놓던 것을 안고 달아나다가 가위를 땅에 떨어뜨리고는, 돌아와 주워 가면서 혼잣말로 불평했다.

"어떤 선비 손님이 와서 사람의 일을 이렇게 방해한단 말이냐?"

이에 석씨는 저 소녀가 누구냐고 물으니 부친 친구는 설명했다.

"내 어리석은 딸인데 나이 열네 살이라네. 수놓는 재주가 조금 있어서, 앞서 한 궁녀가 간청하기를, 박산(博山)³³²)을 교룡금(交龍錦)³³³) 비단에 수놓아 달라고 하였다네. 이 수를 본 사람들이 그 슬기로운 마음을 많이들 칭찬하였어. 하지만 어미 없이 자란 아이라, 어릴 때의 교훈을 놓쳐 버린 실수를 면치 못한다네."

이야기를 들은 석씨는 곧 그 딸 칭찬하기를 그치지 않았다. 조금 지나 부친 친구는 석씨를 이끌고 대문을 나서서, 다시 한곳에 이르더니 말하기를, 이 집이 곧 너의 부친이 경영해 놓은 터전이라고 했다. 그리고 열쇠를 꺼내 자물쇠를 풀고 겹겹으로 잠긴 문을 열고 들어가니, 깊숙한 안방이며 부엌과 창고 등이 모두 갖추어져 있었다. 뒤로 돌아가니 기둥에 의하여 세 칸으로 나뉜 누각이 있는데, 중앙에는 서적들과 완구며 기명(器皿)들이 쌓여 있고, 왼쪽에는 수놓은 비단이 상자를 가득 채우고 있었으며, 오른쪽에는 금과 은이 창고를 가득 채워, 오색이 빛나 거의 눈을 감기게 했다. 부친 친구

---

332) 박산(博山): 중국 산동성 박산현(博山縣)에 있는 산인데, 향로나 범종의 꼭대기 뾰족한 부분을 이 박산 모양으로 만들어 붙임.

333) 교룡금(交龍錦): 두 마리 용이 서로 어울려 있는 무늬가 새겨진 비단. 곧 '교룡금' 비단에 그 무늬로 박산 수를 놓은 것을 말함.

는 이렇게 타일렀다.

"이것들은 너의 부친이 이십 년 동안 힘과 마음을 다해 마련한 것이니, 잘 지키고 함부로 낭비하지 말아야 한다."

이때 석씨는 머리를 숙이고 작은 말로 중얼거렸다.

"아직 집안을 지킬 아내가 없으니 누구와 더불어 힘을 합쳐 지켜야 할지 걱정이 됩니다."

말을 들은 부친 친구는 말했다.

"너는 아직 장가를 들지 않았구나. 만약 못남을 혐의로 여기지 않으면 원컨대 내 어리석은 딸을 아내로 맞아 받들게 하겠네."

이에 석씨는 머리를 조아리며 사례하고, 아울러 그 시기에 대하여 물으니, 다음과 같이 알려 주었다.

"하늘을 보니까 내일 밤 삼성(三星)이 원앙루(鴛鴦樓) 모서리를 비추겠으니, 내 마땅히 구슬로 장식하고 기름칠을 한 유벽거(油璧車)에 신부를 태워 오도록 하겠네."

부친 친구는 말을 마치고 떠나갔다. 이어 곧 몇 무리의 하인이 뜰아래에서 인사를 올리기에, 석씨는 그들에게 명하여 뜰 구석구석을 물 뿌려 쓸어 깨끗이 하도록 하고, 자리를 펴고 예식 올릴 위치를 마련하도록 했다. 그리고 폐백과 전안 합근(奠雁合巹) 준비를 갖추게 하고, 나아가 혼인 예식에 관계된 자잘한 도구들이며 화촉동방(華燭洞房)에 이르기까지 미리 모두 빠짐없이 마련하게 하였다. 이러고 곧 피곤이 심해 잠이 들었다.

그런데 한번 옆으로 돌아눕는 사이에, 의연히 유모 집의 낡은 자리를 깐 초라한 평상 위에 누워 있었다. 지금까지의 꿈에 대하여, 처음에는 요사스러운 꿈이라 믿을 것이 못 된다고 한 번 쓴웃음을 짓고 말았다. 그런데 다음 날 밤에 다시 꿈속의 그 집으로 가니, 곧 하인 무리들이 문에서 기다리고 있다가 맞이하면서 말했다.

"신부의 가마가 이미 출발했습니다. 바라건대 공자께서는 옷을 갈아입고 기다리시기 바랍니다."

이때 대청 위에는 붉은색 촛불 불꽃이 높이 타고 있고, 구슬발이 반쯤 걷혀 있었으며, 또한 겹겹의 회랑과 층을 이룬 정자 곳곳에 은으로 된 병풍과 비단 휘장이 설치되어 있었다. 얼마 지나니, 아름답게 장식한 가마가 와서 멈추었다. 그리고 얇은 비단 초롱 수십 개가 꽃무늬 새겨진 융단 자리 위에 둘러싸 서 있는 속에서, 신부와 더불어 맞절을 하고 혼인 예식을 마쳤다. 신부를 내실로 인도하여 은은한 촛불 그림자 속에 가리고 있던 부채를 치우고, 곁눈질로 살펴보니 처음에 만나 보았을 때보다 더욱 의젓하고 엄숙한 모습이었다. 몸의 치장을 풀고 허리띠와 겉옷을 벗은 다음 휘장 안으로 안아 들어갔다. 그 부부의 즐거움이란 온전히 남교(藍橋)³³⁴⁾ 밑에서 옥 절구를 바치고 선녀 운영(雲英)을 만난 일과, 천태산(天台山)³³⁵⁾에서 벽도(碧桃) 복숭아를 따서 선녀를 인도해 만난 이야기와 동일했다.

닭이 세 번 울어 날이 새기에 옷을 입고 침상에서 내려오니, 다만 유모가 세탁하기 위해 겨울옷 속에 든 두꺼운 솜을 뽑아내고 있는 모습이 보일 뿐이었다. 정신이 흐릿하여 침상 머리를 더듬어 살피는데 곧 소리치며 잠을 깨었다. 정신이 몽롱한 채 깊은 생각에 잠겼다가 또다시 피곤을 느끼어 안석(案席)에 기대 잠이 들었다. 한 푸른 옷을 입은 여종이 와서 전하기를, 안방마님께서 주인님을 안으로 들어오라 하셨다고 일렀다. 석씨가 곧 안채의 문을 열고 들어가니, 조정에서 관리 임용 소식을 알리러 온 관노(官奴)들이 뜰아래 둘러서 있기에, 석씨는 그 까닭을 몰라 아내에게 물으니 이렇게 대답했다.

"제가 들으니 수문전(修文殿)³³⁶⁾에 기록을 담당하는 장안관(掌案官)

---

334) 남교(藍橋): 중국 섬서성(陝西省) 남전현(藍田縣) 계곡에 있는 다리로 그 아래 신선굴이 있음. 당나라 때 배형(裵鉶)이 지은 전기 소설(傳奇小說) '배항전(裵航傳)'의 내용을 말한 것임. 배항이 온갖 고생을 하여 노파의 요구인 옥저구(玉杵臼; 옥으로 된 절구)를 구해 와 바치고, 선녀 운영(雲英)을 만나 신선굴로 함께 들어간 이야기.

335) 천태산(天台山): 중국 절강성에 있는 산. 한(漢) 때 유신(劉晨)과 완조(阮肇)가 이 산에 약을 캐러 들어갔다가 신선이 먹는 복숭아 벽도를 따서는 두 선녀를 만나, 각각 반년을 같이 살고 나오니 칠세(七世)가 지났다는 고사.

336) 수문전(修文殿): 중국 당송(唐宋) 시대 궁중의 도서관. 명부(冥府)에서 문장(文章)을 맡은 직책을 수문랑(修文郎)이라 하니, 그 직책을 맡은 관원이란 뜻.

한 자리가 비었다고 하기에, 친정 부친께 일천 금을 기증하게 하여 연줄을 찾아 교섭해 이 자리를 얻었으니, 청하옵건대 관대(冠帶)를 바꾸어 착용하시기 바랍니다."

아내의 말에 석씨는 웃으며 말했다.

"내 지난날 학당에서 독서하는 생도가 되고자 했으나 이루지 못했는데, 지금 관직을 얻는 데에 그런 방법이 있음을 알겠노라."

석씨는 드디어 관복을 갖춰 입고 수레를 타고 수문전 관서(官署)로 나아갔다. 그리고 연이어 장인어른 집으로 가서 감사 인사를 드리고 돌아와서, 부인에게 이런 말을 하였다.

"한직(閒職) 부서의 직책을 맡아서는 부(富)를 이루기에 부족함이 있으니, 마땅히 또한 돈 버는 산업을 운영해야 되겠어요."

이러고 돈 자루에서 돈을 꺼내 일을 잘 처리하는 하인에게 장사를 하도록 명령했다. 비단실을 사고 곡식을 사서 쌓아, 거의 이익을 독점하듯이 하여 재물을 모았다. 석씨는 날마다 꿈속에 들어가 있으면서, 관아에 나가서 공적인 일을 마치고는 집으로 들어와 돈 번 장부 계산에 열중하니, 나비가 장주(莊周)[337]인지 장주가 나비인지를 알지 못했다. 부인 역시 근면하고 검소하게 살면서 집안을 잘 다스리니, 십 년이 지나지 않아 부친 사업을 확충하여 꿈속 세상에서 제일가는 부귀의 집안이 되었다.

석씨는 매양 유모에게 이와 같은 꿈속 부귀를 과시하여 자랑하였는데, 이를 들은 유모는 이렇게 한탄했다.

"애석하구나, 그 꿈속 호접향(蝴蝶鄉)이여! 그런 것이 아니로다. 벼슬을 하고 큰 부귀를 누리는 생활이라면 당연히 밥 먹고 사는 이 세상일이어야 하는데 그렇지 않으니 말이다."

---

337) 장주(莊周): 전국시대 학자 장자(莊子). 그의 『장자(莊子)』 제물론(齊物論)에서, 꿈에 자신이 호랑나비〈호접(胡蝶)〉가 된 꿈을 꾸고, "장주 자신이 꿈에 호접이 된 것인지, 호접이 꿈에 장주로 된 것인지 모르겠다."라고 말한 대목을 인용했음〈昔者莊周夢爲胡蝶……不知周之夢爲胡蝶 與胡蝶之夢爲周…〉.

이에 석씨는 웃으면서, 자신은 깨어 있는 것이 바로 꿈속이며, 꿈속이 바로 깨어 있는 것이 되니, 반평생 입고 먹고 하는 의식(衣食)은 다함이 없다고 말했다. 또한 이 세상에서 부귀를 누리는 사람들이 어찌 반드시 꿈속에 사는 사람이 아니라고 하겠느냐면서, 마침내 『술몽기(術夢記)』를 지어 기록해 남겨 놓았다.

외사씨는 말한다. 꿈은 사람 영혼의 떠돎이다. 현실에 없는 일도 꿈은 능히 그 일을 만들어 내며, 마음속에 뜻하고 있지 않은 일을 영혼은 능히 그것을 열어 펼칠 수 있다. 넓고 아득한 우주에서 무엇인들 꿈과 영혼이 만들어 내는 것이 아니겠는가? 그런데 진리(眞理)를 통달한 지인(至人)은 꿈이 없으니, 그 감정이 망각되고 그 영혼이 적막하기 때문이다. 심히 어리석은 사람도 역시 꿈이 없으니, 그 정서가 우둔하고 그 영혼이 고갈되었기 때문이다. 보통 사람은 꿈이 많은데, 그 정서가 복잡하고 그 영혼이 호탕하기 때문이다. 바야흐로 지금 꿈을 꾸고 있으면서, 꿈속 세계가 진실인지 환상인지를 알지 못하다가, 꿈에서 깨어남에 미치어서는 또한 현실 세계가 환상인지 꿈인지를 알지 못하는 사람이 있다. 슬픈 일이다. 인생 백년을 꿈속인 화서국(華胥國)338)에서 노니는 것같이 사는 사람들은, 진실이 아닌 것을 진실이라 말하고, 꿈속 일을 꿈이 아닌 것에 비유한다. 정말 꿈이 환상인지 현실이 꿈인지를 구분하지 못하며 살아간다. 나는 여기 호접향(胡蝶鄕) 이야기에 대하여 의문을 갖지 않을 수 없다. 하지만 이 이야기를 문장으로 기록하여, 세상에서 날마다 꿈속에 빠져 사는 사람들에게 고하여 알려 주려는 것이다.

---

338) 화서지국(華胥之國): 지극히 행복한 나라. 중국 고대 황제(黃帝)가 낮잠을 자는 동안 꿈에 화서국(華胥國)에 들어가 모든 것이 저절로 생기는 지극히 안락하고 행복한 생활을 경험한 고사. '맛있는 낮잠'을 뜻하기도 함.

東野彙輯 卷之十六
○ 第百三十号 拾遺部 九 幻夢

一生富貴蝴蝶鄕

　　石生小字莘得 象譯遺裔也. 幼失怙恃 家計剝落 依在乳媼家 年弱冠未聘. 一日夢 父執某招之曰 汝父近作太白山宣勅司. 有遺宅在東門外 命汝掌守 勿敎荒墜. 遂相將俱去 約五里許曰 此有余家 幸少憩. 因携手而入 見一垂髫女當窓理繡. 戲唾絨粉壁上 以指甲挑作雙連環 對壁嬉笑. 某嗔喝曰 客來矣. 倚嬌弄憨 是何態度. 女抱繡而走 金剪墮地 回身收拾. 私語曰 何來生客 使人害事. 生問爲誰 某曰 此吾癡女 年十四矣. 劣有繡才 前爲一宮人所懇 刺博山交龍錦 觀者贊其慧心. 然無母之兒 未免幼失敎訓耳. 生稱獎不已.
　　少頃相携出戶 復至一處曰 是卽汝父所營之菟裘也. 出鑰脫鍵 重重啓闢 堂奧廚庫悉備. 後有樓三楹 中貯書籍玩器 左則錦繡盈箱 右則金銀滿庫 幾於目迷五色. 某曰 此汝父二十年心力 守之勿浪擲也. 生俯首小語曰 未有室家 與誰同守. 某曰 汝未聚也. 如不嫌陋 願以癡女謹奉箕帚. 生頓首謝 並問其期. 某曰 視明夜三星照鴛鴦樓角 吾當以油璧車送新婦來矣. 言畢而去. 卽有婢僕數輩 呈身門下 生命灑掃庭除 肆設筵席. 贄鴈苔牢 及一切瑣碎事 無不預爲經紀 憊極就寢.
　　一轉側間 依然乳媼家 破床草榻也. 初疑妖夢無憑 付之一哂. 明夜仍至其家 卽有婢僕輩 迎候於門曰 金轎已發 乞公子更衣以俟. 時堂上絳蠟高燒 珠簾半捲 重廊複榭 處處張以銀屛錦幄. 無何綵

輿停駐. 紗籠數十簇擁花氈 與新人交拜訖. 導入內室 燭花影裏 却扇偸窺 較初見時 尤矜嚴也. 緩裝卸帶 擁入重幃. 夫婦之樂 洵同藍橋之遇玉杵 天台之引碧桃也. 雞三喔 着衣下床 但見乳媼抽衣疊絮. 摸索床頭 而叫醒也.

　　凝神癡想 又倦伏隱囊. 一靑衣婢至曰 閨中有命 乞主人移趾. 生遂去入門 見報喜者環立堂下 生不解其故 問諸細君. 曰妾聞修文殿缺一掌案官 以千金寄吾父 夤緣得此職 請爲易冠帶. 生笑曰 僕向欲靑一衿 而不可得. 今而知得官自有術也. 遂冠服乘軒 上修文殿公署. 繼往岳家致謝而歸. 謂婦曰 閒曹不足以致富 當又治生產. 乃出橐中金 命幹僕作商販計 買絲積穀 幾同壟斷. 生日在夢中 出了公事 入操會計 不知蝴蝶是周 周是蝴蝶. 婦亦勤儉持家 不十年 擴充父業 爲黑甜鄕第一富貴家矣. 生每誇乳媼. 媼曰 惜是蝴蝶鄕. 不然官人大富貴 當不向此間作噉飯處. 生大笑曰 吾以醒爲夢 以夢爲醒 半生衣食喫着不盡矣. 且天下享富貴者 何必非夢中之人哉. 遂作逑夢記 以識之.

　　外史氏曰. 夢者魂之游也. 事所未有 夢能造之 意所未設 魂能開之. 茫茫宇宙孰非夢魂所爲. 而至人無夢 其情忘其魂寂. 下愚亦無夢 其情蠢其魂枯. 常人多夢 其情雜其魂蕩. 方其夢也 不知夢境之是眞是幻. 及其覺也 又不知眞境之是幻是夢. 嗚呼人生百歲 遊於華胥之國者 以非眞謂眞 以夢喩非夢. 夢是幻耶 眞是夢耶. 余於蝴蝶鄕之說 不能無疑. 遂文其說 以告世之日在夢中者.